बलजिन्दर नसराली

बलजिन्दर नसराली का जन्म गाँव नसराली, तहसील खन्ना, ज़िला लुधियाना (पंजाब) में हुआ। बारहवीं कक्षा से कहानी लिखने की शुरुआत। उनकी एक कहानी दिल्ली विश्वविद्यालय और दो कहानियाँ पंजाबी यूनिवर्सिटी, पटियाला के पाठ्यक्रम का हिस्सा हैं। अब तक ग्यारह कहानियाँ और तीन उपन्यास छप चुके हैं। उनके कहानी-संग्रह 'डाकखाना खास' को गुरु नानक देव यूनिवर्सिटी, अमृतसर की ओर से 'भाई वीरसिंह गल्प पुरस्कार' से सम्मानित किया गया। 'अम्बर परियाँ' इसी नाम से प्रकाशित और चर्चित उनके पंजाबी उपन्यास का अनुवाद है।

सम्प्रति : एसोसिएट प्रोफेसर, पंजाबी विभाग, दिल्ली विश्वविद्यालय, दिल्ली।

ई-मेल : bnasralidu@gmail.com

मो. : 9592415177

सुभाष नीरव

हिन्दी के वरिष्ठ कवि-कथाकार सुभाष नीरव (मूल नाम : सुभाष चन्द्र) गत चार दशकों से हिन्दी में मौलिक लेखन के साथ-साथ पंजाबी से हिन्दी में अनुवाद कर रहे हैं। हिन्दी में उनके छह कहानी-संग्रह, तीन लघुकथा-संग्रह, तीन कविता-संग्रह और दो बाल कहानी-संग्रह प्रकाशित हो चुके हैं। उन्हें छह सौ से अधिक पंजाबी कहानियों और साठ से अधिक पंजाबी पुस्तकों का हिन्दी में अनुवाद करने का श्रेय प्राप्त है। अनुवाद के लिए उन्हें भारतीय अनुवाद परिषद, नई दिल्ली द्वारा 'डॉ. गार्गी गुप्त द्विवागीश पुरस्कार' से सम्मानित किया जा चुका है।

ई-मेल : subhneerav@gmail.com

अम्बर परियाँ

बलजिन्दर नसराली

अनुवाद

सुभाष नीरव

राधाकृष्ण पेपरबैक्स

पंजाबी उपन्यास 'अम्बर परियाँ' का अनुवाद

राधाकृष्ण पेपरबैक्स में
पहला संस्करण : 2023

राधाकृष्ण पेपरबैक्स : उत्कृष्ट साहित्य के जनसुलभ संस्करण

राधाकृष्ण प्रकाशन प्रा. लि.
जी-17, जगतपुरी, दिल्ली-110 051
द्वारा प्रकाशित

शाखाएँ : अशोक राजपथ, साइंस कॉलेज के सामने, पटना-800 006
पहली मंजिल, दरबारी बिल्डिंग, महात्मा गांधी मार्ग, प्रयागराज-211 001

वेबसाइट : www.radhakrishnaprakashan.com
ई-मेल : info@radhakrishnaprakashan.com

विकास कंप्यूटर एंड प्रिंटर्स
ट्रॉनिका सिटी-201 102
द्वारा मुद्रित

मूल्य : ₹350

AMBAR PARIYAN
Novel by Baljinder Nasrali
Translated by Subhash Neerav

ISBN : 978-81-19092-23-9

अपने दोनों बेटों
ओनम एवं गुन्तास
के नाम...

आभार

'अम्बर परियाँ' में व्यक्त किए गए दार्शनिक विचार विश्व के विभिन्न दार्शनिकों की तपस्या का परिणाम हैं। इन विचारों को मैंने उपन्यास के पात्रों की जीवन-शैली का हिस्सा बनाकर पेश किया है। इस उपन्यास को लिखने में विश्व के उन सभी लेखकों का योगदान है जिनका मैंने निष्ठापूर्वक अध्ययन किया है। मैं तहेदिल से अपने उन पूर्वजों का आभार व्यक्त करता हूँ।

साथ ही मैं किरनदीप कौर और सुशीलनाथ कुमार का भी आभारी हूँ।

अम्बर परियाँ

इतिहास की कोख

शहीद करनैल सिंह राजकीय सीनियर सेकेंडरी स्कूल के विद्यार्थियों को लेक्चर देकर अम्बर ख़ाली हो चुका था। स्कूल के अध्यापकों के साथ चाय-नाश्ता करने के बाद प्रिंसिपल ने उसे लेक्चर का मानदेय देने का यत्न किया तो अम्बर ने लेने से इनकार कर दिया। स्कूलों में दिए लेक्चर का वह मेहनताना नहीं लेता था। और फिर जिस संस्था में वह पढ़ा था, उस संस्था से वह पैसे कैसे ले सकता था। पुराने अध्यापकों में से अधिकतर सेवा-मुक्त हो चुके थे, कुछेक का तबादला हो गया था और दो अध्यापक अब भी यहाँ पढ़ा रहे थे। उनमें से एक मास्टर निक्का सिंह था। इस स्कूल के अध्यापकों की रहनुमाई के कारण ही वह पहले कॉलेज में अध्यापक और फिर यूनिवर्सिटी में अध्यापक बन सका था। जब वह जालन्धर दूरदर्शन से 'रंग पंजाबी' कार्यक्रम प्रस्तुत करता तो इस स्कूल के अध्यापक बड़ा गर्व करते। वे याद करते कि अम्बर ने 'कुछ बनने' के प्रारम्भिक लक्षण इसी स्कूल में ही दिखाने शुरू कर दिए थे। इस स्कूल में ही अम्बर ने एक निहंग बाबा का लेक्चर सुना था। वह लेक्चर सुनकर ही अम्बर का रुख किताबों की तरफ़ हुआ था। उस निहंग सिंह बाबा को श्रद्धांजलि देने के लिए ही अम्बर ने यह व्याख्यान शृंखला शुरू की थी। बल्कि वह अपने स्कूल में देर से आया था।

अध्यापकों से अनुमति लेकर वह अपने अतीत को स्पर्श करने के लिए स्कूल का चक्कर लगाने चल पड़ा। एक-दो अध्यापकों ने संग चलने का यत्न किया, पर अम्बर ने उन्हें रोक दिया।

चलते-चलते वह उस स्थान पर आ गया जहाँ आधी छुट्टी के समय वे खेला करते थे, जहाँ क़रीब से ही उनके अपने खेतों की ओर एक कच्चा रास्ता जाता था। खेलते-खेलते मज़्हबियों के लड़के भूने ने उसे 'अरजन का...' कहकर छेड़ा था और अम्बर सुनकर खीझ उठा था। गाँव में तो उसका मजाक उड़ता ही था, अब भूना उसका उलटा नाम दूसरे गाँवों के लड़कों के सामने ले रहा था। यह जानते हुए भी कि भूना उसकी अपेक्षा तगड़ा था, अम्बर उससे चिपट गया था। कुछ देर बाद भूने ने उसको टाँग फँसा कर नीचे गिरा लिया था। लड़ाई रोचक हो गई थी और उन्हें लड़ता देखने के लिए महरून पगड़ियों, नीले कुरतों और खाकी पाजामों

वाले फौजी उनके इर्द-गिर्द एकत्र हो गए थे। लड़ते-लड़ते दोनों की पगड़ियाँ उतर गई थीं। उनके हाथ एक-दूजे के जूड़ों में थे। उसी समय राह से गुज़रता एक ट्रैक्टर रुका, बन्द हुआ और आवाज़ आई—

"ओए छोकरो...ये जो लड़ रहे हैं, इनमें हमारा तो नहीं?"

"तुम्हारा ही है जी..." फौजी एक आवाज़ में बोले। उन्होंने सवेरे की प्रेअर के बाद परेड की थी।

"ऊपर है कि नीचे?" अमर सिंह ने पूछा।

"नीचे है जी...," दर्शक-समूह ख़ूब उत्साहित था।

"ऊपर वाले से कहो कि इसकी अच्छी तरह कुटाई करे...," भूने के अन्दर जबरदस्त जोश आ गया। उसने अपने बाल छुड़वाकर, अम्बर को उलटा करके अपने सख़्त हाथों से कूटना शुरू कर दिया। घास में धँसा अम्बर का मुँह साफ़ हवा के एक साँस को भी तरस रहा था। बापू ट्रैक्टर लेकर जा चुका था। यह तो अच्छा हुआ कि उसी वक्त मास्टरों द्वारा भेजे लड़कों ने उन दोनों को आकर छुड़वाया। छुड़वाते समय भी भूना उसके दो लातें मार गया। खड़े होकर उन्होंने अपनी-अपनी पगड़ियाँ अन्दाज़े से बाँधीं। मास्टर निक्का सिंह कक्षा में डंडा लिये खड़ा था। आधी छुट्टी ख़त्म हो गई थी। छठा पीरियड शुरू हो चुका था। दोनों डर गए थे। एक की पहली और दूसरे की दूसरी पिटाई सामने प्रतीक्षा कर रही थी। घर में पड़ने वाली तीसरी मार एक के मस्तिष्क के क्षितिजों पर मंडरा रही थी।

वे दोनों अपने-अपने कपड़े झाड़ते हुए कक्षा की ओर जा रहे थे। अम्बर के लिए अगले दृश्य में दाख़िल होना इसलिए भी पीड़ादायक था कि कक्षा में चरनी बैठी हुई थी।

अम्बर तब साँवले रंग वाला दुबला-पतला सा शक्ल-सूरत से किसी गिनती में न आने वाला लड़का था। चरनी शरम के मारे अपनी किसी सहेली को बता भी नहीं सकती थी कि अम्बर उसकी तरफ़ कैसी नज़रों से देखता था। चरनी अम्बर को भी कुछ नहीं कह सकती थी क्योंकि अक्सर ही उसे अम्बर की कॉपी माँगनी पड़ती थी। पड़ाई में अम्बर कक्षा में दूसरे नम्बर पर था। पहले नम्बर पर रहने वाला गोपी हालाँकि चरनी के गाँव का ही था, पर वह अपनी कॉपी किसी को नहीं देता था।

मास्टर निक्का सिंह के पूछने पर लड़ने का कारण दोनों ने ही नहीं बताया था। भूने को छोड़कर मास्टर निक्का सिंह अम्बर की तरफ़ मुड़ गया।

"चल यह तो कंजर रोज़ ही मार खाता है, तू क्यों इसके साथ उलझा? तू तो पढ़ने वाला लड़का है।" दोनों हाथों पर बारी-बारी से डंडे खाता वह अपने हो रहे अपमान के बारे में सोचता रहा। बाहर खुले में लगी अन्य कक्षाओं के विद्यार्थी भी ये नज़ारा देख रहे थे। अम्बर को पता था, कुछ विद्यार्थियों के दिलों में उसके लिए सहानुभति होगी, पर अधिकतर बच्चों के लिए तो यह एक मनोरंजन ही था।

सहानुभूति के बारे में अम्बर को इसलिए पता था क्योंकि उसने ख़ुद किसी की पिटाई पर कभी ख़ुशी नहीं मनाई थी।

अम्बर को याद नहीं था कि पिछली बार उसने डंडे कब खाए थे। मास्टर निक्का सिंह का पूरा का पूरा ज़ोर डंडे में आ उतरता। डंडा हाथ पर बजते ही हाथ में से सेंक सी निकलती। अब चरनी के सामने यह दर्द प्रकट भी नहीं किया जा सकता था। वह भूने के तरह 'हाय, मर गया' भी नहीं कर सकता था।

मास्टर निक्का सिंह ने पाठ पढ़ने के लिए किताबें खोलने को कहा। मास्टर ने करौदिया गाँव वाले कुक्कू को पढ़ने पर लगाया। पहले हमेशा अम्बर पढ़ा करता था। कुक्कू हर पाँचवें-सातवें शब्द पर अटक जाता था। कुक्कू मास्टर निक्का सिंह की जूनियर कबड्डी टीम का बढ़िया रेडर था। मास्टर ने उसे डाँटकर बिठा दिया। एक लड़की पाठ का अगला हिस्सा पढ़ने लगी। उसकी आवाज़ बामुश्किल उसके इर्द-गिर्द ही घूम रही थी। मास्टर निक्का सिंह को ग़ुस्सा चढ़ आया। अम्बरदीप की तरह कोई भी नहीं पढ़ता था। यह तो ख़ैर शारीरिक-शिक्षा का पीरियड था, पर अम्बर जब पंजाबी वाली कक्षा में कहानी पढ़ता तो वार्तालाप को ख़ूब अच्छी तरह नाटकीय अन्दाज में बोलता था। कविता पढ़ते समय पूरे काव्यमयी अन्दाज़ में कविता पढ़ता। नाटक पढ़ते समय वह आधा एक्टर ही बन जाता था। उसकी अपनी कक्षा तो मंत्रमुग्ध होकर सुनती ही थी, क़रीब बैठी अन्य कक्षाएँ भी उसमें रुचि लेने लगतीं।

तब किसी को नहीं मालूम था कि यह लड़का कॉलेज में हर साल भाषण प्रतियोगिता की ट्रॉफी जीता करेगा, किसी को नहीं पता था कि यह लड़का जब प्रोफ़ेसर बनेगा तो दूसरी कक्षाओं के विद्यार्थी भी उसे सुनने के लिए आकर बैठ जाया करेंगे। अम्बर को तो यूँ भी इस बारे में क्या पता हो सकता था।

"चल अम्बरदीप, तू पढ़...," आख़िर में निक्का सिंह मास्टर को अम्बर पर ही आना पड़ा था।

अम्बर पढ़ने तो लग गया, पर उसको अपनी पिटाई नहीं भूली थी। उसकी आवाज़ में निक्का सिंह के प्रति नफ़रत और ग़ुस्सा शामिल था। उसकी आवाज़ में चरनी के सामने हुए अपमान की शर्म भी शामिल थी। उसकी कमीज़ के दो बटन टूट गए थे, इसलिए वह लड़कियों की तरफ़ से थोड़ा पीठ करके खड़ा था, जबकि उसके पीछे भी घास और मिट्टी का मटमैला हरापन लगा हुआ था।

अम्बर को यह बात बहुत बाद में समझ में आई कि निक्का सिंह अच्छा अध्यापक था। तब जब वह मलेरकोटला के एक कॉलेज में प्रोफ़ेसर बन गया था। यह जम्मू-कश्मीर यूनिवर्सिटी जाने से पहले की बात थी। उसके यूथ फेस्टिवलों के सर्टिफिकेट देखकर कॉलेज के प्रिंसिपल ने उसको कॉलेज की नाटक, स्किट और माइम की टीमों का इंचार्ज बना दिया था।

"हमारे कॉलेज के बच्चे कॉलेज के लिए इनाम तो क्या लाएँगे, वे तो स्टेज पर डायलॉग ही भूल जाते हैं," प्रिंसिपल स्वर्ण सिंह ने कहा था।

"सर, इनाम के बारे में तो मैं भी वायदा नहीं करता, पर इस बात का विश्वास दिलाता हूँ कि ये डायलॉग नहीं भूलेंगे," अम्बर ने आत्मविश्वास में भरकर कहा था।

अम्बर ने रात आठ-आठ बजे तक मेहनत करवाई थी। नाटक को अवतार सिंह तारी के दिए अलाप ने ऊपर उठा दिया था। तारी अभी स्टार गायक नहीं बना था। नाटक दूसरे स्थान पर आया था, यद्यपि एक कलाकार डायलॉग उस साल भी भूल गया था।

उस वर्ष अम्बर को यह समझ आ गया कि वह जो कर रहा था, वह सब उससे मास्टर निक्का सिंह करवा रहा था। निक्का सिंह खिलाड़ी लड़के और लड़कियों की तलाश में रहता था और अम्बर विद्यार्थियों में से एक्टर और एक्ट्रेस खोजा करता था। उसको यह भी समझ में आ गया था कि कुछ लोग, लोगों के अन्दर किस तरह समा जाते हैं।

आठवीं, फिर नौवीं और फिर दसवीं, वह गोपी से पीछे दूसरे नम्बर पर आकर कक्षा पास करता आया। गोपी नॉन-मेडिकल में चला गया था और अम्बर ने नादिरा बहन जी के कहने पर कॉमर्स ले ली थी।

"अम्बरदीप, मैं तुझे चार्टर्ड अकाउटेंट बना देखना चाहती हूँ," नादिरा बहन जी ने कहा था।

अम्बर अभी ग्यारहवीं कक्षा में ही पढ़ता था जब उसके संग पढ़ते लड़के बिल्लू ने बताया था कि चरनी के घरवाले उसके लिए वर तलाश रहे थे। चरनी आगे की पढ़ाई नहीं कर रही थी। यह सुनते ही अम्बर के हाथ-पैर फूल गए थे। उसने बिल्लू के हाथ दो पंक्तियाँ लिखकर भेज दीं। वह चरनी का रिश्ता चाहता था। चरनी ने बिल्लू को बताया कि उसके घर में उसके लसाड़े वाले जीजा की चलती थी। अम्बर उसके साथ बात करके देख सकता था। अम्बर ने इसे गोरी-चिट्टी चरनी की सहमति समझा था। रिश्ते की बात तो अभी होनी थी, पर उसे चरनी की इस सहमति ने ख़ुश कर दिया। आईने में देखते हुए उसे अपना आप कभी भी अच्छा नहीं लगा था। चरनी की सहमति के बाद आईने में वह अपने आप को ख़ुश होकर देखता था।

पूछते-पुछाते वह चरनी की बहन की ससुराल वाले घर में पहुँच गया। स्वभाव के उतावलेपन ने उससे अच्छे और बुरे, दोनों प्रकार के काम करवाए थे। लसाड़ा गाँव, खन्ना से मलेरकोटला वाली सड़क पर उसके गाँव ईसड़ू से बारह-तेरह किलोमीटर दूर जोड़ा पुलों के क़रीब पड़ता था। वह बड़े-बड़े तख़्तों वाले खुले दरवाज़े और खुले आँगन वाले घर के बाहर खड़ा था। एक बुज़ुर्ग महिला बाहर आई। वह अम्बर की सम्भावित साली की सास हो सकती थी। माता ने बताया कि

गुरतेग सिंह खेतों में खेत जोत रहा था। उसने उसे खेत का पता-ठिकाना भी समझा दिया। अम्बर ने घर को जी भरकर देखा और सोचा, यदि चरनी का जीजा राजी हो गया तो इस घर के साथ उसकी दो पीढ़ियों वाली रिश्तेदारी बनने वाली थी।

एक जगह पूछने के बाद वह माता द्वारा बताई हुई जगह पर पहुँच गया। गुरतेज सिंह ट्रैक्टर से खेत जोत रहा था। उसने अपना स्कूटर कुएँ वाली पतली-सी पगडंडी पर चढ़ा लिया। ट्रैक्टर चला रहा गुरतेग एक अजनबी व्यक्ति को अपने खेतों में आया देखकर बार-बार सिर घुमाकर देख रहा था।

अम्बर के मन में संशय उठा कि चरनी का जीजा उसे ग़लत न समझ ले। यह भी हो सकता है कि कहे, 'तेरी जुर्रत कैसे हुई किसी की लड़की के बारे में ऐसा सोचने की?' हो सकता है, लोगों की भीड़ इकट्ठी कर ले। हो सकता है, उसके बापू तक उलाहना पहुँच जाए।...हो सकता है...। उसे चरनी का हाथ अपने हाथों से खिसकता लगा। ये सारी चिन्ताएँ अभी इसी पल से अपना मुँह दिखाने लगी थीं। वह भी तब जब गुरतेग सिंह का ट्रैक्टर चक्कर पूरा कर चुका था और गुरतेग ट्रैक्टर बन्द कर उसी की ओर चला आ रहा था। यदि ये सम्भावनाएँ पहले दिखाई दी होतीं तो वह शायद इधर आता ही न या कोई अन्य तरीक़ा सोचता। परन्तु अब कुछ नहीं हो सकता था। गुरतेग सिंह उसके समीप आ गया था और उसने पूरे आत्मविश्वास के साथ पहले की गई तैयारी के अनुसार बात करने का निर्णय किया।

"भाई साहब, ससरीकाल। मुझे गुरतेग सिंह जी से मिलना था," अम्बर ने पहल करते हुए कहा।

"हाँ जी, मैं ही हूँ गुरतेग सिंह," बन्दे ने प्रश्न-सूचक नज़रों से देखते हुए हाथ मिलाया। अम्बर ने अपना संक्षिप्त-सा परिचय दिया।

"मैं जो बात करने आया हूँ, वह मेरी उम्र के हिसाब से बड़ी है, पर अगर आपको ठीक न लगे तो नाराज न होना," वह साँस लेने के लिए रुका। गुरतेग सिंह उसकी ओर शक भरी नज़रों से देखे जा रहा था। गुरतेग सिंह का उसकी किसी भी बात के साथ कोई सम्बन्ध नहीं जुड़ता था।

"तुम किस काम से आए हो?" गुरतेग ने नरम होकर पूछा।

"आपकी साली चरनजीत मेरे साथ छठी से दसवीं कक्षा तक पढ़ी है। मैं उसे पसन्द करता हूँ। मैं चाहता हूँ कि आप हमारा रिश्ता जोड़ दो।"

गुरतेग सिंह सोच में पड़ गया। फिर पूछने लगा, "तुम्हारी आपस में कोई बातचीत है?"

"नहीं, बिलकुल नहीं। चरनी को तो पता भी नहीं होगा।" उसने चरनी पर कोई बात न आने देने के इरादे से कहा।

"छोटे भाई? विवाह वाली तेरी उम्र ही अभी नहीं हुई। ये बता, तू पढ़ाई कब करेगा?"

"पढ़ाई तो मैं करूँगा, पर मुझे डर है कि आप उसका रिश्ता कहीं और कर दोगे।"

"तेरे हिस्से कितनी ज़मीन आती है?"

"मेरे हिस्से चार एकड़ आते हैं। हमारी खेती बहुत अच्छी है। मेरे बापू जी का नाम अमर सिंह है। आप मालूम कर सकते हैं।"

अम्बर ने महसूस किया कि वह ठीक ढंग से बोला था। ज़मीन के बारे में सुनते ही गुरतेग सिंह के चेहरे पर नापसन्दगी के भाव तैर आए। वह पानी के औलू की तरफ़ चल पड़ा। झुककर उसने पानी से हाथ धोए।

"हम उसके लिए ज़्यादा ज़मीन वाला या कोई सरकारी नौकरी वाला लड़का ढूँढ़ रहे हैं।"

"मैं पढ़ने में अच्छा हूँ, पढ़ जाऊँगा।"

"क्या मालूम, पढ़ेगा कि नहीं। अगर पढ़ भी गया तो नौकरी मिलेगी या नहीं, क्या पता? बहुतेरे फिरते हैं यहाँ," गुरतेग सिंह का लहजा थोड़ा बदल गया था। अम्बर को लगा, वह अपनी बात कह चुका था। इससे पहले कि सामने वाले व्यक्ति का इरादा कुछ सख़्त हो जाए, उसे निकल लेना चाहिए।

"ठीक है भाई साहब, आप विचार कर लो। यह मेरी विनती ही है, बाकी जैसा आपको उचित लगे।" अम्बर ने विदा के लिए हाथ बढ़ाया। गुरतेग सिंह ने हाथ तो मिला लिया, परन्तु साथ ही बोला, "छोटे भाई, एक बात ध्यान से सुन ले। इस बात को ज़्यादा उछालना मत। ऊपर को थूकोगे तो थूक अपने मुँह पर ही गिरेगा। धी-बहन का मामला है। अपनी इज्ज़त सबको प्यारी होती है। तू चल, हम सोच-विचार कर लेंगे," ये कहकर वह ट्रैक्टर की ओर चल दिया।

ट्रैक्टर पर बैठते ही गुरतेग सिंह ग़ुस्से में बड़बड़ाया, 'सा...ला मरियल सा... अपनी इतनी सुन्दर लड़की तेरे जैसे कालू के पल्ले बाँध, उम्रभर की बद्दुआएँ लेनी हैं हमें?'

अम्बर ने स्कूटर स्टार्ट किया और वापस चल पड़ा। गुरतेग सिंह की बातों से उसे कोई आस नहीं बँधी थी। उसे लगा, वह एक ख़तरनाक जगह से बचकर वापस आ गया था। उसका चरनी के शब्दों में भी भरोसा डोलने लगा। चरनी उसको कोई पसन्द-वसन्द नहीं करती। उसने तो उसे यूँ ही कह दिया होगा कि उसके घर में उसके जीजा की चलती है। वह उससे उसकी कॉपी लेती रही थी, इसलिए एकदम न नहीं कर सकी।

कुछ दिन बाद ही गुरतेग सिंह का उलाहना ईसड़ू के किसी बन्दे के जरिये आ गया। उसने लड़के के इस प्रकार सीधा ही आ जाने पर बुरा मनाया था। अम्बर शहर से पढ़कर लौटा था और अभी आँगन में घुसा ही था कि भैंसों को पानी पिला

रहे अमर सिंह ने उसको आवाज़ लगाई, "ओए, चाय-पानी से फुर्सत पाकर इधर आ जाना, मुझे तुझसे बात करनी है।"

अम्बर ने अन्दर जाकर किताबें रखीं। बापू के लहजे से स्पष्ट हो गया था कि बात उन तक पहुँच चुकी थी। अम्बर डर गया, मगर उसने रोटी खाने से पहले इस डर का निपटारा कर लेने के बारे में सोच लिया। पानी पी कर वह भैंस बाँधने जा रहे अपने बापू की ओर बढ़ा। अगली भैंस खोलने से पहले अमर सिंह तन कर खड़ा हो गया।

"चीमे वाली लड़की के साथ तेरी कोई बातचीत है?"

"नहीं।"

"पक्का?"

"हाँ, पक्का।"

"फिर, बिना पानी के ही जूती खोले घूमता-फिरता है? तू लसाड़े वाले के पास चला कैसे गया? अगर वह तुझे पकड़कर बिठा लेता? कितनी बेइज्ज़ती होती अपने परिवार की? सोचा कुछ? ऐसे माँगने पर रिश्ता कब किया करते हैं ये साले जट्ट...।"

"..." अम्बर अपना होंठ काटता रहा था।

"तुझे कहा, बड़ा तो पढ़ा नहीं, तू पढ़ ले। पर तू तो किसी दूसरी दुनिया में ही मगन है।"

"बापू, वो लड़की सोहणी है।"

"लड़की सोहणी है तो तू अपनी शक्ल-सूरत भी देख। पढ़ ले, कुछ बन जा, रोटी लायक हो जा पहले।"

अम्बर चुप रहा। उसे खीझ इस बात की थी कि वह जैसा भी था, था तो उन्हीं का पैदा किया हुआ।

पाठ पढ़ने के बाद अम्बर बैठ गया था। मास्टर निक्का सिंह अगली घंटी तक पाठ समझाता रहा था। अगले दोनों पीरियड ख़ाली थे। कुछ लड़कियाँ-लड़के उठकर इधर-उधर चले गए। अम्बर ने चोर निगाहों से चरनी की तरफ़ देखा। वह किताब खोले बैठी अपनी सहेली के साथ बातों में व्यस्त थी।

अम्बर और जसवन्त, मास्टरों से आँख बचाकर स्कूल से बाहर आ गए थे। शहीद करनैल सिंह की मूर्ति के पास से गुज़रते हुए गाँव के बस-अड्डे पर पहुँच गए। अड्डे की दुकानों पर अच्छी-खासी रौनक थी। वे ख़ाली-से पड़े अड्डे के कमरे में बैठ गए। अम्बर मूर्ति की ओर देख रहा था। मूर्ति के गले में पन्द्रह अगस्त के दिन पहनाए गए हार अब सूख चुके थे। हर साल करनैल सिंह की स्मृति में एक बहुत बड़ा मेला लगता था। बड़ी राजनीतिक कान्फ्रेंस हुआ करती थीं। हर

साल शहीद करनैल सिंह की आत्मा गोवा से अपने गाँव तक एक चक्कर लगाती थी। पहले वह अपने भाई के घर के सदस्यों पर मँडराती, फिर घर में मेला देखने आए मेहमानों को देखती। यदि वह गोवा की आज़ादी के लिए लड़ता हुआ शहीद न होता तो उसका भी एक घर होता, परिवार होता, पर ये मेला न होता। गाँव में सब अपना-अपना जीवन भोग कर मरे जा रहे थे, पर उसकी तांबे की मूर्ति ज्यों की त्यों खड़ी थी। तब तक खड़ी रहनी थी, जब तक मेलों का युग रहना था। फिर एक दिन इस मेले को भी उजड़ जाना था। करनैल सिंह जब बचपन में चीमियों वाली नवमी पर जाया करता था, तब कितनी भीड़ हुआ करती थी। सारा इलाका ही उत्साहित होकर इकट्ठा हो जाता था। परन्तु अब उसकी 'करनैल के मेले' जैसी आभा नहीं थी। नवमी के मेले पर बहुत कम लोग जाते थे। साँपों की पूजा में अब बहुत-से लोगों का विश्वास नहीं रहा था।

करनैल सिंह की आत्मा एक चक्कर अपनी लेफ्ट पार्टी के पंडाल की ओर भी लगाती, जहाँ गिनती के लोग बैठे होते थे। एक चक्कर अकालियों और कांग्रेसियों की विशाल सभाओं के ऊपर, एक चक्कर स्कूल के ग्राउंड पर, जहाँ कबड्डी और फुटबॉल के मैच हो रहे होते। एक चक्कर बच्चों, पुरुषों और थोड़ी-सी स्त्रियों से भरी सड़कों के ऊपर भी लगाती जहाँ मिठाइयाँ बिक रही होतीं। एक चक्कर ठेके के साथ वाले अहाते पर भी जहाँ शराबी अपने आप को इस संसार से कुछ देर के लिए अलग कर लेने का यत्न कर रहे होते।

अम्बर की मानस के क्षितिजों पर अब भी तीसरी कूट मंडरा रही थी। वह जसवन्त के साथ उनके घरों की तरफ़ चल दिया। जसवन्त, उनके खेत मज़दूर भिन्दर बोअले का बेटा था। अम्बर अक्सर ही जसवन्त के साथ बैठकर पढ़ लिया करता था। उसकी ट्यूशन अभी कुछ दिन पूर्व ही ख़त्म हुई थी। उसने एक बार सिलेबस समाप्त कर लिया था। ख़ाली समय में वह जसवन्त को मैथ पढ़ा देता था।

"माँ रोटी..." जसवन्त ने घर के अन्दर घुसते ही कहा।

"चाची, मैं भी खाऊँगा," अम्बर ने भी कहा।

नंजो को यह बात बहुत अच्छी लगती थी कि जाटों का लड़का उनके घर की रोटी खा लेता था। रोटी खाकर दोनों पढ़ने बैठ गए। तभी अम्बर को घर का ख़याल आते ही बापू की पिटाई याद आ जाती। अभी कुछ महीने पहले ही उसने पटवारी के भिन्दर के साथ पंगा ले लिया था। उसने भी उसको 'अरजन का' कहा था। ताया के काले रंग और अम्बर के साँवले रंग के कारण तगड़े लड़कों ने उसका नाम 'अरजन का' रखा हुआ था। अम्बर इस नाम से पानी-पानी हो जाता और उसका पारा चढ़ जाता। अम्बर भिन्दर से उलझ गया था। भिन्दर ने उसे पीटा तो था ही, साथ ही उसकी कमीज़ तार-तार कर दी थी। अम्बर नंगे बदन घर में घुसा था। अमर सिंह ने 'तड़ाक-तड़ाक' दो झापड़ अम्बर के गालों पर रसीद कर दिए थे

और ग़ुस्से में भरा-उबला पटवारी के घर उलाहना देने चला गया था। उसका बड़ा भाई मनदीप इस कुटाई के ताने उसे कई दिन देता रहा था।

इस प्रकार की बातों ने उसके अन्दर ग़ुस्सा भर दिया। उसने गाँव से निकल जाने का प्रण कर लिया। पढ़ाई अम्बर के लिए वह रस्सा थी जिसे पकड़कर वह गाँव के कुएँ से बाहर निकल सकता था। इस रस्से को उसने कसकर पकड़ लिया था।

वह और जसवन्त, दोनों पढ़ रहे थे। तभी भिन्दर बोअला अन्दर आया।

"ले, तू यहाँ बैठा है। उधर वे तेरा इन्तज़ार कर रहे हैं। मुझे खोजने भेजा है।"

"मुझे पीटने के लिए मेरी राह देखते होंगे।" अम्बर ने कहा।

"कोई नहीं पीटता तुझे, बाल्मीकियों की हवा ख़राब हुई पड़ी है। हम नहीं घुसने देंगे उसकी माँ को अपने खेतो में...बताऊँगा पता मैं...।" भिन्दर बोले जा रहा था। वह आठ-नौ साल से उनके साथ ही काम करता आ रहा था।

उस दिन उसे पीटा तो किसी ने नहीं था, पर रात की रोटी के बाद एक बड़ा गिलास दूध का पीने की सज़ा मिली थी।

स्कूल के ग्राउंड वाले हिस्से की तरफ़ से ही अम्बर घर की ओर चल पड़ा। बहुत सालों बाद अपने स्कूल में आकर वह अनुभव कर रहा था कि इतिहास को छुआ तो जा सकता था, पर उसमें दुबारा दाख़िल नहीं हुआ जा सकता था। जहाँ भूने ने उसे पीटा था, ज़मीन का वह टुकड़ा वहीं पसरे-पसरे आसमान की ओर ताक रहा था।

लौटने से पहले उसने एक नज़र स्कूल के गेट के नज़दीक बनी नई लायब्रेरी की तरफ़ देखा। आठ-दस बच्चे अख़बार पढ़ने में मस्त थे। प्रिंसिपल ने अम्बर को बताया था कि अब सरकार की ओर से काफ़ी किताबें आ जाती थीं। कुछ साल पहले अम्बर ने अपने गाँव के विदेशों में रहते लोगों से पैसे एकत्र करवा कर गाँव की 'नौजवान सभा' को दिलवाए थे। 'नौजवान सभा' के नौजवान सदस्यों ने ही यह कमरा बनवाकर स्कूल को सौंपा था। अम्बर ने शेष बचे रुपयों से स्वयं साथ जाकर किताबें ख़रीदी थीं।

अम्बर के स्कूल के दिनों में पुरानी लायब्रेरी लक्कड़ की एक अलमारी में होती थी। लायब्रेरी क्या होती है, यह अधिकांश बच्चों को पता ही नहीं था। अम्बर तब आठवीं में पढ़ता था। निहंग सिंह बाबा ने बच्चों को किताबें पढ़ने के महत्त्व पर भाषण दिया था।

"बाबा जी, ये किताबें कहाँ से मिला करती हैं?" बहुत सारे बच्चे अम्बर के इस वाज़िब सवाल पर भी खिल-खिलाकर हँस पड़े थे। अम्बर शर्मिन्दा-सा होकर बैठ गया था। उसकी समझ में नहीं आया था कि उसने क्या ग़लती की थी?

"बेटा जी, बहुत बढ़िया प्रश्न किया तुमने," बाबा जी ने उसका हौसला

बढ़ाया था, "ये किताबें तुम्हारे स्कूल की लायब्रेरी में मिल जाएँगी। लायब्रेरी लम्बे समय से बन्द पड़ी थी, पर तुम्हारे प्रिंसिपल साहब बच्चों के वास्ते इसे खोल देने को राजी हो गए हैं।"

"तू मेरे से आकर निकलवा लेना," पंजाबी अध्यापक केसर सिंह ने उससे कहा था।

भाषण के बाद जो पहली किताब अम्बर ने निकलवाई थी, वह थी—जीवी। वह घर आकर कितनी ही देर तक किताब पढ़ता रहा। अगले दिन ख़ाली पीरियड में वह फिर किताब खोलकर बैठ गया।

"यार तू तो पढ़े जा रहा है, मैं किसके साथ बातें करूँ?" जसवन्त खीझ गया था। बाकी लड़के ग्राउंड में चल गए थे। लड़कियाँ बातों में लगी हुई थीं। अम्बर को जसवन्त की बात सही लगी। उसने उसको उपन्यास की रसभरी कहानी में उलझाना चाहा, "इसमें एक जीवी नाम की लड़की है, वह एक मेले में अपने प्रेमी के साथ भाग जाती है।"

"ओए...जीवी मेरी दादी का नाम है। क्या पता हमारा बूढ़ा उसको भगाकर ही लाया हो," जसवन्त ने किताब छीनी और बन्द कर के अम्बर के बस्ते में ठूँस दी।

"बूढ़ा हमारा बड़ा ख़राब है, पर हमारे परिवार की कहानी किसी को कैसे पता लग गई। तू इस किताब को जमा करवा दे और साथ ही इसे किताबों के पीछे वाली ख़ाली जगह में फेंक दे...," जसवन्त स्कूल में अपने परिवार की बदनामी से डर गया था।

यह बात अम्बर को कॉलेज में पढ़ते समय समझ में आई कि जीवी जसवन्त के परिवार की कहानी नहीं थी बल्कि गुजराती लेखक पन्ना लाल पटेल का लिखा उपन्यास था। पंजाबी में उसका अनुवाद हुआ था। स्कूलों में मुफ़्त भाषण देने का निहंग बाबा कैसा काम कर रहा था, यह तो अम्बर को प्रोफ़ेसर बनाने के भी कई बरस बाद समझ में आया था।

दूसरे संसार के साथ छेड़छाड़

जम्मू आने से पहले अम्बर पहाड़ी पंजाबियों से कभी नहीं मिला था। सिक्ख तो उसने पहाड़ों में बसते देखे ही नहीं थे। जम्मू में बसते बहुत से सिक्ख मुजफ्फराबाद, पुंछ और कश्मीर के रहने वाले थे। अम्बर के पास कई जातियों के विद्यार्थी पढ़ते थे। ज्यों-ज्यों दिन-महीने बीतते गए, उसके सामने नए-नए संसारों के द्वार खुलते गए। पुंछिये और कश्मीरी एक-दूजे को पसन्द नहीं करते थे। विद्यार्थियों में से कुछ

पुंछ के उन पहाड़ों से आए थे, जहाँ कुछ भी पैदा करना सरल नहीं था। जीने के लिए उन्हें कड़ा संघर्ष करना पड़ता था। दूसरे, कश्मीर के उन पहाड़ों में से आए थे, जहाँ संसार की सबसे कीमती वस्तुएँ पैदा होती थीं। पुंछिये संघर्षपूर्ण जीवन से आने के कारण सख़्त जान और परिश्रमी थे, जबकि कश्मीरी ख़ुशहाल घरों से आने की वजह से आरामपरस्त और कोमल जान थे। पंजाब में अम्बर के कॉलेज में सिक्खों, हिन्दुओं और मुसलमानों के साझे वातावरण के बावजूद तीन भाईचारों ने एक-दूसरे को लेकर कुछ 'मिथ' बना रखे थे। अम्बर इन मिथों का रहस्य जानता था। वह जानता था कि जहाँ भी कुछ भाईचारे एक-दूजे के सम्पर्क में आते थे, वे एक-दूसरे को छोटा सिद्ध करने वाले चुटकले और टोटके घड़ लिया करते थे।

अम्बर को पुंछिये और कश्मीरी विद्यार्थियों में अपनी ओर से किए जाने वाले काम की पहचान भी हो गई थी। किताबों के माध्यम से अधिकांश संसारों को जानते व्यक्ति के लिए दो संसारों को जोड़ना कठिन काम नहीं था।

उस दिन अम्बर क्लास समाप्त करके, चपरासी द्वारा लाकर दिया पानी का गिलास पीकर कुर्सी पर निढाल होकर बैठा लेक्चर के कारण हुई थकान को उतार रहा था। उसे सामने वाली कतार में विभागाध्यक्ष के कमरे में से किसी लड़की के ज़ोर-ज़ोर से बोलने की आवाज़ सुनाई दी। डॉ. गुरिन्दर कौर जवाब देने लगती, पर लड़की थी कि उसे बोलने ही न देती। अम्बर उठकर हेड के कमरे में चला गया। एक दुबली-पतली, लम्बी, गोरे रंग की लड़की मैडम पर बरस रही थी। ओह! ये तो नादिरा बहन जी की याद दिलाती वही लड़की थी जिसको उसने कुछ दिन पहले ही देखा था। अम्बर उसकी कश्मीरी पंजाबी शब्दावली ध्यानपूर्वक सुन रहा था। अम्बर को डॉ. गुरिन्दर के अड़ियल और कामचोर स्वभाव के बारे में पता था। डॉ. गुरिन्दर ने लड़की को डाँटने के लिए अंग्रेज़ी में एक वाक्य बोला। वह यह बात बिलकुल ही भूल गई कि यह उसकी दूर की रिश्तेदार लड़की थी और उसकी दोनों लड़कियों को घर जाकर 'स्पोकन इंग्लिश' बिलकुल मुफ्त पढ़ा चुकी थी। लड़की उसका अंग्रेज़ी वाक्य सुनकर अंग्रेज़ी में शुरू हो गई। पहले तो अम्बर कुछ पल आनन्द लेता रहा, फिर उसे औरत के हो रहे नापसन्द अपमान में मज़ा लेना नैतिकता से गिरा काम लगा। उसने दख़ल देते हुए लड़की के हाथ से फॉर्म पकड़ते हुए कहा—

"प्लीज़-प्लीज़, लाओ फॉर्म मैं अटेस्ट कर देता हूँ। मुझे फॉर्म पकड़ाओ। आओ मेरे कमरे में आ जाओ।"

"आपको गजेटेड अफ़सर कहलाने को तो मन करता है, पर गजेटेड अफ़सर वाले काम करने में कठिनाई आती है। तीन साइन करते समय आपको कितनी थकान हो जाती है।" वह अब पंजाबी में बोलने लगी थी। शायद उसे याद आ गया था कि उसकी अंग्रेज़ी तो हेड साहिबा को समझ में ही नहीं आ रही।

"अम्बर, कोई ज़रूरत नहीं मुँह लगाने की इसे...देखो तो कितना बोलती है ये लड़की...," डॉ. गुरिन्दर कौर ने कहा।

अम्बर ने उसकी बात की ओर कोई ध्यान नहीं दिया। वह अपने कमरे की तरफ़ चल दिया। उसके पीछे-पीछे ज़ोया, अपने आपको शान्त करती हुई चल दी। ज़ोया को यह प्रोफ़ेसर पंजाब का रहने वाला लगा। कुछ महीने पहले उसने सुना भी था कि पंजाबी विभाग में पंजाब के किसी उम्मीदार की नियुक्ति हुई है। उसे पंजाब के लोग कभी भाये नहीं थे। कोलकाता में उसके संग पढ़ते पंजाबी लड़के पंजाब की प्रतिनिधि तस्वीर पेश करते रहे थे। परन्तु यह बन्दा अपनी हेड की परवाह किए बग़ैर उसका फॉर्म अटेस्ट करने जा रहा था।

"बैठो," पंजाबी प्रोफ़ेसर ने कहा और फिर इंटरकॉम पर चपरासी को पानी लाने के लिए भी कह दिया।

वह उसके कमरे को देखने लगी। दीवार पर पंजाबी, हिन्दी, अंग्रेज़ी और रूसी लेखकों की तस्वीरें लगी थीं। किताबें पढ़ने सम्बन्धी अच्छे विचारों वाले पोस्टर थे। मेज़ पर हिन्दी-अंग्रेज़ी-पंजाबी उपन्यास पड़े थे। इनमें पुर्तगीज़ भाषा का अंग्रेज़ी में अनुवाद हुआ पाउलो कोहलो का उपन्यास 'इलेवन मिनट्स' भी रखा हुआ था। यह उपन्यास उसके कोलकाता वाले होटल मैनेजमेंट कॉलेज के विद्यार्थियों के बीच बहुत प्रिय था। मूल रूप में यह एक कॉलगर्ल की कहानी थी, मगर इसमें होटलों का चित्रण भी बहुत था। छात्र इस उपन्यास को अपनी ट्रेनिंग परिपक्व करने के लिए पढ़ते थे। बार का मालिक कॉलगर्ल बनने आई नई लड़की को इस व्यवसाय की बारीकियाँ समझाते हुए ग्राहक के साथ प्रेम-सम्बन्ध न बनाने की सलाह देता है। वह ग्राहक को दूरी रखकर भुगताने के लिए समझाता है।

"आपका नाम?" अम्बर ने फॉर्म अटेस्ट करके उसे पकड़ाते हुए पूछा।

"ज़ोया...ज़ोया कौर," दूसरे संसार की लड़की ने कहा।

"तुम्हारा नाम नया और अजीब-सा लगता है।" अम्बर के अन्दर उसे कुछ और देर बिठाए रखने की इच्छा जागी।

"मैं कश्मीर से हूँ, मेरे पापा के मुसलमान दोस्त ने यह नाम रखा था," ज़ोया ने बताया।

"क्या करती हो?"

"मैं होटल रिवर एंड हिल व्यू में मैनेजर हूँ। यूनिवर्सिटी के होटल मैनेजमेंट एंड हॉस्पीटेलिटी विभाग में पार्ट-टाइम क्लास भी पढ़ाती हूँ। आपने यह उपन्यास पढ़ा है?" उसने 'इलेवन मिनट्स' की ओर इशारा करते हुए पूछा।

"हाँ जी, पढ़ा था। यह क्लासिक तो नहीं, पर कॉलगर्ल्ज़ के व्यवसाय की कुछ बारीकियाँ समझने में मदद करता है," अम्बर ने कहा और उसके मन ने उसको बताया कि बस, यही वह लड़की थी जिस पर वह अपना अब तक दबा कर रखा

हुआ प्यार लुटा सकता था। वह चाहता था कि वह कुछ देर और उसके सामने बैठी रहे। उसके साथ मिलना सम्भव बनाने के लिए उसके अन्दर एक तरकीब सूझी। वह बोला, "अगर आपको पढ़ना हो तो ले जा सकती हो।"

"नहीं, मैंने पढ़ रखा है।"

"कोई अन्य किताब पसन्द है तो ले लो," उसके अन्दर संशय जाग उठा था कि कई बार एक बार बिछड़े लोगों से दुबारा मेल-मुलाकात होती ही नहीं। करोड़ों लोगों से भरी यह दुनिया कई बार लोगों को गायब ही कर देती थी। पुलों के बग़ैर लोगों तक पहुँचा भी तो नहीं जा सकता। और उन दोनों के बीच कोई पुल नहीं था।

"नहीं शुक्रिया..." उसने कहा और वह उठकर खड़ी हो गई। उसके मन में संशय पैदा हुआ कि उसका यहाँ अधिक देर बैठना इस परदेसी प्रोफ़ेसर के लिए सिरदर्दी बन सकता है। डॉ. गुरिन्दर कौर के सनकी स्वभाव से वह परिचित था। वह दोनों की रिश्तेदारियों में अपने सनकीपन के कारण प्रसिद्ध थी।

"थैंक्स सर, नाइस टू मीट यू," उसने कहा और जाने के लिए तैयार हो गई।

"कोई बात नहीं, जब चाहो आ सकती हो।" अम्बर ने खड़े होकर उसे विदा करते हुए कहा। इसके अतिरिक्त उसके पास कोई दूसरा तरीक़ा भी नहीं था जिससे वह इस मुलाकात को लम्बा कर सकता। उससे मिलकर वह इतना ख़ुश था कि उससे अपनी ख़ुशी सँभाले नहीं सँभल रही थी। उसका यह भी यकीन था कि जैसे पकते चावल के कुछ दाने, चावलों की दशा बता देते हैं, वैसे ही ज़ोया की कुछ बातों ने उसके अन्दर की लड़की का पता दे दिया था।

किसी अन्य के संसार में प्रवेश करने से उसे एक बार रोक दिया गया था। वह लड़की ज़ोया जितनी सुन्दर तो नहीं थी, पर उसके चेहरे पर भी ज़ोया जैसे ही ईमानदार, मेहनती, ज्ञानवान होने के साथ इस दुनिया को प्यार से देखने के भाव मौजूद थे। बारहवीं कक्षा में पढ़ता अम्बर अपनी उस सहपाठिन लड़की पर किस कदर मर मिटा था। जवानी के प्रचण्ड जज़्बों ने उसे बेचैन कर दिया था। वह इतना डरपोक था कि उस लड़की को कुछ कह नहीं सका था। उसने रातों में जाग-जाग कर उस लड़की को ख़त लिखा था। वह ख़त इतना लम्बा हो गया था कि उसे डायरी तो कहा जा सकता था, पर ख़त बिलकुल नहीं। उसने उस ख़त को पंजाबी, हिन्दी, उर्दू और अंग्रेज़ी कविता के साथ शृंगारा था। उसकी विनती मानते हुए शेक्सपियर, वारिस शाह और टॉलस्टाय जैसे लेखक-कवि मुहब्बत को लेकर व्याख्यान देने के लिए पहुँच गए थे।

कई दिन उसने उस ख़त को अपनी किताबों में छिपाए रखा था। वह उसका ज़रा भी भरोसा नहीं करता था। वह ख़त उसके लिए मुहब्बत के दरवाज़े खोल सकता था। वह ख़त उसे पिता के हाथों जूते पड़वा सकता था। वह लड़की के भाइयों द्वारा भरे बाज़ार में अपमानित ही नहीं, पिटवा भी सकता था।

बारहवीं कक्षा का डरपोक छात्र अम्बर वह ख़त उस लड़की को देने का साहस न जुटा सका। किताबों की दुनिया में दाख़िल हो चुके लड़के ने उसे एक तरकीब बताई। ख़त को वह लड़की के नाम पर कॉलेज के पते पर पोस्ट कर देगा। इस विचार के साथ ही वह चहक उठा था। फिर उसे याद आया कि लड़कियों की डाक प्रोफ़ेसरों द्वारा चैक करने के पश्चात ही आगे दी जाती थी। अम्बर फिर उदास हो गया। उस लड़की तक कोई भी पुल कामयाब नहीं हो रहा था। कच्चे युवक मन ने दूसरा उपाय खोज लिया। वह ख़त को रजिस्ट्री के ज़रिये भेजेगा। फिर तो ख़त लड़की को ही मिलेगा। उसके हस्ताक्षर होंगे, डाकिया उसे ही ख़त देगा।

जिस दिन उसने रजिस्ट्री करवाई, उसका दिमाग़ ख़त के साथ-साथ चलने लगा। तीसरे दिन वह हर पीरियड में डाकिये का इन्तज़ार करता रहा। बी.कॉम प्रथम वर्ष की क्लास के सभी पीरियड एक ही कमरे में लगा करते थे। उसे डर था कि जसवीर इन दिनों में छुट्टी न कर जाए।

जसवीर तो लगातार आती रही, लेकिन डाकिया तीसरे और चौथे दिन भी नहीं आया। वह अपने से कुछ ही दूर लड़कियों वाले हिस्से में बैठी राजकुमारी जैसी लगती जसवीर की ओर देख लेता। कुछ घंटे या एक आध दिन ही बीच में था। वह उसकी हो जाने वाली थी। अगले दिन जब जसवीर को बाहर बुलाया गया तो अम्बर के दिल में लड्डू फूटने लगे। जब अम्बर की नज़र लड़की के बजाय अम्बर की चिट्ठी पकड़े चली जा रही वाइस-प्रिंसिपल मैडम गिल्ल पर पड़ी तो अम्बर के दिल में अन्तिम लड्डू फूटता फूटता रुक गया। वाइस-प्रिंसिपल कॉलेज के प्रिंसिपल गुरनायब सिंह गिल्ल की पत्नी ही थी। दोनों एक-दूजे से बढ़कर सख़्त थे।

अम्बर को फटे-पुराने कपड़ों वाला, उलझी दाढ़ी वाला, ग़रीबी से जूझता एक आदमी उनके खेतों वाले रास्ते जाता दिखाई दिया। तीस साल की उम्र का वह आदमी पचास साल का दिखाई दे रहा था। उसने पहचाना, यह तो ईसड़ू गाँव वाला अम्बरदीप सिंह था। तेरा यह हाल किसने कर दिया? उसने उससे पूछा। क्लास में बैठे अम्बर ने बराबर बैठी जसवीर की ओर देखा। राजकुमारियों जैसी लड़की पल भर में ही बड़े-बड़े दाँतों वाली डायन में बदल गई थी। इस डायन की ख़ातिर उसने अपने पैर पर कुल्हाड़ी मार ली थी। कुछ बनने के उसने कितने बड़े-बड़े सपने देखे थे। हज़ारों रुपये कॉमर्स की ट्यूशनों पर खर्च किए थे। बापू अमर सिंह कितनी मुश्किल में पैसे निकाल कर देता था। सिर्फ़ इसी आस में कि लड़का खेतीबाड़ी से बाहर निकल जाए।

उसका कॉलेज से निकाला जाना तय था। उसे बापू और ताया द्वारा घर में बिठा लिया जाना पक्का था। गाँव में उम्रभर के लिए मजाक का पात्र बनना सुनिश्चित था। यदि कहीं चिट्ठी लीक हो गई तो उसके वार्तालापों का गाँव के लोगों में चर्चित हो जाना तय ही था।

एक पल उसने नहर में छलाँग लगा देने के बारे में सोचा। मगर उन तकलीफ़ भरे पलों से उसे इतना डर लगा, जब पानी को उसके अन्दर दाख़िल होना था और फिर साँसों का घुटना और फिर...इसके बनस्पित उसे ज़िन्दगी कुछ कम तकलीफ़देह लगी और उसने अपना विचार त्याग दिया।

अगला पीरियड और उससे अगला भी उसने पल-पल डूबते हुए बिताया। फ़ैसला उसे पता ही था, सिर्फ़ उसे बुलाया जाना बाकी था।

उसकी बिजनेस मैथ की क्लास चल रही थी। प्रोफ़ेसर ब्लैक बोर्ड पर क्या समझा रहा था, उसे नहीं पता था। उसे समझकर लेना भी क्या था। वह उसके कौन-सा काम आने वाला था। चपरासी उसे बुलाने आ गया। वाइस प्रिंसिपल मैडम ने उसे कैंटीन में बुलाया था। वह उठा। सारी क्लास ने उसे सरसरी तौर पर देखा। कोई नहीं जानता था कि उसके अन्दर इस वक़्त क्या तूफ़ान मचा हुआ था। जसवीर भी नहीं। उसे लगता था कि उससे कैंटीन तक चला नहीं जाएगा। उसे किताबें पढ़ने वाले लड़के ने बताया कि कैंटीन रिफ्रैश होने की जगह है, किसी को सज़ा देने की नहीं। लेकिन अम्बर अपने अन्दर के उस लड़के से सख़्त नाराज़ था। वह उसे इतनी छोटी-सी बात नहीं बता सका था कि रजिस्ट्री की गई चिट्ठी भी लड़की के दस्तख़त करवाने के बाद प्रोफ़ेसरों द्वारा ली जा सकती है। इसलिए उसने 'रिफ्रैश' वाली दलील बिलकुल अनसुनी कर दी। बाहर से साबुत, मगर अन्दर से गिरता-ढहता वह कैंटीन के प्रोफ़ेसर वाले कमरे के आगे जा खड़ा हुआ।

मैडम गिल्ल और मैडम सतवन्त, दोनों उसको देखकर मुस्करा दीं।

"आ जा अम्बर, अन्दर आ जा, यहाँ बैठ जा। काकू, पहले पानी और फिर तीन चाय लेकर आ।" मैडम गिल्ल ने कहा तो किताबों वाले लड़के ने अम्बर के अन्दर हलचल की, पर अम्बर ने फिर उसे डपट दिया। किताबों वाले लड़के को लग रहा था कि जो बन्दा तुम्हें प्यार के साथ बुल रहा हो, पानी और चाय पिला रहा हो, वह तुम्हें नुकसान नहीं पहुँचा सकता। अम्बर डरता-सकुचाता कुर्सी पर बैठ गया।

"अम्बर, घबरा मत। तुझे कोई सज़ा नहीं मिलेगी। पर मुझे यह बता, तू कॉमर्स का विद्यार्थी है, इतने फिलॉस्फर लोगों को और इतनी किताबें तुमने कब पढ़ लीं?"

बातचीत करने के लिए उसके अन्दर से किताबों वाला लड़का आगे आ गया। अम्बर को तो विश्वास ही नहीं हो रहा था। उसके अन्दर तो हिम्मत ही नहीं बची थी।

"मैडम, मैंने आठवीं कक्षा से ही स्कूल की लायब्रेरी से किताबें लेकर पढ़नी शुरू कर दी थीं। हमारे गाँव में भी एक लायब्रेरी है, वहाँ भी बहुत किताबें पढ़ीं। मैं रात में बारह-एक बजे तक पढ़ता रहता हूँ।" अम्बर ने कहा और शर्म महसूस करते हुए गर्दन झुका ली। अब उस पर डर के स्थान पर शर्म भारी हो गई थी। वह स्वयं को नंगा हो गया अनुभव कर रहा था। वह चिट्ठी मैडमों के लिए नहीं लिखी गई थी।

"अगर यह चिट्ठी उस लड़की को मिल जाती तो वह तो तेरे पीछे पागल हो जाती। बोल हो जाती कि ना?"

"मैडम, पता नहीं।" वह और अधिक शरमा गया। मुस्कराने से उसने अपने आप को रोक लिया।

"मैं बताती हूँ। वह तो पागल हो जाती, तेरे पीछे पड़ जाती, फिर तुम्हारा जल्दी ही विवाह हो जाता। फिर रह जाता तू यहीं का यहीं, जैसे और लड़के घूमते-फिरते हैं। इतनी किताबें पढ़ने वाला व्यक्ति तो जो चाहे बन सकता है। पर कुछ बनने के लिए सँभलकर चलना पड़ता है। वैसे वह लड़की तेरे मुकाबले में है क्या? इससे अधिक ख़ूबसूरत लड़कियाँ तो तेरे आगे-पीछे घूमेंगी। पर पहले कुछ बन ले। चाय उठा...।" मैडम गिल्ल ने कहा। उसने वेटर की बढ़ाई ट्रे में से एक कप उठा लिया, पर घूँट जल्दी नहीं भरा।

"बच्चे तो सिलेबस बड़ी मुश्किल से पढ़ते हैं, तू इतनी किताबें घोटे फिरता है। वैसे अम्बर, तू क्या बनना चाहता है? चाय पी ठंडी हो रही है।"

अम्बर बैंक क्लर्क, बीमा एजेंट, स्कूल मास्टर, थानेदार, बस-कंडक्टर, आर.एम.पी. डॉक्टर में से कुछ बनना चाहता था। अभी-अभी गिरकर खड़े हुए लड़के ने अपने कपड़े झाड़ते हुए यह सब रद्द कर दिया।

"जी, प्रोफ़ेसर बन सकता हूँ?"

"क्यों नहीं बन सकता?" मैडम गिल्ल ने ज़ोर दे कर कहा, "बेटा, तुझे प्रोफ़ेसर ही बनना चाहिए। तू डी.एस.पी. बनकर क्या करेगा? तू लोगों को नहीं कूट पाएगा। तू प्रोफ़ेसर बनकर लोगों को पढ़ा सकता है, उन्हें सीधी राह पर डाल सकता है। प्रोफ़ेसर तो हमारे जैसे बन गए जिन्होंने शहरों में पढ़े-लिखे घरों में जन्म ले कर भी तेरी उम्र में उन किताबों के नाम नहीं सुने थे, जो तू पढ़े घूमता है। बस, एक काम करना है, तू बी.कॉम फर्स्ट ईअर पास करके बी.ए. सेकेंड ईअर में चले जाना। तू लिटरेचर, हिस्ट्री, पोल.साइंस, फिलॉसफी, साइक्लोजी कुछ भी चुन लेना, तेरा क्षेत्र वही है। हाँ, उस लड़की की तरफ़ झाँकना भी मत...।" मैडम गिल्ल उसे रब बनकर मिली थी। मैडम का दिखाया रास्ता ही था जिसके कारण वह अपने पसन्द के व्यवसाय में आ गया था। उसे पढ़ने और पढ़ने का जुनून था।

कई दिनों बाद उसने फिर से जसवीर को देखा। 'मैं इतनी साधारण लड़की पर कैसे लट्टू हो गया?' मैडम गिल्ल के सम्मुख अम्बर का सिर सदा-सदा के लिए झुक गया। मैडम का सामना होते ही वह विनम्रता की मूर्ति बन जाता। वह पूरी तरह अपनी पढ़ाई में जुट गया।

इस्लामिया कॉलेज में पढ़ाते समय वह कॉलेज की डिसिप्लिन कमेटी का सदस्य हुआ करता था। जब भी कोई छात्र ग़लती करता तो प्रिंसिपल सहित बहुत से

अध्यापक उस छात्र को कॉलेज से निकाल देने की बात किया करते। परन्तु अम्बर सदैव विद्यार्थी को कम से कम एक अवसर देने के लिए अड़ जाता। क्या पता, वह विद्यार्थी क्या-क्या सम्भावनाएँ अपने भविष्य में छिपाए बैठा हो।

गाँव के बाहर फिरनी* पर आहिस्ता-आहिस्ता चला जा रहा वह सोच रहा था कि वह लड़कों द्वारा तंग किए जाने पर तंग क्यों होता था? वह तो माँ और ताया की सच्ची मुहब्बत की पैदाइश था। बापू तो उसका नाम का ही बापू था। माँ की दिली साँझ तो ताये के साथ ही थी। तब, उन दिनों कुछ और घरों में भी अनब्याहे ताये-चाचे थे। बिगड़े हुए लड़कों ने उन घरों के बच्चों के भी चेहरे-मोहरे पहचाने होंगे। उन्हें भी तंग करने के लिए परखा गया होगा। पर, वे तंग-परेशान नहीं हुए थे। अम्बर तंग हुआ था और पहचाना गया था।

भैंसें तंग नहीं होती थीं। चिड़ियाँ तंग नहीं होती थीं। हाँ, कुत्ते तंग होते थे।

स्कूल जाते समय, बिलकुल इसी स्थान पर से गुज़रते हुए, उन महरून पगड़ियों, नीली कमीज़ों तथा खाकी पाजामों वाले फौजियों ने एक कुतिया को हगते हुए देखा था।

"ओए...सारे अपनी-अपनी मुट्ठियाँ कसकर बन्द कर लो, फिर कुतिया का ज़ोर लगेगा।" उनमें से एक कप्तान ने कहा था।

कुतिया का ज़ोर लग रहा था। उसकी अगली-पिछली टाँगें क़रीब आ गईं। उसके शरीर की हड्डियाँ तन गईं। उसका शरीर धनुष की तरह मुड़ गया था। फौजियों की बाँछें खिल गई थीं। ज़ोर कुतिया का लग रहा था, ख़ुश फौजी हो रहे थे।

अम्बर उन्हें और कुतिया को देख रहा था। उसने मुट्ठियाँ नहीं भींची थीं। वह ख़ुश नहीं हुआ था। अम्बर बिलकुल उसी जगह खड़ा था। कुतिया अब तक मर-मरा गई होगी। फौजी इसी गाँव में रह रहे थे। वे सब अब बुढ़ापे के नज़दीक थे। उलझी दाढ़ियों वाले उसके संगी-साथी। अम्बर को अब भी कोई कोई लड़की प्रेमभरी नज़रों से देख लेती थी। एक दिन जम्मू से जालन्धर तक ट्रेन में आते हुए पठानकोट उतरने वाले एक लड़के ने उसे 'अंकल' कह दिया था। अम्बर को पहली बार किसी जवान लड़के ने 'अंकल' कहा था। उसे तकलीफ़ हुई थी। उसको उतरने के लिए जगह देने के बाद अम्बर ने कहा था, "वैसे, हूँ तो मैं तेरे अंकल की उम्र का ही, पर अब भी तेरी उम्र की लड़कियाँ मुझ पर मरती हैं।"

---

* चौगिछी, पंजाब के अधिकतर गाँवों में गाँव के चारों तरफ़ रिंग की तरह बनी सड़क का घेरा होता है जिसे 'फिरनी' कहते हैं। यह हरे-इंकलाब से पहले ज़मीन सुधार के समय बनाए गए थे।

वह लड़का अम्बर को ऊपर से नीचे तक देखते हुए बोला था, "जी बिलकुल ठीक कहा, माफ़ी चाहता हूँ।"

गाँव की फिरनी से थोड़ा-सा हटकर श्मशान घाट के इर्द-गिर्द अब दीवार बन गई थी। किसी सयाने सरपंच के प्रयत्नों के कारण पुराने पीपल के आस-पास बहुत सारे दरख़्त लग गए थे। श्मशान घाट का सारा अहाता एक छोटा-सा जंगल बन गया था। गाँव के अपनी आयु से पहले मर चुके लोगों की आत्माओं के लिए अब सिर्फ़ एकमात्र पीपल का पेड़ नहीं था।

अम्बर के दिमाग़ में हज़ारों किताबों के भूत थे। उन भूतों में रूसी राज कुमार थे, फ्रांसीसी सुन्दरियाँ थीं, भूरे बालों वाली जर्मन प्रेमिकाएँ थीं। होटलों में मुस्करा-मुस्कराकर काम करती जापानी लड़कियाँ जो ड्यूटी से मुक्त होते ही मोबाइल फ़ोन ऑन करतीं और अपने प्रेमी के साथ बातें करती-करती ढुसकने लग जातीं। पंजाबी संसार में रह रहा व्यक्ति, न जाने कितने ही ग़ैर-पंजाबी संसार अपने साथ उठाए घूमता था। वह अपनी आँखों में ब्रह्मांड के भेद लिये घूमता एक नक्षत्र विज्ञानी था।

"बेटा! ज़्यादा किताबें पढ़कर दिमाग़ ख़राब हो जाता है। स्कूल की किताबें ही पढ़ ली जाएँ, यही बहुत हैं," माँ शिन्दर कौर ने कहा था।

"हो नहीं जाता, हो चुका है। और कहीं दिमाग़ ख़राब होने वाले बन्दे के सींग निकल आते हैं? बातों से ही पता लग जाता है," बापू अमर सिंह बोला था।

अम्बर के दिमाग़ के ख़राब होने का भेद सबसे पहले उसके सहपाठियों को लगा था। स्कूल की ओर जाते वे गाँव के श्मशान घाट के पास से गुज़र रहे थे। महरून, नीले और खाकी रंगों वाले। किताबों से भरे बस्तों वाले। जिनके हाथों में नीली स्याही लगी हुई थी। उनके पापा पढ़े-लिखे युग में जाने वाली रेल में चढ़ने से रह गए थे। जिनके घरवालों ने बार-बार ताकीद कर के उन्हें उस रेल में हर हाल में चढ़ने के लिए कहा हुआ था। जिनका यह दृढ़-विश्वास था कि जैसे गाँव में एक संसार बसता था, वैसे ही श्मशान में भी गाँव के मृत लोगों का एक संसार था। जहाँ चूल्हों में आग जलती थी और रोटियाँ पकती थीं। जहाँ संगीत बजता और नृत्य होता। जहाँ जीवित संसार वाले नियम लागू नहीं होते थे। कोई भी किसी के साथ प्यार कर सकता था। जहाँ विवाह नहीं होते। जहाँ हर कोई हर किसी का था। जहाँ ज़िन्दगी रात को धड़कती थी। दिन के समय श्मशान में पीपल पर भूतनियाँ आराम करतीं, जिन्हें नींद नहीं आती थी, वे गाँव का चक्कर लगातीं। अपने घर के जीवों पर मँडराती। उन्हें जीवित लोगों के साथ राबता कायम करने के बहुत सीमित अधिकार थे। बहुत संकट के समय ही वे अपने परिवार के किसी सदस्य के अन्दर प्रवेश करके अपना सन्देश दे सकती थीं। यही कारण था कि बरस-छमाही गाँव में किसी न किसी को 'ऊपरी हवा' की कसर हो जाती थी।

"यार, बन्दा मर कर ख़त्म हो जाता है। दुनिया में भूत-प्रेत नाम की कोई चीज़ नहीं होती," अम्बर ने उन्हें समझाने का यत्न किया।

"फिर, गाँव के सारे लोग पागल हैं जो ये बातें करते हैं?" उसके एक सहपाठी ने कहा था।

"ये बातें मानने के लिए पागल होना ज़रूरी नहीं," अम्बर बोला था।

"अच्छा, अगर तेरी बात सच है तो उस पीपल के सात चक्कर लगाकर दिखा।"

एक पल के लिए तो अम्बर के दिमाग़ में उठा-पटक होने लगी। सन्देश इधर-उधर भेजे जाने लगे। डरों का आदान-प्रदान होने लगा। भयों का समाधान होने लगा। वह पीपल की ओर ग़ौर से देख रहा था। उसके साथी उसकी तरफ़ टकटकी लगाए खड़े थे।

अम्बर ने चुनौती स्वीकार कर ली। उसने अपना बस्ता राह के किनारे उनके पास रखा और पीपल की ओर चल दिया। उसके दिमाग़ में अब तक सुनी हुईं और किताबों में पढ़ी हुईं बातें परस्पर खटाक-खटाक टकरा रही थीं। वह दो मुर्दों की राख की ढेरियों के क़रीब से गुज़रा और पीपल के नीचे पहुँच गया। उसने पीपल के चक्कर लगाने शुरू किए। उसने अपनी नज़रें झुकाकर रखीं। वह अपने दिमाग़ की दीवारों पर बड़े ध्यान से देख रहा था, चौकन्ना और सावधान, कि कोई तीखे दाँतों वाला, बड़े-बड़े नाखूनों वाला अन्दर तो नहीं घुस रहा। दिमाग़ की सीमा सुरक्षित थी। चक्कर पूरे कर लेने के बाद उसने गाँव की फिरनी की तरफ़ देखा। उसके साथी वहाँ से जा चुके थे।

अपना बस्ता उठा वह स्कूल की ओर चल पड़ा। वहाँ सभी साथी स्कूल के गेट पर खड़े उसका इन्तज़ार कर रहे थे। वे सभी उसकी तरफ़ आँखें फाड़-फाड़ कर देख रहे थे। उसे जो अभी-अभी दूसरी दुनिया के साथ छेड़छाड़ करके चला आ रहा था।

'नेशनल कॉलेज फॉर होटल मैनेजमेंट एंड कैटरिंग, कोलकाता' में दाख़िला लिये ज़ोया को एक महीना हो चुका था। उसने अभी तक कोलकाता शहर नहीं देखा था। एयरपोर्ट से पीली एम्बेसडर टैक्सी में बैठकर वह सीधी कॉलेज और फिर कॉलेज के हॉस्टल में आ गई थी। कोलकाता की सड़कों पर पीली कारों की भरमार थी। रास्ते में उसने कोलकाता की प्रसिद्ध नदी हुगली देखी और जिस पुल पर से होकर वह गुज़री, वह पुल जहाज़ आने के समय ऊपर उठकर खुल जाता था। जब ड्राइवर ने उसको यह बात बताई तो वह चौंककर उस पुल और हुगली नदी को देखने लगी थी। दूर एक लोहे का जालवाला पुल भी दिखाई दे रहा था जिसके बारे में उसने अन्दाज़ा लगाया कि यह प्रसिद्ध हावड़ा ब्रिज ही होगा।

ज़ोया पढ़ती तो हर समय ही कुछ न कुछ रहती थी, पर किसी नई जगह जाने से पहले वह उस जगह के बारे में पूरी जानकारी हासिल कर लेती। पढ़ने की यह आदत श्रीनगर में अक्सर लगने वाले लम्बे कर्फ्युओं की देन थी। ख़राब हालात के कारण ही वह कश्मीर से इतनी दूर इस प्रसिद्ध कॉलेज में पढ़ने आई थी। इस कॉलेज को अंग्रेज़ी राज के समय चीन से कोलकाता आ बसा एक अल्प-संख्यक चीनी भाईचारा चलाया करता था। कॉलेज के क़रीब ही चाइना-टाउन बसा हुआ था जहाँ चीनी लोगों के अनेक रेस्टोरेंट और होटल थे।

ज़ोया काली माता का मन्दिर भी देखना चाहती थी। जितनी देर तक यह कोर्स करने की ख़ातिर उसे कोलकाता में रहना था, वह भारत की इस अमीर बंगाली संस्कृति के बारे में बहुत कुछ एकत्र कर लेना चाहती थी। जितना शीघ्र हो सके वह यह मुहिम शुरू कर देना चाहती थी। उसने कोलकाता की ट्राम के बारे में बहुत कुछ सुन रखा था। आज तक उसने ट्राम का सफ़र तो क्या करना था, उसने ट्राम देखी तक न थी।

छुट्टी के दिन उसने अपने सहपाठियों के संग काली माता मन्दिर जाने का कार्यक्रम बना लिया। उन्होंने कॉलेज से कुछ ही दूरी से ट्राम पकड़ ली। ट्राम, ट्रेन और बस के बीच की तकनीक थी। इसकी अगली नस्ल मेट्रो ट्रेन थी। कभी लोग इसे देखने आते होंगे। उसके चलने का, गुज़रने का कोई मतलब होता होगा। पर कोलकाता की सड़कों पर तो ट्राम बार-बार रुकती, हाँफती-सी दौड़ती थी। पुराने पड़ चुके रंग वाली, बूढ़े ड्राइवर और कंडक्टर वाली। नई-नई कारें ट्राम के पास से गुज़रकर आगे बढ़ी जा रही थीं। और तो और, ट्राम के चलने के कुछ देर बाद ही कोई गाड़ीवाला ट्राम की पटरी पर अपनी गाड़ी खड़ी करके इसका रास्ता रोक देता था। ट्राम का ड्राइवर अपने छोटे से केबिन में से सिर बाहर निकालकर गाड़ी वाले को बुरा-भला कहने लगता। हॉर्न के ज़माने में उसके द्वारा घंटी बजाने का कोई असर न होता।

"अब तो ट्राम के बहुत से रूट बन्द हो गए हैं।" उसकी सहेली अपांक्षा बासू ने बताया था। ट्राम की हालत कोलकाता में उस प्रसिद्ध फ़िल्म एक्ट्रेस जैसी थी जो बूढ़ी होकर कभी कभार ही किसी फ़िल्म में दिखाई देती थी। उसके प्रशंसक उसकी जवानी के हुस्न को सिर हिला-हिलाकर याद करते थे।

ज़ोया जितने वर्ष कोलकाता में रही, वह ट्राम को बच्चों की तरह ही देखती रही। मानो बीत रहे युग को देख रही हो। वह किसी दुकान में कुछ ख़रीद रही होती कि ट्राम की घंटी सुनकर, उसी वक़्त दुकान से बाहर आ खड़ी होती। वह उसे आते हुए देखती। वह उसके दोनों डिब्बों को बराबर से गुज़रते देखती। उसे पीछे की ओर से निहारती। उसके वहाँ से गुज़र जाने के बाद सड़क के बीच बनी उसकी लोहे की पटरियों को देखती। ट्राम की बिजली लेने वाली तार पिछले डिब्बे

के ऊपर की केबल-तार को छूती हुई धीरे-धीरे आगे बढ़ती दिखाई देती। यूँ लगता जैसे कोई खड़ी पूँछ वाली बूढ़ी कुतिया धीरे-धीरे आगे बढ़ती जा रही हो।

ट्राम से उतर कर वे सब धीमे-धीमे चलते हुए काली माता मन्दिर पहुँच गए। छुट्टी का दिन होने के कारण बहुत भीड़ थी। ज़ोया को आश्चर्य हो रहा था कि कम्युनिस्टों के चार दशकों के शासन के बावजूद बंगाली लोग इतने धार्मिक थे।

अभी वे मन्दिर के आँगन में ही थी, ज़ोया की सहेली रिया सेनगुप्ता ने धीमे स्वर में पूछा, "तुम काली माता को नहीं मानती? तुमने माथा नहीं टेका?"

"मैंने शिष्टाचार के तौर पर माथा टेका है, शायद तुमने देखा नहीं। हाँ, मेरा काली माता में कोई विश्वास नहीं है," ज़ोया ने धैयपूर्वक कहा।

"तो क्या ये सारे बंगाली पागल हैं? क्या आधा हिन्दुस्तान पागल है जो काली माता को मानता हैं?" रिया पारंपरिक परिवार की लड़की थी।

"काली माता को मानने के लिए पागल होने की ज़रूरत नहीं। समझदार आदमी भी काली माता को मानते हैं," ज़ोया ने कहा।

"क्या तुम मन्दिर के अन्दर जाकर काली माता को बोल सकती हो कि मैं नहीं मानती?" रिया को सच नहीं लग रहा था।

"हाँ चलो, बोल सकती हूँ," ज़ोया ने कहा।

"जा, अन्दर जाकर बोलकर आ, हम यहाँ इन्तज़ार करेंगे।"

ज़ोया अन्दर चली गई। वह किसी भी दैवी शक्ति को नहीं मानती थी। वह यह बात कश्मीर के एक गुरद्वारे में कह चुकी थी। इस मामले में वह अपने सख़्त स्वभाव डी.एस.पी. पिता से भी नहीं डरी थी।

कुछ समय बाद जब ज़ोया अन्दर से बाहर आ रही थी तो उसके सहपाठी लड़के-लड़कियाँ उसे अचरज भरी नज़रों से देख रहे थे। उस लड़की को जो दूसरी दुनिया के साथ छेड़छाड़ करके वापस आ रही थी।

ज़ोया को बंगाली बिलकुल पसन्द नहीं थे। वे आवश्यकता से अधिक आत्म विश्वास से भरे हुए थे। बात करते समय दूसरे की न सुनते। अपनी ग़लत बात के भी अजीबो-ग़रीब तर्क देने लगते। बातों की पकड़ में न आने वाले जंगली कबूतर, साँवले-साँवले। उन्हें ज़ोया के गोरे-चिट्टे रंग की, ज़ोया के ख़ास कश्मीरी नैन-नक्शों की मानों कोई परवाह ही नहीं थी। ज़ोया को अपने संग पढ़ते दो सिक्ख लड़के भी नापसन्द थे। उसने कुतरी दाढ़ियों वाले सरदार बहुत कम देखे थे। बचपन में अपने गाँव वाले घर के बाहर एक फौज़ी गाड़ी में पहली बार कटी दाढ़ियों वाले सरदार देखे थे।

"माँ, मैं बाहर गड्डी दीखी ए, उसमें दाहड़ी कटे फौज़ी सिक्ख बैठे दे आसे। वो किहड़े सिक्ख होंदे ना?" उसने पूछा था।

"वो सिक्ख नीं होंदे ना, जट्ट होंदे ना," माँ का जवाब था।

और, ये लड़के अपने आपको जट्ट सिक्ख बताते थे। ज़ोया धार्मिक नहीं थी, फिर भी उसको कटी दाढ़ियों के ऊपर सजा-सँवार कर बाँधी पगड़ियाँ देखकर घिन्न-सी आती थी। ज़ोया नाम सुनकर उन्होंने उसके बारे में पता नहीं क्या सोचा होगा, पर उसका पूरा नाम ज़ोया कौर जानकर वे उसमें ख़ासी रुचि लेने लगे थे। ज़ोया उनसे दूर-दूर ही रहती। 'मेरा नाम बिक्रमजीत सिंह है, मैं पंजाब का रहने वाला हूँ।' 'मेरा नाम सतनाम सिंह है, मैं पंजाब का रहने वाला हूँ।' हुँह, पंजाब न हो गया, पेरिस हो गया।

श्मशान से घर तक आते हुए अम्बर को इन रास्तों का ज़र्रा-ज़र्रा बहुत प्यारा लगा। इन रास्तों पर वह अनेक पराजयों का सामना करता रहा था। वह अपने वर्तमान से सन्तुष्ट था। आँगन में पैर रखते ही उसकी नज़र दादी नसीब कौर की ख़ाली पड़ी जगह की ओर गई। उस जगह जहाँ उसकी चारपाई हुआ करती थी।

दादी अपनी ग़लती से हुई मौत के समय धर्मराज की कचहरी से एक ऐसा सुबूत लेकर आई थी जिसे सभी ने सच मान लिया था। अम्बर की बात यूँ भी उन दिनों में सुनी नहीं जाती थी। दादी की मुलाकात दादा दसौन्धा सिंह के साथ हुई थी। कई सालों से बिछुड़े बाबा और बेबे के बीच बहुत सारी बातें हुई थीं, पर सबसे आवश्यक बात जो बाबा ने बार-बार कही, वह यह थी कि वह मरने से पहले अपने यार अधिया सिंह की पाँच हज़ार की रकम नहीं लौटा सका था। इस बारे में किसी को पता नहीं था। दसौन्धा सिंह ने भी कहाँ बतानी थी यह बात किसी को। आख़िर, उनकी चालीस साल की यारी थी।

सफ़ेद दाढ़ी, सफ़ेद पगड़ी और सोने के बड़े-से सिंहासन पर बैठे धर्मराज के आगे नसीब कौर की पेशी हुई। चारों यमदूत लज्जित हुए खड़े थे। ग़लती धर्मराज की भी थी। इतनी सारी शक्तियों के स्वामी, चारों दिशाओं के जानणहार, फिर भी ग़लती हो गई थी।

"ज़्यादा पढ़ी किताबें बहुत काम आती हैं। पर कई बार नहीं भी आतीं," अम्बर ने अपने पुत्र शीरी को कभी समझाया था।

वे यमदूत किसी दूसरे ईसड़ू गाँव की किसी अन्य नसीब कौर की जगह अम्बर की बेबे को उठा लाए थे।

"बीबी, तेरे पास अभी कुछ घंटे हैं, तेरे देश में अभी रात है। लोग सोए पड़े हैं। तुम थोड़ा समय अपने सगे-सम्बन्धियों के साथ यहाँ बिता ले।" बेबे के सगे-सम्बन्धी पहले ही उसके पास आ गए थे। उनमें से कुछ लोग गाँव के थे, कुछ रिश्तेदारों में से थे। कुछ अगली जीव योनि में पड़कर यहाँ से जा चुके थे। अच्छे

कर्म करने वाले धर्मात्मा क़िस्म के लोग स्वर्ग में ऐश कर रहे थे। ख़राब क़िस्मत वाले शैतान, नरक में 'हाय-हाय' कर रहे थे।

दसौन्धा सिंह ने अमर सिंह, अरजन, शिन्दर कौर, मनदीप, यहाँ तक कि अपने मित्र अधिया सिंह का हालचाल पूछा था। अम्बर का जन्म बाबा की मौत के बाद हुआ था। अम्बर के बारे में थोड़ा-बहुत उसे पता था, पर पूरी तरह उसे बेबे से ही पता चला था। दूसरे पोते की आमद के बारे में सुनकर वह ख़ुश हुआ था।

"ज़मीन कम है, ऐसे में दोनों के रिश्ते हो जाएँगे?"

"तेरी मौत के बाद बहुत कुछ बदल गया अरजन के बापू। अब लोग सरकारी नौकरी वाले को भी पसन्द कर लेते हैं, हिस्से में आने वाली ज़मीन चाहे कम हो। बड़ा मनदीप पढ़ने में ढीला है, चलो खेती कर लेगा। छोटा अम्बर पढ़ने में तेज़ है। पढ़ जाएगा," नसीब कौर बेबे ने बाबा की तसल्ली करवा दी थी।

बेबे ने वहाँ मिले सभी परिजनों को उनके घर-बार की ख़बर दी थी। जो लोग उम्र भोगकर परलोक सिधारे थे, वे सीधे यमराज के घर पहुँच गए थे। उनमें से जो आयु से पहले मरे थे, वे गाँव के श्मशान घाट में पीपल पर ही रह गए थे। वे अपने घरवालों को अपने सीमित अधिकार का प्रयोग करते हुए आवश्यक सन्देशे दे चुके थे। ये सन्देशे उन्होंने उस पारिवारिक सदस्य के माध्यम से दिए थे जो मरने वाले को सबसे अधिक प्यार करता था और जो सबसे अधिक दुखी हुआ था।

"नसीब कौर, तुम अधिया सिंह के पैसे ज़रूर लौटा देना।"

लौटते वक़्त बेबे को दसौन्धा सिंह बाबा की यह अन्तिम ताकीद थी। गुरद्वारे वाले बाबा के बोलने से कुछ देर पहले ही बेबे की आँख खुली थीं। ठंडा हुआ शरीर दुबारा गरम होना शुरू हुआ था। "चलो भाई चलो, अपने-अपने काम लगो।" दिमाग़ ने निर्देश जारी किए थे। सन्देशों का आदान-प्रदान तेज़ी के साथ शुरू हो गया था। देह के सारे अंग अपने-अपने काम में लग गए थे।

बेबे अचरज के साथ आँखें झपकती हुई उठ बैठी थी। 'वाहेगुरु-वाहेगुरु' उच्चारा था। जो जाग रहा था, वह बेबे के साथ घटित घटना सुनता रहा। ऐसी घटना दशकों के बाद कभी-कभार घटा करती थी। अब उनके घर में घट गई थी। अम्बर को चाय पीते हुए यह बात उसकी माँ ने सुनाई थी।

"सपना आया होगा।" उसने सबके सामने कहा था।

"कोई बात नहीं, ये पैसों वाली बात देख लेते हैं, अगर अधिया चाचा मान गया तो बेबे सच में ही मरी होगी," अमर सिंह ने कहा था।

दिन चढ़े अरजन ताया अधिया सिंह से मिलने गया था।

"चाचा, तेरा बापू के साथ कोई लेन-देन का हिसाब-किताब रह गया था?"

अरजन सिंह ने बात शुरू की थी। रकम कितनी थी, यह बात उसने अधिया सिंह चाचा से कहलवानी थी।

"मरो-बिछड़ों के साथ कैसा हिसाब-किताब होता है, भतीजे। उसका हिसाब-किताब उसके साथ चला गया।" साठ की आयु को पहुँचा अधिया सिंह ने हाथ मार दिया था। बापू की मौत को यद्यपि कई साल हो चुके थे, पर दोनों परिवारों के बीच की साँझ में कोई फर्क़ नहीं पड़ा था। अरजन सिंह ने बेबे के यमराज के घर से लौटने की बात सुनाई थी।

"उसकी आत्मा को चैन आ जाएगा, तू बता दे, कितने पैसे लिये थे बापू ने?"

"अच्छा तो ये बात है! उसने मेरे से पाँच हज़ार रुपया पकड़ा था, मुझे भी अब याद आया, जब तूने बात की," अधिया सिंह हँस पड़ा था। आख़िर वे अच्छे यार साबित हुए थे।

"मैं शाम तक देकर जाता हूँ," अरजन सिंह लौट आया था।

"असल में, पैसों वाली बात बेबे की अन्तरात्मा में से सपना बनकर निकली है। जीवित रहते बाबा ने इन पैसों के बारे में अवश्य जिक्र किया होगा। तंगी-तुर्शी की मारी हमारी बेबे चुप्पी लगा गई होगी। अब अन्तिम समय में उसकी आत्मा यह बोझ उठाने को तैयार नहीं," अम्बर ने कहा था। किसी ने उसकी बात पर ध्यान नहीं दिया था। गाँव में यह बात तो जानी-मानी थी कि ज़्यादा पढ़ने से दिमाग़ ख़राब हो जाता है।

दूसरे संसार के साथ छेड़छाड़ करता अम्बर किसी को भी पसन्द नहीं था।

दिमाग़ ख़राब करती किताबें

अम्बर ने अपनी आँखें क्लेश में ही खोली थीं। घर के कुछ जनों को लड़ने का भुस पड़ा हुआ था। कई बार तो चीख-पुकार उसके सो कर उठने से पहले ही शुरू हुई होती। जैसे यह भी कोई काम हो। ज्यों-ज्यों अम्बर बड़ा होता गया, धीरे-धीरे वह भी इसमें अपना हिस्सा डालने लगा। एक समय तो यह भी आया, जब ज़्यादातर लड़ाई-झगड़े शुरू करवाने वाला अम्बर ही होता था। घर की शान्ति वाला माहौल अम्बर को बिलकुल पसन्द नहीं था। वह माँ और दादी को किसी न किसी बात में उकसा देता। वे दोनों जैसे पहले से ही तैयार बैठी होतीं।

लड़ाई-झगड़े का अन्त खेत से अमर सिंह के घर लौटने के साथ होता था। उसके आते ही जैसे घर में दैत्य घूम जाता। गालियाँ तो दोनों पर पड़ेंगी, यह सास-बहू दोनों को पता था, इसलिए वे दोनों जहाँ तक सम्भव होता, बापू को कोई भनक न पड़ने देतीं। परन्तु कभी-कभी लड़ाई-झगड़ा इतना भीषण होता था कि वे चाहती हुईं भी, उसे रोक न पातीं। या कभी-कभार अमर सिंह दोनों के सूजे हुए मुँह देखकर

स्वयं ही भाँप जाता कि उसकी अनुपस्थिति में कुछ न कुछ टंटा अवश्य हुआ है। उसे ख़ुद भी कुटापा करने में जैसे आनन्द आता था। वह बच्चों से पूछताछ कर बात का पता लगा लेता तो वे ग़ुस्से में लाल-पीली हुई फिर से शुरू हो जातीं।

"तुम्हारी भैण को...मेरे पीछे जलूस निकलवाती हो, अब मेरे सामने भैण..." घर का लड़ाई-झगड़ा तो पहले ही दीवारें फाँद चुका होता, अब इसमें अमर सिंह की मर्दाना आवाज़ भी शामिल हो जाती। इस समय यदि अम्बर घर से बाहर बच्चों के संग खेल रहा होता तो उसका मन ख़राब हो जाता। उसे इस बात का रह रहकर अफ़सोस होता कि इसकी शुरुआत उसने ही करवाई थी। अमर सिंह दोनों को गालियाँ देता, पर मार शिन्दर कौर या कभी कभार अम्बर को पड़ती। बड़ा मनदीप घर से बाहर खिसक जाता। जैसे ही अमर सिंह शिन्दर कौर को कूटने लगता, वह चीख-चीख कर रोने लगती। अरजन सिंह यदि घर में होता तो वह छुड़ाने के लिए दौड़ता। अड़ोसी-पड़ोसी 'जाने दे अमर सिंह, ओए जाने दे...' का शोर मचाते भागते आते।

अमर सिंह और अरजन सिंह दोनों भाई सात एकड़ ज़मीन के मालिक थे। बड़ी दो बहनों की शादियों में परिवार के सिर पर कर्ज़ा चढ़ गया था। अरजन पुराने ज़माने की छह जमातें पढ़ा हुआ था। उसने हिसाब-किताब जल्दी ही लगा लिया कि इतनी भर ज़मीन पर दो भाइयों के विवाह नहीं हो सकते थे। लड़की वाले देखने हालाँकि अरजन को आते, पर उसका काला रंग देखकर पसन्द अमर सिंह को कर जाते। अरजन ने कुछ सालों बाद अमर सिंह का रिश्ता ले लिया। शिन्दर कौर इतनी गोरी-चिट्टी थी कि सबको यही लगा कि उसकी जोड़ी अमर सिंह के साथ ही फबती थी। खेतीबाड़ी का काम अमर सिंह करता था। पढ़ा-लिखा होने के कारण हिसाब-किताब रखने और अन्य अन्दर-बाहर के काम अरजन बढ़िया सँभालता था। बड़ा होने के कारण यह सब काम कई बरसों से उसके ही हाथ में था।

शिन्दर कौर कभी-कभी अमर सिंह को आराम से सो जाने के लिए कह करवट बदल कर लेट जाती। कई बार अमर सिंह की आँख खुलती तो वह शिन्दर कौर वाला निवार का पलंग ख़ाली देखता। अमर सिंह ने अपने गाँव में छड़े लोगों के कितने ही घर देखे थे, पर अब बदले समय में बहुत-से कुँवारों की अपनी भाभियों से निभती नहीं थी। इसलिए विवाह से वंचित रह गया आदमी, औरत चाहे मोल की ले आए, चाहे किसी विधवा से ब्याह कर ले, वह ब्याहा जाता। अरजन सिंह की शिन्दर कौर के साथ अधिक निभा करती। शिन्दर कौर और अरजन हिसाब-किताब करते-करते कितनी ही देर पता नहीं क्या-क्या बातें किए जाते। और तो और, वे तो शहर को सौदा आदि लेने भी इकट्ठे ही जाते। आगे-आगे झोला उठाए अरजन चलता, पीछे-पीछे शिन्दर कौर कुछ फासला रखकर चलती। गाँव वालों के लिए यह दृश्य कोई अजीब तो नहीं था, पर नई पीढ़ी अवश्य मन्द-मन्द हँसा करती।

अमर सिंह कुछ कह तो न पाता, पर वह कभी-कभी शिन्दर की हड्डियाँ अवश्य सेंक देता। कभी-कभी सब कुछ छोड़-छोड़कर शिन्दर कौर अपने मायके लाडेवाल जा बैठती। अमर सिंह अपने भाई की कुर्बानी समझता था, लेकिन वह स्वयं सख़्त और रूखे स्वभाव का मालिक था। स्वभाव में उतावलापन था। पहले कुछ कर बैठता था, बाद में फिर कहीं सोचता था। रात में जब शिन्दर कौर अपने बिस्तर पर वापस आती, वह बड़बड़ाने लगता। दबी ज़ुबान में पता नहीं क्या-क्या बोले जाता।

"मैं गुसलखाने गई थी...," वह उसे समझाने का यत्न करती।

"मुझे पता है, कौन-से गुसलखाने गई थी," वह खौलता रहता, पर ऊँची आवाज़ में न बोलता। उसका व्यवहार दिनोदिन अपनी पत्नी के प्रति रूखा होता गया। इसके विपरीत अरजन शान्त स्वभाव वाला था। वह दूध डेयरी पर देने जाता, फिर आकर कॉपी में लिखता। सहकारी सभा से खाद उठानी होती तो वह ट्रैक्टर पर नौकर को संग ले जाता। फ़सल बेचनी होती तो वह कई-कई दिन मंडी में पड़ा रहता। अमर सिंह ट्राली मंडी में ढेरी करता और लौट आता। फ़सल बिकने के बाद ही अरजन घर वापस आता।

अरजन सिंह अपने भाई को आढ़तिए द्वारा की जाती ठगी के बारे में समझाता। अरजन सारा हिसाब-किताब स्वयं ध्यान से देखता था। यह तो अमर सिंह को भी पता था कि उसका बड़ा भाई हिसाब-किताब में पहले से ही अच्छा था। जब उनके बापू दसौन्धा सिंह ने उसको सातवीं कक्षा से पढ़ने से हटा लिया था तो मास्टर ने कहा था, "सरदार साहब, तुम्हारा लड़का हिसाब में अच्छा है, पढ़ जाएगा, इसे पढ़ने से न हटाओ।"

बुज़ुर्ग ने मज़बूरी बताई थी, "मास्टर जी, खेती बन्दों से ही चलती है। यह जी ट्रैक्टर चलाया करेगा।"

अमर सिंह को यह भी पता था कि बड़े भाई के हिस्से की ज़मीन उसके बच्चों के हिस्से ही आनी थी। यही कारण था कि वह भाई के ख़िलाफ़ सीधे कभी कुछ नहीं बोलता था।

जब अम्बर का जन्म हआ था, तब पंजीरी देने गया अमर सिंह दाँत पीस कर रह गया था। लड़का बिलकुल अरजन पर गया था। शिन्दर कौर पुत्र को लेकर लौटी तो अमर सिंह उसके क़रीब नहीं गया। कई-कई रातें तो वह खेत की मोटर (ट्यूब वैल) पर ही पड़ा रहा। काम का बहाना बनाकर वह अपने घर से टूटा रहा। गाँव की स्त्रियाँ बेटे को देखने आती थीं। अमर सिंह को शरम आती।

अभी शिन्दर कौर चलने-फिरने योग्य नहीं हुई थी कि एक दिन किसी बात पर अमर सिंह ने उसके धौल जमा दिए थे।

"रे नासपीटे! तू मुँह से बात कर ले। बहू जनेपा काट के आई है।" नसीब कौर ने बीच में आते हुए कहा। हालाँकि नसीब कौर का यह दृढ़ विश्वास था कि

शिन्दर कौर कुटाई अपने कारण ही खाती थी। उसकी बिलान्द भर की ज़ुबान उससे ये कारनामे करवाती थी। परन्तु, दूसरा बेटा जन्मने पर नसीब कौर शिन्दर कौर के प्रति कुछ कुछ नरम हो गई थी। और फिर, उसको यह भी था कि जचगी से ताज़ा उठकर आई औरत में मार के कारण कोई नुक्स पड़ सकता था। यह नसीब कौर भी जानती थी कि वह अमर सिंह की अपेक्षा अरजन को अधिक क़रीब आने देती थी। उसे यह शिकवा था कि लोगों की बहुओं ने तीन-तीन, चार-चार छड़े* आदमी सँभाल रखे थे। उन्होंने घर को एकजुट रखा हुआ था।

अम्बर यह लड़ाई-झगड़ा देखते-देखते ही बड़ा हुआ था। ये लड़ाई-झगड़ा सब्ज़ी के बेस्वाद होने से लेकर, चाय-रोटी खेत पर समय से न पहुँचने, कपड़े ठीक से न धुले होने को लेकर हो सकता था। शिन्दर आगे से जवाब देने लगती। वह दिनभर काम में खटती-मरती थी। कितने-कितने भईया नौकरों की रोटियाँ पकाती। नए बीजों, खादों और स्प्रे आदि के आने पर खेतीबाड़ी के काम बहुत बढ़ गए थे। परेशान तो किसान मर्द भी होते थे, पर उन्हें फिर भी खेत मज़दूर या दिहाड़ीदार का सहारा होता था। औरतों की मदद करने वाली नौकरानियाँ नहीं थीं। अधिक से अधिक गोबर-कूड़ा करने के लिए उन्होंने मज़हबी लगा रखे थे। लड़ाई-झगड़ा होते देख अम्बर रोने लगता। अमर सिंह उसकी माँ की तरफ़ कूद कूद कर पड़ता। शिन्दर कौर चूल्हे के आगे बैठी अपने ऊपर चढ़े आ रहे अमर सिंह की सोटी से ख़ुद को बचाने के लिए बाँह से अपना सिर ढँकने का यत्न करती।

"री माँ...मुझे बचा ले...हाय...," उसकी लम्बी चीख निकल जाती।

यदि नसीब कौर घर में होती तो वह उसके बचाव के लिए आगे आती। अगर अरजन घर में होता तो वह अमर सिंह को बाँहों में दबोच लेता। वे दोनों ही घर से बाहर होते तो शिन्दर कौर को जल्दी बचाने वाला कोई न होता। अमर सिंह अपना पूरा ग़ुस्सा शिन्दर पर उतार देता। वह तब तक उसे मारता-पीटता रहता, जब तक बच्चों का रोना-धोना और शिन्दर की चीख-पुकार सुनकर पड़ोसी न आ जाते। अम्बर की माँ पर एक बार बिलकुल ऐसी ही मार पड़ी थी। उस रात माँ के साथ लेटे अम्बर का कोई अंग माँ की चोट वाली जगह को छू जाता था तो उसकी माँ की 'हाय' निकल जाती।

"बेटा, जरा हट के पड़। तेरे कंजर बाप ने अंग-अंग तोड़ रखा है।" वह फिर रोने लगती। वह भूखी-प्यासी पड़ी थी। मारे भूख के पेट की अन्तड़ियाँ ऐंठ रही थीं। नसीब कौर दो बार रोटी लेकर आ चुकी थी। तीसरी बार आई बूढ़ी को वह लौटा न सकी।

"पता नहीं, इस लड़के में कैसा भैरों आता है। अच्छा-भला हुआ करता था। किसने क्या जादू-टोना कर दिया," नसीब कौर बोली।

---

* छड़ा—जिसकी शादी न हो सकी हो।

"जादू-टोना क्या होगा माता? वो मेरी देह नोंचना चाहता है। एक के बाद एक बच्चों से मेरी देह में बचा ही क्या है अब...," उसकी पिघलती जाती आवाज़ से अम्बर को लगा कि माँ फिर से रोने लगी थी। वह भी ठुसकने लगा था।

"चुप बेटा, चुप! तू ही न पैदा होता। तेरे न आने पर कौन सी कोई गाड़ी रुकी पड़ी थी।"

अरजन सिंह किसी रिश्तेदारी में गया हुआ था। अगले दिन जब अमर सिंह पशुओं को बाँधता फिर रहा था तो शिन्दर कौर ने झोले में अपने और अम्बर के कपड़े ठूँस लिये। बड़े को कुछ बातें समझाईं और अमर सिंह को सुनाती हुई बोली, "और मैं भी देखूँ, तेरा बाप कितने दिन तुझे सँभालता है। अपना ख़याल रखना पुत्त।"

सास के रोकने के बावजूद वह अम्बर को बाँह से पकड़कर खींचती हुई चल पड़ी।

"उसको भी ले जा, उसको क्यों छोड़ चली है?" अमर सिंह बोला।

"वह तेरा बीज है, तू सँभाल। इसको मैं ख़ुद पाल लूँगी," कहती हुई वह दरवाज़ा पार करके आँखों से ओझल हो गई।

"बेटी, क्यों जा रही है?...शिन्दर कौरे...लौट आ...।" उनकी एक पड़ोसिन ने कहा। उन्हें उनके घर रात में हुए झगड़े का पता था। शिन्दर कौर जवाब नहीं दे सकी। उसकी आँखें डबडबा आईं। उसकी भरी आँखें देखकर अम्बर भी धीरे-धीरे रोने लगा। लोग उन्हें देखते हुए क़रीब से गुज़र रहे थे। अमर सिंह के सड़ियल स्वभाव से सभी परिचित थे। अम्बर को याद आया कि वह आज शाम को होनेवाली साँझी माई की पूजा में शामिल नहीं हो पाएगा।* उसकी दादी ने पूजा में शामिल होनेवाले सभी बच्चों को पंजीरी का प्रसाद देने का वादा किया था। अब सारी पंजीरी मनदीप खा जाएगा। वह बस-स्टॉप के कमरे में बैठ कर जोड़ेपुल को जाने वाली बस का इन्तज़ार करने लगे। एक गौरी औरत। एक काला बच्चा। फीका काला।

बस-स्टॉप के कमरे में सीमेंट की बनी सीट पर बैठा अम्बर लगातार सामने वाले ऊँचे चबूतरे पर खड़े लम्बे आदमी की ओर देखे जा रहा था। उस आदमी के गले में बैग था और वह क़दम आगे बढ़ाता लग रहा था। अम्बर को हैरानी हो रही थी कि जिस तरफ़ वह आदमी क़दम उठा रहा था, उस तरफ़ तो और जगह ही नहीं थी। वह गिर सकता था, पर वह क़दम क्यों उठा रहा है? उसको हैरानी हुई। उसको इस बात की हैरानी भी हो रही थी कि उस आदमी का सब कुछ हरे रंग का था—उसकी पगड़ी, उसका कोट, पैंट, बूट और बैग भी। यहाँ तक कि चेहरा भी।

* पंजाब में हिन्दुओं और सिक्खों के घरों में दशहरे से पहले नवरात्रों के दिनों में दीवार पर साँझी माई की मूर्ति बनाकर पूजा की जाती है। दशहरे वाले दिन सुबह अँधेरे में मूर्ति को दीयों से सजाकर गीत गाते हुए औरतों का झुंड तालाब की ओर बहाने के लिए जाता है।

अभी वह इस व्यक्ति के रहस्य में उलझा ही हुआ था कि बस आ गई। उसकी माँ उसका हाथ पकड़कर खींचती हुई उसको लेकर बस में चढ़ गई। ख़ाली सीट पर वह खिड़की की तरफ़ बैठ गया। बस चल पड़ी थी, पर हरे रंग का वह आदमी अब भी चलने को आतुर लग रहा था। खिड़की की ओर बैठना अम्बर को पसन्द था। यहाँ से वह दूर तक फैले खेतों को देख सकता था। पीछे भागते जाते दरख़्तों को देख सकता था। क़रीब वाले तेज़-तेज़ दौड़ते हुए। दूर वाले आहिस्ता-आहिस्ता भागते हुए। उसको लगा, सब कुछ भागा जा रहा था। बस आगे को, जानवर ऊपर को। वह और उसकी माँ ननिहाल की तरफ। नहर के किनारे पर उसके नाना-नानी का गाँव था लाडेवाल। उसके मामों का कच्चा-सा घर था। घर का बड़ा-सा आँगन था। बहुत सारे पेड़ों से भरा हुआ। दोनों मामाओं के बच्चे आँगन में खेलते रहते थे। अम्बर को ननिहाल का ख़ुशियों से भरपूर माहौल याद आ रहा था।

पेड़ अब भी भाग रहे थे। बस अब भी दौड़ रही थी। अम्बर की माँ अब भी उदास थी।

यह सड़क मलेरकोटला और खन्ना शहर को जोड़ती थी। बस खन्ना से आई थी। सवेर का समय होने के कारण सवारियाँ अधिक नहीं थीं। कोई-कोई शहरी मास्टर-मास्टरनियाँ गाँवों के स्कूलों में पढ़ाने के लिए जा रहे थे। उनके हाथों में एक रस्सा था जिसे वे गाँवों के लोगों को पकड़ने के लिए देते थे। गाँव गाँव नहीं थे, कुएँ थे। लोग लोग नहीं थे, मेढक थे। रस्से उन्हें बाहर निकलने में मददगार साबित होंगे। बाहर निकलकर वे उछल-कूद कर सकेंगे। गाँव से शहर तक। कुएँ से बाहर तक। एक शहर से दूसरे शहर। एक बाहर से दूसरे बाहर। एक देश से दूसरे देश। वे सदियों से यहीं टिके हुए थे।

शिन्दर कौर और अम्बर जोड़ेपुल पर उतरे। यहाँ से उन्होंने लाडेवाल तक जाने के लिए काले रंग का टैम्पों लेना था जिन्हें लोग भूंड कहते थे। यहाँ सरहिन्द नहर दो भागों में बँट जाती थी। एक नाभा की ओर जाती थी और दूसरी धूरी की तरफ। बस मलेरकोटला जाने वाली सड़क मुड़कर पुल पार करती हुई दाईं तरफ़ वाली नहर की बगल पर बनी सड़क के किनारे रुक गई। नीचे उतर कर वे नाभा वाली दिशा में चल दिए।

"माँ, केले लेने हैं..." अम्बर पैर जमाकर खड़ा हो गया। उसने केलों वाली रेहड़ी की ओर इशारा किया।

"चल बेटा, केले तेरा मामा ला देगा, चल अब...," शिन्दर कौर ने उसको खींचने और पुचकारने का यत्न किया।

"नहीं, मुझे तो अभी लेने हैं...और मुझे भूख भी लगी है। लेने हैं, बस लेने हैं...," वह एक ही साँस में बोलने लगा।

शिन्दर कौर उसके क़रीब होने के लिए पैरों के बल बैठ गई, "बेटा, मेरे पास

पैसे नहीं है केलों के लिए। मेरे पास किराये लायक ही पैसे हैं।"

"केले तो थोड़े पैसों में ही आ जाते हैं, ले एक परिय्या(रुपया) मेरे से ले ले।" उसने जेब में से निकालकर एक दस पैसे का सिक्का माँ की ओर बढ़ा दिया। माँ उसकी हथेली की ओर देखती हुई, न पूरी तरह हँस सकी, न रो सकी। थोड़ा-थोड़ा दोनों कुछ। पर अगले ही पल रुलाई भारी पड़ गई।

"मेरे बेटे का कितना बड़ा दिल है, बेटा मेरे पास तो थोड़े ही पैसे हैं," कहती हुई वह रोने लगी।

माँ को रोते देख अम्बर ने अपनी जिद छोड़ दी। उसे पिटाई और माँ का रोना याद हो आया। उसको रात में आए डरावने सपने की याद आई। वह चीख मारकर उठा था। माँ ने उसको छाती से लगाकर दुबारा सुलाया था। उसको सब कुछ फिर याद आ गया। वह चुपचाप माँ के साथ चल पड़ा। उन्होंने जुड़वां पुलों में से एक पुल को पार किया और नाभा की ओर जाने वाली सड़क पर खड़े एक टैम्पो में बैठ गए। टैम्पो में चार-पाँच सवारियाँ ही थीं। शिन्दर कौर मुँह को चुन्नी से ढँककर कहीं दूर देख रही थी। उस तरफ़ जहाँ छोटी नहरों के बीच छोटे से टापू पर छोटा-सा जंगल था। जहाँ बन्दर उछल-कूद रहे थे। जहाँ बन्दरों का एक पूरा कबीला बसा हुआ था। जहाँ विवाह नहीं होते थे।

अम्बर के दो मामा थे। दोनों के दो-दो बेटियाँ और दो-दो बेटे थे। वे सब अम्बर को खींचे फिरते थे। एक दिन पानी बरसा तो उनके घर की छत जगह-जगह से चू पड़ी। उसके ममेरे बहन-भाई जैसे सब कुछ जानते थे। उन्होंने हर चूने वाली जगह पर बर्तन रख दिए। कटोरियाँ, बाल्टियाँ और तसले। अम्बर हैरान हो रहा था।

"हमारा घर तो नहीं चूता," वह बोला।

"तुम्हारा घर पक्का है बेटा, हमारा कच्चा है, इसलिए चूता है," उसकी मामी रतनी ने कहा। अम्बर ने देखा, उसकी ननिहाल के घर की दीवारें कच्ची थीं, मिट्टी की बनी हुईं। छत पर लोहे के गार्डरों की जगह शहतीर थे। बिलकुल उनके गाँव के अन्दर वाले पुराने घर की तरह। जहाँ तब भूसा भरा हुआ था।

"तुम पक्का घर बना लो...।"

"बेटा? हमारे पास पैसे नहीं हैं, तेरे बापू जी के पास हमारे से ज़्यादा पैसे हैं। हमारे पास तो ट्रैक्टर भी नहीं है," मामी समझा रही थी।

अम्बर की समझ में आया कि मामाओं के पास सिर्फ़ बैल थे। उसको अफ़सोस हुआ कि उसने जिद करके मामा से केले क्यों मँगवाए थे। इनके पास तो पैसे ही नहीं होंगे।

शिन्दर कौर रोज़ अपने ससुराल गाँव की ओर झाँकती। जब कोई टैम्पो गुज़रता तो वह आहट लेती कि अमर सिंह लेने आएगा। वह ट्रैक्टर की आवाज़ सुनकर कान खड़े कर लेती। शायद वह ट्रैक्टर लेकर ही लेने आ जाए। उसको पीछे रह

गए बेटे की चिन्ता था। मनदीप पढ़ाई में ढीला था। उसको डर था कि उसकी पढ़ाई का हर्ज़ा होता होगा।

सातवें दिन अरजन ताया आ गया। अम्बर दौड़कर उसकी टाँगों से जा लिपटा। रतनी मामी उससे अमर सिंह की शिकायतें लगाती रही। उसके लड़ाकू स्वभाव के बारे में संशय करती रही।

"हमारी लड़की कुछ फेंकती नहीं, गँवाती नहीं, फिर वो ऐसा क्यों करता है?"

"बहन, उसका स्वभाव ही और तरह का है। अब मुझे उसने ख़ुद ही भेजा है। कहता है, जा कर ले आ।"

वे बातें करते रहे। उसके मामा जरनैल सिंह ने अरजन सिंह को बताया कि वे यू.पी. में ज़मीन ख़रीदने के बारे में सोच रहे थे। थोड़ी ज़मीन से कुछ बनता नहीं था। यहाँ के छह कीले बेचकर वहाँ छत्तीस कीले बन जाने थे। उधर ज़मीन सस्ती थी। रतनी भाभी शिन्दर कौर की माँ के समान थी। बड़ी होने के कारण वह उसकी चिन्ता करती थी। दूर जाकर उसे उसकी चिन्ता हमेशा रहेगी।

"जरनैल सिंह, ज़मीन वहाँ लेना जहाँ पानी हो। ढोने-ढाने के लिए सड़क हो..." अरजन सिंह ने अपनी ओर से सुझाव दिया था।

अपनी माँ की मार-पिटाई अम्बर ने कितनी ही बार देखी। माँ की चीखें, उसका विलाप कितनी ही बार सुना। हर बार माँ की चीख-पुकार में उसकी अपनी चीखें भी शामिल हो जातीं। माँ कई बार रूठकर मायके गई। बड़े मनदीप ने पढ़ना छोड़ दिया। अम्बर प्राइमरी स्कूल में पढ़ने जाने लगा था। वह माँ के साथ ननिहाल चला जाता तो पीछे से स्कूल की पढ़ाई ख़राब हो जाती। वह बहुत दिनों के बाद स्कूल जाता तो मास्टर डंडा उठा लेता। अम्बर अपने न आने का कारण नहीं बताता था। मार खाता रहता। कितनी-कितनी देर टाँगों के नीचे से हाथ निकाल कर कान पकड़े मुर्गा बना रहता। सारी कक्षा पढ़ रही होती, वह धरती की ओर देखता रहता। वह चींटियों को ज़मीन पर जाते हुए देखता। चींटियाँ अवश्य अपने स्कूल जा रही होंगी। जहाँ कीड़ा मास्टर उनका इन्तज़ार कर रहा होगा। हाथ में डंडा पकड़े खड़ा होगा। इनमें से ननिहाल से लौटी चींटियों की मरम्मत करने के लिए।

'चींटियों की भी ननिहाल होती होगी?' फँसा बैठा होने के बावजूद वह यह बात सोच जाता।

एक बार एक लड़के ने मास्टर को बताया था, "मास्टर जी, इसकी माँ को इसके बापू ने पीटा था, इसलिए इसकी माँ इसे लेकर नाना-नानी के घर चली गई थी।"

अम्बर को बड़ी शरम आई थी। नज़दीक के घर के लड़के का उसकी कक्षा में होना उसे बड़ा बुरा और ख़तरनाक लगा था। फिर उसके मामा यू.पी. चले गए थे। माँ का ननिहाल जाना बन्द हो गया था। अम्बर का अनुपस्थित होना बन्द हो गया था। पर घर में लड़ाई-झगड़ा बन्द नहीं हुआ था। अम्बर ख़ुद ही लड़ाई-झगड़े

का कारण पैदा कर देता था। उसका बापू उस वक्त सोटी उठाकर झपटता था तो माँ बचाव करने के लिए बीच में आ जाती थी। अम्बर से अधिक माँ को पड़ जाती थीं। अम्बर को बहुत दुख होता था, पर फिर किसी दिन उससे ग़लती हो जाती थी। उसको पता ही न लगता था, कब उसके अन्दर से लड़ाई-झगड़े में मज़े लेने वाला बच्चा कुछ कर बैठता था।

ताया अरजन सिंह ने एक बात ठान ली थी कि वह अम्बर को पढ़ा-लिखा कर बाहर निकालेगा। शिन्दर कौर और ताया के अलावा अम्बर को कोई पसन्द नहीं करता था। उसका रंग काले से थोड़ा कम काला था। वह पतला और ज़रूरत से अधिक सूखा और सड़ियल था। परन्तु यह उसको नापसन्द किए जाने के प्रारम्भिक कारण नहीं थे। उसे घर का बना खाना कभी पसन्द नहीं आता था। वह घर से कभी पैसे, कभी दाने चोरी करके दुकान पर से चीज़ें लेकर खाता था। कभी-कभी वह मज़हबियों के घर से मोल के अंडे लाकर भूख मिटाता था। इनमें से कोई भी बात किसी को पसन्द नहीं थी।

एकमात्र बात जो उसका बचाव करती थी, वह यह थी कि सिलेबस की ओर कम ध्यान होने के बावजूद वह पढ़ने में अच्छा था। विशेषकर गणित में उसका कोई मुकाबला नहीं था। यह बात जब चलती तो सुनने वाला कहता, "अपने ताया पर गया है।"

यह सुनकर अम्बर पानी-पानी हो जाता। वह अपनी माँ की गोरी-गोरी बाँहों की ओर देखकर सोचता—काश! मेरा रंग माँ जैसा होता।

तीसरी कक्षा में ही अरजन सिंह उसको बस्ती वाले मास्टर झंडा सिंह के घर ले गया था। टाट की दो कतारों पर उसके स्कूल के कई साथी बैठे हुए थे। वे उसको देखकर मुस्कराने लगे, पर अम्बर लजा रहा था।

"सरदार जी, फीस देने वाले और बच्चे बहुत हैं, हमें बालण के लिए कपास की सूखी लकड़ियों की ज़रूरत है," मास्टर झंडा सिंह स्पष्ट बोला था।

"मास्टर जी, चिन्ता ना करो। ट्राली में भरकर मैं आप छोड़कर जाऊँगा। सर्दी सर्दी गाजरें, शलजम, मूलियाँ और साग ख़त्म नहीं होने देता। पर फीस ज़रूर लेनी पड़ेगी। हमारे लड़के को पढ़ा दो बस।" अरजन सिंह और परिवार के अन्य सदस्यों के लिए अम्बर उन्हें भविष्य की पढ़ी-लिखी दुनिया से जोड़ने वाला एकमात्र सहारा था।

"देख अम्बर, ये जो तुझे खेत दिखते हैं, उनमें से सात कीले अपने पुश्तैनी हैं, एक हमने ख़रीदा है, बाकी के बीस हमने ठेके पर ले रखे हैं। तेरा चार कीलों पर कोई गुज़ारा नहीं होने वाला, आगे पढ़े-लिखे लोगों का युग आ रहा है, इसलिए अच्छा बेटा बनकर किसी तरह पढ़ जा," अरजन ताया ने उसको समझाया था।

आठवीं-नौंवी में पढ़ते हुए अम्बर के साथी ट्रैक्टरों की बातें किया करते। वी.सी. आर. किराये पर ला कर फ़िल्मों की बात करते। अम्बर ख़ाली पीरियड में कोई किताब खोले बैठा होता। वे अम्बर को बातों में लगाने के लिए पूछते।

"अम्बरदीप तेरे बापू के पास भी फोर्ड ट्रैक्टर है, तू कौन से गेयर में दौड़ाता है?"

"मैं तो आठवें गेयर में भी भगाता हूँ," अम्बर ने झूठ बोला।

"ओए मूरख! उसके तो चार से ज़्यादा गेयर नहीं होते," कुक्कू ने मजाक उड़ाया।

उनकी टोली इतनी ज़ोर-ज़ोर से हँसने लगी कि कक्षा की लड़कियाँ भी मुस्कराने लगीं। यहाँ तक कि चरनी भी। लड़कियों को समझ में आ गई कि मजाक अम्बर का उड़ रहा था। वह किताबों में अजीब-सी बातें पढ़-पढ़कर बताता रहता था। सभी लड़कियाँ उसको झल्ला ही समझती थीं। अम्बर नम्बर बढ़िया लाता था, यह तो ठीक था, पर नम्बर तो गोपी उससे अधिक लेता था। गोपी सिलेबस के अलावा कोई दूसरी किताब नहीं पढ़ता था और आलतू-फालतू बात भी नहीं करता था। परन्तु अम्बर कभी कहेगा—वो नहीं होता, कभी यह नहीं होता। किताबों ने उसका दिमाग़ ख़राब कर दिया था।

"पर मैंने आठ गियर लिखे हुए पढ़े हैं," अम्बर झेंप तो गया था, पर वह अपनी जगह पर सच्चा था।

"शर्त लगा ले...।" उन जाट लड़कों ने हाथ उसके आगे फैला दिए। उनका आत्मविश्वास और उनकी बड़ी गिनती देखकर वह समझ गया कि वे ठीक हो सकते हैं। वह जानता था कि वह ट्रैक्टर बहुत बार चलाते थे। अम्बर तो बस कभी-कभी थोड़ा-बहुत, वह भी अगर कभी अपने ताया के साथ कहीं जा रहा हो तो ताया उसको थोड़ी देर के लिए पकड़ा देता था।

"ओ बड़े पढ़ाकू श्रीमान अम्बरदीप सिंह जी, पाँचवें से आठवें तक लो-गेयर होते हैं, धीरे चलाने के लिए और ज़्यादा वज़न खींचने के लिए। हाँ जी श्रीमान जी...।" वे सब खिलखिलाकर एक साथ हँस पड़ते थे।

वह इतना छोटा था कि यह नहीं कह सकता था कि जो वह जानता था, वह गेयरों के ज्ञान से कहीं बड़ा था। तब वह रूसी, अंग्रेजी, चीनी और फ्रांसिसी दुनिया में नया-नया दाख़िल हुआ था। वह अमेरिकी महाद्वीप के बूढ़े मछेरे सैनटियागो को मिल चुका था। वह फ्रांसिसी सुन्दरी मादाम बावेरी की प्यास को देख चुका था।

कुछ दिनों के बाद वह छुट्टी वाले दिन मनदीप की दोपहर की रोटी देने खेत में गया। मनदीप ट्रैक्टर चलाता हुआ खेत जोत रहा था। उसकी टौर देखते ही बनती थी। अम्बर के मन में ईर्ष्या और हीनता के भाव दोनों जाग उठे। उसका बड़ा भाई इतना नरम नहीं था, पर फिर भी उसने रोटी वाला झोला उसको पकड़ाते हुए कहा, "वीरे (भाई), तू रोटी खा ले, मैं तब तक ट्रैक्टर के चार चक्कर लगा लेता हूँ।"

"ना भई ना। दो-दो काम नहीं चला करते। परसो तुझे कहा था कि चारा कटवा

दे, तब तो कहता था कि मुझे पढ़ना है। अब तू पढ़ ही ले। दो-दो काम नहीं चला करते भाई साहब।" मनदीप ने इनकार में सिर हिला दिया था। अम्बर को वह अच्छा तो कभी भी नहीं लगा था, पर अब तो ज़हर जैसा लगा। उसका मन किया कि वह मनदीप के खींचकर थप्पड़ दे मारे। परन्तु वह मनदीप से कमज़ोर था। उसके मन में आया कि क्या उसका ट्रैक्टर और घर में कोई हिस्सा नहीं था? उसे इतना दुत्कारा क्यों जाता है?

"ओ रे अम्बर, लम्बरदारों की पिंकी बड़ी शिंगार-पट्टी करती है, स्कूल में किसी के साथ फँसी हुई है?" बुरकी तोड़ते हुए मनदीप ने पूछा।

"भाई साहब, दो-दो काम नहीं चला करते। तू अब ट्रैक्टर ही चला, स्कूल में क्या होता है, यह तो मुझे ही पता है," अम्बर ने चबा-चबाकर कहा था।

सुन्दर-सलौना होने के बावजूद मूरखों की तरह 'ही-ही' करता मनदीप उसको बहुत गन्दा लगा। अम्बर ने घर जाकर अपनी माँ के पास शिकायत की तो वह बोली, "उसे दफ़ा कर। वह ट्रैक्टर लायक ही रहेगा, बेटा तू तो कार चलाया करेगा।"

अम्बर को उसके मामा ने एक छोटी-सी कार लाकर दी थी। उस दिन उसकी माँ और अम्बर अरजन सिंह के साथ नहीं गए थे। मामी रतन कौर ने अगले दिन ख़ुद छोड़कर आने का वायदा किया था। उसका विचार था कि वह ख़ुद जाकर अमर सिंह को समझाकर आएगी। अगले दिन उसके मामा ने मलेरकोटला से बिस्कुटों वाला पीपा बनवाकर ला दिया था। अम्बर के ननिहाल वालों को मलेरकोटला शहर लगता था। जैसे अम्बर के घर में खन्ना-खन्ना हुई रहती थी, वैसे ही उसकी ननिहाल के घर में कोटला-कोटला होती रहती थी।

अगले दिन जब वह ईसड़ू के अड्डे पर उतरे तो अम्बर ने देखा हरे रंग का आदमी अब भी ज्यों का त्यों खड़ा था। कार को पकड़े बार-बार शक की नज़र से देखता वह माँ और मामी के पीछे अपने घर वाली गली पड़ गया था। 'यह कुछ और है' छोटे-से अम्बर ने अपने आप को बताया था।

ख़ूबसूरत बनना व्यक्ति के अपने हाथ में होता है

जम्मू से चली उनकी कार पंजाब की ओर दौड़ी जा रही थी। गरमियों की छुट्टियाँ हो गई थीं। जे.के. यूनिवर्सिटी की नौकरी अम्बर को पसन्द थी, पर उसका जम्मू में ज़रा भी दिल न लगता था। यूनिवर्सिटी में किसी भी कॉलेज से छोड़कर आए

अध्यापक की सर्विस के वर्षों की गिनती यूनिवर्सिटी की नौकरी में जोड़ी जाती थी। जो वेतन अध्यापक कॉलेज में ले रहा होता था, वही मान लिया जाता था। जम्मू-कश्मीर से जितने अध्यापकों ने अम्बर के साथ ज्वाइन किया था, सबकी दोनों बातें मान ली गई थीं। बस, पंजाब से गए अम्बरदीप और निरलेप सिंह की नहीं मानी गई थीं। उन्हें अपने ही देश में परदेशी होने का अहसास हुआ था। अम्बर ने यह सोचकर अपनी कॉलेज की नौकरी से इस्तीफा दिया था कि वह कॉलेज की नौकरी से यूनिवर्सिटी की नौकरी में आ गया था। भविष्य में कभी न कभी प्रमोशन हो ही जाएगी। नहीं तो फिर कभी पंजाब की किसी यूनिवर्सिटी में अप्वाइंटमेंट हो जाएगी।

जिस दिन उनका केस डीन के दफ़्तर में रद्द हुआ था, उस दिन निरलेप बहुत ग़ुस्से में था।

"आज के बाद पढ़ना-पढ़ाना बन्द। क्लासों में बस फारमेल्टी पूरी करो डॉ. अम्बरदीप। कोई ज़रूरत नहीं इन बेईमान लोगों को पढ़ाने की," वह आगबबूला हुआ पड़ा था।

"शान्त निरलेप, शान्त। अभी तो उन्होंने हमारा नुकसान किया है, फिर हम ख़ुद अपना नुकसान कर रहे होंगे। एक ईमानदार अध्यापक के तौर पर बने अपने बिम्ब को तोड़ रहे होंगे," अम्बर ने कहा था।

उनकी कार जम्मू-कश्मीर के पंजाब के साथ लगने वाले बॉर्डर से कुछ ही किलोमीटर दूर रह गई थी। झुलसा देने वाली गरमी पड़ रही थी। बाईं तरफ़ हिमाचल की धौलाधार पहाड़ियों पर चमक रही दूधिया बर्फ़ का उन्हें कोई लाभ नहीं था। मई के अन्तिम दिन थे और गरमी अपना राक्षसी-रूप दिखाना शुरू कर चुकी थी। अम्बर, किरनजीत और शीरी को अपनी फीयेट ऊनो कार याद आ रही थी जिसका ए.सी. जून के महीने में भी शरीर में ठिठुरन दौड़ा देता था। वह एकमात्र अच्छी कार थी जो उसे मिली थी। आसमानी रंग की उसने कार उनके पास सालभर रही थी। वह कार ज्वाइन करने से पहले इसलिए बेच दी थी ताकि दूसरे शहर जाने के खर्चों के साथ आसानी से निपटा जा सके। ऊनो कार बेचकर उन पैसों में से ही यह सस्ती मारुति कार ख़रीद ली थी। उस कार की याद शीरी की बहन नूरत को नहीं आ रही थी क्योंकि नूरत तो तब पैदा ही नहीं हुई थी। वह माँ की गोदी में बैठी सामने सड़क के उतार-चढ़ाव का आनन्द ले रही थी।

"पापा, अगर आप मुझे मैकडोनल्ड का हैप्पी मील लेकर दोगे तो मैं आपको टोल प्लाजा के नब्बे रुपये बचाने का तरीक़ा बता सकता हूँ," पिछली सीट पर अकेले बैठे शीरी ने अपने दिल्ली पब्लिक स्कूल के एक डोगरे सहपाठी द्वारा बताया तरीक़ा पापा को बताने का मन बना लिया। हालाँकि अपने पापा के बारे में उसे विश्वास था कि वह उसकी बात कभी नहीं मानेंगे। पापा गुरद्वारे-मन्दिर कभी पैसे नहीं चढ़ाते थे, पर जब कोई मैकेनिक या मिस्त्री अपने किए काम के कम पैसे माँगता था

तो पापा उसको अधिक देकर कहते थे, 'तेरे इतने ही बनते हैं।' शीरी और उसकी मम्मा इस बात पर बहुत बुरा मनाते, पर उसके पापा अपनी मरज़ी ही करते थे।

"हम कौन-सा बड़े अमीर हैं जो उसे बिना माँगे ज़्यादा पैसे दे दिए," मम्मा बड़बड़ाते रहते।

पापा क्लास से कभी बिना पढ़ाए नहीं निकलते थे, कभी विद्यार्थियों का पढ़ने का मूड न हो तो पापा उन्हें ऐसी दुनिया में ले जाते थे जिसको वे अचम्भित होकर देखते थे। एक घटना तो शीरी को भी याद थी। यह बात शीरी और उसकी मम्मा को मलेरकोटला उनके पड़ोसियों की लड़की बिलकिस ने सुनाई थी। वह कॉलेज में पढ़ती थी। ऐसी ही भीषण गरमी पड़ रही थी। दो प्रोफ़ेसर पहले ही उनकी क्लास लेकर उन्हें थका चुके थे। विद्यार्थियों ने प्रोफ़ेसर के आने से पहले कमरे में से बाहर जाने की योजना आपसी सहमति से बना ली थी। लेकिन पापा उनके बाहर निकलने से पहले ही पहुँच गए थे।

"इतनी गरमी में कौन पढ़ सकता है और कौन पढ़ा सकता है? तुम सब यहाँ कैसे बैठे हो?" पापा ने पहली बात यही कही थी। बच्चों ने सोचा, इससे बढ़िया टीचर कौन होगा। यह तो हाजिरी लगाकर ख़ुद ही बाहर भेज देगा। हाज़िरी पूरी कर पापा ने रजिस्टर बन्द करते हुए कहा, "सोचो ज़रा, इतनी गरमी में मुगल बादशाह गरमी से बचने के लिए क्या करवाता होगा? तब तो बिजली भी नहीं थी, फिर कौन-कौन से तरीक़े प्रयोग में लाए जाते थे?"

बस, फिर क्या था, बच्चों को पता ही नही चला कि वे कब फतहपुर सीकरी का बुलन्द दरवाज़ा पार कर गए। पीरियड के अन्त में जब वे हवामहल से बाहर निकले तो जयपुर की गरमी फिर उनके सामने थी।

ऐसा व्यक्ति शीरी की बात कैसे मान सकता था।

"हाँ, बता अपना तरीक़ा...," आवाज़ मम्मा की थी।

"जम्मू-कशमीर स्टेट ट्रांसपोर्ट की बस के पीछे अपनी कार लगा लो। सरकारी बस को बॉर्डर वाली परची कटाने की ज़रूरत नहीं होती। बस के पीछे अपनी कार भी पार हो जाएगी। मेरा फ्रेंड बताता था कि यह सरकारी टोल वाले तो पीछा भी नहीं करते," शीरी एक डाँट की प्रतीक्षा कर रहा था।

"यार अम्बरी, पैसे अपने पास इतने कम हैं कि हमें शीरी की बात मान लेनी चाहिए," किरनजीत ने जैसे अपने आप से ही कहा।

वॉव, शीरी को अपना हैप्पी मील क़रीब होता दिखाई दिया।

"हूँ-हूँ...," पापा की आवाज़ से कोई अनुमान नहीं लगाया जा सकता था।

यह क्या? उनकी कार को स्टेट ट्रांसपोर्ट की बस ने क्रॉस किया ही था कि पापा ने एक्सीलेटर दबा दिया। पुरानी मारुति कार बस के पीछे हो गई थी। देखते देखते कार बस के पीछे-पीछे टोल प्लाज़ा पार कर गई। पापा ने शीशे में से पीछे

की ओर देखा। कोई नहीं आ रहा था। अगले ही पल कार रावी दरिया का पुल पार कर रही थी। रावी जिसका नाम जम्मू-कश्मीर, हिमाचल और पंजाब के लोगों ने रखा था। रावी जो जम्मू-कश्मीर, हिमाचल और पंजाब के बहुत सारे बच्चों के नाम ख़ुद रखता था। पापा द्वारा टोल प्लाज़ा के लिए निकालकर रखे 90 रुपये मम्मा ने शीरी को पकड़ा दिए थे।

"किरन, बैल्ट लगा ले, पंजाब में चैकिंग बहुत है," ख़ुद अम्बर बैल्ट से बिना नहीं बैठता था। पुरानी मारुति में बैल्ट नहीं लगी हुई थी, पर उसके पापा ने फिट करवा ली थी।

"यार गरमी बहुत है, मुझसे नहीं लगती बैल्ट। कुछ नहीं कहते पुलिस वाले तुम्हें। हर जगह तो तुम पहचाने जाते हो," किरनजीत ने मना कर दिया।

"श्रीमती जी, कार का इन्शोरेंस भी ख़त्म है, मुझे पता है कितनी शरम आएगी, अगर उन्होंने चैक कर लिया। क्या कहूँगा कि भई पैसे नहीं हैं? मानेगा कोई? यदि बैल्ट लगी हो तो वे रोका नहीं करते। भई जो बन्दा बैल्ट तक लगाए फिरता है, ऐसे उसूली बन्दे का बाकी सब कुछ भी ठीक ही होगा, वे सोचते हैं।" अम्बर ने कहा। शीरी को मज़ा आ गया क्योंकि पापा मम्मा को बहुत कम डाँटते थे। मम्मा ने बैल्ट लगा ली।

ये पैसे ज़्यादा देर शीरी के पास नहीं रहे थे। उन्होंने रावी दरिया पार किया। पापा ने 'वगदी ए रावी ढोला...' वाले गीत की एक पंक्ति ही गुनगुनाई। शीरी ने असहज होकर 'चिर-चिर' की। पापा को बिलकुल भी गाना नहीं आता था। पापा चुप हो गए थे। वे पठानकोट शहर के बाहरी क्षेत्र में दाख़िल हुए। शीरी ने पापा के दोस्त मशहूर गायक अवतार सिंह तारी की बेटी हरलीन के साथ कुछ बातें कीं। जम्मू आने से पहले शीरी और हरलीन इकट्ठे पढ़ते थे। कुछ वर्षों से तारी चाचू ने फ़िल्मों में हीरो के रूप में आना शुरू कर दिया था। अब पहली बार हरलीन एक फ़िल्म में बाल पात्र के तौर पर आई थी। सामने 'सतरंगी पींग' फ़िल्म के पोस्टर में हरलीन मुस्करा रही थी। वे दोनों एक ही स्कूल रेयान इंटरनेशनल में एक ही क्लास चौथी-सी में पढ़ते थे। हरलीन क्लास की मॉनीटर थी।

"ऐ हरलीन, तुझे एक ही तरीक़े से मुस्कराना आता है?" उसने पोस्टर पर झाँकती-मुस्कराती हरलीन से पूछा।

हरलीन उसी तरह मुस्कराती रही।

शीरी को हमेशा शिकवा रहा था कि एक गायक और फ़िल्म स्टार की बेटी होने कारण हरलीन सभी टीचरों को बहुत प्रिय थी।

'मैं पढ़ने में भी तो अच्छी थी बच्चू,' पोस्टर में से आवाज़ आई। शीरी ने देखा, जवाब देने के बाद हरलीन फिर मुस्करा रही थी। हरलीन कभी-कभी अपनी क्लास टीचर के कहने पर अपनी क्लास की यूनीफॉर्म चैक किया करती थी। शीरी कभी-

कभी कुछ न कुछ पहनना भूल जाता था। यह अक्सर टाई होती थी। यह आमतौर पर गरमियों के दिनों की बात होती थी। शीरी को गरमियों में टाई पहनना बिलकुल नापसन्द था। हरलीन को किसी बच्चे का पूरी तरह यूनीफॉर्म में क्लास में न आना बिलकुल बर्दाश्त नहीं था। और फिर कभी-कभी हरलीन शीरी के पास आकर रुक भी जाती थी। शीरी की आँखें कह रही होतीं, 'हरलीन आगे बढ़ जा। और फिर हम तो फ्रेंड हैं।' पर हरलीन मुस्कराती। उसे ऊपर से लेकर नीचे तक घूरती। शीरी को याद न आता कि वह किस चाकलेट या टी.वी. पर कौन से मनपसन्द चैनल न देखने का बदला ले रही होती।

"मिस! शीरी ने टाई नहीं लगा रखी," और शीरी को जुर्माना हो जाता था।

शीरी का ध्यान कार में घूम रही दो मक्खियों की ओर गया। ओह! ये तो जम्मू से ही कार में हैं। नहीं, शायद पठानकोट से कार धीमी होने पर कार में घुसी हैं। ये मूर्ख अपने परिवारों से कितनी दूर आ गईं। उसने शीशा नीचे उतारकर उन्हें धीरे धीरे बाहर निकाल दिया। शीरी को अहसास हुआ कि मलेरकोटला तो मक्खियों के लिए बहुत दूर हो जाना था। यहाँ से तो वापस जा सकती थीं। एक अच्छा काम करने की ख़ातिर उसने अपने आप को शाबाशी दी।

कार पठानकोट शहर पार कर पहाड़ी पर चढ़ना शुरू हो गई। अब तक वह पहाड़ के बराबर-बराबर आए थे। जम्मू से पठानकोट तक सड़क कंढी* वाली जगह पर बनी हुइ थी जहाँ एक तरफ़ मैदान शुरू होता था, जिसे दूर कहीं अरब सागर तक पहुँचकर समाप्त होना था। दूसरी तरफ़ पहाड़ शुरू होता था जिसे शिवालिक के शिखरों को पार करके हिमालय की चोटियों को छूकर चीन में कहीं दूर-दराज जाकर साँस लेना था। शीरी ने भूगोल की जानकारी पापा से सीखी थी।

पहले पहल शीरी हैरान होता था कि यदि धरती यहाँ ख़त्म होती थी और आसमान यहाँ से शुरू होता था तो इसमें हैरानी वाली कौन-सी बात थी।

'इनसान में इस अद्‌भुत संसार को देखकर हैरान होने का सामर्थ्य होता है, इसलिए उसने इतना कुछ बना लिया। हैरान हुआ इनसान ही सोचने-समझने के योग्य होता है। जो हैरान होना छोड़ देते हैं, वे अन्य जीव-जन्तुओं की तरह ही उम्र बिता कर चले जाते हैं,' शीरी को पापा के टी.वी. कार्यक्रम 'रंग पंजाबी' के शुरुआती शब्द स्मरण हो आए। पापा ये सब किताबों से सीखते थे।

शीरी को रमन वीरा भी याद आया। पापा का विद्यार्थी रमन वीरा उनके मलेरकोटला वाले घर में आया करता था। वह पापा से अजीब-से सवाल करता रहता था। सवाल करता हुआ वह थोड़ा-सा मूर्ख लगता। ऐसे सवाल तो शीरी के मन में भी पैदा होते थे। शीरी या तो यह सवाल पूछता ही नहीं था या फिर कुछ और ही अन्दाज़ और दूसरे ही शब्दों में पूछता था।

---

* पहाड़ और मैदान के बीच की जगह।

"तुझे अपना मूर्खपना छिपाना आता है, रमन को नहीं आता। धीरे-धीरे वह भी छिपाना सीख जाएगा।" पापा ने समझाया था।

रमन पापा के पास बी.ए. में पढ़ता था। पापा बी. सेक्शन को पंजाबी साहित्य पढ़ाते थे। रमन शर्मा 'ए' सेक्शन में था। रमन पापा के पास सेक्शन बदलकर जाना चाहता था। प्रिंसिपल ने उसको आज्ञा नहीं दी थी। पहले ही बीस विद्यार्थी प्रो. अम्बरदीप के पास दूसरे सेक्शनों से आ चुके थे। सौ से अधिक विद्यार्थी तो कमरे में भी नहीं बैठ सकते थे।

"सर, यदि आप मेरी हाज़िरी लगा दिया करो तो मैं प्रो. अम्बरदीप के पास क्लास लगा लिया करूँ?" रमन शर्मा ने अपने 'ए' सेक्शन वाले प्रोफ़ेसर से पूछा था। बुज़ुर्ग प्रोफ़ेसर में उम्रों की कमाई सहनशीलता थी। वह पूरे वर्ष उसकी हाज़िरी लगाता रहा। रमन सारा साल प्रश्न पूछता रहा। पापा अच्छी किताबों में से रोचक बातें निकालकर विद्यार्थियों को सुनाते। बिलकुल वैसे जैसे हलवाई मिठाई का छोटा-सा टुकड़ा तोड़कर टेस्ट करने के लिए दिया करता है। पापा किताब टेस्ट करवाते थे। विद्यार्थी किताबें पढ़ने के लिए बेचैन हो जाते। कॉलेज की लायब्रेरी में कैटेलॉग नहीं था। किताबें, मेले में गुम हुए बच्चे को खोजने जितनी मुश्किल थीं।

अम्बर ने प्रिंसिपल की आज्ञा से किताबों को विधाओं के अनुसार वर्गीकृत करवाया। उसने उपन्यास, कहानी, जीवनी, आत्मकथा, कविता, नाटक, एकांकी, सफ़रनामा और आलोचना की किताबें अलग-अलग करके पृथक-पृथक अल्मारियों में सुनियोजित ढंग से रखवा दी थीं। पहले वह किताबें खोजने में मदद करने के लिए ख़ुद विद्यार्थियों के साथ लायब्रेरी में जाता था। अब विद्यार्थी अपने आप आवश्यक किताब सम्बन्धित अल्मारी में खोज लेते थे। अम्बरदीप का कम से कम एक पीरियड इस काम में बचने लगा। अब उसको लायब्रेरी सिर्फ़ तब जाना पड़ता, जब किसी विद्यार्थी का लायब्रेरी कार्ड ख़ाली न होता और उसे अम्बरदीप के नाम पर किताब इशू करवानी होती।

"सर जी, इन लफँगों को किताबें, अपने नाम पर निकलवाकर न दिया करो। ये गुम कर देते हैं। आपके नाम पर कई किताबें ड्यू हैं। वे इन्होंने ही गुम की होंगी।" लायब्रेरियन उत्तम ख़ाँ को जैसे ये शब्द रटे पड़े थे।

"गुम हुई किताबें मुझे नोट करवा दो, मैं ख़रीदकर ला दूँगा," अम्बर का जवाब होता था।

"कभी करवाऊँगा। ज़रूर करवाऊँगा। खासी मेहनत करनी पड़ेगी। पुराने पन्ने खँगालने पड़ेंगे," उत्तम किताबें जारी करते हुए बोले जाता।

सच यह था कि लायब्रेरियन उत्तम अधिक मेहनत कभी नहीं करता था। असल में, यह कहा जाता था कि उसको अपने लिखे को भी दुबारा पढ़ने के लिए बहुत झख मारनी पड़ती थी। यह झख वह कभी नहीं मारना चाहता था। प्रोफ़ेसरों

के रिटायर होने वाले दिन तक भी नहीं। परन्तु अम्बर के मामले में उसको यह रिकॉर्ड निकालना पड़ गया था। हालाँकि जब अम्बर ने जे.के. यूनिवर्सिटी जाने के लिए कॉलेज से रिलीव होना था, तब उसने अम्बर को भी लालच दिया था।

"प्रोफ़ेसर साहब, इतने साल इकट्ठे काम किया। किताबें आपके नाम पर बहुत सारी हैं। पैसे भी आपके अच्छे-खासे बन जाएँगे। आप भी क्या याद रखोगे। हम ऐसा करते हैं कि न आप किसी को बताना, न मैं बताऊँगा, हम गुम किताबों का रिकॉर्ड ही खारिज कर देंगे।" उत्तम खाँ ख़ुश कर देने की आस के साथ अम्बरदीप की ओर देखने लगा। उसके चेहरे पर कुटिल मुस्कान खेल रही थी। उसको अम्बरदीप से ख़ुश हो जाने के अलावा अन्य किसी प्रतिक्रिया की उम्मीद नहीं थी। बड़े-बड़े कहते कहलाते प्रोफ़ेसर पैसे जमा करवाने के नाम पर डोल जाते रहे थे। उत्तम खाँ की बात मान लेते थे।

"उत्तम खाँ जी, जापानी कौम ने जिन गुणों के कारण प्रगति की है, उनमें से एक गुण यह है कि वे लोग जिस संस्था से रोटी खाते हैं, उसके साथ बेईमानी कभी नहीं करते। मैं कॉलेज की लायब्रेरी का एक पैसा नहीं खाऊँगा। अभी चार दिनों तक रिलीव होना है। आपके पास तीन दिन हैं। मुझे बता दो, मुझे कितने पैसे जमा करवाने हैं।"

उन दिनों में अम्बर उस शहर में अपने ठहरने के अन्तिम दिन गिन रहा था। उसको विश्वास था कि भविष्य में इस शहर के लिए उसके पास बहुत कम समय हुआ करेगा। इसलिए वह उन जगहों को बड़े ध्यान से देख रहा था, जहाँ कभी उसका कोई कीमती क्षण बीता था। वह उन मित्रों से मिलता घूम रहा था जो कभी न कभी उसके काम आए थे, पर जिनसे मिलने के लिए ज़िन्दगी ने फिर कभी अधिक समय नहीं देना था। नई जगह पर नए परिचितों ने उनका स्थान ले लेना था।

अपने उस कॉलेज में आख़िरी दिन अम्बरदीप कॉलेज की लायब्रेरी का हिसाब करने गया था।

"सोलह सौ रुपये हो गए," लायब्रेरियन उत्तम खाँ ने उसको हैरान कर देने का यत्न किया।

"कोई बात नहीं। जो हमने बत्तीस हीरे पैदा कर लिये, वे ज़्यादा कीमती हैं," प्रो. अम्बरदीप सिंह ने पर्स में से पैसे निकालते हुए कहा।

"प्रोफ़ेसर साहब, यह ऑफ़िस में जमा होंगे, मुझे सिर्फ़ रसीद लाकर देनी है।" उत्तम ने रूखेपन के साथ उत्तर दिया। उसको प्रो. अम्बरदीप नाम का यह शख़्स बिलकुल पसन्द नहीं था। सोलह सौ रुपये भरकर, उसका कागज़ी काम बढ़ाकर और बत्तीस हीरे पैदा करके अम्बर को क्या मिल गया था? आजकल तो अपने जाये मुँह में पानी नहीं धरते थे। बेगाने इसके क्या काम आ सकते थे। अभी महज दो साल पहले की बात थी जब प्रो. अम्बरदीप का नाम म्यूजिक वाली नई आई

मैडम के साथ जुड़ा था। वे दोनों कैंटीन में इकट्ठे चाय पीते थे। ठीक है, वह मैडम सुन्दर बहुत थी, पर एक विवाहित बन्दे को ऐसी बातें शोभा देती हैं कहीं! उत्तम को अच्छी तरह याद था कि अम्बर की कितनी बदनामी हुई थी। सारे कॉलेज ने मुँह जोड़-जोड़कर बातें की थीं।

रमन शर्मा बी.ए. पास करके चला गया। डेढ़-दो वर्ष वह प्रो. अम्बरदीप को दिखाई नहीं दिया। अम्बर भी अपने कामों में व्यस्त था। उसने मकान ख़रीदने के लिए बैंक की लम्बी-चौड़ी कार्यवाही पूरी की थी। मलेरकोटला की बढ़िया कॉलोनी में बना-बनाया मकान ख़रीदा था। रहना प्रारम्भ करने से पहले मकान की साफ़-सफाई, रंग-रोगन और थोड़ी बहुत रैनोवेशन करवाई थी।

रमन कभी मिलने नहीं आया था। प्रो. अम्बरदीप उसको कई बार याद करता। यह नहीं कि उसके पास अब बढ़िया विद्यार्थी नहीं पढ़ते थे। फिर भी, उसको रमन की याद आ जाती थी। रमन हज़ारों में से एक था। भोला, झल्ला और पारदर्शी-सा। यदि वह प्रो. अम्बरदीप को याद नहीं करता था तो फिर उसको भी क्या आवश्यकता पड़ी थी कि वह रमन को याद करे। अगले ही पल उसको ख़याल आया, 'रमन को अपने अच्छे विद्यार्थी होने की इतनी समझ नहीं है जितना तुझे अपने अध्यापक होने की है। अध्यापक का रोल सिर्फ़ पढ़ा देने तक ही सीमित नहीं है। तुझे उसको खोजना चाहिए और देखना चाहिए कि वह क्या कर रहा है। यदि उसको मदद की ज़रूरत है तो उसकी मदद भी कर।'

उसने अपने पास पढ़ रही कक्षाओं में रमन शर्मा के गाँव के विद्यार्थियों की तलाश की। रमन को आकर मिलने का सन्देशा दिया। मिलने आया रमन धन्यवाद की भावना से भरा पड़ा था। उसकी बी.ए. में थर्ड डिवीजन आई थी। वह इम्प्रूवमेंट के सभी अवसर हासिल कर चुका था। अब उसके पास एकमात्र अवसर बचा था जिसको सुनहरी अवसर कहा जाता था और जिसकी फीस बीस हज़ार रुपये थे। अम्बर को अपनी यूनिवर्सिटी पर ग़ुस्सा आया जो गिरे हुए अमीरों को तो उठ खड़े होने का अन्तिम अवसर देती थी, पर ग़रीबों को नहीं।

"देख रमन, यह मौका तो तुझे लेना ही चाहिए। इतनी कम ज़मीन पर तू क्या खेतीबाड़ी करेगा। वैसे भी तू खेती के लिए नहीं पैदा हुआ। तू जिज्ञासु इनसान है और जिज्ञासु यदि ईमानदार भी हो तो वह बढ़िया अध्यापक बना करता है। नम्बर बढ़वाने के लिए तैयारी करवाने की जिम्मेदारी मेरी रही। फीस यदि तेरे पापा भर सकते हैं तो ठीक, नहीं तो मैं जैसे-तैसे तेरी फीस भर दूँगा," अम्बर ने फ़ैसलाकुन अन्दाज़ में कहा था।

"सर यदि तैयारी हो जाए तो फीस मैं पापा से भरवा लूँगा," रमन चहक पड़ा

था। दो-डेढ़ साल घर में रहकर वह मुरझा गया था। सब तरफ़ से निराश हो गया था। फीस भरने के बाद वह हर रोज़ कॉलेज आने लगा। प्रो. अम्बरदीप ख़ाली पीरियड में उसकी तैयारी करवाता रहा। उसने उसको लिखावट सुधारने के नुक्ते बताए। अक्षरों की ऊँचाई, चौड़ाई और मध्य भागों के बारे में समझाया। अक्षरों की गोलाइयों के बारे में बताया। कुछ दिनों में ही रमन की लिखावट पढ़ने योग्य बननी शुरू हो गई।

"सर, एक समस्या मेरी और भी है जी, वह भी हल करो। गाँव के लोग मुझे पागल कहते हैं," उत्साह में आया रमन कहने लगा।

"तू लोगों के साथ बहस करता होगा कि रब, क़िस्मत, भूत और स्वर्ग-नरक नाम की कोई चीज़ नहीं होती। माथा टेकने से मना करता होगा।"

रमन ने सहमति जताई।

"ये बातें प्रोफ़ेसर बनकर भी खासा बाद में संयम के साथ करना। वह भी अपने विद्यार्थियों के साथ। तब जब वे तुझे समझने लग जाएँ। अभी तू घरवालों के कहने पर माथा टेक आया कर। उनके विश्वास को ठेस न पहुँचा। धरम में सारा कुछ निंदनीय नहीं होता। गाँव के बुज़ुर्गों का हाल-चाल पूछा कर। छोटों को प्यार के साथ बुलाया कर।"

चार-पाँच महीनों बाद आए रमन का धरती पर पैर नहीं लगा रहा था, "सर, सब कुछ ठीक हो गया जी, नम्बरों की सेकंड डिवीजन बन गई और गाँव के लोग पता है, क्या कहते हैं?...कहते हैं, ये पंडितों का लड़के का पहले तो पढ़-पढ़कर दिमाग़ ख़राब हो गया था, कहते—अब पता नहीं कैसे अक्ल आ गई। हरेक का हाल-चाल पूछता है। बच्चों को पता क्या कहते हैं?...कहते हैं, ओए तुम पंडितों के रमन के पास बैठ जाया करो, कोई अक्ल की बात सुन लिया करो। सर, सब कुछ ठीक हो गया," वह भीतर-बाहर से बहुत ख़ुश था।

"रमन, एम.ए. पंजाबी की फीस भर दे, पर याद रखना, सब कुछ ठीक कभी नहीं होता। जीवन तो लगातार संघर्ष का नाम है।"

रमन ऊपर-नीचे सिर मारते हुए सहमत होने लगा।

"सर, ठीक कहते हैं आप। बिलकुल ठीक फरमाया। सब कुछ तो ठीक हो ही नहीं सकता। अब जैसे मैं सुन्दर नहीं हूँ। मेरी शक्ल-सूरत और रंग यह तो कभी ठीक किए ही नहीं जा सकते। सारा कुछ तो ठीक किया ही नहीं जा सकता।"

प्रो. अम्बरदीप हँसते हुए बोला, "पर तेरी शक्ल-सूरत तो कुछ सालों में सुन्दर हो जाएगी।"

"वो कैसे सर जी?"

"एक उम्र के बाद बन्दा अपनी ख़ूबसूरती के लिए ख़ुद जिम्मेदार होता है। एक उम्र के बाद उसकी ईमानदारी, समझदारी, श्रमशीलता, ज्ञान, दयालुता उसके

चेहरे पर दिखाई देने लग जाती है। सयाने लोग चेहरा देखकर पहचान लेते हैं।"

रमन पी.एचडी. कर रहा था। एम.फिल में वह गोल्ड मैडेलिस्ट रहा था। पंजाब यूनिवर्सिटी का एक जाना-माना प्रोफ़ेसर उसका गाइड था। अम्बर स्वयं उसको जम्मू नहीं लेकर गया था। रमन दूर आने-जाने का खर्च झेलने योग्य नहीं था। अम्बर ने उसको अपने दोस्त के पास भेज दिया था और हीरे को सँभाल लेने के लिए कहा था।

कार पहाड़ी की चोटी पर पहुँच गई थी। चमकती धूप में सामने दूर तक पंजाब का मैदान पसरा हुआ था। सिर्फ़ ऊँचाई से इस दृश्य को देखा जा सकता था और उसका आनन्द लिया जा सकता था।

उन्होंने ब्यास दरिया पार करके दोआबा में प्रवेश किया। आज वे पंजाब के दो इलाके पार कर आए थे। चिनाव और रावी के बीच का हिस्सा रचना दोआब, और रावी और ब्यास के मध्य का माझा और अब वह ब्यास और सतलुज के बीच में बिस्त दुआब में जा रहे थे। उनकी कार मुकेरिया शहर को पार कर गई थी। शीरी चौकन्ना होकर बैठ गया। मैकडोनल्ड आने वाला था। एक सौ बीस रुपये के नोट शीरी के हाथों में थे। अपनी कल्पना में वह मैकडोनल्ड के हैप्पी मील का स्वाद चख रहा था। कुछ न कुछ नूरत को भी देना ही होगा। वैसे नूरत ने तो हैप्पी मील के साथ मिलने वाले खिलौने के साथ ही बहल जाना था। इस बार क्या मिलेगा? उसने अनुमान लगाना चाहा। मम्मा-पापा कुछ नहीं माँगेंगे। बेचारे कैसे गुज़ारा कर लेते हैं। वह सब के सब हर सप्ताह कम से कम एक बार जम्मू की गोल मार्किट में जाते थे। शीरी हर सप्ताह कुछ न कुछ खाता था। कभी-कभी मम्मा भी खा लेते थे, पर पापा तो कुछ भी नहीं खाते थे। महीने का खर्च पापा को ही चलाना होता था। पापा बच्चों को खिला देते हैं, आप नहीं खाते। फिर तो मैं विवाह ही नहीं करवाऊँगा। बच्चे नहीं होंगे।

'बुद्धू तेरा अगला जन्म फिर बन्द नहीं हो जाएगा?' हरलीन की आवाज़ आई। शीरी ने शीशे में से इधर-उधर देखा। कार एक छोटे कस्बे को पार कर रही थी। पोस्टर पर हरलीन मुस्करा रही थी।

'तेरे साथ तो विवाह नहीं करवाऊँगा मैं। तू तो मेरे चाकलेट खा जाया करेगी,' शीरी ने जवाब दिया।

'स्टुपिड! सारी उम्र चाकलेट ही खाए जाएगा?' पोस्टर ने पूछा।

शीरी मुस्करा पड़ा। हार जाने के समय वह इस प्रकार ही मुस्कराता था। उसको हरलीन की बात ठीक लगी। ख़ैर, इस समय तो उसने हैप्पी मील खाना था।

"पापा मैकडोनल्ड?"

"हाँ जी बेटा जी, आने ही वाला है। हमें पैट्रोल भी भरवाना है," पापा को याद था।

थोड़ी देर बाद कार पैट्रोल पम्प के आहाते में घुस रही थी। पैट्रोल पम्प से आगे मैकडोनल्ड की इमारत चमचमा रही थी। मैकडोनल्ड का स्टैचू बैठा मुस्करा रहा था। पापा ने गाड़ी पैट्रोल डलवाने के लिए लगा दी थी। पैट्रोल वाली मशीन चल रही थी, ख़ाली खड़ा पैट्रोल पम्प वाला कार के बोनट को ध्यान से देखने लगा। उसने पापा का ध्यान बोनट के नीचे से निकल रही भाप की ओर दिलाया। तेल डलवाकर पापा ने गाड़ी एक तरफ़ लगा दी। कोई नई बात नहीं थी। कार ख़राब हो गई थी। पापा बोनट खोले खड़े थे। शीरी को अपने हैप्पी मील पर ख़तरे के बादल मँडराते दिखाई दिए।

"मम्मा, मैं तब तक हैप्पी मील ले लूँ जाकर?"

"लड़के, तुझे शर्म नहीं आती, कार को पता नहीं क्या हो गया है, कितने पैसे लगेंगे, तुझे अपने हैप्पी मील की पड़ी है, इधर दे पैसे," मम्मा ने उसके बचाए नब्बे रुपये और अपनी ओर से दिए तीस रुपये भी वापस ले लिये थे।

पापा ने बोनट खुला ही छोड़ दिया। रेडिएटर ख़राब हो चुका था। पापा ने कुछ नहीं बताया। मम्मा ने कुछ नहीं पूछा। मैकेनिक की दुकान की ओर इशारा पैट्रोल पम्प वाले भाई ने किया। पापा उधर चल पड़े। मम्मा को जानने की कोई उत्सुकता नहीं थी। कार कोई पहली बार ख़राब नहीं हुई थी।

कुछ देर बाद पापा तेल और ग्रीस के साथ मैले हुए कपड़ों वाले मैकेनिक को लेकर लौट आए। काले कपड़ों वाला यमदूत! शीरी ने काले कपड़ों वाले चार यमदूतों की कहानी सुनी थी। वह चार यमदूत उसकी पड़दादी को लेने आए थे। वह चारों उसकी पड़दादी के बिस्तर के इर्द-गिर्द खड़े थे। उन्होंने नसीब कौर को जगाकर बताया था कि उसका समय पूरा हो चुका था। वे उसको लेने आए थे। उसने अपने परिवार के सदस्यों को आख़िरी बार मिलने की इच्छा प्रकट की थी। सबसे सयाने यमदूत ने प्रेमपूर्वक कड़वी बात कही थी—

"माताजी, तुम कोई रिश्तेदारी में नहीं चले। यही तो मौत होती है," दादी अपने शरीर में से निकलकर उनके साथ चल दी थी।

पापा हमेशा पुरानी कार ही ख़रीद सके थे। शीरी को अपने पापा की पहली पुरानी कार की याद हो आई। लाल रंग की वह कार पापा के मैकेनिक दोस्त फरीदूदीन ने ख़रीदकर दी थी। तब शीरी छोटा था। पापा-मम्मा को बुलट मोटर साइकिल पर सर्दी में गाँव जाना कठिन लगने लगा था। उस मारुति कार के बहुत सारे पाट्र्स जापान में बने हुए थे। वह तब की बनी हुई थी जब सुज़ूकी कम्पनी जापान से भारत आई थी। पापा बड़े चाव के साथ उसकी लाइटों पर लिखा 'मेड इन जापान' दिखाते। कार पुरानी अवश्य थी, पर उसकी 'एंटीक' वैल्यू थी। देखने वाले भी उसको जापानी मॉडल कहते।

वह कार पहले ही चक्कर के समय नाभा की पशुओं की मंडी में से निकलते समय बन्द हो गई थी। पापा, मम्मा और शीरी पटियाला जा रहे थे।

इस अनजान शहर में कार को सड़क के बीच बन्द हुआ देखकर पापा के होश-हवास उड़ गए। अच्छी-भली कार दौड़ी जा रही थी। टेप पर तारी चाचू का नया गीत चल रहा था—

तेरा चार दिनां दा मोह चंदरा
उमर खा गिया सारी नी!

वे सब बहुत ख़ुश परिवार महसूस कर रहे थे, पर कार ने उन्हें भैंसों के मेले के बीच ला खड़ा किया था। चारों तरफ़ नहलाईं, सँवारीं, तेल चुपड़े सींगों वाली, चमकती-दमकती काली-काली भैंसें थीं। मानो फैशन चैनल पर मॉडलों का कोई मेला चल रहा हो। भैंसों का फैशन मेला, पर भैंसों को सँगलियों और रस्सियों से काबू में किया हुआ। शीरी को पहली बार पता लगा था कि भैंसों के भी मेले लगते थे। भैंसों के मेले में भैंसों के ख़ुश होने के बारे में शीरी को शक था।

लोग भैंसों की जंजीरें पकड़े उन्हें इधर-उधर हाँके जा रहे थे। इस कठिन समय में भी शीरी को कहीं पढ़ा हुआ काले गुलामों को मंडियों में बेचे जाने का दृश्य स्मरण हो आया। पापा अपनी जापानी मारुति को धकेलते हुए सड़क के एक तरफ़ लिये जा रहे थे। उन्होंने बोनट खोला और ख़ुद ही हाथ मारने लगे। भैंसों से फुरसत पाए खड़े व्यापारी उनकी मदद के लिए क़रीब आ गए। खासी देर इधर-उधर हाथ मारने के बाद कार स्टार्ट हो गई। वे भैंसों के मेले में से बाहर आ गए।

वह कार मलेरकोटला वाले पहले किराये के मकान के बाहर खड़ी रहा करती थी। घर का कोई भी सदस्य उधर से गुज़रता तो गर्व के साथ एक भरपूर-सी नज़र उस पर मार लेता। पापा उसको धोते-सँवारते भी रहते। एक दिन सामने वाले घर के आमीन की मम्मी शगुफ्ता आंटी पापा से कोई मज़ाक करने लगी तो पापा ने कहा—

"भैण जी, कार और जनानी बेशक ख़राब ही हों, पर बना-सँवार कर और प्यार के साथ रखनी चाहिए। नहीं तो ये बन्दे का जुलूस निकाल कर रख देती हैं।"

"देख लो दीदी, बन्दे की सोच। जनानी को कार के बराबर रखता है," कोठे पर खड़ी नीचे झाँक रही शीरी की मम्मा बोली थी।

लीपापोती के बावजूद पापा की कार अक्सर ख़राब रहती। वह फ़रीद अंकल को फ़ोन करते। उनकी वर्कशाप 'गुरद्वारा हाय का नारा' के क़रीब थी। कुछ देर बाद स्कूटर पर दो काले कपड़ों वाले प्रशिक्षु मैकेनिक आ खड़े होते। शगुफ्ता आंटी उन्हें काले यमदूत कहती। जैसे-तैसे काले यमदूत कार को स्टार्ट करके धर्मराज की कचहरी की ओर ले चलते।

शीरी देख रहा था। कारें मैकडोनल्ड के बाहर आकर रुकती रहीं। बने-ठने लोग कारों में से निकलते रहे। उसको हैरानी हुई कि साइकिलों और स्कूटरों वाले यहाँ नहीं रुकते थे। वे वहाँ से गुज़रते हुए मैकडोनल्ड की ख़ूबसूरत इमारत की ओर इस प्रकार देखते मानो उनका इस एलियन के साथ कोई सम्बन्ध नहीं था। उन्हें इसके अन्दर घुसने के बहुत सीमित अधिकार थे। वे अवश्य यह सोचते होंगे कि इस सुन्दर सी इमारत में क्या होता होगा। कार वालों को उसके बारे में सब कुछ मालूम था। वह उसके बारे में अपने अमेरिका रहते रिश्तेदारों से सुन चुके थे। वे उसके बारे में अख़बारों में पढ़ चुके थे। उन्हें तो यह भी पता था कि वह अमेरिका से कब चला था। उसकी फ्रैंकफर्ट में कितने घंटे की स्टे थी। वह दिल्ली आकर फाइव स्टार होटल में ठहरा था। उसने भारतीय खानों को देखकर नाक-होंठ सिकोड़े थे। वह अपनी ख़ास मशीनों, चटनियों और अपने ख़ास इमारत के नक्शे साथ लेकर आया था। कार वालों को जब 'एम' दिखाई दिया तो वह मुस्कराने लगे। वह मैकडोनल्ड के स्टैचू के साथ खड़े होकर तस्वीरें खिंचवाते। उनके बच्चे उसकी गोद में बैठ जाते।

काले कपड़े वाले मैकेनिकों ने एक सेकंड हैंड रेडिएटर लगाकर कार स्टार्ट कर दी थी। 270 रुपये के बिल का भुगतान करके पापा ने कार आगे बढ़ा ली थी। उनकी पुरानी मारुति कार मैकडोनल्डों, सब-वेओं, हवेलियों और ढाबों को पीछे छोड़ती हुई दौड़े जा रही थी। उनकी कार नई कारों और एस.यू.वी. कारों से पीछे रहती हुई दौड़े जा रही थी।

परियाँ

अवनीत को देखकर राबिया याद आती, राबिया को देखकर नादिरा बहन जी की याद आती और नादिरा बहन जी को देखकर परियों का ख़याल आता था।

अम्बर और जसवन्त स्कूल से निकलकर फुटबॉल वाला ग्राउंड पार कर रहे थे। एक बड़ा चक्रवात उनके क़रीब से गुज़र रहा था। जसवन्त अम्बर को खींचता हुआ चक्रवात से दूर ले गया।

"क्या हुआ?" अम्बर हैरान था।

"कहते हैं यदि हम चक्रवात में घिर जाएँ तो चक्रवात के अन्दर की परियाँ अपने साथ ही ले जाती हैं।"

"कहाँ ले जाती हैं?" अम्बर को इस बारे में कुछ भी पता नहीं था।

"परी देश में...।"

"जसवन्त, परियाँ बहुत सुन्दर होती हैं?...भला कितनी सुन्दर होती है?" अम्बर

को बस परियों के सुन्दर होने के बारे में ही पता था।

"कहते हैं, बहुत ज़्यादा सुन्दर होती हैं। उनमें कोई कमी नहीं होती। हर पक्ष से सम्पूर्ण...।" जसवन्त ने बाँहें फैला दीं।

"जैसे अपनी नादिरा बहन जी हैं?" अम्बर ने कहा।

"हूँ...कह सकते हैं," जसवन्त सोच में पड़ गया था।

नादिरा मलेरकोटला से हर रोज़ आती थी। वह उनकी सामाजिक विज्ञान की टीचर थी। उसका पूरा नाम नादिरा ख़ानम था। यह स्कूल के लड़कों की मजबूरी थी कि उन्हें नादिरा को बहन जी कहना पड़ता था, क्योंकि सभी अध्यापिकाएँ बहन जी थीं, वरना जवानी में पैर रख रहे लड़के उस बारे में भी कुछ न कुछ टेढ़ा-मेढ़ा सोचते ज़रूर थे। नादिरा ख़ानम को देखकर बन्दा यह ज़रूर सोचता कि कोई इतना सुन्दर भी हो सकता है। उसके नयन-नक्श से भी आगे उसकी चमड़ी सुन्दर थी, उसकी चमड़ी से भी आगे उसका सलीका, सलीके से भी आगे उसका मेहनती स्वभाव। वह कभी काबुल से मलेरकोटला आ बसे ख़ूबसूरत अरब परिवार की पैदाइश थी।

"कहते हैं, एक बार परियाँ किसी बन्दे को अपने साथ ले गई थीं। उन्होंने उसकी बड़ी सेवा की, पर उस बन्दे का वहाँ मन नहीं लगा। फिर परियाँ उसे उसके गाँव के क़रीब छोड़ गईं," जसवन्त परियों के बारे में कितना कुछ जानता था।

"फिर वे हमें ले जातीं, कितनी बढ़िया बात होती। तू क्यों दूर हट गया? और मुझे भी कर दिया," अम्बर को परियों के वहाँ से चले जाने का अफसोस था।

"पीछे घरवाले खोजते फिरते...जब परियाँ छोड़कर जातीं, तब तक तो घरवालों ने अपना क्रियाकर्म भी कर देना था।"

"वैसे भी कौन-सा घरवाले हमें फूलों के हार पहनाते हैं," अम्बर घर से पूरी तरह ऊबा रहता था।

ये लायब्रेरी से मिलाप होने से पहले के दिन थे। अम्बर घर आता 'अकाली पत्रिका' अख़बार पूरे का पूरा पढ़ डालता। अरजन ताये का लाया 'कौमी एकता' मैगज़ीन दो दिन में ही ख़त्म हो जाता। सिलेबस के अन्दर की कहानियाँ बार-बार पढ़ी जातीं।

"तू इतनी ज्ञान की बातें कहाँ से सीखता है?" एक दिन नादिरा ख़ानम ने पूछा। यह दसवीं कक्षा की बात थी। लड़ाई-झगड़े आठवीं क्लास में पीछे रह गए थे। निहंग सिंह ने उसके जीवन की दिशा ही बदल दी थी।

"ये पता नहीं क्या-क्या पढ़ता रहता है, भैण जी," जसवन्त ने कहा था।

"मैं आपको एक बढ़िया-सी किताब लाकर दूँ? यदि पढ़ना चाहो?" अम्बर ने नादिरा ख़ानम से पूछा था।

उसने नादिरा को शहीद भगत सिंह की लिखी 'मैं नास्तिक क्यों हूँ' किताब लाकर दी। नादिरा ख़ानम अम्बर द्वारा लाकर दी गई किताबें पढ़ती। आधी छुट्टी

के समय दोनों बैठकर पढ़ी हुई किताब को लेकर बातें करते।

उन दोनों की बातें चरनी के अलावा सारी जमात करती थी। नादिरा ख़ानम अम्बर से पाँच-छह साल बड़ी होगी। हो सकता है, नादिरा के मन में कोई बात पैदा भी हुई हो। पर अम्बर इतने के योग्य नहीं था। वह चरनी से बड़ा सपना लेने का साहस नहीं कर सका। चरनी की सहेलियाँ ज़रूर नादिरा बहन जी और अम्बर में कुछ चलता होने का शक करती थीं। सिर्फ़ चरनी जानती थी कि अम्बर सिर्फ़ उसकी ओर मुहब्बती अन्दाज़ में देखता था। चरनी अम्बर की अपने प्रति और नादिरा बहन जी की ओर उठती नज़रों में अन्तर करना सीख गई थी।

अम्बर को एक परी का सपना आने लगा था। यह परी उड़न खटोले में होती थी। उड़न खटोला उसके क़रीब से गुज़र जाता था।

राबिया अम्बर की छात्रा थी। राबिया को पहली बार अपनी क्लास में देखकर अम्बर को नादिरा ख़ानम की याद आई। अब वह नादिरा की तरह ही एक अध्यापक था। राबिया जब नीली जीन के साथ काले रंग का टॉप पहनती तो सारे कॉलेज की जैसे साँसें रुक जातीं।

अम्बर नादिरा के बारे में नहीं सोच सका था। राबिया को लेकर सोचने से उसकी नौकरी उसे रोकती थी। अवनीत जब उसके कॉलेज में म्यूजिक की प्रोफ़ेसर बनकर आई तो उसके बारे में सोचने से वह ख़ुद भी अपने आपको रोक नहीं सका।

राबिया एक नए युग की शुरुआत का एलान थी। वह अपनी मनमरज़ी के कपड़े पहनती। उसके कपड़ों में नंगेज जैसा कुछ भी नहीं था। उसके कपड़ों में अपनी सुन्दरता का स्पष्ट प्रदर्शन और आज़ादी का एलान था। उसके चेहरे पर आत्मविश्वास, सुशीलता और अपने पढ़ाकू होने का स्वाभिमान था। उसके सामने प्रिंसिपल और डी.पी. के टोका-टोकी के सारे हथियार व्यर्थ थे। उसको देखते ही अम्बर को अपने कुछ साल पहले पैदा हो जाने का अफ़सोस होता था।

अवनीत ने कॉलेज के संगीत विभाग को चार चाँद लगा दिए थे। संगीत विभाग का कमरा कॉलेज की कैंटीन के नज़दीक था। कमरे के प्रवेश-द्वार के बाहर दीवार पर सरस्वती देवी का चित्र कमरे को कोई अर्थ प्रदान कर रहा था। कमरे के अन्दर प्रवेश करते ही सामने तख़्तपोश पर कभी हरमोनियम और कभी सितार-वादन में मशरूफ़ प्रोफ़ेसर अवनीत दिखाई देती। यह दृश्य संगीत विभाग के विद्यार्थियों के हिस्से ही आया था। कभी-कभी कैंटीन में बैठा अम्बर संगीत विभाग की ओर से आती संगीतमयी स्वर लहरियों को सुनता, अवनीत मैडम की सरस्वती देवी जैसी प्रतिमा की कल्पना करता। कभी-कभी इसलिए कि वह सप्ताह में दो-तीन बार ही कैंटीन में आता था। अपने ख़ाली पीरियडों में भी वह विद्यार्थियों के साथ लम्बी विचार-चर्चाएँ किया करता था। अपने ख़ाली पीरियड में वह स्टाफ़-रूम के पास वाले लॉन में विद्यार्थियों से पढ़ी हुई किताबों के सम्बन्ध में उनके प्रभाव-विचार

सुनता था। न समझ में आई बातें वह उन्हें समझाता था।

वह विद्यार्थियों को तराश रहा था। वह विद्यार्थियों के ज़रिये तराशा जा रहा था। वह परियाँ के रहस्य अपनी आँखों में लिये घूमता था।

अवनीत ने जब से कॉलेज ज्वाइन किया था, कॉलेज के बहुत सारे नौजवान प्रोफ़ेसरों के तौर-तरीक़े बदल गए थे। आकाश में एक नई आवारा कबूतरी आ गई थी और सारे कबूतरबाज़ों ने अपनी-अपनी छतरियाँ खड़ी कर ली थीं। अवनीत अपना ऐसा स्वागत कई बार देख चुकी थी और हमेशा अनदेखा करती आई थी। अम्बरदीप नाम का एक साँवला-सा प्रोफ़ेसर उसकी ओर उस तरह तवज्जो नहीं देता था जिस प्रकार अन्य प्रोफ़ेसर देते थे। उसका व्यवहार कुछ इस तरह का था, 'मैं तेरा प्रशंसक हूँ, पर तेरी तरफ़ ग़ौर करने का मेरे पास समय नहीं। तेरी अपनी दुनिया है, मेरी अपनी व्यस्तताएँ।' हाँ, इसी क़िस्म का व्यवहार अम्बर उसके साथ करता था। जब कोई सांस्कृतिक कार्यक्रम होता तो अम्बर मंच सँभालता। अवनीत सामने बैठती क्योंकि सारे अध्यापक अगली पंक्ति में ही बैठते थे। बैठना पड़ता था। अवनीत माइक से बोल रहे अम्बर को अनदेखा करना चाहती थी, पर नहीं कर सकती थी। उसके शब्द गाँव की सीधी-सादी रंगत में लिपटे होते थे। बोलते-बोलते वह पता नहीं किस अर्थशास्त्री, वैज्ञानिक, राजनीतिक चिन्तक या संगीतकार का हवाला दे देता। संगीत की एम.फिल. तो अवनीत ने भी की थी, पर उस संगीतकार का नाम उसने नहीं सुना होता। अम्बर उसको एक ऐसा परिन्दा प्रतीत हुआ जो कॉलेज के सभी प्रोफ़ेसरों की पढ़ाइयों से ऊपर, बहुत ऊपर उड़ता फिरता था।

अवनीत के पापा बठिंडा के थर्मल प्लांट से रिटायर हुए थे। मुक्तसर के क़रीब कुत्तियाँवाली गाँव में उनकी ज़मीन थी जहाँ से साल के साल ठेका आ जाता। अवनीत दो बहनें थीं। उनके भाई नहीं था। वह बचपन से ही गुरद्वारे में शौकिया तौर पर कीर्तन में भाग लेने लगी थीं। यही शौक उसको संगीत की एम.ए. और फिर एम. फिल तक ले गया।

उसे सुनने वाले उसे गायक बनने के लिए कहते। अपनी सी.डी. रिकॉर्ड करवाने के लिए प्रेरित करते। उसके पापा उसके गायक बनने के हक़ में नहीं थे।

"बेटा, शरीफ़ घरों की लड़कियाँ ऐसे काम नहीं किया करतीं," उसके पापा यह कहकर उसे टाल देते।

कॉलेज के संगीत विभाग में उसने एक नई रूह फूँक दी थी। एक तो इस्लामिया कॉलेज में संगीत विभाग, कॉलेज की स्थापना से कई दशकों बाद बना था। दूसरा इस विभाग को कोई ढंग का अध्यापक कभी मिला ही नहीं था। प्रिंसिपल स्वर्ण सिंह कॉलेज को बढ़ाना और विस्तार देना चाहता था। उसने सरकार में अपना प्रभाव इस्तेमाल करके संगीत विभाग खुलवाया था। कैंटीन के नज़दीक एक फालतू पड़े

कमरे में संगीत विभाग की शुरुआत कर दी गई थी। मुसलमान लड़के-लड़कियाँ संगीत का विषय बहुत कम लेते। परन्तु कॉलेज में हिन्दू और सिक्ख लड़कों और लड़कियों की संख्या आधी-आधी थी।

प्रिंसिपल स्वर्ण सिंह ने पटियाला में हो रही एक 'शबद-गायन प्रतियोगिता' के लिए प्रो. अवनीत को टीम तैयार करने के लिए कहा। खालसा कॉलेज, पटियाला के प्रिंसिपल ने स्वयं फ़ोन करके टीम भेजने के लिए कहा था। अवनीत ने बी.ए. की तीन कक्षाओं में से चुनिंदा विद्यार्थियों का एक ग्रुप तैयार कर लिया। इस कॉलेज से वह पहली बार टीम भेज रही थी। वह चाहती थी कि उसका प्रथम पुरस्कार आए। उसने अगले दिन पहले ही पीरियड में रिहर्सल के लिए आने को कहा।

"मैडम, हमारा पहला पीरियड अम्बरदीप सर का होता है, हम वह मिस नहीं कर सकतीं," गगन और रूबीना एक साथ ही बोल उठीं।

"कोई बात नही, दूसरे पीरियड में आ जाओ।"

"मैडम, दूसरा हमारा होता है, वह भी लिटरेचर का।"

"किस सर का?"

"अम्बरदीप सर का ही।"

"क्या बात है? सर सख़्त हैं? वह मिस नहीं करने देते?"

"वो तो मैडम कुछ नहीं कहते, बस हमीं मिस नहीं करना चाहते।"

"ऐसा क्या घोल कर पिलाते हैं तुम्हें प्रोफ़ेसर अम्बर?" उसने मुस्कराते हुए पूछा।

"मैडम कभी अटेंड करके देखो सर की क्लास, पता ही नहीं चलता कब पैंतालीस मिनट बीत जाते हैं," बी.ए. सेकंड की तगड़े घर की डिम्पल बनियों की बेटी थी। अवनीत ने तो यही सुना था कि ये शहरी बनिए गाँव के जाटों को कुछ नहीं समझते। जाट तो इनकी आढ़त की दुकानों पर आते हैं। बहुत सारे जाटों को इनके बहीखातों में खुले अपने खातों के बारे में कुछ भी पता नहीं होता। और तो और, उन्हें तो मंडियों में फ़सल तोलने वाले काँटों को समझना भी नहीं आता। उसके पापा बताते थे कि बहुत सारे आढ़तियों ने जाटों के सिर पर ही शैलर और अन्य फैक्ट्रियाँ खोल रखी थीं। कईयों ने तो जाटों को और अधिक घेरने के लिए कपड़ा, पैस्टीसाइड और परचून की दुकानें भी खोल रखी थीं। ये प्रोफ़ेसर अम्बर क्या पढ़ाता था कि इन शहरी व्यापारियों के बच्चे इस ग्रामीण जाट के दीवाने हुए पड़े थे।

'कहीं तू तो नहीं उसकी दीवानी हुई जाती?' उसने अपने आप से पूछा।

'नहीं, मैं तो नवतेज के साथ...,' उसने कहा।

नवतेज उनके बठिंडे वाले घर अपनी दादी के साथ बचपन में आने लगा था। नवतेज की दादी अजमेर कौर के साथ उसके पापा की रिश्तेदारी तो दूर की थी, पर गाँव पास-पास होने के कारण दोनों परिवारों में साँझ-व्यवहार बड़ा रहा था। अवनीत के पापा जब से नौकरी में आए थे, तब से ही कई ग्रामीण रिश्तेदारियों से

आहिस्ता-आहिस्ता टूटते चले गए थे। अजमेर कौर को वह बुआ कहते थे।

लस्सी, दूध और सर्दियों में खोये जैसी गाँव की सारी नेमतें महीने-बीस दिन बाद उनके घर में आ जातीं। बठिंडा मुक्तसर रोड पर बसे गाँव किक्कराँवाली में उनकी अच्छी बड़ी-सी कोठी थी। उनकी बड़ी-सी कार गाँव से कभी मुक्तसर कभी बठिंडा के चक्कर लगाती रहती।

कोठी लेते समय अवनीत के पापा को पैसे की आवश्यकता पड़ी। बुआ ने दिल खोलकर मदद की। साथ ही यह भी कहा कि कोई जल्दी नहीं। जब हों, लौटा देना।

"पैसा तो हम रख रख भूल जाते हैं, अब इन बच्चों का क्या करें? अवनीत बेटी, तू समझा तो नवतेज को...।" बुआ को बस यही दुख था कि उनका एक भी बच्चा स्कूल से आगे नहीं बढ़ा था। बुआ के उनके साथ साँझ रखने, लेन-देन का व्यवहार रखने के मोह के अलावा और कई कारण होंगे, पर एक कारण यह भी था कि हरमेल सिंह का शहरी रहन-सहन और उसकी बेटियों की पढ़ाई देखकर शायद नवतेज भी पढ़ जाएगा।

नवतेज अकेला कभी नहीं आया था। एक बार अकेली आई बुआ ने अवनीत के बैठे-बैठे ही बताया था कि नवतेज बुरी संगत में पड़ गया था। कॉलेज में दाख़िला लिया, पर पेपर नहीं दिए। किसी चीज़ को मुँह मारने लगा था। दो साल बाद एक बार बुआ उसको अपने साथ लेकर आई। अवनीत ने उसको बहुत समझाया। नवतेज ने वायदा किया कि अगली बार वह उसको सुधरने के बाद ही मिलेगा।

नवतेज कॉलेज में पढ़ने लगा था। वह पहले की अपेक्षा बहुत सुधर गया था। बुआ ने उसे उसके पापा से उसकी पसन्द की गाड़ी दिलवा दी थी। ये बातें बुआ ने बताई थीं। वह पूरा परिवार अवनीत का धन्यवादी था।

अवनीत यूनिवर्सिटी से संगीत की एम.ए. करने लगी थी। उस दिन अवनीत अपने विभाग में यूथ फेस्टीवल के लिए अपनी प्रोफ़ेसर मैडम को गीत गाकर सुना रही थी। उसके जमाती कमरे में बिछे कालीन पर बैठे थे। अचानक ही एक सुन्दर-सा लड़का सुन्दर ढंग से पगड़ी बाँधे चुपचाप आकर वहाँ बैठ गया था। प्रोफ़ेसर ने बाहरी लड़के के आने पर माथे पर बल डाले थे। छात्रों ने प्रश्न सूचक नज़रों से देखा था। गा रही अवनीत उसको बामुश्किल ही पहचान सकी थी।

"तुम कितना सुन्दर गाती हो," बाहर आकर नवतेज ने कहा था।

"स्टुपिड, तू सीधा ही अन्दर आ गया। मैम ग़ुस्सा करते हैं।"

उसकी बड़ी गाड़ी में बैठते ही अवनीत उसकी मूर्खता भूल गई थी। बड़े होटल में लंच करते हुए अवनीत को नवतेज के साथ अपनी रिश्तेदारी बिसर गई थी। पापा ने उससे क्या उम्मीदें रखी थीं, यह तो ख़ैर बिल्कुल ही याद नहीं रहा था। पापा के घर में अवनीत ने हमेशा तंगी देखी थी। इतनी बड़ी कार तो क्या, इतना बड़ा होटल तो क्या, उसने तो कभी इतनी बड़ी जुर्रत भी नहीं देखी थी।

अवनीत की समझ में यह आया था कि कई बार बड़ी जुर्रत के पीछे भी पैसा होता है। कमज़ोर व्यक्ति की एक बार की जुर्रत उसका दीवाला निकाल सकती थी।

"अवनीत! मैं तुझे प्यार करता हूँ, मैं तेरे साथ विवाह करवाना चाहता हूँ," नवतेज ने कहा था। अवनीत उसके साहस पर हैरान रह गई थी। वह ख़ुश भी हुई थी, पर उसने उसको टालते हुए कहा था—

"स्टुपिड, अपनी रिश्तेदारी लगती है।"

"वो सब मैं आप सँभाल लूँगा, तू मेरी गुरू है, तूने मुझ भूले-भटके को सीधे रास्ते पर डाला, मैं तो सारी उम्र तेरे पैर धो-धो कर पीऊँगा। एक बारी हाँ कह दे," नवतेज मिन्नतों पर उतर आया था।

"मुझे सोचने के लिए समय चाहिए, नवतेज।" उसने कहा था।

उसने सोचा था, नौकरी पर लगकर भी पैसा ही कमाना है। नौकरी वाले लड़के से तो कहीं अधिक पैसा नवतेज के परिवार के पास था।

नवतेज के माध्यम से उसे अपनी गायक बनने की हसरत भी पूरी होती दिखाई देती थी। वह उसकी आवाज़ का प्रशंसक था। वह उसके ट्रैक पर आने वाला खर्चा आराम से उठा सकता था। वह अपने आपको भविष्य की स्टार के रूप में देखती। उसका अंग-अंग प्रफुल्लित होने लगता। वह रोशनियों के साथ भरी स्टेज पर भविष्य की अवनीत को नाचते-गाते हुए देखती।

पापा की नाराज़गी के बावजूद, मम्मा के समझाने-बुझाने के बावजूद, खून के रिश्ते की पाबन्दी के बावजूद अवनीत के पापा को झुकना पड़ा था। बुआ ने बदल चुके ज़माने के हवाले दिए थे। पहले लोग चार गोत छोड़ते थे, अब तो पहले ही गोत में रिश्ते हुए जा रहे थे। उनकी रिश्तेदारी तीन पीढ़ियों पुरानी थी। बुआ ने सिर्फ़ 'नंद' पढ़वाकर ले जाना था। रिसेप्शन मुक्तसर में करनी थी। बठिंडे वाले घर में ही सादी सी थोड़े-से रिश्तेदारों की हाज़िरी में मँगनी हो गई।

अवनीत को अपने प्रोफ़ेसर लगने की कोई आस नहीं थी। संगीत में कितने लोग तो एम.ए. किए जाते थे। हर कोई गायक बनने के लिए संगीत में आ घुसता। गायक तो मुश्किल से कोई एक बनता। शेष बचे लोग कीर्तनी जत्थे में ढोलकी कूटने जा लगते। जो पी-एच.डी. करने लगते, वह कॉलेजों में निकलने वाली पोस्टों की ओर नीलगायों की तरह सिर उठा-उठाकर ताकते रहते। कॉलेज में म्यूजिक के प्रोफ़ेसर की एक-आधी तो पोस्ट थी। अवनीत सोचती, उसका विवाह अधिक से अधिक प्रोफ़ेसर के साथ हो जाएगा। कितनी भर तनख़्वाह होती है एक प्रोफ़ेसर की। सारी उम्र तंगी-तुर्शियों के साथ टक्करें मारे जाओ। नवतेज ठीक था। पैसे की कोई कमी नहीं। और फिर वह तो उसके पैर चाटने तक जाता था। बस, उसको नशे से बचाकर रखना पड़ेगा। कहते हैं, नशेड़ी बन्दे एक बार हट भी जाए, पर बार-बार नशों की तरफ़ ही झुकते जाते हैं।

"नवतेज तूने ड्रग पूरी तरह छोड़ दी?" शगन से महीनाभर बाद यूनिवर्सिटी में मिलने आए नवतेज के व्यवहार को भाँपते हुए अवनीत ने पूछा था। वह अपनी आँखों को सिकोड़ती हुई उसकी आँखों में झाँकी थी।

"झूठ नहीं बोलूँगा, अभी पूरी तरह नहीं छोड़ी, डोज़ धीरे-धीर कम कर रहा हूँ। अवनीत, तूने तो मेरी ज़िन्दगी सँवार दी...," वह उसके दोनों हाथ अपने हाथों में कसता हुआ बोला। ये बातें पहले भी हो चुकी थीं।

'हाय, अगर यह कभी भी न छोड़ सका?' उसके अन्दर से गहरा निःश्वास निकला।

अवनीत को गाँव में रहने के मामले में भी संशय था।

"यदि तुझे गाँव में रहना कठिन लगेगा तो हम मुक्तसर या बठिंडे में कोठी बना लेंगे।" नवतेज ने कहा तो अवनीत उसकी ओर चौंककर देखने लगी।

उसने तो कुछ कहा नहीं था। नवतेज कैसे समझ गया। वह नवतेज की आँखों में झाँकती उसकी कटी दाढ़ी के काले बालों में देखने लगी। ऊपर उठती उसकी नज़र उसकी तोते रंगी पगड़ी के पेचों पर घूमने लगी। वह बस ऐसा ही जीवन-साथी चाहती थी। कटी दाढ़ी पर पगड़ी बाँधने वाला।

अजमेर कौर बुआ के लिए भी हरमेल सिंह से रिश्ता माँगना सरल नहीं था। परन्तु अजमेर कौर बदल रहे ज़माने को देख रही थी। उसे पता था कि तीस किल्लों के मालिक को बड़ी से बड़ी गाड़ी मिल सकती है। पर अजमेर कौर ने अपना पोता हाथ से नहीं निकालना था। नवतेज बठिंडा वाली लड़की के प्रभाव में था। अजमेर कौर ने तरह-तरह के उदाहरण देकर रिश्ता माँग लिया था।

कॉलेज के प्रोफ़ेसर अवनीत के लिए नए नहीं थे। वे ऐसे अध्यापकों से ही पढ़ी थी। सभी साधारण जैसे ही थे। दूसरी बार उसने प्रोफ़ेसर अम्बर को स्टेज पर बोलते सुना। प्रो. अम्बर ने प्रिंसिपल की सहमति से एक बुक वैन कॉलेज में मँगवाई थी। किताबों की प्रदर्शनी लगी हुई थी। प्रो. अम्बर विद्यार्थियों को किताबें ख़रीदने के लिए उत्साहित कर रहा था।

"कहा जाता है, जो इनसान किताबें नहीं पढ़ता, वह सिर्फ़ एक संसार को जानता है जिसमें वह रह रहा होता है। जो किताबें पढ़ता है, वह एक से अधिक संसारों को जानता है। जो इनसान अपनी भाषा के अलावा अन्य भाषाओं की किताबें भी पढ़ता है, वह अपनी भाषा के संसार के अतिरिक्त अन्य भाषाओं के संसारों को भी जानता है।"

अवनीत सुनती चली गई। इस तरह के भी व्यक्ति होते हैं। विद्यार्थी तभी इस पर मरते हैं। बन्दा सुन्दर नहीं, पर बहुत सोहणा है। अवनीत इतनी सयानी नहीं थी कि यह समझ सकती कि अम्बर उसको क्यों इतना सुन्दर लगने लगा था। उसको

इस सवाल का जवाब कहीं नहीं मिला कि एक कम सुन्दर व्यक्ति कैसे बड़े-बड़े सुन्दर लोगों को मात दे सकता था।

अम्बर बोल रहा था, अवनीत सुन रही थी, अवनीत देख रही थी, उसके मुँह से शब्द नहीं, रंग झर रहे थे, पलों में ही अवनीत के ऊपर का आकाश सैकड़ों रंगों से भर गया।

"कहा जाता है, किताबें तुम्हें बेहतरीन खाना तो नहीं दे सकतीं, पर यह अवश्य बताती हैं कि बेहतरीन खाना कौन-सा होता है और तुम्हारा बेहतरीन खाना कौन ले जाता है," अम्बर बोले जा रहा था।

वह अपने आप पर हैरान हो गई। कुछ ही पलों में यह क्या घट गया था। नवतेज बहुत दूर खड़ा दिखाई दे रहा था। नवतेज सोहणा बेशक उतना ही था, पर वह बहुत साधारण-सा लड़का बन गया। बिलकुल उसके पास संगीत पढ़ते बी.ए. के लड़कों जैसा। बी.ए. वाले लड़कों के पास फिर भी सपने थे, पर नवतेज के पास अवनीत को पा लेने के सिवाय कोई दूसरा सपना नहीं था। वह तो अवनीत की सी.डी. रिकॉर्ड करवाने के सपने के बारे में भी उत्साहित नहीं था। अवनीत ने जब इस बारे में बात की थी तो नवतेज बात को टाल गया था।

"अवनीत, हमें सिंगर बनकर क्या लेना? अपने घर में क्या कमी है?" उसने पूछा था। अवनीत उससे अपने स्टार बनने वाली बात नहीं कर सकी थी। वह चुप लगा गई थी।

नवतेज के साथ जुड़ी सारी सुन्दर चीज़ें—उसकी गाड़ी, तोते रंगी पेचों वाली पगड़ी, बड़ी कोठी, यहाँ तक कि भविष्य में बठिंडे की झीलों के किनारे बनाई जाने वाली कोठी भी अम्बर के रंगों के सामने तुच्छ हो गईं। उसको अम्बर जैसा मर्द ही चाहिए था। उसका मन करता था, वह बोलता रहे, बोलता जाए और वह बस सुनती रहे।

अवनीत को विद्यार्थियों ने बताया कि अम्बर सर टी.वी. पर गायकों की इंटरव्यू करते थे। अवनीत की समझ में आ गया कि अम्बर उसकी ख़ासी मदद कर सकता था।

"सर, मुझे भी कोई किताब बताओ," अम्बर ने जब बोलना बन्द किया, बच्चे जब किताबें ख़रीदने के लिए किताबों से सजी मेज़ों के इर्द-गिर्द हो गए, अवनीत ने उसके पास आकर धड़कते दिल के साथ कहा।

"ओह! जी अवश्य मैडम। हमारी सुन्दर-सी मैडम के लिए तो किताब भी उतनी ही सुन्दर देखनी पड़ेगी," कहता हुआ अम्बर किताब तलाशने लगा।

अम्बर द्वारा की हुई तारीफ़ उसको आसमान में चढ़ा गई। वह जैसे सात आसमानों का चक्कर लगा आई हो। वह आम लोगों की ओर से उसकी तारीफ़ किए जाने पर कई बार ऊब जाती। उसको अब समझ में आया कि वह कैसे पारखी की प्रतीक्षा कर रही थी। अम्बर ही उसका असल कद्रदान था। वह सोचती कि

काश, उसके हुस्न का हीरा किसी ऐसे सच्चे आशिक की मुन्दरी में ही जड़ा जाए।

"मैडम, यह लो। इस किताब में साहित्य और संगीत का मिश्रण है," अम्बर ने एक किताब उसके आगे कर दी। अवनीत ने पढ़ी—'सुरों के सौदागर'—इकबाल माहल। इससे पहले कि वह कुछ कहती, दो लड़कियाँ अम्बर को खींचकर ले गईं।

अवनीत को लड़कियों द्वारा अम्बर को उसके पास से दूर ले जाना अच्छा नहीं लगा। फिर उसने यह सोचकर अपने आप को तसल्ली दी कि 'वे मेरे पास नहीं पढ़ती थीं, इसलिए मुझे जानती नहीं होंगी।' किताब के पैसे वैन वाले भाई को देकर वह अपने म्यूजिक रूम की ओर चल दी। अचानक उसके अन्दर कई प्रकार की आवाज़ें उठने लगीं—

'स्टुपिड! तेरी मँगनी हो चुकी है।'

'नवतेज का बुरा हाल हो जाएगा।'

'मुझे कोई परवाह नहीं नवतेज की।'

'बुआ जी और पापा क्या कहेंगे?' यहाँ आकर उसकी सोचों की लड़ी खड़ी हो गई। नहीं, इस रिश्ते को तोड़ना इतना सरल नहीं। टूटे रिश्ते का प्रभाव उसकी छोटी बहन पर भी पड़ेगा। पर अवनीत को अपनी बहन की अधिक परवाह नहीं थी। अवनीत हमेशा बढ़िया से बढ़िया चीज़ अपने लिए हथियाती रही थी। घर में चाकलेट या अन्य कोई खाने वाली चीज़ आती तो बड़ी बहन होने का बहाना बनाकर वह हमेशा अधिक हिस्सा ले जाती।

"मेरा शरीर भी तो बड़ा है," वह कहती।

यद्यपि बुआ और पापा के ख़याल पर आकर उसकी सोचों की लड़ी टूट गई थी, पर उस दिन उसने जितने भी गीत बच्चों से सुने या सुनाएँ, उनमें ताज़ा प्यार का ही जिक्र था। प्रेम की ताज़ा-ताज़ा दस्तक उसको खुमारी में ले आई। उसको वही गीत याद आ रहे थे। पंजाबी और हिन्दी के गीत कतार बाँधे खड़े थे। यह सिलसिला कई दिन तक चलता रहा।

उस दिन प्रो. अम्बर प्रो. जतिन्दर के साथ बैठा चाय पी रहा था। सामने से बी.ए. भाग-2 की छात्रा राबिया गुज़री। कॉलेज के पहले साल तो वह जीन पहनती रही, पर दूसरे साल वह कॉलेज का भेद पा गई थी। उसने टखनों से थोड़ा ऊपर शॉर्ट पैंट पहननी शुरू कर दी। सैंडलों में चमकते उसके गोरे-गोरे पैरों के ऊपर उनसे भी गोरी पिंडलियों की गोरी चमड़ी दिखाई देने लगी। बस, इस चार उँगलियों की ऊँचाई ने सारे कॉलेज की साँसें रोक रखी थीं। उसको सारा कॉलेज देखता। देखता प्रो. जतिन्दर भी था, पर वह निन्दा करने का शौक भी साथ-साथ पालता था।

"यह लड़की भी हदें पार करती जा रही है," प्रो. जतिन्दर ने प्रो. अम्बर की ओर देखते हुए राबिया की ओर इशारा किया, "इसके बारे में तुम्हारा सांस्कृतिक अध्ययन क्या कहता है?"

प्रो. जतिन्दर का इशारा प्रो. अम्बर की अभी-अभी समाप्त हुई पी-एच.डी. के टॉपिक की ओर था।

"लोग ज़रूरत से अधिक कपड़े पहनने लगे थे, अब धीरे-धीरे ज़रूरत के अनुसार पहनना सीख रहे हैं," प्रो. अम्बर ने कहा। राबिया को नहीं पता था कि प्रो. अम्बरदीप उसका कितना बचाव कर रहा था। नहीं तो अब तक कॉलेज का पहरावा बदलने के दोष में उसकी पेशी प्रिंसिपल के ऑफ़िस में हो चुकी होती।

"इधर कुछ दिनों से संगीत विभाग की विषय-वस्तु एक जैसी चली जा रही है," प्रो. जतिन्दर ने कैंटीन के क़रीब बने म्यूजिक रूम की ओर संकेत किया जहाँ कोई लड़का 'इतना तुझे प्यार करूँ' के मुखड़े वाला गीत गा रहा था।

"मैं तो इधर आता ही बहुत कम हूँ," अम्बर ने कहा।

"मैं महाराज बैठा ही यहीं रहता हूँ, कोई न कोई गड़बड़ तो ज़रूर है," प्रो. जतिन्दर कक्षाएँ तो कम ही लेता, पर प्रिंसिपल की हिदायत के अनुसार लड़कों-लड़कियों के अनुसाशन पर पूरी दृष्टि रखता। इस काम के लिए कॉलेज की कैंटीन सबसे बेहतर जगह थी। यहाँ से कॉलेज के अधिकतर पार्कों पर नज़र रखी जाती थी। आहिस्ता-आहिस्ता वह इस नज़रसानी का इतना माहिर हो गया कि लड़के-लड़कियों के तौर-तरीक़े देखकर ही समझ जाता था कि उनके अन्दर क्या चल रहा था। संगीत विभाग की बदली विषय-वस्तु से ही वह प्रो. मैडम अवनीत के मन की स्थिति पढ़ने का यत्न कर रहा था।

कुछ दिनों बाद अवनीत को एक बुरी ख़बर मिली। इस ख़बर ने उसके अम्बर की ओर धीरे-धीरे बढ़ते क़दमों को वहीं का वहीं रोक दिया। वह छटपटाकर रह गई।

'इतनी जल्दी! थोड़ा इन्तज़ार नहीं कर सकता था?'

उसने अम्बर को लेकर सोचना लगभग छोड़ दिया। उसके गीतों का विषय उदास हो गया। अन्य कोई गीत उसे अच्छा ही न लगता। पिछले कुछ दिनों से उसने नवतेज के फ़ोन सुनने कम कर दिए थे। अब उसने दुबारा उसके फ़ोन सुनने शुरू किए। वह अपना मन अम्बर की ओर से हटा कर नवतेज की ओर ला रही थी। उसके कमरे में से 'ऐसी पई इश्के दी मार सानूँ हाणियाँ' जैसे गीतों के बोल बाहर तक बिखरते रहते। प्रो. जतिन्दर इस बात से हैरान था कि एक तरफ़ तो मैडम फ़ोन अधिक सुनने लगी थी, दूसरी तरफ़ उसके विद्यार्थी भी उदास गीत अधिक गाने लगे थे।

"इधर आ ओ लम्बू से...," उसने म्युजिक रूम में से बाहर आ रहे एक लड़के को अपने पास बुलाया, "तुम्हारे सिलेबस में उदास गीतों का चैप्टर भी लगा हुआ है?"

"नहीं सर, ऐसा तो कोई चैप्टर नहीं है," लड़के ने उसको 'लम्बू' कहने पर नाराज़गी के बावजूद धैर्यपूर्वक जवाब दिया।

"फिर कई दिनों से उदास गीत क्यों गाए जा रहे हो?"

"सर, यह तो मैडम की च्वाइस होती है जी।" लड़का अन्दर से बुरा मानते हुए भी नम्रता के साथ बोल रहा था।

"ठीक है, ठीक है, अब जा," प्रो. जतिन्दर ने कहा।

यह अवनीत को प्रो. अम्बर के विवाहित होने का पता चलने के बाद की बात थी। वह उस बारे में सोचने से कन्नी काटती। सिर्फ़ तब जब वह उसको दिख जाता, उसके दिल को कुछ होने लगता। कभी वह क्लास में लेक्चर दे रहा होता। उसका कमरा ठसाठस भरा होता। बहुत सारे लड़के उसके लेक्चर रूम की खिड़कियों के साथ लगकर बैठे उसका लेक्चर सुन रहे होते। उसकी ऊँची आवाज़ अवनीत का दूर तक पीछा करती।

कई दिनों की उदासी के बाद अवनीत को एक अच्छी ख़बर सुनने को मिली। हालाँकि पहले वाली बात तो बिलकुल भी नहीं बनी, पर सुनकर उसको कुछ अच्छा-अच्छा लगा। अम्बर की पत्नी न तो बहुत सुन्दर थी और न ही बहुत अधिक पढ़ी-लिखी थी। सिर्फ़ बी.ए. थी और घरेलू औरत थी। उसका यह विश्वास था कि एक घरेलू औरत नौकरीयाफ़्ता औरत के मुकाबले बहुत पीछे होती है।

यह कॉलेज उसको अन्य कॉलेजों से कुछ अलग-अलग-सा लगता। उसकी समझ में नहीं आता था क्यों। अम्बर के कारण? नहीं, एक व्यक्ति के कारण पूरे कॉलेज की काया कैसे ख़ुशबूदार हो सकती है। नहीं, यह सम्भव नहीं था। कॉलेज में बुरे से बुरे शख़्स थे। चुगलीबाज़ थे, औरतों को गन्दी आँखों से देखने वाले भी थे। फिर क्या था जो ख़ुशबूदार था, जो सारी दुर्गन्धों को दबाए जाता था। एक दिन उसको एक कारण समझ में आया। जिस कॉलेज में वह ख़ुद पढ़ी थी, वहाँ के दो बच्चे पंजाबी कम हिन्दी अधिक बोलते थे। इस कॉलेज के सभी विद्यार्थी पंजाबी ही बोलते थे।

"मैडम, प्रोफ़ेसर अम्बर मातृबोली पर ज़ोर देते, कहते हैं, हिन्दी बोलने वाले देश में बहुत है, हिन्दी हमारी मौसी है।"

'अम्बर न हुआ, ख़ुदा हो गया' उसने सोचा। परन्तु उसके अन्दर रत्तीभर भी कड़वाहट पैदा न हुई। उस दिन के बाद उसने प्रो. अम्बरदीप सिंह के काम करने के तरीक़े को ध्यान से देखना शुरू कर दिया।

वह बरामदे में से गुज़र रही थी। अम्बर ने क्लास शुरू ही की थी और उसकी आवाज़ बाहर तक आ रही थी। अवनीत फ़ोन पर हाथ मारती रुक गई।

"तुम्हारा काम सिर्फ़ पढ़ना है, पढ़ना सरल काम नहीं, ज़िन्दगी ने तुम्हें फूल और काँटे दोनों पेश करने हैं, यह फ़ैसला तुम्हें करना है कि पहले फूल लेने हैं या काँटे, जो पढ़ेंगे वे पहले काँटे ख़त्म कर लेंगे, फीस, किताबें या कोई अन्य समस्या हो तो अपने टीचरों के साथ साझा करो। इसका हल हम करेंगे। बहुतेरे लोग हैं जो बिन सामने आए तुम्हारी मदद करने के लिए तैयार हो जाएँगे, पर पढ़ाई तुमने ख़ुद

करनी है," अवनीत आगे बढ़ गई। लम्बे समय तक खड़ा रहना ठीक नहीं था।

"सर, आपको बच्चे हिन्दी बोलते क्यों बुरे लगते हैं?" उसने एक दिन अम्बर से पूछा।

"नहीं मैडम, बिलकुल भी बुरे नहीं लगते। हिन्दी बड़ी प्यारी भाषा है। मैं ख़ुद पंजाब से बाहर जा कर हिन्दी बोलने वालों के साथ हिन्दी ही बोलता हूँ, हिन्दी किताबें पढ़ता हूँ। भाषाएँ, अवनीत मैडम, अलग-अलग रंगों के फूलों की तरह हैं, यदि पंजाबी रंग का फूल न मरे, बचा रह जाए तो दुनिया रंग-बिरंगी बनी रहेगी," वह मुस्कराया था।

उसका मन किया कि अम्बर से उसका मोबाइल नम्बर माँग ले। मगर उसको ख़याल आया कि अम्बर के पास तो मोबाइल ही नहीं था। यद्यपि अब इनकमिंग कॉल फ्री हो गई थी और आउट गोइंग भी ज़्यादा महँगी नहीं थी, पर फिर भी कॉलेज के आधे प्रोफ़ेसरों के पास मोबाइल नहीं थे। ख़ास तौर पर मुस्लिम प्रोफ़ेसरों के पास। अम्बर ने क्यों नहीं लिया? वह तो स्थायी भी है। पर क्या मालूम उसके खर्चे कैसे हैं। अवनीत को तो नवतेज ने ही गिफ्ट कर दिया था। उसने अपने हाथ में पकड़े मोबाइल की ओर देखा। कितनी कमाल की चीज़ था। यह अम्बर के साथ जुड़ने का रास्ता बन सकता था।

अवनीत ने देखा, अम्बर नॉन टीचिंग कर्मचारियों के साथ बनाकर रखता था। वह गेट के अन्दर घुसते ही गेटमैन फौज़ी के साथ हाथ मिलाता। हेड क्लर्क जुबेद अली की किसी के साथ नहीं बनती थी। वह कभी किसी के साथ उलझा बैठा होता था, कभी किसी के। प्रो. अम्बर कभी-कभी उसके साथ चाय पीने आया दिखता था।

'यार, तुमने मुझे और प्रिंसिपल को निट्ठला क्यों समझ रखा है?' यदि कोई प्रोफ़ेसर या कोई अन्य उसको कोई काम कहता तो उसकी पहली प्रतिक्रिया होती थी, 'सबसे ज़्यादा काम मेरे और प्रिंसिपल साहब के पास ही हैं।'

इस बात में कोई झूठ तो नहीं था, पर वह तो हर जगह अपने आपको प्रिंसिपल के साथ नत्थी कर लेता था। जिस दिन प्रिंसिपल छुट्टी पर या दौरे पर होता, उस दिन जुबेद सारे कॉलेज का चक्कर लगाता। उसके साथ उसका चपरासी साए की तरह चलता। एक क़दम पीछे रहकर, कान खुले रखकर। जुबेद टेढ़ी नज़रों के साथ देखता हुआ कमरों में झाँकता जाता। कौन-सा प्रोफ़ेसर क्लास ले रहा था, कौन-सा नहीं ले रहा था।

"हमने कौन-सा किसी की शिकायत करनी है, पर हमें पता ज़रूर होना चाहिए," वह अपने चपरासी को धीमी आवाज़ में कहता।

कैंटीन में बैठे प्रोफ़ेसर एक-दूसरे को जुबेद की ओर देखने को कहते।

"आज यह अपने आप को वाइस-प्रिंसिपल समझ रहा है।"

"आज क्या, यह तो हमेशा ही अपने आप को प्रिंसिपल के बाद दूसरे नम्बर

पर समझता है, कोई इसके पास अपना काम लेकर चला तो जाए...।"

जब कोई प्रोफ़ेसर या मैडम, जुबेद के पास फँस जाता तो वह अगले का सवाल सुनने के बाद चुप लगा जाता। अपने अन्दर कहीं गहरा उतर जाता। अपनी फाइलों को साथ-साथ उलटता-पलटता भी रहता और आने वाले के साथ अपने सम्बन्धों के इतिहास पर नज़रसानी भी किए जाता। याद करता कि फँसे हुए बन्दे या बन्दी ने उसके साथ कभी पंगा लिया था या नहीं। वैसे एक-दो प्रोफ़ेसरों को छोड़ शायद ही कोई ऐसा हो जिसने जुबेद के साथ झगड़ा न किया हो।

अम्बर जुबेद के साथ कभी नहीं लड़ा था। वह उसको अन्दर से कहीं ज़ख़्मी हुआ समझता। वह उसके साथ और उसके आस पास बैठे क्लर्कों के साथ हाथ मिलाता। कॉलेज के बहुत सारे प्रोफ़ेसर इन क्लर्कों का हाल-चाल ऊपर-ऊपर से ही पूछते। वे इनके साथ घुलते-मिलते नहीं थे। इन्हें अपनी पार्टियों में नहीं बुलाते थे। इनकी पार्टियों में नहीं जाते थे। मैडमें तो इतनी जल्दी हाय-हैलो भी नहीं करती थीं। ख़ास तौर पर वे जिनके माँ-बाप अच्छी नौकरियों पर थे या जिनके घरवाले अफ़सर थे। परिणामस्वरूप उनमें से जब किसी की तनख़्वाह का या कोई और केस उनके पास फँस जाता तो क्लर्कों को ख़ुशी किसी नशे की तरह चढ़ती। वे एक-दूजे के साथ आँखें मिलाते। पीठ पीछे मुस्कराते। अगले के काम को लेकर, 'देखते हैं, करते हैं, कल आना, हो जाएगा' होता रहता।

जुबेद अभी चक्कर लगाकर बैठा ही था कि प्रो. अम्बरदीप सिंह आ गया। "जुबेद भाई जी, सलामवालेकुम, भाभी का क्या हाल है?" जुबेद की पत्नी आयशा नेक औरत थी और लम्बे समय से बीमार चल रही थी।

"यार, अल्लाहताला भी नेक बन्दों से दुनिया की बुराइयों के बदले लेता है," जुबेद बोला।

"भाई तुम्हारे पास रहते हैं, जब मरज़ी आवाज़ लगा लेना," उसने बाहर खड़े तीन लड़कों को इशारा करके अन्दर बुलाया, "जुबेद भाई, इन लड़कों की समस्या सुन और कोई हल निकाल।"

जब दाख़िले होते तो अम्बर अपनी ड्यूटी एंट्री क्लासों की दाख़िला कमेटी में लगवा लेता। जहाँ काम बेशक अधिक होता। प्लस वन और बी.ए. वन एंट्री क्लासें थीं। कॉलेज में कुछ प्रोफ़ेसर 'पंजाबी विरोधी लॉबी' से सम्बन्धित थे। वे विद्यार्थियों को पंजाबी छोड़कर दूसरे सबजेक्ट लेने के लिए प्रेरित करते। अम्बर उन्हें रोकता। उनका गम्भीरता के साथ विरोध करता।

दाख़िले के समय वह अपनी ड्यूटी फॉर्म चैक करने पर लगवा लेता। हालाँकि यह काम कठिन था। भरे हुए पूरे फॉर्म को सर्टिफिकेटों के साथ मिलाना पड़ता। पर वह यह काम करते हुए वह विद्यार्थियों में से एस.सी., बी.सी. विद्यार्थियों को अलग कर लेता। वह अपने गाँव में उनके हालात देख चुका था। वह भिन्दर बोअले के

घर के हालात बहुत क़रीब से परख चुका था। वह विद्यार्थी से पूछता—

"बेटा, फीस भर देगा? यदि भर सकता है तो ज़रूर भर, यदि नहीं भर सकता तो तेरी आधी फीस कॉलेज की तरफ़ से माफ़ हो सकती है। ईमानदारी से बता दे।"

इतने सालों में उसने देखा था कि उन ग़रीब विद्यार्थियों ने कभी झूठ नहीं बोला था। वे कहते—

"सर, मेरे पापा नौकरी करते हैं, मैं भर सकता हूँ," अम्बर फीस भरवा लेता।

दूसरी तरह के लड़के कहते, "सर, मैंने दिहाड़ी लगाकर पैसे इकट्ठा किए हैं, मैं भर सकता हूँ।"

अम्बर उसे समझाता, "तेरी आधी फीस माफ़ हो जाएगी। बाकी पैसे तू किताबों और कपड़ों-जूतों के लिए सँभाल ले।"

तीसरी तरह के कहते, "सर, नहीं भर सकता।"

अम्बर ऐसे फॉर्मों को इकट्ठा करके प्रिंसिपल के पास ले जाता।

"प्रोफ़ेसर अम्बर, आज कल कौन ग़रीब है वैसे?"

"सर, गाँवों में जाकर देखो, निम्न जाति के लोग अचार के साथ रोटी खाते हैं। कोई ज़मीन-जायदाद नहीं। शहरों में दिहाड़ी कभी मिलती है, कभी नहीं," अम्बर कहता।

प्रिंसिपल स्वर्ण सिंह मेहनती व्यक्ति था। यू.जी.सी. की कोई ग्रांट ऐसी नहीं थी जो उसने हासिल नहीं की हो। वह सवेरे नौ बजे ही कॉलेज में आ घुसता था। अपने लम्बे शरीर के साथ झूलता वह हर जगह पर नज़र डालता। वह पौधों की तरफ़ देखता। जैसे माँ-बाप अपने बच्चों की वृद्धि की परख किया करते हैं। वह ग्राउंड की ओर चक्कर मारता। बड़ा स्टेडियम बनाने के सपने देखता। लेकिन कॉलेज के चपरासियों से लेकर वह अध्यापकों तक सभी को दबाकर रखता।

प्रिंसिपल का सख़्त मिजाज अम्बर को बड़ा अखरता। ऐसे बन्दे के साथ टक्कर लेने के लिए वह अपने काम को लगातार सुधारता चला गया। वह कक्षाएँ समय से लेता। अपने अध्यापन कार्य को कलात्मक बनाने का यत्न करता। उसने एक डायरी में बढ़िया शायरी, अर्थपूर्ण चुटकले और इतिहास के अन्दर पड़े हवाले और जो भी उसके लेक्चर को रोचक और मूल्यवान बना सकता था, उन्हें नोट करना शुरू कर दिया। वह अपने अच्छे अध्यापकों के भाषण करने के अन्दाज़ को याद करता। उनकी अनुपम अदाओं को अपने अन्दर समाहित करने का प्रयास करता। वह राजनीतिक दलों के अच्छे वक्ताओं को सुनना कभी न भूलता। वह उनके राजनीतिक विचारों के साथ सहमत नहीं था। वह उनके राजनीतिक किरदारों को नफ़रत करता था। वह उनके कच्चे चिट्ठों को आम लोगों की अपेक्षा अधिक जानता था, पर वह उनकी भाषण कला की बारीकियों को पकड़ता। उसके गाँव ईसड़ू में जो 15 अगस्त को 'करनैल का मेला' भरता था, उसे वह कभी मिस न

करता। वह हर साल उस मेले वाले दिन गाँव में अवश्य पहुँचता। उस दिन वहाँ सभी राजनीतिक दलों की कान्फ्रेंसें होतीं। वे सारी कान्फ्रेंसों में जाता।

करनैल के मेले के दिन अम्बर के घर में विवाह वाला माहौल होता, उस दिन ईसड़ू और इसके आस-पास के गाँवों के घरों में दूर के गाँवोंवाले रिश्तेदार मेला देखने आए होते। घरों में मेले से लाई गई जलेबियाँ खाई जातीं। मनदीप की ससुराल से उसके साले और अन्य रिश्तेदार आते। वह उनकी सेवा में व्यस्त रहता। अम्बर के मामा हालाँकि दूर थे, पर उनमें से भी कोई न कोई आ ही जाता।

अम्बर और जसवन्त दोनों इकट्ठे मेला देखते। जसवन्त लुधियाना फौजी भरती वाले दफ़्तर में काम करता था। उसने रिहाइश गाँव में ही रखी हुई थी। सारा दिन मेला देखकर वह अम्बर के गाँव वाली मोटर पर आकर व्हिस्की पीने लगते।

"अपने गाँव के लोगों को दूसरे गाँवों के लोग चुस्त क्यों मानते हैं?" जसवन्त अम्बर से अक्सर ही कठिन सवालों के जवाब समझने का यत्न करता।

"जिन गाँवों में मेला लगता हो, वहाँ के लोगों को चुस्त बनना पड़ता है। तरह-तरह के अच्छे-बुरे लोग गाँव में आते हैं। अपनी बेटियों-बहनों को सँभालने के लिए लोगों को तेज-तर्रार बनना पड़ता है," अम्बर समझाता।

अचम्भित बन्दा एक पराये शहर में

हेमकुंट एक्सप्रेस जम्मू की सवेरे की शान्ति भंग करती शहर में दाख़िल होती हुई धीमी होकर जम्मू स्टेशन पर जा रुकी। 'जम्मू आ गया' के शोर के साथ डिब्बों में घमासान मच गया। लोगों में जल्दी उतरने के लिए हलचल पैदा हो गई। अम्बर को पता था कि यह ट्रेन इससे आगे नहीं जाएगी। इसलिए उसे कोई उतावली नहीं की। वह धीरे-धीरे अपने कपड़े समेटकर अपने बैग में डालता रहा। जब इक्का-दुक्का सवारियाँ ही रह गईं, तब वह बैग कन्धे पर टाँग कर बाहर आ गया।

आज के बाद यह शहर उसका हो जाना था। उसको यह बिलकुल भी नहीं पता था कि इस शहर में ही उसको ज़ोया से मिलना था और उन्हें एक-दूजे का हो जाना था।

डिब्बों के अन्दर की भीड़ अब प्लेटफार्म पर आ चुकी थी। लोग अपना सामान सँभाल रहे थे। अपने साथियों के क़रीब हो रहे थे। सीढ़ियाँ चढ़कर यात्री पुल पार करके स्टेशन की ओर उतर रहे थे। अम्बर ने दस बजे यूनिवर्सिटी में जाकर ज्वानिंग रिपोर्ट देनी थी। उससे पहले उसने यूनिवर्सिटी के गेस्ट हाउस में जाकर एक कमरा खुलवाकर स्नान करके तैयार होना था।

सीढ़ियाँ चढ़कर अम्बर पुल के ऊपर आ पहुँचा। रेलवे स्टेशन ऊँचे स्थान की छोटी पहाड़ी को समतल करके बनाया गया था। पुल और भी ऊँचा था। यहाँ से जम्मू शहर का बड़ा हिस्सा देखा जा सकता था। ठंडी-ठंडी हवा चल रही थी। अम्बर को बहुत अच्छा लगा। शहर जगमग कर रहा था। पूरब की ओर पहाड़ पर आसमान में रौशनी फैल रही थी। अम्बर इस शहर में किसी को नहीं जानता था। यूनिवर्सिटी में पोस्ट निकली थीं। वह आवेदन करने आया था। आवेदन करते समय ही वह शहर देख गया था। उसको साफ़-सुथरा शहर पसन्द आया था। फिर वह इंटरव्यू देने आया था। कल उसने इस्लामिया कॉलेज की अपनी स्थायी नौकरी से एक साल के अवकाश के साथ तकनीकी इस्तीफा दे दिया था।

कल जब उसके रिलीव होने के बारे में विद्यार्थियों को पता चला तो बहुत सारे विद्यार्थी टोलियाँ बनाकर उससे मिलने आए थे। यूँ तो उसके चयन के बारे में सुनने के बाद से ही विद्यार्थी उससे मिलने आते रहे थे। कल विद्यार्थियों की टोली में एक विद्यार्थी ने कहा था, "सर, आपका स्टैंडर्ड कॉलेज से ऊपर यूनिवर्सिटी वाला है जी, सर चौबारे की ईंट चौबारे को ही लग गई जी...और यहाँ कुछ प्रोफ़ेसर आपको यूँ ही फालतू का बुरा मानते थे जी।"

"बुरा मानने वाले वहाँ भी बहुत पैदा हो जाएँगे," अम्बर हँसा था।

भीड़ के कम होते ही अम्बर आहिस्ता-आहिस्ता सीढ़ियाँ उतरने लगा। बहुत सारे मुसाफ़िर रेलवे स्टेशन से बाहर जा चुके थे। स्टेशन के सामने अहाते में अभी काफ़ी गहमागहमी थी। मिनी बसों और टैक्सियों वाले सवारियों को आवाज़ें लगा रहे थे—'बस स्टैंड-बस स्टैंड...कटरा-कटरा।'

अभी कुछ समय पहले तक यह रेलवे स्टेशन इस तरफ़ भारत का अन्तिम रेलवे स्टेशन था। पर अब इससे आगे ऊधमपुर तक रेलवे ट्रैक बन गया था और कुछ ट्रेनें ऊधमपुर तक जाने लगी थीं।

वह सीढ़ियाँ उतरा तो 'वैलकम टू दा सिटी ऑफ़ टैम्पल्ज' ने उसका स्वागत किया। श्रीनगर की प्रसिद्ध हज़रतबल मस्जिद की तस्वीर फीकी-सी मुस्कराहट के साथ उसकी तरफ़ झाँकी। इस फीकेपन में एक नाराज़गी छुपी हुई थी। भारतीय लोगों के प्रति कई शिकवे-शिकायतें छुपी हुई थीं। अम्बर ने मस्जिद के प्रति अपनी प्रेमभरी मुस्कराहट छोड़ी।

स्टेशन के सामने वाले अहाते में टैक्सियों वाले माता वैष्णो देवी का नाम लेकर पुकार रहे थे। टैक्सियों वाले अधिकतर सरदार थे। बँधी हुई दाढ़ियों और रंग-बिरंगी पगड़ियों वाले।

अम्बर के लिए ये लोग पराए नहीं थे। अम्बर का परिवार खन्ना में हरनाम भापे की दुकान से कपड़ा ख़रीदता रहा था। वे सारे ट्रैक्टर-ट्राली में खन्ना जाते थे। पॉर्किंग में ट्राली पार्क करके वे सारे हरनाम सिंह की दुकान में जा बैठते।

अम्बर पहले पहल हरनाम सिंह की ओर हैरानी के साथ देखता। 'है तो सिक्ख ही, पर कितना अलग'। हरनाम भापा कुरता-सलवार पहनता। सिर पर मावा लगी बहुरंगी पगड़ी होती। दाढ़ी गालों के साथ पूरी तरह चिपकी होती। उसके मुकाबले अम्बर के अपने बापू और ताया खुली दाढ़ियों वाले होते। उन्होंने कुरते-पाजामे पहने होते।

"तुसीं सरदार जी इस तरफ़ आजो...आजो बीबी..." हरनाम सिंह के कारिन्दे जल्दी से उनके इर्द-गिर्द हो जाते। पक्की आसामी के आने की ख़ुशी उनके चेहरों पर झलकती। जल्दी-जल्दी पानी के गिलास आ जाते। चाय का ऑर्डर दे दिया जाता। उनके बैठे-बैठे अगर कोई बड़ी आसामी आ जाती तो हरनाम सिंह कैंपाकोला का ऑर्डर देता। दो आसामियाँ बराबर बैठ कपड़े देखने लगतीं। एक चाय पीती हुई, दूसरी कैंपाकोला की चुस्कियाँ लेती हुई। एक सस्ते ब्रांड के कपड़े ख़रीदती हुई, दूसरी महँगे भाव के कपड़ों को उलटती-पलटती रहती। अम्बर शहर में आकर भी चाय पीने के लिए मज़बूर था। पर उसको विश्वास था कि ताया इन्हें कैंपाकोला वाली दुकान पर ज़रूर लेकर जाएगा। जहाँ वे दोनों बच्चे फिर बँटेवाली बोतल और मिल्क-बादामों के लिए जिद्द करेंगे। वह पाँच लोग आते थे। बीबी, बापू, ताया, मनदीप और अम्बरदीप। बेबे नसीब कौर घर सँभालती। सभी को मौसमी कपड़े और जूतियाँ ख़रीदकर दी जातीं। कपड़ों के लिए दुकान हरनाम भापे की ही होती।

खाकी पाजामे वाले को कई बातें जम्मू आकर ही समझ में आनी थीं कि जम्मू के सिक्ख अधिकतर पुंछ ज़िले से सम्बन्धित थे, कि हरनाम भापे का पिछला ज़िला रावलपिंडी पुंछ से ज़्यादा दूर नहीं था, कि उसको ज़ोया के साथ मुहब्बत के बाद इस भाईचारे के साथ भी मुहब्बत हो गई थी। यह भी कि जम्मू के सिक्खों में सभी हरनाम भापे जैसे नहीं थे। इनमें भी ग़रीब-अमीर और अच्छे-बुरे लोग शामिल थे। यह भी कि हरनाम भापे जैसे अब जाटों में भी बहुतेरे पैदा हो चुके थे।

अम्बर चलता-चलता चाय की एक दुकान के आगे पड़े ख़ाली बेंच पर बैठ गया। उसने दुकानदार को चाय के कप का इशारा किया। उसके गाइड ने उसको जम्मू-कश्मीर यूनिवर्सिटी के पंजाबी विभाग को मेहनत के साथ ऊपर उठाने के लिए कहा था। उसको जम्मू कश्मीर के पंजाबियों और पंजाब के मध्य पुल बनने के लिए प्रेरित किया था। अभी दो साल पहले ही प्रो. अम्बरदीप सिंह ने मलेरकोटला में अपना घर बनाया था। अपना घर छोड़कर दूसरे शहर में किराये के घर में रहना सरल नहीं था। पर अम्बर सारी उम्र एक ही कॉलेज की नौकरी करते रहने को भी ऊबा देने वाला काम समझता था।

चाय पीकर वह मैटाडोर में जा बैठा। कुछ समय बाद ही वह जम्मू कश्मीर यूनिवर्सिटी के गेट पर उतर गया। गेस्ट हाउस की ओर जाते हुए सामने हरे-भरे

पहाड़ों की ओर से आती ताज़ा हवा को उसने अपने अन्दर खींचा। इस हवा में पहाड़ी जंगल की भिन्न-भिन्न प्रकार की ख़ुशबुएँ भरी पड़ी थीं।

अम्बर ने गेस्ट हाउस के काउंटर के साथ लगे सोफे पर सोए पड़े अटेंडेंट को जगाया। उसको अपनी नियुक्ति के बारे में बताया। उसने दो घंटे के लिए एक कमरा खोल देने के लिए कहा। अपना नाम गिरीराज शर्मा बताते हुए अटेंडेंट ने अम्बर की ओर हाथ बढ़ाया।

"सर, आपने अभी किराये पर घर तो नहीं लिया?" कमरे का ताला खोलते हुए गिरीराज ने पूछा।

इधर-उधर देखते हुए उसने गेस्ट हाउस प्रबन्धक का नाम 'अमृता सिंह' पढ़ा।

"कहते हैं, जम्मू-कश्मीर की स्त्रियाँ सुन्दर होती हैं, मिस्टर सँभलकर चलना, जाते ही घर तलाश लेना, और हफ़्ते, दो हफ़्तों के अन्दर-अन्दर हमें भी ले जाना," उसकी पत्नी किरनजीत ने उससे कहा था।

गिरीराज ने अपना सवाल दोहराया।

"नहीं, आज ड्यूटी पर हाज़िर होने के बाद खोजना शुरू करूँगा।"

"सर, यह कमरा आप अपने पास ही रखो, जब तक घर नहीं मिलता। सिर्फ़ डेढ़ सौ रुपये किराया एक दिन का, कन्ने (इधर) जनाब को रोटी-पानी की भी सुविधा रहेगी। दो और प्रोफ़ेसर भी साथ वाले कमरों में रहते हैं, वे भी कमरा तुपा करते न।"

अम्बर को गिरीराज का सुझाव ठीक लगा। गिरीराज रजिस्टर पर उसके नाम का इन्दराज़ करते हुए भी बोलता रहा। अम्बर का ध्यान उसकी बातों से ज़्यादा उसके शब्दों पर अधिक था। की-के, तिन-त्रैअ, पच्ची-पंझी, बाई जी-भापा जी। वह हैरान हो गया यह हिन्दू बन्दा भी भापा जी बोलता है। इसका अर्थ रावी पार करके भाऊ शब्द भापा जी बन जाता था।

अम्बर अपने परिवार का पहला सदस्य था जो रोजी-रोटी के लिए गाँव से बाहर निकला था। सदियों पहले ग्रामीण सभ्यता की शुरुआत से लेकर उसके बड़े पुरखे गाँव में ही रहे थे। अब अपने परिवार में अम्बर पहला व्यक्ति था जिसके लिए ग्रामीण सभ्यता का अन्त हो गया था और वह शहरी सभ्यता का अंग बन गया था। अपने कॉलेज में भी वह पहला था जिसने एक ही शहर में टिके रहने की जीवन-विधि का त्याग किया था और वह भविष्य की घुमन्तरू जीवन शैली का अंग बन गया था।

कल उसका गायक और फ़िल्म एक्टर दोस्त अवतार सिंह तारी अपनी कार लेकर उसको कॉलेज से रिलीव करवाने गया था। अध्यापकों जैसा दोस्त कुलजीत तारी के साथ ही उसको लुधियाने स्टेशन पर विदा करने आया था। उसके शब्द अब भी अम्बर के ज़हन में सुनाई दे रहे थे, 'ऊँची जगह जा रहा है, ज़ोर तो लगेगा ही, घबराना नहीं।'

नहा कर तैयार होने के बाद उसने अपना फ़ोन ऑन किया। जम्मू-कश्मीर में बाहरी प्रीपेड फ़ोन बन्द हो जाते थे। फ़ोन करने के लिए रिसेप्शन की ओर जाते हुए उसने हसरत भरी नज़रों से 'अमृता सिंह' नाम पढ़ा। वह प्रो. रूपिन्दरपाल सिंह को फ़ोन मिलाने लगा।

प्रो. रूपिन्दरपाल सिंह कुछ दिन पूर्व ही डीन अकेडेमिक के पद से रिटायर हुआ था।

अम्बर ने फ़ोन पर बात ख़त्म करके चोगा रख दिया। प्रो. रूपिन्दरपाल ने दस बजे अपनी कार में उसे लेकर जाने का इसरार किया था।

अम्बर गेस्ट हाउस के डायनिंग हॉल में नाश्ता करने बैठ गया। उससे पहले वहाँ दस-बारह मेहमान बैठे पराँठे खा रहे थे। ये सब जम्मू-कश्मीर से बाहर की यूनिवर्सिटियों के प्रोफ़ेसर लगते थे। अम्बर जानता था कि यूनिवर्सिटियों के गेस्ट हाउस में ऐसे ही मेहमान दिखाई दिया करते थे। कुछ बड़े पहुँचे हुए जिनके दिमाग़ों में हज़ारों किताबें ठुँसी होतीं। कुछ वे जिनका दाँव लग गया था। आहिस्ता-आहिस्ता उन्हें भी समझ में आ गया था कि वे इस जगह के लिए नहीं बने थे। वे सही जगह पर पहुँचे हुए ग़लत लोग थे।

नाश्ता कर रहे प्रोफ़ेसरों के रंग-बिरंगे चेहरों और उनकी बातों के छोटे-छोटे टुकड़ों से पता चलता था कि उनमें से कोई चेन्नई का था, कोई त्रिवेन्द्रम, कोई बनारस और कोई अमृतसर का। वे सारे इतिहास के प्रोफ़ेसर थे। उनमें से चेन्नई वाले प्रोफ़ेसर के बताए अनुसार सत्तर पीढ़ियों पहले उसका बड़ा बुज़ुर्ग पंजाब की संघोल रियासत का मुखिया था। जहाँ अब भारत के पुरातत्त्व विभाग को अशोक सम्राट के समय के बोधि स्तूप मिले थे। अब जापान और थाईलैंड जैसे देशों के लोग पूजा करने के लिए आने लगे थे। अम्बर ने उसके काले रंग के नैन-नक्शों को ध्यान से देखा। वह द्रविड़ जाति का था। अम्बर को पता था जब आर्य आए थे तो द्रविड़ मारे गए थे, अधीन किए गए थे और बहुत सारे भाग गए थे। इस प्रोफ़ेसर का पुरखा भी भागने वालों में से होगा।

वे उस समय की बातें कर रहे थे जब जम्मू के क़रीब आर्य लोगों ने मदरपुर नगर बसाया था जिसका नाम बाद में शाकला और फिर सियालकोट हो गया था। यह शहर अब जम्मू से पाकिस्तान की तरफ़ चालीस किलोमीटर की दूरी पर था। जम्मू की ऊँची पहाड़ियों पर खड़े होकर रात में देखने पर उसकी रोशनियाँ दिखाई देती थीं। सिर्फ़ एक सौ तीस पीढ़ियों पहले मदरपुर के नौजवान लड़के-लड़कियाँ क़रीब से गुज़रते चन्द्रभागा दरिया में नहाने जाया करते थे। उनके बदन पर कपड़े नहीं होते थे। वे एक-दूसरे के शारीरिक अंगों की प्रशंसा उसी प्रकार करते थे जैसे अब लड़की के दिखते अंगों की प्रशंसा लड़के किया करते थे। चन्द्रभागा बाद में चिनाव हो गया था।

प्रोफ़ेसरों के नाश्ते ख़त्म होने के साथ ही उनका ऐतिहासिक वृत्तांत ख़त्म हो गया। वे तैयार होने के लिए अपने-अपने कमरों में चले गए।

अम्बर गेस्ट हाउस के सामने लॉन में टहलता हुआ प्रो. रूपिन्दरपाल सिंह की प्रतीक्षा करने लगा।

प्रो. रूपिन्दरपाल सिंह पिछले पैंतीस वर्षों से जे.के. यूनिवर्सिटी के पंजाबी विभाग में पढ़ा रहा था। वह लम्बे समय तक विभागाध्यक्ष रहा था। जब वह विभाग का हेड नहीं था, तब भी उसने अपनी चुस्ती और विभाग को चलाने की बारीकियों की समझ के कारण दूसरे हेड को अपने हिसाब के साथ ही चलाया था। वह काम चलाने योग्य अंग्रेज़ी जानता था और उसने यूनिवर्सिटी के सारे नियम पढ़े हुए थे। नियमों सम्बन्धी तो अंग्रेज़ी और साइंस विभागों के अध्यापक भी उसकी सलाह लेते रहते थे। वह यूनिवर्सिटी में वार्डन, डायरेक्टर स्पोटर्स, डीन स्टूडेंट्स वेलफेयर और डीन अकेडेमिक भी रह चुका था। उसने मौका मिलने पर अपनी ओर से किसी का नुकसान नहीं किया था। किसी से दुश्मनी मोल नहीं ली थी। उसको जम्मू के डोगरों के स्वभाव की एक बात बड़ी पसन्द थी। बेशक वे बाहरी लोगों को पसन्द नहीं करते थे, फिर भी यदि बाहरी व्यक्ति नुकसान रहित हो तो उसको आगे बढ़ने से नहीं रोकते थे, बेशक वे अपने लोगों की लाख टाँगें खींचते रहें। उसने अपने पंजाबी विभाग में किसी अध्यापक या विद्यार्थी को सिर नहीं उठाने दिया था। विभाग में दाख़िल होने आए पढ़ने वाले होनहार विद्यार्थियों को तो वह दाख़िले के समय ही बाहर का रास्ता दिखा देता था।

"क्या करेगा पंजाबी में आकर? तेरे नम्बर अच्छे हैं, किसी दूसरे सब्जेक्ट में एम.ए. कर ले," अगला उसकी नेक राय को सिर माथे मान लेता।

फिर भी, यदि कोई मेहनती विद्यार्थी लुका-छिपा आ भी गया तो वह पी-एच.डी. के दौरान उसकी हवा निकाल देता।

"भई किसलिए इतनी टक्करें मारनी हैं? आख़िर पंजाबी में ही डिग्री मिलनी है, जल्दी-जल्दी तीन सौ पेज लिख ला, मैं साइन कर दूँगा।" वह शोधार्थियों के अपने से आगे निकल जाने से घबराता था। यूनिवर्सिटी में उसने उन्हें ही लगने दिया था जो उसके लिए चुनौती नहीं बन सकते थे। यदि कोई सिर उठाने की कोशिश भी करता तो उसकी डीन वाली कुर्सी भारी पड़ जाती थी।

किसी के सिर उठाते ही उसकी कुर्सी 'चीं-चीं' करने लगती। उसके अन्दर के स्प्रिंग सिकुड़ने-फैलने लगते।

परिणामस्वरूप अब जब यूनिवर्सिटी ने लेक्चरार की पोस्ट का विज्ञापन निकाला तो उसके पास अपना कोई मज़बूत उम्मीदवार नहीं था। एक भी अच्छा विद्यार्थी उसने पैदा करने की तकलीफ़ नहीं की थी। रिटायरमेंट से पहले वह कोई अपना उम्मीदवार लगवाना चाहता था। वाइस-चांसलर को उसके द्वारा की गई मनमरज़ियों

का पता था। उसने उसके होते हुए इंटरव्यू ही नहीं रखा। 31 दिसम्बर को उसकी रिटायरमेंट थी। एक जनवरी को गुरिन्दर कौर को हेड बनना था और उसी दिन की इंटरव्यू रख दी गई।

गुरिन्दर कौर के अधीन पी-एच.डी. करने वाली रसभिन्दर कौर ही गुरिन्दर कौर की उम्मीदवार होगी, यह स्पष्ट था। इंटरव्यू पैनल में बैठी वह हेड के तौर पर रसभिन्दर कौर की तगड़ी मददगार साबित होगी। प्रो. रूपिन्दरपाल सिंह ने जम्मू-कश्मीर की एक सम्मानित हस्ती डी.आई.जी. गुरदीप सिंह नागरा की दूर-पास से लगती भतीजी को अपना उम्मीदवार बना लिया। वह यद्यपि उसकी अपनी ही स्कॉलर थी, पर वह जाट उम्मीदवार को विभाग में लाने के हक़ में नहीं था। जम्मू में जाटों की मामूली-सी गिनती थी। जाट लड़की लगाकर, पुंछी, मुज्ज़फराबादी और कश्मीरी सिक्ख भाईचारे खुलकर बेशक न बोलें, पर उससे नाराज़ हो जाते। परविन्दर कौर नागरा वैसे भी पढ़ने-लिखने से दूर रहने वाली हल्की उम्मीदवार थी। लेकिन डी.आई.जी, नागरा की ओर से प्रो. रूपिन्दरपाल सिंह को फ़ोन करने के बाद परविन्दर कौर सबसे अधिक तगड़ी उम्मीदवार बन गई थी।

डी.आई.जी. नागरा ने कभी पंजाबी विभाग से एम.ए. पंजाबी की थी। उसने एम.ए. पंजाबी में दाख़िला महज हॉस्टल हासिल करने की ख़ातिर लिया था। असल में तो वह सिविल सर्विस की तैयारी कर रहा था। इस दौरान पंजाबी विभाग में कभी-कभी जाने के बावजूद नागरा की उस समय एम.ए. पंजाबी हो गई थी। कुछ समय बाद वह अच्छे नम्बर लेकर आई.पी.एस. में सलेक्ट होकर अपनी होम स्टेट जम्मू-कश्मीर में ही लग गया था। पंजाबी विभाग के साथ नागरा साहब ने हमेशा दिल से लगाव महसूस किया था। जब से दूर-पास से भतीजी लगती परविन्दर कौर उसको पंजाबी विभाग के बारे में जानकारी देने लगी थी, तब से नागरा साहब विभाग के प्रति बहुत चिन्तित हो गए थे। अपनी हज़ारों व्यस्तताओं के बावजूद नागरा ने एक पंजाबी अख़बार और तीन साहित्यिक मैगज़ीन अपने पते पर लगवा रखे थे। उसने अपने तीन मंत्री दोस्तों से वाइस-चांसलर को फ़ोन करवा दिए थे।

वाइस-चांसलर प्रो. मट्टू, कश्मीरी पंडित था। श्रीनगर के जिस मुहल्ले में प्रो. मट्टू का बचपन बीता था, वहाँ कश्मीरी पंडित और सिक्ख इकट्ठे रहते थे। वह कश्मीरी सिक्खों के बच्चों के साथ खेलते हुए बड़ा हुआ था। यही कारण था कि उसे कश्मीरी पहाड़ी पंजाबी ज़ुबान समझनी और थोड़ी-बहुत बोलनी आ गई थी। प्रो. मट्टू ने अपने मुहल्ले के सिक्खों के विवाहों में पहाड़ी पंजाबी गीत सुने थे—

जिवें निक्की निक्की कणी मींह वरसे
तेरे तेरे शगन तेरी माँ ए करे
दरमां दीआं बोरियां तेरा बाबल खरचे।

ये गीत उसको दुबारा सुनने को नहीं मिले थे, हालाँकि वह श्रीनगर के बाद जे.एन.यू. और फिर ऑक्सफोर्ड तक पढ़ आया था। पंजाबी भाषा के गीत जब अन्तरराष्ट्रीय प्रसिद्धियाँ छूने लगे तो प्रो. मट्टू को दिल से ख़ुशी हुई। जब वह जवाहर लाल नेहरू यूनिवर्सिटी, दिल्ली से वाइस-चांसलर बनकर यहाँ आया था तो उसने यूनिवर्सिटी के विभागों के स्तर की जाँच की थी। पंजाबी विभाग को उसने सबसे कमज़ोर विभाग के तौर पर देखा था। इस बात की उसे हैरानी नहीं हुई थी क्योंकि पंजाब से बाहर पंजाबी विभाग का कमज़ोर होना कोई अलौकिक बात नहीं थी। भारत की यूनिवर्सिटियों के अंग्रेज़ी विभाग इंग्लैंड की यूनिवर्सिटियों के अंग्रेज़ी विभागों के मुकाबले कमज़ोर हो सकते थे। उसे ग़ुस्सा इस बात का चढ़ा कि प्रो. रूपिन्दरपाल सिंह डीन अकादमिक मामले वाइस-चांसलर के कामों में मीन-मेख निकालकर अपने होशियर होने का रौब डालता था। प्रो. मट्टू उसको होशियार मानता भी था, पर उसने अपनी होशियारी पंजाबी विभाग को पैरों पर खड़ा करने में प्रयोग नहीं की थी। वह विभाग में कभी चैन के साथ टिक कर बैठा ही नहीं था।

पंजाबी विभाग में आई अर्ज़ियों की जाँच की रिपोर्ट लेते हुए जब उसको पता लगा कि पिछले तीस सालों में जब से नेट का इम्तिहान शुरू हुआ था, एक भी विद्यार्थी ने नेट पास नहीं किया था। वह वी.सी. चेम्बर में अपना सिर पकड़कर बैठ गया। उसने लगभग दाँत पीसते हुए अपनी माँ-बोली कश्मीरी में सोचा, 'युस नफ़र पन्नी ज़िव पठ ओस सोरी वमर बत ओस खिवन, इसे ज़िव कल पठ तम पनी शूरेन ओस जान परनावन सू किआज़े ओस ओमसम ज़िव बन्द करनस पठ तुलआमत ओस।'*

"मैडम क्या करते हो डिपार्टमेंट में आप लोग, जम्मू-कश्मीर के उम्मीदवारों में से एक ने भी नेट परीक्षा पास नहीं है?" उसने इंटरव्यू वाले दिन नई-नई हेड बनी प्रो. गुरिन्दर कौर से पूछा था।

"सर, पंजाबी में बचे-खुचे कमज़ोर बच्चे ही आते हैं।" मैडम ने पल्ला झाड़ा।

"क्या बात करते हो मैडम, हिन्दी वाले पास कर जाते हैं, उर्दू वाले कर जाते हैं, यहाँ तक कि डोगरी वाले भी कर जाते हैं, पंजाबी वाले इतने गए गुज़रे हो गए? आपके समय भी पंजाबी में कमज़ोर बच्चे आते थे, तो भी आप प्रोफ़ेसर बन गए।" प्रो. मट्टू ने कहा।

डॉ. गुरिन्दर कौर की समझ में नहीं आया कि बात उसके हक़ में गई थी कि विरोध में। फिर भी, उसने थैंक्यू कह देना उचित समझा।

इंटरव्यू में प्रो. मट्टू ने हेड की एक नहीं सुनी। उसने रसभिन्दर कौर का चयन करने से इनकार कर दिया। उसने डी.आई.जी. नागरा की ओर से तीन मंत्रियों

* यह बन्दा जिस जुबान से सारी उम्र रोटी खाता रहा, जिसके सिर पर उसने अपने बच्चों को महँगी विद्या दिलाई। वह उस जुबान के विभाग को बन्द करवाने पर क्यों तुला रहा।

द्वारा करवाये गए फ़ोन में से किसी की नहीं मानी। उसने परविन्दर कौर नागरा को दरकिनार कर दिया। उसने पी-एच.डी. के साथ नैट पास अम्बरदीप सिंह का सलेक्शन कर दिया। उसने पंजाब के एक कॉलेज से आए अम्बरदीप सिंह को आधा घंटा सवाल-जवाब किए। अम्बरदीप सिंह ने हर सवाल का जवाब स्पष्टता के साथ दिया। उसने डिपार्टमेंट को आगे बढ़ाने के लिए भविष्य का रोड मैप भी बनाकर समझाया। पंजाब की यूनिवर्सिटियों से आए पंजाबी के तीन विद्वानों ने अम्बरदीप सिंह से कोई सवाल नहीं किया। उन्होंने उसके काम की प्रशंसा की।

हेड का पद सँभालते ही डॉ. गुरिन्दर कौर ने सबसे पहले अपनी नेम प्लेट बनवाने के लिए दी। अपनी अलग-अलग टर्मों में लगभग अठारह साल हेड बने रहे प्रो. रूपेन्दरपाल सिंह को नेम प्लेट के बिना तो यकीन ही नहीं होता था कि कोई और भी हेड हो सकता था। अगले दिन उसने कंस्ट्रक्शन विंग में फ़ोन कर मालूम किया कि नेम प्लेट बन गई या नहीं। उसके अपने दफ़्तर के क्लर्क ने उसे बताया कि कंस्ट्रक्शन विंग वाले नेम प्लेट बनाने में कई दिन लगा देते हैं। सिर्फ़ दो सौ रुपये में मार्किट से अपनी बनवाई जा सकती है। उसको क्लर्क का यह सुझाव अच्छा लगा, पर दो सौ रुपये खर्च करने का उसका हौसला न पड़ा। तंग होने के बावजूद वह प्रतीक्षा कर लेने के लिए तैयार हो गई।

प्रो. रूपिन्दरपाल सिंह को चाहे एक साल की एक्सटेंशन और पुंछ वाले रीजनल कैंपस की डायरेक्टरी मिल गई थी, पर ये दोनों चीजें बस उसको हार्ट अटैक से बचाने योग्य ही थीं। कई दिन वह विभाग में नहीं गया। जब गया तो उसको डॉ. गुरिन्दर कौर के कमरे के बाहर 'हेड ऑफ़ डिपार्टमेंट' की तख़्ती लटकती दिखी। ये तीन शब्द नहीं थे बल्कि तीन नुकीले पत्थर थे। वह अब सिर्फ़ अपने कमरे में ही बैठ सकता था। कमरे के अन्दर अपनी कुर्सी पर बैठते ही उसने अपना सिर दोनों हाथों में पकड़ लिया। उसके दिमाग़ की सारी नसों को मानो किसी ने अच्छी तरह झकझोर दिया था। तारें बुरी तरह तिलमिला रही थीं। उसका मन करता था कि सिर के अन्दर हाथ डालकर सिर की एक-एक तार पकड़कर शान्त कर दे। वह इतना बेबस कभी नहीं हुआ था वह हैरान था कि वह अपने ही सिर के अन्दर अपना हाथ नहीं डाल सकता था।

उसने ख़ुद ही गुरिन्दर कौर को लगवाया था, पर वह हेड बनते ही आँखें फेर गई थी। एडहॉक पर काम करते दोनों लेक्चरर भी उसी ने लगवाए थे। वे दोनों तो उसके अपने विद्यार्थी ही थे। इस समय वे दोनों ही हेड के कमरे में थे।

तनाव से बचने के लिए उसने दवाई लेनी चाही और पानी मँगवाने के लिए इंटरकॉम पर नम्बर डायल किया। एक बार। दो बार। किसी ने नहीं उठाया। चौथी बार उठाया तो क्लर्क ने बताया कि लाल चन्द को बैंक भेजा हुआ है। प्रो. रूपिन्दरपाल की समझ में आ गया कि हेड ने अपने काम से भेजा होगा। शरम तो नहीं आती,

निजी काम के लिए चपरासी को भेजते हुए। उसको याद था कि लाल चन्द पिछले बीस सालों से उसके अपने अनेक निजी कामों के लिए दौड़ा फिरता रहा था। इस याद के बावजूद डॉ. गुरिन्दर कौर के प्रति ग़ुस्सा कम होने का नाम नहीं ले रहा था।

उसने डॉ. अम्बरदीप सिंह का नम्बर डायल कर लिया।

"हाँ भई मुबारक हो! कब ज्वाइन कर रहा है? जब भी आओ, मुझे फ़ोन करना है। मैं गेस्ट हाउस आकर अपनी कार में लेकर जाऊँगा। हाँ-हाँ, ठीक है... शाबाश...ज्वाइन करो जल्दी...।" फ़ोन काट कर उसको कुछ ताकत का अहसास हुआ। सबको बताऊँगा कि अम्बर मेरा ही बन्दा है। अम्बर से वह एक ही बार मिला था। अम्बर ने जालन्धर टी.वी. के प्रोग्राम 'बातें और गीत' में जम्मू-कश्मीर में पंजाबी भाषा की स्थिति के बारे में उसका इंटरव्यू किया था।

अम्बर को यह बात बाद में समझ में आई कि क्यों वह उसको गेस्ट हाउस में लेने आया था, क्यों वह उसको हेड के ज़रिये ज्वाइन करवाने के बजाय सीधा रजिस्ट्रार ऑफिस ले गया था। क्यों वह रजिस्ट्रार के पास उसको अपना व्यक्ति सिद्ध कर रहा था। यह अलग बात थी कि रजिस्ट्रार ने अम्बर को सांकेतिक तरीक़े से बता दिया था कि समझो, तुम्हारी ज्वाइनिंग हो गई है, पर वह यह ज्वाइनिंग रिपोर्ट पंजाबी विभाग की हेड साहिबा को दे दे। यह अलग बात थी कि अपने अजीब क़िस्म के स्वभाव के बावजूद, प्रो. रूपिन्दरपाल सिंह के साथ होने पर भी डॉ. गुरिन्दर कौर उसके साथ बहुत अपनत्व के साथ पेश आई थी। ज्वाइनिंग रिपोर्ट लेकर उसने पियन को डॉ. अम्बरदीप सिह के लिए एक कमरा बढ़िया ढंग से साफ़ करके तैयार करने को कह दिया था। उसने चाय और थोड़ा-बहुत खाने का सामान भी मँगवा लिया था।

अगले दिन उसे टाइम टेबल मिल गया जिसमें उसके द्वारा ली जाने वाली कक्षाओं का विवरण था। वह सही दस बजे क्लास लेने के लिए विभाग में उपस्थित था। बालकॉनी के जंगले के साथ खड़े होकर वह सामने पहाड़ी पर दिखाई देते बाग की ओर देखने लगा। डिपार्टमेंट अभी बन्द पड़ा था। उसके अपने कमरे की चाबी भी अभी पियन के पास ही थी। सामने दिखती यूनिवर्सिटी की सड़क पर कारों और मोटर साइकिलों की आवाज़ाही जारी थी। पियन पौने ग्यारह बजे आया। दो लड़कियाँ उसे 'नमस्कार' करके उसके क़रीब आकर खड़ी हो गईं।

"सर, आप कब से खड़े हैं?" पियन ने अन्दर से चाबियों का गुच्छा लाते हुए पूछा।

"नौ पचपन पर आ गया था," अम्बर ने बताया।

"इतनी जल्दी आने की क्या ज़रूरत? सभी ग्यारह बजे आया करते हैं," उसने स्थानीय पंजाबी में कहा।

"तुम ग्यारह बजे ही आओ, पर मुझे मेरे कमरे और क्लासरूम की चाबी दे

देना," अम्बर ने मुस्कराकर कहा, फिर वह लड़कियों की तरफ़ मुड़ा, "तुम एम.ए. सेकंड ईयर में हो?"

"जी सर।" दो अन्य लड़कियाँ सीढ़ियाँ चढ़कर उनके पास आ खड़ी हुईं। अम्बर चारों को लेकर क्लास रूम में चला गया।

प्रारम्भिक जान-पहचान के बाद उसने कहना शुरू किया, "हम उपन्यास वाला पेपर पढ़ेंगे, उपन्यास के ज़रिये हम फिलॉसफ़ी पढ़ेंगे, फिलॉसफ़ी के ज़रिये हम ज़िन्दगी को पढ़ेंगे।"

उसका पीरियड ख़त्म होने वाला था। वह अपने लेक्चर को अधिक से अधिक रोचक, अधिक से अधिक अर्थपूर्ण और अधिक से अधिक ज़िन्दगी के साथ जुड़ा हुआ बनाना चाहता था ताकि विद्यार्थी अगले दिन ख़ुद-ब-ख़ुद समय से दौड़े आएँ। ख़ुद ही न आएँ बल्कि अपने साथ वालों को भी ले कर आएँ। एक अध्यापक होने के नाते उसको पता था कि बच्चे इस प्रकार आने लग जाते थे।

शुरू में ही अम्बर ने भाँप लिया कि क्लास रूम में विद्यार्थी कम और कबूतर ज़्यादा घुसते रहे थे। कक्षाएँ लगाने और पढ़ाए जाने को कम महत्त्व दिया जाता था और लड़ाई-झगड़े को अधिक ज़रूरी समझा जाता रहा था। उसके समय से क्लास लेने के कारण विद्यार्थी तो समय से आने लगे, पर कबूतर परेशान रहने लगे। प्रो. रूपिन्दरपाल सिंह, डॉ. गुरिन्दर कौर, एडहॉक वाले अध्यापक और लाल चन्द सभी उसको बातों में समझा रहे थे, 'यह स्कूल नहीं, यूनिवर्सिटी थी। कक्षाएँ रोज़-रोज़ लेनी आवश्यक नहीं। समय से सुबह दस बजे क्लास लेना तो बिलकुल भी ज़रूरी नहीं। उसे किसी से भी डरने की ज़रूरत नहीं।' अम्बर उन्हें बताना चाहता था कि वह किसी से नहीं डरता था। कक्षाएँ समय से और रोज़ लेना वह किसी से शाबाशी लेने के लिए नहीं करता। यह तो उसकी निजी समस्या थी। इस समस्या से वह मुक्त नहीं हुआ था और मुक्त होना चाहता भी नहीं था। इस समस्या की शुरुआत उसके जन्म के साथ ही हुई थी। वह अपने आस पास से इतना अचम्भित था कि होश सँभालते ही उसने इसको खोजना आरम्भ कर दिया। खोजने के लिए अध्ययन करना और पढ़ना पड़ता। पढ़ने के साथ उसके अन्दर इतना कुछ जमा हो जाता कि यदि वह दूसरों के साथ साझा न करे तो पागल हो जाए। किसी के काम में दोष निकाले बिना अम्बर अपने काम में लगा रहा। एक अचम्भित व्यक्ति पराए शहर में अपना काम शुरू कर चुका था।

"मुझे पता चला था कि आपने ज्वाइन कर लिया, अच्छी बात है, अब बच्चों का नेट पास करवाना आपकी जिम्मेदारी है। यू आर एबल टू डू इट।" एक सेमिनार में वाइस चांसलर प्रो. मट्टू ने उसके साथ हाथ मिलाते हुए कहा।

"श्योर सर, आई विल डू," उसने विश्वास दिलाया।

अम्बर ख़ुद भी समझता था कि यदि बढ़िया और शीघ्र परिणाम लेने हैं तो

उसको अपनी ड्यूटी से अधिक काम करना होगा। फिलहाल यह विद्यार्थियों को हर रोज़ समय से कक्षाएँ लगाने और सिलेबस से बाहर पढ़ना सिखा रहा था। सब से बड़ी बात वह जो सिखा रहा था, वह थी, हर बड़ी से बड़ी और छोटी से छोटी चीज़ से अचम्भित होना और उन अचम्भों के साथ जुड़े सवालों के जवाब तलाशना।

कभी कभार अम्बर को खेती के काम में हाथ बँटाना पड़ता था। ख़ासकर छुट्टियों के दिनों में। वह भी अप्रैल के महीने रबी की फ़सल के दिनों में जब काम का ज़ोर रहता। जब दिहाड़ी मज़दूर भी आसानी से नहीं मिलता था। तब जब अमर सिंह और अरजन सिंह घर की तरफ़ देखते। अम्बर पढ़ने के लिए घर पर होता तो उसे खेत पर पहुँचने का बुलावा आ जाता। बड़ा भाई खेती में पक चुका था। ठूँठों-जड़ों में सावधानीपूर्वक पैर धरते नाजुक अम्बर का मनदीप मजाक उड़ाता। आग की तरह बरसती धूप में गेहूँ की पूलियाँ थ्रैसर तक ढोता अम्बर अपने आप को और अधिक पक्का करता कि यह उसकी दुनिया नहीं थी। दोपहर के समय दिहाड़ियों के साथ रोटी खाते सभी बातें करते। अम्बर चुपचाप बैठा उन्हें सुनता रहता। उसकी अपनी बातों की दुनिया और ही थी।

कॉलेज की नौकरी में आकर वह अपने चार पीरियड पढ़ाने के काम को खेती के काम के मुकाबले में रखता। उसके मुकाबले चार पीरियड पढ़ाना तो कोई काम ही न लगता। उसको तब और भी आश्चर्य होता जब पढ़ाने के इस आनन्ददायक काम से भी उसके साथी प्रोफ़ेसर थकान और ऊब महसूस करते। उसको याद आया, एक साथी प्रोफ़ेसर ने कॉलेज की कैंटीन में बैठे हुए कहा था, "यदि ये कक्षाएँ लेने का पंगा न हो, फिर तो अपनी नौकरी स्वर्ग है स्वर्ग।"

तब उसको एकदम खयाल आया था कि यदि उसके बापू और ताया जैसे सौ दो सौ बन्दों को यह पता लग जाए कि उनके भरे टैक्सों की कमाई पर उस प्रोफ़ेसर जैसे सैकड़ों-हज़ारों परजीवी ऐश कर रहे हैं तो वे गंडासे उठाकर सरकारी दफ़्तरों पर हल्ला बोल देंगे।

उसके कॉलेज में तीन प्रकार के प्रोफ़ेसर थे। एक वे थे जो प्रिंसिपल की चौंकी भरते थे और कॉलेज की हर छोटी से छोटी और बड़ी से बड़ी ख़बर प्रिंसिपल तक पहुँचाया करते थे। प्रिंसिपल ख़ुद मेहनती स्वभाव का होने के बावजूद उन निट्ठलों को कैसे बर्दाश्त करता था, यह बात अम्बर की समझ में नहीं आई थी। दूसरी तरह के प्रोफ़ेसर वे थे जो ख़ाली रहना चाहते थे, पर प्रिंसिपल से डरकर कक्षाएँ लिये जाते थे। जिस दिन प्रिंसिपल न आया होता, उस दिन यह दूसरी क़िस्म, पहली वाली क़िस्म में ही मिल जाती। उस दिन वे कैंटीन में टाँगें पसार कर बैठे रहते। तीसरी क़िस्म के वे थे जिनका पढ़ाए बग़ैर गुज़ारा नहीं होता था। जो किसी प्रिंसिपल से नहीं डरते थे। डराने वाला जिनके अपने अन्दर था।

आरम्भ के कुछ दिनों में ही वह पंजाबी विभाग की कारगुजारियों को समझ

चुका था। प्रो. रूपिन्दरपाल सिंह ने जम्मू-कश्मीर के बहुत कम विद्यार्थियों को पी-एच.डी. करवाई थी। वह आम तौर पर पंजाब के कॉलेजों के स्थायी प्रोफ़ेसरों को पी-एच.डी. करवाता। ऐसे प्रोफ़ेसर तुक्के की पी-एच.डी. की तलाश में इधर-उधर चक्कर लगाते उसे मिल जाते थे। जिनका मकसद काम करना नहीं, बल्कि रिटायर होने से कुछ साल पहले किसी कॉलेज की प्रिंसिपली के झूटे लेना होता। बदले में वे प्रोफ़ेसर उसको क्या देते थे, यह देने वाले या लेने वाला ही जानता था। तीस सालों के विभाग के इतिहास में एक भी विद्यार्थी ऐसा पैदा नहीं हुआ था जो पंजाबी साहित्य या चिन्तन में अपना कोई योगदान दे रहा हो। कॉलेजों में पंजाबी के प्रोफ़ेसर विद्यार्थियों को पास होने योग्य मसाला देकर पूरे साल आनन्द उठाते थे। एक दिन डी.आई.जी. नागरा की भतीजी डॉ. परविन्दर कौर मिलने आई। उस समय अम्बर अपनी छात्राओं के साथ सिलेबस से बाहर पढ़ी किताबों के बारे सवाल-जवाब कर रहा था। डॉ. परविन्दर कौर अम्बर के कमरे में आई तो लड़कियाँ नमस्कार कर अम्बर के पास फिर आने का वायदा करके कमरे से बाहर चली गईं।

"ये लड़कियाँ मेरे से पढ़ी हुई हैं," डॉ. परविन्दर कौर ने हाल चाल पूछने के बाद कहा।

"हाँ जी, मुझे पता है। एक दिन आपकी ही बातें करती थीं," अम्बर ने कहा।

"सर, क्या बातें करती थीं?" डॉ. परविन्दर कौर ने हँसी हँसी में पूछा, पर एक चिन्ता भी इस हँसी में मिली हुई थी।

अम्बर ने इंटरकॉम पर फ़ोन करके पानी लाने के लिए कहा। चाय के बारे में उसने सोचा कि वह परविन्दर को साथ लेकर कैंटीन में ही चला जाएगा।

"सर, क्या बातें किया करती हैं ये लड़कियाँ?" परविन्दर ने पुनः पूछा। अम्बर उसके चेहरे की ओर देखता हुआ कहे जाने वाले शब्दों को तोल रहा था।

"परविन्दर जी, अच्छी बातें नहीं करतीं। मैं आपको एक बात कह रहा हूँ, शायद आपको कभी किसी ने न कही हो। आप बच्चों की कक्षाएँ समय से लिया करो। ये बच्चे आपको इतनी इज़्ज़त और प्यार देंगे कि आप निहाल हो जाओगे, ईमानदारी सबसे अधिक बन्दे के अपने काम आती है।"

"सर मेरे बच्चे छोटे हैं, पिछले सालों से मैं उन्हें पाल रही हूँ।"

"कार में आते हो न कॉलेज? कार कॉलेज के इन बच्चों को पढ़ाने के नाम पर मिलती तनख़्वाह में से ली है न? जब कॉलेज चले ही गए तो चार पीरियड पढ़ाने में क्या कठिनाई है?"

अम्बर ने चेहरे पर इतना अपनत्व और धैर्य रखा कि डॉ. परविन्दर कौर को यह बात स्वीकार करने में कोई झिझक न हुई।

"ज़रूर सर, आपका सुझाव सिर-माथे। मुझे पता है कि ये विद्यार्थी आपका बहुत गुणगान करते हैं।"

"ये आपका भी करेंगे, आओ हम कैंटीन में कुछ खा-पी कर आते हैं।"

"सर, हम एक साथ जाएँगे तो मैडम गुरिन्दर आपके साथ ग़ुस्सा करेंगी।"

"मुझे उनके ग़ुस्से की परवाह नहीं।"

अम्बर ने एक महीने में अपने परिवार को जम्मू की ज़िन्दगी की पटरी पर डाल लिया था। उसने पंजाब से अपना मकान आधा ख़ाली करके किराये पर दे दिया था और जम्मू में मकान किराये पर ले लिया था। गैस का कनेक्शन पंजाब से कटवाकर जम्मू में नया ले लिया था। शीरी को उसके स्कूल से हटवाकर जम्मू के डी.पी.एस. स्कूल में दाख़िला दिला दिया था। जम्मू-कश्मीर बैंक की यूनिवर्सिटी वाली शाखा में उसने अपना खाता खुलवा लिया था।

एक दूसरी दुनिया में अपनी ज़िन्दगी की शुरुआत करना लगभग दूसरा जन्म आरम्भ करने की तरह था। यहाँ के बहुत से लोग स्वागती अन्दाज़ में पेश नहीं आते थे। अम्बर ने एक सप्ताह मकान खोजने पर लगाया। उसने मकान डीलर से कहा—

"मुझे हिन्दू डोगरा परिवार में मकान चाहिए, मुझे सिक्खों के यहाँ मकान नहीं लेना।"

डीलर ने उसको घूरती नज़र से देखते हुए कहा, "सरदारों के मकान देखना भी नहीं चाहिए। ये लोग बात-बात पर किरपाण निकाल लेते हैं।"

अम्बर अन्दर ही अन्दर मुस्कराया। डीलर उसको एक सिक्ख पृष्ठभूमि वाले व्यक्ति के रूप में पहचान नहीं सका था। अम्बर डोगरियों के संस्कार और उनके रहन-सहन को समझने के उद्देश्य से डोगरों के बीच रहना चाहता था। अम्बर जम्मू में सिक्खों की बड़ी संख्या से हैरान था। इनमें कुछ जम्मू के नज़दीकी मैदानी इलाके के लुबाणे सिक्ख थे, अधिकतर पुंछ और मुज्ज़फराबाद से आकर बसे हुए सिक्ख और कुछ गिनती कश्मीरी सिक्खों की भी थी। इन्हें पंजाब के ग्रामीण क्षेत्रों में 'भापे' कहकर तिरस्कृत किया जाता था। अम्बर के बहुत सारे विद्यार्थी इन परिवारों में से ही थे। पहले पहल अम्बर के अन्दर का नस्लवादी व्यक्ति तिरस्कृत हुए लोगों की नई पीढ़ी को अपने सामने बैठा देखकर छटपटा गया। मानो इन लोगों को तो शिक्षा की आवश्यकता ही नहीं थी। जैसे ये लोग तो इस योग्य ही नहीं थे कि उन्हें साहित्य जैसी सूक्ष्म और अमीर कला के साथ नवाज़ा जाए। अम्बर हैरान था कि इतनी किताबें पढ़कर भी वह इस नस्लवादी व्यक्ति को खुरच-खुरच कर अपने अन्दर से बाहर नहीं निकाल सका था।

'अब मैं इन्हें पढ़ाया करूँगा!' नस्लवादी व्यक्ति कह रहा था।

'श्रीमान जी, तू नहीं, इन्हें मैं पढ़ाऊँगा, और मैं हर उस बन्दे को पढ़ाऊँगा जो पढ़ना चाहता है, और मैं वह सब कुछ पढ़ाऊँगा जो मैंने पढ़ा है और मैं पढ़ाऊँगा क्योंकि इससे दुनिया को और बेहतर बनाया जा सकता है,' अम्बर ने उसको फ़ैसलाकुन अन्दाज़ में कहा।

एक दिन उसको नादिरा बहन जी के साथ मिलते-जुलते चेहरे वाली एक लड़की दिखाई दी। पहले तो उसने उसको इतना भ्रम में डाल दिया कि वह उसको बिलकुल नादिरा बहन जी ही लगी। उसके दिमाग़ ने उसको शीघ्र ही दुरुस्त कर दिया। इस लड़की की आयु तो ख़ुद अम्बर से भी कम थी। नादिरा बहन जी अब बड़ी उम्र की हो चुकी होंगी। उसने उसको और अधिक ध्यान से निहारा। वह नादिरा बहन जी से भिन्न चेहरा था, पर उसकी शालीन सुन्दरता नादिरा बहन जी की शालीन सुन्दरता की याद दिलाती थी। एक बार उसका मन किया कि वह उससे पूछ ले कि वह नादिरा बहन जी की कुछ लगती तो नहीं। मलेरकोटला के लोगों की कितनी ही रिश्तेदारियाँ जोड़ने के लिए सबसे बड़ा और सबसे क़रीब का भारतीय पंजाबी शहर जम्मू ही था। अम्बर झिझक गया। वह लड़की आगे निकल गई।

नई जगह आया अम्बर अपने आप को नया-नया महसूस कर रहा था। पंजाब में रहते हुए उसने बड़ी ग़लतियाँ की थीं। वह उन ग़लतियों को दुहराएगा नहीं। विवशतावश उसने उन लोगों के साथ भी दोस्तियाँ की थीं जो उसको पसन्द नहीं थे। वह दोस्तियाँ पीछे छूट गई थीं। उनसे दुबारा मिलने और फ़ोन करने की सघनता कम होती जाएगी। बहुत सारे दुकानदार थे जिनके साथ सम्बन्ध ग्राहक से अधिक बन गया था। वे सब सम्बन्ध ख़त्म हो गए। यहाँ जम्मू में उन जैसे सम्बन्ध बनने की सम्भावना बहुत कम थी क्योंकि यहाँ के मुसलमान ही नहीं, हिन्दू भी हिन्दुस्तानियों के प्रति बेगानों वाला व्यवहार ही करते दिखाई देते थे। मकान देखने के लिए जितने घरों में भी वह गया था, उससे एक सवाल अवश्य पूछा गया था।

"तुसी पंजाबै दे रोहणे आले ऊँ तां तुसैं गी इहाँ सरकारी नौकरी कीहां मिली गई? बाहरलियां गीं इहाँ नौकरी ते थोंदी नहीं, तुसैं गी कीहां थोई गई?"

(आप पंजाब के रहने वाले हो तो आपको यहाँ नौकरी कैसे मिल गई?)

"यूनिवर्सिटी प्रोफ़ेसरों, हाईकोर्ट में जजों और आई.ए.एस वालों को मिल जाती है," अम्बर समझाता था। अगला ख़ुश होने के बजाय दुखी होकर सोचने लग जाता कि ये एक-दो नौकरी भी बाहरवालों को क्यों मिल जाती हैं? यह सब कुछ अगले के चेहरे पर आ जाता। अचम्भित आदमी चेहरे पढ़ने भी सीख गया था।

उसने डोगरा परिवारों के मकानों में जितने भी घर देखे, कोई उसको पसन्द न आया। वह अनमने ढंग से एक सिक्ख परिवार के घर ऊपरी मंज़िल देखने चला गया। किरनजीत की माँग के अनुसार यह घर उसको पसन्द आ गया। डोगरों का बेगानगी भरपूर व्यवहार से भरा मन इस सिक्ख परिवार में रहने के लिए तैयार हो गया। उसने अपने मन को समझाया 'यह सिक्ख हैं, कहीं न कहीं हमारी सिक्खी पृष्ठभूमि का लिहाज तो करेंगे।'

अम्बर अपनी इस प्रकार की सोच पर दुखी हो गया। सिक्खी अब भी अन्दर

कहीं बैठी हुई थी। अचम्भित आदमी इस पराए शहर को पढ़ता-पढ़ता और अधिक हैरान हुआ जा रहा था।

अम्बर और छठे अम्बर की परी

प्रिंसिपल को प्रो. अम्बरदीप के काम की कोई कद्र नहीं थी। वह सबको एक रस्से से बाँधता। एक सुबह पानी बरस कर हटा था। यह अम्बर की कॉलेज में नौकरी के तीसरे साल की बात थी। कॉलेज में विद्यार्थियों की गिनती 2000 तक पहुँच गई थी। यह प्रिंसिपल के सख़्त डिसिप्लिन और कॉलेज के कुछ अध्यापकों की समर्पण भावना से किए कामों का नतीजा था। कॉलेज के पास कमरे कम सिद्ध हो रहे थे। कुछ कक्षाएँ बाहर दरख़्तों के नीचे लगती थीं। पहला ही पीरियड था। अम्बर की यह क्लास बाहर लगती। वह अपने बॉक्स में से अपना रजिस्टर निकालकर क्लास की तरफ़ जाने की तैयारी कर रहा था।

"प्रोफ़ेसर साहब बाहर क्लास नहीं ली जा सकेगी, घास गीली है। आ जाओ, बैठो। गप्प-शप्प मारते हैं," यह अंग्रेज़ी का प्रोफ़ेसर अरबाज़ खां था।

"सर, कोई न कोई प्रोफ़ेसर ग़ैर-हाज़िर होगा। कोई कमरा ख़ाली मिल ही जाएगा। वहाँ क्लास लगा लेंगे," अम्बर ने कहा था।

"छोड़ यार, इतनी बारीकी में नहीं पड़ा करते। प्रिंसिपल पूछेगा कि क्लास क्यों नहीं ली तो हम बता देंगे कि बारिश हुई पड़ी है," प्रो. अरबाज़ ख़ाँ उसकी अल्पबुद्धि पर खीझ रहा था।

उसने मुस्करा कर क़रीब पचपन वर्षीय प्रो. अरबाज की ओर देखा और रजिस्टर हाथ में लेकर चल दिया। पहला पीरियड शुरू हो चुका था। अध्यापक रजिस्टर हाथों में पकड़े अपने-अपने कमरों की ओर जा रहे थे। फिज़ा में बारिश होने के कारण धुली हुई हवा की सरसराहट थी। क्लर्कों वाले कमरे में से निकलती अवनीत एकदम ही अम्बर के सामने आ गई। उन्होंने परस्पर मुस्कराहटों का आदान-प्रदान किया। अवनीत के पहने आसमानी रंग के नए सूट की अम्बर ने आँखों ही आँखों में प्रशंसा की। अवनीत शरमा गई। अम्बर आगे बढ़ गया।

उसके विद्यार्थी पेड़ों के नीचे क्लास वाली जगह पर खड़े थे। अम्बर को वे रंग-बिरंगे कपड़ों में सजे हुए पंछी लग रहे थे। शब्दों की दुनिया में फड़फड़ाने और फिर पंख तोलने वाले। ज़िन्दगी को सौ क़दम पहले मिलने का यत्न करने वाले पढ़ाकू।

अम्बर ने उन्हें रुकने का इशारा किया। स्वयं वह ख़ाली कमरे की तलाश करने लगा। आख़िर पचास अध्यापकों का स्टाफ था। कोई न कोई तो अवकाश पर होगा

ही। उसको एक कमरा मिल गया। उसने बरामदे से बाहर आकर विद्यार्थियों को अपनी तरफ़ आने का इशारा किया। उसी समय प्रिंसिपल स्वर्ण सिंह कहीं सामने से आता दिखाई दिया।

"अम्बरदीप सिंह, क्लास शुरू हुए दस मिनट हो चुके हैं? इस तरह कॉलेज कैसे चलेगा?"

"सर, बाहर बारिश का पानी है।"

"पानी तुम्हारे अकेले को बरसा है। बारिश तो कब की बन्द हो गई है। दूसरी अन्य कक्षाएँ भी तो लगी हुई हैं।" प्रिंसिपल ग़ुस्से में ख़ुद-ब-ख़ुद बोलता जा रहा था।

"सर, मेरी क्लास बाहर लगती है, बारिश होने के कारण बाहर क्लास नहीं ली जा सकती...मैं...।" अम्बर की आवाज़ में भी ग़ुस्सा भर गया था।

"यू डोंट नो, हाऊ टू टॉक टू युअर प्रिंसिपल?"

"नो, यू डोंट नो, हाऊ टू टॉक टू युअर टीचर...," अम्बर तप गया था। विद्यार्थी क़रीब आ गए थे। प्रिंसिपल चल दिया था।

अम्बर ने विद्यार्थियों को अन्दर बिठाकर उनकी हाज़िरी लगानी शुरू की। हाज़िरी बोलते हुए एक-दो बार उसकी आवाज़ काँपी। विद्यार्थी उसको ख़ूब प्यार करते थे। उनका प्यार उसकी ताकत थी। फिर भी, वह बुरी तरह बेचैन था। उसने कॉलेज के प्रिंसिपल के साथ बराबरी की थी। विद्यार्थियों ने उनकी तकरार सुन ली थी। उन्हें यह भी पता था कि प्रिंसिपल के सामने कोई ज़ोर से खाँसने का हौसला नहीं कर सकता था। उन्होंने प्रो. अम्बर को बोलते हुए सुन लिया था। वे सभी उसकी ख़ातिर डरे हुए थे। अम्बर ने उनके डर में उनका अपने प्रति प्यार का एक नया रूप देखा। अम्बर को महसूस हुआ कि आज वह लेक्चर नहीं दे पाएगा। पीरियड के बाद उसको प्रिंसिपल बुलाएगा अवश्य। उसने एक विद्यार्थी को पढ़ने लगा दिया। विद्यार्थियों की नज़रें उसकी तरफ़ से हटकर किताबों पर चली गईं। यह थी बाहरी दुनिया। पहले सिर्फ़ पास होने की चिन्ता होती थी। उसने डाक्टरेट की डिगरी तक पढ़ाई की थी। तब उसे लगता था कि नौकरी लगते ही ज़िन्दगी अपनी सहज गति से चलने लगेगी। नौकरी में आते ही अपनी क़िस्म की समस्याओं के साथ उसका वास्ता पड़ने लगा। विद्यार्थियों की तरफ़ से पैदा हुई किसी गुंझल को उसने हमेशा अपनी ग़लती माना।

"इस इलाके के लोग नालायक हैं...," उसके कुलीग सारा दोष विद्यार्थियों के सिर पर झाड़ देते थे और स्वयं बेफ़िक्री की नींद सोते थे।

अम्बर हमेशा अपनी ग़लतियों की तलाश करता रहता था। प्रारम्भिक सालों में यदि कोई भी गड़बड़ हो जाती, अम्बर आधी-आधी रात तक जागता रहता। अपने आप को कोसता। भविष्य के लिए दृढ़-संकल्प के साथ अपने आप को और ज़्यादा ज़ाब्ते में रखने का फ़ैसला करता। अब तो वह बड़ा नियंत्रण में रहने

वाला अध्यापक था। अब यह नई विपदा क्यों आ गई थी।

पीरियड समाप्त कर वह अभी स्टाफ रूम में पहुँचा ही था कि चपरासी उसको बुलाने के लिए आ पहुँचा। प्रिंसिपल का दबदबा ऐसा ही था कि साधारण स्थिति में भी यदि किसी को उसका बुलावा आ जाता तो अगले को तनाव हो जाता था।

अम्बर को सब कुछ पहले ही स्पष्ट था। उसने क्या-क्या बोलना है, यह अम्बर ने सोच रखा था। उसको पता था कि प्रिंसिपल सामने वाले को बोलने का अवसर ही नहीं देता था। वह ऊँची आवाज़ में बोलता था और अगले के सिर पर चढ़ जाता था। आज अम्बर उसको अवसर ही नहीं देगा। स्टाफ रूम में बैठे प्रोफ़ेसरों में कानाफूसी हो रही थी। उन्हें पहले पीरियड में प्रो. अम्बर और प्रिंसिपल के बीच हुई तकरार का पता लग चुका था। प्रो. अरबाज़ और अन्य जिन्होंने गीली मिट्टी के कारण कक्षाएँ नहीं लगाई थीं, अन्दर ही अन्दर ख़ुश थे। यहाँ तक कि लायब्रेरियन उत्तम खाँ भी इधर से गुज़रने लगा तो बात पता चलने पर तमाशा देखने के लिए वहीं बैठ गया। जब से अम्बर कॉलेज में आया था, अधिक संख्या में विद्यार्थी किताबें लेने लगे थे। उत्तम खाँ का काम बढ़ गया था। उसकी समझ में नहीं आता था कि सिलेबस से बाहर किताबें पढ़ने की क्या तुक थी।

"बैठो," प्रिंसिपल ने कहा।

अम्बर बैठ गया।

"एक तो तुम क्लास देर से लगाओ, दूसरा तुम्हें अपने प्रिंसिपल के साथ बोलने की तमीज़ नहीं। तुमने सोचा सामने..." प्रिंसिपल की आवाज़ ऊँची होने लगी। उसका ऊँचा-लम्बा शरीर तनता जा रहा था। आँखों में लाली बढ़ रही थी।

"एक मिनट प्रिंसिपल साहब...एक मिनट...," अम्बर उठकर खड़ा हो गया। उसकी आवाज़ ऊँची और दृढ़ हो गई। प्रिंसिपल ऑफिस के छोटे-से आसमान में आवाज़ें आपस में टकराईं। बड़ी और अनुभवी आवाज़ नीचे रह गई।

"एक तो आप मुझे अपनी बात कहने का मौका नहीं देते। चुप करवा देते हो दूसरे को। आपको मालूम है, चार कक्षाएँ बाहर खुले में लगती हैं। उनमें से एक मेरी क्लास है। दूसरे तीन प्रोफ़ेसरों ने बारिश होने के कारण क्लासें नहीं लगाईं। मैंने पहले कमरा तलाशा। फिर क्लास लगाई। कमरा खोजते हुए सात-आठ मिनट लग गए। आपने उन्हें कुछ नहीं कहा जिन्होंने कक्षाएँ नहीं लगाईं। बिना कारण समझे आपने मेरा अपमान करना शुरू कर दिया...।"

"वो तीन कौन हैं? नाम बताओ मुझे?" प्रिंसिपल ने उभरने का यत्न किया।

"यह बताना मेरा काम नहीं। यह आपका काम है। एक बात मेरी ध्यान से सुन लो। अब तक मैं सहन करता आया। काम करते बन्दे से ग़लती भी हो सकती है। मेरे साथ बन्दों की तरह बात किया करो। यदि मेरी ग़लती होगी तो मैं सिर झुकाकर मान लूँगा। जो बन्दा काम करता होता है, उससे ग़लती किसी भी स्तर पर हो सकती

है। इज्ज़त दोगे तो दुगनी करके लौटाऊँगा। नहीं तो मेरे मुँह में भी जुबान है," अम्बर ने अपनी बात ख़त्म की और बाहर की ओर चल पड़ा। दरवाज़ा खोलते हुए उसने बाहर अपने साथी अध्यापकों और क्लर्कों को खड़ा देखा।

वह ग़ुस्से में काँप रहा था।

उसने दरवाज़ा बन्द किया और स्टाफ़ रूम में आ गया। कोई भी नहीं बोल रहा था। बाहर खड़े अध्यापक धीरे-धीरे अन्दर आकर बैठ गए। अम्बर लॉन की ओर खुलते दरवाज़े में से हरी-हरी घास की ओर देख रहा था। कोई ऊँचे स्वर में नहीं बोल रहा था। सभी थोड़ी-थोड़ी देर बाद अम्बर की तरफ़ देख लेते। अम्बर जानता था कि प्रिंसिपल कुछ नहीं करेगा। उसको अपनी ग़लती की समझ भी तो आएगी। साहित्य पढ़ते हुए उसको मनुष्य स्वभाव की समझ आई थी। वह उसके छोटे-मोटे नुकसान भविष्य में अवश्य करेगा। उसको अपने बहुत-से सहकर्मियों के बारे में पता था कि वह उसके साथ कम बोलेंगे। अपनी तरफ़ से दूरी बना कर रखेंगे।

कुछ देर बाद प्रो. जतिन्दर आया। उसको बाहर ही किसी से बात का पता चल गया था। वह अम्बर के क़रीब बैठ गया।

"क्या हुआ?" उसने धीमी आवाज़ में पूछा।

अम्बर कुछ नहीं बोला। उसने उसको बाद में बात करने का इशारा किया। कुछ देर बाद अवनीत भी आ गई। वह चुप बैठे अम्बर के पास चुप बैठी रही। उसकी समझ में आ गया था कि अम्बर कुछ पूछने-बताने के मूड में नहीं था।

अगले महीनों के दौरान सिर्फ़ एक बार उसने अम्बर की पेशी लगाई। मलेरकोटला के आस पास के गाँवों की प्राइवेट पढ़ने वाली लड़कियाँ अपने फार्म अटेस्ट करवाने आतीं। फार्म अटेस्ट करने का अधिकार प्रिंसिपल के पास था। प्रिंसिपल की शर्त थी कि लड़की पहले किसी जानकार प्रोफ़ेसर से दस्तख़त करवाकर लाए। गाँव की लड़कियों को ऐसा कोई प्रोफ़ेसर न मिलता जो उन्हें जानता हो। वे अपने गाँव की रैगुलर पढ़ती लड़कियों से मिलकर मदद माँगती। वे उन्हें प्रो. अम्बरदीप के पास ले आतीं। प्रो. अम्बरदीप 'मैं इसे जानता हूँ' लिखकर दस्तख़त कर देता। प्रिंसिपल अटेस्ट कर देता। एक दिन उसने प्रो. अम्बरदीप को बुला लिया।

"तुम दो-तीन सौ लड़के-लड़कियों के फार्मों पर दस्तख़त कर चुके हो। सभी को जानते हो?"

"सर, इनमें से अधिकतर ग्रामीण और ग़रीब घरों की लड़कियाँ हैं। इन्हें घरवाले हर तीसरे दिन अस्टेट करवाने के लिए शहर में नहीं आने देंगे। इनकी बी.ए. बीच में ही छूट जाएगी। यह मेरे से ग़लत जगह दस्तख़त क्यों करवाएँगी? फिर भी, मैं अपनी जिम्मेदारी पर दस्तख़त करता हूँ। सज़ा का हक़दार भी मैं ही होऊँगा," उसने कहा और बाहर आ गया।

एक दिन अम्बर अकेला बैठा चाय पी रहा था। ऐसा कभी कभार ही होता था। अवनीत अपनी क्लास छोड़कर कैंटीन में बाहर प्रो. अम्बर के पास पड़ी ख़ाली कुर्सी पर बैठ गई। उसके विद्यार्थी रियाज़ कर रहे थे।

"सर, मैं सर्दी-सर्दी यहाँ कोई कमरा लेकर रहना चाहती हूँ, आप मेरी मदद करो। मुझे कोई पी.जी. तलाश दो। धुँध के कारण पटियाला से आना कठिन लगता है।" अवनीत ने कहा।

"ज़रूर मैडम, मैं पता करता हूँ। अपनी पत्नी से कहूँगा, उसे पता होता है।" प्रो. अम्बर ने उसके सम्मान में अपनी आराम मुद्रा छोड़ ठीक होकर बैठते हुए कहा।

"सर, खाना बढ़िया हो, आवश्यक फर्नीचर भी हो और अगर हो सके, ज़्यादा से ज़्यादा आपके नज़दीक हो। हम भी कुछ सीख लेंगे," अवनीत ने कह तो दिया, प्रो. अम्बर ने सुन भी लिया, पर अवनीत की समझ में नहीं आ रहा था कि अम्बर को उसकी असल भावना समझ में भी आई थी कि नहीं। अम्बर को क्या पता था कि अवनीत के दिमाग़ के जिस खाने में से अन्तिम वाक्य निकला था, वहाँ तो अम्बर के लिए निरी खंड-मिश्री के ढेर पड़े थे।

"ज़रूर मैडम, आपका सफ़र लम्बा है। अगर यहाँ रहोगे तो आपकी पी-एच. डी. भी जल्दी हो जाएगी," अम्बर भी उसके साथ बातें करके ख़ुश था। सुन्दर सूरतों की आभा का वह भी कायल था।

अवनीत का प्रो. अम्बर के साथ मेलजोल बढ़ने लगा। उसको किसी चीज़ की ज़रूरत होती, उसे ख़रीदने जाना होता तो वह अम्बर को फ़ोन कर बुला लेती। अम्बर को उसका इस प्रकार का बेझिझक व्यवहार अच्छा लगता। अम्बर किरनजीत को किसी काम पर जाने का कहकर झट अवनीत के पी.जी. के आगे कार ले जाकर रोकता। वह अपनी ऊनो कार को ऐन साफ़-सुथरी रखता। सवेरे योगा करने से पहले वह कार साफ़ करता। यदि ज़रूरत पड़ती तो धोता भी। कार साफ़ करता ही वह वॉर्मअप हो लेता।

अम्बर सोचता, अवनीत को अपने हुस्न के जादू का अहसास है। वह जान गई थी कि इस जादू की जद में प्रो. अम्बर जैसा उससे कई साल बड़ा व्यक्ति आ गया था। तभी तो हुक्म देने की तरह फ़ोन करती थी।

"सर! एक बात बताओ, आप अपनी पत्नी से ख़ुश हो?" बराबर बैठते हुए अवनीत ने पूछा। उसने एक बात अनुभव की कि अम्बर अपनी पत्नी की बात कभी नहीं करता था। बेटे की कभी-कभार कोई बात सुनाता था।

"दुखी भी नहीं हूँ। वह घर बढ़िया सँभालती है। बच्चे का ध्यान रखती है," अम्बर ने उसके सुन्दर पतले लम्बे चेहरे की ओर देखा। उसकी तलवार की धार सरीखी भवें ताज़ा ताज़ा बनाई गई लगती थीं।

"आपने पढ़ी-लिखी लड़की क्यों नहीं ली?"

"उसने बी.ए. की हुई है। बच्चा थोड़ा बड़ा हो जाए फिर एम.ए. कर लेगी।"

"मेरा मतलब नौकरी करती लड़की क्यों नहीं ली?"

"तब मुझे घरेलू लड़की ठीक लगती थी, अब कभी-कभी लगता है कि यदि दोनों कमाते हों तो अधिक ठीक है। शीरी थोड़ा बड़ा हो जाए, किरनजीत और आगे पढ़ लेगी।"

"आप ख़ुद इतने अच्छे हो। बच्चे आपको सबसे ज़्यादा चाहते हैं। आपको आराम से नौकरी वाली लड़की मिल जाती।"

अम्बर को महसूस हुआ कि अवनीत उसके विवाह पर ख़ुश नहीं थी। उसने एक-दो बार किरनजीत को देखा था। किरनजीत के साथ वह ज़्यादा हिली-मिली नहीं थी।

"मुझे नौकरी जल्दी मिल गई थी। जल्दी विवाह कर लिया।"

जब विवाह से पहले विद्यार्थी जीवन में अम्बर कभी अपने मित्र सन्तवीर के घर जाता था तो कभी कभार उसका किरनजीत से सामना हो जाता था। वह सन्तवीर की बुआ की लड़की थी। यूनिवर्सिटी में पढ़ता होने के कारण वह अम्बर से अपनी पढ़ाई को लेकर कुछ न कुछ पूछ भी लेती थी। बस, इन पूछताछ भरी बातों को ही अम्बर कहीं यह समझ बैठा कि वह उसको पसन्द करती है। अपने साँवले रंग को लेकर उसके दिमाग़ में यह घुंडी बन चुकी थी कि कोई अधिक सुन्दर लड़की उसको पसन्द नहीं करेगी। इसलिए जब सन्तवीर ने अम्बर के साथ किरनजीत के रिश्ते की बात की तो अम्बर झट ही मान गया। अम्बर को यह विवाह के बाद पता चला कि किरनजीत ने पहले इस रिश्ते से इनकार किया था। उसने अम्बर के रंग को लेकर किन्तु-परन्तु किया था। पर सन्तवीर ने अम्बर की नौकरी के भविष्य में पक्का हो जाने की बात पर ज़ोर दे कर किरन को मना लिया था।

"हो सकता है, तेरा किसी छोटी-मोटी नौकरी या अधिक ज़मीन वाले लड़के के साथ विवाह हो जाए, पर अम्बर जैसा पढ़ने-लिखने वाला लड़का खोजना आसान नहीं। उसकी पी-एच.डी. पूरी होने वाली है। इतनी बड़ी डिगरी वाला लड़का तुझे दीया लेकर भी ढूँढ़े नहीं मिलेगा," अम्बर के साथ मिलकर किताबें पढ़ने वाला सन्तवीर बेशक खेतीबाड़ी ही करता था, पर भविष्य को पढ़ने की सामर्थ्य रखता था।

विवाह से कुछ महीनों बाद अम्बर को किरनजीत के इनकार की बात पता चल गई। अम्बर को एक झटका लगा। उसको दुख हुआ था। उसके मन में ख़याल आया था कि वह एक ऐसी औरत के साथ रह रहा था जो शायद अन्दर से कहीं उसको पसन्द नहीं करती। परन्तु उसको किरनजीत के व्यवहार में ऐसा कुछ दिखाई नहीं देता। वह पूरी तरह उसकी बन कर रहने वाली औरत थी। वह घर के हर काम को

पूरे मन से करती। हाँ, एक बात अवश्य थी कि वह किसी भी क़िस्म की किताब पढ़ने को तैयार नहीं थी। अम्बर अच्छे-अच्छे मैगज़ीन और किताबें उसको दे कर जाता, पर वह उन्हें न पढ़ती।

"दिन भर तो घर के काम ही ख़त्म नहीं होते, बाकी समय शीरी दम नहीं मारने देता," किरनजीत कहती।

मलेरकोटला वाले घर में आकर किरनजीत ने अपने आप को बहुत ठीक जगह पहुँची महसूस किया। उसे पशुओं का दूध नहीं निकालना पड़ता था। उसको खेत मज़दूरों की रोटियाँ नहीं पकानी पड़ती थीं। वह एक शहरी प्रोफ़ेसर की पत्नी बन चुकी थी। वह सफ़ाई वाली के सिर पर खड़ी होकर सफ़ाई करवाती। तरह-तरह की दालें-सब्ज़ियाँ बनाती। वह सूप बनाना सीख गई। वह जूस वाली मशीन में गाजरों और किन्नुओं का जूस निकालती।

इन बातों के बावजूद अम्बर को वह अपने सपनों की औरत के साथ किसी भी तरह मेल ख़ाती प्रतीत न होती। ज्यों-ज्यों दिन बीतते जाते, वह अपने आपको और अधिक जाल में घिरता जाता महसूस करता। शीरी के जन्म के साथ तो वह अपने आप को पक्का क़ैदी समझने लगा था। शीरी के नयन-नक्श अम्बर से मिलते थे। शीरी की उपस्थिति उसे इस क़ैद को सहने योग्य बनाती।

अम्बर अपने एक रिसर्च पेपर का अनुवाद अंग्रेज़ी में करवा रहा था। वह और अवनीत दोनों म्यूजिक रूम के बाहर बकायन के पेड़ की छाँव में बैठे थे। कैंटीन का ठेकेदार उसको कैंटीन में की गई तब्दीली के बारे में बता रहा था।

"सर, हम बहुत सारी नई चीज़ें शुरू करने जा रहे हैं। हॉट डॉग, पीज़ा, नूडल्स वगैरह-वगैरह। अब समोसे कौन खाता है जी। बच्चे नई-नई चीज़ें माँगते हैं," अम्बर और अवनीत सुनते रहे और मुस्कराते रहे।

"सर आपने यह रिसर्च पेपर कहाँ पढ़ना है?" अवनीत ने ठेकेदार के चले जाने के बाद पूछा।

"मद्रास यूनिवर्सिटी में," अम्बर ने बताया।

"कौन सी तारीख़ को जा रहे हो?"

"बीस दिसम्बर।"

"इधर से कौन सी ट्रेन जाती है?"

"पंजाब से नहीं जाती। दिल्ली के निजामुद्दीन स्टेशन से चलती है शाम के समय। बहुत लम्बा सफ़र है। अड़तालीस घंटे का। पूरी रात, फिर अगला पूरा दिन, फिर अगली पूरी रात, फिर बाईस दिसम्बर की शाम को पहुँचेगी। अगले दिन नेशनल सेमिनार में हाज़िरी देनी है। तेईस, चौबीस, पच्चीस। फिर पच्चीस की शाम को वापसी इसी ट्रेन में। पंजाब से सिर्फ़ मैं जा रहा हूँ। बहुत अच्छा लग रहा है, पर डर-सा भी लग रहा है।"

"क्यों? डर किस बात का?" अवनीत की आँखें सिकुड़ गईं। उसने अम्बर की आँखों में आँखें डालकर देखा।

"इतनी दूर अकेले जाना, कोई बातचीत करने वाला ही नहीं होगा। वैसे तो मैं उस तरफ़ की धरती के रंग देखता जाऊँगा।"

"आप तो सफ़र में भी पढ़ते रहोगे।"

"ऐसे सफ़र पर जाते हुए मैं पढ़ता नहीं। नए-नए दृश्यों को अपने अन्दर बसाऊँगा।"

"सौभाग्यशाली हो जी...," अवनीत मुस्कराई। उसने अपनी सलवार के पहुँचे को ऊपर खींचा और फिर नीचे गिरा लिया। इस दो सेकंड के समय में ही अम्बर को उसकी पिंडली की गोरी चमड़ी का झलकारा मिल गया। मानो अवनीत कहना चाहती हो कि मैं बाहर से ही नहीं, अन्दर से भी सुन्दर हूँ। अम्बर की समझ में न आया कि अवनीत ने यह जानबूझ कर किया था या उसने अपनी सलवार के बल ठीक करने के लिए ऐसा किया था। उसके चेहरे पर लापरवाही थी। जैसे उसने तो कुछ किया ही नहीं था। वह अम्बर के पेपर से पढ़-पढ़कर वाक्य अंग्रेज़ी में उल्थाए जा रही थी। पंजाबी के साहित्यिक शब्दों को अम्बर अंग्रेज़ी में अनुवाद करके उसको समझा देता। इस प्रकार, वह हर रोज़ एक दो पृष्ठों का अनुवाद कर देते। फिर क्लास का समय हो जाता।

"हमारे जैसों को ऐसे अवसर क्यों नहीं मिलते सर?" अवनीत ने एक दिन पूछा।

"मेरे जैसों को कौन-सा पैदा होते ही मिलने लगे थे। पी-एच.डी. की। फिर रिसर्च पेपर छपवाए, तब कहीं यह निमंत्रण आया पहली बार। आप अपनी पी-एच. डी. पूरी करो। फिर रिसर्च जारी रखो। अवसर मिलेंगे। क्यों नहीं मिलेंगे। पंजाब तो संगीत का घर है। संगीत में बहुत सारी रिसर्च होनी अभी शेष है," अम्बर कैंटीन में से निकलते और घुसते सजे-धजे लड़के-लड़कियों को तैरती नज़र से देख रहा था।

"सर, यदि कहो तो मैं भी आपके साथ चलूँ?" अवनीत ने पूछा। अम्बर ने लगभग चौंक जाने की तरह उसकी ओर देखा। दृढ़ता के साथ और पूरी तैयारी के साथ वह उसकी तरफ़ देख रही थी।

यह कैसे हो सकता है! उसने सोचा। अगले ही पल उसने एक सुन्दर-शालीन लड़की को ट्रेन में अपने साथ बैठा पाया। समन्दर के किनारे गीली-गीली रेत में उसके गोरे-गोरे पैरों को चलते देखा। यदि सिर्फ़ साथ के तौर पर भी देखा जाए तो कितना अच्छा रहेगा। यह सोचते हुए अकेलेपन से भरे लम्बे सफ़र का डर तो एकदम उड़ गया। बल्कि सफ़र और अधिक रोमांटिक होता लगा। जंगलों में से गुज़रती ट्रेन में दिखने वाले हरे रंग में लाल, पीले, जामुनी और गुलाबी रंग भी शामिल हो गए। अवनीत का रंगों का चुनाव भी बहुत कमाल का होता था। पर इसके साथ ही दूसरे डर ने सिर उठाकर उसको अपनी शक्ल दिखाई। यदि किरनजीत को पता

चल गया? उसने अपने माँ-बाप के क्लेश भरे माहौल के बजाय अपने घर में हमेशा शान्ति रखनी चाही थी। इस मकसद में किरनजीत ने हमेशा उसका साथ दिया था।

किरनजीत अपने मायके की ओर के रिश्तेदारों के पास अम्बर की तारीफ़ें करती न थकती। यदि किरनजीत को पता चला तो वह उसे लेकर क्या गर्व करेगी। घर युद्ध का अखाड़ा बन सकता था। वह कभी भी नहीं चाहता था कि शीरी का बचपन उसके अपने बचपन की भाँति नष्ट हो।

उसने अवनीत के सवाल का जवाब नहीं दिया। उसके अन्दर एक नए प्रकार का व्यक्ति सिर उठा चुका था। जो कॉलेज की जीन्स पहनने वाली लड़कियों को छुप-छुपकर देखता था। उनकी चमड़ी की सफेदी को घूँट-घूँट कर पीता था, उसके अन्दर छिपकर घात लगाकर बैठा आदमी। अम्बर ने उसको बेकाबू कभी नहीं होने दिया था, पर अब वह अम्बर को अवनीत को 'न' कहने से रोक रहा था।

"सर! मैंने सीट बुक करवा ली है। जाने की भी और आने की भी। आपके वाली ट्रेन की ही। शाम को बस एक ही ट्रेन जाती है। मुझे भी तो छुट्टियाँ ही हैं।" अगले दिन अवनीत ने धीमे से कहा।

अम्बर ने सिर उठाकर एकदम उसकी ओर देखा, "तू मरवाएगी।"

वह एक ही समय ख़ुश भी था, हैरान भी था और डर भी रहा था। अवनीत को उसकी हैरानी और डर ही दिखाई दिए। ख़ुश होने वाला व्यक्ति तो अम्बर अन्दर बैठा था जो अवनीत जैसी सुन्दर लड़की को पीछे पड़ी देखकर ख़ुश होकर भंगड़े डाल रहा था।

"आप डर क्यों रहे हो? मुझे देखो जो दो परिवारों को जवाबदेह हूँ। सर! डेयर करना सीखो," अवनीत सचमुच स्पष्ट थी।

"सीट कितने नम्बर डिब्बे में है?" अम्बर ने पूछा।

"एस-5।"

"पर मेरी तो ए.सी. डिब्बे में है। वे मुझे ए.सी. कोच का भुगतान कर रहे हैं।"

"ओ.के.। हम सीट किसी के साथ बदल लेंगे। आप मेरे वाले डिब्बे में आ जाना। ए.सी. डिब्बे में जाने को तो कोई भी इनकार नहीं करेगा। लोग इस तरह सीट बदल लिया करते हैं।"

"मुझे पता है...," अम्बर ने कहा। उसे खयाल आया कि वह ज़िन्दगी में पहली बार भी ए.सी. डिब्बे में सफ़र नहीं कर सकेगा।

"ध्यान रखना, किसी को पता न लगे। घर में क्या कहा?" उसने पूछा।

"यही कि पेपर पढ़ने जाना है। कुछ और लोग भी जा रहे हैं," अवनीत मुस्कराई।

किरनजीत उसका बैग तैयार कर रही थी। ट्रेन में पहनने के लिए नीले रंग का

अवतार सिंह तारी द्वारा कैनेडा से लाया ट्रैक सूट। तीन दिन पहनने के लिए प्रेस किए सूट। तीन रूमाल। तीन जोड़ी जुराबें। तीन अंडर-वियर। आधे रास्ते तक के ठंडे सफ़र के लिए गरम कोटी। मध्य प्रदेश पार करते समय मौसम बदल जाएगा। उधर गरमी होनी थी, इसलिए टी.शर्ट और बरमुडा। पेस्ट-ब्रश। खाना खाने से पहले ट्रेन के गन्दे पानी से हाथ धोने के बजाय पतला किए डिटोल का घोल। किरनजीत ने देशी घी में बेसन भूनकर थोड़ी-सी पंजीरी भी पैक कर दी थी। ट्रेन में मिलते अगड़म-शगड़म की अपेक्षा यह अच्छी थी। उसको यह सब कुछ करती देखकर अम्बर को अपना आप धोखेबाज़ लग रहा था। उसने निश्चय कर लिया कि वह सुबह उठते ही अवनीत को जाने के लिए मना कर देगा।

"पापा आपने बताया था कि चेन्नई में समुद्री जहाज़ होते हैं, आप मेरे लिए एक छोटा-सा समद्री जहाज़ लेकर आना," शीरी पापा के लम्बे सफ़र से पूरा उत्साहित था।

"पर समुद्र कहाँ से लाएँगे?" पाप बोध से कुछ-कुछ मुक्त हुआ अम्बर हँसा।

"पापा मैं टब में चलाया करूँगा।"

अगले दिन उसने घर से दस बजे चलना था। कॉलेज में सर्दियों की छुट्टियाँ थीं। उसने स्टेशन लीव लिखकर घर में रख दी। यदि कोई ऐसी-वैसी घटना हो जाए तो यह चाहिए होती थी। वह सवेरे सैर करता हुआ एस.टी.डी. पर गया। उसने अवनीत को अपनी टेंशन बताते हुए न जाने के लिए कहा। उन दोनों ने लुधियाना स्टेशन पर मिलने का इकरार किया था। अवनीत ने उसकी बात नहीं मानी।

"हम अब लुधियाना में मिलकर बात करेंगे," उन्होंने अलग-अलग निकलना था।

अम्बर जब बैग उठाकर घर से निकला तो किरनजीत और शीरी दहलीज़ में खड़े थे। किरनजीत उदास थी और आँखें पोंछ रही थी। 'वह मेरी एक हफ़्ते की जुदाई के पीछे रो रही है और मैं उसको कैसा धोखा देने जा रहा था। मैं अवनीत को लौटा दूँगा,' अम्बर ने सोचा।

उन्होंने लुधियाना रेलवे स्टेशन की पार्किंग के पास एक-दूजे से मिलने की बात की। अम्बर देर से नहीं पहुँचा था, पर अवनीत पहले ही पहुँची हुई थी। नीली जीन और हरे रंग के कढ़ाई किए टॉप और टॉप पर जैकेट में खड़ी वह मुस्करा रही थी। उसका पतला और लम्बा शरीर इन कपड़ों में जैसे उड़ने को तत्पर था। एकदम उसके मुँह से निकला, 'हाय रब्बा! ये तो राबिया को मात देती है।'

अम्बर दृढ़ फ़ैसला करके आया था कि वह अवनीत को मना कर देगा। वह किरनजीत को धोखा नहीं देगा। वह अपने परिवार की शान्ति भंग नहीं करेगा। पर अब अवनीत की तैयारी देखकर उसके अन्दर का नए युग में जाने की तैयारी किए बैठा व्यक्ति शक्तिशाली हो गया।

अम्बर तू कभी भी राबिया तक नहीं पहुँच सकेगा। वह तेरी विद्यार्थिन है। तेरी रोज़ी-रोटी। यह तेरी कलीग है। यह उससे किसी भी बात में कम नहीं है। अवनीत बराबर पढ़ी-लिखी है। बराबर नौकरी करती है। अपनी मरज़ी के साथ जा रही है। ऐसी लड़की का कुछ दिनों का साथ तेरी ज़िन्दगी की कीमती यादगार बन जाएगा। ऐसी लड़की तुझे ज़िन्दगी भर के लिए मिल सकती थी, पर तूने जल्दी कर दी और विवाह करवा लिया। औरत का प्यार हासिल करने के लिए तुझे उसके साथ विवाह करवाना पड़ा। अब यह तेरे पीछे स्वयं आ रही है।

"हाँ जी, तैयारी है फिर?" अवनीत मुस्कराई।

"हाँ तैयारी है। चलो जल्दी-जल्दी अन्दर चले। कोई न कोई गाड़ी मिल जाएगी दिल्ली जाने वाली," अम्बर ने कहा।

दोनों तेज़ी के साथ टिकट वाली खिड़कियों की तरफ़ बढ़े। अवनीत दोनों बैग सँभाल कर खड़ी हो गई। अम्बर लाइन में लग गया। फिर अम्बर को ख़याल आया कि स्त्रियों वाली कतार कम लम्बी थी। पर वह खड़ा रहा। पुरुषों वाली कतार भी अधिक लम्बी नहीं थी। अभी गाड़ी भी कोई नहीं आई। जो गाड़ी आएगी, वो कम से कम दस मिनट तो रुकेगी ही।

टिकट लेकर वे अपने अपने बैग उठाते हुए प्लेटफार्म पर आकर खड़े हो गए। गाड़ी आने वाली थी। बार-बार घोषणा हो रही थी।

"सुबह क्या हो गया था?" अवनीत ने क़रीब होकर पूछा।

"मन डोल गया था। विवाहित आदमी हूँ, बीस तरफ़ जवाबदेह हूँ।"

"समझ लो, मुझे भी निमंत्रण मिला हुआ है और हम एक साथ जा रहे हैं। वहाँ इकट्ठे घूम लेंगे। ऐसा वैसा कुछ नहीं करेंगे जिस कारण आप अपनी पत्नी के आगे शर्मिन्दा हों।"

असल में, वह अवनीत को छोड़ना नहीं चाहता था। उसको अवनीत की इस दलील ने पाप बोध से मुक्त कर दिया। वह अवनीत के साथ उसकी इच्छा के बग़ैर कभी कोई बदतमीज़ी नहीं करेगा।

दिल्ली के साथ लगते निजामुद्दीन स्टेशन पर चेन्नई एक्सप्रेस तैयार खड़ी थी। इक्का-दुक्का सवारी अपना सामान टिका रही थी। चलने में अभी एक घंटा शेष था। अवनीत वाली सीट पर उन्होंने सामान टिका दिया। गाड़ी चलने पर किसी अकेली सवारी के साथ सीट बदल ली जाएगी। वह दोनों गाड़ी से बाहर प्लेटफार्म पर टहलने लगे।

कुछ देर बाद ही अवनीत को उसके मँगेतर का फ़ोन आ गया। वह अम्बर से दूर हटकर टहलती हुई फ़ोन सुनने लगी। अम्बर को दस मिनट इन्तज़ार करना पड़ा। वह हँस-हँसकर बड़ी सहजता के साथ बातें कर रही थी।

गाड़ी चल पड़ी। उन्होंने अवनीत की सीट पर बैग रख दिए। अम्बर ने अपने

सामने बैठे व्यक्ति को भाँपा। वह अकेला था। शायद सीट बदलने को मान जाए। और कुछ देर बाद सवारियों की आपस में बातचीत शुरू हो गई। अम्बर ने भी उस व्यक्ति के साथ जान-पहचान की। उसने चेन्नई से पहले स्टेशन पर उतरना था। वह बर्थ बदलने के लिए आराम से मान गया।

"आप मेरी सीट पर चले जाइए। अगर टी.टी. की तरफ़ से कोई समस्या आई तो मुझे बुला लेना," अम्बर ने उसको बर्थ और कोच नम्बर नोट करवा दिया।

वह व्यक्ति अपना बैग उठाकर चला गया। अम्बर और अवनीत एक-दूसरे की ओर देखकर मुस्कराए।

'भाई साहब को मुफ़्त में ही तीन गुणा महँगी बर्थ मिल गई,' अम्बर ने अवनीत को नहीं सिर्फ़ अपने आप से कहा।

'साले को मुफ़्त में ही आग जैसी लड़की का साथ मिल गया,' अन्दर से दूसरी आवाज़ आई।

'बेटा, सोचो अगर इस ट्रेन का एक्सीडेंट हो जाए। तेरी और अवनीत की लाशें एकसाथ मिलें। जेब के अन्दर रखे आई-कार्ड देखकर ख़बर छपेगी—'एक ही कॉलेज के दो अध्यापकों की लाशें मिली हैं।' फिर किरनजीत कौर सारी उम्र तुझे गालियाँ निकालती मरेगी। तेरा बेटा, जिसके बिना तू साँस नहीं लेता, सारी उम्र तुझे कोसता रहेगा।'

"क्या सोचे जा रहे हो?" अवनीत उसका हाथ अपने हाथ में लेकर उसके संग लगकर बैठ गई।

"मेरे पास एक आदमी का खाना पैक है। किरनजीत ने सवेरे पैक कर दिया था। पर वह दो जनों का काम कर सकता है," अम्बर ने कहा।

"सर जी, मैं दो लोगों का लेकर आई हूँ," अवनीत ने थोड़ी दृढ़ता के साथ कहा।

"ठीक है मैडम जी, मैं कहाँ दो लोगों का ले कर आ सकता था।"

इस बात पर वह दबी आवाज़ वाली हँसी हँसे। अम्बर ने हाथ वाली बोतल में से एक घूँट भरा। उसने भरपूर नज़रों के साथ अवनीत की ओर देखा। कोई भी कमी नहीं थी अवनीत में। चेहरा जैसे बहुत बारीकबीनी के साथ तराशा हो। अम्बर की माँ ऐसी लड़की को रकान कहा करती थी। 'ये मेरे पीछे क्यों आ गई? उस दिन विवाह के बारे में बुझारतें भी डाल रही थी। वैसे इतनी सुन्दर लड़की के लिए बन्दा कुछ भी छोड़ सकता है। इस तरह ही लोगों के घर बर्बाद होते हैं।'

अम्बर अपने घर के बारे में सोचने लगा। उसको थोड़ी चिन्ता भी होने लगी। अम्बर ने हाउस लोन लेकर अभी पिछले साल ही घर ख़रीदा था। उसने किस्त आसानी से भरने के लिए ऊपरवाला हिस्सा किराये पर भी दिया हुआ था। आज अम्बर ने निकलना था तो किरायेदारों को भी कोई काम पड़ गया। उन्होंने होशियारपुर अपने घर जाना था। अब किरनजीत और शीरी घर में अकेले थे।

हालाँकि आस पास मकानों का पूरा जंगल था, पर अम्बर अपने परवार से कभी इतनी दूर नहीं गया था। किरनजीत खाना बना चुकी होगी। शीरी रोज़ की तरह ही दाल-सब्ज़ी को देख नाक-भौं सिकोड़ रहा होगा। उसको बस चिकन या एक-दो दालें-सब्ज़ियाँ ही पसन्द थीं। किरनजीत का पारा शिखर पर होगा। ऐसे समय पर अम्बर शान्त रहता था। वह जानता था कि शीरी की यह आदत उसकी ही देन थी। वह ख़ुद ऐसा ही किया करता था।

"क्या सोच रहे हो?" अवनीत उसको घर से बाहर ले आई।

अम्बर ने उसकी ओर देखा। बोतल में से एक घूँट और भरा।

"यह क्या पिए जा रहे हो?" अवनीत को लगा पानी इस तरह तो नहीं पिया जाता। थोड़ी देर बाद घूँट सा भरकर।

"वोदका! पानी में मिक्स की हुई है। मुझे ट्रेन में बिना पिए नींद नहीं आती।"

"अच्छा! अच्छा!! तुम बन्दे बड़े कमाल के हो?" अवनीत 'आप' से 'तुम' पर आ गई।

"क्यों?"

"मुझे शराब पीने वाले बन्दे अच्छे लगते हैं, पर सीमा में पीते हों तब।"

"ज़्यादातर शराबी ज़िन्दगी में कभी न कभी सीमा पार कर जाते हैं।"

उनके पास अब दो लोअर-बर्थ थीं। अवनीत ने सीटों के बीच खिड़की के साथ लगे छोटे से डायनिंग टेबल को खोल लिया। उसने दोनों बैगों से खाने वाले पैकेट निकालकर टेबल पर रख लिये। अम्बर ने अपने बैग में से डिटोल वाला घोल निकाला। अवनीत उसी समय अपने बैग में से लिक्विड सोप की शीशी निकाल रही थी। उसने अपने हाथ उससे गीले करके मल लिये।

असल में, अम्बर उसको बड़ी साधारण-सी लड़की समझता था। वह कभी गहरी बातें नहीं करती थी। यहाँ तक कि संगीत सम्बन्धी भी वह कभी गम्भीर बातें नहीं करती थी। अम्बर पंजाबी के पॉपुलर संगीत का प्रशंसक था।

उन्होंने खाना ख़त्म कर लिया था। अवनीत ने बचे खाने को कल के लिए रखने का फ़ैसला किया तो अम्बर बोला, "फेंक इसे, कल तक ख़राब हो जाएगा।"

"ठंड में कहाँ ख़राब होगा?" वह हैरान हुई।

"आधी रात के बाद गरमी शुरू हो जाएगी। भोपाल पार करने पर सर्दी ख़त्म होने लग जाती है। वैसे भी, हम उस तरफ़ के लोकल खाने आजमाएँगे।"

अवनीत ने अपने बैग में से ब्रश निकाल कर उस पर पेस्ट लगाया। अम्बर वोदका के सुरूर में था। वह मुस्कराया। वह बिना ब्रश करे ही अपनी सीट पर सोने के लिए पसर गया। जब तक अवनीत वापस आई, वह सो चुका था।

सुपरफास्ट गाड़ी बड़ी तेज़ी से अँधेरे को चीरती आगे बढ़ती जा रही थी। आगरा निकल चुका था। उसने अम्बर की लोई ठीक की और अपनी बर्थ पर सोने

के लिए लेट गई। आसपास की अधिकतर सवारियाँ सो चुकी थीं। बहुत से कैबिनों की लाइटें बन्द हो चुकी थीं।

आधी रात अभी हुई नहीं थी। बिजली ज़ोर-ज़ोर से कड़क रही थी। गाड़ी ने तिरछा मोड़ काटा तो बारिश की बौछार सीधी खिड़की के शीशों के साथ टकराने लगी। पानी के छींटे अम्बर के चेहरे पर गिरे तो उसकी आँख खुल गई। उसको याद आया कि वह सफ़र में था। गाड़ी की रफ़्तार अब कम थी। उसने देखा, औंधी पड़ी अवनीत कुहनियों नीचे लगाकर ठोड़ी को हाथों पर टिकाकर बाहर देख रही थी। अम्बर को उठा देख वह उसकी ओर देख मुस्कराने लगी। बाहर से चमक रही बिजली की रोशनी उसके चेहरे पर पड़ रही थी।

"पानी बरस रहा है," वह बोली, "देखो कैसी पहाड़ियाँ हैं?"

अम्बर ने सिर घुमाकर बाहर देखा। बिजली चमकी तो दूर तक कच्ची-कच्ची पहाड़ियाँ नज़र आईं।

"ये चम्बल की पहाड़ियाँ हैं। चम्बल यहाँ से शुरू होता है। यह यू.पी., मध्य प्रदेश और राजस्थान के बॉर्डर का इलाका है। इन पहाड़ों पर डाकू रहते हैं।"

"तुम्हें कैसे पता कि ये चम्बल की पहाड़ियाँ हैं?"

"मैं यहाँ से पहले भी गुज़रा हूँ। ऐसी पहाड़ियाँ मैंने कहीं और नहीं देखीं। मुझे नक्शे देखने का शौक बचपन से है।"

अम्बर फिर सो गया। अवनीत मुस्कराई। उसने अम्बर के सिर की तरफ़ देखा। काश! वह इसके अन्दर घुस कर सब कुछ देख सकती और इसे अपनी ओर मोड़ सकती। उसके पास मौका था। वह इस शख़्स को पूरे का पूरा अपना बना देखना चाहती थी।

अगला सारा दिन उन्होंने जंगलों को पार करते हुए बिताया। ठंड कम हो गई थी। गरम कपड़ों की अब ज़रूरत नहीं थी। अवनीत हाथ-मुँह धोकर आई तो उसने कपड़े बदलने की इच्छा प्रगट की। वह कल सवेर से एक ही सूट पहने थी।

"पहनने वाले कपड़े निकाल ले, मैं भी बदल लेता हूँ। हम ए.सी. कोच वाले बाथरूम में चलते हैं। वह ज़्यादा साफ़-सुथरा है।" अम्बर ने कहा।

कपड़े बदलकर आए तो वे फिर अपनी-अपनी सीटों पर खिड़की के क़रीब आमने-सामने बैठ गए। अवनीत ने लाल रंग का स्लीवलैस टॉप और घुटनों से एक बिलान्द ऊँची स्काई ब्लू रंग की कैपरी पहनी थी। अम्बर ने टी. शर्ट और कार्गो पाजामा पहना था। अम्बर बाहर जंगल की ओर देख रहा था जिसमें पलाश के दरख़्तों की बहुतायत थी। उसे पंजाब में पलाश के ख़त्म होने का अफ़सोस था। यहाँ इनकी बहुतायत देखकर उसे अच्छा लगा।

अम्बर अवनीत को इस नए पहरावे में देखने के लिए उतावला था। अम्बर ने एक मैगज़ीन को उलटती-पलटती अवनीत को नज़रें भरकर देखा। उसकी साफ़

पिंडलियों पर तो नज़रें फिसल-फिसल जाती थीं। उनकी सिन्दूरी आभायुक्त रंग औरत के अद्वितीय सौन्दर्य के दीदार करवा रहा था।

अम्बर ने बचपन में अपने माँ-बाप और माँ-ताया के धुँधले-धुँधले मिलन-दृश्य देखे थे। उसको पूरा यकीन था कि वह हमेशा अँधेरे में ही मिलते थे। कोई आवाज़ नहीं करते थे। शायद ही उसके पिता या ताया ने उसकी माँ की गोरी चमड़ी का कभी आनन्द उठाया हो। सम्भव है, कभी भी न उठाया हो। अम्बर और किरनजीत भी हमेशा बत्ती बुझाकर ही मिलते थे। किरनजीत अब तक इस मिलाप को कहीं न कहीं अचेत मन से पाप की नज़र से देखती थी। इस मामले को लेकर उसके मन में गहरी गाँठें थीं।

अम्बर इन गाँठों के पड़ जाने का राज जानता था। वह इन गाँठों के पड़ जाने के इतिहास से परिचित था। अम्बर इन गाँठों के पड़ जाने से पहले के इतिहास में से गुज़रा था। जहाँ सघन जंगल थे। हवा दरख़्तों के बीच से आहिस्ता-आहिस्ता गुज़रती थी। उस हवा में सीले जंगल की सीली-सीली गन्ध होती थी। अम्बर अजन्ता-अलोरा की गुफ़ाओं में से गुज़रता था। जहाँ मानवीय आकारों को घड़ रहे कलाकारों की हथौड़ियाँ चलती थीं। वह कलात्मक आदमी औरत के कामुक सम्बन्धों की अनेक मुद्राओं से परिचत थे। कपड़ों का मतलब गरमी-सर्दी से बचने के बजाय पर्दा बन गया। उसने औरत को इस कदर ढँक दिया था कि वह ख़ुद भी उसकी करिश्माई ख़ूबसूरती से दूर हो गया।

अम्बर ने घूँघटों से ढँकी स्त्रियाँ देखी थीं। अम्बर ने दोस्त की नवब्याहता का मुँह देखने को तरसते ढाणियों के नौजवान देखे थे। अम्बर उस युग का गवाह था, जब घूँघटों का आकार छोटा होता-होता ख़त्म हो गया। गुरद्वारे में वह अपने घूँघट हटाकर बैठने लगीं। गाँव की सारी स्त्रियाँ सारे पुरुषों के सामने नंगे मुँह विचरने लगीं। सदियों बाद उन्होंने एक-दूसरे को देखा था।

बदले और नए रूप में ज़िन्दगी फिर चल पड़ी। जिन ख़तरों का उन्हें संशय था, वह निर्मूल सिद्ध हुए। वह अपनी पसन्द के मर्दों के साथ बसती रही थीं। वे अपने नापसन्द मर्द को छोड़कर अपनी पसन्द के मर्द के साथ चली गईं। औरतों के मुँह नंगे हो चुके थे। वे आँखें फाड़-फाड़कर देख रही थीं। दुनिया की ख़ूबसूरती को वे अपने अन्दर जज़्ब कर रही थीं। बहुओं के बाद लड़कियों को अपनी जिम्मेदारी समझ में आई। उन्होंने अपनी कुरतियों के आकार छोटे कर दिए। उन्होंने अपनी पैंटों का आकार तंग कर दिया था। उनके शरीरों की ख़ूबसूरती को देख उनके बाप और भाई शर्माए थे। वे चुप हो गए थे। आख़िर उन्होंने अपनी मूक सहमति दे दी। वे बिना चुन्नी के अपनी छातियों के उभारों को प्रत्यक्ष लिये घूमती थीं। वे अपनी पिंडलियों से बालों को उतार कर चमकाती थीं। नई पीढ़ी की लड़कियाँ टैटू बनवाने लगीं। वह मर्दों के अन्दर चल रही कशमकश को देखती हुई भी अनजान होने का

अभिनय करतीं। वह उनकी समस्या नहीं थी। उन्हें देखने की तमीज़ तुम्हें सीखनी पड़ेगी। वे तो ऐसी ही हैं। उनकी संख्या बढ़ती जा रही थी।

अम्बर ने मुस्करा कर अवनीत की ओर देखा। वह उनमें से एक थी।

गाड़ी खच्च-खच्च की आवाज़ करती जंगल को चीरती हुई आगे बढ़ती जा रही थी। जंगल की ताज़ा हवा खिड़कियों के ज़रिये अन्दर आ रही थी।

सारी रात उन्होंने सफ़र में काटी। अगला पूरा दिन सेमिनार में बीत गया। अधिकतर श्रोता और वक्ता भारतीय थे। वे दोनों ही उत्तरी भारत से आए थे। दिल्ली से किसी ने हिन्दी भाषा सम्बन्धी पेपर पढ़ने के लिए आना था, पर वह नहीं आया था। शाम के पाँच बजे सेमिनार से मुक्त होकर वे दोनों समन्दर देखने चले गए।

"आज मैं तुम्हें दुनिया की सबसे बड़ी चीज़ दिखाऊँगा," अम्बर ने कहा। अवनीत चुपचाप मुस्कराती रही। उसने बचपन में अपने मम्मी-पापा के साथ समुद्र देखा था, पर वह बहुत धुँधला-सा याद था। बंगाल की खाड़ी का समुद्र ठाठें मार रहा था। अम्बर कोई बात नहीं सुन रहा था। वह दूर क्षितिज तक फैले समुद्र को पी जाने वाली नज़रों से देख रहा था।

इस समय वे समुद्र के बिलकुल किनारे खड़े थे। पानी उनके नंगे पैरों को छू रहा था। इस समय वे वहाँ खड़े थे जहाँ से भारत का पूर्वी समुद्री किनारा शुरू होता था।

अवनीत ने अपनी कैपरी को ऊपर खींचा और पानी में आने जाने लगी। अम्बर के सामने उसकी मांसल और गोरी टाँगों की सुन्दरता आसमानी रंग के समुद्र में एकमेक हो गई। अम्बर को इस बात का अहसास था कि ज़िन्दगी में ऐसे ख़ूबसूरत लम्हे बस गिनती के ही होते हैं। अद्भुत, दो ख़ूबसूरत चीज़ों का सम्मिलन। औरत और समुद्र।

"बस बस रुक जा," उसने अवनीत को टोका। इस वक्त अम्बर पर अवनीत की जिम्मेदारी भी थी। इस पराए शहर में वह एक-दूसरे के बहुत कुछ लगते थे। इस पराए शहर में वे एक-दूजे के बिना अपनी कल्पना भी नहीं कर सकते थे। वे एक-दूसरे से दूर नहीं जा सकते थे। वे एक-दूसरे को भर रहे थे। अम्बर हैरान था कि पराई लड़की के साथ रहने का आनन्द इस हद तक हो सकता था। उसको आस थी कि इस आनन्द के कुछ अन्य शिखर भी हो सकते थे। अभी रात आने वाली थी। वह जानता था कि ये बेशक़ीमती आनन्द अपनी बहुत बड़ी कीमत भी वसूल सकता था।

"क्या सोचे जा रहे हो सर? आओ न, थोड़ी मस्ती करें," अवनीत उसका हाथ खींचती हुई समुद्र की ओर ले गई।

समुद्र शान्त था। उसकी छोटी-छोटी लहरें दस-पन्द्रह फुट आगे तक आ जातीं। फिर पीछे हट जातीं। पीछे हटती लहर को गहरे समुद्र में से आ रही कोई बड़ी लहर अपने अन्दर समेटती हुई फिर तट की ओर ले आती।

रात में क्या हो सकता है? अम्बर ने अवनीत की सुडौल पिंडलियों की ओर देखते हुए सोचा। मुझे अपने आप पर नियंत्रण रखना पड़ेगा। हाँ, यदि अवनीत की इच्छा हुई तो फिर उसकी मरज़ी।

यूनिवर्सिटी के गेस्ट हाउस में किसी किसी कमरे में बत्ती जग रही थी। रिसेप्शन रूम के पास से गुज़रते हुए उन्हें तमिल भाषा में हो रही गुफ़्तगू सुनाई दी। अम्बर रुका।

"अवनीत!" उसने उसकी आँखों में आँखें डालकर देखा, "यदि सोने के लिए अलग-अलग कमरा चाहिए तो हम एक कमरा और खुलवा लेते हैं।"

"क्या बात करते हो? मैं तो डर से मर ही जाऊँगी। नहीं, हम एक ही कमरे में सोएँगे।" अवनीत ने दृढ़ता के साथ कहा।

"ठीक है," अम्बर ने कहा।

कमरे में पहुँचकर उन्होंने देखा कि उनकी अनुपस्थिति में कमरे की सफ़ाई कर दी गई थी। इसका अर्थ था कि कमरे की एक चाबी रिसेप्शनिस्ट के पास भी थी। अवनीत अपना बड़ा पर्स यहीं छोड़ गई थी। वह एकदम अपने पर्स में पड़े सामान को देखने लगी। पर्स में उसके कैश के अलावा सोने की दो चूड़ियाँ भी थीं। रेलगाड़ी में उसने ये चूड़ियाँ पहनी नहीं थीं। पर्स में सँभाल कर रखी थीं। सारा सामान ठीक-ठाक था।

"ये दक्खिन के लोग हमारे उत्तर के मुकाबले में बहुत ईमानदार हैं," अम्बर ने कहा।

उन्होंने खाने-पीने का सामान मेज़ पर सजा दिया। अम्बर ने अपने लिए पैग बना लिया। अवनीत ट्रेन में ही बता चुकी थी कि उसको शराब पीना अच्छा नहीं लगता। अवनीत ने मछली के पकौड़ों वाला लिफाफा खोला। आधे पकौड़े उसने प्लेट में रख दिए और बाकी के लिफाफे में ही रहने दिए।

दोनों कुर्सियों पर आमने-सामने बैठ गए। दिन में जो कुछ भी देखा था, उसे लेकर बातें करने लगे।

अवनीत के फ़ोन की घंटी बजी। उसने स्क्रीन पर नाम देखा। उसने अम्बर को चुप रहने का संकेत किया। उसके मँगेतर का फ़ोन था। वह सुनने लगी। फिर उठकर बाहर चली गई। मैस का वेटर खाना पूछने के लिए आया।

"हम खाना बाहर से पैक करवाकर लाए हैं," अम्बर ने उसे बताया।

अम्बर का मन बड़े आनन्द की अवस्था में था। आने वाले पल उसके लिए ज़िन्दगी का कोई रहस्य सँभाले बैठे थे। उसको यह अहसास भी अच्छा लग रहा था कि वह समुद्र के बड़े क़रीब था। उसने अनेक उपन्यासों में समुद्र के क़रीब रहते लोगों के जीवन को देखा था। उसको वह जीवन रोमांचित कर देता था। उसका

मन करता था कि वह समुद्र का सफ़र करे। वह मछेरों के गाँव को देखे। वह समुद्र को रूह भरकर देखे। और आज उसने विशाल बंगाल की खाड़ी देखी थी। और अब वह समुद्र के बिलकुल क़रीब था। मुश्किल से आधा किलोमीटर दूर। ख़ुशी में उसने एक और पैग भर लिया। अवनीत अब भी फ़ोन सुन रही थी। कमरे में गुलाबी रोशनी पसरती जा रही थी।

एक चक्रवात उसकी ओर बढ़ता आ रहा था। उसने कितनी बार चाहा था कि वह उस चक्रवात में घिर जाए। सचमुच चक्रवात उसके चारों तरफ़ फैल गया। उसके पैर धरती पर उठ गए। वह ऊपर उड़ा, एक गुलाबी रंग के बृहद आकारीय अंडे का दरवाज़ा खुला। अगले ही पल उसने अपने आप को शान्त उड़न खटोले में एक ख़ूबसूरत लड़की के सामने खड़ा पाया। उड़न खटोले में लाल, नीले, पीले, गुलाबी पर्दे लटक रहे थे। ऐसे भी रंग जो उसने पहले कभी नहीं देखे थे। उसको उड़न-खटोले के सपने बहुत बार आए थे, पर यह इतना अनुपम होगा, उसकी कल्पना से बाहर की बात थी। उसको परियों के सपने बहुत बार आए थे, पर यह इतनी सुन्दर होगी, यह उसके लिए अकल्पनीय था।

'आ जा,' परी ने बाँहें खोल दीं।

वे यूँ मिले जैसे बरसों से एक-दूसरे को जानते हों। उसने परी को कन्धों से पकड़कर अपनी आँखों के सामने किया।

'तू इतनी सुन्दर है?'

'हाँ, मैं इतनी ही सुन्दर हूँ, वस्त्रों के अन्दर इससे भी अधिक।'

'हम कहाँ जा रहे हैं?' अम्बर के चेहरे पर चिन्ता और उदासी का साया फिर गया।

'परी लोक में,' परी मुस्कराई।

'लेकिन मेरा परिवार है, मेरे बच्चे हैं।'

'यदि तेरा वहाँ मन न लगा तो मैं तुम्हें यहीं छोड़ जाऊँगी। मेरे होते हुए चिन्ता न कर। तेरे संसार के लोग तो परियों के सपने लेते रहते हैं। परियाँ हरेक को नहीं मिलतीं। वैसे अब तेरे संसार की लड़कियाँ भी परियों की भाँति सजने-सँवरने लगी हैं।'

वे अँधेरे आसमान को चीरते ऊपर की ओर जा रहे थे। यहाँ से तारे बहुत बड़े और साफ़-साफ़ और बहुत क़रीब लग रहे थे। वह हैरत में था कि ब्रह्मांड इतना बड़ा था। धरती पर से तो साफ़ मौसम में भी इतने तारे दिखाई नहीं देते थे। ऐसा लगता था मानो ब्रह्मांड ही तारामयी हुआ पड़ा था। फिर वह कुछ तारों के क़रीब से गुज़रे।

अम्बर ने परी के कन्धों के ऊपर से पारदर्शी उड़न खटोले के अन्दर से एक तारे की उजाड़ धरती को देखा। तारे में से रोशनी रिस रही थी। उसने अपने नेत्र बन्द कर लिये।

थोड़ी दूर एक बहुत ही ख़ूबसूरत तारा दिखाई दे रहा था। अम्बर उसको क़रीब से देखना चाहता था, पर वह इतना एकतरफ़ था कि लगता नहीं था, वे उसके क़रीब से गुज़रेंगे। वह हैरान हुआ, अगले ही पल वे उस तारे की ओर बढ़ रहे थे। उसको नहीं पता था कि उनका रास्ता ही उसके क़रीब से होकर गुज़रता था या परी ने उसके मन की इच्छा जानकर उड़न खटोला उस तरफ़ मोड़ लिया था।

'कितना सुन्दर है!' उसने परी के कन्धे को अपनी बाँह में लपेटते हुए कहा।

तारे पर हरे-भरे वृक्ष लहरा रहे थे। समुद्र का पानी लहरों के कारण छलक रहा था।

'मैं इस ग्रह पर पहले भी आई हूँ, पर मुझे यह समझ में नहीं आया,' परी ने कहा। उसको अहसास था कि वह एक पढ़े-लिखे मनुष्य के साथ थी।

'यह तारा अब उस पड़ाव पर है जिस पड़ाव पर हमारी धरती कुछ लाख वर्ष पहले थी। यहाँ जीवन विकसित हो रहा है। अभी वनस्पति और समुद्री जीव पैदा हुए हैं। फिर उनमें से कुछ जानवर बाहर आना शुरू करेंगे। और फिर उनमें से कुछ के पैर विकसित हो जाएँगे और फिर कहीं जाकर मनुष्य पैदा हो जाएगा,' अम्बर ने कहा।

अम्बर परी को अपने संग कसता हुआ मुस्कराया, 'हम वहाँ जाकर बस जाएँ?' उसके दिमाग़ में इस तारे पर मानव जीवन को लाखों बरस पहले शुरू करने का विचार आया। पर उसी पल उसको किरनजीत और शीरी की आवाज़ें सुनाई दीं। उसने नीचे की ओर झाँका। वे ऊपर देखते हुए उसको हाथ हिला-हिलाकर मना कर रहे थे।

'नहीं, मैं सिर्फ़ परी देश में ही रह सकती हूँ,' परी ने उसकी बाँह एक तरफ़ करते हुए उत्तर दिया।

बड़ी तेज़ी के साथ वह उस ग्रह से दूर हो गए। लम्बे सफ़र के बाद वे एक अन्य ग्रह के समीप से गुज़र रहे थे।

'वो छोटी चमकदार चीज़ें क्या हैं?' अम्बर ने बहुत तेज़ गति से उड़ते जाते उड़न खटोलों की ओर इशारा करके पूछा।

'ब्रह्मांड में एक ग्रह तुम्हारी धरती से भी कई सौ साल आगे है। वहाँ के लोग भी तुमसे आगे हैं। ये उनके रॉकेट हैं। उन्होंने कुछ ग्रहों पर ठिकाने बना रखे हैं। वे छुट्टियाँ मनाने इन ग्रहों पर जाते हैं,' परी ने बताया।

'हम उस ग्रह को क़रीब से देख सकते हैं?' अम्बर उत्सुकतावश बोला।

'नहीं, वहाँ केवल सातवें आसमान की परियाँ ही जा सकती हैं,' परी ने अपनी सीमा बताई।

'इनके रॉकेट हमारी धरती तक क्यों नहीं आते?'

'तुम्हारा सूर्य मंडल इनके ग्रह से बहुत दूर है। इतनी दूर तक जाने के लिए ये

खोज कर रहे हैं। अभी तो ये अपने क़रीब के ग्रहों तक ही जाने योग्य हो पाए हैं,' उनका उड़न खटोला उस मंडल में से आगे बढ़ता हुआ परी देश के अपने मंडल की ओर बढ़ रहा था।

वे परी देश में परी के घर में प्रवेश कर चुके थे। परी उसको अपने पलंग पर ले गई। उसके जादुई सौन्दर्य से कीलित अम्बर किसी दूसरी तरफ़ देख ही नहीं पा रहा था। नशा उस पर हावी हो रहा था। वह उसकी ओर बढ़ा।

'ठहर, मैं तुझे अपनी सुन्दरता का दीदार करने दूँगी, पर शर्त यह है कि मुझे तुम छूने का यत्न न करना।'

'तुमसे अधिक कोई और भी सुन्दर हो सकता है, मैं सोच भी नहीं सकता।'

'सातवें आसमान की परियाँ मेरे जितनी ही सुन्दर होती हैं, पर उनमें एक बात अधिक होती है, वे ऋषियों जितनी समझदार भी होती हैं। वे इस ब्रह्मांड के सैकड़ों हज़ारों रहस्यों से परिचित होती हैं।'

अम्बर उसकी बातें सुन रहा था, लेकिन उसकी नज़रें उसकी देह से इधर-उधर नहीं हो रही थीं। उसने परी की ओर क़दम उठाया तो उसने हाथ के इशारे से उसे रोक दिया।

'यदि तू मुझे छुएगा तो अपने आप को रोक नहीं पाएगा। मुझे भोगने की शर्त है कि तू फिर कभी अपने लोक में वापस नहीं जा सकेगा। तू मेरी एक अदा से ही बेबस हो गया है। मैं ऐसी सैकड़ों अदाएँ जानती हूँ। मैं तुम्हें आनन्द के समुद्र में गोते लगवा सकती हूँ। मेरे साथ हमेशा रहने का अर्थ होगा, सिर्फ़ आनन्द और सिर्फ़ आनन्द। तू अपने लोक को छोड़ सकता है?'

'नहीं...,' अम्बर बोला।

'फिर, पीछे हट जा और मुझे कपड़े पहनने दे।'

तीसरे दिन अम्बर मातृ-लोक में वापस आ गया।

उन्होंने लुधियाना स्टेशन से एक-दूसरे से जुदा होने का फ़ैसला किया। वे यहाँ से अलग-अलग बसें लेकर अपने-अपने घर पहुँचेंगे। अवनीत ने इन दोनों घरों से अलग एक तीसरे घर की बात चलाई थी, जिससे अम्बर सहमत नहीं हुआ था।

"अम्बर मैं विवाह का फ़ैसला कर चुकी हूँ। मैं अपनी मूर्खतावश एक ग़लत लड़के का चयन कर बैठी हूँ। तुझसे मिलकर मुझे लगा कि मेरी दुनिया वह नहीं, मेरी दुनिया तू है। मुझे बचा ले अम्बर, मैं तबाह होने जा रही हूँ। मैं उस दुनिया की ओर जा रही हूँ जिसको मेरे पापा तीस साल पहले छोड़ चुके हैं। तेरा किरनजीत के साथ कोई मेल नहीं। मैं तुझे बहुत प्यार करूँगी," वह रोने लगी थी।

ट्रेन रुकी तो उन्होंने अपने-अपने बैग उठाए और नीचे उतर गए। नई और पुरानी

दुनिया में फँसा व्यक्ति। नई दुनिया की वासी एक लड़की। उन्होंने रेलवे ब्रिज पार किया। मेन गेट की ओर जाते हुए वे ट्रेन के ट्रैक के साथ-साथ चलने लगे। ट्रैक जहाँ पले हुए चूहों की आवाजाही थी। जहाँ चूहे ट्रेनों में रहने वाली चुहियों के साथ रिश्ते बनाते थे। कई बार वे लम्बे सफ़रों पर चले जाते थे।

रेलवे यार्ड में आकर वे एक-दूसरे के सामने खड़े हो गए।

"तू कमाल का बन्दा है। जिस तरह हमने दो रातें गुजारी हैं, कोई सच नहीं मानेगा कि हमने कुछ भी नहीं किया। एक बात बता अम्बर, यदि तू ब्याहा न होता, फिर तो तू मान जाता न?" अवनीत ने तीखी उत्सुकता के साथ पूछा।

"नहीं अवनीत, तेरे मेरे संसार अलग-अलग हैं," अम्बर ने कहा और चल पड़ा।

उन्होंने अलग-अलग होकर अपने-अपने घरों की ओर जाना था।

उजड़ना गाँव की ज़ोया

अपने विभाग से बाहर निकलकर ज़ोया लायब्रेरी की ओर जा रही थी। लायब्रेरी के पिछले लॉन में चिनार के दरख़्त देखकर वह हैरान रह गई। उसका विश्वास था कि चिनार केवल कश्मीर में ही हो सकता था। कश्मीर घाटी से बाहर उसने चिनार कभी देखा भी नहीं था। जम्मू में चिनार देखकर उसको बेहद ख़ुशी हुई।

"आपको कौन-सा पेड़ सबसे बढ़िया लगता है?" वसीम अहमद ने ग्यारहवीं में पढ़ते हुए ज़ोया से पूछा था।

"चिनार," ज़ोया ने कहा था। तब वे दोनों श्रीनगर से दसवीं कक्षा पास करके जम्मू के योद्धामल पब्लिक स्कूल में दाख़िल हुए थे। वे दोनों कश्मीरी थे, एक मुसलमान कश्मीरी, दूसरी सिक्ख कश्मीरन। दोनों जम्मू में ही पहली बार मिले थे। वसीम ने बताया, उसके पापा श्रीनगर की डल झील में एक हाउस बोट के मालिक थे। ज़ोया ने अपने पापा के बारे में कुछ नहीं बताया।

"हमारी हाउस बोट का नाम 'चिनार हाउस बोट' है और उसके पास दो चिनार के पेड़ खड़े हैं।" वसीम ने और आगे बताया था।

उनकी क्लास में पहले से ही पढ़ते कुछ लड़के-लड़कियों ने वसीम का नाम 'टेररिस्ट' रखा हुआ था। वह ज़ोया को 'कश्मीर की कली' कहते थे।

उनकी क्लास बाकी सेक्शनों के मुकाबले पढ़ने में होशियार थी। सबसे अधिक मैरिट वाले बच्चे इलेवन्थ-ए में ही थे। यही एकमात्र बात थी जो उन्हें एक करती थी, नहीं तो वे आपस में पूरी तरह बँटे हुए थे। सबसे बड़ा ग्रुप डोगरे हिन्दू लड़के-लड़कियों का था। दूसरा ग्रुप डोगरा मुसलमानों का था। तीसरा सबसे छोटा मगर

तगड़ा ग्रुप सरदार लड़के-लड़कियों का था। इससे आगे दो-दो, तीन-तीन की टोलियाँ थीं। उन्हें ग्रुप नहीं कहा जा सकता था। इनमें भद्रवाही, डोडा, पुंछ, कारगिल, लेह और लद्दाख के लड़के-लड़कियाँ थीं।

एक अन्य ग्रुप था जिसको सब 'बाहरी' कहते थे। वसीम उन्हें इंडियन कहता था। यह जम्मू-कश्मीर से बाहर के लड़के-लड़कियाँ थे जिनके माता-पिता इधर मिलेट्री में या कहीं अन्य जगह पोस्टेड थे। ये आपस में जुड़े हुए नहीं थे, पर वसीम के मामले में ये सब इकट्ठे हो जाते थे और जम्मू के हिन्दू डोगरा लड़कों के साथ खड़े होते थे।

क्लास के सारे लड़के ज़ोया पर मरते थे, पर ज़ोया सिर्फ़ वसीम के साथ अधिक बात करती थी। वे सब वसीम से चिढ़ते थे, पर ज़ोया से डरते भी थे। उन्हें यह बात कतई हज़म नहीं होती थी कि परियों जैसी ज़ोया पर अकेले कश्मीरी लड़के वसीम का कब्ज़ा था। वसीम को क्लास के कुछ लड़के ही बुलाते थे।

मुसलमान डोगरे उसको अपना समझते थे, पर वे खुलकर उसके साथ नहीं खड़ा होते थे। पुंछी और भद्रवाही उसकी मदद करते थे, पर उनकी संख्या नगण्य थी। सरदार लड़के किसी को कुछ नहीं कहते थे, पर अपने छोटे तगड़े ग्रुप की सलामती का ख़याल रखते थे। सिर्फ़ एक ज़ोया थी जो किसी की परवाह नहीं करती थी। वह अक्सर वसीम के साथ ही बैठती। ज़ोया का पूरा विश्वास था कि कश्मीरी मुसलमान होना कोई गुनाह नहीं था। साथ ही, यदि कश्मीर को इंडिया में रखना है तो कश्मीरियों को प्यार करना ही होगा।

"पापा कहते हैं कि पढ़कर कुछ बन जाओ, होटल वालों ने हमारे काम को चौपट कर दिया है, ऊपर से ये मिलीटेंसी और हर रोज़ के बन्द...," वह ज़ोया को बताता।

"होटल वालों ने कैसे कर दिया?" ज़ोया उसकी बाकी बातें तो ख़ुद भी जानती थी।

"होटल वाले ग़लत बातें फैलाते हैं। कहते हैं, हाउस बोट वाले अपनी टॉयलेट का गन्द भी लेक के पानी में ही फेंकते हैं। ये सब सुनकर टूरिस्ट होटल को प्रेफर करते हैं, हाउस बोट का काम कम होने लगा है," वसीम बहुत गम्भीर लड़का था। वह आई.ए.एस. बनने के सपने देखता।

ये ज़ोया के कोलकाता जाने से पहले की बातें थीं। ये वसीम की बड़ी आपा के विवाह से पहले की बातें थीं। यह बड़ी आपा के भारतीय जवानों द्वारा किए गए रेप से पहले की बातें थीं। बड़ी आपा को उसके शौहर ने छोड़ दिया था। वह मायके में आकर बैठ गई थी। कश्मीर के हालात दिनोदिन और अधिक बिगड़ते चले गए थे। तनाव इतना बढ़ गया था कि इसने हर इलाके, हर मुहल्ले, हर परिवार और हर व्यक्ति को अपनी गिरफ़्त में ले लिया था। यहाँ तक कि भारतीय मुख्यधारा के लोगों

की तरह सोचने वाला वसीम भी इससे अछूता नहीं रहा था। वसीम एल.ओ.सी. पार करके पाकिस्तान चला गया था।

यूनिवर्सिटी की बिलकुल बीच वाली कैंटीन के पिछली तरफ़ पीपल के नीचे बने ओपन एयर थियेटर में अम्बर प्रोग्रेसिव स्टूडेंट्स यूनियन के सदस्यों को कुछ समझा रहा था। ज़ोया ने वहाँ से गुज़रते हुए पंजाबी विभाग के इस प्रोफ़ेसर को पहचान लिया। वह कोई जल्दी में नहीं थी। उसकी यूनिवर्सिटी के 'होटल मैनेजमेंट एंड हॉस्पीटेलिटी' विभाग वाली क्लास और होटल 'रिवर एंड हिल व्यू' की उसकी ड्यूटी के मध्य दो घंटे का फासला था। यह समय वह सेंट्रल लायब्रेरी में पढ़ते हुए बिताती या किसी दोस्त के साथ बातें करते हुए।

कॉफ़ी का कप लेकर वह थियेटर की सीढ़ियों पर बैठकर कॉफ़ी पीने के इरादे से आई थी। अम्बर की उसकी तरफ़ पीठ थी। प्रोग्रेसिव स्टूडेंट्स यूनियन के विद्यार्थी यूनिवर्सिटी के अन्दर की अन्य यूनियनों से अलग और समझदार थे और सही मुद्दों पर लड़ते थे। ज़ोया ख़ुद कोलकाता में कम्युनिस्ट यूनियनों के सदस्यों के साथ सम्पर्क में रही थी। परन्तु जम्मू-कश्मीर में वामपंथी पार्टियों का अधिक आधार न होने के कारण पी.एस.यू. वालों की स्थिति अभी कमज़ोर ही थी।

वह अम्बर को सुनने लगी।

एक गुफा थी। उसमें एक कबीला रहता था। यह शहरों के बनने से हज़ारों साल पहले की बात थी। यह गाँवों के बनने से भी सैकड़ों साल पहले की बात थी। यह विवाह परम्परा प्रारम्भ होने से पहले की बात थी। तब परिवार अभी बने नहीं थे, बस कबीला थे। जम्मू के क़रीब चिनाब दरिया के किनारे ऐसी गुफ़ाएँ हैं। मनुष्य ने बोलने वाली भाषा विकसित कर ली थी। लिखना अभी सीखा नहीं था। लिखने की कला क्या होती है? मनुष्य को पता नहीं था। लिखने की कला होती ही नहीं थी। इसने तो अभी जन्म लेना था। खेतीबाड़ी करनी भी अभी मनुष्य को नहीं आती थी। वह शिकार करके और वनस्पति से प्राप्त भोजन को आग पर पकाकर खाना सीख गया था। सारा कबीला रोज़ शिकार या वनस्पति की तलाश में निकलता था।

"मैं बीमार हूँ, मैं आज शिकार के लिए नहीं जा सकता," कबीले के एक सदस्य ने कहा।

"बाँकू, तू आराम कर, कल तूने शिकार के लिए कुछ ज़्यादा ही ज़ोर लगाया," कबीले के सरदार ने उसको लेटे रहने का इशारा किया। बीमार बाँकू दोपहर तक तन्दुरुस्त हो गया। उसने सोचा, शाम तक सारे कबीले के लिए पीने वाले पानी का

प्रबन्ध कर दे। कबीले वाले थककर आएँगे। वह तब तक मिट्टी के बर्तन लेकर कुछ दूर से गुज़रते दरिया की ओर चल पड़ा। पीछे से कबीले वाले वापस आ गए। उन्होंने देखा कि उनका बीमार साथी गुफ़ा में नहीं था। उन्होंन सोचा कि शायद उसको कोई जंगली जानवर उठाकर ले गया हो। उन्होंने उसकी तलाश शुरू कर दी। कुछ दूरी पर वह पानी लिये आता मिल गया।

"यह कैसे पता लगे कि बीमार आदमी को कोई जानवर नहीं ले कर गया, बल्कि वह अपनी मरज़ी से गया है," सरदार ने कहानियाँ सुनाने वाले नए लड़के सरजू से पूछा। बहुत सोच-विचार करके सरजू ने गुफा की दीवार पर खड़े बन्दे का निशान बना दिया। जिसका अर्थ था, मैं ठीक हूँ। मुझे किसी जानवर ने नहीं उठाया। इस प्रकार मनुष्य ने पहला अक्षर लिखना सीखा। दूसरे दिन बाँकू का बुखार दोपहर तक फिर उतर गया। उसने आज ख़ुद और अधिक बेहतर महसूस किया। उसने सोचा कि वह आज और अधिक कठिन काम यानी बालण इकट्ठा करके लाने का काम करेगा। उसने गुफ़ा की दीवार पर खड़े आदमी का निशान बनाया और चल दिया। पीछे से उसके साथी आ गए। उन्होंने निशान को पढ़ा।

मनुष्य के इतिहास में पहली बार कुछ पढ़ा गया। पहली पढ़ी जमात। नंग-मनंग दीवार की ओर झाँकते हुए आदमी-औरतें और बच्चे।

उन्होंने सोचा, वह पानी लेने गया होगा। वे ख़ुद बालण लेने चले गए। काफ़ी देर बाद वह उन्हें बालण लिये आता मिल गया। कबीले ने उस शाम बैठकर और निशान बनाए—पानी लेने जाते व्यक्ति के लिए सिर पर घड़ा उठाए व्यक्ति का चित्र और बालण लाने गए व्यक्ति के लिए सिर पर लकड़ियों का गट्ठर उठाए व्यक्ति की आकृति। इस प्रकार प्रारम्भ हुआ भाषा को लिखित रूप देने का कार्य। भविष्य की किताबों की नींव। यूनिवर्सिटियों की नींव। मोबाइलों, ट्रेनों, जहाज़ों की नींव। मनुष्य सोचता, यह सब वस्तुएँ मेरा सबसे बड़ा आविष्कार हैं। नहीं, सबसे बड़ा आविष्कार तो मनुष्य भाषा का आविष्कार करके कर चुका था। शायद इससे भी बड़ा आविष्कार वह तब करेगा जब वह इस ब्रह्मांड के बनने और इसको चलाने का रहस्य समझ लेगा।

आज वह इस शख़्स के साथ कॉफ़ी ज़रूर पिएगी और इसके व्यक्तित्व के रहस्य को समझेगी। बस, यदि उसको भी मुझसे मिलना अच्छा लगे और वह ख़ाली भी हो। उसने अपने मोबाइल के टाइम पर नज़र डाली। एक घंटे से ऊपर का समय अभी पड़ा था। जब वह पी.एस.यू. वालों से फ़ुरसत पाकर चलने लगा तो ज़ोया उसके आगे जा खड़ी हुई।

"मैंने आपकी सारी स्पीच सुनी। कमाल की बातें। आप फ़्री हों तो कॉफ़ी हो जाए?" ज़ोया ने पूछा।

"ओह! मुझे ख़ुद अच्छा लगता यदि मैं आपके साथ चाय-कॉफ़ी पी सकता। पर

ज़ोया जी, मेरी क्लास का समय हो गया," उसने माफ़ी माँगने के अन्दाज़ में कहा।

ज़ोया का इस प्रकार अचानक मिलना उसके लिए अचम्भा ही था। वह किसी भी कीमत पर उसकी संगत करना चाहता था, पर वह क्लास में दिए जाने वाले अपने लेक्चर का त्याग न कर सका। एक बार उसको अपनी ईमानदारी पर ग़ुस्सा आया। नहीं, यह ईमानदारी नहीं थी, यह तो उसका अपना लेक्चर देने का लालच ही था जो ज़ोया को दुबारा मिल सकने की अपनी शक्तिशाली चाहत पर भी भारी पड़ रहा था।

"आओ, हम वहाँ तक चलते हैं, मुझे अपना फ़ोन नम्बर दो, हम अवश्य मिलेंगे। आप कश्मीर के रहने वाले हो?" डॉ. अम्बरदीप सिंह ने पूछा।

"जी हाँ, मैं कश्मीर की हूँ, पर अब तो हमने जम्मू में ही घर बना लिया है," ज़ोया ने साथ चलते हुए कहा।

"आपने उस दिन मेरी हेड को ख़ूब खरी-खरी सुनाईं, अच्छा लगा," अम्बर ने ज़ोया द्वारा दिया अपने नाम और फ़ोन नम्बर वाला कार्ड पकड़ते हुए कहा।

"सर, आपके विद्यार्थी कहते हैं कि सर बहुत ईमानदारी से पढ़ाते हैं," ज़ोया ने कहा।

"यदि आपने मेरी ईमानदारी परखनी है तो मेरा आर्थिक और सामाजिक किरदार परखो। पढ़ाना तो मेरी रूह की खुराक है क्योंकि मैं ख़ुद किताबों द्वारा पढ़ाया जाता हूँ," अम्बर ने घड़ी देखी।

डिपार्टमेंट की इमारत से पहले ही ज़ोया ने अम्बर से आज्ञा ले ली। वह नहीं चाहती थी कि पंजाबी विभाग की हेड डॉ. अम्बरदीप सिंह को उसके साथ देखे और फिर ज़ोया की वजह से उससे नाराज़ हो।

ज़ोया कार में अपने होटल की ओर जाती हुई सोचने लगी। अम्बरदीप सिंह सिक्ख परिवार से सम्बन्ध रखता होगा। पंजाबी गीतों और अलबमों को देखकर वह कह सकती थी कि वह जाट होगा। उसका चेहरा कितने ही गायकों से मिलता-जुलता था। हाय, कहीं विवाहित न हो। नहीं, वह इतनी ख़ुशक़िस्मत नहीं हो सकती। उसकी आयु हालाँकि अधिक नहीं लगती, पर है तो। होगा कोई सैंतीस-अट्ठतीस साल का। पक्का विवाहित होगा। होटल की नौकरी में ज़ोया का वास्ता हर प्रकार के लोगों के साथ पड़ता था। वह लोगों की पृष्ठभूमि के बारे में अनुमान लगाने की अभ्यस्त थी। अम्बर ज़ोया की भाँति ही नया-नया शहरी बना था। वह ख़ुद भी आठवीं क्लास तक गाँव के स्कूल में ही पढ़ी थी।

ज़ोया का गाँव श्रीनगर से आगे एक पहाड़ी पर बसा हुआ था। गाँव के क़रीब ही 'हुसैनपुरा' मुसलमानों का गाँव था। ज़ोया का गाँव 'उजड़ना' सिक्खों की भरपूर आबादी वाला गाँव था। यदि किसी बात पर दोनों गाँवों की आपस में तल्ख़-कलामी हो जाती तो हुसैनपुर के वासियों के साथ कश्मीर के बहुसंख्यक मुसलमानों की ताकत अपने आप ही आ जुड़ती। जो आवाज़ लगाने पर कभी भी उनके साथ आ

खड़े होते थे। सिक्खों के गाँव में ताज़ा-ताज़ा सिक्ख इतिहास की ताकत उस गाँव के सिक्खों में हौसला पैदा करती थी। क़रीब ही तो सिक्खों का भरा-पूरा पंजाब बसता था जो कभी भी उनकी मदद कर सकता था। जब चिट्ठी सिंह पुरा गाँव में सिक्खों का क़त्लेआम हुआ था तो पंजाब के सिक्खों ने रुपये-पैसे की बरसात कर दी थी। गाड़ियों की गाड़ियाँ हर रोज़ गाँव में आती थीं।

इसके बावजूद ज़ोया अनुभव करती थी कि उसके बहुत से लोग पंजाब के सिक्खों को पसन्द नहीं करते थे। वे उन्हें दाढ़ी-केश कटवाने और शराबें पीने वालों के तौर पर जानते थे। यूँ शराब तो कश्मीर के सिक्ख भी पीते थे। बस, शोर-शराबा नहीं करते थे। स्त्रियाँ भौंहों की थ्रेडिंग करवाती थीं। फिर भी, अपने आप को गुर सिक्ख समझती थीं। उसके अपने गाँव 'उजड़ना' के सारे सरदार दाढ़ी-केश रखते थे।

जम्मू में उनका घर कश्मीरी सिक्खों की कॉलोनी में था। श्रीनगर में वह सरकारी कॉलोनी में रहे थे। ज़ोया के पापा के एस.एच.ओ. बनने तक वह गाँव में ही रहते थे। एस.एच.ओ. बनने के बाद उन्हें गाँव छोड़कर श्रीनगर जाना पड़ा था। पापा के डी.एस.पी. बनने के बाद उन्हें श्रीनगर छोड़कर जम्मू आना पड़ा था।

ज़ोया के पापा के सब-इंस्पेक्टर बनते ही उन्हें गाँव में रहना ख़तरनाक लगने लगा था। कश्मीरी मिलीटेंट पहले सिक्खों को कुछ नहीं करते थे। आम पुलिस वालों को भी ज़्यादा बुरा नहीं मानते थे। उसके पापा को डी.एस.पी. की कुर्सी क़रीब आती नज़र आने लगी थी और उन्होंने एनकाउंटर में अधिक बढ़-चढ़कर भाग लेना शुरू कर दिया था।

सुरक्षा कारणों से ज़ोया का परिवार गाँव वाले घर से श्रीनगर की सरकारी कोठी में आ गया था। उन्होंने बारामुला के जंगल में से चार आतंकवादियों को ज़िन्दा पकड़ा था और उसी रात उन्होंने चारों को पुलिस मुकाबले में मार दिया था। यह सब पुलिस अफ़सरों के हुक्म पर हुआ था। यह सब उसके पापा की एक स्टार और लगवाने की हसरत के कारण भी हुआ था। अगले ही दिन उन्होंने अपना गाँव वाला घर छोड़ दिया था और वे श्रीनगर की हाई सिक्युरिटी कॉलोनी में आ बसे थे। ज़ोया श्रीनगर के डी.पी. एस. स्कूल में दाख़िल हो गई थी जहाँ मुसलमान लड़कियाँ उसको एक काफ़िर की बेटी कहती थीं।

ज़ोया के पापा ने बड़ी निर्ममता के साथ चार मिलीटेंटों को स्वयं गोलियाँ मारी थीं। एक एस.पी.ओ को उसने उन लाशों के हाथों में उनसे ही पकड़े गए हथियार पकड़ाने भेजा था। लौटते हुए उस एस.पी.ओ. के गोली एक मुसलमान सिपाही ने मारी थी। यह उसके पापा का हुक्म था। मारा गया एस.पी.ओ. जम्मू के इलाके का डोगरा हिन्दू था जो ग़रीबी का मारा एक सिपाही से नीचे छोटी-सी नौकरी और नाममात्र की तनख़्वाह पर काम करता था। अगले ही दिन जम्मू कश्मीर पुलिस की बहादुरी अख़बारों की सुर्खियाँ बन चमक रही थी।

कुछ ही दिनों बाद मिलीटेंटों ने उनका गाँव वाला घर आग लगाकर फूंक दिया था। उनके सेबों और अखरोटों के बागों को सँभालने वाला कोई नहीं रहा था। कुछ महीनों बाद ही पापा ने बाग बेच दिए थे। उन्हीं रुपयों से जम्मू वाला मकान ख़रीदा था। दसवीं के बाद ज़ोया और उसका भाई इकबाल जम्मू आ गए थे। जम्मू सुरक्षित था। दोनों बहन-भाई को एक कार ख़रीद कर ले दी गई थी। ज़ोया का ग्यारहवीं कक्षा में दाख़िला हो गया था और इकबाल को बी.टेक, पार्ट-वन में महन्त बचित्तर सिंह कॉलेज ऑफ़ इंजीनियरिंग एंड टेक्नोलॉजी में प्रवेश मिल गया था। यह ज़ोया के कोलकाता जाने से पहले की बात थी।

उनकी श्रीनगर वाली सरकारी कोठी में केबल लगी हुई थी। केबल लगभग बन्द ही रहती क्योंकि शहर में आए दिन हंगामा होता रहता था। यूँ भी उनकी केबल पर कोई पंजाबी चैनल नहीं आता था। वे पंजाबी गीत यदि कभी सुनते थे तो कैसिट या सी.डी. के ज़रिये सुनते थे। यहाँ जम्मू वाले घर में उन्होंने पूरी सुख-सुविधाएँ रखी हुई थीं, क्या पता कब कश्मीर छोड़ना पड़ जाए। बहुत सारे खाते-पीते कश्मीरी सिक्खों ने जम्मू में अपने मकान ख़रीद लिये थे। अधिकांश परिवारों के बच्चे जम्मू में पढ़ते थे। उनके गाँव के सभी घर सेबों और अख़रोटों के बाग-बगीचों वाले थे। हर घर का कम से कम एक आदमी नौकरी करता था।

'उजड़ना' गाँव में उनके घर लकड़ी के बने हुए थे। उनकी ढलवी छतों का टिन चमकता था। कश्मीर वाले घरों में वे सर्दी से बचने के उपाय करते थे। लकड़ी का बालण जमा करते। सर्दियों के दौरान पशुओं के खाने के लिए सेबों को स्टील के ढोलों में भरकर रखते। लकड़ी के बने मकानों की मरम्मत करवाते। गरम कपड़ों की कमी पूरी करते। इसके विपरीत जम्मू में गरमी से सामना करने के लिए उन्हें उपाय करने पड़ते। ए.सी. की सर्विस करवाई जाती। कूलरों में पानी डाला जाता। पतले सूती कपड़े सिलवाए जाते। शरबत की बोतलें ख़रीदी जातीं। बिजली की अनुपस्थिति में पंखे चलते रखने के लिए इन्वर्टर लगवाए जाते। जम्मू में सर्दी के मौसम में ही गरम कपड़ों का ध्यान रखना पड़ता। सर्दियों में राजधानी जम्मू आ जाती तो दरबार के साथ ही उसके मम्मी-पापा भी यहाँ आ जाते। उन्होंने घर में डिश लगवा ली थी। जिन गायकों को वे टेप रिकार्डर या सी.डी. प्लेयर पर सुनते रहे थे, वे सबके सब नाचते-कूदते उनके ड्राइंगरूम में दाख़िल हो गए।

वे बड़ी-बड़ी महँगी कारों में आए। आते ही उन्होंने घरवालों को उनकी कारों को देखने के लिए ज़ोर डाला। नाचने गाने की फरमाइश पूरी करने से पहले उनकी यह बात माननी पड़ी थी। फिर उन्होंने कपड़े बदलने के लिए एक कमरे की माँग की। अपने मेकअप मैन वे लोग अपने साथ लाए थे। तैयार होकर जब वे बाहर निकले तो उन्होंने भड़कीले रंग के अजीबोग़रीब कपड़े पहने हुए थे। ज़ोया की

मम्मा को तो वे निरे जोकर लगे। मम्मा उनके नामों से उनके सिक्ख, हिन्दू और मुसलमान होने की पहचान करने लगी।

"मम्मा, ये सिख नहीं है। पंजाब के सिखों में रहने के कारण वहाँ के हिन्दू भी सिखों जैसे नाम रखते हैं। मुसलमान तो वहाँ हैं ही नहीं। वो तो पाकिस्तान चले गए थे।" इकबाल ने कहा।

"नहीं, हम सिख ही हैं...," उन्होंने आगे बढ़कर कहा। वह अपने कटवाए केशों पर शर्मिन्दा हो रहे थे। वे गाते इतना बढ़िया थे कि ज़ोया की मम्मा ने उन्हें माफ़ कर दिया।

"हम मुसलमान ही हैं, हम उनमें से हैं जो पाकिस्तान नहीं गए। पर हमारा कश्मीरी मुसलमानों से कोई सम्बन्ध नहीं," थोड़े-से मुसलमान गायकों ने आगे होकर कहा।

फिर बारी-बारी उन्होंने गाना और नाचना शुरू किया। अब मम्मा को उनके कपड़े अच्छे लगने लगे। ज़ोया जब कोलकाता आती जाती थी तो पंजाब के स्टेशनों पर या रेलवे लाइन के क़रीब बसे गाँवों-शहरों में ऐसे कपड़े वाले लोगों की तलाश करती थी, पर उसको वे दिखाई नहीं देते थे।

ज़ोया की मम्मा को अपनी-अपनी पहचान बताकर उन्होंने गाना शुरू किया तो ज़ोया की मम्मी रोमांचित हो उठी। उसको अपनी जवानी के दिन याद आने लगे। जब वह और हरजीत सिंह घर से एक साथ स्कूल जाने के लिए निकला करते थे। उनके घर आमने-सामने थे। घर से आगे-पीछे निकलते और गली का मोड़ मुड़कर इकट्ठे हो जाते। गाँव के लोग उन्हें इकट्ठा जाते देखकर मुस्कराने लगते। गाँव में एक नई प्रेम कहानी जन्म ले रही थी। दो सहपाठी प्रेमी बन रहे थे जिन्हें भविष्य में पति-पत्नी में बदल जाना था। लखवीर कौर के पापा को हरजीत अच्छा लगता था। जम्मू कश्मीर पुलिस में स्पोर्ट्स कोटे में उसका ए.एस.आई. नियुक्त होना भी अच्छा लगा था। लखवीर कौर के पापा का विवाह भी गाँव में ही हुआ था। लखवीर कौर के भाई का विवाह भी गाँव के दूसरी तरफ़ एक घर में हुआ था। सारे परिवार की दिली तमन्ना थी कि लखवीर का विवाह किसी अन्य गाँव या शहर में किया जाए। उनकी सारी रिश्तेदारियाँ अपने गाँव में ही थीं। कभी किसी मामा या मौसा के आने का चाव नहीं चढ़ा था। वे रिश्तेदार कम, अपने ग्रामवासी अधिक लगते। कईयों के साथ तो मेड़ों के पीछे झगड़ा भी हो जाता था। कई-कई महीने कोई न कोई मामा या मौसा रूठा रहता। जिनके जीजे या फूफा दूर के गाँवों या शहरों से मिलने आते, उन घरों में चाव ख़त्म न होता। मुर्ग़े काटे जाते। बारामुला से मछली लाकर बनाई जाती। जखणी बनती। बहनों और बुआ के बच्चे किलकारियाँ मारते बर्फ़ के साथ खेलते।

लखवीर कौर के बापू और माँ ने लखवीर का विवाह किसी दूसरे गाँव में

करने का सपना पाल रखा था। लखवीर को इस सपने का पता था, पर वह हरजीत को दिल दे बैठी थी। थोड़े-बहुत मनमुटाव के बाद उन्हें उसका विवाह हरजीत के साथ करने को मानना पड़ा था।

पर यह सब बातें हरजीत के एक सख़्त पुलिस अफ़सर बनने से भी पहले की थीं। ये सारी बातें उसके पुलिस मुकाबला स्पेशियलिस्ट बनने से पहले की थीं अब तो उसके पास बातें ही ऐसी हुआ करती थीं।

"जो ट्रेनिंग घन के आन्दे अन (करके आते हैं), वो तो कई-कई घंटे मुकाबला करते अन, जो कश्मीरी इनमें रल गेन्दे (जाते) अन, वो तो कुछ मिनटां में ही मारे गेन्दे अन। साले निकलके भज गेन्दे अन।"*

"पाकिस्तानी पंजाबी भी तां बड़े अन इन्हां विच (इनमें)...ये माँ-यावे (माँ की गाली) की करे वास्ते आन्दे नीं इथां? अखे जहाद...।"

जोया शायद ही कभी अपने पापा के साथ बात करती। उसके पापा घर आते भी कब। जब आते तो वे नशे में होते। लखवीर कौर हरजीत के साथ अपने विवाह करवाने के फैसले को अन्दर ही अन्दर लाख बार कोसती। उस समय वह हरजीत के अन्दर पल रहे एक डी.एस.पी. को नहीं पहचान सकी थी। उसके अन्दर एक डी.एस.पी. जन्म ले चुका था। वे रेंगना सीख रहा था। वह चलना सीख रहा था। वह परेड करनी सीख रहा था। पाँचवीं कक्षा में उसके साथ पढ़ते हरजीत ने अपने मास्टर पापा से एक नेवी अफ़सर वाली पोशाक मँगवाई थी, पर यह तो महज एक शौक था। एक खेल था। शायद हरजीत के साथ उसके विवाह का फ़ैसला पहले ही कहीं हो चुका था। कश्मीर में आतंकवाद के पैदा होने के कहीं पहले से ही विवाह हो चुका था। यह तो शेख अब्दुला के कश्मीर को भारत के साथ मिलाने के समर्थन से भी पहले की बात थी। यह शेख अब्दुला की नेहरू के साथ दोस्ती से भी पहले की बात थी। यह डोगरों द्वारा सिक्खों को कश्मीर से दूर-दराज गाँवों में बसा देने से पहले की बात थी। यह अंग्रेज़ों के सामने लाहौर दरबार की हार से पहले की बात थी।

यह सिक्खों द्वारा कश्मीर जीतने के बाद की बात थी। जब उनके बड़े-बुज़ुर्ग इधर व्यापार करने आए इस सुन्दर धरती की सुन्दर स्त्रियों को देखकर यहीं बस गए थे। उनके पुरखे चार सोढी भाई थे। सिक्ख गुरूओं के खानदान के नज़दीकी। पहले वे घोड़ों की पीठों पर सामान लाद कर व्यापार करने आए थे। कश्मीर में उन्होंने लकड़ी का एक बैल गड्डा भी ख़रीद लिया था। आहिस्ता-आहिस्ता उन्होंने चार गड्डे अपने-अपने लिए ख़रीद लिये थे। फिर वे अपने परिवारों को घाटी में ले आए थे। उनके परिवार गड्डों पर सवार होकर बढ़िया ज़मीनों की तलाश में चले थे। सिक्ख राजा के मुसलमान गवर्नर ने उन्हें अधिकार पत्र दे दिया था। लखवीर

* कश्मीरी पंजाबी बोली।

के गाँव 'उजड़ना' का वह बुज़ुर्ग अपने परिवार सहित सबसे पीछे था। एक सुन्दर जगह देखकर उसका मन ललचा गया। अपने भाइयों को बताए बग़ैर वह गड्डे के ख़राब होने का बहाना बनाकर वहीं रुक गया। उसने वहीं तम्बू गाड़ लिया।

"तूने यहीं रहने का फ़ैसला कर लिया? हमारे माँ-बाप ने हमें सारी उम्र इकट्ठे रहने की ताकीद की थी," पीछे से लौटकर देखने आए बड़े भाई ने कहा।

उसे चुप देखकर उससे छोटा भाई बोला था, "तुमने अपने खानदान को धोखा दिया है, तू बारह साल बाद उजड़ जाएगा।"

जब इस शाप की बात उस बुज़ुर्ग ने एक साधु से की तो साधु ने उससे कहा।

"बेटा तीन उपाय करने होंगे। पहला अपने निवास स्थान का नाम 'उजड़ना' रख दो। दूसरा हर बारह साल बाद अपने घर का सारा सामान गाड़ी पर रखकर, घर से बारह सौ क़दम दूर जाना, वहाँ अपने सच्चे पातशाह को अरदास करना। तीसरा उस दिन ग़रीब गुरबे को लंगर छकाना होगा।"

उस परिवार ने हर बारह साल बाद यह सब कुछ करना शुरू कर दिया। जिस स्थान पर वे उपाय करते थे, वहाँ एक छोटा-सा गुरद्वारा भी बना दिया था।

'उजड़ना' वाली जगह पर उस बुज़ुर्ग का खानदान बढ़ता गया और आहिस्ता-आहिस्ता एक छोटा गाँव और फिर एक बड़ा गाँव बन गया। लोग सगे भाइयों से चचेरे भाइयों में बदलते एक बड़ी बिरादरी में पसर गए थे। धीमे-धीमे वे एक-दूजे के साले, साढ़ू, जीजा, मामा के रिश्तों में बँधते चले गए थे। यह उजाड़े की रस्म वे अब भी करते थे, पर अब वे सामान बहुत कम उठाते थे। अब ये रस्म एक मेला ही बन गई थी। उस दिन हर घर में मिठाइयाँ बनतीं। दूर-पास से रिश्तेदार बुलाए जाते। गाँव के वे लोग जो नौकरियों के सिलसिले में जम्मू या दिल्ली वगैरह गए हुए थे, वापस आ जाते। लखवीर कौर के मायके के घर कोई रिश्तेदार न आता क्योंकि उनकी सारी रिश्तेदारियाँ गाँव में ही थीं।

कुछ वर्ष पहले यह मेला मनाया गया था। हर बारह साल बाद मेला पहले मेलों से कुछ न कुछ भिन्न होता था। हर बार इसमें कुछ नया जुड़ जाता। कहते हैं, इस बार भी बहुत कुछ नया था। लखवीर और उसका परिवार इस बार के मेले में नहीं जा सके थे। लखवीर कौर को उजड़ना के अर्थ सही अर्थों में समझ आए थे।

चारों सोढी परिवारों को नहीं पता था कि उनकी एक बेटी को दूर-दराज पढ़ने जाना पड़ेगा और वहाँ से वह ख़ूब सयानी होकर लौटेगी। उन्हें यह भी नहीं मालूम था कि उनकी बेटियाँ सेब खाने वाली गायों का दूध पी कर जवान होंगी। और यह दूध उन्हें सातवें अम्बर की परियाँ बना देगा।

"ज़ोया, मैं तैयार हूँ," उसके पापा ने पिस्तौल अन्दर की जेब में डालते हुए कहा।

उसने अपने पुत्र इकबाल को भी लाइसेंसी रिवाल्वर लेकर दिया हुआ था। उसने ज़ोया के कोलकाता से होटल मैनेजमेंट में डिगरी ले कर आने के पश्चात

उसको भी लाइसेंस बना कर देने के लिए कहा था। ज़ोया के अन्दर की बहादुर लड़की ने हामी भी भरनी चाही थी, पर ज़ोया नहीं मानी थी। उसे पापा की दो नम्बर की कमाई में से कुछ भी नहीं चाहिए था। वह सिर्फ़ इतना भर ही लेती रही थी जितना कुछ एक पुलिस अफ़सर की ईमानदारी की तनख़्वाह में से लिया जा सकता था। अब तो ख़ैर वह भी नहीं लेती थी। वह ख़ुद कमाती थी और अपना खर्चा ख़ुद चलाती थी।

ज़ोया ने कार बाहर निकाली। उसके पापा उसके साथ बैठ गए। उसने पापा को प्रेस क्लब पर उतारना था जहाँ उनके दोस्त उनकी प्रतीक्षा कर रहे थे। वहाँ वह कुछ न कुछ खाते-पीते दोपहर कर लेंगे, फिर बीयर का दौर शुरू करेंगे। शाम को व्हिस्की और फिर उनका कोई न कोई दोस्त उन्हें घर छोड़ जाएगा या होटल से ख़ाली होकर ज़ोया ले लेगी।

तवी नदी के पूर्व की ओर यूनिवर्सिटी के पिछवाड़े वाले चौक के क़रीब चैकिंग चल रही थी। सिपाही ने कार एक तरफ़ लगाकर कागज़ चैक करवाने के लिए इशारा किया। रिटायर्ड डी.एस.पी. हरजीत सिंह सोढी चाहता था कि पुलिस वाले को अपने बारे में बता दे ताकि वह उन्हें बिना चैक किए जाने दें। पर वह चुप ही रहा। उसको अपनी बेटी के उसूलों के बारे में पता था। यूँ भी ज़ोया कार के कागज़ात अपडेट रखती थी। ज़ोया ने डैश बोर्ड में से कागज़ बाहर निकाले और चैक करवाने चली गई। ट्रैफिक पुलिस का इंस्पेक्टर कागज़ देख रहा था। जब ज़ोया की बारी आई उसने कागज़ आगे बढ़ा दिए। इंस्पेक्टर ने आर.सी. देखी, लाइसेंस देखा, इंश्योरेंस की तारीख चैक की। उसकी नज़र पॉल्यूशन वाले सर्टिफिकेट पर अटक गई।

"मैडम, यह आउट डेटेड हो गया...तुसें गी इसदा चलाण कटवाणा पैंणा।"*

ज़ोया ने सर्टिफिकेट पकड़ा, तारीख पढ़ी। सचमुच सर्टिफिकेट महीना भर पहले आउट डेट हो चुका था। इंस्पेक्टर ने रसीद उसकी तरफ़ बढ़ाते हुए कहा, "दो सौ रुपये जमा करवा दो। कन्ने नवाँ सर्टिफिकेट बनवा लवो।" ज़ोया अपने बैग में से पैसे लेने के लिए फिर कार में गई।

"क्या हुआ?" उसके पापा ने पूछा।

"पॉल्यूशन का फाइन।"

"तू उसे बता नहीं सकती थी कि मेरे पापा पुलिस...।"

"छोड़ो पापा, रूल इज रूल," उसने पर्स में से दो सौ रुपये निकाले और जिप्सी की ओर बढ़ गई।

गाड़ी आगे बढ़ाते हुए वह पापा की बड़-बड़ सुनती रही। ख़ुद कुछ नहीं बोली।

ज़ोया ने साढ़े दस बजे यूनिवर्सिटी में पार्ट टाइम क्लास पढ़ानी थी। क्लास से

---

* डोगरी जुबान।

मुक्त होकर उसने डॉ. अम्बरदीप से कुछ डाक्युमेंट अटेस्ट करवाने थे। अटेस्ट तो वह अपने डिपार्टमेंट में भी करवा सकती थी, पर वह कुछ देर अम्बर की संगत करना चाहती थी।

उसे पंजाबी कभी अच्छे नहीं लगे थे। यह बात सोचते हुए उसको विचार आया कि वह ख़ुद कौन थी। उनके पुरखे पौने दो सौ साल पहले पंजाब से आए थे। उन्होंने आठ पीढ़ियों बाद भी अपनी ज़ुबान नहीं छोड़ी थी। हालाँकि इतने बरस के बिछोड़े के कारण उसकी बोली पंजाब से कुछ भिन्न हो गई थी। बेशक ख़ुद उनके रंग-रूप भी निखर गए थे। जम्मू में लोग उसको एक कश्मीरन के तौर से आराम से पहचान लेते थे। कभी कोई न कोई, विशेषकर उसके होटल में आने वाले मुसाफिर उसको मुसलमान समझ बैठते थे। वह कड़ा नहीं पहनती थी, शायद इसी वजह से।

"अगर तू लड़का होती, मैं तुझे बंगाली जादू से मोहित कर लेती। मैं तेरे को वापस नहीं जाने देती, हमारी बंगाली औरतों को मर्दों को कीलने का जादू आता है," हॉस्टल के कमरे में ज़ोया को बाँहों में कस कर रिया सेन गुप्ता ने कहा था।

"स्टुपिड! पेन होती है।" ज़ोया ने उसकी गिरफ्त से निकलकर उसे बेड पर धकेल दिया।

"जादू से वो भी ठीक कर दूँगी," रिया मचली हुई थी।

"तुम बंगाली लड़कियों को पंजाबी इतने अच्छे क्यों लगते हैं?"

"हमारे बंगाल में एक मिथ है कि पंजाबी मर्द ज़्यादा मजबूत होते हैं। इसलिए हमारी लड़कियाँ पंजाबियों पर मरती हैं, यह भी है कि पंजाबी मरने से नहीं डरते। भगत सिंह को देखिए...," रिया ने बताया था।

अम्बर को लेकर सोचती ज़ोया यूनिवर्सिटी के गेट से अन्दर चली गई। उसने साढ़े दस बजे से लेकर साढ़े ग्यारह बजे तक अपना लेक्चर दिया। डिपार्टमेंट के टीचरों के साथ पन्द्रह मिनट बिताए। वह जानती थी कि अम्बर बारह बजे ख़ाली होगा। बारह बजे के क़रीब वह अम्बर के विभाग में पहुँच गई। बारह पाँच पर अम्बर बाहर आया। ज़ोया ने देखा उसके चेहरे पर वह थकावट थी जो एक घंटा लगातार शब्दों के साथ खेलने वाले व्यक्ति के चेहरे पर स्वाभाविक ही आ जाती थी। उसने ज़ोया को देखा तो चेहरे पर थकावट की जगह एक मुस्कराहट बिखर गई।

"आओ," उसने उसे अपने कमरे में आने के लिए इशारा किया।

"आपकी आवाज़ बाहर तक आ रही थी। मैंने आपके लेक्चर के कुछ अंश सुन लिये हैं," ज़ोया ने कमरे के अन्दर दाख़िल होते हुए कहा।

अम्बर मुस्कराया। उसने इंटरकॉम पर दो गिलास पानी लाने को कहा।

"इसकी तस्वीर आपने क्यों लगाई है? यह तो बहुत बड़ा स्टार है," ज़ोया ने अम्बर के पीछे लगी अवतार सिंह तारी की तस्वीर की ओर देखकर कहा। यह हिन्दुस्तान टाइम्स अख़बार में छपी फोटो की कटिंग थी जिसमें तारी तिरछी नज़रों

से देखता हुआ मुस्करा रहा था। ज़ोया उसे प्रसिद्ध गायक और फ़िल्मी अदाकार के तौर पर जानती थी।

"यह मेरा क़रीबी दोस्त है। पारिवारिक सदस्य की तरह।"

"अच्छा!"

उसने ज़ोया की आँखों में देखा। वह जानता था कि आदमी आँखों के माध्यम से पढ़ा जा सकता था। उसने अभी-अभी पढ़ा था कि ज़ोया कितने प्यार और प्रशंसा से उसकी आँखों में झाँक रही थी। अवनीत के बाद वह सुन्दर स्त्रियों की ओर खिंचने लगा था। दिमाग़ी तौर पर साधारण-सी सुन्दर स्त्रियों से वह जल्दी ही ऊब महसूस करने लगता था। पहले उसने कभी किरनजीत के अलावा किसी अन्य के बारे में अधिक नहीं सोचा था। अवनीत की ख़ूबसूरत देह ने उसके अन्दर ख़ूबसूरती के प्रति आकर्षण बढ़ा दिया था। वह अवनीत से अधिक समझदार लड़की की प्रतीक्षा करता रहा था। और अब वह उसके सामने बैठी थी।

"हम कैंटीन में चलकर चाय पिएँ?" उसने सलाह दी।

"चलो, पर पहले ये अटेस्ट कर दो, फिर मैं उधर से ही अपने होटल के लिए निकल जाऊँगी," ज़ोया ने अपने जूट बैग में से कुछ कागज़ निकाले। साथ ही, उसने असल सर्टिफिकेट भी रख दिए।

"तुम्हें भी ज़रूरत है असली सर्टिफिकेट दिखाने की?" अम्बर ने सर्टिफिकेट पीछे धकेलते हुए कहा तो ज़ोया हँस पड़ी।

वे सीढ़ियाँ उतर कर नीचे आ गए। कैंपस में छोटी-बड़ी कई कैंटीन थीं। उन्होंने पीपल वाली कैंटीन का रास्ता पकड़ लिया। ज़ोया ने काले रंग की सलवार कमीज़ पहन रखी थी। उसमें लाल-हरे फूल बने हुए थे। अम्बर ने बराबर चली जा रही ज़ोया की ओर नज़र भर कर देखा। वह लगभग अवनीत जितनी ही लम्बी थी। शरीर न पतला, न मोटा। हर अंग भरा हुआ। सेहतमन्द-सा। उसका थोड़ा लम्बा पर गोलाईदार चेहरा कश्मीरी सुन्दरता की हामी भरता था। 'इस पर कश्मीर के मौसम की पाण चढ़ी हुई है,' अम्बर ने सोचा। उसने उसकी बाँहों की गोरी आभा बिखेरती चमड़ी की ओर चोर निगाह से देखा। पल भर को उसे अपनी माँ की गोरी बाँहों की याद आ गई।

"मेरी माँ तुम्हारे जितनी ही गोरी है," अम्बर ने कहा।

ज़ोया एक पल के लिए शरमा गई।

"फिर आपका रंग साँवला कैसे हो गया?" उसने पूछा।

"हमारे खानदान में भी द्रविड़ नस्ल का काला रंग दाख़िल हुआ है। यह नहीं मालूम किस औरत के ज़रिये। मेरी दादी गोरी थी और मेरा दादा काला। मेरा पिता गोरा था और मेरा रंग न गोरा, न काला।" वह अपनी बाँह को आगे बढ़ाकर देखता हुआ हँसने लगा।

"रंग को लेकर मेरी पसन्द कभी भी सख़्त नहीं रही। बन्दा अच्छा होना चाहिए," ज़ोया ने उसकी आगे बढ़ी बाँह की ओर देखकर कहा।

"मुझे गोरा रंग बहुत आकर्षित करता है," यह कहकर वह शरमा गया। ज़ोया को उसका इस प्रकार शरमाना बहुत अच्छा लगा। 'इतना प्रौढ़ होने के बावजूद इस बन्दे के अन्दर कहीं न कहीं एक लड़का अब भी जीवित है' उसने सोचा। वह समझती थी कि जिन लोगों को प्यार न किया गया हो, उनके अन्दर कहीं न कहीं प्रौढ़ता का अभाव रहता है। 'मैं इससे पूछूँ कि तुम्हारा विवाह हुआ है कि नहीं? पंजाब के लोग इस उम्र तक कुँआरे तो नहीं रहते।' उसने एक बात देखी थी कि इस यूनिवर्सिटी में कितने ही प्रोफ़ेसर थे जो अविवाहित थे। हो सकता है, इसका भी विवाह न हुआ हो। वह कोलकाता में भी ऐसे लोगों से मिली थी जो बहुत पढ़ाकू थे और जिन्होंने विवाह नहीं करवाया था। फिर उसको लगा कि इस प्रकार पूछना उचित नहीं। अपने आप पता चल जाएगा।

अम्बर का एक मन उसको कह रहा था कि इस लड़की को बता देना चाहिए कि वह विवाहित है। उसके एक बेटा भी है। एक अन्य बच्चा आने वाला है। उसका दूसरा मन उसको रोक रहा था। यदि पूछेगी तो बता देना। यदि इसको पता लग गया तो यह यहीं पर रुक जाएगी। थोड़ा और आगे बढ़ आने दे। फिर शायद यह तेरे अन्दर की अच्छाई को देख कर कभी पीछे नहीं हटेगी। ऐसी लड़कियों को आम आदमी पसन्द नहीं होते। उसे कितने ही ऐसे मर्द याद आए जो किसी न किसी क्षेत्र में नाम बना चुके थे। जिनकी पत्नियाँ किरनजीत की तरह घरेलू और साधारण थीं। जिनके घरों के बाहर ज़हीन औरतों के साथ सम्बन्ध थे। उसने ज़ोया के साथ अपने वैसे ही सम्बन्ध की कल्पना की। उसने अपने आप को आनन्द की अवस्था में देखा।

ज़ोया का ध्यान लायब्रेरी के पिछले लॉन में खड़े चिनार के दरख़्त की ओर चला गया। मौसम बदलने के साथ चिनार रंग बदलना शुरू कर चुका था।

"देखो, चिनार का रंग कितना सुन्दर हो गया है। आपको कौन-सा रंग पसन्द है?" ज़ोया ने अचानक पूछा।

"मुझे सफ़ेद रंग के फूल पसन्द हैं," अम्बर ने उसकी ओर देखते हुए कहा।

चाय का ऑर्डर देकर उन्होंने देखा कि पीपल के नीचे बनीं सीमेंट की बेंचों पर विद्यार्थी या कर्मचारी बैठे थे। उनके बैठने के लिए जगह नहीं थी।

"यहाँ तो बैठने के लिए कोई ढंग की जगह ही नहीं," अम्बर ने कहा।

"हम वहाँ घास पर बैठते हैं। जगह अच्छी न भी हो, लोग अच्छे होने चाहिए," ज़ोया ने कहा और वह ख़ुद आगे बढ़कर घास पर बैठ गई। अम्बर थोड़ा झिझका। फिर एक बार वह सीमेंट की बेंचों की तरफ़ देखने लगा। अगले ही पल उसने देखा, उसकी झिझक और फकीरी एक-दूसरे के साथ सींग फँसाने का यत्न कर रही थी, पर उसने फ़कीरी को जिताना था। वह ज़ोया के सामने घास पर बैठ गया।

"तुम्हारे कश्मीर में सिख, पंजाब के साथ कैसा रिश्ता महसूस करते हैं?" अम्बर ने पूछा।

"उन्हें यह मालूम है कि पंजाब के लोग उन्हें नफ़रत के साथ 'भापे' कहते हैं। वे भी कटी दाढ़ी वाले सिखों को अच्छा नहीं समझते। पंजाब के लोगों को सिख रहित मर्यादा से दूर होते देख कर वे दुखी भी होते हैं। फिर भी, हम कश्मीर में बहुत कम गिनती में हैं। वहाँ हमने पिछले सालों में बहुत डर-डरकर दिन काटे हैं। हमारे लोग महसूस करते हैं कि कश्मीर से बाहर हमारा सुरक्षित आसरा जम्मू है। यदि जम्मू के डोगरों के साथ भी कोई समस्या पैदा होती है तो हमारे लोगों का आख़िरी आसरा पंजाब ही है," ज़ोया ने अम्बर का ख़ाली हुआ कप अपने कप में फँसा लिया।

"मेरे विद्यार्थियों को मेरे सिख परिवार से होने के बारे में पता है। आज मैंने उन्हें बताया कि कभी मैं भी पगड़ी बाँधता था तो वे ज़ोर डालने लगे कि अगले सप्ताह पिकनिक वाले दिन मैं पगड़ी बाँध कर आऊँ," अम्बर ने कहा।

"नहीं सर। बिलकुल न बाँधना। यहाँ के लोगों को पगड़ी के साथ कटी हुई दाढ़ी वाला सिख बिलकुल अच्छा नहीं लगता। न बाँधना आप," ज़ोया ने अम्बर के सिर की ओर देखते हुए कहा मानो वह अम्बर के बँधी हुई पगड़ी को अपनी कल्पना में देख रही हो। उसको कंघी करके खड़े बालों के साथ उसकी कटी दाढ़ी अच्छी लग रही थी।

मेरी दुनिया तेरी दुनिया

ज़ोया के जाने के बाद अम्बर एडमिन ब्लॉक की ओर चल दिया। वहाँ टीचिंग विंग में उसने अपनी एक अरज़ी के बारे में पूछना था जिसमें उसने अपनी कॉलेज की सर्विस को भी जोड़ने की माँग की थी। यदि उसकी कॉलेज की नौकरी को यूनिवर्सिटी द्वारा स्वीकार कर लिया जाए तो उसका वेतन कॉलेज के वेतन के बराबर हो जाएगा। ऐसा करने का नियम था और वह यूनिवर्सिटी की सभी शर्तें पूरी करता था।

टीचिंग विंग का इंचार्ज सच्चर अपनी मोटी देह के साथ कुर्सी में फँसा बैठा था। अम्बर उसके पास बहुत बार आ चुका था। उसने अम्बर को कोई स्पष्ट उत्तर नहीं दिया था।

"आपकी अरज़ी के बारे में मीटिंग हो चुकी है डॉक्टर साहब," वह बोला। उसकी छोटी-छोटी आँखें बामुश्किल खुलती थीं, "आप जम्मू कश्मीर से बाहर से

आए हो, इसलिए आपकी पुरानी सर्विस काउंट नहीं की जा सकती। आओ बैठो, काका चाय ले कर आ डॉक्टर साहब के लिए। आपको पता है, पंजाब का पहला मुख्यमंत्री कौन था?"

"भीम सेन सच्चर था और वह आपका चाचा लगता था," अम्बर पहले भी उसके मुँह से यह प्रश्न सुन चुका था। उसको अफ़सोस हुआ कि उस जैसों की होनी का फ़ैसला 'सच्चर' जैसे घुग्गू लोगों ने करना था। बाहर हर प्रकार के अन्याय के ख़िलाफ़ बोलने वाला आदमी अपने संग हो रही बेइंसाफी को लेकर बेबस था।

"हाँ देखा...हा...हा...हा...," प्रमोद सच्चर बेशरमी के साथ हँसने लगा।

"यदि जम्मू कश्मीर का बन्दा सच्चर पंजाब का मुख्यमंत्री बन सकता है तो पंजाब का एक लेक्चरार अपनी पुरानी सर्विस क्यों नहीं काउंट करवा सकता? मैं कोई पाकिस्तान से तो नहीं आया?" अम्बर ने सहज रहने की कोशिश करते हुए कहा।

"लो, चाय पियो," उसने अम्बर की बात के तीखेपन को महसूस करते हुए कहा।

"नहीं शुक्रिया; मैं चाय पीकर आया हूँ," अम्बर टीचिंग विंग के दफ़्तर से बाहर आ गया। उसको टीचिंग विंग के क्लर्कों की नज़रें याद आईं। सब कैसे उसे बेगानगी के साथ देख रहे थे। वह सीढ़ियाँ उतरने लगा। फाइलें उठाए क्लर्क आ जा रहे थे। शक्ल-सूरत से वे उसको अपने जैसे ही लगे। बस, रंग के मामले में वे अधिक साफ़ रंग के मालिक थे। उसे लगा जैसे सभी उसको एक बाहर से आए व्यक्ति के तौर पर देख रहे थे। परन्तु इनमें से अधिकतर तो उसे जानते भी नहीं थे। इसका मतलब बेगानगी उसके अपने अन्दर भारी हो रही थी। उसको लगा, यह ठीक नहीं। उसे यहाँ के लोगों, पेड़ों और यहाँ की धरती को प्यार के साथ देखना चाहिए। यह अपने ही लोग हैं। सारी धरती ही अपनी है। उसने डिपार्टमेंट की ओर जाते हुए मोबाइल बाहर निकाला और अपने गाइड डॉ. हरदेव सिंह को फ़ोन लगा लिया।

"हाँ जी, क्या हाल है?" डॉ. हरदेव की आवाज़ थी।

"हाल ज़्यादा ठीक नहीं जी। यूनिवर्सिटी ने पिछली सर्विस काउंट करने से इनकार कर दिया है। मैं सोच रहा हूँ, यहाँ से इस्तीफा देकर वापस कॉलेज ही चला जाऊँ। कॉलेज की तरफ़ से चिट्ठी भी आई हुई है कि तुम्हारी छुट्टी को एक साल पूरा हो गया। आकर दुबारा ज्वाइन करो या इस्तीफ़ा दे दो। डॉक्टर साहब, यहाँ तो जॉब का बहुत नुकसान हो जाएगा?" अम्बर ने पूछा।

"अम्बर, कई बार पैसे के लाभ-नुकसान छोड़ने पड़ते हैं। तुम सेमी गवर्नमेंट नौकरी से गवर्नमेंट नौकरी में गया है। देर-सवेर वेतन बढ़ ही जाएगा। कॉलेज वापस आने का ख़याल छोड़ दे। बल्कि कॉलेज वाली नौकरी से इस्तीफा दे दे। यूनिवर्सिटी फिर यूनिवर्सिटी है।"

उसने अपने मित्र डॉ. कुलजीत के साथ भी परामर्श किया। उसने भी यही राय दी। डॉ. हरदेव और डॉ. कुलजीत दोनों बड़े थे। अम्बर के मित्र भी थे। हमेशा

उचित सलाह देते आए थे। अम्बर अब भी अपने आप को ग्रामीण व्यक्ति समझता था जिसको शहरी जीवन की बारीकियों की अधिक समझ नहीं थी। यूनिवर्सिटी सिस्टम में वह पहली बार आया था। इस सिस्टम को उसके ये दोनों मित्र अधिक बेहतर समझते थे। किरनजीत नौकरी में हुए घाटे से दुखी अवश्य थी, पर वह अब पीछे लौटने के हक़ में नहीं थी। उसने यहीं टिके रहने का मन ही मन फ़ैसला कर लिया। वह दुबारा लोगों, पेड़ों और इमारतों की ओर देखने लगा। उसको फिर वे अपने-अपने लगने लगे। उसकी नौकरी के सम्बन्ध में हुए फैसले में इनकी कोई भूमिका नहीं थी।

एम.ए. भाग-2 की कक्षा उसकी प्रतीक्षा कर रही थी। वह ठीक समय पर रजिस्टर उठाकर अपने कमरे से बाहर निकला।

"सर, मैडम बुला रहे हैं," चपरासी सामने खड़ा था। अम्बर ने विभाग की हेड के कमरे की ओर देखा।

"हाँ जी मैडम?" उसने खड़े-खड़े ही पूछा। अन्दर उसके इस बात की नाराज़गी थी कि उसके मामले में मीटिंग हो चुकी थी और हेड मैडम ने उसको बताया तक नहीं था। उसने अम्बर के हक़ में फ़ैसला करने में मदद तो कभी भी नहीं की थी। यदि अम्बर की पुरानी सर्विस अब वाली सर्विस में जोड़ दी जाती तो अम्बर एसोसिएट प्रोफ़ेसर बनने के योग्य हो जाता। एसोसिएट प्रोफ़ेसर बनकर उसे विभाग का अगला हेड बनना था। यही बात थी जो मौजूदा हेड नहीं चाहती थी। प्रो. गुरिन्दर कौर की रिटायरमेंट के चार साल शेष थे और वह अपनी हेडशिप के तीन साल की टर्म पूरी करके अगले तीन साल और हेड बने रहना चाहती थी। इस दौरान वह अपनी विद्यार्थिन रसभिन्दर कौर को भी डिपार्टमेंट में ले आना चाहती थी ताकि विभाग के साथ उसका सम्पर्क बना रहे। कभी न कभी रसभिन्दर कौर उसको बुलाती रहे। इससे डॉ. अम्बर का नुकसान होता था तो इससे उसे कोई मतलब नहीं था।

"मीटिंग करनी थी," मैडम ने कहा।

"मेरी क्लास है मैडम।"

"कोई बात नहीं, क्लास छोड़ दो," मैडम ख़ुद कक्षाएँ कम ही लिया करती थी। जब मन होता वह 'मीटिंग है' कहकर इधर-उधर चली जाती। विद्यार्थियों को क्या पता लगता था कि मीटिंग है भी कि नहीं। वे तो इतना भर कहकर चुप हो जाते हैं कि मैडम की मीटिंगें बहुत होती हैं।

"कोई ज़रूरी मीटिंग तो नहीं मैडम?" अम्बर को पता था, ज़रूरी मीटिंग तो साल में कभी कभार ही होती थी।

"ज़रूरी तो नहीं, पर फिर भी मुझे काम है, मुझे जाना है कहीं।"

"मैडम, मैं क्लास नहीं छोड़ सकता," कहकर अम्बर बाहर आ गया।

अम्बर ने बड़ी कठिनाई से तो विद्यार्थियों को कक्षाओं में आने के लिए तैयार किया था।

"सर, मैडम अक्सर कहते हैं कि पंजाबी, डोगरी, हिन्दी और संस्कृत डिपार्टमेंट में नालायक बच्चे आते हैं...," अकसर ही विद्यार्थी पूछते।

"हाँ हाँ, मैं भी पंजाबी में ही हूँ, मैडम भी पंजाबी से ही आए हैं और हम सब नालायक हैं, तुम पढ़ो और सिद्ध करो कि तुम नालायक नहीं हो," अम्बर कहता।

उस दिन अवकाश था। अम्बर किरनजीत और बच्चों को लेकर जम्मू की गोल मार्किट पहुँचा था। गोल मार्किट की रेहड़ियों में मशहूर 'राकेश कलाड़ी कुलचा' वाले के हमेशा भीड़ होती। लोग गोल मार्किट की कार पार्किंग में कार खड़ी करके कलाड़ी कुलचे का ऑर्डर देते। किरनजीत और बच्चे कार में बैठे थे। अम्बर ऑर्डर देकर अपनी कार की तरफ़ जा रहा था। उसका सामना ज़ोया और उसकी मम्मी से हो गया। ज़ोया ने उसको अपनी मम्मी से मिलवाया।

"मैंने तुम्हें कहाँ देखा है?" ज़ोया की मम्मा याद करने लगी। वह पतली लम्बी औरत थी। ज़ोया अपने परिवार में से सिर्फ़ मम्मा की ही बातें किया करती। बैंक अफ़सर भाई इकबाल की कभी कभार ही। पापा की लगभग नहीं।

सो, यह थी वह औरत जिसे अम्बर ज़ोया के माध्यम से जानता था।

"आप टी.वी. पर कार्यक्रम किया करते हैं?"

"जी हाँ," अम्बर शरमाते हुए मुस्कराया।

'यह आदमी मुस्कराता हुआ कितना सोहणा लगता है!' ज़ोया ने सोचा।

"मैं आपका कार्यक्रम कितने वर्षों से देखती-सुनती आ रही हूँ," लखवीर कौर ने कहा।

किरनजीत गोदी में नूरत को लिये उनकी तरफ़ देख रही थी।

"आओ, मैं आपको अपने परिवार से मिलवाऊँ," अम्बर ने कहा और वह उन्हें अपनी कार की ओर ले चला। ज़ोया हैरानी के साथ सामने वाली कार की तरफ़ देखती चली जा रही थी। उसने पंजाब नम्बर वाली कार में अगली सीट पर एक औरत को बैठे देखा। उसकी गोद में एक छोटा-सा बच्चा था। पिछली सीट पर हू-ब-हू अम्बर के नयन-नक्शों वाले लड़के को देखकर वह और ज़्यादा अचम्भित हो गई।

"मेरी पत्नी किरनजीत, किरनजीत ये मेरी दोस्त ज़ोया। ये इनकी मम्मी," अम्बर ने कार के क़रीब जाकर कहा। किरनजीत कार में से उतरने लगी।

"नहीं मैम, आप बैठो प्लीज़। हम इसी तरह मिल लेते हैं, हाय बेबी।" ज़ोया ने किरनजीत को खिड़की नहीं खोलने दी।

"मैं तो तुम्हारे हसबैंड की बड़ी पुरानी फैन हूँ। आज पहली बार किसी टी.वी.

वाले बन्दे को सामने देख रही हूँ। मुझे तो यही लगता रहा है कि टी.वी. वाले बन्दे तो किसी दूसरे संसार के बन्दे होते हैं," लखवीर कौर कह रही थी।

"हमारा घर यहीं नज़दीक ही है, आओ हम घर चलते हैं..." अम्बर ने कहा।

"चलो, घर चलकर चाय पीते हैं," किरनजीत ने भी ज़ोर डाला।

"नहीं मैम, मम्मा बीमार है। हम सामने लैबोरेटरी में टेस्ट करवाने आए थे। फिर किसी दिन ज़रूर आऊँगी।" ज़ोया ने खिड़की पर झुकते हुए किरनजीत का हाथ दबाया।

तवी नदी का पुल पार करते हुए आज पहली बार ज़ोया ने कार धीमी नहीं की। नहीं तो वह कार धीमी करके दाईं तरफ़ 'बागे बाहू' की ओर अवश्य देखा करती थी। उसको जम्मू का यह दृश्य बहुत प्यारा लगता। ऊँची पहाड़ी पर बना बाग और उससे भी ऊपर बाहू किला। नीचे से गुज़रती तवी नदी। ये पहाड़ उसको अपने गाँव 'उजड़ना' की याद दिलाते। इन पहाड़ियों का आनन्द लेने के लिए कई बार तो वह कार को एकतरफ़ रोक लेती और टकटकी लगाकर देखती रहती। हालाँकि उसको अहसास था कि कश्मीर के बर्फ़ों से लदे पहाड़ बिलकुल अलग तरह के ख़ूबसूरत थे। आज वह अपने आप में डूबी कार ड्राइव कर रही थी।

"यह तेरा प्रोफ़ेसर दोस्त ख़ुद तो सुन्दर है, मगर बीवी सुन्दर नहीं," ज़ोया की मम्मी ने कहा।

"बीवी सुन्दर नहीं? वह उसके दो सोहणे-सोहणे बच्चों की माँ है। पति को भी ठीक से सँभाल रखा है," ज़ोया ने अपनी असहमति जताई।

चौक में जाकर लखवीर कौर ने ज़ोया को कार रोकने का इशारा करते हुए कहा, "यहाँ सेब सस्ते हासण। अस दी (हमारी) कॉलोनी वाला महँगे लान्दा।"

ज़ोया ने कार एक तरफ़ रोकी। उसकी मम्मा कार से उतरकर रेहड़ी वाले के पास जा खड़ी हुई और सेबों का भाव करने लगी। मम्मा को अपने घर के सेब छिन जाने का बहुत ग़म था। अनमने मन से सेब ख़रीद कर वह कार में आ बैठी।

"जम्मू में सारे दुकानदार महँगे ही देंदे न। वहाँ अस दे घर रुलदे (बर्बाद) रहते थे। वहाँ कुत्तो वी नीं खान्दे।"

'यह बन्दा कोई न कोई ऐसी तलाश ही लेता है। वहाँ मलेरकोटला में वह ढूँढ़ रखी थी—अवनीत कौर।' ज़ोया और उसकी माँ के जाने के बाद किरनजीत ने सोचा। उसको अवनीत के बारे में कितना कुछ पता चला था, पर उसने घर में क्लेश नहीं डाला था। अम्बर हालाँकि अधिक से अधिक उसके पास ही रहता था, फिर भी

उसके अन्दर एक अन्देशा-सा सिर उठाता रहता। उसको लगता कि अम्बर उसके साथ पूरा ख़ुश नहीं था। उसके मन में एक हीनभावना पैदा होती रहती। वह अपने आपको उसके बराबर की बनाने के लिए पूरा ज़ोर लगाती। एम.ए. करने के बाद और आगे पढ़ने को उसका बिलकुल भी मन नहीं था। उसे तो एम.ए. ही बहुत लगती थी। अपने मायके परिवार में से वही सबसे अधिक पढ़ी थी।

नूरत के जन्म के बाद तो वह बिलकुल नहीं पढ़ना चाहती थी। शीरी को नर्सरी से लेकर छठी कक्षा तक वह ख़ुद पढ़ाती आ रही थी। अंग्रेज़ी माध्यम वाला सिलेबस पहले स्वयं पढ़ती, फिर उसको समझाती। एक प्रकार नए सिरे से स्कूली पढ़ाई करने वाला काम था। उसकी अपने गाँव के स्कूल की पढ़ाई तो इससे बहुत अलग थी। वह तो कब की भूल चुकी थी। सिर्फ़ अम्बर को ख़ुश करने के लिए वह पी-एच.डी. की फीस भरने को राजी हुई थी।

अम्बर ने जम्मू कश्मीर की यूनिवर्सिटी में जाने का निर्णय किया। हर बार वह उसके साथ-साथ चलती रही थी। हर बार वह अम्बर की सफलता को अपनी सफलता मानती रही थी। हर बार उसके मन में संशय सिर उठाते रहे थे।

कभी-कभी वह सोचती कि वह इतने के योग्य कहाँ थी। परन्तु अम्बर सहारा बनकर उसके साथ खड़ा था। कल्पना में वह अपने नाम के साथ डॉक्टर लिखा देखती। डॉ. किरनजीत कौर। अपने आप को एक काल्पनिक कॉलेज में रजिस्टर उठाए जाते हुए देखती। क्लास रूम में लेक्चर देती देखती। वह अम्बर जैसी टीचर होने के सपने देखती। अम्बर पढ़ाकर कितना ख़ुश होता था। एक बार अम्बर का पंजाब यूनिवर्सिटी के लॉ विभाग में लेक्चर था। किरनजीत उसके संग गई थी। उसका विद्यार्थी रमन शर्मा वहाँ पढ़ाता था। उसने बुलाया था। लेक्चर का समय हो गया था। विभाग की हेड उसके पड़ोसी गाँव की निकल आई थी। वह अम्बर और उसके परिवार की सेवा करने के चक्कर में पड़ गई थी। अम्बर की हालत देखने वाली थी। उतावलापन उसके हर अंग से टपक रहा था।

"तुम ऐसा क्यों कर रहे थे?" किरनजीत ने बाद में पूछा।

"वह मेरा समय खा रही थी। सेवा से अधिक मुझे अपने लेक्चर के अधूरे रह जाने का डर था," अम्बर ने कहा था।

यह सब कुछ उसको उत्साह देता था। अम्बर को यूनिवर्सिटी भेज ख़ाली होकर वह नूरत को सँवारती और फिर अपनी शोध के राह चल पड़ती।

पनीर जैसी सफ़ेद पर खट्टी-खट्टी 'कलाड़ी' ब्रेडों के बीच गरम होकर पिघल कर चिपकी हुई थी। किरनजीत और शीरी इसे बड़े स्वाद से खाते थे। अम्बर ने पहले-पहले एक-दो बार खाई थी। स्वाद तो उसको भी बहुत लगी थी, पर मोटा होने से डरता था इसलिए खाता नहीं था। ब्रेड अच्छे खुले तेल में तले होते थे।

"यह क्या काम करती है?" किरनजीत ने पूछा।

"फोर स्टार होटल में मैनेजर है। जम्मू में हरी निवास होटल के बाद दूसरे स्थान का बड़ा होटल है। साथ-साथ यूनिवर्सिटी में पार्ट-टाइम एक क्लास भी पढ़ाती है," अम्बर ज़ोया के प्रति अपनी बढ़ती जाती भावनाओं को छिपाने का यत्न कर रहा था।

"वाव! पापा हम किसी दिन इनके होटल में खाना खाने चलें।"

"ज़रूर चलेंगे पुत्तर जी।"

"महीना बड़ी मुश्किल से पूरा होता है। होटलों में खाना खाएँगे ये...," किरनजीत ने रूमाल से मुँह पोंछते हुए कहा।

"बीत जाएँगे ये दिन भी," अम्बर कहीं दूर देख रहा था।

बहुत दिन तक ज़ोया अम्बर को मिलने नहीं जा सकी। उसका होटल लगातार पैक चल रहा था। एक तरफ़ जम्मू कश्मीर एग्रीकल्चर यूनिवर्सिटी की इंटरनेशनल कान्फ्रेंस के कारण बहुत सारे कमरे सप्ताह भर के लिए बुक थे। इसके साथ ही अमरनाथ यात्रा शुरू हो गई थी।

आज उसे छुट्टी थी। वह सोच रही थी, 'अम्बर सर क्या सोचेंगे? कि मेरी पत्नी को मिलने के बाद ज़ोया मिलने नहीं आई।' जो बात ज़ोया अपने आप से छिपा रही थी, वह आहिस्ता-आहिस्ता छनकर सामने आ गई। सच तो यह था कि अन्दर से कहीं ज़ोया अम्बर से नाराज़ हो गई थी। 'हाँ, मैं नाराज़ हूँ। तू मुझे पहले क्यों नहीं मिला?' उसने अपने आप को शीशे में देखते हुए कहा। 'इस सुन्दरता का कद्रदान कोई साधारण-सा व्यक्ति कैसे हो सकता था। इसका शैदाई अवश्य कोई बड़ा शख़्स होना चाहिए।' उसने सामने दिख रही अपनी ख़ूबसूरत काया से कहा। अपने कमरे के अटैच बाथरूम के आदमकद आईने के आगे वह कितनी-कितनी देर खड़ी रहती। अपने वस्त्रहीन शरीर को देखती हुई। गड्ढ़ो-टीलों और पहाड़ों को देखती हुई। उसकी नज़रें एक यात्री बनकर उस ख़ूबसूरत घाटी के पहाड़ों पर जा उतरतीं। सबसे ऊँचे शिखर पर पहाड़ पर उगे घने जंगल से उतर कर नज़रें आगे देखतीं जहाँ विशाल दूधिया मैदान था। साफ़ विशाल मैदान। हलकी-हलकी गोलाई फिर और आगे चलते हुए जहाँ दो पहाड़ियाँ आमने-सामने खड़ी थीं। गोल पहाड़ मानो किसी कलाकार ने तराशा हो। उन पहाड़ियों के मध्य एक नदी बहती थी। आज तक इस नदी में कोई नहीं उतरा था।

"ज़ोया बहुत देर हो गई, ब्रेकफास्ट ठंडा हो रहा है," बाहर से ज़ोया की मम्मा की आवाज़ आई।

ज़ोया का गाँव एक ख़ूबसूरत गोलाकार पहाड़ी के ऊपर बसा हुआ था। गाँव के तीन तरफ़ सेब और अखरोट के बाग थे। बादाम के बूटे लोगों ने अपनी घरेलू ज़रूरतों को पूरा करने के लिए लगा रखे थे। गाँव के पूरब की ओर सफ़ेद बर्फ़ से ढँका हिमायल पर्वत था। सालभर बर्फ़ पर्वत की विशाल काया को ढँके रखती।

गाँव के एक तरफ़ हरे घास से ढँका एक विशाल चरागाह था जिसमें बक्करवालों की भेड़ें, बकरियाँ और घोड़े चरते रहते। इसी चरागाह में से पतली सड़क साँप की भाँति बल खाती नीचे की ओर जाती थी। जहाँ झेलम दरिया का हरा-नीला पानी बहता था। जिसके पानी में गर्मियों के दिनों में ग्रामवासी नहाया करते थे।

'मेरे पानी में कौन नहाएगा?' कपड़े पहनते हुए ज़ोया ने सोचा। ज़ोया को पता था कि अम्बर उसका इन्तज़ार नहीं कर सकता था। वह उससे दस साल बड़ा था। वह उससे सात सौ किलोमीटर दूर के एक गाँव में जन्मा-पला था। कोलकाता जाते-आते वह उसके गाँवों के बीच से गुज़रती रही थी। उसको कभी भी वहाँ के लोग तहज़ीबयाफ्ता नहीं लगे थे। उसको नहीं मालूम था कि उसको जिस शख़्स में सबसे अधिक तहज़ीब नज़र आनी थी, वह उन्हीं लोगों के बीच से होना था। उसने अपने जीवन दायरे में से अम्बर को बाहर निकालकर देखा तो बाकी बहुत कुछ नहीं बचता था। उसने अम्बर को मिलने जाने के बारे में सोचा।

ज़ोया को कार पार्क करने की जगह नहीं मिल रही थी। पिछले कुछेक सालों से यूनिवर्सिटी में कारों की संख्या बहुत बढ़ गई थी। उसने एजूकेशन डिपार्टमेंट की पार्किंग में ख़ाली पड़ी जगह पर कार पार्क की।

अपनी क्लास से फुरसत पाकर वह पंजाबी विभाग की सीढ़ियाँ चढ़ने लगी। विभाग की हेड बाहर ही खड़ी थी और उसने ग़ौर से शायद इस उम्मीद के साथ ज़ोया की ओर देखा कि ज़ोया उसे 'सतश्री अकाल' कहेगी। ज़ोया ने उससे आँख मिलाई, पर 'सतश्री अकाल' नहीं कहा। वह सीधी आगे बढ़ गई। ज़ोया को पता था कि ऐसी झल्ली स्त्रियाँ लड़ाई-झगड़े को जल्दी ही भूल भी जाती हैं। जब वह अम्बर के कमरे में घुसी, उस समय अम्बर क्लास लेने के लिए तैयार खड़ा था। शीरी डेस्कटॉप पर इंटरनेट की कोई साइट खोले बैठा था।

"हैलो सर, हैलो शीरी," ज़ोया ने शीरी के छोटे-से कोमल हाथ को अपने हाथों में कसा।

"ज़ोया, तुम कितनी देर ख़ाली हो?"

"दो घंटे।"

"हम एक घंटे बाद मिलते हैं। तुझे तब तक दो काम करने हैं। एक तो यह किताब है, 'बेस्ट फूड्ज़ ऑफ़ द वर्ल्ड'। इस पर दृष्टि डाल। यदि तुझे अच्छी लगे तो उसको पंजाबी में अनुवाद करने के बारे में सोच। ऐसी किताब पंजाबी में नहीं है। इसमें कुछ पंजाबी खाने भी दिए हुए हैं। यदि तुम ये काम कर लो, तो अपनी माँ-बोली को यह तुम्हारी बहुत बड़ी देन मानी जाएगी। छपवाने की जिम्मेदारी मेरी रही। दूसरा यह पकड़ पैसे और कैफ़ेटेरिया में ले जाकर शीरी को कुछ खिला-पिला

ला। इसने यूनिवर्सिटी में खाने के लालच में आज ब्रेकफास्ट नहीं किया," अम्बर ने पाँच सौ का नोट उसकी ओर बढ़ाया।

"पैसे मेरे पास हैं," ज़ोया ने कहा।

"मुझे पता है, पर तुम्हें ये पैसे लेने ही होंगे। तुम ख़ुद भी कुछ खा लेना," अम्बर ने जबरन पैसे उसके हाथ में थमा दिए।

अम्बर क्लास लेने चला गया।

ज़ोया और शीरी सीढ़ियाँ उतर कर नीचे आ गए। लाल झंडे वाले विद्यार्थियों की एक टोली वाइस-चांसलर के ख़िलाफ़ नारे लगाती मैनेज़मेंट ब्लॉक की ओर जा रही थी।

"इन्हें क्या तकलीफ़ है अगर यूनिवर्सिटी में जे.के. पुलिस की एक चौकी बना दी जाए?" शीरी ने ज़ोया से पूछा।

"तुम्हें मालूम हैं ये कौन हैं?" ज़ोया हैरानी के साथ शीरी की ओर देख रही थी।

"हाँ जी, प्रोग्रेसिव स्टूडेंट्स यूनियन वाले हैं। रात ख़बरों में सुना था," शीरी ने आत्मविश्वास के साथ जवाब दिया।

"और कौन सी स्टूडेंट्स यूनियनों के बारे में पता है?"

"एन.एस.यू.आई. के बारे में पता है कि वह कांग्रेस का स्टूडेंट विंग है। ए.बी.वी.पी. के बारे में पता है कि वह बी.जे.पी. की है। यह पी.एस.ए. वाले नास्तिक होते हैं। मैं भी नास्तिक हूँ," शीरी को हैरानी हो रही थी कि पापा की यह दोस्त यह कैसे सवाल कर रही थी। ये कोई बड़ी बातें तो न थीं।

ज़ोया को भी आश्चर्य हो रहा था कि छठी कक्षा में पढ़ता यह छोटा-सा लड़का यह सब कुछ जानता था। यही सवाल उसने कल अपनी क्लास में पूछा था जब उसे पी.एस.यू. वालों के नारों की आवाज़ें सुनाई दी थीं। चालीस बच्चों की क्लास में से सिर्फ़ एक लड़के ने इसका जवाब दिया था। अपने बराबर चले जा रहे शीरी की तरफ़ कनखियों से देखते हुए ज़ोया ने सोचा, 'बिलकुल अपने बाप जैसा है। अम्बर मेरे से दस वर्ष बड़ा है और यह मेरे से पन्द्रह साल छोटा। बीच में कहीं मैं हूँ। न उधर जा सकती हूँ, न इधर।' फिर उसने अपने विचारों को फटकारते हुए अपने आप से कहा, 'अम्बर सर, मेरे सिर्फ़ दोस्त हैं, इससे आगे बढ़कर सोचना सिर्फ़ मूर्खता ही नहीं, बल्कि बेईमानी भी है।' उसे अपना आप सामान्य होता दिखाई दिया। मानो बहुत सारा बोझ सिर पर से उतर गया हो। 'उस शख़्स ने यद्यपि कभी इस प्रकार सोचा भी न हो। मैं हर बात सोच-समझ कर करने वाली ये किस तरफ़ चल पड़ी।'

कैफ़ेटेरिया में हमेशा की तरह भीड़ थी। अधिकतर मेज-कुर्सियों पर विद्यार्थी कब्ज़ा किए हुए थे। डोगरे, सिक्ख, मुसलमान, कश्मीरी, लद्दाखी कई रंगों-नस्लों के लड़के-लड़कियों का रेलमपेल मचा हुआ था। कैफ़ेटेरिया का ठेकेदार शर्मा और

उसकी सिक्ख पत्नी बड़ी तेज़ी के साथ ऑर्डर ले रहे थे। ज़ोया ने शीरी की इच्छा के अनुसार वैज़ पीजे का ऑर्डर दिया। पैसे कटवाकर और स्लिप लेकर वे दोनों दो ख़ाली पड़ी कुर्सियों पर आ बैठे।

उनके वाले मेज़ पर लद्दाखी लड़कियाँ और लड़के नूड्ल्स खाने में मस्त थे। उनकी लद्दाखी भाषा में की जा रही बातें ज़ोया और शीरी की समझ में नहीं आ रही थीं।

"ऑर्डर नम्बर एटी वन, एटी फाइव, सिक्स, सेवन...।" शर्मा की पत्नी लगातार बोले जा रही थी। यूनिवर्सिटी में इस मधुर आवाज़ से हर कोई परिचित था। यह आवाज़ माइक पर दी जाने के कारण दूसरी अन्य आवाज़ों के शोर-शराबे के ऊपर तैरती रहती।

उनका नम्बर आ गया था। ज़ोया पीजे वाली प्लेट लेकर आई और प्लेट शीरी के सामने सरका दी। शीरी ने बड़ी मुस्तैदी के साथ पीज़ा को अलग-अलग हिस्सों में काटा। प्लेट ज़ोया की ओर सरकाते हुए बोला, "लो...।"

ज़ोया ने छह टुकड़ों में से एक टुकड़े का एक टुकड़ा काटा और बोली, "बस। मैं ब्रेक फास्ट करके आई हूँ।"

"और लो न...," शीरी ने ज़ोर डाला।

"नहीं भई, मैं होटल की नौकरी करती हूँ। वहाँ अक्सर ही चैक करने की खातिर मसालेदार खाना खाना पड़ जाता है। इसलिए मैं घर से बाहर का खाना कम ही खाती हूँ," ज़ोया ने कहा। शीरी के चेहरे पर एक भोलीभाली मुस्कराहट तैर गई। ज़ोया को पता था कि इस मुस्कराहट में इस बात की ख़ुशी भी मिली हुई थी कि अब सारा पीज़ा उस अकेले का था। सिर्फ़ इस मुस्कराहट के ज़रिये उसको उसके बचपन का अहसास हुआ।

कैफ़ेटेरिया से बाहर निकलकर ज़ोया ने घड़ी पर नज़र डाली। अम्बर सर की क्लास ख़त्म होने में अभी समय था। सेंट्रल लायब्रेरी के सामने काफ़ी भीड़ थी। विद्यार्थी एक चौड़े गोल घेरे में खड़े थे। ज़ोया ने क़रीब जाकर देखा, पी.एस.यू. वाले नुक्कड़ नाटक पेश कर रहे थे। नाटक का नाम एक पोस्टर पर लिखा हुआ था—

'Gar Chonki Khul Gayee'—A Street play by PSU'

ज़ोया ने शीरी को छोटा होने के कारण अगली कतार में खड़ा कर दिया और ख़ुद उसके पीछे खड़ी होकर नाटक देखने लगी। कलाकारों ने नीली जीन्स के साथ खद्दर के कुरते पहने हुए थे। तीन लड़के और तीन लड़कियाँ, तीन जोड़ियाँ बनकर अलग बैठे पढ़ने का अभिनय कर रहे थे। दो लड़के सिपाहियों का अभिनय करते हुए अपने हाथों में पकड़े डंडों को हिलाते हुए कोई सलाह कर रहे थे। फिर वह धीरे-धीरे चलते हुए घास पर बैठी पढ़ रही लड़का-लड़की की एक जोड़ी के पास गए।

"क्या कर रह हो भई...?" सिपाही ने धरती पर डंडे को ठोकते हुए पूछा।

"जनाब, पढ़ाई कर रहे हैं," लड़का और लड़की डरते हुए उठकर खड़े हो गए।

"कन्ने इश्क-मुश्क की बातें भी चलती रौंहदीआं," सिपाही सिर हिलाने लगा। दूसरा सिपाही उसकी तसदीक में सिर हिला रहा था।

"जनाब, के बातें करते हो? अस दोवें पी-एच.डी. करदे आं।"

"के कहा? सीएच.डी.?...बी.ए., एम.ए. तां सुणे, इह माई किहड़ी पढ़ाई ऊई?"

"जनाब, ये रिसर्च की डिगरी होती हई। पी-एच.डी. सबसे बड़ी डिगरी हुंदी हई।"

"तुस दोवें चौकी चल्लो। वहाँ जा के दस्सो कि हुंदा सीएच.डी.। कन्ने तुहाड़े माँ-बाप नूं बुलांदे आं, चलो...," पुलिस वाला चौकी की ओर चलने के लिए इशारे करने लगा।

उसी वक्त लड़के ने जेब में हाथ डाला और सौ-सौ के दो नोट निकालकर उसने सिपाही की मुट्ठी में दे दिए। दोनों सिपाही उन्हें छोड़कर एक तरफ़ चले गए। उन्होंने एक-एक नोट आपस में बाँट लिया। फिर वे दूसरी पढ़ रही जोड़ी की ओर बढ़े।

"हाँ बई, के करा दे ओं?"

"जनाब के.ए.एस. की तैयारी करा करदे आं," लड़का और लड़की खड़े हो गए। जवाब लड़के ने दिया।

"ये कौन सी पढ़ाई होई?"

"जनाब, इसी पास करिअै एस.डी.एम. लगाग।"

"ओ शाबाशे! एस.डी.एम.! वाह! बात सुन यार एस.डी.एम. बण के असें गी पक्का करउड़गे? माई पंज साल होई गए सरकार पक्का गै नी करा करदी।" सिपाही अदना-सा बन गया। दर्शकों में हँसी दौड़ गई।

"ज़रूर ज़रूर! तुस दुआ करनी कि साड़ा टेस्ट पास होई जा," लड़का और लड़की पहले की तरह बैठ गए।

दोनों सिपाही तीसरे जोड़े की ओर हो गए। लड़का और लड़की एक-दूसरे का हाथ पकड़े बैठे थे।

"हाँ बई इह क्या इश्कबाजी होआ करदी है? माँ-पिओ पढ़ने गी भेजदे आ कि चोहल मोहल (मौज मस्ती) करन?"

लड़का और लड़की उठकर खड़े हो गए। लड़के ने रौब के साथ कहा, "के बोलिया? दुबारा बोल?"

"ओ जनाब तुम? एस.पी. साहब के बेटे। जनाब माफ़ करना अस पछाता नहीं। जनाब हुरां के पिता ने गांव से देसी कुक्कड़ मगाइया हा। मैं गेट मैन को देई ओड़िया ही। मिली गया हा?"

"आहो, मिल गया, मिल गया। जाओ तुस डिस्टर्ब ना करो।"

दोनों सिपाही पत्तरा बांच गए। दर्शकों ने भरपूर तालियाँ बजाईं। नाटक ख़त्म हो गया था।

"शीरी समझ में आया? ये होते हैं यूनिवर्सिटी में पुलिस चौकी खुलने के साइड इफेक्ट्स," ज़ोया ने वहाँ से चलते हुए कहा।

शीरी ने ऊपर मुँह उठाया, आँखें मिलाईं और मुस्करा दिया।

शीरी डेस्कटॉप पर अपने काम में लग गया। ज़ोया को क्लास रूम से आती अम्बर की आवाज़ सुनाई दे रही थी। ज़ोया जानती थी कि अम्बर कॉलेज में बड़ी कक्षाओं को पढ़ाता रहा था, इसलिए ज़ोर से पढ़ाता था।

अम्बर ने सीमेंट के बने जहाज़ को कई किक मारीं। तेल वाली टंकी चैक की। टंकी में पानी था। उसने देखा, टंकी के ढक्कन पर पानी लिखा हुआ था ताकि कोई ग़लती से डीज़ल या पेट्रोल या जहाज़ों वाला स्पेशल पेट्रोल न डाल दे। 'बड़े गुरु घंटाल हैं दोआबे के जाट। कंजरों ने जहाज़ पानी पर चलाने पर लगा दिए।' वह दोआबियों की कारीगिरी पर हैरान था। अब तक वह अपने मालवे इलाके के रामगढ़ियों को ही कारीगर मानता आया था। उनके नज़दीक के कस्बे भादसों के एक मिस्त्री का आँगन खुला था। अस्सी के आस पास की यह पुरानी बात थी। पड़ोसी जाट ने अपनी जर्मन डेमोक्रेटिक रिपब्लिक से मँगवाई हुई जी.डी.आर. कम्बाइन मिस्त्री के आँगन में खड़ी कर दी। मिस्त्री फुरसत के समय कम्बाइन के आस पास चक्कर काटता रहता था। थ्रेसर तो वह बनाता ही था। उसकी समझ में आ गया था कि यह मशीन थ्रेसरों की अगली पीढ़ी थी।

वह ऊपर चढ़कर निरखता-परखता रहता। फिर जब जाटों ने सीज़न शुरू होने से पहले उसी मिस्त्री को कम्बाइन को ग्रीस करने और बेल्ट आदि चैक करने का काम दे दिया तो उसने कम्बाइन के कई हिस्से खोल लिये। ग्रीस करते हुए उसने कम्बाइन की पूरी बनावट समझ ली। अपने ख़ाली समय में उसने कम्बाइन का ढाँचा खड़ा करना शुरू कर दिया। आहिस्ता-आहिस्ता औज़ार-पुरजे बनाता रहा, फिट करता रहा। लोग उससे मजाक करते। किसी को यकीन नहीं था कि वह दैत्य कद की इतनी बड़ी मशीन तैयार कर पाएगा। जब सब कुछ तैयार हो गया तो मिस्त्री गुजरात जाकर बड़ी समुद्री किश्ती का एक पुराना इंजन ख़रीद लाया। देखते-देखते कम्बाइन तैयार हो गई। मिस्त्री ने स्टार्ट करके इंजन को रेस दी। आवाज़ सारे गाँव और सारे घरों तक गई। यह कम्बाइन के बनने का एलान था। यह पंजाब में कम्बाइन इंडस्ट्री के आगाज़ का एलान भी था। लोग बातें करने लगे। रंग-रोगन करने के बाद मिस्त्री ने अपने दोनों पुत्रों को साइड में बिठाकर कम्बाइन बाहर निकाल ली। लोग घरों से बाहर निकल कर उसका यह कौतुक देखने लगे। मिस्त्री ने एक विजयी पहलवान की तरह कम्बाइन पर बैठकर पूरे गाँव का चक्कर लगा दिया और फिर कम्बाइन गुरद्वारे के सामने ले जाकर खड़ी कर दी। माथा टेकते समय उसके साथ अन्य लोग भी शामिल हो गए। लड्डू बाँटे गए।

उस कम्बाइन के साथ एक सीज़न उसने स्वयं कटाई की। अगले सीज़न से

पहले उसके पड़ोसी जाटों ने वह कम्बाइन ख़रीद ली। मिस्त्री ने अगली कम्बाइन का काम शुरू कर लिया। साल भर में उसने दूसरी कम्बाइन बनाकर पंजाब सरकार से रजिस्टर भी करवा ली। उसका नाम रखा—सत्कार कम्बाइन।

आज सत्कार कम्बाइन और सत्कार ट्रैक्टर्ज लिमिटेड को उत्तरी भारत में कौन नहीं जानता। अब करतार मिस्त्री के दो पौत्र इंजीनियरिंग की डिगरियाँ हासिल करके और भी बहुत कुछ बनाने लगे थे।

बूढ़ा हो गया करतार मिस्त्री ए.सी. दफ़्तर में बैठा मुस्कराता रहता।

जहाज़ की ओर देखता अम्बर दोआबा के जाटों की कारीगिरी पर मुस्कराने लगा। उस्तादों ने बजाज चेतक स्कूटरों के पुराने इंजन फिट कर रखे हैं' उसने मन ही मन कहा। 'पर यह स्टार्ट क्यों नहीं हो रहा।' उसने जहाज़ को टेढ़ा करके किक पर किक मारी। सचमुच जहाज़ चालू हो गया। उसने अपने विद्यार्थियों को जहाज़ में बिठाकर उड़ान भरी। उन्होंने कुछ ही घंटों बाद मास्को के ऊपर चक्कर लगाने शुरू कर दिए। उन्होंने मास्को के लाल चौक में सुरक्षित रखी व्लादिमीर लेनिन की देह के दीदार किए।

"यह वो महान इनसान है जिसने दुनिया में से ग़रीबी और अमीरी ख़त्म करने का महान यत्न किया, पर जल्दी चले जाने के कारण उस यत्न को हकीक़त में न बदल सका," अम्बर ने कहा।

"सर, क्या कम्युनिस्ट दुबारा इंकलाब ला सकते हैं?" वापसी पर एक विद्यार्थी ने पूछा।

"दुनिया तीसरा अवसर नहीं दिया करती, पर उन्हें पन्द्रह देशों में अवसर मिले," अम्बर ने कहा।

लेक्चर ख़त्म करके अम्बर कमरे से बाहर आ गया। मन में बहुत कुछ चल रहा था। सारी दुनिया एक तरफ़ और ज़ोया एक तरफ़ हो गई थी। 'कुछ भी हो जाए, आज मैं ज़ोया को कह दूँगा। मैं शीरी को कमरे में छोड़कर ज़ोया को चाय पिलाने ले जाऊँगा। वहीं बात शुरू करूँगा। मान जाएगी? क्यों नहीं मानेगी। वह मुझे इतना पसन्द करती है,' उसे पूर्ण विश्वास था।

वह अपने आप को रोकता आया था। वह इकहरी आमदनी वाला बन्दा था। दो बच्चों को पाल रहा था। शीरी और किरनजीत को पढ़ा रहा था। उसको पता था, ज़ोया खर्चा करवाने वाली लड़की नहीं, पर फिर भी ऐसी इश्क़बाज़ियाँ खर्चे का घर होती हैं। 'यार, वह बिलकुल ही मेरे जैसी है। मैं उसको कैसे दूर कर दूँ?' उसका बेकाबू मन कह रहा था। पिछले कई दिनों से वह ठीक प्रकार से सो भी नहीं सका था। वह हर समय उसके साथ रहती। वह कार चला रहा होता, वह उसके

साथ वाली सीट पर होती। वह घर में किरनजीत, शीरी और नूरत को साक्षात रूप में देख सकता था, पर वहाँ ज़ोया अपने अदृश्य रूप में उपस्थित होती। जिसको सिर्फ़ वही देख पाता।

उसको अपनी दादी की याद आई। जो ऊपर गई थी और धर्मराज की कचहरी में अपने पति से मिलकर आई थी।

"जिनकी मुक्ति नहीं होती, वह मुक्ति होने तक धर्मराज की कचहरी में ही सेवा करते हैं। अपने गाँव के अन्य कितने ही लोग थे वहाँ। कई रिश्तेदार भी।" वह बताया करती थी।

"वहाँ तो दुनिया भर के लोग होने चाहिए। गोरे भी और काले भी। बहुत सारे लोगों की भीड़ होनी चाहिए।" अम्बर तर्क किया करता था।

"उनकी कचहरी उनके देशों के ऊपर लगती होगी। मुझे तो अपने ही लोग दिखे थे भाई।"

दोबारा ज़िन्दा होने से कुछ साल बाद दादी का दिमाग़ हिल गया था। गली में बैठी होती तो उसे बाबा क़रीब बैठा दिखाई देता। वह उसके साथ बातें करती रहती। घर के किसी सदस्य को बाबा दिखाई नहीं देता था। माँ, बापू, ताए तथा अन्य सदस्यों ने दादी की हालत को स्वीकार कर लिया था। वे उनके बीच खाती-पीती दुख-सुख की बातें करती ज़्यादातर बाबा के साथ ही रहती थी।

अम्बर अपने परिवार के सदस्यों में विचरता हुआ भी अधिकतर ज़ोया के साथ ही जीता था।

अम्बर कमरे में घुसा तो ज़ोया और शीरी नेट पर लगे हुए थे। ज़ोया शीरी को कुछ समझा रही थी।

'नहीं, मैं शीरी के यूनिवर्सिटी में होते समय ज़ोया को कुछ नहीं कहूँगा। अगली बार देखी जाएगी, जब शीरी मेरे साथ नहीं आया होगा।' उसने सोचा। अम्बर अपने आप को और अधिक सोचने और अधिक समय मिल जाने पर ख़ुश था। उसने ज़िन्दगी में कई क़दम जल्दबाजी में उठाए थे और वे ग़लत सिद्ध हुए थे। ज़ोया के मामले में वह उतावली नहीं करेगा। शीरी गेम खेलता रहा। अम्बर और ज़ोया कैंटीन की ओर चल दिए।

मलेरकोटला

अम्बर की नियुक्ति इस्लामिया कॉलेज मलेरकोटला में हुई थी। एक साल वह अपने गाँव वाले घर से ही जाता रहा। उसकी पहली तनख़्वाह पकड़ते हुए बापू ने माथे से

छुआई थी और फिर माँ को पकड़ाते हुए बोला था, "मैं तो समझता था, प्रोफ़ेसरों की तनख़्वाह खासी होती होगी। छह हज़ार रुपये महीना तो कुछ भी नहीं।"

"कोई नहीं, कोई नहीं। सरकारी नौकरी है। खेतीबाड़ी से बच गया। यही बहुत है। सौ-सौ रुपया गुरद्वारे और मंदर चढ़ा आ शिन्दर कौर। पहली बार सरकारी कमाई अपने घर आई है," अरजन ताया ने कहा था।

फिर घरवालों ने उससे चोरी-चोरी मंजी साहब गुरद्वारे में अखंड पाठ बुक करवाया था और किरनजीत को संग लेकर भोग डलवा आए थे। शीरी के जन्म तक वे गाँव में रहते रहे। जब किरनजीत का अपनी जिठानी के साथ मनमुटाव रहने लगा तो अरजन सिंह और शिन्दर माँ ने दोनों भाइयों को एक साथ बँधा रखने के लिए अम्बर को शहर में रिहायश करने की सलाह देनी शुरू कर दी।

"शिन्दर कौर, यहाँ रहेंगे तो जल्दी अलग हो जाएँगे। छोटी सयानी है, अम्बर को बताती नहीं। यदि बात अम्बर तक पहुँच गई तो लड़ाई-झगड़ा बढ़ जाएगा। बड़ी बहू सारी बात मनदीप को बताती है। उसका छोटी को बोलने का क्या काम, छोटा मलेरकोटला रहेगा तो दूर-दूर रहकर इनका प्रेम-प्यार बना रहेगा। शहर में रहेगा तो शहर में घर बनाने के बारे में भी सोचेगा," पुरानी छह जमात पास अरजन सिंह लम्बी सोचता था।

शहर में रिहाइश करने के बारे में सोचते तो अम्बर और किरनजीत भी थे, पर बुज़ुर्गों की नाराज़गी से डरे वे इसे टालते आ रहे थे। जब माँ ने ख़ुद ही यह बात कह दी तो अम्बर और किरनजीत ने और देर न की। किरनजीत अपनी जेठानी सुखी के साथ टकराने से बचना चाहती थी। अम्बर ने अपने कुछ विद्यार्थियों और सहकर्मियों को मकान खोजने के लिए कहा।

अम्बर ने मुस्लिम परिवार में एक मकान तलाशने को पहल दी। उनके अपने गाँव के मुसलमान पाकिस्तान चले गए थे। उसको मलेरकोटला में मुसलमानों, सिक्खों और हिन्दुओं का मिल-जुलकर रहना अच्छा लगता। बचपन में वह जब कभी अपने मामा या माँ के साथ मलेरकोटला आता तो उसको लगता जैसे वह एक अजब शहर में आ गया हो। तब काले बुरकों वाली औरतें और सफेद टोपियों वाले मुसलमान अजीब, पर आकर्षक लगते। बड़ा होने के बाद जब वह इस शहर में से गुज़रता तो घंटा, दो घंटा इसके बाज़ारों में घूमने पर अवश्य लगाता। तब उसे पता नहीं लगता था कि यह शहर उसे क्यों खींचता था। बाद में अम्बर ने एक शोध पत्र लिखने के लिए जब 1947 के देश-विभाजन से सम्बन्धित कहानियों और उपन्यासों का अध्ययन किया तो यह शहर और अधिक स्पष्ट होकर उसके सामने आ गया। पूर्वी और पश्चिमी दोनों पंजाबों में यह एकमात्र शहर बचा था जो 1947 के पहले के पंजाबी शहरों जैसा था। जो यह बताता था कि यदि देश का बँटवारा न होता तो पंजाब के सारे शहर एक जैसे होते। मलेरकोटला रियासत

के क्षेत्र में अब भी ऐसे गाँव थे जो 1947 से पहले के पंजाब के गाँवों के नमूने थे। जिनमें अब भी मुसलमान किसान बसते थे। जब किसी सिख या मुसलमान या हिन्दू परिवार में मौत होती थी तो दिया जाने वाला दान सिर्फ़ अपने धार्मिक स्थान के लिए नहीं, बल्कि तीनों धार्मिक स्थानों के लिए होता था। शहर के आस पास के गाँवों और कॉलोनियों में कम्बोअ मुसलमानों की बड़ी गिनती बसती थी। वे अपनी थोड़ी-थोड़ी ज़मीनों पर भी घनी खेती के ज़रिये सब्ज़ियाँ पैदा करते थे। सब्ज़ियों की पैदावार में मलेरकोटला ने उत्तरी भारत में बहुत बड़ा मुकाम हासिल किया हुआ था। यहाँ से दिल्ली, गुजरात और जम्मू-कश्मीर को रोज़ाना सब्ज़ियों के ट्रक भर भरकर निकलते थे।

अम्बर के अपने गाँव ईसड़ू का मुँह खन्ना शहर की ओर था। मलेरकोटला की ओर उनकी पीठ रही थी। वह पढ़ा भी खन्ना शहर में ही था। उनकी क्लास में एक भी मुसलमान लड़का-लड़की नहीं थी। अब जब कॉलेज में वे कक्षाएँ लेने लगा तो उसको लगता जैसे वह किसी और ही दुनिया में आ गया था।

"बेनज़ीर, तुमने वो किताब पढ़ ली? बता तो क्या समझ में आया?"

"हदीश मुहम्मद जी, तुम्हारी सजा यह है कि तुम पूरा पीरियड़ लायब्रेरी जाकर शहीद भगत सिंह का लेख 'मैं नास्तिक क्यों हूँ' पढ़ने में लगाओगे। और फिर कल क्लास में आकर बताना कि लेख का सार क्या है। जाओ।"

"तरुणजी, तुमने खुसवन्त सिंह की 'सिख इतिहास' पढ़ ली है और तुम्हें कल क्लास में उसका संक्षेप सुनाना है।"

इन नामों ने अम्बर को ऊर्जावान किया था और अम्बर से यह नाम ऊर्जित हुए थे। जब अम्बर मलेरकोटला छोड़कर जम्मू चला गया तो उसको एक बेनाम फ़ोन आया था, "आप इस इलाके में सैकड़ों नहीं, हज़ारों चिराग जला रख गए हो भाई जी, जीते-बसते रहो।"

अम्बर को अपने दोस्त शौकत अली का दिखाया एक मकान पसन्द आ गया। अम्बर ने अपने विवाह में दहेज नहीं लिया था। उसने मलेरकोटला में अपने घर की शुरुआत एक सस्ते बेड की जोड़ी के साथ की थी। उसने दो कुर्सियाँ और मेज़ भी शौकत के साथ ख़रीद लिये।

शौकत अली डेहलों ब्रांच में बी.डी.पी.ओ. के तौर पर तैनात था। वह अम्बर के साथ पंजाब यूनिवर्सिटी में पढ़ा था। हॉस्टल में उनके कमरे आमने-सामने थे और दोनों किसी को नहीं जानते थे। कमरा अलॉट होते ही उनकी जान-पहचान हो गई थी और वे शाम को पन्द्रह सेक्टर की मार्किट घूमने गए थे।

शौकत अली कम्बोअ किसानी परिवार में से था। उसके दो भाई ट्रैक्टर रखकर खेती करते थे। शौकत अली कम्पार्टमेंट और इम्प्रूवमेंट क्लियर करता करता पंजाब यूनिवर्सिटी में अर्थ शास्त्र की एम.ए. में दाख़िल हो गया था। उसका भाईचारा

पिछड़ा हुआ था और कोई-कोई परिवार ही अपनी लड़कियों को पढ़ाता था। शौकत को किसी ने बी.एड. कॉलेज में एक मुसलमान लड़की के बारे में बताया था। वह उनकी जाति की थी और सुन्दर थी। शौकत, अम्बर के साथ उस लड़की से मिलने की योजनाएँ बनाता। समस्या यह थी कि वह लड़कियों का कॉलेज था और लड़कों को उसके आस-पास भी फटकने नहीं दिया जाता था। अम्बर ने शौकत से चार बधाई कार्ड भी उस लड़की को भिजवाए। एक ईद का, दूसरा दीवाली का, तीसरा क्रिसमस का और अन्तिम नए साल का। वह नीचे लिखते—शौकत अली, डूइंग एम.ए. इकनोमिक्स, कमरा नम्बर 56, ब्लॉक नम्बर 5, हॉस्टल नम्बर 1, पंजाब यूनिवर्सिटी।

आख़िरी कार्ड के मिलने के चार दिन बाद ही वह लड़की शौकत अली से मिलने आ पहुँची। घबराया हुआ शौकत उसके कमरे में आया।

"वह आ गई," उसने कहा।

"कौन?"

"सोहाना जानम," शौकत का जवाब कुछ इस प्रकार का था मानो वह अम्बर को कहना चाहता हो कि तूने ही मेरे पीछे लगवाई है, अब सँभाल।

"कोई बात नहीं, हम उससे मिलते हैं, तू तैयार हो।"

एक लड़के ने उसको सन्देश दिया था कि सोहाना जानम नाम की एक लड़की उससे मिलने आई है। वह गेस्ट रूम में बैठी उसका इन्तज़ार कर रही है। अम्बर पहले ख़ुद तैयार हुआ। फिर उसने शौकत के नहा कर आने से पहले उसकी अल्मारी खोल उसके कपड़ों में से एक पैंट-कमीज़ का चयन किया। अपने कमरे से पालिश लाकर उसकी जूती चमकाने लगा।

"शौकत यार, कोई एकाध सूट तो ढंग का ले रखा कर," सिर में तौलिया घुमाते आ रहे शौकत को अम्बर ने कहा। शौकत यद्यति खाते-पीते घर से था, पर वह बहुत सादे परिवार से था। चंडीगढ़ पहुँचकर भी उसने मलेरकोटला वाला रंग छोड़ा नहीं था।

गेस्ट रूम में घुसते ही इत्र की ख़ुशबू ने उन्हें मस्त कर दिया। सोहाना इतनी सुन्दर और शौकीन लड़की थी कि दोनों ने बिना कोई आपसी मशवरा किए समझ लिया कि शौकत उसके योग्य नहीं था। उन्होंने बारी-बारी से बात करते हुए अपना उद्देश्य तो बता दिया, पर लहजे से यह झलकता था कि अब उनका विवाह सम्भव नहीं था।

"मैं आपके दीवाली और क्रिसमस के कार्ड देखकर इतना हँसी कि मैंने सोचा देखकर आऊँ कि ये शौकत अली बन्दा है कौन?" सोहाना हँसी।

"ईद के बाद वाले कार्ड इसकी हिम्मत थी," शौकत ने अम्बर की तरफ़ इशारा किया।

"मैं शिमला की रहने वाली हूँ," सोहाना ने रूमाल को होंठों पर इस तरह लगाया कि बाहर आ गई थूक साफ़ भी हो जाए और लिपस्टिक भी ख़राब न हो, "सॉरी, मैं कह रही थी कि मैं विवाह भी शिमला में ही करवाऊँगी। बाकी जो भी करना है, मेरे पापा को ही करना है," उन दोनों ने उसे लंच करवाया क्योंकि लंच का समय हो गया था। शौकत उसको ज़्यादातर बातें अम्बर के साथ करती देखकर तीनों के लिए लंच का ऑर्डर देने मैस की ओर चला गया था।

मलेरकोटला में मुर्ग़े और मीट का अधिकतर कारोबार मुसलमान ही करते थे। इसलिए सब जानते थे कि उनकी दुकानों पर हलाल मिलता था। बहुतेरे सिक्खों और हिन्दुओं को हलाल खाने में कोई झिझक नहीं थी। इसलिए वे उनकी दुकानों से मुर्गा और मीट ख़रीदते थे। वे मुसलमानों के विवाहों में भी मुर्गा और मीट खाते थे। मुसलमानों को सिक्खों और हिन्दुओं के विवाहों में सिर्फ़ एक बार पूछने की ज़रूरत पड़ती।

"भाई जी, हलाल है या झटका?" वे पूछते।

"मलेरकोटला में झटका कैसे आ गया? सारी दुकानें तो तुम्हारे लोगों की हैं।" जवाब देने वाला हँसने लगता।

अम्बर अपने दोस्त शौकत अली के साथ अक्सर भब्बू की दुकान पर मुर्गा खाने जाता। वह शीरी और किरनजीत के लिए पैक करा लाता।

"हमें मुसलमानों का हलाल मीट खाने की मनाही है," किरनजीत शुरू-शुरू में झिझकती थी।

"हम पढ़े-लिखे लोगों को कोई मनाही नहीं, जो चीज़ कोई भाईचारा लम्बे समय से खाता आ रहा है, उसको दूसरे भाईचारे वाले भी खा सकते हैं। यदि मुसलमान हमारा नहीं खाते तो यह उनकी तंगदिली है। हम अपनी फ़राखदिली क्यों छोड़ें," अम्बर समझाता।

मलेरकोटला पोस्टिंग होने के बाद उसको नादिरा बहन जी बहुत याद आते। उनका विवाह अवश्य हो गया होगा। बहुत बार मलेरकोटला की सुन्दर लड़कियों के विवाह यू.पी. के मुसलमान आई.ए.एस. या आई.पी.एस. लड़कों के साथ हो जाते थे। मलेरकोटला के खाते-पीते घरों के लड़कों को जम्मू कश्मीर की सुन्दर-सुशील लड़कियों के रिश्ते हो जाते थे। उसने अपने मुसलमान दोस्तों के ज़रिये नादिरा बहन जी की टोह लेनी चाही। कई महीनों बाद उसको पता लगा कि नादिरा बहन जी ने विवाह नहीं करवाया था। वह नौकरी छोड़कर आस्ट्रेलिया चली गई थी। अम्बर के लिए नादिरा बहन जी फिर एक पहेली बन गई थी।

नादिरा, राबिया, अवनीत और ज़ोया...सभी एक कतार में खड़ी थीं। उसने अवनीत जैसी एक लड़की टी.वी. पर गाती हुई देखी थी। आहिस्ता-आहिस्ता यह स्पष्ट हो गया था कि वह घर छोड़ गई थी और गाने लगी थी। गाना उसने कैनेडा

की पी.आर. लेकर शुरू किया था। देखते ही देखते, कुछ ही दिनों में सारे पंजाबियों में मिस अवनीत, मिस अवनीत हो गई थी। अवनीत हर किसी के साथ गाने लगी थी। सुना था कि पैसे देकर उसके साथ कोई भी गा सकता था। वह अच्छे-बुरे हर तरह के गायक के साथ गाने लगी थी।

"यार, तेरी ये दोस्त कोई ढंग का गीत भी गाएगी?" अवतार सिंह तारी उसको छेड़ता।

"तारी उसने अच्छा गीत गाया है, वह अपने मँगतेर से अलग हो गई है। आज के दिन एक भारतीय लड़की के लिए यह बहुत बड़ा क़दम है। मैं उसकी दाद देता हूँ," अम्बर अवनीत के घरेलू हालात को जानता था।

जब अम्बर ने अपना मलेरकोटला वाला मकान ख़रीदा तो उस समय भी शौकत अली ही सारे काम करता रहा। उसने उसको मकान ढूँढ़ कर दिया। अम्बर ऐसा मकान लेना चाहता था जिसे किसी ने अपने रहने के लिए बड़ी हसरतों से बनवाया हो। ठेकेदारों द्वारा बेचने के लिए बनाया मकान उसे कतई नापसन्द थे। यह मकान उसको एकदम पसन्द आ गया। ख़ास बात यह भी थी कि यह मकान नवाब मलेरकोटला के महल के सामने वाली कॉलोनी की पहली कतार में ही था।

इस मकान में रहते हुए ही किरनजीत ने बी.ए. और एम.ए. की डिगरियाँ की थीं। सर्दियों में अम्बर रजाई में बैठकर उसके अंग्रेज़ी के नोट्स तैयार करता। उसको समझाता। अम्बर की ख़ुद की अंग्रेज़ी में कम्पार्टमेंट आती रही थी, पर वह किरनजीत के नोट्स इस प्रकार सरल अंग्रेज़ी में तैयार करवाता कि किरनजीत को याद करने में ज़रा भी दिक्कत न आती।

यह मकान एक जैनी परिवार ने बड़ी हसरत के साथ बनवाया था। इस मकान को ख़रीदते समय ही अम्बर को पता चला कि मलेरकोटला में हिन्दू परिवार बहुत दमघोटू माहौल में रहते थे। मलेरकोटला में पंजाब का कोई हिन्दू परिवार अपनी लड़की ब्याहने के लिए तैयार नहीं था। हिन्दू परिवार दूसरे शहरों में जा बसने को तरज़ीह देते थे। मुसलमान, सिक्खों और सियासतदानों के साथ निकटता बना कर रखते थे।

नवाब मलेरकोटला का पुराना महल पुराने मलेरकोटला शहर के मध्य में था। अंग्रेज़ी राज के समय नवाब मलेरकोटला ने यह महल 'मुबारक मंज़िल' भीड़-भड़क्के से दूर शहर के बाहरी तरफ़ वर्ष 1901 में बनवाया था। पारिवारिक लड़ाइयों और कोर्ट केसों के शिकार इस महल से सम्बन्धित पारिवारिक सदस्य बुरी तरह दो हिस्सों में बँट गए थे। 1947 के बाद जब लोकतंत्रीय तरीक़े से चुने हुए नए हुक्मरान सत्ता में आ गए तो इस परिवार के सदस्यों को उन लोगों में आम जनता की तरह रहना कठिन लगा, जिन पर उन्होंने राज किया था। वे बड़े शहरों और विदेशों में जा बसे। जो लोकतंत्रीय प्रबन्ध में सत्ता नहीं हथिया

सके, उन्होंने अपने आप को इस महल में बन्द कर लिया।

अम्बर और किरनजीत सुबह की चाय बॉलकोनी में बैठकर पीते। किरनजीत को हर रोज़ सवेरे-सवेरे सीढ़ियाँ चढ़कर जाना मुश्किल तो लगता, पर अपने पति की बात वह मान ही लेती थी। अम्बर और किरनजीत चाय पीते-पीते सामने दिखाई देते महल की ओर देखते हुए महल सम्बन्धी बातें करते रहते। महल की दीवारें तो मज़बूत थीं, पर छत की हालत इतनी ख़राब थी कि इसके लौदे नीचे गिरते रहते थे। सबसे पहले महल ने अपनी आभा खोई थी। इसके बाद इसके बहुत सारे लक्कड़ के काम को दीमक खा गई थी। अब छतें चरमरानी शुरू हो गई थीं। इतनी ख़राब हालत वाले महल में महल की आख़िरी वासी बेगम मुन्नवर उननिशा खनन अपने एक रिश्तेदार और दो नौकरों के साथ रह रही थी। मलेरकोटला के अन्तिम नवाब इफ्तेखार अली खान के चार विवाह हुए थे, पर औलाद एक से भी नहीं थी। उसकी तीन बेगमें फौत हो गई थीं और आख़िरी बेगम अपने अन्तिम दिन इस महल में गिन रही थी। मुन्नबर बेगम राजस्थान की सबसे छोटी स्टेट टोंक के नवाब की सबसे सुन्दर बेटी थी, पर अब उसकी ख़ैर-ख़बर पूछने वाला कोई नहीं था। सारा महल ख़ाली-ख़ाली और उजड़ा-उजड़ा दिखाई देता था। सिर्फ़ तीन कमरों जिनमें इन ज़ीवों का बसेरा था, की हालत ही कुछ ठीक थी।

"ये इस तरह बन्द-बन्द कैसे रहते हैं?" किरनजीत हैरान होती।

"ये महल के ही कैदी नहीं बल्कि ये समय के भी कैदी हैं। समय बदल गया, पर ये अपने समय से बाहर आकर नए समय में अपनी जगह नहीं बना सके," अम्बर कहने लगता।

कभी-कभी सर्दी के मौसम में या बारिश के दिनों में बेगम पहली मंज़िल की छत पर जंगले के पास खड़ी दिखाई देती। वह आस पास निर्मित विभिन्न प्रकार की कोठियों और उनके बाशिन्दों की ओर एक उड़ती नज़र डालती। उन कोठियों में वे सुविधाएँ थीं जो इस महल में बसने वालों को नवाबी समय में भी नहीं मिल सकी थीं। वे कोठियों में लगे ए.सी. और आँगन में खड़ी अत्याधुनिक कारों को इस तरह देखती मानो इनसे सचमुच ही उसका कोई वास्ता नहीं था। इन कोठियों के साथ मेल खाती एकमात्र सुविधा तार वाले टेलीफ़ोन की थी जो आज भी चलता था और सिर्फ़ सुनने के काम आता था। यह टेलीफ़ोन इस शहर में सबसे पुराना था। महल की कोई आमदनी न रही होने के कारण बिल नहीं भरा गया था। कनेक्शन कट सकता था, पर टेलीफ़ोन एक्सचेंज के हमदर्द और मेहरबान अफ़सरों के कारण बचा हुआ था। महल का आख़िरी नौकर महल में से कोई न कोई चीज़ ले जाकर बेच देता और सौदा-पत्ता ले आता। इस प्रकार, कमरे आहिस्ता-आहिस्ता ख़ाली होते चले गए थे। यह सिलसिला दिन-महीनों या सालों से नहीं, दशकों से चला आ रहा था।

अम्बर इस कॉलोनी में मकान लेकर ऐसा महसूस करता था जैसे वह इतिहास के बिलकुल क़रीब हो। वह इतिहास को छू रहा था।

इतिहास के जिस दौर को ख़त्म हुए सात दशक बीत चुके थे, अम्बर उसकी इमारत को खंडहर बनते देख रहा था।

मैकडोनल्ड का स्टैच्यू

उनकी पुरानी मारुति कार मैकडोनल्ड, सब-वे, हवेलियों और ढाबों को पीछे छोड़ती हुई दौड़े जा रही थी। उनकी कार नई कारों और एस.यू.वी कारों के पीछे रहती दौड़ी जा रही थी। पिछली सीट पर बैठे शीरी ने देखा, वे दोराहा शहर के बाहर बने मैकडोनल्ड के पास से गुज़र रहे थे। मैकडोनल्ड का स्टैच्यू दूर बैठा मुस्करा रहा था।

'आ जाओ बच्चा,' स्टैच्यू की आवाज़ आई।

'पैसे नहीं हैं,' शीरी ने कहा।

'जो जम्मू-कश्मीर बैरियर से नब्बे रुपये बचाए थे?'

स्टैच्यू सब कुछ जानता था, पर वह यह नहीं जानता था कि रास्ते में उनकी कार ख़राब हो गई थी।

'वो मम्मा ने ले लिये,' शीरी ने कहा।

'तो फिर खाओ देसी रोटियाँ, कुछ नहीं तेरे माँ-बाप भी, एक हैप्पी मील नहीं ले कर दे सकते अपने लाड़ले को, वैसे कहता है, मैं यूनिवर्सिटी में प्रोफ़ेसर हूँ।'

शीरी को उसकी बात अच्छी लगी। उसने एलान किया, 'मम्मा-पापा, मैं प्रोफ़ेसर तो कभी नहीं बनूँगा।'

"क्यों बेटा जी?" किरनजीत ने पूछा।

"बस, नहीं तो नहीं," शीरी स्टैंड ले गया था।

किरनजीत समझ गई। अभी-अभी मैकडोनल्ड गुज़रा था। वह बोली, "बेटा, तेरे पापा के सारे दोस्त अच्छी तनख़्वाहें ले रहे हैं। यहाँ तक कि कॉलेज वाले भी। अब तेरे पापा ने यूनिवर्सिटी की नौकरी ली है। यूनिवर्सिटी ने ज्यादती की है कि इनके पिछले कॉलेज की सर्विस काउंट नहीं होगी। नहीं तो सभी की काउंट होती है। क्या पता था कि यह धोखा होगा। तेरे पापा ने तो अपने काम में कोई कमी नहीं छोड़ी? कोई बात नहीं एक साल ठहरकर नए पे-स्केल आ जाएँगे। तनख़्वाह बढ़ेगी। फिर तुझे हर चक्कर पर हैप्पी मील मिल जाया करेगा।"

शीरी मुस्करा दिया। उसके मम्मा बड़े अन्तर्यामी थे। 'शी नोज़ एवरीथिंग।

कमीना स्टैच्यू कैसे मुझे मम्मी-पापा के ख़िलाफ़ भड़का रहा था।'

"बेटा, तू जो बनना चाहे, वही बनना," पापा की आवाज़ थी।

स्टैच्यू ने मुँह घुमा लिया और वह अपने यार्ड में आकर खड़ी हुई दिल्ली के नम्बर वाली एक कार में से उतर रहे बच्चों की तरफ़ देखने लगा।

"अगर कार फिर ख़राब हो जाए तो क्या करेंगे? पैसे तो बहुत कम बचे हैं," किरनजीत ने नूरत को डैश बार्ड के साथ खड़ा करते हुए आह भरी।

"ख़राब हो तो ली, अब और कितनी बार होगी?" अम्बर ने सामने सड़क पर देखते हुए कहा।

"क्या पता होता है, पुरानी कार का?"

कुछ समय कोई नहीं बोला।

"इतना पढ़-लिखकर इतने लोगों को पढ़ाकर भी नंग-भूख में लड़ते हैं," किरनजीत ने कहा, वैसे वह कभी कोई शिकायत नहीं करती थी। अम्बर ने हैरान होकर उसकी तरफ़ देखा।

"तंगी-तुर्शी सह कर ही कुछ बना करता है। शहर में मकान बन गया। आधी तनख़्वाह तो उसकी किस्त में निकल जाती है। ज़माना बदल गया, एक जन की तनख़्वाह से घर नहीं चलते अब। तेरी पी-एच.डी. हो जाएगी, फिर सब कुछ ठीक हो जाएगा," अम्बर उसका हौसला बढ़ा रहा था।

'सब कुछ ठीक कभी नहीं होता सर,' डॉ. रमन शर्मा, असिसटेंट प्रोफ़ेसर, स्कूल ऑफ़ लॉ, पंजाब यूनिवर्सिटी, चंडीगढ़ पलभर के लिए सड़क पर प्रकट हुआ। अम्बर मुस्करा दिया।

खन्ना पहुँचकर अम्बर ने कार गाँव की तरफ़ मोड़ ली। वे कई महीनों बाद गाँव जा रहे थे। जब से बापू अमर सिंह और ताया अरजन ने ज़मीन बड़े भाई मनदीप के नाम करवा दी थी, उनका गाँव जाना कम हो गया था। किरनजीत तो कई-कई महीनों बाद आती थी। अम्बर के मन में मोह का उबाल उठता तो वह बस से जाकर एक रात रह आता। यदि मनदीप मेहनत के साथ खेती करता होता तो अम्बर को सारी ज़मीन उसे देने को लेकर ज़रा भी रंजिश नहीं होती। मनदीप तो खेती से कब का मुँह मोड़े बैठा था। उसको ज़मीन में से कुछ निकलता नहीं दिखता था। वह ज़मीन बेचकर शहर में कोई बिजनेस करने की बातें करता। वह बनठन कर शहर की ओर चला रहता। खेती तो जितनी भर चलती थी, वह बापू और ताया के सिर पर ही चलती थी।

किरनजीत के फ़ोन की रिंग बजी। वह सुनने लगी। हरलीन का फ़ोन था। वह शीरी के साथ बात करना चाहती थी।

"अभी देखनी है। हम मलेरकोटला जाकर देखेंगे। हर शहर में मैंने तेरे पोस्टर देखे। यू आर राइजिंग स्टार। यू चीटर।" शीरी हँसा।

"यू नो, आफ्टर वन ऑर टू ईयर वी आर शिफ्टिंग टू मुम्बई। पापा को एक हिन्दी फ़िल्म की ऑफर हुई है।"

"हूँ...गुड कांग्रेट्स।"

शीरी हरलीन के बारे में सोचने लगा। वह कभी हिन्दी फ़िल्मों में हीरोइन के तौर पर भी आ सकती है। वह किसी दूसरे के साथ नाच भी करेगी। उसको याद आया, जब तारी अंकल नए-नए गायक बने थे। दूसरी क्लास में पढ़ती हरलीन को छुट्टियों में गाँव ले जाने के लिए उसके दादा जी आए थे। वे बस से गाँव जा रहे थे। मलेरकोटला से संगरूर जा रही बस में टी.वी. की स्क्रीन पर तारी चाचू का गीत चल रहा था।

"मम्मा, मैं तो पानी पानी हो गई, बड़े पापा, पापा का गीत सुनकर मुस्कराते रहे, हमारे साथ बैठे लड़के पापा के बारे में बातें करने लगे। बस फिर वही बात हुई जिसका डर था। बड़े पापा ने उन्हें बता दिया कि स्क्रीन पर गीत गा रहा तारी मेरा बेटा है और इस लड़की का पिता है। लड़के मेरी तरफ़ देखने लगे और मुझे धरती भी आसरा न दे। मम्मा, पापा उस मॉडल के साथ बार-बार जफ्फियाँ डाले जाएँ, मम्मा, तुम पापा से कहना कि थोड़ा डिस्टेंस रखा करें...," हरलीन चबा चबाकर बोल रही थी।

"बेटी, यह तो अपना प्रोफ़ेशन है," रविन्दर चाची मुस्कराए जा रही थी।

हर बार जैसे ही गाँव को जाने वाले रास्ते पर मुड़ते, अम्बर को लगता, वह किसी तनावग्रस्त क्षेत्र में दाख़िल हो गया है। उसको पक्का यकीन था कि मनदीप किसी बिजनेस में सफल नहीं हो सकता था। पाँचवीं फेल सिर्फ़ खेती करनी जानता था। जो काम वह जानता था, उसको वह करना नहीं चाहता था। अम्बर को लगता था कि बिजनेस की बातें करने वाला मनदीप सब कुछ उजाड़ कर रख देगा। यह भी सम्भव था कि बुज़ुर्गों को रोटी भी अम्बर को ही देनी पड़े।

उनकी ज़मीन आधी गाँव में लगती थी और आधी गाँव से दूर खन्ना मलेरकोटला सड़क पर थी। सड़क से हटकर क़रीब एक एकड़ के फासले पर उनके कुएँ वाली ख़ाली पड़ी अनुपजाऊ ज़मीन थी।

अम्बर ने कार धीमी करते हुए उस ख़ाली पड़ी ज़मीन पर निगाह डाली। उसे दो-तीन लोग उस ज़मीन पर घूमते दिखाई दिए। शायद बापू और ताया खेत में झोना लगवा रहे हों। उसने कार उस तरफ़ मोड़ ली। किरनजीत ने उसकी तरफ़ सवालिया नज़रों से देखा। फिर वह समझ गई। अम्बर भावुक क़िस्म का बन्दा था। खेतों का मोह अवश्य उसे खींच रहा होगा। अम्बर ने उस ख़ाली पड़ी ज़मीन के बीच जाकर कार रोक दी। किरनजीत नूरत को लेकर कार में ही बैठी रही।

"शीरी बाहर आकर खेत देख ले," वह 'अपने खेत' कहते-कहते रुक गया था। ये खेत अब अपने नहीं रहे थे। मनदीप या उसके पुत्र सन्नी के थे।

"मैंने क्या देखना है खेतों का? खेतों में देखने को क्या होता है?" शीरी हैरान था।

"यह तो शहरी बन्दा है। इसे खेतों से क्या मोह?" किरनजीत मुस्कराई।

इसी ख़ाली ज़मीन में वह मनदीप की रोटी लेकर आया करता था। इसी खेत में वह उससे ट्रैक्टर की चाबी माँगा करता था। इसी ज़मीन के टुकड़े में बापू उसको कहा करता था, "बेटा, तू पढ़-लिख ले। तू तो कार चलाया करेगा।"

अम्बर ने अपनी पुरानी कार की ओर नज़र डाली। एक दर्दभरी मुस्कराहट उसके होंठों पर तैर गई। 'यदि मकान की किस्त न भरनी पड़ती तो मैं कोई अच्छी कार ज़रूर ले लेता।'

उस समय जब उन्होंने मकान लेने की सलाह की थी तो किरनजीत ने कहा था, "हमसे कॉलेज की नौकरी के सिर पर किस्त नहीं भरी जा पाएगी, हम गाँव वाली ज़मीन में से कुछ हिस्सा बेचकर मकान में लगा लेते हैं। थोड़ा लोन ले लेंगे। उतनी भर किस्त हम भरते रहेंगे।"

अम्बर को बात जँच गई थी। उन्होंने गाँव आकर सारे परिवार के साथ बात की थी।

"मकान तू अपनी नौकरी के सिर पर बना। दुनिया इतना कुछ बनाए जाती है। जुलाहों के थानेदार लड़के ने आठ कीले ज़मीन ख़रीद ली नौकरी के सिर पर। ज़मीनें बेचकर कहीं मकान बनाया करते हैं।" मनदीप तल्ख़ी भरी आवाज़ में बोला था। ज़मीन बेचने से दोनों बुज़ुर्गों ने भी जवाब दे दिया था। बाद में मनदीप का दबाव था या तीनों बुज़ुर्गों की यह भावना कि छोटा नौकरी करता है, सैट है, बड़ा ज़मीन की वजह से छोटे के बराबर बना रहेगा। मनदीप ने ज़मीन अपने नाम करवा ली थी।

"प्रोफ़ेसर साहब सासरी काल...," फावड़ा उठाए आता वाल्मीकियों का भूना उसकी ओर चला आ रहा था।

"सासरी काल दुश्मना, क्या हाल चाल है। बहुत कुटाई की है तूने!" अम्बर हँस रहा था।

"बस जी, वही आदतें मार गईं। अगर सयाने होकर पढ़ जाते तो...। मौका मिला था। बस नहीं पढ़ सके मौके पर। तुम सरदार जी, बढ़िया रहे," भूना अपने जटा जैसे बने बालों में खाज कर रहा था। उसकी सफ़ेद दाढ़ी उलझी पड़ी थी। वह अम्बर से बीस साल बड़ा लगता था। अम्बर का पतला इकहरा शरीर जवान था। सबसे बड़ी बात उसकी स्मृतियों में एक परी मँडरा रही थी।

"हमारे परिवार के साथ अब तू काम करता है?" उसको पता था कि आठवीं कक्षा में फेल हो जाने के बाद भूना दूसरों के खेत पर काम करने लगा था।

"नहीं जी, मैं तो बचित्तर सिंह आढ़तिए के साथ हूँ...तुम्हें पता नहीं? मनदीप ने ये ज़मीन तो बेच दी थी जी आढ़तियों को।"

"क्या? ज़मीन बेच दी है?" एकदम ही अम्बर को लगा जैसे वह चींटियों

के बिल पर खड़ा हो। थोड़ी दूर मेंड़ पर मिट्टी लगा रहे बन्दों में कोई भी उसका अपना नहीं था।

"हाँ जी, महीना पहले रजिस्ट्री हुई है। मनदीप ने तो खन्ना में दुकान खोल ली है...मैंने तो सोचा, आपको मालूम होगा," भूना बोले जा रहा था। अम्बर सुनते हुए भी सुन नहीं रहा था। उसने पीछे मुड़कर किरनजीत की तरफ़ देखा। वह भी आँखें चौड़ी किए देखे जा रही थी। उसने अम्बर को चलने का इशारा किया।

"खिला दिया गुल...," अम्बर ने कार में बैठते हुए कहा।

घर के आगे पहुँचकर कार रोकी। अधखुले दरवाज़े में से देखता हुआ सन्नी दौड़कर आया और दरवाज़ा खोलने लगा। अन्दर घुसते ही अम्बर को सामने बरामदे में सफ़ेद रंग की नई बलैरो गाड़ी खड़ी दिखाई दी। आँगन में खड़े जामुन की छाँव तले पूरा परिवार चारपाइयों पर बैठा हुआ था। किरनजीत और बच्चे कार में से उतर रहे थे। सन्नी अन्दर से कुर्सियाँ ला रहा था। उन्होंने तीनों बुज़ुर्गों को झुककर पैरीपैना किया। किरनजीत और सुखी बगलगीर होकर मिलीं। इन मिलनियों के अन्दर वाली अदृश्य तनाव की भनक सभी को थी। यहाँ तक कि शीरी को भी। सन्नी इस भनक से बेख़बर था। नूरत को इस बारे में कुछ भी पता नहीं था, इसलिए वह अपनी दादी की गोदी चढ़ बैठी थी। उसको पैदा होने पर घुट्टी दादी ने ही दी थी।

"खाना खाओगे?" सुखी ने पूछा। साढ़े तीन बज चुके थे। तीसरे पहर की चाय का समय हो चुका था।

"खाएँगे, हम रास्ते में कहीं रुके ही नहीं," किरनजीत बोल पड़ी। अम्बर बोलता तो वह मना कर देता। उसे अपने बापू और ताया के बारे में पता था। उन्होंने अवश्य मन ही मन कहना था कि अम्बर क्यों अपने परिवार को भूखा-प्यासा लिये घूमता था। जी.टी. रोड पर जगह-जगह ढाबे थे। अम्बर नहीं बोला क्योंकि किरनजीत कह बैठी थी।

"कार किसकी है?" अम्बर अनुमान लगा चुका था, फिर भी उसने बात चलाने के लिए पूछा।

"कोई बात नहीं, पहले रोटी-पानी छक ले, बता देते हैं," अमर सिंह ने कहा। इस जवाब में असल जवाब भी छिपा पड़ा था। इस जवाब में इस बात की नसीहत भी छिपी हुई थी कि अम्बर को धैर्य रखना चाहिए।

"मेरी पोती तो मेरे पर जाएगी," शिन्दर कौर ने नूरत का चेहरा-मोहरा निहारते हुए कहा। अम्बर ने दादी-पोती की तुलना की तो नूरत सचमुच माँ जैसी लगी।

"हाँ भई शीरी, कैसे चलती है पढ़ाई? बाप की तरह पढ़ना अठारह-बीस जमातें," अरजन ताया ने कहा।

"हाँ जी," शीरी का मन मचल रहा था कि वह कार देखे। उसको बलैरो गाड़ी बहुत अच्छी लगती थी, पर उसने कभी अन्दर से नहीं देखी थी। उसके पापा कभी-

कभी यूनिवर्सिटी की बलैरो गाड़ी में कॉलेजों में ड्यूटी पर जाते थे। वह सन्नी की प्रतीक्षा कर रहा था। सन्नी अन्दर अपनी मम्मी के साथ खाना तैयार करवा रहा था।

"टी.वी. पर तेरा प्रोग्राम देखा करते हैं, सारा गाँव देखता है। भाई गर्व से सिर ऊँचा हो जाता है," अरजन सिंह ने कहा।

"गाड़ी भाई मनदीप ने ली है। सड़क वाली ज़मीन बेची है। खन्ने में एक बड़ी दुकान डाली है और प्लाट लिया है। बाकी इस गाड़ी पर लगा दिए पैसे," माँ ने उसको बता देने का यत्न किया।

"अच्छा, यह बात है," अम्बर ने इस प्रकार कहा जैसे उसको पहले कुछ पता ही न हो। मानो वह उनके मुँह से ही सुनना चाहता था।

खाना परोसती अम्बर की भाभी सन्नी को बार-बार डाँट रही थी। किरनजीत समझ रही थी कि उसकी जेठानी उनके आने पर ख़ुश नहीं थी।

रोटी खा कर किरनजीत शीरी को साथ लेकर बैग कार में से बाहर निकलवाने ही लगी थी कि अम्बर ने ग़ुस्से में कहा, "रहने दे बैगों को। चाय पीकर चलते हैं।"

किरनजीत ने हैरानी के साथ देखा। वे तो रात रहने का फ़ैसला करके आए थे। शीरी ने भी अचरज के साथ देखा। पापा लौटने की बात कर रहे थे। उसे तो अभी बलैरो के अन्दर बैठकर देखना था। उसे सन्नी के साथ ईर्ष्या हो रही थी। दो साल ही तो बड़ा था वह शीरी से। वह अब बलैरो में बैठा करेगा। उसने सन्नी को उठने का इशारा किया। वे अन्दर चले गए। किरनजीत सुखी के साथ चाय बनाने लगी। सन्नी चाबियाँ उठा लाया। उसने रिमोट वाली चाबी से गाड़ी का लॉक खोला। गाड़ी ने टू-टू की आवाज़ की। बत्तियों ने दाँत चिढ़ाए। शीरी खिड़की की तरफ़ हाथ बढ़ाने ही लगा था कि अम्बर बोला—

"गाड़ी नहीं देखी कभी?...तेरा बाप मर नहीं गया। बहुत ले दूँगा गाड़ियाँ तुझे।"

शिन्दर कौर, अमर सिंह और अरजन तीनों डरे बैठे थे। पता नहीं अम्बर क्या बोलेगा। अन्दर ही अन्दर कहीं वे भी महसूस करते थे कि उन्होंने अम्बर के साथ नाइंसाफ़ी की थी। पर वे क्या करते, मनदीप उन्हें हर वक्त सूली पर टाँगे रखता था।

'मुझे पढ़ाया नहीं। मेरी पढ़ाई की तरफ़ किसी ने ध्यान नहीं दिया। अगर स्कूल नहीं जाता था तो मारपीट कर भेज देते। चाली वीघे की खेती में से बचता क्या है? मेरे भाई-भाभी ने मेरे लड़के को पढ़ाने की हामी नहीं भरी। यदि मेरे भाई-भाभी मेरे बेटे को नहीं झेल सकते तो मुझे क्या उन्हें रगड़ कर अपने जख्म पर लगाना है? ज़मीन मेरे नाम कराओ नहीं तो मैं सबको मारकर मरूँगा। ये आए दिन ख़बरें पढ़ते ही हो, टब्बर के टब्बर मरते हैं। क्यों मरते हैं? यही सब होता है। और कहीं वे लोग आसमान से उतरे होते हैं? हमारे जैसे ही होते हैं'।' वह सुबह-शाम क्लेश करता।

सन्नी को अपने पास न रखने वाली ग़लती वे अम्बर और किरनजीत की भी

मानते थे। उन्हें तो दोनों पोते एक जैसे थे। जहाँ शीरी पढ़ता था, वहीं सन्नी पढ़ लेता। तीन-तीन बच्चे क्या लोगों के नहीं होते!

जब गाँव से आकर अम्बर ने सन्नी को कोटले में पढ़ाने वाली मनदीप द्वारा कही बात बताई थी तो किरनजीत ने दो टूक कहा था, "अम्बर, वह लड़का बचपन से ही बिगड़ा हुआ है। पाँचवीं में बड़ी मुश्किल में पास हुआ। वीर जी ने कहकर पास करवाया। यहाँ आकर पढ़ भी सकता है और बिगड़ भी सकता है। अगर बिगड़ गया तो सारी उम्र का उलाहना हो जाएगा। कहेंगे, हमारे लड़के की तरफ़ ध्यान नहीं दिया। आजकल तो अपने बच्चे कोई बात सुनकर राजी नहीं। चाचा-चाची की कौन सुनता है? यदि तेरे मेरे डाँटने-घूरने पर घर से भाग जाए तो फिर कहाँ से लाकर देंगे लड़का? और फिर, यह भी तो हो सकता है कि वह हमारे शीरी को भी बिगाड़ दे? न-न, गुस्सा करें, गिला करें, मैं किसी के बच्चे को नहीं रख सकती।"

उसके बाद अम्बर ने मकान के लिए पैसे माँग लिये थे। अम्बर को इनकार हो गया था। उसके बाद मनदीप ने बापू अमर सिंह वाली ज़मीन अपने नाम लगवा ली थी। इसकी उड़ती-फिरती ख़बर सन्तवीर से होती हुई किरनजीत कौर तक पहुँची थी। वह हफ़्ताभर उठती-बैठती किलसती-रोती रही थी। रोया अम्बर भी था। सगे भाई द्वारा की इस धोखाधड़ी ने उसको तोड़कर रख दिया था। ताया अरजन वाली ज़मीन का क्या होना था, इस बारे में कुछ पता नहीं था। उन दिनों जम्मू-कश्मीर यूनिवर्सिटी की ओर से रिक्त पद निकले थे। यद्यपि यूनिवर्सिटी अथॉरिटी ने उसको दस साल की रैगलुर नौकरी के लाभ नहीं दिए थे, पर इस बात का असर अम्बर ने अपने मन की शान्ति पर नहीं पड़ने दिया था। इसका असर उसने अपनी अध्यापन कला पर नहीं पड़ने दिया था। इसका असर किरनजीत पर पड़ा था। अम्बर जानता था कि यह बात किरनजीत के लिए एक रिसता ज़ख़्म बन सकती थी। उसने लोगों को पछतावे की अग्नि में जलते देखा था।

इसलिए उसने उसको पी-एच.डी. करने पर लगा दिया था।

"कहाँ है वीरा अब?" अम्बर ने पूछा।

"तू अन्दर न जाना, शादी में से आया है। दारू पी रखी है। सो रहा है," माँ ने उसके घुटने पर हाथ लगाकर उसको रोक लिया।

"दुकान कैसी चलती है?"

"दुकान अभी नई है, चल पड़ेगी," माँ आशावान थी।

"दुकानें भी मालिक की हाज़िरी में चला करती हैं। नौकरों के सिर पर कहीं दुकानें चलती हैं?" ताऊ अरजन ने मनदीप की बेकायदा बात की ओर इशारा किया।

'जो लाहौर...' अम्बर कहने लगा था, पर चुप साध गया। उसको क्या ज़रूरत थी। मनदीप को उसके माँ-बाप अधिक जानते थे।

"चलो चलें," उसने एलान किया।

"क्यों रात रहो, अब तो छुट्टियाँ ही हैं। मैं तो बच्चों के साथ भी कोई बात नहीं कर सकी अभी," अम्बर की माँ का लम्बा नि:श्वास निकल गया। उसको अम्बर के बारे में यह ख़याल रह-रहकर आता था कि उसने बेटे को पढ़ा लिया था, पर गवाँ भी लिया था। छोटा होता वह उसके कितने क़रीब था।

"देख लो अगर रह सकते हो तो रह जाओ," सुखी ने कहा। उसके शब्दों में 'न रहो' की ताकीद छिपी हुई थी।

"नहीं माँ, रात नहीं रहना। जाकर अपने घर की ख़ैर-ख़बर लें," अम्बर ने दृढ़ता के साथ कहा, "किरनजीत बच्चों को बुला। ये नूरत किधर दौड़ गई?"

"पड़ोसियों के बच्चे ले गए, मैं लाती हूँ," किरनजीत बाहर निकल गई।

शिन्दर कौर तेज़ी के साथ अन्दर गई। उसने अल्मारी में से पाँच सौ के दो नोट निकाले। शीरी और नूरत कितने दिनों बाद आए थे।

जब वह शीरी और नूरत को पैसे देने लगी तो अम्बर ने आगे बढ़कर कहा, "नहीं माँ, मैं अब इस घर से कुछ नहीं लूँगा। बहुत कुछ ले लिया। तुमने पढ़ा दिया, यही बहुत है।"

"मैं तुझे कहाँ दे रही हूँ। ये मेरे भी तो कुछ लगते हैं। न अम्बर, न रोक, मेरा मन बहुत दुखी होगा," शिन्दर कौर का गला भर आया। उसको रोती देख अम्बर पीछे हट गया। बच्चों ने पैसे ले लिये। शीरी को एकदम मैकडोनल्ड याद आया।

कार घर से बाहर निकल आई। कार शहीद करनैल सिंह की मूर्ति के पास से गुज़री। मूर्ति वैसे की वैसे खड़ी थी, चलने को तत्पर। नूरत ने उसकी ओर हैरानी से देखा। कार बस स्टॉप के पास से निकली। सब कुछ दौड़ा जा रहा था। दरख़्त पीछे को, कार आगे को, वे चारों मलेरकोटला की ओर। लाडेवाल के साथ रिश्ता मामाओं के चले जाने के बाद से ही ख़त्म हो गया था। अम्बर दो-तीन बार लाडेवाल गया था। उसके बचपन के साथी कैनेडा-अमेरिका चले गए थे। बहुत सारी जगहें ज्यों की त्यों थीं। बहुत सारी नई बन गई थीं। अम्बर उन जगहों पर घूमता रहा था। कई बिसरी हुई घटनाएँ याद आईं। कई फीकी यादें गहरी हो गईं। नहर अब भी वहीं पर थी। पानी अब भी बह रहा था। छोटे होते नहर जितनी बड़ी लगती थी, अब उतनी बड़ी नहीं रही थी।

उसने जोड़े पुलों के ऊपर से गुज़रते हुए सोचा, 'इतने समय में कितना पानी इनके नीचे से गुज़र गया होगा।' अम्बर आगे देखने वाला व्यक्ति था। वह अपने आप पर हैरान हो गया कि वह वहाँ क्या खोजता फिरता था। अम्बर बचपन के उन दिनों को याद करके एक दर्दभरी मुस्कराहट के साथ मुस्कराया। उसने और माँ शिन्दर कौर ने कितने ही दुख साझे झेले थे, पर उसकी माँ अब उसके उतनी नज़दीक नहीं रही थी। फिर उसने माँ वाली तरफ़ खड़े होकर सोचा, 'माँ तो अपने सारे बच्चों को बराबर ही रखना चाहती है।'

घर के नीचे वाला हिस्सा किराये पर दिया हुआ था। ऊपरी हिस्से को उन्होंने अपने पास रखा हुआ था। उनकी पुरानी नौकरानी राणी के पास उनके घर की एक चाबी थी जो उन्होंने ही उसे दी थी। राणी घर की साफ़-सफ़ाई कर गई थी। गर्मियों की छुट्टियाँ उन्होंने वहाँ बितानी थीं।

मलेरकोटला के मुकाबले जम्मू शहर रहने के लिए कहीं बेहतर था। जम्मू के क़रीब शिवालिक के सघन जंगल थे। शहर ऊँचा-नीचा होने के कारण बारिश के बाद साफ़ हो जाता। बस, अधिकांश लोग बाहरी लोगों को सहते नहीं थे।

जम्मू में अधिकतर हिन्दुओं और सिक्खों की नज़रों में भारतीयों के प्रति बेगानगी कूट-कूट कर भरी हुई थी। जम्मू के मुसलमान अल्पसंख्यक होने के कारण बाहर वालों के प्रति नरम रवैया रखते थे। कश्मीरी मुसलमान मेहमाननवाज़ी तो बहुत करते थे, पर यह मानने के लिए तैयार नहीं थे कि कश्मीर भारत ही है। मलेरकोटला उसको अपना-अपना लगता। हालाँकि यह शहर जम्मू के मुकाबले साफ़-सफ़ाई में बहुत पिछड़ा हुआ था। शहर की बाहरी बस्तियों में सिखों और हिन्दुओं की आबादी थी। पुराने मुहल्लों में मुसलमान आबाद थे। उनमें बहुत से अनपढ़ और पिछड़े हुए थे। उस तरफ़ चाय और मीट की दुकानों की भरमार थी। चाय की कुछ दुकानें तो पूरी रात ही खुली रहतीं। लड़कों की टोलियाँ सारी रात घूमती रहतीं। इस तरफ़ रात के समय हिन्दू लोग आने से घबराते थे।

उसके 'होने' से 'न होना' ताकतवर क्यों बन जाता है?

अम्बर जिस दिन से ज़ोया से मिलने लगा था, उसी दिन से वह ज़ोया की ओर और अधिक खिंचता चला गया। प्रारम्भिक कुछ मुलाकातों के बाद ही उसे यह महसूस होने लगा कि वह ज़ोया के पूरा क़रीब जा चुका था। या तो वह अपनी पसन्द की लड़कियों के साथ सम्बन्ध बना ही नहीं सका था या सम्बन्ध बना, पर ऐसी निकटता न बन सकी थी। वे जब भी मिलते थे, इस प्रकार मिलते थे जैसे कभी बिछड़े ही नहीं थे। जब वे बिछड़ते तो ज़ोया का वजूद अपनी ताकतवर मौजूदगी के साथ उसके पास प्रकट हो जाता। वह उसके साथ बिताए पलों को बार-बार सोचता। वह उसकी कही गई बातों को फिर से याद करता। ज़िन्दगी ख़त्म हो सकती थी, पर उसकी ज़ोया के साथ बातें ख़त्म नहीं होती थीं। वे कोई साधारण बातें नहीं थीं। उन शब्दों को एक बार, दो बार, नहीं सैकड़ों-हज़ारों बाद दोहरा कर सुना जा सकता था।

ज़ोया ने उसको कश्मीर की इतनी बातें सुनाई थीं कि अब अम्बर के पास एक कश्मीर था।

ज़ोया ने उसको कोलकाता के इतने किस्से सुनाए थे कि अब अम्बर के पास एक कोलकाता था।

हर मुलाकात के बाद लगता था कि अब वह ज़ोया के और अधिक क़रीब हुआ है। क्या वे कभी सारी दूरियाँ मिटाकर एक-दूजे के क़रीब हो सकेंगे? वह हर मुलाकात के साथ बढ़ती निकटता का आनन्द लेता हुआ इतना ख़ुश था, जितना ज़िन्दगी में कभी नहीं हुआ था।

किरनजीत के होते हुए भी उसको एक भूख, एक प्यास, एक ख़ालीपन तंग करता रहा था। उसको हमेशा किसी की प्रतीक्षा रही थी। जिसका वह इन्तज़ार करता था, वह बहुत सुन्दर थी। वह जिसको अपनी मुहब्बत लुटा सकता था, वह बहुत अच्छी थी। वह जिस औरत का तसव्वुर करता रहा, वह बहुत ऊँची और पाक थी। वह अपने आप को बताता कि ऐसी औरतें धरती पर कम ही हुआ करती हैं। वे तो परियाँ हुआ करती हैं। वह भी सातवें आसमान की। ज़ोया को मिलते ही वह हैरान रह गया था। क्या यह पहली नज़र में हुआ प्यार था? वह तो ऐसे प्यार में यकीन नहीं करता था। उसने ज़ोया को पहचाना था। उसके शब्दों में से, उसके ग़ुस्से में से, उसकी दलीलों में से, उसकी ख़ूबसूरती में से, उसके चेहरे के हाव-भाव में से, उसके चेहरे के भोलेपन में से, उसके चेहरे पर फैले ईमानदारी के भावों में से, उसकी समूची कायनात में से।

वह आ गई थी और उसके आने से अम्बर के आस पास का सारा वातावरण भर गया था। वह हर तरफ़ फैल गई थी। वह उसके प्रति इतने श्रद्धा भाव से भर गया था जितना वह बचपन में गुरद्वारे के प्रति भर जाया करता था। क्या यह श्रद्धा भी कभी ख़त्म हो सकती है? शायद हाँ, शायद नहीं। इस समय वह 'न' नहीं सुन सकता था। पर बहुत सारी किताबें पढ़े व्यक्ति ने उसको बता दिया था कि दोनों बातें सम्भव थीं, पर अधिक सम्भावना 'न' की ही थी। जब तक वह उसको पा नहीं लेता, तब तक उसके भावों ने शिद्दत से भरपूर रहना था। बाद में दोनों की समझदारी ने ही एक-दूसरे को आनन्द देना था। घटनाओं और व्यवहारों के प्रति एक-दूसरे की भरपूर समझ ने ही एक-दूसरे की रूहों की खुराक बनना था।

वह दुनिया को ज़ोया की नज़रों से देखेगा। वह अपनी नज़रों से ज़ोया को दुनिया दिखाएगा। वह कहीं भी जाएगा, ज़ोया संग होगी। वह उसके ख़ूबसूरत दिमाग़ और जिस्म का सम्पूर्णता के साथ आनन्द उठाएगा।

अम्बर के गाइड डॉ. हरदेव सिंह ने एक बार उससे कहा था, "अम्बर तेरे अन्दर अब भी एक किशोर बालक जीवित है। यह उनके अन्दर होता है जिन्हें उम्मीद के अनुसार प्यार न मिला हो।"

अम्बर अपने अन्दर के उस लड़के को कभी-कभी देखता था। दुनियादार अम्बर कभी-कभी उस लड़के की माँगें पूरी भी करता था, पर अधिक बार वह उसको

चुप करवा देता। ज़ोया से मिलने के बाद उस लड़के ने जिस प्रकार तर्कों के साथ दुनियादार अम्बर को समझाया था, उससे अम्बर भाग नहीं सकता था।

वह इतना ख़ुश था कि अपनी ख़ुशी को अपने अन्दर रखना उसके लिए कठिन हो रहा था। उसके अन्दर किरनजीत को अपनी ख़ुशी बता देने की इच्छा फिर से पैदा हुई। वह उसको बता दे कि वह उसको मिल गई है। वह इनसान जो लोगों को नहीं मिला करता, जिसको लोग तरसते मर जाते हैं। मैं ख़ुश क़िस्मत हूँ, मैंने उसे खोज लिया है। अम्बर को लगता था कि वह किरनजीत को बताएगा तो उसे भी उसकी ख़ुशी में ख़ुश हो जाना चाहिए। अपने स्वार्थ के लिए उसे रोकना नहीं चाहिए। अम्बर को लगता था कि दुनिया ऐसी ही होनी चाहिए थी। वह जानता था कि दुनिया कभी ऐसी ही होती थी। तब वह अपने मनपसन्द साथियों के साथ रहते थे। जंगली जीवन में भोजन के रोज़ मिलने का कोई भरोसा नहीं था। उन्हें खेतीबाड़ी करनी आ गई थी। कबीले में खासा झंझट पड़ा था। बूढ़े बिलकुल सहमत नहीं हुए थे, पर जवान लोगों ने घुमन्तू जीवन का त्याग करने और खेतीबाड़ी करने का फ़ैसला कर लिया था।

'तुम जंगल को त्याग रहे हो, एक दिन जंगल तुम्हें त्याग देगा, एक जगह बैठे-बैठे तुम घुग्घू हो जाओगे। तुम्हारा ज्ञान घटता जाएगा। एक दिन आएगा जब तुम जंगल को तरस जाओगे,' बुज़ुर्ग शाप देने की तरह बोले थे।

नौजवानों ने फ़सलें बोना शुरू कीं। उन्होंने अपने आप खेत तैयार किए। उन्होंने छोटी-छोटी झोपड़ियाँ बनाई थीं। झोपड़ियों में उनकी दो-दो जनों की जोड़ियाँ बनी थीं। ये जोड़ियाँ ही पति-पत्नी कहलाईं। उनकी झोपड़ियाँ संसार के पहले घर थे। फिर उनके घर इकट्ठे हुए तो गाँव बन गया था। वह गाँव संसार का पहला गाँव था।

कुछ घुमन्तू कबीले उनके विवाह देखने आए। उन्होंने भी इसको अपनाना शुरू कर दिया। उनके साझे बच्चे हुए थे। मर्द ने बच्चों में से अपने आप को पहचाना था। इस समय ही बापू का जन्म हुआ था। ग्रामीण लोगों ने विवाह की सफलता देखकर उसके इर्दगिर्द रीतियों-रस्मों का जाल बुनना शुरू कर दिया। उसको अच्छे-अच्छे खानों और गीतों के साथ श्रृंगार दिया गया। मदिरा पी कर वे नाचने लगे थे। नाच विवाह का आवश्यक अंग बन गया था।

उन्होंने जंगल एकदम नहीं छोड़ा था। जब तक उनके कुठले नहीं भरे थे, उन्होंने जंगल पर आंशिक निर्भरता बनाए रखी थी। वह अब भी जंगल में जाते थे। आहिस्ता-आहिस्ता उनकी आरामदायक जीवन-शैली देख अन्य कबीलों के जवान भी खेतीबाड़ी करने लगे थे। एक बार में जंगल साफ़ करना कठिन था। जंगल बोई हुई फसलों में दोबारा उगने का यत्न करता था और उसको लगातार उखाड़ते रहना पड़ता था।

उन्होंने मुट्ठियाँ भींचीं तो कुछ जंगली जानवर पहचाने गए थे। उन्होंने उन्हें

काबू कर के अपने बाड़े भर लिये थे। वे थे—भैंसें, झोटे, गायें, बैल, घोड़े, घोड़ियाँ, बत्तखें, मुर्ग़े और मुर्ग़ियाँ।

कभी-कभी उनके साथियों के समूह अपने पकड़े गए साथी जानवरों को देखने के लिए उनके क़रीब आते। वे तरह-तरह की आवाज़ें निकालते। कब्ज़े में आ चुके जानवर कोई जवाब न देते। वे अपनी होनी स्वीकार कर चुके थे। उनमें से जिन्होंने अपनी होनी स्वीकार नहीं की थी और भागने का यत्न किया था, मनुष्य द्वारा मारकर खा लिये गए थे।

उनमें से कुत्ता एक ऐसा जानवर था जो अपने आप उनके घरों के बाहर बैठने लगा था। जिसे यह समझ में आ गया था कि जंगल की अपेक्षा मानव घर अधिक सुरक्षित था। वह मनुष्य की खातिर शिकार मार लाता था। वह जंगली जानवरों से मनुष्य की फ़सलों और झोपड़ियों की रखवाली करता। बदले में कुछ फालतू भोजन उसकी खातिर भी बनने लगा था। कुत्तों ने अपने आप घर सँभाल लिये थे। अपने पेशाब के साथ उन्होंने अपने इलाके की सीमा तय कर दी थी। इस सीमा में उनका अपना कुनबा ही रह सकता था।

घरों ने उन्हें बारिश, ठंड, धूप और जंगली जानवरों से सुर्खरू कर दिया था। मनुष्य का नया ठिकाना इतना सुरक्षित था कि चूहे, साँप, चिड़ियाँ, दीमक, कीड़े सब इसकी तरफ़ खिंचे चले आते। और तो और, बिल्लियों ने कुत्तों से आँख बचाकर मनुष्य के घर के अन्दर पनाह ले ली थी। उसने कुत्तों से अधिक चमचागिरी कैसे की, इसे कुत्ते कभी नहीं समझ सके। इस चालाकी के लिए कुत्तों ने उसको कभी माफ़ नहीं किया था। जब कभी बिल्ली घर से बाहर आती थीं, वह उसकी अच्छी दौड़ लगवाते थे।

जंगल में रह रहे उनके कबीले वाले बुज़ुर्ग कभी-कभी गाँव का चक्कर लगाते। वे हैरान होते कि उनका कबीला किस प्रकार बिखर गया। कबीले का सरदार सिर्फ़ चार औरतों वाले एक परिवार का मुखिया बनकर रह गया था। उसकी झोंपड़ी दूसरों से बड़ी अवश्य थी, पर अब उसकी शक्ति और सामर्थ्य पहले जैसी नहीं रही थी। सिर्फ़ लड़ाई-झगड़े के मौके पर उसको हुक्म और फ़ैसला सुनाने का अवसर मिलता। सबसे बड़ी हैरानी उन्हें इस बात की थी कि एक आदमी के साथ रहने के बावजूद औरतें बच्चे पैदा किए जा रही थीं। और तो और, बच्चे किसी बात से भी कमज़ोर नहीं थे। जब वे कबीले में होते तो औरत तगड़े मर्द के साथ मिलाप करती थी ताकि उसका बच्चा तगड़ा हो। फिर वह किसी तेज़ दिमाग़ मर्द के साथ संसर्ग करती ताकि उसका बच्चा तेज़ दिमाग़ भी हो। फिर वह बढ़िया कहानियाँ सुनाने वाले के साथ सोती ताकि उसका बच्चा कलाकार भी हो। अब एक आदमी के साथ रह कर एक ही तरह के बच्चे पैदा नहीं होंगे? परन्तु ऐसा हुआ नहीं था। सब लोग अपने ग्रामीण जीवन में बड़े ख़ुश थे।

अम्बर को धीरे-धीरे यह ज्ञान हो गया कि किरनजीत उसकी ख़ुशी में ख़ुश नहीं होगी। यह भी कि डायवोर्स पार्टियों वाले दिन अभी दूर थे। किरनजीत बुरी तरह प्रतिक्रिया करेगी। वह रोने-पीटने तक जाएगी। हाँ, वह गाँव से आई हुई सीधी-सरल सी औरत थी इसलिए बखेड़ा भी खड़ा कर सकती थी। उसको कुछ नहीं बताया जा सकता।

उसने ज़ोया के सामने अपनी भावनाओं का इज़हार करने का मन बना लिया। पर जब उसने ज़ोया के सामने अपने प्रेम को प्रकट करने की बात सोची तो साथ ही स्थान के चयन का ख़याल भी उभरा। ऐसा होने पर उसके अन्दर अपने और ज़ोया के साथ-साथ अपने प्यार के भी बहुत बड़े होने का अहसास पैदा हो गया। नहीं यह साधारण लड़के-लड़कियों के प्यार से बहुत बड़ा था।

बचपन में वह अपनी ननिहाल जाया करता तो अपने नाना को साथ लेकर कितनी कितनी देर पास में बहती जोड़ेपुलां वाली धूरी ब्रांच नहर के किनारे बैठा रहता। उसके मामा उसे रोकते-टोकते, पर अम्बर बहाने से दिन में एक चक्कर उधर का अवश्य लगाता। बस या ट्रेन में सफ़र करते हुए उसको पता होता, कहाँ किस नदी या नहर पर से गुज़रना है। मलेरकोटला ईसड़ू जाते हुए जोड़ेपुलों के ऊपर से गुज़रना उसके लिए अद्भुत अनुभव रहा था। शीरी के जन्म लेने से पहले तो वह चाय या जूस पीने के बहाने वहाँ ज़रूर रुकता था। किरनज़ीत का बिलकुल मन नहीं होता था, पर वह अपने प्रोफ़ेसर पति की रज़ा में ही राज़ी थी।

जम्मू शहर की बगल से छोटी नदी तवी बहती थी। तवी पर 'हर की पौड़ी' नाम की एक बहुत शान्त जगह थी। 'ज़ोया, मैं क्या क्या योजनाएँ बनाए जा रहा हूँ। तेरा इनकार इस सबको पल भर में बिखेर देगा। तेरी क्या प्रतिक्रिया होगी? मुझे नहीं पता। इसका अर्थ हम अभी तक क़रीब नहीं आए।' यह सोचते हुए अम्बर के अन्दर दर्द की एक लहर उठी। बहुत क़रीब होकर भी ज़ोया उससे कितनी दूर थी।

"ज़ोया, मैं तुझसे मिलना चाहता हूँ," उसने फ़ोन किया।

"जनाब, मैं हाज़िर होने के लिए तैयार हूँ। कहाँ मिलें?" ज़ोया का जवाब हँसी के रंग जैसा लग रहा था।

"हर की पौड़ी पर मिलें?"

"वॉव! मुझे वह जगह बहुत पसन्द है," ज़ोया चहक उठी।

पार्किंग में ज़ोया का इन्तज़ार करते हुए वह सामने वाली पहाड़ियों की ओर देखता रहा। उसके सामने कटरा जाने वाली रेलवे लाइन एक सुरंग में से निकल कर दूसरी सुरंग में दाख़िल होती दिखाई देती थी। यह रेलवे लाइन आगे श्रीनगर तक पहुँचने वाली थी। वह कश्मीरियों के बाकी भारत के साथ न जुड़ सकने के कारणों में से

एक कारण अब तक रेलवे लाइन के न बन सकने को भी मानता था। बसों के ज़रिये लम्बा सफ़र नहीं हो सकता था। हवाई जहाज़ के ज़रिये खाती-पीती क्लास ही भारत से जुड़ी थी। रेल द्वारा ही सस्ता लम्बा सफ़र सम्भव होना था। कश्मीरी लोगों ने रेल के माध्यम से ही भारतीय लोगों के साथ जुड़ना था। पर ज़ोया मेरे साथ कैसे जुड़ेगी? इस सवाल पर आकर वह बुरी तरह डर गया। उसके द्वारा आज उठाया जाने वाला क़दम उनकी दोस्ती को भी ख़त्म कर सकता था। उसने बहुत सँभल कर बात करने का फ़ैसला किया। नहीं, वह ज़ोया को हमेशा के लिए गवाँ लेने की ग़लती नहीं कर सकता था।

ज़ोया की होंडा सिटी पहाड़ों से नीचे आती दिखाई दी। आहिस्ता-आहिस्ता आती कार उसकी पुरानी मारुति कार के बराबर आकर खड़ी हो गई।

"जम्मू की सबसे ख़ूबसूरत जगह पर एक ख़ूबसूरत इनसान इस नाचीज़ को क्यों बुला रहा है?" ज़ोया ने अपना पतला गोरा कोमल हाथ अम्बर के बड़े, साँवले और सख़्त हाथों में देते हुए कहा। अम्बर के सख़्त हाथों में भी एक कोमल स्पर्श था। ज़ोया इस कोमलता को पहचानती थी।

"तुम्हें भी यह जगह ख़ूबसूरत लगती है?"

"बहुत ज़्यादा, मेरा होटल यहाँ से क़रीब ही है। मैं जब कभी जल्दी आ जाती हूँ, यहीं आकर बैठती हूँ," ज़ोया ने अपने चारों ओर घूमते हुए इस छोटी-सी घाटी को निहारा। अम्बर उसकी अदा पर फिदा हो गया। एक पल में वह कैसे कुदरत का हिस्सा हो गई थी। उसको वह आस पास की वनस्पति की भाँति ही निर्मल लगी।

उसी समय सुरंग में से रेल की सीटी की आवाज़ आई। अम्बर कार के साथ पीठ लगाकर सुरंग के मुँह की ओर देखने लगा। ज़ोया भी उसी अन्दाज़ में खड़ी हो गई।

"हाय, यह मेरे वतन तक जाया करेगी। मेरे गाँव के नीचे से गुज़र कर इसकी लाइन बारामुला तक बन गई है। कुछ सालों तक पूरा कश्मीर इस लाइन से जुड़ जाएगा। शुक्र है, कश्मीरी लोग घाटी में से बाहर निकलेंगे, बाहर की दुनिया देखेंगे। अम्बर जो कश्मीरी लोग भारत में घूमे-फिरे हैं, उनका नज़रिया इतना पृथकतावादी नहीं है," अम्बर सुन रहा था, उसने उसको बताया कि अभी कुछ मिनट पहले मैं भी यही कुछ सोच रहा था। सुनकर ज़ोया एक ख़ास अन्दाज़ में मुस्कराई। 'हम एक ही हैं बच्चू' के अन्दाज़ में।

जम्मू की तरफ़ से आ रही ट्रेन का इंजन धीरे-धीरे बाहर निकलता पूरी तरह प्रगट हो गया। अम्बर ट्रेन और उड़ते जहाज़ को देखने के अवसर को शायद ही कभी गवाँता था। मनुष्य की इतनी हैरान कर देने वाली खोजें उसको अब भी आकर्षित करती थीं।

ज़ोया को अम्बर के लेक्चर की पंक्तियाँ याद आ रही थीं, 'जितनी दूर से आदमी छह सालों में कहीं से लौटकर आता है, बैलगाड़ी में छह महीने में लौटने

लगा। रेल गाड़ी उतनी दूर छह दिनों में चक्कर लगाने लगी। इतनी दूरी जहाज़ छह घंटों में पूरी कर लेता है।'

नीले रंग के डिब्बे एक-एक कर उसके पीछे चल रहे थे। सौ डेढ़ सौ मीटर की दूरी पूरी करके इंजन बाईं ओर वाले पहाड़ में तेज़ी से घुस गया। देखते-देखते डिब्बे भी पहाड़ के अन्दर गायब हो गए।

"हम यहाँ कभी मिले क्यों नहीं ज़ोया, मैं भी कभी-कभी यहाँ आकर बैठता हूँ।"

"हूँ...।" हैरान होने का ज़ोया का ख़ास अन्दाज़। उसके अन्दाज़ों में भी ख़ूबसूरती थी। पल भर में वह कुछ और ऊपर उड़ जाती थी।

"चलो, आज मिल गए हैं," ज़ोया ने कहा। पीले रंग के प्रिंट सूट में वह फब रही थी। वह हर रंग के सूट को फबने योग्य बना देती थी। कारों को लॉक करके वे मन्दिर के क़रीब से गुज़रे। शिष्टाचार के तौर पर उन्होंने मन्दिर के सामने सिर नवाया। मन्दिर के आगे से निकलकर वे सीढ़ियाँ उतर, पानी के किनारे आ गए। तवी का फैलाव लगभग तीन सौ मीटर चौड़ा था। उनके पीछे ऊँचा पहाड़ था। सामने तवी और उससे आगे पहाड़ी पर बसा जम्मू शहर दूर तक पसरा पड़ा था। जिस तरफ़ से तवी आ रही थी, उस तरफ़ उसका पसार और भी चौड़ा था। नदी के पसार पर पत्थर ही पत्थर चमक रहे थे। उन दोनों ने अपनी अपनी जूतियाँ उतारकर टाँगें सीमेंट के चबूतरे से नीचे लटका लीं। बरसात के दिनों में तवी नदी पूरी लबालब बहती थी, पर अब इसका पानी इस 'हर की पौड़ी' वाले हिस्से में ही बह रहा था। कभी-कभी पानी की लहर आती तो उनके पैरों को छू जाती।

सामने कश्मीर वाली तरफ़ की पहाड़ियों पर पड़ी बर्फ़ धूप के कारण चमक और पिघल रही थी। ठंडी बर्फ़ सूरज की किरणों को ठंडक देती हुई और ख़ुद किरणों से अधिक गरमाहट भरी ऊष्मा लेती हूई।

"आज इस जगह मिलने का ख़याल कैसे आ गया?" ज़ोया ने पूछा।

"ख़ास बातें ख़ास जगहों पर हों तो ज़िन्दगी की गहरी यादें बन जाती हैं," अम्बर अपनी बात कहने की ओर अग्रसर हो रहा था। वह और अधिक डर रहा था। कहीं वह अपनी इस अत्यन्त प्यारी दोस्त को तकलीफ़ पहुँचाने तो नहीं जा रहा था? पर नहीं, वह अब रुक नहीं सकता था। आख़िर, उसने कई महीने लगातार सोचा था।

"ज़ोया," उसने उसकी आँखों में झाँकते हुए कहा, "हम बहुत क़रीब हैं एक-दूजे के। मैं चाहता हूँ, अपनी दोस्ती की सीमा तय कर दें।"

उसकी आवाज़ में हलकी कँपकँपाहट थी। अम्बर को लगा, यह इतनी कम थी कि शायद ज़ोया को महसूस नहीं हुई होगी। पर उसको यह भी पता था कि ज़ोया तेज़ भी बहुत थी। वह बारीक से बारीक बात पकड़ती थी। वह हलकी से हलकी सरसराहट पर सिर उठा लेती थी। फिर उसने सोचा, चलो इस बहाने ज़ोया को मेरी पतली पड़ गई हालत का पता भी लग जाएगा।

"क्या हो गया हमारे ग्रेट टीचर को? हम दोस्त हैं। मेरी ज़िन्दगी में आया सबसे प्यारा दोस्त है डॉ. अम्बरदीप सिंह," ज़ोया हलके मज़ाक में कह रही थी जिसमें गम्भीरता भी मिली हुई थी। ज़ोया हैरान थी कि एक विवाहित व्यक्ति के साथ वह और कौन-सा रिश्ता बना सकती थी।

"ज़ोया, मुझे बता, हम सिर्फ़ दोस्त हैं या इससे अधिक भी कुछ हो सकते हैं?"

ज़ोया चुपचाप अपने दाँतों में अपना निचला होंठ दबाती हुई उसकी तरफ़ देखती रही।

"अम्बर...," ज़ोया ने 'सर' शब्द सोच-समझकर छोड़ दिया। अम्बर की आँखों में आँखें डालकर वह बोली, "क्या दोस्ती छोटा रिश्ता होता है? हम शायद किसी अन्य रिश्ते में भी बँध सकते थे, यदि तुम विवाहित न होते। दोस्ती कोई छोटी चीज़ होती है?"

"दोस्ती छोटी चीज़ नहीं होती ज़ोया। पर तू औरत है और मैं मर्द। पुराने लोग कहा करते हैं, आग के पास घी पिघल जाता है।"

"अम्बर, सबसे पहले मैं इनसान हूँ। फिर औरत हूँ जो किसी की बेटी-बहन और दोस्त हो सकती है, तीसरे नम्बर पर जाकर मैं सेक्स सिम्बल हो सकती हूँ। तुम मर्द लोग औरत को सिर्फ़ सेक्स सिम्बल के तौर पर ही देखते हो।"

"इसमें मेरा कोई कसूर है? मेरे आस पास और भी तो लड़कियाँ हैं। मैडमें हैं। कई मेरे पर डोरे भी डालती हैं। जालन्धर टी.वी. की एक अनाउंसर है। मेरा किसी पर दिल नहीं आता। मुझे तेरे साथ प्यार हो गया, मैं क्या करूँ? तू दो हफ़्तों से मिलने नहीं आई। मैं तेरे डिपार्टमेंट से तुझे निकलती को देखने के लिए सामने वाली कैंटीन में घंटा-घंटा खड़ा रहता, मेरा अपने आप पर नियंत्रण नहीं रहा।"

"यह पागलपन होता है। किसी को सिर्फ़ देखने के लिए खड़े रहना। अम्बर एक बात याद रखना, अगर दर्द बहुत तीखा हो तो यह ज़्यादा देर नहीं होता।"

"मैं नहीं जानता, यह कितनी देर रहेगा। पन्द्रह महीनों तक मैंने इसे अपने तक ही सीमित रखा। अब मैं इसको रोक नहीं सकता।"

"अम्बर, यदि मैं तेरी बात मान भी लेती हूँ तो मेरी स्थिति क्या होगी? एक विवाहित व्यक्ति की प्रेमिका की क्या स्थिति होती है? समझता है?"

अम्बर चुप रहा।

"मेरा भी मन करेगा कि मेरा एक घर हो। मेरे बच्चे हों। इस प्रकार, मैं अकेली कैसे रह पाऊँगी?"

अम्बर की आँखों में पानी आ गया। ज़ोया सच कह रही थी। यदि वह उसे प्रेम करता था तो वह उसकी ऐसी हालत बरदाश्त नहीं कर सकता था। अम्बर के अन्दर का लड़का ज़ोया की हर बात मान लेने के हक़ में था। दुनियादार अम्बर ने उसको चुप रहने के लिए कहा।

"अम्बर कमज़ोर न बन। मेरी दोस्ती तेरी ताक़त होनी चाहिए।"

"मुझे नहीं लगता, हम अब दोस्त रह सकेंगे," अम्बर ने कहा।

"यह कैसे हो सकता है?" अब पानी ज़ोया की आँखों में भी छलक आया।

"मैं तेरे सामने सहज नहीं हो सकूँगा। हमें मिलना बन्द करना पड़ेगा।"

अम्बर के अन्दर के लड़के को अम्बर की बात बिलकुल भी पसन्द नहीं थी। फिर भी वह चुप था। हालाँकि उससे ज़ोया की हालत सहन नहीं हो रही थी। पर लड़का बहुत अवसरों पर ग़लत सिद्ध हुआ था। उसने अम्बर से कई ग़लत फैसले करवाए थे। किरनजीत के साथ विवाह का फ़ैसला भी उस लड़के द्वारा किया गया था। दुनियादार उस पर खफ़ा रहता था। लड़के को अन्देशा था कि शायद दुनियादार अम्बर ठीक हो।

"नहीं अम्बर, ऐसा न कह," ज़ोया ने आँखें कसकर मींच लीं और गर्दन झुकाकर रूमाल से बाहर आए आँसू पोंछने लगी।

अम्बर को इस बात की तसल्ली हुई कि ज़ोया की ज़िन्दगी में उसका भी कोई स्थान था। ज़ोया के रोने ने उसकी अपनी रुलाई रोक दी। यहाँ तक कि दुनियादार तो मुस्करा पड़ा। लड़का कुछ कहने लगा तो उसको दुनियादार ने डपट दिया।

"या तो मेरे अन्दर बात पैदा ही न होती। यह पन्द्रह महीने पहले शुरू हुआ और फिर बढ़ता ही चला गया। हम दोनों एक ही हैं, इस प्रकार के प्रेम का होना भी कोई अजीब बात नहीं। विवाह तू जहाँ करवाना चाहे, करवा लेना। एक बार मेरे साथ इस रिश्ते में से निकलकर तो देख।"

"नहीं अम्बर, मैं इस तरह टूटने-जुड़ने का बोझ नहीं उठा सकती। मैं एक आदमी को ही प्यार करूँगी और उसी के साथ विवाह। तू इतना अच्छा है, मैं तेरे से टूट ही नहीं सकूँगी," ज़ोया ने फिर आँखें साफ़ कीं।

"चलें? मेरी ड्यूटी का टाइम होने वाला है। मैं आते समय लेट हो गई। पापा को पता नहीं था कि मुझे आज तुमसे मिलने के लिए पहले निकलना है। वह बोले, मुझे प्रेस क्लब छोड़ देना। वे तैयार होने लगे और मैं लेट हो गई। आज तुम्हें काफ़ी इन्तज़ार करना पड़ा। तुम कब आ गए थे?" वह बात बदलना चाह रही थी।

"मुझे कहाँ चैन था। मैं सवेरे चार बजे का उठा हुआ हूँ और पल-पल कर के वक्त बिताया। मैं तो आधा घंटा पहले ही पहुँच गया था।"

"चलें?"

"ज़ोया, पहले सहज हो ले।"

"मैं ठीक हूँ," उसने अपने पैर ऊपर की ओर रखे और खड़ी हो गई।

अम्बर ने उसके गोरे पैरों को हसरत से देखा। ये पैर कभी मेरे हो सकेंगे? शायद हाँ, शायद नहीं। वह उठकर खड़ा हो गया। वे दोनों आहिस्ता-आहिस्ता कार की ओर बढ़े।

"ज़ोया, मैं तुझे फ़ोन नहीं करूँगा," अम्बर की इस बात पर उसके अन्दर का लड़का बहुत दुखी हो गया।

"अम्बर, तुम्हें पता है, मुझे कितना दुख होता है, जब तुम मुझे ऐसा कहते हो?" उसने बामुश्किल निकलती आवाज़ में कहा, "ठीक है, मैं चलती हूँ," ज़ोया ने कहा और अपनी कार में बैठ गई।

अम्बर अपनी कार के पास आ खड़ा हुआ। वह ज़ोया को जा लेने देना चाहता था। यदि ज़ोया हमेशा के लिए चली गई तो यह उनकी अन्तिम मुलाकात होनी थी। वह ज़ोया को आँखें भरकर देख लेना चाहता था। ज़ोया ने भरी आँखों से उसकी तरफ़ देखा और फिर कार आगे बढ़ा ली।

अम्बर उस समय अपने घर की ओर नहीं गया। वह कुछ देर पहले हुई बातचीत को लेकर सोचता रहा। वह एक ही समय में ख़ुश और उदास था। वह ख़ुश था कि वह ज़ोया की कमज़ोरी बन गया था। वह उदास था कि ज़ोया ने उसकी बात नहीं मानी थी। वह इसलिए भी उदास था कि ज़ोया उदास होकर गई थी। इस प्रकार, उसके पास दो उदासियाँ थीं, एक उसकी अपनी, एक ज़ोया वाली। वह दोनों इसलिए उदास थे कि ज़िन्दगी उन्हें आज़ादी नहीं देती थी।

ज़ोया ने कार पार्किंग में खड़ी की और लॉन की रेलिंग के पास जा खड़ी हुई। यहाँ से तवी नदी बहुत नीचे थी। यहाँ से वह जम्मू के एक बड़े हिस्से को देख सकती थी। वहाँ तक भी जहाँ जाकर तवी का पानी दो हिस्सों में बँट जाता था, पर उसकी नज़र वहाँ तक नहीं जाती थी जहाँ वह पानी दोबारा इकट्ठा होता था। उसके दिमाग़ ने उसके सिर के अन्दर क़दम रखा। उसको हर खाने में अम्बर मुस्कराता नज़र आया। उसने ज़ोया को बताया, 'तू इस पंजाबी बन्दे के साथ फँस चुकी है। तू जो बड़ा फूँक-फूँक कर क़दम रखती रही थी।'

उसने एक लम्बा साँस भरकर बाहर छोड़ा। गरम-गरम भाप वाला साँस ठंडी हवा में गायब हो गया। हवा को थोड़ी-सी गरमाहट देता हुआ। हवा से थोड़ी ठंडक लेता हुआ।

वह अपने दफ़्तर की ओर चल दी।

अपने किराये के घर के बाहर कार खड़ी कर अम्बर ऊपर सीढ़ियाँ चढ़ने लगा। सामने सीढ़ियों पर थोड़ा हटकर नूरत उसका इन्तज़ार कर रही थी। उसे पता होता था कि पापा कब आते थे। वह अपनी मम्मा से फ़ोन करवाती रहती। अम्बर के नज़दीक पहुँचने पर नूरत उछलकर खड़ी हो गई। अम्बर ने उसको गोद में उठा लिया।

"पापा, आपके बिना मेरा मन नहीं लगता," नूरत ने पापा को 'पारी' देते हुए कहा।

"बातें तो देखो शैतान को कैसे आती हैं, माँ तो किसी गिनती में ही नहीं," किरनजीत किताबें बिखेरे बैठी थी।

"आपकी तो पीएचडी ही नहीं ख़त्म होती...हर वक्त...हाँ।"

अम्बर घर वाले कपड़े पहनकर किरनजीत का लिखा हुआ पढ़ने लगा। शीरी अपना होम वर्क कर रहा था। नूरत उसके कन्धों पर चढने की कोशिश करती थी, पापा उसका पहाड़ था। नूरत उसकी गोदी में आ गिरती, पापा उसकी घाटी था। नूरत लेटे हुए पापा के पेट पर लेटकर हाथ चलाती थी, पापा उसकी झील था।

नूरत आधी रात को जागती। डर लगता तो 'पापा' कहती। सवेरे जागती तो पहले शब्द होते—'पापा डुड मोरनी।' नूरत को पोटी आती तो खड़ी-खड़ी कूदने लग जाती। 'पापा, पोटी आई है' कहती। अम्बर लैट्रीन की सीट को नूरत के हिसाब से ठीक करता। उसको उस पर बिठाता। "पापा जाओ मत, यहीं खड़े रहो," नूरत कहती। पोटी आ जाती। 'कर ली पापा,' नूरत कहती। उसके चेहरे पर राहत का भाव होता। अम्बर पानी चलाकर साफ़ करता। अम्बर नूरत के हाथ साबुन से अपने हाथों में लेकर धोने लगता। नूरत अपना नहीं, शीरी का तौलिया खींच कर गीली जगह को साफ़ करती। अम्बर उसकी इस छोटी-सी बेईमानी पर मुस्कराता।

"तुझे अपना काम जल्दी ख़त्म करना पड़ेगा, किरन। छह महीने बाकी रह गए है तेरे। इससे अधिक एक्सटेंशन यूनिवर्सिटी तुझे नहीं देगी," अम्बर ने किरनजीत के पास बैठते हुए कहा।

"मैं क्या करूँ, पतिदेव मेरा यूनिवर्सिटी में प्रोफ़ेसर है, वह कहता है, अपना काम ख़ुद कर," किरनजीत रुआँसी हो गई थी।

"जब हम अपना काम ख़ुद करते हैं तो ख़ुद ही कुछ बन भी रहे होते हैं," अम्बर उसके सामने पड़ी किताबों में से एक अंग्रेज़ी की किताब उठाकर उलटने-पलटने लगा। वह अंग्रेज़ी की किताब उसे पंजाबी में उल्था करके समझाने लगा। उसे समझ में आ गया था कि किरनजीत अकेली पी-एच.डी. नहीं कर सकती थी। अंग्रेज़ी की किताबें पढ़े बिना उसकी सैद्धान्तिक समझ नहीं बनने वाली थी और अंग्रेज़ी उसकी बहुत कमज़ोर थी।

अम्बर जानता था कि किरनजीत के पास घर के काम इतने होते थे कि वह पढ़ने को उतना समय नहीं दे सकती थी। तनख़्वाह कट जाने के कारण वह अभी काम वाली नहीं रख सकते थे। उसने उसकी मदद करने का निर्णय कर लिया।

यह सिलसिला चार महीने चलता रहा। सवेरे शीरी को स्कूल भेजकर, नूरत को कार्टून नेटवर्क के आगे बिठाकर वह किरनजीत को समझाने लगता। एक घंटा समझाता रहता। किरनजीत नोट लेती रहती। टी.वी. पर विज्ञापन आ जाते तो नूरत रिमोट हाथ में पकड़े पहाड़ पर चढ़ जाती। पहाड़ अपने काम में लगे-लगे

बोलता रहता। नूरत अपने घोड़े पर चढ़ जाती। घोड़ा बोलता रहता। नूरत घाटी में आ गिरती। घाटी बोलती रहती। कार्टूनों की आवाज़ें आने लगतीं तो नूरत घाटी में से निकलकर दौड़ जाती।

नौ बजे अम्बर अपनी ड्यूटी पर जाने की तैयारी शुरू करता। किरनजीत रसोई के अपने काम में लग जाती। नौ चालीस पर वह कार बाहर निकालता। कार नहर के बाईं ओर की पटरी पर बनी सड़क पर दौड़ने लगती। रेलवे स्टेशन वाले चौक पर हमेशा भीड़ होती। माता वैष्णो देवी के भक्त हज़ारों की तादाद में दिनभर उतरते रहते। टोलियों की टोलियाँ इधर-उधर चली फिरतीं। कोई होटल की तलाश में होता। कोई वैष्णो देवी जाने के लिए गाड़ी खोजता। कोई कश्मीर जाने के लिए किसी साधन की पूछ-पड़ताल करता। कोई फौजी अपने ट्रांजिट कैम्प का पता पूछता। कोई ट्रेन में चढ़ने की उतावली में होता।

अम्बर यात्रियों से बचता-बचाता चौक पार करता। सही दस बजे वह अपने क्लास रूम के बाहर खड़ा होता था। धूप सेंकते विद्यार्थी कमरे में आकर बैठने लगते।

अम्बर ने जम्मू की लेखक सभा में जाकर देखा था, एकाध को छोड़कर साठ साल से छोटा कोई भी लेखक नहीं था। नई पीढ़ी बिलकुल ग़ैर-हाज़िर थी। उसे जम्मू के लेखकों की नई पीढ़ी पैदा करनी थी।

जब यूनिवर्सिटी अथॉरिटी ने अम्बर पर हॉस्टल वार्डन बनने के लिए ज़ोर डाला था तो अम्बर ने इनकार कर दिया था। उसे हर पन्द्रह दिन बाद जालन्धर दूरदर्शन जाना होता था। पंजाब में कहीं न कहीं लेक्चर देने भी जाना होता था। वह कहाँ सँभाल सकता था वार्डनशिप। हालाँकि वहाँ एक खुला-चौड़ा घर मिलता। नौकर भी मिलता। मुफ़्त फ़ोन और केबल की सुविधा भी।

"अम्बर जी, यदि तरक्की करनी है तो वार्डन बन जाओ। मैंने इसी प्रकार शुरू किया था अपना सफ़र," प्रो. रूपिन्दरपाल ने यूनिवर्सिटी छोड़ने से पहले कहा था।

परन्तु अम्बर नहीं माना था। उसने तो कॉलेज अध्यापक होते हुए भी अपने आप को स्कूल अध्यापक से बड़ा और यूनिवर्सिटी अध्यापक से छोटा नहीं माना था। वह यही सोचता आया था कि अध्यापक सिर्फ़ अध्यापक होता है। सिर्फ़ और सिर्फ़ काम ही उसको बड़ा-छोटा सिद्ध करता है। उसे विभाग के विद्यार्थियों की साहित्य पढ़ने में रुचि पैदा करनी थी। उन्हें नेट की परीक्षा के लिए तैयार करना था।

उसने नेट की तैयारी के लिए ख़ाली समय में विद्यार्थियों को बिलकुल मुफ़्त पढ़ाना शुरू कर दिया था। इस काम ने उसकी हेड को उसके ख़िलाफ़ भड़का दिया। बदला लेने के लिए उसने उसकी कॉलेज की सर्विस काउंट करवाने वाली फाइल के रास्ते में रुकावटें खड़ी करनी शुरू कर दीं। प्रान्त में पंजाबी को बचाने का मसला था। अम्बर इसमें दूसरे लोगों के साथ-साथ अपना हिस्सा भी डालना चाहता था।

जम्मू कश्मीर के एक बड़े अंग्रेज़ी अख़बार 'कश्मीर टाइम्स' के मालिक और

सम्पादक वेद भसीन का कहना था, "जम्मू कश्मीर में कश्मीरी के बराबर सब से बड़ी जुबान पंजाबी है। सबसे अधिक अन्याय पंजाबी के साथ हुआ है। आज अलग-अलग तबकों के लोग स्थानीय लहजे वाली पंजाबी बोलते पंजाबी हैं। मगर उसे कोई डोगरी कहता है, कोई पहाड़ी कहता है और कोई गोजरी कहता है। मैं हिन्दू हूँ, पर पंजाबी हूँ।"

अम्बर ने ज़ोया को फ़ोन न करने का फ़ैसला किया था। यह समूचे अम्बर का फ़ैसला नहीं था। दुनियादार अम्बर का फ़ैसला था। उसके अन्दर का लड़का तो तड़पा बैठा था। उसको डर था कि ज़ोया उससे दूरी बना सकती थी।

लड़का कई बार ज़ोया का फ़ोन नम्बर निकालकर बैठा रहता। अम्बर को डर था कि वह फ़ोन डायल कर सकता था। उसने ज़ोया का नम्बर डिलीट कर दिया। लड़के ने अम्बर को बताया कि ज़ोया का नम्बर उसे पूरा याद था। अम्बर लड़के के दिमाग़ में घुसकर नम्बर साफ़ नहीं कर सकता था। बेबस अम्बर ने उसे सख़्ती के साथ फ़ोन करने से मना कर दिया।

एक चमगादड़ ईसड़ू गाँव के श्मासान घाट के पीपल पर उड़ता था। वह उन सारी मुलाकातों के पलों के ऊपर चक्कर लगाता था। वहाँ अम्बर और ज़ोया के भूत खड़े होते थे।

'ज़ोया तेरी हाज़िरी से ज़्यादा तेरी ग़ैर-हाज़िरी कहीं अधिक ताकतवर क्यों है! जब तू पास होती है तो वक्त मेरी मुट्ठी में होता है। जब तू पास नहीं होती तो मैं वक्त की मुट्ठी में पिसता हूँ।'

उसको ज़ोया के साथ अपने भविष्य को लेकर कुछ भी स्पष्ट नहीं था, पर उसको लगने लगा था कि उसे किरनजीत की मदद करनी चाहिए ताकि वह अपने पैरों पर खड़ी हो सके। हो सकता है उसे ज़ोया के साथ जाना पड़ जाए।

अम्बर ने 'चिराग' नाम का एक ग्रुप बनाया था। इस ग्रुप का कोई प्रधान नहीं था। इसका कोई संविधान नहीं था। इसकी कोई फीस नहीं थी। वह हर विभाग में गया। वह हर चलती क्लास में गया। उसने क्लास को पढ़ा रहे प्रोफ़ेसर से आज्ञा लेकर पढ़ने-लिखने वाले साहित्यिक विद्यार्थियों को 'चिराग' से जुड़ने की विनती की।

'चिराग' की मीटिंग हर बृस्पतिवार को लायब्रेरी के पिछवाड़े के लॉन में होने लगी। इसमें पंजाबी, हिन्दी, अंग्रेज़ी, उर्दू, डोगरी, कश्मीरी और लद्दाखी के पढ़ने-लिखने की रुचि रखने वाले लड़के-लड़कियाँ आने लगे। कुछ विद्यार्थी अन्य विभागों से भी आने लगे। जम्मू कश्मीर बहु-भाषायी प्रान्त था। ऐसा ग्रुप इसी प्रान्त में ही सम्भव था।

अम्बर ने एक म़ीटिंग में जम्मू के पहाड़ी शायर डॉ. गुरविन्दर सिंह को आने

का निमंत्रण दिया। गुरविन्दर सिंह आयुर्वैदिक डॉक्टर था। उसका अपना अच्छा चलता क्लीनिक था। इसलिए वह मीटिंग से पहले विभाग की हेड के दफ़्तर में पहुँच गया। प्रो. गुरिन्दर कौर को इस बारे में पता चला तो वह बोली—

"ये बन्दा अभी कल तो आया है, और अब इसने एक ग्रुप भी खड़ा कर लिया। ये हमें नालायक सिद्ध करना चाहता है।"

"मैडम जी, आप दो बजते ही घर चली जाओगी। घर जाकर नौकरानी के हाथों का बना गरमागरम लंच खाओगी। इस बन्दे का दिमाग़ ख़राब हुआ है जो पाँच बजे तक यहाँ बैठेगा। वैसे तुम क्यों नहीं करते ऐसा काम?" डॉ. गुरविन्दर ने पूछा।

प्रो. गुरिन्दर कौर ने उसकी ओर ग़ुस्से में घूरा। उसको यह तो पता था कि यह बन्दा मुँहफट था। पर उसने यह कभी कल्पना नहीं की थी कि वह उसके विभाग में उसके सामने बैठकर ही इस तरह बोलेगा।

उस दिन मीटिंग में ज़ोया भी आई। वह पहले भी कुछ मीटिंगों में आ चुकी थी।

"आपको इंग्लिस, फ्रैंच और जर्मन भाषाओं के नॉवल पढ़ने चाहिए। मैंने पंजाबी उपन्यास अधिक नहीं पढ़े पर मैं इतना जानती हूँ कि पंजाबी उपन्यासकार रशियन उपन्यासों से बहुत कुछ सीख चुके हैं," ज़ोया ने कहा था।

अम्बर और ज़ोया ने एक-दूसरे को फ़ोन नहीं किया था। दुनियादार को उम्मीद थी कि ज़ोया अवश्य फ़ोन करेगी। ज़ोया ने फ़ोन नहीं किया। पन्द्रह दिन बीत गए। दुनियादार अन्दर ही अन्दर हार तो मान बैठा था, पर अपनी हठ छोड़ने को तैयार नहीं था। वह अब भी अपने अन्दर के लड़के को आगे नहीं आने दे रहा था। जब ज़ोया मीटिंग वाली जगह की ओर आती दिखाई दी तो उसने लड़के को संकेत किया। आगे आने, सँभाल लेने और सँभलकर चलने का इशारा किया। दुनियादार को अपनी हार जीत में बदलती दिखाई दी। लड़के ने उसको बताया कि वह इसको जीत-हार का मसला नहीं बनाएँगे। वह इस दोस्ती को कोई न कोई शानदार रूप दे लेंगे।

वह आगे आ गया। उसकी आँखों में पानी था। वह जानता था कि ज़ोया यह पानी नहीं देख सकेगी। पर ज़ोया जैसी बन्दी की लोगों को पढ़ने वाली आँख बहुत तेज़ थी। वह इस पानी को देख गई थी।

वे चुपचाप मीटिंग वाली जगह की ओर चल दिए। दोनों में से कोई कुछ नहीं बोला। उनके शरीर एक-दूजे की ओर इस तरह आकर्षण महसूस कर रहे थे मानो वे एक-दूजे के लिए ही बने हों। वे बराबर-बराबर चले जा रहे थे। जैसे शब्दों के बग़ैर ही शरीरों ने अपना-अपना फ़ैसला कर लिया हो। मीटिंग वाले लॉन में लड़के-लड़कियाँ आए बैठे थे। अम्बर और ज़ोया गोल चक्कर में ख़ाली पड़ी जगह पर बैठ गए।

होटल रिवर एंड हिल व्यू

मीटिंग ख़त्म हुई तो ज़ोया ने अम्बर को परिवार सहित रविवार वाले दिन अपने होटल में डिनर करने का न्योता दिया। अम्बर ने स्वीकार कर लिया। ज़ोया चली गई। अम्बर अपने कमरे की टेबल पर कुहनियाँ टिका कर उन पर ठोड़ी रख सोच में पड़ गया। ज़ोया ने उसको परिवार सहित क्यों बुलाया था? क्या वह उसको उसके विवाहित होने का अहसास अच्छी तरह करवाना चाहती थी? क्या वह उसके साथ एक पारिवारिक दोस्त वाला रिश्ता चाहती थी? क्या वह उसकी पत्नी को देखना चाहती थी? क्या वह उसके और किरनजीत के आपसी सम्बन्धों को जाँचना-परखना चाहती थी? ठीक है, सब कुछ खुली किताब की तरह होना चाहिए। उसके और किरनजीत के बीच सब कुछ, हाँ लगभग सब कुछ ठीक था। फिर भी, उसको ज़ोया के साथ प्यार हो गया था।

शनिवार शाम को अम्बर जालन्धर कैंट स्टेशन पर उतरा। उसने गेस्ट हाउस में रात बितानी थी। सवेरे जालन्धर दूरदर्शन पर उसका कार्यक्रम था। अम्बर ने आज मित्रों को फ़ोन नहीं किया। कल शाम उसने ज़ोया के निमंत्रण पर डिनर करने सपरिवार जाना था। शनिवार की शाम वह अकेला रहना चाहता था। वह हलके-से तनाव में था। ज़ोया मान क्यों नहीं जाती। ज़ोया के प्रति हल्की-हल्की रंजिश उसके मन में तैर रही थी। उसमें कमी ही क्या थी? स्टेशन से बाहर आकर वह चौक की ओर जाने लगा।

कमरे में कुर्सी पर बैठा अम्बर उस गीतकार लड़की के बारे में सोचने लगा जिसका उसने अगले दिन इंटरव्यू करना था।

अम्बर अपने कल वाले प्रोग्राम के मंगलाचरण की शब्दावली बनाने लगा। 'मैं तरविन्दर को नहीं जानता था। नहीं इस प्रकार नहीं। दोस्तो मैं 'रंग पंजाबी' लेकर हाज़िर हूँ। आज हम इस प्रोग्राम में तरविन्दर से मिलेंगे। तरविन्दर, जालन्धर दूरदर्शन स्टूडियो में आपका स्वागत है (यह बात तरविन्दर की ओर देखते हुए कहनी है)। आप तरविन्दर को नहीं जानते। मैं भी कल तक तरविन्दर को नहीं जानता था। मैंने तरविन्दर को तरविन्दर के लिखे गीतों की माध्यम से जाना है। आप भी उसको उसके एक गीत के माध्यम से जानें। प्रसिद्ध हिन्दी फ़िल्म 'प्यार तो होना ही है' का प्रसिद्ध पंजाबी गीत 'तेरे बिन लगदा ना जी चन्दरिये' तरविन्दर कौर की रचना है। आओ सुनते हैं यह गीत।'

कल शाम इस समय वे सब ज़ोया के साथ होंगे। सारे। क्या वह किरनजीत के सामने ज़ोया के प्रति अपने प्रेम को छिपा पाएगा? शायद हाँ, शायद नहीं।

सवेरे जल्दी-जल्दी वह दूरदर्शन के गेट पर पहुँचा। मोबाइल पर समय देखकर

दूरदर्शन के सामने सड़क के दूसरी तरफ़ ढाबे पर जा बैठा। गोभी वाले पराँठे का ऑर्डर दिया।

दूरदर्शन का गेट पार करते हुए उसने क़रीब चालीस साल की एक ख़ूब जवान स्त्री को कार लॉक करते हुए देखा। तरविन्दर ही थी। पर वह रुका नहीं। मेकअप रूम में मिल लेंगे। उसने अभी कम्प्यूटर रूम में तरविन्दर के गीतों की सीडी देनी थी। ताकि मुलाकात के साथ-साथ उसके लिखे गीत भी बजाए जा सकें। प्रोग्राम के लाइव टेलीकास्ट से एक घंटा पहले सीडी देनी ज़रूरी थी। प्रोग्राम के हिसाब से सीडी सैट करने में उन्हें इतना समय चाहिए था।

सीढ़ियाँ चढ़कर वह कम्प्यूटर रूम में पहुँचा। टी.वी. पर शब्द-कीर्तन चल रहा था। वह कम्प्यूटर ऑपरेटर को सीडी देते हुए समझाने लगा। उसका मोबाइल बजा। स्क्रीन पर अवतार सिंह तारी का नाम था।

"आज किसकी इंटरव्यू करने जा रहे हो?" तारी ने पूछा।

"तरविन्दर कौर, गीतकार।"

"मुम्बई वाली?"

"हाँ वही।"

"आज मैं घर पर ही हूँ। सुनता हूँ। एक मिनट अम्बर, उससे कहना, मुझे अपने दो गीत दे, मैं अपने अगले ट्रैक में शामिल करूँगा," तारी उत्सुक था।

वह मेकअप रूम में आ गया। प्रोग्राम डायरेक्टर आया बैठा था। उसके सामने वाली कुर्सी पर वही कार लॉक करने वाली मोहतरमा बैठी दिखाई दी।

"ये अम्बर दीप सिंह जी हैं, यही आपकी इंटरव्यू करेंगे। अम्बर यह तरविन्दर है।" डायरेक्टर सन्धू ने उनका परिचय करवाया।

अम्बर ने कागज़-पेन निकाल लिये। वह तरविन्दर से पूछे जाने वाले सवाल बताने लगा। उसने तरविन्दर से भी पूछा कि वह किन सवालों के जवाब देना चाहती थी। जो सवाल अम्बर ने सोचे नहीं थे।

मेकअप से फ्री होकर अम्बर और तरविन्दर अपने मोबाइल बन्द करके स्टूडियो में दाख़िल हुए। 'बातें और गीत' प्रोग्राम चल रहा था। कानों पर ईयर फ़ोन लगाए कैमरामैन उनकी तरफ़ झाँके। अम्बर के साथ मुस्कराहट का आदान-प्रदान हुआ। आहिस्ता-आहिस्ता चलते अम्बर और तरविन्दर ख़ाली सैट की ओर बढ़ गए जहाँ पीछे बड़े अक्षरों में लिखा हुआ था—'रंग पंजाबी'। कैमरामैन ने उनके कॉलरों के साथ माइक टाँग दिया। 'बातें और गीत' कार्यक्रम समाप्त होने वाला था। उसके बाद विज्ञापन चलना था और फिर 'रंग पंजाबी'।

"मम्मा! पापा टी.वी. में से बाहर निकल कर घर आ सकते हैं?" नूरत ने अपने पापा को टी.वी. पर देखते हुए पूछा।

"नहीं बेटा," किरनजीत सब्ज़ी काटती हुई प्रोग्राम देख रही थी।

"ज़ोया! तुम्हारे उस प्रोफ़ेसर दोस्त का प्रोग्राम शुरू होण लगया है।" ज़ोया की मम्मा ने लॉबी में एल.सी.डी. के सामने पड़े सोफे पर बैठते हुए कहा।

एक पल उसका मन किया कि वह बेडरूम में जाकर ज़ोया के पापा को बुला लाए। फिर उसने उठने में आलस करते हुए यह विचार छोड़ दिया। वैसे भी वह अपने रिवॉल्वर की सफाई करने में लगा हुआ था। ज़ोया उठकर नहीं आई। वह अख़बार पढ़ने में मस्त थी। रविवार को उसके पास कई अख़बार आते थे।

ज़ोया का ध्यान अख़बार में नहीं था। वह 'रंग पंजाबी' को सुन रही थी। कभी-कभी सिर उठाकर दूर से ही स्क्रीन की ओर देख लेती। मम्मा के क़रीब बैठकर टी.वी. देखने में ज़ोया को डर था कि उसका चेहरा तरल हो जाएगा। मम्मा उसके चेहरे के भाव पढ़ लेंगी। उसने फिर सिर उठाकर मम्मा की तरफ़ देखा। सवेरे मम्मा कितनी उदास थी। कश्मीर में बर्फ़बारी हो रही थी। वह बर्फ़ की वादियों में जन्मी-पली थी। कश्मीर में विवाहों के दिन चल रहे थे। सितंबर-अक्टूबर में अधिक विवाह होते थे। नवम्बर चढ़ने से पहले पहले ठंड इतनी बढ़ जाती थी कि विवाह होने बन्द हो जाते थे। कितने विवाह तो उनके अपने गाँव उजड़ना में ही इस साल थे। वह अपनी कल्पना में ज़िन्दा मुर्ग़े मुसलमान दोस्तों के घर बाँटते घूमते अपने गाँववालों को देख रही थी। ज़िन्दा मुर्ग़े ताकि वे उन्हें अपने धार्मिक तरीक़े से काटकर बना सकें। अब बर्फ़बारी देखे कई बरस हो गए थे। उनका गाँव 'उजड़ना' अब दूर की जगह थी। सारा गाँव बर्फ़ से ढँक गया होगा।

"बढ़िया, बहुत बढ़िया," ज़ोया की मम्मा अम्बर को दाद दे रही थी।

अब मम्मा पूरे ख़ुश थे। जिस बन्दे को वह मिल चुकी थी, वह टी.वी. पर किसी की इंटरव्यू कर रहा था। जिस व्यक्ति को उसकी बेटी बड़ी अच्छी तरह जानती थी, वह टी.वी. पर अक्सर आता था। इस बात का मम्मा को नहीं पता था कि जिस व्यक्ति को वह देख रही थी, सुन रही थी वह उसकी बेटी को प्यार करता था। प्यार हवा का झौंका था जो इस घर में ज़ोया के आस पास मंडरा रहा था। शुक्र था कि हवा दिखाई देने वाली शै नहीं थी। पर हवा महसूस की जानी वाली शै तो थी ही। और मम्मा इसको कभी भी पकड़ सकती थी। कुर्सी पर से उठकर ज़ोया अपने कमरे में आ गई। शीशे के सामने खड़ी होकर उसने अपनी आँखों से निकलते आँसुओं को अपने गालों पर लुढ़कते देखा।

टी.वी. पर आने वाले लोग मम्मा को किसी अन्य ही दुनिया के वासी लगा करते थे। जिनके साथ कम से कम मम्मा की दुनिया का कोई सम्बन्ध नहीं था,

पर अब ज़ोया के ज़रिये, अम्बर के माध्यम से उसकी मम्मा की ताँत उस दूसरी दुनिया से जुड़ चुकी थी।

अम्बर और तरविन्दर स्टूडियो से बाहर आ गए। ऊपर से कंट्रोल रूम में प्रोग्राम डायरेक्टर भी बाहर आ गया था।

"शाबाश अम्बर, तुमने मेरे प्रोग्राम को इतना ऊपर उठा दिया कि हमारे डायरेक्टर साहब बहुत ख़ुश हैं। हर सप्ताह की डाक में अपने प्रोग्राम की प्रशंसा में अनेक चिट्ठियाँ आती हैं। आ जा, तुम्हें मेरा क्लेरिकल स्टाफ मिलना चाहता है। वह अपने कमरे में से ही प्रोग्राम देख लेते हैं," वह उन दोनों को अपने स्टाफ के कमरे में ले गया।

अम्बर ने अभी अभी ऑन किए मोबाइल पर समय देखा। मालवा एक्सप्रेस आने वाली थी। समय इतना भर ही था कि ट्रेन मुश्किल से ही पकड़ी जा सकती थी। जम्मू जाने के लिए इसके बाद कोई ट्रेन नहीं थी। बस में लगभग दुगना समय लगता। और उसने शाम को ज़ोया के होटल में भी पहुँचना था। डायरेक्टर ने इतने प्यार और उत्साह के साथ कहा था कि वह इनकार नहीं कर सका था।

जालन्धर छावनी के रेलवे स्टेशन पर ऑटो से उतरकर वह तेज़ी के साथ सीढ़ियाँ चढ़ा। सामने जो ट्रेन थी, वह मालवा एक्सप्रेस ही थी और वह छूट रही थी। उसकी रफ्तार तेज हो रही थी। उसे ज़ोया के साथ होने वाली मुलाकात हाथ से निकलती दिखाई दी। उसने टिकट ख़रीदने के ख़याल को तुरन्त त्यागा और दौड़ लगा दी। उसे लगा, वह चढ़ जाएगा। जैसे ही उसका हाथ दरवाज़े के डंडों को पड़ा, उसका पैर किसी चीज़ पर से फिसला और वह डिब्बे के फ़र्श पर घुटनों के बल गिर पड़ा। उसका एक घुटना फर्श से नीचे वाले पायदान पर था। कुछ सवारियाँ भागकर उसके पास आईं। उसे अहसास हुआ कि कितनी ख़तरनाक घटना घटते-घटते रह गई थी। उसने मौत के भयानक चेहरे को बड़े क़रीब से देख लिया था। उसको अहसास हुआ कि वह ठीक ठाक था और बच गया था। उसने सवारियों को अपने ठीक होने का इशारा किया। पीछे रह गया घुटना उसने फ़र्श पर टिकाया। एक सवारी ने अपना हाथ आगे बढ़ाया तो अम्बर हाथ पकड़ उठकर खड़ा हो गया।

"पढ़े-लिखे दिखाई दे रहे हो, फिर भी इतनी बड़ी ग़लती की आपने?"

"..."

"बताओ भाई?"

"पढ़ा-लिखा तो हूँ," अम्बर ने कहा, वह सचमुच अपने आप पर शर्मसार था।

ज़ोया को पिछले कुछ दिनों से रोगनजोश में इस्तेमाल किए जाने वाले मीट का स्वाद ठीक नहीं लग रहा था। उसने नए सप्लायर की तलाश शुरू कर दी। उसकी समझ में आ गया था कि उसका परचेज मैनेजर पैसे खा रहा था। उसके शेफ ने उसे बताया, "मैडम मार्किट में बकरे का मीट तीन तरह का होता है।"

"बकरे का मीट तो बकरे का ही होगा, तीन तरह का कैसे हो गया?" ज़ोया हैरान थी।

"मैडम जो सस्ता होता है उसमें बूढ़ा, बीमार और मरा हुआ जानवर हो सकता है। यहाँ तक कि कुत्ता या कोई अन्य जानवर भी हो सकता है। मीडियम वाले में आधा सही बकरा और बाकी का ख़राब सस्ते वाला हो सकता है। असली बकरा इससे दो सौ रुपये महँगा मिलेगा," शेफ नसीम कश्मीरी था, पर लम्बा समय वह जम्मू के होटलों में काम कर चुका था।

"नसीम भाईजान, हम महँगे वाला ही परचेज़ करेंगे, आज से आप ये ड्यूटी भी सँभाल लो, इसके लिए आपको एक्सट्रा पे मिलेगी," ज़ोया अपने ग्राहकों को ग़लत चीज़ नहीं परोस सकती थी।

आज उसने नसीम का ख़रीदा मांस ख़ुद टेस्ट करके देखा। यह स्वाद में अच्छा था। ऐसा वह बचपन से चखती आ रही थी। अपने दफ़्तर में आकर उसने अम्बर को फ़ोन किया, "सर आज आ रहे हो न? मैं दोपहर से कितनी बार फ़ोन लगा चुकी हूँ।"

"हाँ जी, आ रहे हैं। मैं ट्रेन में था, बस अब जम्मू उतरने वाला हूँ," अम्बर ने कहा।

अम्बर ट्रेन के सफ़र से आकर पहले साबुन से हाथ धोता था। हाथ धोने के बाद उसने अपना काला कोट-पेंट बाहर निकाला। लाल और हरे रंग का स्कॉर्फ़ उसे बहुत पसन्द था। असली सिल्क का बना हुआ यह स्कॉर्फ बड़े सालों से उसके पास था। दो बालिश्त भर चौड़ी सिल्क का टुकड़ा ख़रीद कर उसने उसको ख़ुद टेलर से तैयार करवाया था। पूरी यूनिवर्सिटी में दो ही प्रोफ़ेसर थे जो कोट के साथ स्कॉर्फ़ पहनते थे। जम्मू में फौज़ी और पुलिस अफ़सरों को छोड़कर वह किसी अन्य को पहनना भी कम ही आता था। अम्बर जब भी यूनिवर्सिटी में स्कॉर्फ़ पहनकर इधर-उधर जाता तो बड़े घरों के लड़के चोर निगाहों से उसकी तरफ़

हसरत से देखते। बाज़ार में रेडीमेड स्कॉर्फ़ मिलता था, वह पहनना भी सरल था, पर वह जँचता नहीं था। यह स्कॉर्फ ख़ुद बनवाना पड़ता था और इसको पहनना भी सीखना पड़ता था।

"बड़ी तैयारी की जा रही है, खैरियत तो है?" किरनजीत ने उसको प्रेस करते देखकर मजाक से कहा। वह मजाक भी कर रही थी और स्त्रियों वाली नज़रों से ताड़ भी रही थी। अम्बर के अन्दरूनी प्रभाव चेहरे पर आ ही जाते थे, पर आज वह इस बात से बड़ा सचेत था कि अन्दर की बात चेहरे पर नहीं आने देगा। उसके अन्दर की नसों में जबरदस्त मुकाबला चल रहा था। सहजता के साथ वह प्रेस करता रहा मानो उसका सारा ध्यान प्रेस में ही हो। फिर जल्दी से वह बाथरूम में घुस गया।

बाथरूम में घुसते ही उसके चेहरे पर मुस्कराहट आ गई। नसों को राहत महसूस हुई। वह अपनी पत्नी को धोखा दे रहा था। उसने आईने में एक धोखेबाज़ चेहरे को देखा। फिर तेज़ी के साथ आईने के आगे से हट गया। अपने चेहरे के हाव भाव उसको पसन्द नहीं आए थे। 'मैं बेईमान बन्दा तो नहीं, पर क्या करूँ, दिल रोके नहीं रुकता।' उसने अपने आप से कहा और कपड़े उतारने लगा। कपड़े उतारकर वह फिर आईने के सामने जा खड़ा हुआ। कपड़ों के नीचे उसका रंग गेहुंआ था। उसने अपने सुडौल शरीर के अंगों पर नज़र दौड़ाई। मेहनत से बनाई हुई जांघों की गोलाइयों को देखा। उसका कसरती जिस्म पूरा चुस्त-दुरुस्त था।

जब वह बाथरूम से बाहर निकला, किरनजीत और बच्चे तैयार थे। किरनजीत ने अपना नया फ्रॉक सूट पहली बार पहना था।

कार बाहू प्लाजा मार्किट के पास से गुज़र कर, यूनिवर्सिटी के क़रीब से होते हुए बागे बाहू वाली पहाड़ी चढ़ने लगी। अम्बर और किरनजीत का जन्म समतल मैदानी इलाकों में हुआ था। बचपन में खेतों में ऊँचे-नीचे टीले दोनों ने देखे हुए थे, पर जब तक वे टीलों की ऊँचाइयों-निचाइयों को आनन्द लेने के योग्य हुए, तब तक हरे इंकलाब के रोलर ने सारा पंजाब ही समतल कर दिया था। एक जैसे गाँव, एक जैसे खेत और लगभग एक जैसी फसलें। अब जम्मू उसके लिए दुनिया का सबसे ख़ूबसूरत शहर था। उसके घर से बहुत कम दूरी पर तवी नदी थी, उसके घर से बहुत कम दूर पहाड़ थे और उसके दिल के बहुत क़रीब एक दिल धड़कता था।

कार होटल 'रिवर एंड हिल व्यू' की पार्किंग में पहुँच गई थी। मोबाइल की रिंग बजी।

"पहुँच गए...पहुँच गए," अम्बर ने कहा।

वे चारों होटल की रिसेप्शन की ओर चल दिए। सफ़ेद रंग के फूलों की ख़ुशबू हवा में घुली हुई थी। ज़ोया गेट के बाहर ही खड़ी थी। वह बड़ी उमंग के साथ मिली।

"अन्दर बैठना है या बाहर? वैसे मैंने उस रेलिंग के साथ एक टेबल और कुर्सियाँ रिजर्व रखी हुई हैं," ज़ोया ने कहा।

"बाहर ही ठीक है?" अम्बर किरनजीत की तरफ़ देखने लगा। उसने हामी भर दी।

सलीके से सजाए लॉन में से चलते हुए वे टेबल के पास पहुँच गए। कुछ मेज़ों के इर्द-गिर्द परिवार बैठे थे। सफ़ेद वर्दियों वाले वेटर बड़ी मुस्तैदी के साथ खाने-पीने का सामान दे रहे थे। रेलिंग के क़रीब खड़े होकर नीचे देखा तो पहाड़ी की ढलान नीचे तवी नदी तक जाती थी। आसमान के तारे और शहर की बत्तियाँ पता नहीं लगता कि कहाँ से शुरू होती थीं और कहाँ ख़त्म।

"सिर्फ़ यहाँ आकर लगता है, मानो जम्मू का भी पहाड़ों के साथ कोई सम्बन्ध है," ज़ोया ने अम्बर और किरनजीत की ओर देखते हुए कहा। उसने नूरत को गोदी में उठाकर तवी नदी दिखलाई। नूरत ने ज़ोया के साथ परायापन नहीं दिखाया।

'यदि कहीं हम इस प्रकार इकट्ठे रह सकें। ज़ोया हमारे परिवार का ही हिस्सा हो,' अम्बर ने सोचा।

पर वह जानता था कि कुछ तोड़े बग़ैर नया कुछ भी नहीं बनाया जा सकता था।

हज़ारों किताबें घोटे घूमता व्यक्ति नहीं जानता था कि 'तोड़े' शब्द उसके ज़हन में घुस गया था। इस शब्द ने होटल में अपना कमरा बुक करा लिया था। उसने कपड़े बदले और ए.सी. ऑन करके आराम किया। शाम को उसने शहर का चक्कर लगाया। तोड़ी जाने वाली जगहों और नई बनाई जाने वाली जगहों का दौरा किया। पुरानी जगहों पर पारम्परिक परिवार रहते थे। नई जगहों पर नए प्रकार के फ्लैट निर्मित किए जाने थे जिनमें क्लबों और स्विमिंग पूलों के लिए विशेष जगह होनी थी।

'नहीं...नहीं तोड़ा तो कुछ भी नहीं जा सकता,' दुनियादार ने इस विचार को त्याग दिया। टेबल पर सूप टिकाया जा रहा था। अम्बर ने अपने साथ पांनी की बोतल में से घूँट भरा।

"आप पानी साथ लेकर आए हो? यहाँ सब कुछ मिलता है," ज़ोया ने कुर्सी पर बैठते हुए कहा।

"नहीं, बोतल वाली चीज़ यहाँ नहीं मिलती होगी," किरनजीत रहस्यभरे ढंग से मुस्कराई।

"क्या है बोतल में?" ज़ोया हैरान हो गई। वह हैरान थी कि उसके फोर स्टार होटल में यदि सब कुछ नहीं, तब भी बहुत कुछ मिलता था। ऐसी कौन सी चीज़ थी जो अम्बर के पास थी और उनके होटल में नहीं थी।

"वोदका," अम्बर मुस्कराया।

"श्रीमान प्रोफ़ेसर साहब, हमारे होटल में बाहर से लाकर पीनी अलाउड नहीं," ज़ोया मैनेजर ज़ोया कौर बन, गई।

"हम तो जी जब भी होटल में खाना खाने जाते हैं, अपनी साथ लेकर जाते हैं। आपको नहीं मंजूर तो हम बार से मँगवा लेते हैं। मेहमाननवाजी महँगी पड़ जाएगी आपको। हम तो आपका ही फायदा कर रहे थे," अम्बर हँसा।

"आंटी आपके होटल में बार भी है," शीरी बातों में रुचि ले रहा था।

"आंटी नहीं, दीदी बोल शीरी। और फिर, तुझे बार से क्या लेना?" किरनजीत ने घूरते हुए कहा।

अम्बर समझता था कि किरनजीत ने 'दीदी' शब्द प्रयोग किया था। 'आंटी' शब्द ज़ोया को अम्बर के क़रीब करता था। द्वार खोलता था। 'दीदी' शब्द अम्बर और ज़ोया के मध्य एक पूरी पीढ़ी का फासला खड़ा करता था। अम्बर को अपनी औकात में रहने की नसीहत देता था। उसका मन किया कि वह किरनजीत को बताए कि ज़ोया उससे सिर्फ़ दस साल छोटी थी। जब कि ज़ोया शीरी से पन्द्रह साल बड़ी थी। पर वह चुप ही रहा। मुहब्बत शब्दों और रिश्तों की गुलाम कब थी। उसने सोचा। वे सब बड़ी देर तक बातें करते रहे।

"मैडम आपका यह सूट कितना सुन्दर है!" ज़ोया ने कहा।

"ओ थैंक्स," किरनजीत को ऐसी प्रशंसा ज़िन्दगी में बहुत कम सुनने को मिली थी। विवाह के समय अम्बर ने दहेज लेने से इनकार कर दिया था। इसलिए उसको ज़्यादा सूट नहीं मिले थे। वैसे भी अम्बर महँगे रेशमी सूटों पर पैसे नष्ट करने के हक़ में नहीं था।

सच्चाई तो यह थी कि अम्बर और किरनजीत का हाथ खुला कभी रहा ही नहीं था।

वेटर खाना लगाने लगा। ज़ोया ने ऑर्डर पहले ही दे रखा था। वह अम्बर से सब कुछ सुन चुकी थी। किरनजीत को क्या पसन्द था। शीरी कौन-कौन सी डिश को पसन्द करता था। नूरत तो ख़ैर अभी बच्ची थी। अम्बर तो उसके साथ कितनी ही बार खाना खा चुका था। अम्बर से वह कितना कुछ पूछ चुकी थी।

"मैडम ये सारे कश्मीरी खाने हैं...कश्मीरी वाजवान," किरनजीत की ओर देखते हुए वह बोली।

"पर इतना सब खाएगा कौन?" भरी हुई टेबल देखकर किरनजीत ने कहा।

"सब खाना है आपको," ज़ोया ने प्लेटें लगानी शुरू कर दीं।

"यह कश्मीरी बहुत खाया करते हैं, तू देखती जा ज़ोया को," अम्बर हँसा।

अम्बर देख रहा था। अन्दर ही अन्दर मुस्करा रहा था। अम्बर ने अपनी बोतल खोलते हुए गिलास में वोदका उलट दी। इस बात के बावजूद कि किरनजीत ने दो सुन्दर और प्यारे बच्चे उसको दिए थे, वह किरनजीत और ज़ोया की तुलना करने से बाज़ नहीं आ रहा था। 'हाँ, मैंने विवाह करते समय जल्दबाज़ी की। मैं इन्तज़ार नहीं कर सका। मैं अपनी भविष्य की सम्भावनाओं को पहचान नहीं सका। ज़ोया जैसी सुन्दर लड़की मुझे मिल सकती थी। यह न होती, पर ऐसी कोई और होती।' एकदम उसे लगा कि ज़ोया जैसी तो उसने कोई लड़की देखी ही नहीं थी। ज़ोया जैसी अन्य कोई नहीं। ज़ोया जैसा तो वह ख़ुद ही था।

उसने वोदका का घूँट भरते हुए अपने बच्चों और पत्नी की ओर देखा। बच्चे किरनजीत की ताकत थे। यही दोनों बच्चे अम्बर की कमज़ोरी थे।

"अम्बर कार ड्राइव करनी है, अब और न पियो," किरनजीत ने कहा। ज़ोया दोनों की तरफ़ देखकर मुस्कराई।

अम्बर ने शीरी को रिसता के एक पीस पर ग्रेवी डालकर दिया। किरनजीत को गुस्तावा बहुत पसन्द आया। अम्बर को ज़ोया के होटल जैसा रोगनजोश कहीं नहीं मिला था।

"मुझे घर ले जाने के लिए एक चिकन पैक कर दो, मेरे अकाउंट में नोट कर देना," ज़ोया ने वेटर से कहा, फिर अम्बर और किरनजीत को सम्बोधित होते हुए कहने लगी, "हम कश्मीरी लोग इतना भी नहीं खाते कि आप समझो, मैं अब घर जाकर फिर खाऊँगी। कभी-कभी मैं मम्मा-पापा के लिए ले कर जाती हूँ। पर इतवार को ले जाना तो पक्का ही है।"

"इतनी ठंड का मुकाबला करने के लिए, तुम पहाड़ी लोगों को ज़्यादा खाना ही पड़ता था," अम्बर ने कहा।

वे खाना खा चुके थे। ज़ोया का रात की शिफ्ट वाला मैनेजर ड्यूटी सँभाल चुका था। वे ज़ोया का चिकन पैक होकर आने की प्रतीक्षा कर रहे थे। होटल का लॉन पूरी तरह भर चुका था। डोगरी, पंजाबी, कश्मीरी, लद्दाखी और अंग्रेज़ी भाषाओं में मिली-जुली आवाज़ों का शोर हवा में तैर रहा था। पहाड़ियों पर जगती बत्तियाँ दूर जंगलों में भी आबादी के होने की गवाही भर रही थीं। माता वैष्णो देवी के मन्दिर को जाते रास्ते की बत्तियाँ यहाँ तक दिखाई दे रही थीं।

"शुक्रिया ज़ोया! खाना बहुत स्वादिष्ट था। किसी दिन घर आना और मुझे वो कश्मीरी जखणी बनाना सिखाना," कार में बैठते हुए विदा करने आई ज़ोया को किरनजीत ने कहा।

पढ़े-लिखों की दुनिया में

कुछ दिनों बाद ज़ोया फ़ोन करके उनके घर आ गई। अम्बर अपने कमरे में बैठा पढ़ता रहा। ज़ोया ने किरनजीत को दही से ज़खणी बनानी सिखाई। उसने बाज़ार से एक किलो दही मँगवाकर उसमें नमक-मिर्च और मसाले डालकर अच्छी प्रकार से फेंट दिया और फिर देसी-घी का तड़का लगाकर उस दही को उसमें डाल दिया।

कुछ देर बाद ही ज़खणी की भीनी-भीनी ख़ुशबू सारे घर में फैल गई। अपने कमरे में बैठे अम्बर को घर में ज़ोया की उपस्थिति के कारण पैदा हुई ख़ुशबू ने जकड़ा हुआ था। वह एक पंक्ति भी नहीं पढ़ सका था। वह ज़ोया के पास बैठने, उससे बातें करने और उसे देखने की अपनी तमन्ना को दबाए बैठा था। किसी भी बात से, किसी भी हरकत से, किसी भी अंग से उसके अन्दर का भेद किरनजीत के सामने खुल सकता था। जब दोपहर का खाना तैयार हो गया तो नूरत उसको बुलाने आई। खाना मेज़ पर लग गया था।

ज़ोया ग्रे रंग के पाजामी सूट में थी। खाना खाते समय भी वह कम ही बोला।

ज़ोया को किरनजीत ही छोड़कर आई।

एक दिन ज़ोया डिपार्टमेंट में मिलने आई तो अम्बर ने व्यस्त होने का दिखावा करते हुए उसको टाल दिया। उसको अपने आप पर ग़ुस्सा आया कि उसने ज़ोया से उस दिन होटल में डिनर करने का न्योता क्यों स्वीकार किया था। ज़ोया ने उसके साथ दोस्ती रखने की खातिर किरनजीत से निकटता बना ली थी। इस प्रकार तो ज़ोया को अपनी प्रेमिका बनाने की कोई सम्भावना ही नहीं बचती थी। किरनजीत के क़रीब हुई ज़ोया नैतिक तौर पर कभी भी उसके साथ यह रिश्ता नहीं बनाएगी। 'ओह! मैं क्या कर बैठा था।' उसको अपना मूर्खताभरा व्यवहार याद आया जब वह इतवार की शाम को उत्सुकता के साथ उसकी प्रतीक्षा करता रहा था। कितनी जल्दी-जल्दी वह दूरदर्शन केन्द्र से बाहर निकला था। किस तरह दौड़कर ट्रेन पकड़ी थी! और किस प्रकार वह मरता-मरता बचा था। इतना पढ़ा-लिखा होकर भी उसने कैसी ग़लती की थी। वह सच में दूरदर्शी नहीं था।

पन्द्रह-बीस दिन ही बीते थे कि किरनजीत ने ज़ोया और उसकी मम्मी को लंच पर बुला लिया।

"तुम्हें मुझसे पूछ लेना चाहिए था?" अम्बर ने कहा।

"तुम्हारी ही दोस्त है।"

"तभी तो मैं कह रहा हूँ।"

"क्या बात है? क्या यह लड़की ठीक नहीं है?"

"लड़की तो ठीक है, पर तू ज़रूरत से अधिक ही निकटता बढ़ा रही है।" अम्बर सँभल-सँभलकर बोल रहा था।

"यदि किसी के जाएँगे-आएँगे, तभी तो इस शहर के साथ कोई सम्बन्ध बनेगा। मुश्किल से तो कोई क़रीब लगा है," किरनजीत ने सफ़ाई दी।

"ये जाट साफ़-सुथरे लोक हौंदे न?" ज़ोया की मम्मा ने पूछा।

उनकी कार पहाड़ की बगल से जा रही थी। वे अम्बर के घर जा रही थीं।

"मम्मा, कोई जात पूरी की पूरी साफ़-सुथरी या गन्दी नहीं होती। अपने कश्मीरी सिक्ख सारे साफ़-सुथरे हौंदे न?" ज़ोया ने अपनी माँ को डाँटते हुए सख़्ती से कहा।

"ज़्यादातर तो साफ़-सुथरे ही हौंदे न।"

"फिर ज़्यादातर जाट भी साफ़-सुथरे हौंदे न। अम्बर सर को तो तुमने देखा ही है।"

"हाँ, पर उसकी पत्नी?"

"उस दिन गोल-मार्केट में मिली तो थी। मम्मा वह एक प्रोफ़ेसर की पत्नी है। उसकी डॉक्टरेट पूरी होने वाली है। कल को वह भी प्रोफ़ेसर बन जाएगी।"

यह बात कहते हुए ज़ोया के अन्दर दर्द की एक लहर उठी जिसने उसके पूरे दिलोदिमाग़ को अपनी लपेट में ले लिया।

उसको अम्बर जितना अच्छा व्यक्ति कोई नहीं मिला था। उसने कई बार अपने आप को किरनजीत मैडम की जगह रखकर देखा था। ऐसे व्यक्ति के साथ ज़िन्दगी कितनी शानदार हो सकती थी।

ज़ोया ने अम्बर और किरनजीत को इकट्ठे जीते देखा था। दोनों धरती पर पैर टिकाकर चलते थे। दोनों को मिलने से पहले उसने जितने भी पंजाबी लड़के और लड़कियाँ देखे थे, उसको वे सब हवा में उड़ते लगे थे। पंजाबी उसके होटल में ठहरते थे तो शराब पीते थे, हंगामा करते थे। वह पंजाबियों के बदले गुजरातियों को कमरा देना पसन्द करती थी। गुजराती ईमानदार, शान्त और सज्जन स्वभाव के यात्री सिद्ध होते थे। वे रेट को लेकर भी बहस नहीं करते थे। यहाँ तक वह बंगाली यात्रियों को भी पसन्द करती थी, यद्यपि वे रेट को लेकर चिख-चिख करते थे। कई बार यात्रा के दिनों में इस प्रकार होता था, उसके पंजाबी ग्राहक के बराबर गुजराती या बंगाली या किसी अन्य प्रान्त के टूरिस्ट आ जाते तो पंजाबियों की अपेक्षा किसी अन्य को कमरा दे देती।

परन्तु अम्बर और किरनजीत से मिलने के पश्चात पंजाबी लोगों को लेकर उसके विचार बदलने लगे। उसको पंजाबी भी अच्छे लगने लगे। अब वह पंजाबियों को पहल के आधार पर कमरा दे देती थी। इस बात के बावजूद कि वे शोर-शराबा करते थे। इस बात के बावजूद कि ज़ोया की ओर झाँकते-ताकते हुए अपने अन्दर उठ रही उसकी ख़ूबसूरती की प्रशंसा को छिपा नहीं पाते थे।

ज़ोया को कोलकाता वाले अपने पंजाबी सहपाठी याद आ गए और वह मुस्करा उठी। उसके होटल में ठहरने वाले पंजाबियों में अधिकतर हिन्दू यात्री होते थे जिन्हें वैष्णो देवी या फिर यात्रा के दिनों में अमरनाथ जाना होता या दिल्ली के सरदार होते थे जिन्हें पंजाब के लोग 'भापे' कहते थे। इन्हें जम्मू-कश्मीर के सिक्ख असली भापे कहते थे। ये लोग कश्मीर जाते और आते हुए होटल में ठहरते थे। कटी हुई दाढ़ियों वाले सरदार तो बस कभी कभार ही उनके होटल में आते थे जब

वह आते तो ज़ोया उनके साथ अधिक से अधिक नम्रता के साथ पेश आती। अपने मैनेजर वाले कमरे के बाहर रिसेप्शन की ओर उसका ध्यान हमेशा लगा रहता। रिसेप्शनिस्ट कमरा देते वक्त हमेशा उसके साथ मशिवरा करते। भीड़ और समय के हिसाब से कमरे का रेट कम-अधिक उसकी सलाह से ही होता।

"अम्बर, एक बात पूछूँ?" एक दिन किरनजीत ने शीरी के स्कूल जाने के बाद नाश्ता करते हुए पूछा।

"हूँ...।" अम्बर गहरे अन्दर तक काँप गया था।

"जब ज़ोया अपने घर आती है तो तुम उसके साथ बहुत कम बोलते हो, और तो और, अपने कमरे में घुसे रहते हो?"

अम्बर चुपचाप बुरकी चबाता रहा। वह उससे सिर्फ़ तीन फुट की दूरी पर बैठी थी। किरनजीत से तीन फुट दूर अम्बर के दिलोदिमाग़ थे जहाँ ज़ोया का राज चलता था। जहाँ ज़ोया तरह-तरह के वस्त्र पहनकर टहलती थी।

"और उसकी नज़रें तुम्हें ही खोजती रहती हैं। तुम दोनों के बीच कुछ ग़लत-सलत तो नहीं चल रहा?" किरनजीत पूछ रही थी।

"नहीं-नहीं, इस तरह की बात कैसे हो सकती है?" उसका पूरा ज़ोर इस बात पर लगा हुआ था कि वह सहजता से जवाब दे।

किरनजीत आज कल थीसिस निपटाने में लगी हुई थी। वह थ्योरी पढ़ रही थी। थ्योरी जो स्त्री-पुरुष में घटित होते प्रेम सम्बन्धों की व्याख्या करती थी। गाँव की वह साधारण-सी लड़की सिद्धान्तों और कहानियों की पुलियाँ पार करती हुई अम्बर, अवनीत और ज़ोया जैसे लोगों की दुनिया में आ दाख़िल हुई थी।

कुछ महीने पहले अम्बर का एक पुराना मित्र हरजीत सिंह सेठी उसके साथ फेसबुक के माध्यम से बरसों बाद मिला था। वह उसके यूनिवर्सिटी में अध्यापक बन जाने पर ख़ुश भी था और हैरान भी। ख़ुश इसलिए था कि वह अम्बर को बेहद प्यार करता रहा था और वह अम्बर को अपना गुरु मानता था। हैरान इसलिए कि जब वह ग्यारहवीं में उसके साथ 'कामरस' पढ़ता था तो पढ़ने में बहुत पिछड़ा हुआ था।

"हैरान न हो, मेरी किताबें पढ़ने की आदत ने मेरी मदद की है," अम्बर ने समझाया था। तब अम्बर कक्षा में सबसे पीछे बैठता था। गाँव के स्कूल से दसवीं में अच्छे नम्बर लेकर भी शहर के स्कूल में उसके नम्बर बहुत कम थे। दसवीं के पेपर देकर वह मौसी के गाँव चला गया था। नतीजा आने के बाद जब वह ग्यारहवीं कक्षा में दाख़िल हुआ था तो उसको पता चला कि इस स्कूल में पेपरों के तुरन्त बाद से ही कक्षाएँ लगने लगी थीं और उन्होंने आधा सिलेबस कर लिया था। अम्बर और उसके अन्य ग्रामीण सहपाठियों ने सिलेबस पूरा करने के लिए

ट्यूशन रखी थीं। वे किराये के एक कमरे में रहते थे।

स्कूल में एक दिन उनकी कक्षा ख़ाली थी। स्कूल का चक्कर लगा रहे प्रिंसिपल ने क्लास लगा ली थी। उसने पीछे बैठे अम्बर को खड़ा करते हुए प्रेजेंट इनडेफिनेट टेंस में एक वाक्य बनाने को कहा था। अपने आप को कक्षा में सबसे ज़्यादा फिसड्डी रह गया महसूस करके अम्बर ने आगे निकलने की खातिर अवसर का लाभ उठाते हुए अपना सबसे बड़ा बम चला दिया था, "सर, आई डू नॉट बिलीव इन गॉड।"

"बेटा तुमने वाक्य बनाया है या अपनी विचारधारा बताई है?"

"सर, मैंने दोनों काम किए हैं," सारे विद्यार्थी चौंककर उसकी तरफ़ सिर मोड़कर देखने लगे।

"कमाल है बेटा, इतनी छोटी उम्र में तुम बिलकुल मेरे जैसे प्रगतिशील विचारों के हो।"

मेहनती स्वभाव वाले प्रिंसिपल रेखी राम शर्मा जी ने उसको पास बुलाकर शाबाशी दी थी।

सारी कक्षा उस ग्रामीण-से लड़के को एक हस्ती रखते प्रिंसिपल द्वारा शाबाशी मिलती देख आश्चर्यचकित रह गई थी। सबसे अधिक हैरान कक्षा का मॉनीटर हरजीत सिंह सेठी हुआ था। सेठी जिसे सारा सिलेबस रटा पड़ा था। सेठी जो तीन महीने आगे चल रही कक्षा से भी आगे चल रहा था, वह प्रिंसिपल के जाते ही अम्बर के पास आ गया था,

"ओए, तू सचमुच नहीं मानता?"

"ये तो भूत-प्रेत और स्वर्ग-नरक को भी नहीं मानता," अम्बर के रूममेट ने मॉनीटर को ख़ुश करने के लिए उसकी एक अन्य ख़ूबी बताते हुए उसे और अधिक हैरान कर दिया था। सेठी इतना उत्सुक हुआ कि वह अपने सवालों के जवाब लेने के लिए उनके कमरे में आने लगा था। उसके रूममेट साथियों के लिए अकेला सेठी ही कमरे में नहीं आया, बल्कि तीन महीने आगे चल रहा पूरा सिलेबस भी ख़ुद-ब-ख़ुद उनके कमरे में प्रवेश कर गया। अम्बर के सभी रूममेट लड़कों को अम्बर बड़ी कीमती शै लगने लगा। पहले वह उन्हें बिजनेस मैथ और अकाउंट्स पढ़ाता, फिर अम्बर से अपने सवालों के जवाब समझता। कुछ ही दिनों में सेठी वहमों-भ्रमों के संसार में से निकलकर विज्ञान की दुनिया में दाख़िल हो चुका था। अगले साल वह अलग-अलग कॉलेजों में दाख़िल हो गए थे। बहुत वर्षों के अन्तराल के बाद उसका फ़ोन आया था। उसने बताया था कि उससे चार्टड अकाउंटेंट की परीक्षा पास नहीं हो पाई थी। वह सरकारी स्कूल में अध्यापक था।

एक बार वे सब ईसड़ू गाँव गए हुए थे। सेठी अपनी मम्मी को संग लेकर उनसे मिलने गाँव आया था।

"तूने अब तक विवाह क्यों नहीं करवाया?" अम्बर ने हैरान होकर पूछा था।

"बेटा, आजकल विवाह करवाना कौन-सा आसान है? अगर बहू न बस पाई, तलाक देना पड़ गया तो आजकल लड़कियाँ दस-दस लाख माँगती है। न भाई, ऐसे विवाह से तो इस तरह अच्छे हैं," जवाब सेठी की मम्मी ने दिया था।

"आंटी जी, इस तरह तो कोई चीज़ टूटने के डर से इस्तेमाल ही नहीं करनी चाहिए," अम्बर दोस्त को अकेला देखकर दुखी था।

अम्बर ने उन दोनों को विवाह के लिए प्रेरित किया था। उन्होंने और भी बहुत सारी बातें की थीं। दोपहर का खाना खाकर वे चले गए थे। अम्बर अब भी हैरान था।

"अम्बर, तेरे इस दोस्त का एक विवाह हो चुका है और इसकी पत्नी इनसे पाँच-सात लाख रुपये ऐंठ चुकी है। बस ये अपने मुँह से ये भेद खोलना नहीं चाहते थे," किरनजीत ने कहा था। सुनकर अम्बर और अधिक हैरान हो गया था।

"तुझे यह बात कैसे महसूस हुई?" अम्बर तो कहे पर यकीन कर लेता था।

"जितने दुख और खीझ से वे दोनों माँ-बेटा बोल रहे थे, उससे लगता है, इनके साथ ये घटना बीत चुकी है?" किरनजीत ने कहा। किरनजीत जो कह रही थी, उस बात की पूरी सम्भावना थी। यह बात अम्बर के अपने दिमाग़ में क्यों नहीं आई थी! वह किरनजीत पर किताबों का प्रत्यक्ष प्रभाव साफ़ देख रहा था। अब उसने किरनजीत को ज़ोया के सम्बन्ध में सफ़ाई देनी थी।

"उसका पिता पता नहीं कितने बन्दे मार चुका है। मुझे मरना है?" वह हँसा।

"कौन से बन्दे?" किरनजीत चकित होकर पूछने लगी।

किरनजीत का दिमाग़ साफ़ करने के लिए अम्बर ने ज़ोया से सुनी-सुनाई कितनी ही बातें उसे बता दीं। वह जानता था, यदि किरनजीत को उसके और ज़ोया के बीच चल रही किसी बात का पता लग गया तो वह पता नहीं क्या करे। सम्भव है, ज़ोया के घर में जा पहुँचे। उसके घरवालों को अपनी बेटी को नियंत्रण में रखने को कहे। हो सकता है, ज़ोया के होटल में जा धमके और उसके स्टाफ के सामने उसकी लानत-मलामत करे। निर्दोष ज़ोया किरनजीत की नज़रों में दोषी बन जाएगी। उसकी यह धारणा पहले ही बनी हुई थी कि पुरुषों को बेगानी स्त्रियाँ ख़ुद ख़राब करती थीं। वह अपनी सहेली रविन्दर को भी तारी पर नज़र रखने के लिए उकसाती रहती थी।

अम्बर क्लास समाप्त करके अपने कमरे में घुसा तो ज़ोया उसकी प्रतीक्षा कर रही थी। वह हिन्दू अख़बार में छपा एक लेख अम्बर के लिए लेकर आई थी। जब कभी ज़ोया को कोई लेख विशेष तौर पर पसन्द आ जाता तो वह उसकी कटिंग अम्बर की खातिर सँभाल कर रख लेती।

"डॉक्टर साहब, ये फुरसत में पढ़ लेना...," उसने कहा।

"क्या है? अच्छा ठीक है," अम्बर ने अख़बार की कटिंग पेपरवेट के नीचे दबा दी।

"अम्बर!" वह नाम लेकर सम्बोधित हुई, "आज कल तुम मेरे से दूर-दूर क्यों रहते हो?"

अम्बर कुछ नहीं बोला। यही तो वह चाहता था कि ज़ोया को अहसास हो कि वह उससे दूर हो रहा था। वह अन्दर ही अन्दर ख़ुश हुआ। मेज़ पर रखी किताबें ठीक करते हुए वह जवाब देने के लिए शब्दों को निरखता-परखता रहा। उसने सामने दरवाज़े की तरफ़ देखा, आहट लेने के लिए। ज़ोया ने भी दरवाज़े की ओर देखा। उसने अपनी कुर्सी खींचकर अम्बर की टेबल के और नज़दीक कर ली।

"बोलो, रहते हो न?"

अम्बर उसके चेहरे की ओर देखने लगा। फिर उसने उसकी आँखों में गहरी नज़र से देखा। ज़ोया की आँखों में दर्द था।

"मैं तुम्हें पूरी की पूरी हासिल करना चाहता हूँ या फिर बिलकुल भी नहीं," वह बोला।

"तुम मुझे पूरी की पूरी हासिल कर लो," ज़ोया ने कहा। अम्बर ने उसकी नज़रों में झाँका। उसको एक पीड़ित और आहत ज़ोया दिखाई दी।

"मैंने तुम्हारा हँसता-बसता घर देखा है। मैंने सारी रात जाग कर बिताई है। यह कुछ कहने से पहले बहुत कुछ सोचा-विचारा है। मैं जी भरकर रोई हूँ। मुझे लगता है, हम दोनों अलग नहीं रह सकते। मेरे साथ विवाह करवाओगे?" ज़ोया उम्मीद भरी नज़रों के साथ उसकी तरफ़ देख रही थी।

दुनियादार व्यक्ति उछलकर उठा। वह 'ये कैसे हो सकता है' जैसा कुछ कहने लगा था कि उसके भीतर का लड़का एकदम से सामने आ गया। उसने दुनियादार को खींचकर पीछे कर दिया। ज़ोया सिर्फ़ औरत नहों थी। ज़ोया उसके लिए कायनात जितनी हस्ती थी। वह उसका अपना ही तो दूसरा वजूद थी।

"मैं जानती हूँ कि मेरा विवाह किसी भी अच्छे लड़के के साथ हो सकता है। मुझे यह भी मालूम है कि हमारे इस क़दम से पापा तो मर ही जाएँगे। पर तुम्हारे और मेरे इकट्ठे होने का एक मतलब होगा," ज़ोया बोलती गई। वह जानती थी कि अम्बर इस प्रश्न का उत्तर देने के लिए तैयार नहीं था।

"प्रेम और विवाह दो अलग-अलग क्षेत्र है ज़ोया। मेरी ये भावनाएँ अपनी प्रेमिका के लिए हैं। ज़रूरी नहीं कि पत्नी ज़ोया के लिए भी ये रहेंगी," अम्बर ने सहजता से कहा।

"मैंने तुम्हें किरनजीत के साथ रहते देखा है। फिर मेरे संग प्रेम के साथ क्यों नहीं रहोगे जिसे तुम प्यार करते हो?"

"यदि तू मुझे विवाह से पहले मिली होती, फिर मैं तेरे साथ ही विवाह करवाता और शायद तेरे साथ भी एक बढ़िया पति के तौर पर रहता, पर अब किरनजीत के साथ अन्याय करके मैं तेरे साथ सहजता से नहीं रह सकूँगा।"

दरवाज़ा खड़का। अम्बर के दफ़्तर की क्लर्क अंकिता फाइल लेकर अन्दर आई।

"सर साइन...," उसने कहा। अम्बर ने देखा, कल हुई डिपार्टमेंटल रिसर्च कमेटी की मीटिंग के मिनट्स थे। उसने सरसरी नज़र डालते हुए साइन कर दिए।

"सर पाणी भेजां?" पंजाबी विभाग की नौकरी करती अंकिता रैणा पंजाबी बोलना भी सीख गई थी।

"ओ हाँ, मैं तो भूल ही गया," अम्बर ने कहा। ज़ोया और अंकिता दोनों कश्मीरन थीं। एक-दूजी से अधिक सुन्दर, पर दोनों में ज़मीन-आसमान का अन्तर था। अंकिता के साथ दस मिनट ही बातें की जा सकती थीं, पर ज़ोया के साथ वह दस युग जी सकता था।

"मैं तुमसे आयु में बड़ा हूँ," अम्बर ने कहा।

"उससे कोई अन्तर नहीं पड़ता। हम एक-दूसरे को धोखा नहीं देंगे," ज़ोया ने पूरे विश्वास के साथ कहा।

"अम्बर! मैं तुम्हारी नौकरी और तुम्हारे बच्चों के बीच कभी नहीं आऊँगी। ये दोनों तुम्हारी पहल होंगे। मैं इनके बाद होऊँगी। सोचो तो सही, हम एक ही घर में रहेंगे तो ज़िन्दगी कितनी ख़ूबसूरत होगी। हम मिल-जुल कर दुनिया देखेंगे।"

अपनी कल्पना में अम्बर को अपना घर खंडहर होता दिखा। उसने ऐसे टूटे हुए घर देखे थे। उसने अनाथ बच्चों को आवारा घूमते देखा था। दूर क्या जाना, उसने झगड़ा-क्लेश तो अपने घर में भी बहुत देखा था। उसने हमेशा ही यह प्रण किया था कि अपने बच्चों को वह वातावरण कभी नहीं देगा जो बचपन में उसे मिला था।

"नहीं ज़ोया, यह सम्भव नहीं होगा," उसने दृढ़ता के साथ कहा।

उसने नज़र भरकर ज़ोया की ओर देखा। ज़ोया ने नज़रें झुका लीं मानो वह उसे अपनी काया को देख लेने देना चाहती हो। मानो कह रही हो, 'देख ले, मैं कितनी सुन्दर हूँ। तेरे दर पर आई हूँ। तुझको तुझ से माँगने।' अम्बर ने उसके ख़ूबसूरत चेहरे को देखा। साफ़ सुर्ख आभा बिखेरती उसकी चमड़ी इस तरह थी जैसे उसको कभी किसी ने छुआ तक न हो। उसने उसके चौड़े कन्धों को देखा। मेज़ पर टिके उसके गोरे कोमल हाथों को देखा। तो यह परियों जैसी लड़की उसकी पत्नी बनना चाहती थी। क्या वह इतना अच्छा था? उसको किरनजीत के रूखे हाथों में ऐसी कोमलता कभी नहीं मिली थी।

ज़ोया ने अपनी नज़रें ऊपर उठाईं। उसकी आँखें सजल थीं।

"ज़ोया, मेरी प्यारी, अपने आप को सँभाल। ज़िन्दगी ने हमें मिला तो दिया है, पर बड़ी देर से मिलाया। हम यही शुक्र मनाएँ कि हम मिले तो हैं। नहीं तो पसन्द के औरत-मर्द विरले ही मिल पाते हैं। तेरा मेरा तो कोई सबब भी नहीं बनता था। कहाँ मैं पजांब के गाँव का बन्दा और तू कश्मीर के एक पुलिस अफ़सर की बेटी। अपना मेल कहाँ होना था।"

"तुम परेशान होने से डरते हो। कुछ प्राप्त करने के लिए परेशान तो होना ही पड़ता है। तुम्हारा दर्द मैं बाँटूगी," ज़ोया ने अन्तिम कोशिश की।

"नहीं ज़ोया, मैं अपने बच्चों के बिना नहीं रह सकता। तू शीरी को जानती है, बिलकुल मेरे जैसा है। मैं उसके बिना कहाँ रह सकता हूँ। फिर नूरत तो मेरी जान है। दो साल से मैं उसको पाल रहा हूँ। वह मेरे बिना कैसे रह लेगी?"

"यदि किरनजीत मान जाए तो हम नूरत को अपने पास रख लेंगे।"

"वह कभी नहीं मानेगी," अम्बर ने देखा, चपरासी पानी लेकर आ रहा था।

वे दोनों चुप हो गए।

"ज़ोया, यदि मैं तेरी बात मान भी लूँ, फिर भी किरनजीत तलाक देने को राजी नहीं होगी।"

"तुम उसे मनाते रहना, मैं उम्र भर इन्तज़ार कर सकती हूँ।"

"सर, दो स्टूडेंट फार्म अटेस्ट करवाने आए हैं," लाल चन्द ने कहा।

"भेज दो," पानी पीते हुए अम्बर ने जवाब दिया।

ज़ोया ने देखा, अम्बर स्टैंप लगा रहा था। दस्तख़्त कर रहा था। किसी के काम आने में वह एक पल के लिए भी नहीं झिझकता था। 'पर मेरे...' सोचती-सोचती वह रुक गई। वह अम्बर की सीमाओं को समझती थी।

"ठीक है, मैं चलती हूँ," ज़ोया उठकर खड़ी हो गई।

अम्बर का दिल डूबने लगा। वह नहीं चाहता था कि ज़ोया जाए। पर वह रोककर भी क्या करेगा। हो सकता है, यह उनकी अन्तिम मुलाकात हो। फिर ज़ोया को वह सिर्फ़ कल्पना में ही देखा करेगा। फिर समय आएगा जब वह उसकी कल्पना में भी धुँधली हो जाएगी। वह यत्न करने पर भी उसका तसव्वुर नहीं कर सकेगा।

"चल, मैं गाड़ी तक छोड़कर आता हूँ," उसने उसको भरपूर नज़र से देखते हुए कहा। मानो उसको अपने अन्दर जज़्ब कर लेना चाहता हो। वह अन्तिम मुलाकात के पलों को कुछ और लम्बा करना चाहता था। वह सीढ़ियाँ उतर कर उर्दू विभाग से होते हुए सामने सड़क की ओर चल दिए। ज़ोया ने अपनी कार में बैठने से पहले उसकी तरफ़ पूरे मोह में भरकर देखा। ऐसे प्यार से भरी हुई निगाह की अम्बर जन्म-जन्मान्तरों से प्रतीक्षा कर रहा था।

ज़ोया की गाड़ी होटल की ओर जा रही थी। उसकी आँखों से चिनाब और झेलम बह रही थी। उसकी समझ में आ गया था कि वह मुहब्बत के पिंजरे में फँस चुकी है। इस बन्दे के बग़ैर जीने की खातिर सोचना उसे असम्भव लग रहा था। अम्बर था कि अपनी पत्नी से अलग होने के लिए कतई तैयार नहीं था।

वापस आकर कुर्सी पर बैठते हुए उसने ज़ोया वाली ख़ाली कुर्सी की ओर देखा।

उसको याद आया, ज़ोया कितनी उदास होकर गई थी। अवश्य इसे उसने अपनी पराजय समझा होगा। आहिस्ता-आहिस्ता ज़ोया वाली उदासी उसके अन्दर उतरनी शुरू हो गई। इस उदासी का एक कारण और भी था। वह ज़ोया को प्रेमिका के तौर पर हासिल करने में असफल रहा था। उसका प्रेम प्राप्त करने के लिए उसको पत्नी बनाना होगा। वह एक यूनिवर्सिटी प्रोफ़ेसर था। उसका नाम और रुतबा देखकर कोई भी उसके साथ विवाह करवाने के लिए तैयार हो जाएगी।

यूनिवर्सिटी से घर जाते हुए उसने अपनी कार ठेके के सामने रोक ली।

नूरत रोज़ की तरह सीढ़ियों में बैठी थी। अम्बर का रास्ता देखती। सीढ़ियाँ चढ़ उसने नूरत को गोद में उठा लिया।

"ए लड़की क्यों इतना प्यार करती है? तेरा यह प्यार मैं लौटाऊँगा कैसे?"

फर्श पर चटाई के ऊपर किताबें बिखेरे बैठी किरनजीत मुस्कराई। अम्बर ने आर.ओ. में से पानी का गिलास भरकर पिया। वह किरनजीत को अपने काम में नहीं लगाता था। अपना खाना भी ख़ुद परोसकर खाता। पानी पीकर वह चटाई पर आ बैठा।

"बता, क्या समझना है?" उसने पूछा।

"ये किताब समझ में नहीं आ रही। लेखक कहना क्या चाहता है?" उसने रोककर रखा काम उसके सामने कर दिया।

अम्बर दो घंटे तक उसे समझाता रहा। वह नोट्स लेती रही। शीरी अपना होमवर्क कर रहा था। नूरत पापा के ऊपर एक तरफ़ से चढ़ रही थी, दूसरी तरफ़ से उतर रही थी। अम्बर चाहता था कि किरनजीत हर हालत में दिसम्बर तक अपना थीसिस जमा करवा दे। जमा होने के बाद से तीन-चार महीने वायवा होने शुरू हो जाते थे। जून तक वायवा हो जाना था। जुलाई में पंजाब के कॉलेजों में पदों की रिक्तियाँ निकला करती थीं। मलेरकोटला के आस पास किसी न किसी कॉलेज में पोस्ट मिल सकती थी।

किरनजीत मलेरकोटला अपने घर में दो साल रही थी। अभी उसने घर को सजाना प्रारम्भ ही किया था कि अम्बर की पोस्टिंग जम्मू हो गई। यहाँ किराये के मकान में रहना कठिन लगता था।

"मलेरकोटला में कितने साल हम किराये पर रहे हैं, पर कोई मकान मालिक बोला तक नहीं। जम्मू के लोगों को दुनियादारी का ज़रा भी पता नहीं। बहाने तलाशते रहते हैं, टोका-टाकी करने के," किरनजीत कहती।

उन्होंने अप्रैल महीने के पहले सप्ताह में चले जाने का फ़ैसला कर रखा था। अपना घर अपना था। अम्बर को हर सप्ताह सफ़र करने की ज़हमत झेलनी पड़ेगी,

पर बच्चों की खातिर और अपने घर में रहने की तमन्ना के कारण वह यह सब झेलने के लिए तैयार थे। वैसे भी छुट्टियाँ बहुत होती थीं। चार छुट्टियाँ इकट्ठी आ जातीं तो वह जम्मू में कहीं जाने योग्य नहीं थे। दिन भर घर में ही घुसे रहते।

कभी-कभी वह इस ऊब से मुक्त होने के लिए शाम के समय श्रीनगर बाईपास पर बने एक ढाबे के पिछवाड़े जा बैठते। यहाँ से तवी नदी का पानी चमचमाता दिखाई देता था। सूरज सरहद के पार सियालकोट शहर से भी परे डूब रहा होता। उसकी किरणें तवी के पानी को चमकातीं। अम्बर को तवी का पानी दो हिस्सों में बँटा दिखता। अँधेरा फैलने लगता।

"किरन, शीरी देखो, वो दूर जहाँ से रोशनी आसमान की तरफ़ उठ रही है, वह पाकिस्तानी पंजाब का सियालकोट शहर है, उससे इधर जो फ्लड लाइटें दिखाई दे रही हैं, वे बॉर्डर की लाइटें हैं।" एक दिन साफ़ मौसम में अम्बर ने पहाड़ी पर बैठे सामने रचना दुआब के मैदान की ओर इशारा करते हुए कहा था।

बच्चे ढाबे से चिप्स के पैकेट ख़रीदकर धीरे-धीरे खाते। अम्बर अपने साथ बोतल में लाई व्हिस्की के घूँट भरता घाटी की ओर देखता रहता। किरनजीत कभी घाटी की तरफ़ और कभी अम्बर की ओर चिन्ताजनक नज़रों से देखती रहती। पिछले एक डेढ़ साल से वह कम बोलता था। पता नहीं उसके अन्दर क्या चलता था। बताता भी नहीं था। किरनजीत को कभी-कभी ज़ोया को लेकर शक पैदा होता। ज़ोया से मिलने के बाद यह शक दूर तो नहीं हुआ, पर किरनजीत को वह लड़की समझदार लगी। जब तक वह ज़ोया से नहीं मिली थी, या बस दूर-दूर से ही देखी थी तो उसको अवश्य लगता रहा था कि यह अम्बर के पीछे लगी हुई हो सकती है, पर ज़ोया से मिलकर उसके विचार थोड़े-से बदल गए थे। वह उसको अच्छी लगी थी।

अब जब उनके कोटला जाने का समय क़रीब आ गया तो किरनजीत की चिन्ता भी बढ़ती जाती थी। एक तरफ़ ख़ुशी थी कि उसकी पी-एच.डी. हो जाएगी। उसके नाम के आगे 'डॉक्टर' शब्द लग जाएगा। वह कॉलेज में पढ़ाने लगेगी। उसकी भी तनख़्वाह आया करेगी। अम्बर की पुरानी सर्विस काउंट न होने के कारण जो घाटा हुआ था, वह उसकी तनख़्वाह से पूरा होने लगेगा। उनकी तंगी के दिन बीत जाएँगे। वह भी अन्य स्त्रियों की भाँति महँगे-महँगे सूट पहना करेगी। फिर कभी वह कार चलाकर कॉलेज जाएगी। उन्होंने आख़िर रब का क्या बिगाड़ा था कि उनके घर ये ख़ुशियाँ नहीं आएँगी। अवश्य आएँगी। बुरे दिन और कितने लम्बे हो सकते हैं।

दूसरी तरफ़ उसको अम्बर की चिन्ता तंग करती। उसको अरजन ताया पर गुस्सा आता जिसने बचपन में अम्बर को बूँद-बूँद पिलाकर दारू की आदत डाल दी थी। वह हर तीसरे दिन बोतल खोल लेता। उसके चले जाने के बाद वह अकेला रहा करेगा। उसकी तो समझ में नहीं आ रहा था कि अम्बर अकेला रहने की बात क्यों करता था। वह तो ख़ुद ही बताया करता था कि यूनिवर्सिटी में पढ़ते समय

वह हर शुक्रवार को घर आ जाता था। अन्य लड़के तीन-तीन महीने बाद हॉस्टल से घर जाते, पर उसको घर के साथ ऐसा लगाव था कि हर सप्ताह घर आ जाता। अकेला तो वह रह ही नहीं सकता था। औरतें थीं कि हफ़्ता-हफ़्ता मायके में रह आती थीं, पर एक किरनजीत थी जिसको तीन रातों से अधिक अम्बर ने मायके में नहीं रहने दिया था। वे तीन दिन भी अम्बर साथ ही रहता। यह बात किरनजीत की बुद्धि में बिलकुल न पड़ती कि अम्बर अकेला कैसे रहेगा?

दूसरी तरफ़ उसे अपने घर में रहने का चाव था।

"मुझे तो डर लगता है कि कहीं कोई अपने बने-बनाये मकान पर कब्ज़ा ही न कर ले," किरनजीत अन्देशा प्रकट करती। वह मलेरकोटला वाले किरायेदारों से डरती, हालाँकि वह बड़े शरीफ़ मुसलमान थे।

अम्बर उसकी बातें सुनकर अन्दर ही अन्दर मुस्कराने लगता। पर यह मुस्कराहट उसके चेहरे पर न आती। यदि चेहरे पर आ जाती तो किरनजीत पंजाब जाने से साफ़ मना कर देती। वह अम्बर की योजनाएँ समझ जाती। जब वह फुरसत के समय अम्बर के लिए एक कमरे का मकान देखने के लिए निकले तो जो मकान किरनजीत को पसन्द आता, वह अम्बर को कतई पसन्द न आता। किरनजीत ऐसा परिवार पसन्द करती थी जो अम्बर के साथ रच-बस कर रहे। उसका ख़याल रखे। दूसरी तरफ़ अम्बर ऐसा मकान खोज रहा था जिसमें मकान मालिक उसकी ज़िन्दगी में दख़लन्दाज़ी न कर सके। जहाँ ज़ोया बिना रोक-टोक आ सके। इसलिए रचने-बसने वाले परिवार उसकी नाक तले नहीं आते थे।

ज़ोया के साथ होने वाली सम्भावित मुलाकातों की कल्पना में वह इन दिनों उड़ता रहता था।

"अम्बर, तुझे यह मकान क्यों नहीं पसन्द?" किरनजीत ने मुज्जफराबादी सिक्ख परिवार के नए बने मकान से बाहर निकलते हुए पूछा।

"इनके यहाँ अनावश्यक फूँ-फाँ होती है," अम्बर ने अपनी ओर से कहा तो सच ही था, पर असल सच यह था कि वह सिक्ख परिवार में कमरा लेना ही नहीं चाहता था। ज़ोया के साथ किसी भी सिक्ख परिवार की रिश्तेदारी निकल सकती थी।

रविवार को जम्मू की साहित्य-सभा की गोष्ठी थी। अम्बर साधरण तौर पर ऐसी गोष्ठियों में नहीं जाता था। जब वह जम्मू आया था तो उसने शहर के साथ अपना सम्बन्ध स्थायी बनाने की खातिर साहित्य-सभा की गोष्ठियों में जाना शुरू किया था। यहाँ के लेखकों ने उसके यूनिवर्सिटी में प्रोफ़ेसर होने के कारण उसका मान-सम्मान भी ख़ूब किया था। वह अपने कार्यक्रमों में प्राय: उसे मंच पर ससम्मान बिठाते।

इन गोष्ठियों में जाकर उसने डॉ. गुरविन्दर सिंह की दोस्ती कमाई थी। डॉ. गुरविन्दर अपनी कहानीकार पत्नी और स्कूल में पढ़ती बेटी के साथ जम्मू के

बाहरी हिस्से में रहता था। उसका छोटा भाई खेती करता था। एक अन्य छोटा भाई जम्मू कश्मीर पुलिस में थानेदार था। दूसरे भाई शहर में माँ-बाप के साथ रहते थे। गुरविन्दर की गोरी-चिट्टी पत्नी हिन्दू परिवार से थी। दोनों पुंछ के जन्मे-पले थे और पुंछ से ही एक-दूजे से परिचित थे। फिर दोनों ने माँ-बाप को बिन बताए विवाह करवा लिया था। शहर के बाहरी हिस्से में मकान बनाकर उन्होंने अपनी दुनिया बसानी शुरू की। उनका घर जम्मू-सियालकोट रोड के निकट था। कभी यह इलाका ख़ूब बसता था। सियालकोट से लोग फ़िल्म देखने जम्मू आते। जम्मू से सियालकोट जाने वाली रेलवे लाइन ज़्यादातर उखड़ चुकी थी। सन् 1947 के उजाड़े के बाद यह इलाका दुबारा बसा था। लोगों ने रेलवे लाइन पर घर बना लिये थे। कहीं-कहीं लोहे के टुकड़े बचे थे। 'रणबीर सिंह पुरा' के रेलवे स्टेशन का एक कमरा बचा था जिस पर उर्दू, पंजाबी और अंग्रेज़ी में शहर का नाम अब भी अंकित था।

आहिस्ता-आहिस्ता जम्मू और पुंछ के साहित्यिक क्षेत्रों में गुरविन्दर का नाम जमने लगा। किसी मुशायरे में जब कोई शायर बढ़िया शेर पढ़ता तो गुरविन्दर ऊँची आवाज़ में 'वाह-वाह' करने लगता। यदि कोई बिलकुल ही नई बात करता तो वह खड़ा होकर हाथ हवा में लहराकर 'वाह-वाह' किया करता। लोग कवि से अधिक उसकी तरफ़ देखने लगते। यूँ लगता था जैसे उर्दू मुशायरों की दाद देने की परम्परा पूरी की पूरी उसके अन्दर समाई हो। यह अदा उसने पुंछ की साहित्यिक फिज़ा से सीखी थी। पुंछ जितना साहित्यिक माहौल पूरे उत्तरी भारत में कहीं नहीं था। जम्मू के बहुभाषी मुशायरों की वह जान होता था। वह पहाड़ी पंजाबी में कविता लिखता था। उसकी कविताओं में पहाड़ी पंजाबियों के जीवन के अनूठे चित्र थे। जब वह 'पहाड़िन' नाम की कविता पढ़ता तो लोगों की साँस रुक जाती।

हर महीने बीस दिन बाद गुरविन्दर अपने परिवार सहित अम्बर के घर का चक्कर लगाता। बिना बताए-पूछे ही वह किलो भर मछली उठा लाता। हर महीने बीस दिन बाद वह अम्बर और किरनजीत को अपने घर बुलाता। आँगन में तन्दूर तपा कर वह स्कॉच की बोतल खोल बैठा होता। दोनों परिवार आधी-आधी रात तक तन्दूर के इर्दगिद बैठे रहते। मुर्ग़े और मछली की सलाखें पकती रहतीं, बीच बीच में गुरविन्दर की शायरी चलती रहती। वे सब खाते रहते। बातें करते रहते। तब तक जब तक वह और अम्बर शराबी नहीं हो जाते थे।

"भाई, तू जल्दी चक्कर लगाया कर," गुरविन्दर कहता। अम्बर हैरान था कि उसके इस मित्र के पास सारे जम्मू का अपनत्व इकट्ठा हुआ पड़ा था।

अम्बर जम्मू में पंजाबी भाषा को अन्तिम साँसों पर देख रहा था। इन लेखक लोगों को पढ़ने के लिए पुस्तकें नहीं मिलती थीं। सिर्फ़ इन लेखकों ने ही पंजाबी के साथ मोह का रिश्ता होने और कलम घिसने का शौक चर्राने के कारण जम्मू के पंजाबी साहित्य को अब तक जीवित रखा हुआ था। अम्बर की अपनी यूनिवर्सिटी

के पैदा किए विद्यार्थी कहाँ थे? यूनिवर्सिटी के पंजाबी विभाग ने जो लेखक और विद्वान पैदा करने थे, वे यहाँ से ग़ैर हाज़िर क्यों थे?

अम्बर अपने काम में जुट गया था।

आज साहित्य सभा की गोष्ठी में अम्बर के एक विद्यार्थी ने कहानी पाठ करना था और दो ने कविताएँ पढ़नी थीं। उसने डी.आई.जी. नागरा साहब को फ़ोन करके गोष्ठी में चलने के लिए कहा।

"छोड़ यार, बूढ़ों को क्या सुनना। मैं तो अब कभी गया नहीं," डी.आई.जी. नागरा ने कहा।

"जाता तो मैं भी नहीं, पर आज आपको बूढ़े नहीं, नए लड़के-लड़कियों की रचनाएँ सुनाएँगे," अम्बर ने ज़ोर दिया।

"ठीक है, मैं पहुँच जाऊँगा," उसने सहमत होते हुए कहा।

गोष्ठी अभी शुरू नहीं हुई थी। जम्मू कश्मीर कल्चररल अकादमी के कम्पाउंड में के.एल. सहगल हॉल के सामने लेखक लोग टोलियाँ बनाकर खड़े थे। यूनिवर्सिटी के लड़के-लड़कियों की टोली अलग खड़ी थी। अम्बर को कार से उतरता देखकर वे सभी उसकी ओर चल दिए। अम्बर सभी से मिला। सब उसको आदर सहित मिले। अम्बर के विद्यार्थी पिछले साल से सभा में सरगरम हो गए थे।

गोष्ठी प्रारम्भ हो गई। सहगल हॉल की अधिकांश कुर्सियाँ भर गई थीं। डी.आई. जी. नागरा आ कर पिछली कतार में बैठ गया था। स्टेज की कार्यवाही अम्बर का पी-एच.डी. स्कॉलर चला रहा था। पहली कहानी सुरिन्दर सिंह कैदी नाम के विद्यार्थी ने पढ़नी शुरू की। उसने अपने नाम के साथ क़ैदी क्यों लगाया? अम्बर सोचने लगा। 'क़ैदी' शब्द दोहराते हुए अम्बर मुस्करा दिया। वह कहानी पहले ही पढ़ चुका था। उसने उस दिन भी सुरिन्दर से नाम के साथ 'क़ैदी' लगाने का अर्थ पूछा था।

"सर, लम्बी कहानी है, फिर कभी बताऊँगा," सुरिन्दर टाल गया था। 'किसी के प्यार का क़ैदी होगा' अम्बर ने सोचा। सुरिन्दर पंजाबी विभाग का विद्यार्थी नहीं था। उसने सायकोलॉजी विभाग से एम.ए. ख़त्म की थी। जब वह जम्मू के गवर्नमेट कॉलेज में बी.ए. भाग प्रथम कर रहा था तो अम्बर उसके कॉलेज में लेक्चर देने गया था।

"सर, पंजाब और जम्मू में लुबाणों की कितनी संख्या है, पर हमारे बारे में कोई कहानी या नॉवल नहीं मिलता, ये हमारे साथ बेइंसाफ़ी है," लेक्चर ख़त्म होने के बाद सुरिन्दर ने प्रश्न किया था। अम्बर ने सुरिन्दर के अन्दर वाले पागलपन को पहचाना था। यह उसके शब्दों में नहीं बोलने के उतावलेपन में बैठा हुआ था। अम्बर का विश्वास था कि जिस आदमी में पागलपन नहीं, वह बड़ा आदमी नहीं बन सकता। अम्बर ने सुरिन्दर को अपना पागलपन छुपाना और उस पर नियंत्रण रखना सिखाना था। बस, फिर यह लड़का कुछ बन जाएगा।

अम्बर लुबाणों में से एक लड़के को लेखक बनाने का सपना देख रहा था। उनके बारे में उनमें से पैदा हुआ लेखक ही बढ़िया लिख सकता है। लुबाणे कभी बैलगाड़ियों-गड्डों पर व्यापार किया करते थे। वे सौ-सौ गड्डों पर एक साथ चला करते। जालन्धर से लेकर पुंछ तक इनके व्यापार की मार थी। ये अपने रात के ठिकाने को 'टांडा' कहते थे। इसी कारण इस इलाके में अब भी कितने ही गाँवों और कस्बों के नाम 'टांडा' के नाम पर थे। ये अपने साथ लोहे के वस्त्र पहनने वाले हथियारबन्द रक्षक रखते थे। इसी कारण 'लोहबाणे' से ये 'लुबाणे' बन गए। सुरिन्दर के ज़रिये अम्बर उन क़ाफ़िलों को जिन्दा करने का सपना देखने लगा।

कॉलेज के हॉल से बाहर निकलते हुए अम्बर ने सुरिन्दर को अपने पास बुलाया था। नाम और कक्षा पूछने के बाद उसने उसको किसी दिन यूनिवर्सिटी आकर मिलने को कहा था। कुछ दिन बाद ही सुरिन्दर आ गया। उसने उसको बताया कि वह जम्मू के क़रीब के एक गाँव का रहने वाला था। यह गाँव जम्मू और पाकिस्तान की सीमा के मध्य में था। उसका गाँव लुबाणों का गाँव था। लोगों का मुख्य व्यवसाय खेतीबाड़ी और फौज था। गाँव का शायद ही कोई घर हो जिसका कोई सदस्य फौज में न हो। अम्बर को ख़याल आया कि वह इलाका पंजाबी भाषी होने के बावजूद साहित्य में पूरी तरह ख़ामोश था। हो सकता है, यह लड़का कल को लुबाणों के बारे में कहानियाँ लिखे। उसने अलग-अलग साहित्य रूपों की चार किताबें उसे पढ़ने को दी थीं।

"सर, क़ब तक लौटाऊँ?" उसने पूछा था।

"जब चाहे लौटा देना। पन्द्रह दिन, महीना, दो महीने। कोई न भी पढ़ पाया तो भी कोई बात नहीं, पर किताबें सँभालकर रखना और मुझे लौटा अवश्य देना।"

सुरिन्दर सिंह क़ैदी को उसने एम.ए. सायकोलॉजी का छात्र बनवाया था।

अम्बर जब भी सायकोलॉजी डिपार्टमेंट में जाता तो एकमात्र पुरुष अध्यापक डॉ. रंजन श्रीवास्तव से अवश्य मिलता। सभी स्त्री अध्यापक जम्मू की थीं और वह जम्मू से बाहर के लोगों से अधिक ख़ुश होकर बात नहीं करती थीं। वैसे भी उन्हें ये ग़रूर बहुत था कि वह सायकोलॉजी की प्रोफ़ेसर थीं। वह पंजाबी वालों के साथ बात क्यों करतीं?

उसको अपने नए वाइस चांसलर डॉ. साहनी की बात याद आती। डॉ. साहनी इंटरनेशनल रिलेशन का प्रोफ़ेसर था। वह दिल्ली की जवाहरलाल नेहरू यूनिवर्सिटी से यहाँ वाइस चांसलर बनकर आया था। उसने तरक्की के मामले में अम्बर की सहायता करने का यत्न किया था। पर निचली कमेटियाँ उसकी भी न चलने देती थीं। एक दिन अम्बर उससे मिलने गया तो डॉ. साहनी बोला, "डॉ. अम्बरदीप, इस यूनिवर्सिटी का हर प्रोफ़ेसर अपने आप को खलीफ़ा समझता है। तेरा काम पता नहीं होगा कि नहीं होगा।"

डॉ. रंजन श्रीवास्तव भी उसकी बात सुन लेता था क्योंकि वह भी अम्बर की तरह जम्मू से बाहर का रहने वाला था। वह उत्तर प्रदेश से था। उसकी इंटरव्यू भी अम्बर की इंटरव्यू वाली तारीख़ को ही हुई थी। अम्बर उसको सुरिन्दर का ख़याल रखने की ताकीद करता।

"सर, ये मेरा क्या ख़याल रखेंगे? यह तो सिर्फ़ लड़कियों की बात सुनते हैं। दिन भर लड़कियों को अपने कमरे में बिठाए रखते हैं।"

डॉ. रंजन जब भी मिलता, कहता, "मैं आपके उस लड़के का ख़ूब ख़याल रखता हूँ। देखा, कितनी किताबें पढ़ने लगा है!"

अम्बर अन्दर ही अन्दर हँसता। वही बात हुई थी कि उसने सुरिन्दर को पी-एच. डी. की सीट नहीं दी थी। दोनों ख़ाली सीटें लड़कियों को दे दी थीं। सुरिन्दर दुखी हुआ था कि उसका एक साल बर्बाद हो गया। वैसे वह रंजन को लेकर किसी भ्रम में नहीं था। उसे उससे कोई उम्मीद नहीं थी। ग़ुस्सा अम्बर को आया था कि डॉ. रंजन ने उसकी बात नहीं मानी थी, एक होनहार विद्यार्थी को नहीं सँभाला था।

"डॉ. रंजन इस लड़के का कल सायकोलॉजी और पंजाबी साहित्य में नाम होगा, तब आपको इससे आँख मिलाते हुए शर्म आया करेगी," अम्बर ने उसको सुना दिया था।

"डॉ. साहब वो मज़बूरी हो गई थी, अगले साल पक्का," रंजन श्रीवास्तव हँसता हुआ बोला था।

अम्बर कुछ कहना चाहता था, पर वह उसको सुरिन्दर का दुश्मन नहीं बनाना था। इसलिए चुप रह गया था।

सुरिन्दर को तनाव से बचाने के लिए उसने उसे एक नए काम पर लगा दिया। उसने सुरिन्दर को कॉर्ल जुंग के बारे में किताब देते हुए कहा, "सुरिन्दर, तेरी अंग्रेज़ी बढ़िया है। पंजाबी में सिर्फ़ सिगमंड फ्रायड पढ़ा गया है। तू कॉर्ल जुंग के चिन्तन के बारे में लेख लिखकर मुझे दे, मैं देखकर ठीक कर दूँगा और फिर हम उसको छपने के लिए भेज देंगे। पहले दो सफ़े कॉर्ल जुंग के जीवन के बारे में और फिर दस बारह सफे उसके सिद्धांतों को लेकर लिख।"

पंजाबी में एक भी ऐसा लेखक नहीं था जो सायकोलॉजी का विद्यार्थी हो और सायकोलॉजी के चिन्तकों के बारे में लिखता हो। कॉर्ल जुंग के बारे में लिखा उसका लेख पंजाबी मैगज़ीन में छप गया था। अब यह कहानी तो सुरिन्दर सिंह क़ैदी की नई खोज थी। कहानी पढ़ने के पश्चात वह अम्बर की बगल में आकर बैठ गया था। अम्बर उसकी ओर देखकर मुस्कराया। पता नहीं क्या-क्या पढ़ता रहता था। आजकल तो बल्कि अम्बर को उससे सीखने को बहुत कुछ मिलता।

कहानी को लेकर बहस शुरू हो गई। कहानी एक ऐसी सिक्ख लड़की को लेकर थी जो घरवालों को छोड़कर कश्मीर के एक मुसलमान लड़के के साथ

विवाह करवा लेती है। मुसलमान लड़का उसका धर्म बदलवाता है। उसको नमाज़ पढ़ना और पर्दे में रहना सिखाता है। जम्मू के खुले माहौल में जन्मी-पली लड़की का कश्मीर के पारम्परिक वातावरण में दम घुटने लगता है। जब वह किसी बात की अवज्ञा करती है तो दूसरी स्त्रियाँ और पुरुष उसको ताने मारते हैं। उसका पति उस पर हाथ उठाने लगता है। कहानीकार कहानी का अन्त वहाँ करता है जब उसका पति उसकी मरज़ी के विपरीत उसके साथ शारीरिक सम्बन्ध बनाता है।

कहानी के सम्बन्ध में अम्बर की पी-एच.डी. स्कॉलर रणबीर कौर बोल रही थी। उसके अनुसार कहानी का यह अन्त उचित नहीं था। पत्नी की मरज़ी के विपरीत उसके साथ शरीरिक सम्बन्ध बनाने का व्यवहार तो समूचे हिन्दुस्तान में सारे धर्मों में आम था। यदि उस लडकी का पति सिक्ख होता, यह कुछ तो उसके साथ फिर भी होना था। रणबीर पुंछ ज़िले से जम्मू आ बसे एक पुंछी सिक्ख परिवार की लड़की थी। उसकी बड़ी बहनें और जीजा गजेटेड अफ़सर थे।

'यह एक बड़ी आलोचक बनेगी,' रणबीर को सुनते हुए अम्बर ने सोचा।

गोष्ठी से मुक्त होकर डी.आई.जी. नागरा और प्रोफ़ेसर वर्मा, अम्बर को प्रेस क्लब ले गए। वर्मा यूनिवर्सिटी के डी.डी. डिपार्टमेंट में पंजाबी का प्रोफ़ेसर था। उसकी बोलबाणी ठीक न होने के कारण अम्बर ने उसे कभी ज़्यादा मुँह नहीं लगाया था। डी.आई.जी. नागरा के साथ उसकी पुरानी दोस्ती थी।

तवी नदी के किनारे स्थित प्रेस क्लब में दिन के समय अधिक भीड़ नहीं थी।

"तुम्हारा यहाँ यूनिवर्सिटी में आना जम्मू की पंजाबी के लिए बहुत अच्छी बात है। यदि गुरिन्दर कौर की विद्यार्थिन का सलेक्शन हो जाता तो डिपार्टमेट का तो बेड़ा ही बैठ जाता," नागरा बोला।

"यदि तुम्हारी भतीजी का चयन हो जाता तो बेड़ा फिर भी बैठ जाता," प्रो. वर्मा हँसने लगा।

"यार, वह मेरी सगी भतीजी नहीं है...," नागरा पुलिसिया रौब में बोला।

"जो भी है, कुछ तो है न," वर्मा झेंपता नहीं था।

अम्बर मुस्कराए जा रहा था।

वेटर ऑर्डर लेने के लिए खड़ा था। नागरा और अम्बर ने लाइट बीयर का आर्डर दिया। वर्मा तगड़ा पियक्कड़ था, उसने व्हिस्की के लॉर्ज पैग का ऑर्डर दिया।

ऊँचे-लम्बे, बँधी दाढ़ी और गोरे गालों वाले बहुरंगी पगडी बाँधे बैठे ज़ोया के पापा को अम्बर ने पहचान लिया। अम्बर ने उसकी तस्वीर देखी हुई थी। वह अपने दोस्तों के साथ बैठा पैग लगा रहा था। अम्बर उसके साथ एक साँझ महसूस कर रहा था। सम्भव था, कल कभी अम्बर को उस बन्दे के साथ बैठने का अवसर मिले।

साढ़े आठ बजे वह बन्दा अपने मोबाइल पर फ़ोन सुनने लगा और साथ ही,

पैग अन्दर फेंककर दूसरा पैग बनाने लगा। वह उठने की तैयारी कर रहा था। अम्बर समझ गया, यह ज़ोया का फ़ोन था। वह उसको लेने आ रही होगी। वह बन्दा उठा और चल दिया। अम्बर का दिल तेज़ी से धड़कने लगा। वह बाहर कार में बैठी होगी। उसको दूर से देखने की ख़्वाहिश अम्बर के अन्दर पैदा हुई।

'नहीं, यह पागलपन होता है,' एक ज़ोया उसके अन्दर भी बैठी थी। उसने उसको डपट दिया।

ज़ोया और अवनीत

"ज़ोया, वो हमारे गरां वाले आना चाहते न। सुना उनका गदरा(लड़का) बड़ा चंगा और लायक है। हमारे घर तो वो अपने गरांई होने के नाते वी आ सकते न, पर अगर तुझे गदरा चंगा लगा, हम बात आगे चलाएँगे, नहीं तो बस रहिण ही देंगे।" लखबीर कौर ज़ोया के रिश्ते के मामले पर तनाव में रहने लगी थी। वह अट्ठाईस साल की हो चुकी थी। ज्यों-ज्यों उम्र बढ़ती जाती थी, त्यों-त्यों आने वाले रिश्तों की गिनती कम होती जाती थी।

"ठीक है मम्मा," ज़ोया ने हामी भर दी।

यह परिवार उनके गाँव से निकल बहुत साल पहले श्रीनगर में रहने लगा था। हालात ख़राब होने के बाद उन्होंने जम्मू में अपनी कोठी बना ली थी। उनकी टैक्सियाँ जम्मू से श्रीनगर और लेह-लद्दाख तक जाती थीं। लड़का ग्रेजुएट था और अपने पिता के साथ जम्मू वाले दफ़्तर में बैठकर कारोबार चलाता था। ज़ोया के होटल की नौकरी उनके कारोबार को और अधिक बढ़ाने में सहायक सिद्ध हो सकती थी। इसके साथ-साथ, दोनों परिवार एक ही गाँव के होने के कारण एक-दूसरे को भलीभाँति जानते थे।

जब वे लोग आए तो ज़ोया तलाई पर बैठी एक मैग़जीन पढ़ रही थी। उसकी मम्मा उसके क़रीब बैठी दोपहर के लिए कड़म की सब्ज़ी बनाने की तैयारी कर रही थी। कड़म कश्मीरियों की मनपसन्द सब्ज़ी थी। यदि उनके मेहमानों का शाम तक रुकने का मन हुआ तो यह सब्ज़ी उनके काम आ जाएगी। कुछ ज़ोया अपने होटल से मँगवा लेगी। ज़ोया ख़ुद दरवाज़ा खोलने गई। ड्राइंग रूम में कुछ देर बैठने के बाद लड़के ने ज़ोया के साथ बातें करनी प्रारम्भ कर दीं। काली पगड़ी से मैच करती काली शर्ट में उसके चेहरे का रंग सुर्ख आभा दे रहा था। उसकी भूरी दाढ़ी फिक्सो लगाकर चिपकाई हुई थी।

"अपने बारे में कुछ बताओ," ज़ोया ने कहा।

"गुरु के सिंह हैं जी। सवेर-शाम पाठ करता हूँ, सवेरे उठकर सारी गाड़ियों को धूप-बत्ती करता हूँ," उसने गर्व के साथ दाढ़ी पर हाथ फेरा।

"कुछ पढ़ते भी हो?"

"ना जी, हमें तो अख़बार पढ़ने का भी टैम नहीं मिलता। वैसे भी गुरबाणी से ऊपर दुनिया में कुछ है ही नहीं। और कि पढ़े की ज़रूरत है।"

लखबीर कौर को बात ग़लत दिशा की ओर जाती दिखाई दी। साथ ही, उसने देखा, ज़ोया के चेहरे पर नापसन्दगी के भाव तैर रहे थे। उसकी समझ में आ गया कि लड़का ड्राइवरों के साथ रहने के कारण उनकी तरह ही बोलता था। ज़ोया इसे बिलकुल भी पसन्द नहीं करेगी। जब ज़ोया पढ़ाई समाप्त कर नौकरी पर लग गई थी तो लखबीर कौर को उसका किताबों के संग चिपके रहना ठीक नहीं लगता था।

पहली बार उसको अम्बरदीप पर गुस्सा आया। अम्बर को मिलने के बाद से ही वह किताबें अधिक पढ़ने लगी थी। पढ़ा तो इकबाल भी था, पर नौकरी पर लगकर दुबारा किताबों की तरफ़ वह झाँका भी नहीं था।

उसकी तो अपनी मम्मा के साथ बातें ही नहीं ख़त्म होतीं। ज़ोया दूसरी ही मिट्टी की बनी थी। चाय-नाश्ता करने के बाद ज़ोया के मम्मा-पापा उनके साथ गाँव की बातें करने लगे। तीसरा पहर ख़त्म हो चुका था। सूरज धरती की ओर झुक आया था। ज़ोया को अपने काम याद आ गए। उसने स्टोर में से प्लास्टिक का लम्बा पाइप बाहर निकाला और घर के सामने वाले लॉन में अपने बूटों को पानी देने लगी। उसने पचासेक बूटे झोपड़ी वालों के बच्चों के साथ मिलकर लगाए थे। बच्चे दरख़्तों की छाया तले दरी पर बैठ अपनी ट्यूटर से पढ़ रहे थे। ज़ोया इन दस बच्चों की फ़ीस, वर्दी, किताबें और ट्यूटर का खर्चा उठाती थी। पानी देने के बाद वह ट्यूटर रजिया के पास जाकर हाल-चाल पूछने लगी। शुक्रवार ज़ोया की छुट्टी हुआ करती थी।

"कैसे चल रहे हैं?" ज़ोया ने पूछा।

"बाकी तो ठीक हैं, पाँचवीं कक्षा वाले बच्चे की नई टीचर आई है, वो कुछ कराती ही नहीं है," रजिया अब कॉलेज में पढ़ती थी। वह यू.पी. के एक मज़दूर परिवार की लड़की थी। पहले वह ज़ोया के पास घर में पढ़ने आती थी। ज़ोया उसको आठवीं कक्षा से कॉलेज तक ले गई थी, इसी हौसले के कारण उसने दस अन्य बच्चों की जिम्मेदारी ओढ़ ली थी।

"कोई बात नहीं, मैं कल उनसे मिलूँगी और विनती करूँगी," उसने कहा।

उनके गाँव वाला परिवार जाने के लिए गाड़ी में बैठने लगा था। ज़ोया उनकी तरफ़ बढ़ी। उसने हाथ जोड़कर नमस्कार किया। बंटी ख़ुद गाड़ी चलाने लगा। उसके पापा बराबर में बैठ गए और मम्मा पिछली सीट पर अपने भारी शरीर के

साथ पसर कर बैठ गई। गाड़ी के पीछे लिखा, 'सोढ़ी ट्रैवलर्ज़' चमक रहा था।

कुछ आगे जा कर सोढ़ी साहब ने अपनी पत्नी की ओर देखते हुए कहा, "तेरा लड़का लट्टू हो गया। लड़की हाई लेवल की है। अस के फिट नहीं। होटल की नौकरी का किछ टाइम नईं। शरीफ़ कुड़ी वाली नौकरी नहीं ये।"

सर्दी उतर आई थी। श्रीनगर से राजधानी (दरबार) जम्मू आ चुकी थी। सर्दियों की राजधानी शुरू होने के साथ जम्मू में चहल-पहल बढ़ गई थी। सड़कों पर सरकारी गाड़ियों की भरमार हो गई थी। शहर में कश्मीरी मर्द, औरतें और बच्चे बड़ी संख्या में दिखाई देते थे। इनमें से अधिकतर तो मुलाज़िम थे जो राजधानी शिफ्ट होने के साथ ही यहाँ आए थे। लेह-लद्दाख और कारगिल के लोग भी काफ़ी दिखाई देते। इनमें नौजवान लड़कों और लड़कियों की संख्या अधिक थी। ये जम्मू में पढ़ाई करने आते थे।

अम्बर विशाल मैगा स्टोर में घूम रहा था। उसे कुछ ख़रीदना नहीं था। सच बात तो यह थी कि वह ख़ास कश्मीरी चेहरे देखने के लिए आया था। कश्मीर में अभी मैगा स्टोर नहीं खुले थे। कश्मीरियों को जम्मू आकर मैगा स्टोरों में शॉपिंग करने का चाव होता। लाल, गोरे-चिट्टे चेहरों वाली कश्मीरन स्त्रियों की सुन्दरता का जलाल देखते ही बनता था। कोई घंटा भर वे चीज़ें देखता सुन्दर चेहरों को निरखता-परखता रहा। स्टोर में से बाहर निकलते हुए उसको अपना आप ख़ाली ख़ाली प्रतीत हुआ। सच बात यह थी कि वह हर जगह ज़ोया को तलाश रहा था। वह ज़ोया को फँसाता-फँसाता ख़ुद फँस गया था। लड़के की ज़िद्द के सामने दुनियादार अम्बर पूरी तरह हथियार फेंक चुका था। उसको पत्नी और दो बच्चों के होते हुए भी ज़िन्दगी उजाड़-सी लगी। ज़ोया की याद एक दर्द लेकर आई। वह उसको इस प्रकार कैसे जाने दे सकता था। यदि वह न मिली होती तो और बात थी। अम्बर इस प्रकार तो कभी विचलित नहीं हुआ था। बात केवल सुन्दर होने की नहीं थी। अवनीत कौन सा कम सुन्दर थी। कैसे मरती थी वह उस पर। अम्बर रत्तीभर भी डोला नहीं था। अवनीत अब स्टार गायिका थी। उसने अम्बर को फ़ोन करने शुरू किए थे। मिलने की इच्छा प्रकट की थी। अम्बर ने कोई उत्साह नहीं दिखाया। उसने उसके कुछ गीतों की प्रशंसा की। उसने उसको ख़राब और हल्के गीत गाने से रोका था।

"तुम मुझसे मिलते नहीं, लोग मेरी एक झलक पा लेने के लिए पागल हो जाते हैं," उसने कहा था।

"मुझे पता है, मैं तारी के साथ रहा हूँ," उसने जवाब दिया था।

ज़ोया कुछ और ही थी। ज़ोया जैसा कोई नहीं था। 'नहीं, मैं बाकी ज़िन्दगी ज़ोया के साथ गुज़ारूँगा। बन्दे मर भी तो जाया करते हैं। उस दिन जालन्धर रेलवे स्टेशन पर मरने में क्या कसर रह गई थी? मर कर ही तो बचा हूँ। बाकी बची

ज़िन्दगी मैं ज़ोया के साथ गुजारूँगा। किरनजीत की खातिर मैं मर ही गया हूँ।"

उसके मन में यह विचार पैदा होने शुरू हुए तो फिर फैलते ही चले गए। वे उसके घर में दाख़िल हो गए। वे एक नहीं, अनगिनत थे। सब ऊँचे-लम्बे, वर्दियों में सजे थे। उन्होंने सारा घर ख़ाली कर दिया। फिर सफ़ाई की। दीवारों पर नई तरह का पेंट किया। हर कमरे में बदला हुआ रंग। फीका हरा। स्काई ब्लू। हल्का गुलाबी। बाहर सफ़ेद। रंग-बिरंगे पर्दे लटकाए गए। नई प्रकार का फ़र्नीचर। नए बर्तन। उनका नया घर पहाड़ी की ढलान पर था। यहाँ से तवी नदी देखी जा सकती थी। यहाँ से त्रिकुटा की पहाड़ियाँ नज़र आती थीं। उस घर में एक परी इधर-उधर घूमती थी, एक कमरे से दूसरे कमरे में। वह ज़ोया थी।

लोग कुछ देर बातें करेंगे। फिर सब कुछ आम जैसा हो जाएगा। वह कल्पना में अपने आप को ज़ोया के साथ चलते-फिरते देखने लगा। पहाड़ों पर। समन्दर के बीच पर, पानी में किनारे पर छपक-छपक चलते हुए।

वह अपने परिवार को पंजाब भेज देगा। किरनजीत की पी-एच.डी. हो जाएगी। शीरी माँ के पास रहेगा। नूरत को वह अपने पास जम्मू में रख लेगा। किरनजीत की नौकरी लग जाएगी। वह कभी पन्द्रह-बीस दिन बाद चक्कर लगाया करेगा। वह किरनजीत और बच्चों का पूरा ख़याल रखेगा।

किरनजीत और बच्चों का ख़याल आते ही उसको याद आया, उसे घर जाना था। नूरत इन्तज़ार करते-करते पगली हो गई होगी। किरनजीत को वह लिखने का काम नहीं करने देगी। वह विशाल मैगा स्टोर के सामने ख़ाली पड़ी बड़ी पार्किंग में चहल-क़दमी कर रहा था। वह अपनी कार की ओर चल दिया।

घर के अन्दर प्रवेश करने से पहले उसने अपने अन्दर की दुनिया के सारे खिड़की-दरवाज़े बन्द कर दिए।

उसने किरनजीत का लिखा चैप्टर पढ़ा। जहाँ कहीं आवश्यक लगता, वह अपनी ओर से पंक्ति जोड़ देता।

किरनजीत चाय बना लाई। चाय का घूँट भरते हुए वे दोनों इधर-उधर की बातें करने लगे। अम्बर की आदत थी कि वह अपनी अधिकांश बातें किरनजीत के साथ साझा करता रहता था। पल भर उसे डर लगा कि कहीं वह ज़ोया के बारे में कोई बात उससे न कर बैठे।

अपने नए फैसले से वह इतना ख़ुश था कि उसका मन करता था, किसी के साथ वह ज़ोया से जुड़ी बातें करे। अभी तो उसने ज़ोया को भी इस बारे में नहीं बताया था। कितनी ख़ुश होगी वह। पर वह अभी उसको नहीं बताएगा। कम से कम आज तो बिलकुल नहीं। कल दोपहर बाद, जब वह ड्यूटी पर होगी तब।

"क्या बात है, बड़े ख़ुश हो? क्या हुआ?" किरनजीत ने पूछा।

"अंय...? नहीं-नहीं, कुछ नहीं," वह चौंक पड़ा। उसने अपने पर से ध्यान

हटाने के लिए थीसिस की बात शुरू कर दी। फिर थीसिस टाइप करवाने और उस पर आने वाले खर्च की।

"उसके लिए मैंने पैसे अलग रखे हुए हैं," किरनजीत ने बताया। किरनजीत ने सोचा, अम्बर उसकी पी-एच.डी. क़रीब होने के कारण ख़ुश है।

"पापा, मैं कौन से स्कूल में दाख़िल होऊँगा?" होमवर्क करता शीरी बोला।

"दिल्ली पब्लिक स्कूल।"

"वहाँ है?"

"हाँ, पिछले साल ही शुरू हुआ है।"

"पापा, नूरत भी?" शीरी मलेरकोटला के नाम से पूरा ख़ुश था। शीरी का मन डी.पी.एस., जम्मू में बिलकुल नहीं लगता था। क्लास के दो-तीन तगड़े लड़के उसको 'पंजाबी-पंजाबी' कहकर चिढ़ाते रहते थे।

"नहीं, नूरत अभी छोटी है। यह प्ले-वे में जाएगी," नूरत को डी.पी.एस. में दाख़िला दिलाया जा सकता था, पर दोनों की फीस अम्बर अभी भरने की स्थिति में नहीं था। फिर जुलाई तक किरनजीत की नौकरी लग जाएगी। हाथ खुला हो जाएगा। अगले साल नूरत का दाख़िला डी.पी.एस. में हो जाएगा। 'अम्बर तू तो दूसरा विवाह करवाने को घूमता है, दो बच्चों को दाख़िल करने योग्य पैसे नहीं हैं तेरे पास।' उसके अन्दर से आवाज़ आई। पर अम्बर भविष्य के प्रति आशावान रहने वाला व्यक्ति था। निराश करने वाले विचार तो उसके अन्दर सिर ही नहीं उठाते थे। यदि कभी कोई ऐसा विचार पैदा भी होता तो अम्बर उस पर पलभर के लिए ही विचार करता, फिर आशाजनक विचार उसकी जगह ले लेता। किरनजीत की नौकरी लग जाएगी। ज़ोया पहले ही अपने पैरों पर खड़ी थी।

किरनजीत रात का खाना तैयार करने में जुट गई। शीरी गली में बच्चों के साथ खेलने लगा था। नूरत भी नीचे वालों की लड़की के साथ खेल रही थी। अम्बर टी.वी. लगाकर समाचार सुनने लगा। एक दो समाचार सुनने के बाद ही वह अपने विचारों में मग्न हो गया। उसको अपने विवाह का दिन स्मरण हो आया। वे पैंतीस-चालीस लोगों की बारात लेकर गए थे।

उन्हें धर्मशाला में ठहराया गया था। आनन्द-कारज के समय किरनजीत ने घूँघट नहीं निकाला था। उन दिनों नंगे मुँह आनन्द-कारज का रिवाज शुरू ही हुआ था। सारे बरातियों ने लाड़ी को फेरों के दौरान देख लिया था। आनन्द-कारज के बाद वे सब धर्मशाला के अहाते में बिछी चारपाइयों पर बैठे थे। अम्बर और उसके कॉलेज में पढ़ाने वाले कुलीग कुर्सियों पर बैठे थे। मनदीप शराब की बोतलें हर एक टोली में बाँट रहा था। गिलास और पानी के जग लड़की वालों के घर से आ गए थे। प्लेटों में तरी वाला मुर्गा परोसा जा रहा था। पीने वाले आदमी शराबी हो रहे थे। कईयों की हालत तो ऐसी हो गई थी जैसे उनके अन्दर किसी दूसरे की हवा आ घुसी हो।

अम्बर सभी से मिल रहा था। वह हर टोली में कुछ देर के लिए बैठता। किसी चीज़ की ज़रूरत को लेकर पूछता।

"तू जल्दी कर गया प्रोफ़ेसर...इतना पढ़-लिख कर ऐसा रिश्ता लेना था? इससे बढ़िया तो मैं...मैं तुझे यू.पी. से करा देता," अम्बर के मामा का लड़का बोला था।

"भाई मेरे, ज़्यादा सुन्दर की बन्दा निगरानी करता ही मर जाता है...," अम्बर ने यूँ ही बात हँसी में उड़ानी चाही थी। गुरजंट के पास बैठे अन्य रिश्तेदारों ने गुरजंट को चुप करवा दिया था। गुरजंट इसलिए भी नाराज था कि उसने किसी रिश्तेदार को अंगूठी पहनवा कर मान नहीं दिया था। अम्बर किसी का मान कैसे करवा सकता था जब उसने ख़ुद कुछ नहीं लिया था।

वह ज़ोया को गाँव में ले कर जाएगा। गाँव तो वे जाया ही करेंगे। वह यू.पी. वाले अपने मामा के लड़कों के पास भी अवश्य जाएगा। वह तो दाढ़ी-केश भी रखते थे। ज़ोया को वे ज़्यादा पराये नहीं लगेंगे। परन्तु गाँव ईसड़ू के कटी दाढ़ियों वाले सरदार ज़ोया को पराए लगेंगे। फिर वह सोचने लगा, 'बन्दा एक जैसा ही होता है। चाहे भौगोलिक तौर पर दूर-दराज के बन्दे हों, चाहे ऐतिहासिक तौर पर या युगों पहले के बन्दे हों। जब ज़ोया रिश्तों-नातों, ख़ुशी और ग़मी के अवसरों में रम जाएगी तो उसको सब कुछ अपना अपना लगेगा।'

किरनजीत रसोई का काम ख़त्म कर उसके पास आ बैठी। नूरत भी आकर अम्बर के साथ लगकर बैठ गई थी। अम्बर ने आज दारू नहीं पी। किरनजीत ने आज शाही पनीर बनाया था। उन्होंने साथ बैठकर भोजन किया। अम्बर रोज की भाँति किरनजीत के साथ ही सोया।

अगले दिन अम्बर की कुछ जल्दी ही आँख खुल गई। किरनजीत और बच्चे सोए पड़े थे। शीरी दूसरे कमरे में सोया हुआ था। अम्बर के साथ किरनजीत और उससे आगे नूरत लेटी हुई थी। अम्बर सोई हुई किरनजीत के चेहरे की ओर देखने लगा। उसका दायाँ गाल गद्दे के साथ लगा हुआ था। उसका मुँह खुला हुआ था और मुँह में से एक लार गद्दे की ऊपरी चादर पर गिरने के कारण वहाँ एक गीला निशान बन गया था। जब कभी किरनजीत को अपना फ़ैसला बताएगा तो किरनजीत की प्रतिक्रिया कैसी होगी। वह अवश्य लड़ेगी। पर वह अपने फैसले पर अडिग रहेगा। आख़िर वह मान जाएगी।

वह उठा और बाथरूम में जा घुसा। ब्रश करते हुए कितनी ही देर वह अपने आप को बाथरूम के शीशे में देखता रहा। ब्रश करने के बाद वह रसोई में गया और चाय का पानी चढ़ा दिया। उबलती चाय की ख़ुशबू उनके बेडरूम तक चली गई। किरनजीत के मुँह-हाथ धोने और कुल्ला करने तक अम्बर ट्रे में चाय के कप रखकर बेडरूम में पहुँच गया। चाय पीते हुए वे दोनों पन्द्रह-बीस मिनट रोज़ की तरह बातें करते रहे।

शीरी का नाश्ता और लंच पैक कर किरनजीत पढ़ने बैठ गई। अम्बर ने दूसरे कमरे में जाकर शीरी को उठाने के लिए पहली आवाज़ लगाई। शीरी 'ऊँ-ऊँ' कर के पड़ गया। अम्बर ने अल्मारी में से उसकी वर्दी और निक्कर-बनियान निकाल बेड पर रख दी। दूसरी आवाज़ से शीरी को उठाकर बाथरूम में घुसा दिया। उसके बाहर आने तक वह उसके बूट पॉलिश करने लगा। शीरी के तैयार होते-होते अम्बर ने उसका दूध गरम कर नाश्ता परोस दिया।

"पापा पराँठा आप बनाया करो," शीरी अनमने ढंग के साथ सादा पराँठा खाने लगा। जिस दिन किरनजीत की तबीयत ठीक न होती, उस दिन अम्बर शीरी के लिए आलू या अंडे का पराँठा बनाता था।

"मुझे पता है, तेरा बाप करारे-करारे खिलाकर तुझे बिगाड़ कर रखेगा," किरनजीत ने पन्ने पलटते हुए कहा। वह सादा खानों की हिमायती थी।

तैयार हुए शीरी को साथ लेकर अम्बर सीढ़ियाँ उतर गया। मिनी मार्केट के मोड़ पर खड़े होकर वे डी.पी.एस., जम्मू की बस की प्रतीक्षा करने लगे।

रोज की भाँति अम्बर दस बजे यूनिवर्सिटी पहुँचा। दस से ग्यारह बजे तक उसने अपनी क्लास ली।

उसने ज़ोया को फ़ोन कर यूनिवर्सिटी कैफ़ेटेरिया में पहुँचने के लिए कहा। कुछ समय उसने एम.फिल. और पीएच.डी वाले विद्यार्थियों को दिया। रणबीर कौर ने कश्मीर संकट पर काम शुरू किया था। उसने उसको कश्मीर संकट के बारे में प्रसिद्ध पुस्तकें नोट करवाईं। एक से दो बजे वाली क्लास लेने के बाद तेज़ क़दमों से वह कैफ़े की ओर जा रहा था। सड़क पर दोनों तरफ़ के दरख़्त एक-दूसरे से फँसे खड़े थे।

ज़ोया की कार खड़ी थी। वह कैफ़े की ओर वाली ढलान से नीचे उतरने लगा तो ज़ोया उसे कैफ़े के लॉन में बैठी दिखाई दी। नीली जीन, पीली शर्ट और खुले बाल। 'हाय रब्बा! मेरी क़िस्मत इतनी अच्छी है! सौन्दर्य की साक्षात मूरत!' अम्बर गदगद हो गया। उसकी कमीज़ पर सफ़ेद फूल खिले हुए थे। बस ज़ोया ने कहीं फ़ैसला बदल न लिया हो। उसके दिमाग़ में यह विचार कौंधा तो उसको ज़मीन अपने पैरों तले से खिसकती दिखी। उसे ज़ोया की अहमियत का अहसास और ज़्यादा हुआ।

"कब से बैठे हो?" उसने पूछा।

"आपने दो बजे कहा था, मैं तो ख़ाली थी, आधा घंटा पहले ही पहुँच गई थी।" उसके इस जवाब से अम्बर को विश्वास हो गया कि ज़ोया अब भी उसकी प्रतीक्षा में थी।

"ज़ोया, तुम अपने उस फैसले पर कायम हो?" उसने पूछा।

"हाँ बिलकुल।"

"मैंने तेरे संग विवाह करवाने का फ़ैसला कर लिया है।"

"क्या? सच? ओ...ऽ...ऽ वॉव...," मारे ख़ुशी के ज़ोया की चीख निकल गई। कुछ दूरी से गुज़र रही लड़कों की एक टोली उनकी तरफ़ मुड़कर झाँकने लगी। ज़ोया को किसी की कोई परवाह नहीं थी। उसने अम्बर के दोनों हाथ कसकर पकड़ लिये।

"सच्ची!" उसने पूछा।

"हाँ बिलकुल," अम्बर ने कहा और उसने देखा ज़ोया की आँखें सजल हो उठी थीं।

"अम्बर-ज़ोया, ज़ोया-अम्बर, हाय! मेरा नाम तुम्हारे साथ जुड़ जाएगा," उसने अम्बर के हाथों को अपने गोरे-पतले नरम हाथों में फिर दबाया।

"तुमने मेरे पर कितना अहसान किया, मैं बता नहीं सकती। तुम्हें मिल चुकने के बाद मुझे दूसरा कोई पसन्द भी नहीं आता। तुम मुझे रब्ब बनकर मिले हो," उसने अपनी आँखें साफ़ करते हुए कहा।

अम्बर ने उसकी समूची काया को जी भरकर देखा। पहली बार उसको लगा, ज़ोया अब उसकी अपनी थी। पूरी की पूरी ज़ोया। यह सुन्दर-सा चेहरा उसका अपना था। ख़ूबसूरत तीखा नाक उसका अपना था। उसको अब तक देखी तमाम सुन्दर स्त्रियाँ याद हो आईं। उनके साफ़ और धुँधले चेहरे बड़ी तेज़ी के साथ प्रकट होकर गायब हो गए। उन सबकी जगह सेबों और बादामों के बागों का रंग चुग-चुग कर जवान हुई ज़ोया ने ले ली थी।

"हमारे में से कोई भी कभी भी वापस जाना चाहेगा तो हम रोकेंगे नहीं," अम्बर ने कहा।

"बिलकुल ठीक," ज़ोया ने सिर हिलाया।

"ज़ोया तेरे घरवालों की क्या प्रतिक्रिया होगी?"

"मैं उन्हें नहीं बताऊँगी। हम कोर्ट मैरिज़ कर लेंगे। मैं उन्हें फ़ोन पर बता दूँगी। वह दुखी होंगे। ग़ुस्सा होंगे, पर हमें तंग नहीं करेंगे। तुम्हारे जाटों में जैसा होता है, लड़की का पीछा करते हैं, जान से मार देने तक चले जाते हैं, मेरे घरवाले ऐसा नहीं करेंगे। कुछ सालों तक हमारे यहाँ आने-जाने भी लग जाएँगे। हमारे लोग वैसे भी पढ़े-लिखे लोग हैं। गाँव में शायद ही कोई दस जमात से कम होगा। पापा की पीढ़ी के लगभग सारे ग्रेजुएट हैं। मेरा दादा भी ग्रेजुएट था। जम्मू-कश्मीर के सिक्खों में मैंने कभी ऐसा कोई क़त्ल केस हुआ नहीं देखा।"

"ज़ोया, मैं तेरे से उम्र में बड़ा हूँ, जल्दी बूढ़ा हो जाऊँगा।"

"मैंने उस दिन भी कहा था कि हम अपनी ज़रूरतें एक-दूजे से ही पूरी करेंगे। यदि हमारे में से कोई एक ठीक नहीं रहता तो हम किसी दूसरे की ओर नहीं जाएँगे। सबसे बड़ी बात प्यार के साथ रहेंगे। प्यार बहुत सारी ग़रीबियों को भुला देता है।

अमीरी के साथ प्यार नहीं ख़रीदा जा सकता, पर प्यार ग़रीबी को सहन करना सिखा देता है," ज़ोया समझा रही थी।

"मैं किरनजीत के साथ कभी भी सन्तुष्ट नहीं रहा।"

अम्बर ने कैफ़े के वेटर को आवाज़ देकर दो कप कॉफ़ी लाने के लिए कहा। वह घंटा भर और वहाँ बैठे बातें करते रहे।

ज़ोया को भेजकर अम्बर डीन, अकेडमिक अफ़ेयर के दफ़्तर की ओर चल दिया। नया बना डीन कॉमर्स डिपार्टमेंट का सीनियर प्रोफ़ेसर था। अम्बर ने उसके बारे में सुना था कि भला आदमी था। अम्बर कई दिन से उससे मिलकर अपनी प्रमोशन के बारे में बात करना चाहता था।

यूनिवर्सिटी में मानवीय न्याय की बातें पढ़ाई जाती थीं, पर वे ख़ुद अपने एक प्रोफ़ेसर के साथ न्याय नहीं कर रहे थे।

डीन अकेडमिक अफ़ेयर को मिलने के मामले में अम्बर शायद कुछ दिन और लगा देता, पर अब उसने अपने ज़ोया के साथ रहने के फैसले को लागू करने से पहले-पहले एक यत्न और करना उचित समझा। उसके दूसरे विवाह की ख़बर यूनिवर्सिटी में जंगल की आग की तरह फैलेगी। यह बात सबके मन में आनी थी कि जम्मू-कश्मीर में बाहर से आए एक आदमी ने उनकी लड़की के साथ विवाह करवा लिया है। फिर अपने दूसरे विवाह के कारण उसको बहुत सारे लोगों की नफ़रत का पात्र तो बनना ही बनना था। यह तो स्पष्ट था कि वह और ज़ोया दोनों बालिग थे। वह उसकी नौकरी नहीं छेड़ सकते थे, पर तरक्की के मामले में रुकावटें अवश्य खड़ी करेंगे। इसलिए उस उठने वाले तूफ़ान से पहले पहले एक यत्न कर लेना आवश्यक था।

उसने डीन के पी.ए. से हाथ मिलाया और हालचाल पूछा। पी.ए. पंजाबी हिन्दू था। अम्बर ने यह देखा था कि सैंतालीस के समय पाकिस्तानी पंजाब से पलायन करके आए पंजाबी बेशक अब जम्मू के ही बन चुके थे, पर उनका व्यवहार भारतीय पंजाब से अम्बर की तरह नौकरी करने आए पंजाबियों के प्रति अपनत्व वाला था। पी.ए. ने इंटरकॉम पर अन्दर बात कर अम्बर को अन्दर जाने के लिए कह दिया।

"हाँ जी, बताइए," डीन के.के. शर्मा ने हाथ मिलाते हुए बैठने का संकेत करते पूछा।

"सर, मैं पंजाब के एक कॉलेज में रेगुलर पोस्ट पर दस साल पढ़ा चुका हूँ। मैंने इस सम्बन्ध में सारे डाक्युमेंट्स आपके दफ़्तर में जमा करा रखे हैं। इस सम्बन्धी दो मीटिंग्स भी हो चुकी हैं। मेरा केस यू.जी.सी. को भेजा गया था। वहाँ से यस होकर आ चुका है। पर मेरे केस का अभी तक कोई हल नहीं हुआ। और तो और, मेरी पे तक प्रोटेक्ट नहीं हुई," अम्बर ने देखा डीन उसकी बात सुनते समय मुस्करा रहा था। वह होंठों को सिकोड़कर हमदर्दी भी जता रहा था।

"मैंने आपकी एप्लीकेशन देखी है। तुम्हारा कॉलेज प्राइवेट कॉलेज था?" उसने पूछा।

"सर मेरा कॉलेज गवर्नमेंट एडेड कॉलेज था। मेरा वेतन सरकार से आता था," अम्बर ने स्पष्ट किया।

"पर यदि हमने तुम्हारी सर्विस काउंट कर दी तो हमारे यहाँ जम्मू में प्राइवेट बी.एड वाले कितने कॉलेज हैं, फिर वहाँ से आने वाले भी अपनी सर्विस काउंट करवाएँगे?" डीन ने सवाल किया।

"सर, वो कॉलेज भी तो हमारे ही हैं, उनके टीचर भी हमारे ही हैं, यदि उन कॉलेजों के अध्यापक यूनिवर्सिटी में सलेक्ट होते हैं तो उनकी भी सर्विस काउंट होनी चाहिए," अम्बर ने तर्क दिया।

"पर उह तां इहां के भरती करे ने। रूल्ज़ कीं फालो नहीं करदे।"

"सर, रूल्ज़ फालो करवाना तो यूनिवर्सिटी की ड्यूटी है। यूनिवर्सिटी के प्रोफ़ेसर उनकी सेलेक्शनों में जाते हैं, वे मैरिट पर सेलेक्शन करें," अम्बर इन मसलों के प्रति स्पष्ट था।

"इहो तां पंगा है...खैर, तुम्हारी बात ठीक है," डीन के.के. शर्मा मुस्कराया।

"जब हम प्राइवेट कॉलेजों में पढ़ने वालों की डिग्रियों को मान्यता देते हैं तो वहाँ पढ़ाने वाले टीचरों की सर्विस को भी मान्यता देनी चाहिए।"

"ठीक है, तुम फ्रैश एप्लीकेशन लिख कर दो, मैं यत्न करूँगा। अपनी हेड गुरिन्दर कौर को भी समझाओ।"

"सर माफ़ करना, उन्हें समझाया नहीं जा सकता," अम्बर की हेड के अड़ियल व्यवहार के बारे में सब जानते थे।

"देखते हैं, तुम एप्लीकेशन दो।"

कमरे में बैठकर उसने अरज़ी लिखी। उसने क्लर्क अंकिता रैणा को टाइप करने के लिए कहा। फिर कॉलेज में अपने स्थायी होने का सर्टिफिकेट, सिलेक्शन कमेटी के विवरण वाला सर्टिफिकेट और अनुभव सर्टिफिकेट की फोटो प्रतियाँ करवाने के लिए लाल चन्द को दे दीं।

अगले दिन ज़ोया ने अम्बर को शाम पाँच बजे होटल हरी निवास के कमरा नम्बर 309 में पहुँचने के लिए कहा। यह भी समझाया कि यह कमरा तीसरी मंज़िल पर तवी नदी की तरफ़ था। वह उसका इन्तज़ार करेगी। यह होटल उसके अपने होटल से दूर था।

जैसे ही अम्बर ने कमरे में प्रवेश किया, ज़ोया ने चिटकनी लगा दी। अगले ही पल उसने अपनी बाँहें खोलीं तो अम्बर उसकी बाँहों में था। वह कद में उसके बराबर की थी। चेहरे आमने-सामने थे। उसे पलक झपकते ही ख़याल आया कि किरनजीत ने तो कभी यूँ बाँहों में भरा ही नहीं था। यदि अम्बर ने कभी उसे बाँहों

में भरा भी तो वह प्रत्युत्तर में कोई प्रतिक्रिया नहीं दर्शाती थी।

"जब तुम शरमाते हो तो तुम्हारे गालों पर हल्के-हल्के डिम्पल पड़ते हैं। ये मैंने पहले नहीं देखे," ज़ोया ने उसे चूमते हुए कहा।

"तूने पहले जफ्फी भी कहाँ डाली है?" अम्बर ने कहा।

"ये फिर डिम्पल पड़े थे...हाय रब्बा, कितने प्यारे हो तुम मुझे। यहाँ बैठो। मुझे चूमने दो," उसने अम्बर को कन्धों से पकड़कर बेड पर बिठा दिया।

ज़ोया ने उसके बालों में हाथ फेरा। फिर उसके चेहरे को निहारती हुई पीछे हटती बोली, "मैं रब्ब को नहीं मानती। मैं रब्ब को बन्दों में तलाशती हूँ। मुझे तुम्हारे में रब्ब दिखता है।"

'कितनी शिद्दत है इसमें, ऐसी शिद्दत किरनजीत में ज़रा भी नहीं है,' अम्बर ने सोचा।

"इधर आओ, मैं तुम्हें एक चीज़ दिखलाती हूँ," ज़ोया ने खिड़की की ओर जाते हुए कहा। अम्बर ने देखा, तवी नदी की घाटी दिखाई दे रही थी। दाएँ किनारे और पहाड़ी के ऊपर पुराना जम्मू शहर दिखाई दे रहा था।

"वो जो बाईं तरफ़ पहाड़ी दिखाई देती है न?" ज़ोया ने इशारा किया। अम्बर ने देखा, पहाड़ी के ऊपर कुछ मकान दिखाई दे रहे थे, "विवाह के बाद हम वहाँ एक छोटा सा मकान बनाएँगे। वहीं रहेंगे हम। तुम किरनजीत को कब बताओगे?"

"जब वह जुलाई में कॉलेज जाने लगेगी। हाँ सच, हम आनन्द-कारज कहाँ करवाएँगे?"

"जम्मू में तो हो नहीं सकते। यहाँ के गुरद्वारे वाले मानेंगे ही नहीं। उसके लिए हमारा अमृत छका होना ज़रूरी है। किरपाण पहनी होनी चाहिए। जम्मू कश्मीर के जिन लोगों ने अमृत नहीं छका होता, वे या तो विवाह से पहले छक लेते हैं, या फिर यूँ ही झूठी किरपाण पहन लेते हैं। हम ऐसा कुछ नहीं करेंगे। हम कोर्ट मैरिज़ कर लेंगे," ज़ोया उसकी कमीज़ के बटनों के साथ खेल रही थी।

"तेरे मन में रीति-रस्मों की भूख रहेगी। यदि तुझे ज़रूरत लगी तो हम पंजाब में आनन्द-कारज करवा लेंगे। या फिर यू.पी. में जाकर मामा के लड़के के पास...," उसने कहा।

"जैसा तुम्हें ठीक लगे," ज़ोया को अच्छा लगा यह जानकर कि अम्बर कहाँ तक सोचता था।

"कभी-कभी मैं अकेली बैठी रोने लग जाती हूँ, हम किरनजीत मैडम के साथ बेइन्साफ़ी कर रहे हैं। सब कुछ सोचकर फिर मुझे लगता है, हम एक-दूजे के लिए बने हैं। हम एक-दूसरे के बग़ैर नहीं रह सकते। वैसे भी उसके पास दो बच्चे हैं, वह तुम्हारे साथ बहुत रह ली। तुम उसको उस तरह नहीं छोड़ रहे जैसे अन्य लोग अपनी पत्नियों को छोड़ देते हैं। तुम उसको पढ़ाकर, नौकरी पर लगवाकर

तलाक दोगे। बाद में भी हम दोनों उसके साथ खड़े होंगे। किसी भी ज़रूरत में।"

"मुझे तेरे साथ सलाह करनी थी। ज़ोया, मैंने सोचा मकान उसके नाम करवा दूँगा," अम्बर को शक था कि ज़ोया की प्रतिक्रिया न जाने क्या हो।

"ज़रूर...जरूर! उसे सब कुछ दो, जो कुछ भी तुम्हारे पास है, दे दो उसे। बच्चों की फीसं भी हम भरते रहेंगे। घर का खर्चा भी...," ज़ोया किरनजीत को और किसी भी तरह से तंग नहीं करना चाहती थी।

"तू कितनी अच्छी है," अम्बर ने उसका हाथ अपने हाथों में ले लिया।

ज़ोया मुस्करा दी। ज़ोया को याद आया कि वह ज़िन्दगी में पहली बार इतनी ख़ुश हुई थी।

घर लौटते समय अम्बर ने रेडियो लगा लिया। रेडियो पर अवनीत का नया आया गीत चल रहा था। यह गीत अम्बर की जान-पहचान के एक गीतकार का लिखा हुआ था। पिछले महीनों में यूनिवर्सिटी के विद्यार्थियों की वैलकम पार्टियों में अम्बर ने इस गीत को बार-बार बजते सुना था। अम्बर ख़ुश था कि अवनीत ने अपना एक ऊँचा मुकाम बना लिया था। वह उसको फ़ोन कर के शाबाशी देना चाहता था, पर उसने ऐसा नहीं किया। ऐसा करना अवनीत के लिए ठीक नहीं था। उसे शाबाशी देने वाले बहुत लोग थे।

अवनीत और जॉन सन्धू की मुलाकात हीथ्रो एयरपोर्ट पर हुई थी। अवनीत इंडिया से पहली बार कैनेडा पी.आर. लेकर जा रही थी और जॉन इंग्लैंड से दूसरी बार कैनेडा जा रहा था, पर स्थायी तौर पर रहने के लिए वह भी पहली बार ही जा रहा था। वे दोनों अपनी फ्लाइट की प्रतीक्षा कर रहे थे। जॉन के पापा पंजाबी थे और मम्मा ब्रिटिश। जॉन थोड़ा-थोड़ा दोनों कुछ, पर ज़्यादा नई पीढ़ी का ब्रिटिश। उनके परिवार में नस्लों की मिलावट थी। जॉन का दादा जाट था और उसका नाना ब्रिटिश था। उसकी नानी जर्मन थी। उसकी नानी की माँ को उसने देखा था। वह बहुत समझदार और पंजाबियों की तरह मिलनसार स्वभाव वाली औरत थी। उसने विल्हेम द्वितीय के राज में रजवाड़ाशाही में जन्म लिया था। उसने 1919 के बाद का लोकतंत्र देखा था। उसने 1933 के बाद के हिटलर का समय देखा था। उसके पास आधी जर्मनी के कम्युनिस्ट बन जाने और कम्युनिस्ट सरकार के भ्रष्टाचार की अनेक कहानियाँ थीं। उसने दोनों जर्मनियों के इकट्ठे होने और बर्लिन की दीवार के टूटने के दिन टी.वी. पर देखे थे। वह जर्मनी के लोकतंत्रीय बन जाने से कुछ साल बाद भी जीवित रही थी।

जॉन ने अवनीत को एक पंजाबी लड़की के तौर पर पहचान लिया था। हालाँकि वह पंजाब ज़्यादा नहीं गया था। लंदन में वह अपने पापा के साथ पंजाबी परिवारों

में जाता रहा था। अवनीत उसको एक ब्रिटिश पंजाबी के तौर नहीं पहचान सकी।

जॉन ने उसके टोरंटो जाने वाली फ्लाइट के बारे में पूछते हुए बताया कि उसने भी उसी फ्लाइट में जाना था। अवनीत को वह किसी तरफ़ से पंजाबी नहीं लगता था। वह उसके नाम जॉन सन्धू पर हैरान थी।

"हाउ कम युअर सेकंड नेम बी सन्धू?" अवनीत ने पूछा।

"एक्चुअली आय एम हॉफ पंजाबी," जॉन ने अपनी पारिवारिक पृष्ठभूमि के बारे बताया था।

जब अवनीत बाथरूम गई, तब जॉन ने अपने डेड को फ़ोन लगा लिया।

"यू रीच्ड होम...ओ.के., गुड। आय एम स्टिल वेटिंग।"

"डेड मैं एक बहुत सोहणी पंजाबी लड़की के पास बैठा हूँ, वह नई नई कनाडा जा रही है। उसको फ्रेंड बनाने के लिए ट्राई कर रहा हूँ। पंजाबी बहू से तुम ख़ुश होगे ना?" वह हँस रहा था।

जॉन और अवनीत के दो साल बहुत बढ़िया बीते। इस दौरान दोनों एक-एक चक्कर इंडिया और इंग्लैंड का लगा आए थे। दोनों के माता-पिता भी ख़ुश थे। जॉन को देखने के लिए अवनीत की कितनी ही सहेलियाँ और रिश्तेदार उनकी बठिंडे वाली कोठी में आए थे।

"तुम्हारे लोगों की रिश्तेदारियाँ बहुत होती हैं?" जॉन के अन्दर का हॉफ ब्रिटिश बोला।

"कभी तुम लोगों की भी बहुत रिश्तेदारियाँ हुआ करती थीं और भविष्य में हमारी भी बहुत ज़्यादा रिश्तेदारियाँ नहीं हुआ करेंगी," अवनीत ने अम्बर से सुनी बात जॉन पर चला दी थी। इंजीनियरिंग पढ़ा जॉन उसकी बात एकदम नहीं समझ सका। बाद में अवनीत ने उसको इतिहास के हवाले से समझाया।

अवनीत जहाँ काम करती थी, वहाँ पर एक कैनेडियन बॉर्न पंजाबी काम करता था। वह पंजाबी-अंग्रेज़ी की मिली जुली क्रियोल भाषा में गीत लिखता था। काम करता वह अपने गीत गुनगुनाता रहता। उसके साथी उसको टोकते कि उसकी आवाज़ गाने के लिए बढ़िया नहीं थी।

"यू मीन, फटे बाँस जैसी? मेरी ग्रैंड मोम ऐसा कहा करते हैं," वह नए आए पंजाबी प्रवासियों के साथ मजाक करता।

एक दिन उसने अवनीत को गुनगुनाते हुए देख लिया। तब तो वह थम्स अप के संकेत के साथ शाबाशी दे गया, परन्तु लंच-ब्रेक के समय वह अवनीत को

गाना सुनाने के लिए मजबूर करने लगा। अवनीत ने दो बन्द सुनाए तो वह दंग रह गया। उसने उसको कोई अंग्रेज़ी गीत सुनाने के लिए ज़ोर डाला। अवनीत ने विटनी हाउस्टन का गीत 'आई वांना डांस विद समबॉडी' का एक स्टैंजा सुना दिया। सुनकर गैरीयन सिंह पागल हो गया। जब उसे पता लगा कि अवनीत म्यूजिक में पी-एच.डी. थी, फिर तो उसकी समझ में नहीं आए कि वह क्या कहे। आख़िर, सँभलकर उसने बात शुरू की। उसको ऐसे गायक की तलाश थी जो पंजाबी और अंग्रेज़ी मिक्स गाने गा सके।

अवनीत को उसके मम्मा-पापा ने गायक बनने से रोक दिया था। अवनीत ने जिद नहीं की थी। उन्हीं दिनों में वह नवतेज के चक्कर में फँस गई थी। उसने नवतेज से दूर होकर सुख की साँस ली थी। उसे जॉन द्वारा रोके जाने की कोई सम्भावना नहीं थी। गैरीयन सिंह ने उसको अपनी जान-पहचान की एक अकेडमी में इंग्लिश म्यूजिक की कोचिंग लेने की सलाह दी। ट्रेक रिलीज करने का सारा खर्च वह ख़ुद करेगा। अभी वह चार-छह महीने तैयारी करेंगे। उसके गीत बहुत पसन्द किए गए थे, पर वह हर किसी अप्रशिक्षित सिंगर से नहीं गवाएगा। वह अपनी पसन्द की आवाज़ से ही यह गीत गवाएगा। वह अपने आप को नॉबल प्राइज़ विजयी गीत लेखक बॉब डायलन का प्रशंसक बताता था।

अवनीत ने अकेडमी ज्वाइन करने का निर्णय कर लिया। उसको पंजाबी के बड़े-बड़े स्टार गायकों की बुलन्दी याद आई। गुरदास मान जब पंजाबी यूनिवर्सिटी, पटियाला के गुरु तेग बहादुर हॉल में अपना प्रोग्राम पेश कर रहा था, तब तीन घंटे लगातार पब्लिक नाच-नाचकर पागल हो गई थी।

"अवनीत, मैंने तेरे लिए एक बढ़िया अकेडमी ढूँढ़ी है। वह थोड़ी महँगी है, पर कोई बात नहीं। मैं फीस भर दूँगा। वह शीट म्यूजिक से शुरू करेंगे। तुझे स्टाफ नोटेशन सिखाएँगे। पर अवनीत, मैं स्टार अवनीत के साथ नहीं रह सकूँगा। हम डायवॉर्स ले लेंगे। अवनीत तुझे अपने रास्ते पर आगे बढ़ना चाहिए," जॉन ने कहा था। जॉन को ग़ुस्सा था कि अवनीत ने अकेडमी ज्वाइन कर ली थी और उससे पूछा तक नहीं था। ठीक है, वह बहुत व्यस्त था, पर वह प्रतीक्षा कर सकती थी। ख़ैर, उसकी अपनी ज़िन्दगी थी।

"मेरे सिंगर बनने के साथ तुझे क्या प्रॉब्लम है?" अवनीत पीछे नहीं मुड़ सकती थी।

"मुझे स्टार वाली ज़िन्दगी बिलकुल भी लाइक नहीं। मैं अकेला और शान्त रहना माँगता हूँ। पर मैं तुझे रोकूँगा नहीं," जॉन स्पष्ट था।

सच बात यह भी थी कि दो सालों के विवाहित जीवन में दोनों एक-दूजे से

ऊब गए थे। जॉन, अवनीत और गैरीयन सिंह के मध्य बढ़ती निकटता देखकर अलग होने का फ़ैसला कर चुका था। अवनीत की गैरीयन के साथ उस क़िस्म की नज़दीकी तो नहीं बनी थी, पर वह उसके साथ मिलकर अपनी अल्बम तैयार करने के फैसले से पीछे नहीं हटी।

कुछ महीनों के शान्त-से तनाव के बाद उन्होंने तलाक ले लिया। डायवॉर्स पार्टी का प्रबन्ध जॉन ने किया। उनके साझे दोस्त पार्टी में शामिल हुए थे। जॉन ने अवनीत के साथ गिलास टकराते हुए कहा, "जो रिश्ता हमारे बीच टेंशन पैदा कर रहा था, उसे हमने आपसी सहमति से ख़त्म कर दिया है। नाउ वी आर फ्रेंड्ज, चीअर्स!"

जॉन घर छोड़कर अपना सामान लेकर अपने नए फ्लैट में चला गया। सूने-सूने घर में अवनीत का मन नहीं लग रहा था। उसने अपने साथ काम करती कज़ाक लड़की नतालिया को अपने घर डिनर और सोने के लिए मना लिया। नतालिया उसकी डायवॉर्स पाटी से ही उसके साथ हो गई। रास्ते में उसने नतालिया के लिए वोदका की बोतल ख़रीद ली।

"हमारे रूसी समाज में परिवार की संस्था लगभग ख़त्म हो चुकी है। यदि पूंजीवाद इस संस्था को ख़त्म करता तो कम्युनिस्ट शासन उससे भी तेज़ी के साथ इसे ख़त्म करता है," नतालिया ने अटक-अटक कर अंग्रेज़ी बोलते हुए बताया। अंग्रेज़ी उसने कैनेडा आने के लिए ही सीखी थी। नतालिया रूस के साइबेरिया इलाके की कज़ाक लड़की थी। उसका शहर इरकुटस्क बाइकाल झील के किनारे था। यह बहुत प्रसिद्ध झील थी।

"तुमने बाइकाल लेक के बारे कुछ सुना या कुछ पढ़ा है?" उसने पूछा।

"नहीं, मैं नहीं जानती," अवनीत ने कहा तो नतालिया निराश हो गई।

"अन्टोन चेखव मेरे शहर का था, तू उसके बारे में जानती है?"

"हाँ, मैंने सुना है। मेरा दोस्त अम्बर उसकी कहानियाँ सुनाया करता था," अवनीत की आँखों में चमक आ गई। नतालिया ने होंठ दबाकर सिर को ऊपर-नीचे किया।

उसे पता था कि मास्को के रादूगा प्रकाशन ने अरबों-खरबों की किताबें दूसरे देशों में कम्युनिस्ट पार्टियों को मज़बूत करने के लिए मुफ्त में भेजी थीं। रूसी कम्युनिस्टों ने दूसरे देशों में अपनी पार्टी बनाने के लिए पता नहीं कितने रूबल उड़ाए थे। वे अपने देश में बहुत बार सुन और पढ़ चुकी थी कि इसकी कीमत सर्वहारा रूसियों को चुकानी पड़ी थी। तब से उलटे रास्ते पड़ा रूस अब तक उठ नहीं पाया था। नतालिया और उसके जैसे अन्य कितने ही रूसी लोग प्रवास में रहने के लिए विवश थे। ख़ैर, अवनीत तो उस जैसी ही इमीग्रेंट थी।

बाहर बर्फ़ गिरनी शुरू हो गई। सामने वाली पहाड़ी पर बनी ढलान के ऊपर सफ़ेद चादर बिछ चुकी थी। अवनीत को ब्रिटिश कोलम्बिया का यह पहाड़ी क्षेत्र बहुत पसन्द था।

घर आकर अवनीत ने नतालिया के लिए लॉर्ज और अपने लिए स्मॉल पैग बनाया। खाने के लिए उसने मछली पैक करवाई थी। आहिस्ता-आहिस्ता घूँट भरती वे रसोई में खड़ी बातें करती रहीं।

"जब मेरा पहला तलाक हुआ था तो मैं भी उदास हो गई थी। इवान को किसी अन्य लड़की से प्रेम हो गया था। मैं उससे बहुत दुखी होकर टूटी थी।"

"मैंने तोड़ तो लिया अपने आप को, फिर भी मन उदास है, हमारे पंजाबी समाज में तलाक आम नहीं है," अवनीत ने नतालिया की सिगरेट के धुएँ से बचने के लिए खिड़की खोल ली।

"इंडियन पति-पत्नी विवाह को निभाने के मामले में बहुत प्रसिद्ध हैं," नतालिया ने गिलास ख़ाली कर दिया था। अवनीत अभी पहले को ही सिप किए जा रही थी।

"जॉन कई बातों में बहुत अच्छा था," उसने कहा।

"दूसरे पति को मैंने ख़ुद छोड़ा था। पीती मैं भी हूँ, पर वह तो सवेरे उठते ही वोदका माँगता था। उसको तलाक मैंने ख़ुद दिया है और मैं बिलकुल भी दुखी नहीं हुई। तू भी दुखी न होना। हाँ, पति अच्छा हो तो विवाह जैसा सुख नहीं। मेरे माता-पिता अब तक इकट्ठे हैं। इतनी बनती है उनके बीच। कोई दूसरा मिल जाएगा। मैं भी अपने लिए तलाश रही हूँ। यार, हम इतनी सुन्दर हैं," इस बात पर दोनों की हँसी निकल गई। भूरे बालों वाली गोरी-चिट्टी नतालिया अवनीत की सुन्दरता की प्रशंसक थी। ख़ास तौर पर वह सफ़ेद चमड़ी की अपेक्षा अवनीत की ब्राउन-शेड वाली चमड़ी को अधिक आकर्षक मानती थी।

एक समय दो स्त्रियों के साथ

किरनजीत की पी-एच.डी. समाप्त होते ही मार्च के अन्तिम सप्ताह अम्बर अपने परिवार को मलेरकोटला ले आया। अम्बर के अकेले रहने के लिए उसने और किरनजीत ने जम्मू रेलवे स्टेशन के क़रीब एक कमरे वाला एक सेट पसन्द कर लिया था। कश्मीरी पंडितों का घर था। घर के मालिक पति-पत्नी दोनों रिटायर्ड डॉक्टर थे। किरन को कमरा तो पसन्द था, पर मकान मालिक की रूखी बोलबाणी पसन्द नहीं थी। उसे यह भी नहीं पता था कि ये लोग अम्बर के साथ कैसे बरतेंगे। ज़िन्दगी में वह पहली बार अलग हो रहे थे। अम्बर ने हर शुक्रवार परिवार के पास पहुँचना था।

"पहले जिस घर में रह रहे हैं, उसके मकान मालिक तो पहली बार बड़े मीठे बनकर पेश आए थे। पर बाद में रूखे सिद्ध हए। देखे जाओ, कई बार कड़वे बन्दे

अन्दर से नरम होते हैं," कहते हुए अम्बर ने मकान का एडवांस किराया दे दिया।

इस घर में उसको ज़ोया का आना-जाना सरल लगता था।

गैस वाला चूल्हा, कुछ बर्तन, मेज़-कुर्सियाँ और दो बिस्तर नए कमरे में अपनी अपनी जगह पर सजा दिए। मलेरकोटला में यह सब कुछ फालतू था। टी.वी. तो उसने जबरन रख ही दिया। कोटला वाले घर के लिए वह एल.सी.डी. ले लेंगे। बेड और अल्मारी कमरे में पहले ही मौजूद थी।

"अम्बर, कपड़े धोने वाली मशीन यहीं रख ले, तुझे कपड़े धोने की आदत नहीं," किरन ने कहा।

"मैं मलेरकोटला से हर हफ़्ते धुलवा लाया करूँगा, मशीन बिना तुझे मुश्किल हो जाएगी। तुम तीन जनों के कपड़े हैं, फिर तेरी नौकरी भी शुरू हो जाएगी," अम्बर ने कहा।

कुछ महीनों की बात थी। उसके मन में था कि फिर तो वह ज़ोया के साथ रहना प्रारम्भ कर देगा। फिर उन्होंने सारा सामान ख़रीद ही लेना था। फिर तो घर भी खुला लेना पड़ेगा। कुछ सालों तक वह जम्मू में घर बना ही लेंगे। ये बातें वह पत्नी के साथ नहीं कर सकता था। वह उससे सब कुछ छिपाए फिरता था। उसको अपने आप पर शर्म भी आई। अगले ही पल उसको लगता, तलाक लेना उसका हक़ था। दुनिया में बहुत तलाक होते हैं। आदमी की अच्छाई इस बात से नहीं परखी जाती कि उसने तलाक दिया था। अच्छे लोगों के भी तलाक हो जाते थे।

अम्बर के मन में यह चल रहा था कि व्यक्ति की अच्छाई उसके काम से परखी जानी थी। फिर वह तो किरनजीत की खातिर इतना कुछ कर रहा था। यदि वह अपना फ़ैसला छुपा भी रहा था तो सिर्फ़ किरनजीत के भले के लिए ही। यदि वह अभी उसको अपने फैसले से परिचित करा देता तो कुछ दिनों बाद होने वाला वायवा, पी-एच.डी. और कॉलेज की इंटरव्यू आदि सब कुछ बर्बाद हो जाता।

अगले दिन दस बजे तक उन्होंने सामान गाड़ी में लाद लिया। अम्बर ने मकान मालिक को बिजली, पानी और किराये का हिसाब सवेरे ही कर दिया था। किरनजीत हैरान थी कि हर रोज़ ठीक बोलने वाली मकान मालकिन बाहर ही नहीं निकली थी। उसने जाते समय चाय तक नहीं पूछी थी। जब कि उनकी अपनी बेटी रिया बहुत बार नूरत के साथ खेलती हुई किरनजीत के पास ही खाना खा लिया करती थी।

"देख लिया जम्मू...," कार में बैठते हुए और जम्मू की धरती से अपने आप को समेटते हुए किरनजीत ने कहा था। यह समेटना किस हद तक हो सकता था, यह किरनजीत की सोच से बाहर था। यूनिवर्सिटी की नौकरी में आने के लिए किरनजीत ने ही अम्बर को प्रेरित किया था। यह बात सच थी कि यदि वह जम्मू न आते, यदि अम्बर की नौकरी का नुकसान न होता तो किरनजीत की पी-एच.डी. कभी नहीं होनी थी। परन्तु इस बात की कितनी बड़ी कीमत किरनजीत को अदा

करनी थी, यह तो भविष्य के गर्भ में छिपा हुआ था।

अम्बर, किरनजीत और बच्चे कार में आगे-आगे जा रहे थे। सामान वाली गाड़ी पीछे-पीछे आ रही थी। जम्मू के बाहरी तरफ़ लगे नाके पर सिपाहियों ने गाड़ी को रोका। अम्बर ने अपना यूनिवर्सिटी का पहचान पत्र दिखा दिया।

"के गल्ल प्रोफ़ेसर साहब, बदली हो गई?" सिपाही ने पहचान पत्र लौटाते हुए पूछा।

"नहीं, मैं तो यहीं हूँ। लाड़ी की जॉब की वजह से परिवार शिफ्ट कर रहा हूँ," अम्बर ने डोगरी मिली पंजाबी में जवाब दिया। जम्मू में यही ज़ुबान चलती थी।

"सर, इक गल्ल बताओ, आपके स्टूडेंट थाना क्यों नहीं खोलने देते यूनिवर्सिटी में? आपू तां वो छोकरियां कन्ने बैठे रोंहदे सारा दिन?

"ये तां उहै जाणदे न," अम्बर ने मुस्कराते हुए कहा।

सिपाही हँसा और उसने उन्हें जाने का इशारा कर दिया।

दोनों गाड़ियाँ आगे-पीछे धीरे-धीरे जा रही थीं। जम्मू पठानकोट सड़क कंढी पर बनी हुई थी। ऊँची-नीची इस नई बनी सड़क पर कार चलाने का आनन्द अलग ही था।

किरनजीत का मन संशय से भरा हुआ था। एक तरफ़ पी-एच.डी. हो जाने की ख़ुशी थी। नौकरी भी बेशक एडहॉक की ही हो, मिल ही जानी थी। आहिस्ता-आहिस्ता पक्की हो जाएगी। उसे अपने घर जाने का चाव भी था। जम्मू आकर तो वह रिश्तेदारों से मिलने से भी वंचित हो गए थे। वे दुख-सुख में भी कम ही शरीक हो पाते थे। रिश्तेदारियों के एक-दो विवाहों पर भी नहीं जा सके थे। कोटले में रहकर रिश्तेदारियों में जाना सुविधाजनक था। लेकिन वह अम्बर को अकेला छोड़ने से उदास थी। हर इतवार की रात वह कोटला से जम्मू तक का सफ़र कैसे किया करेगा। हर शुक्रवार फिर जम्मू से कोटला का थका देने वाला सफ़र वह कितने साल कर सकेगा। उन्हें आशा थी कि कभी न कभी पंजाब की यूनिवर्सिटी में उनकी नियुक्ति हो जाएगी। कब होगी, यह अनिश्चित था। उनकी तो किसी बड़े लीडर के साथ निकटता भी नहीं थी। उसे बड़ा दुख होता जब वह सोचती कि अम्बर जैसा परिश्रमी अध्यापक देश-प्रदेश में धक्के खाता घूमता था। धक्के ही थे। कार अब कोटला में रखनी पड़ेगी। अम्बर जम्मू अपने घर से यूनिवर्सिटी कैसे जाया करेगा? वे अभी जल्दी कोई अन्य गाड़ी भी नहीं ले सकते थे। शहर बदली पर खर्च बहुत आने वाला था। बच्चों की दाख़िला फ़ीसें भी कोई कम नहीं थीं। फिर वह अपनी नौकरी के बारे में सोचती। उस वेतन से बहुत कुछ ठीक होने की आस बँधती।

"पापा, इस बार फिर नब्बे रुपये बचाएँ?" शीरी ने बगल से गुज़रती सरकारी बस को देखते हुए कहा।

"नहीं बेटा, अब अपनी तनख़्वाह इतनी कम नहीं कि हम सरकार के साथ बेईमानी करें," अम्बर ने कॉलेज में दिए इस्तीफ़े के बाद मिले जी.पी.एफ. में से

पैसे निकलवाकर थोड़ी चली हुई स्विफ्ट कार अभी कुछ दिन पहले ही ली थी। नए पे-स्केल लागू होने से तनख़्वाह इतनी भर बढ़ गई थी कि ऐसे छोटे-मोटे खर्चे उसके लिए कोई बोझ नहीं बनते थे।

"फिर मुझे हैप्पी मील लेकर दोगे?"

"पक्का लेकर दूँगा। हम सब आज मैकडोनल्ड पर खाएँगे। नूरत भी खाएगी।" अम्बर ने नूरत की तरफ़ देखा। वह अपनी बात होती देखकर मुस्करा रही थी।

'निरी दादी की कॉपी'। अम्बर ने सोचा। दिनोदिन नक्श निखारती जाती नूरत अपनी दादी जैसी निकलती जा रही थी। अम्बर हैरान होता कि किस तरह बन्दे के अन्दर अपने खानदान के कितने बन्दे छिपे बैठे होते हैं।

अप्रैल के पहले सप्ताह अम्बर ने बहुत सारे काम निपटाए। वह सप्ताहभर की छुट्‌टी लेकर आया था। नीचे वाले हिस्से में रहते किरायेदारों को उन्होंने ऊपरी हिस्से में भेज दिया। नीचे वाली मंज़िल पर उन्होंने अपना सामान टिका लिया। किरनजीत ने सारा सामान ख़ुद टिकाया। काम करती वह थकती ही नहीं थी। अम्बर ने बच्चों के दाख़िले करवाए। किताबें ख़रीदकर दीं। स्कूल की ड्रेस किरनजीत ने स्वयं ख़रीदी। पाँच अप्रैल को उसका वायवा था। दो दिन वह वायवा की तैयारी करती रही। वायवा निर्धारित दिन पर हो गया। अम्बर को किरनजीत से भी ज़्यादा ख़ुशी थी। उसने एक मंज़िल सर कर ली थी।

उसने जम्मू जाने के लिए इतवार रात की टिकट बुक करवा ली थी। किरनजीत उसको लेकर बाज़ार गई और उसने अम्बर के हर हफ़्ते के सफ़र के लिए एक बैग ख़रीदा। उन्हें एक ऐसा बैग चाहिए था जिसमें तीन चार सूट और एक-दो किताबें और एक टिफन रखा जा सके। बैग को सिरहाना बनाकर भी इस्तेमाल किया जा सके।

इतवार की शाम को अम्बर ने बस अड्डे से बस पकड़ी। मलेरकोटला से लुधियाना जाने वाली यह आखिरी बस थी। उसने साढ़े सात बजे चलकर नौ बजकर पाँच मिनट पर अम्बर को लुधियाना बस-अड्डे पर उतार दिया। वहाँ से रिक्शा लेकर वह स्टेशन के बाहर जा उतरा। ट्रेन आने में अभी एक घंटा बाकी था। परिवार से बिछड़ कर उसका मन उदास था। ख़ासकर नूरत किस तरह रोई थी। आगे निकट भविष्य में परिवार के साथ होने वाले बिछोड़े की रूप रेखा कैसी होनी थी, यह उसको स्पष्ट नहीं था।

वह भविष्य में घटने वाली घटनाओं को लेकर सोचने लगा। उसके अन्दर एक नए अन्देशे ने सिर उठा लिया। कल को अकेली रहती किरनजीत भी किसी के साथ सम्बन्ध बना सकती थी। हालाँकि किरनजीत कौर ऐसी लगती नहीं थी। उसकी शारीरिक ज़रूरतें हमेशा ही कम रही थीं, परन्तु अम्बर से बदला लेने के लिए ही सही वह कुछ कर भी सकती थी। उसने कॉलेज में नौकरी करनी थी, वहाँ कौन सा शिकारियों की कमी होगी। चिन्ता साँप की भाँति फन उठा रही थी। बैग

में पैक की रोटी बाहर निकालकर खाते हुए उसने मोबाइल पर समय देखा। अभी बीस मिनट शेष थे।

अचानक उसके विचारों ने पलटी खाई। वह दूसरे तरीक़े से सोचने लगा। वह किरनजीत को अकेली रखकर ही क्यों राजी था। आप तो वह ज़ोया के साथ रह रहा होगा। किरनजीत को अकेली छोड़कर उसे क्या मिल जाएगा?

किरनजीत का फ़ोन आया, उसने ठीकठाक पहुँचने के बारे में बता दिया।

सवेरे पाँच बजे वह जम्मू स्टेशन पर उतरा। मुसाफ़िरों में अधिकतर माता के भगत थे। उनकी बातों में उनकी आगे कटरे जाने की चिन्ता दिखाई दे रही थी। स्टेशन के बाहर टैक्सियों वाले 'कटरा कटरा' की आवाज़ें लगा रहे थे। उजाला फैल रहा था। स्टेशन के सामने दूसरी कतार में उसका नया घर था। गलियों में कुत्ते सोए पड़े थे। कोई-कोई सैर करने वाला स्टेशन के सामने वाले पार्क की ओर जाता दिखाई पड़ता था। अम्बर ने दरवाज़ा खोला और बिना कोई शोर किए सीढ़ियाँ चढ़कर अपने कमरे में दाख़िल हो गया। नींद की खुमारी अभी बाकी थी। साढ़े आठ का अलार्म लगाकर वह सो गया।

साढ़े नौ बजे उसने यूनिवर्सिटी जाने के लिए मिनी बस पकड़ी। बस में ज़्यादातर सवारियाँ छुट्टी बिताकर आए फौजियों की थीं। कुछ मँगते भी थे जो शहर के अन्दर मन्दिरों के सामने माँगने के लिए रवाना हो रहे थे। कश्मीर में आतंकवादियों और फौजियों के बीच कशमकश चलती रहती थी। कश्मीरी आतंकवादी आम लोगों को निशाना कम ही बनाते थे, पर फौज और पुलिस पर हमलों का होना आम बात थी। जम्मू में मुसलमानों की संख्या कम होने के कारण ऐसी वारदात कम होती थी। अम्बर के मन में डर जागा, स्टेशन से सवार होकर ट्रांजिट कैम्प तक जाते फौजियों को वे कभी भी निशाना बना सकते थे। इसलिए मिनी बस का सफ़र सुरक्षित नहीं था। उसने सवारियों की ओर नज़र दौड़ाई, एक भी मुसलमान सवारी नज़र नहीं आ रही थी।

सारे फौजी यूनिवर्सिटी से पहले आने वाले ट्रांजिट कैम्प पर उतर गए। बस ख़ाली-सी हो गई। यूनिवर्सिटी गेट पर उतर कर अम्बर अपने विभाग की तरफ़ चल दिया। ज़ोया का फ़ोन आया। उसने उसके सफ़र का हाल चाल पूछा। उसने पाँच बजे आने का वादा किया।

डिपार्टमेंट में पहुँचकर अम्बर ने दफ़्तर के अन्दर वाले स्टाफ़ के साथ दुआ-सलाम की। अंकिता रैणा हर रोज़ की तरह ही खिली-खिली आई थी। उसने अम्बर से मलेरकोटला में बच्चों के स्कूल और दाख़िले के बारे में पूछा। लाल चन्द पानी का गिलास ले आया।

ज़ोया ने गाड़ी आज फिर हर की पौड़ी की ओर मोड़ ली।

"कभी तुझे मेरा साँवला रंग खटकेगा तो नहीं?" वह मुस्कराया।

"बिलकुल नहीं। औरत मर्द के रंग से ज़्यादा उसके गुणों पर मरा करती है," वह बोली।

अम्बर ने किरनजीत को लेकर अपने मन में पैदा हुए अन्देशों को ज़ोया के साथ साझा किया। सामने पुराने जम्मू के पुराने किले की ओर देखती हुई ज़ोया उसे सुन रही थी। उसके अन्दर दर्द की एक लहर उठी। 'अम्बर किरनजीत के लिए इतना क्यों सोचता है? यह मेरे साथ पूरी तरह जुड़ा भी है कि नहीं?'

ज़ोया ने आस पास नज़रें दौड़ाईं, अधिक लोग नहीं थे। सरदार तो बिलकुल भी नहीं थे।

"तलाक के बाद किरनजीत जो चाहे करे, तुम्हें इस बात से कोई मतलब नहीं होना चाहिए।"

"पर ज़ोया मेरे बच्चे हैं।"

"किरनजीत ऐसा कोई क़दम नहीं उठाएगी जिसका साया उसके बच्चों पर पड़े। फिर भी, सम्भव है कि उसको कोई प्यार करने वाला बन्दा मिल जाए। वह उसका ख़याल रखे तो हमें कोई एतराज़ नहीं होना चाहिए। तुम्हारा उस पर अधिकार ही क्या रह जाएगा? मैं हैरान हूँ अम्बर, तुम इतनी किताबों से होकर गुज़रे हो, फिर भी कितने पुराने ख़यालों के हो," ज़ोया सचमुच हैरान थी। अम्बर कहीं अपनी मध्यकालीन मानसिकता से पीछा नहीं छुड़ा पा रहा था। उसकी किरनजीत को लेकर ऐसी भावनाओं को देखते हुए ज़ोया के अन्दर यह डर भी जागा कि यदि किरनजीत किसी के साथ नहीं जुड़ती है तो अम्बर कभी भी पीछे लौट सकता था। फिर उसका अपना क्या होगा? दो बच्चों के पिता के साथ विवाह करवाकर वह अपने सिख भाईचारे से तो पूरी तरह कट ही जाएगी। उस हालत में उसने अपने आपको पूरी तरह अकेली खड़ी पाया। उसकी आह निकल गई और आँखें डबडबा आईं।

"ज़ोया इसमें रोने वाली कौन सी बात है? मैं तेरे से कुछ छिपा नहीं सकता। जिस क़िस्म की खींचतान में से मैं गुज़र रहा हूँ, वह तुझे बता रहा हूँ। तुझे न बताऊँ तो और किसके साथ जाकर बात करूँ?"

"नहीं-नहीं...तुम मुझे सब कुछ बताओ," ज़ोया ने आँखें साफ़ कीं।

"किताबें मनुष्य को नया बनाती हैं, पर फिर भी कुछ न कुछ पुराना उसके अन्दर रहता ही है।"

तवी नदी का पानी नदी के तल की मिट्टी को गलाकर अपने साथ बहा ले जा रहा था। पीछे पहाड़ों से लाई गई मिट्टी को यहाँ छोड़ रहा था।

"चलें?" ज़ोया ने पूछा, "मुझे तुम्हारा कमरा देखना है। यदि कुछ ठीक करने की ज़रूरत पड़ी तो ठीक कर दूँगी।"

"मकान मालिक तो नहीं कुछ कहेंगे?" अम्बर ने शंका प्रकट की।

"ये कश्मीरी पंडित पुश्तों से पढ़े-लिखे हैं। इन्हें बस किराये तक मतलब होता है। तुम्हारे घर में कोई आए तो उन्होंने क्या लेना है?" ज़ोया उठकर खड़ी हो गई।

मकान मालिक अंकल और आंटी लॉन में पानी दे रहे थे। अम्बर ने ज़ोया की उनके साथ जान-पहचान करवाई। अंकल ने ज़ोया को कश्मीरी में बताया कि वे उनके होटल में खाना खाने जाते रहते थे। अगले महीने उनकी बेटी और दामाद आएँगे तो वे फिर खाना खाने आएँगे।

"जब भी दो कश्मीरी मिलते हैं, वे अपनी जुबान में शुरू हो जाते हैं," सीढ़ियाँ चढ़ते अम्बर ने कहा।

"कश्मीरी भाषा पंडित और मुसलमान दोनों बोलते हैं। सिख अपने घरों में अपनी पहाड़ी पंजाबी बोलते हैं," ज़ोया ने बताया।

पहली मंज़िल पर दो कमरे थे। एक कमरा अम्बर के पास था और दूसरा मकान मालिक ने पुराने सामान के स्टोर के तौर पर रखा हुआ था।

सेल्फ पर नूरत की तस्वीर मुस्करा रही थी।

"कितनी सुन्दर है नूरत! अम्बर! हम एक ही बच्चा पैदा करेंगे, बस एक ही। दो अपने पहले हैं ही।"

"ठीक है," अम्बर ने कहा।

कमरा किरनजीत सँवार गई थी। उसके बाद तो अम्बर यहाँ रहा ही नहीं था। सिर्फ़ सफाई की ज़रूरत थी जो अगले दिन नीचे वालों की नौकरानी को करनी थी। ज़ोया ने रसोई में नज़र दौड़ाई।

"तुम यूनिवर्सिटी या कहीं बाहर से रोटी नहीं खाओगे। नौकरानी से एक दाल-सब्ज़ी और रोटियाँ पकवा लिया करना। शाम की रोटियाँ ख़ुद बना लिया करना। दोपहर में मैं लाया करूँगी। हम यूनिवर्सिटी में तुम्हारे कमरे में लंच कर लिया करेंगे," ज़ोया ने कहा।

जब वे नीचे उतरे तो अम्बर ने नौकरानी को अन्दर घुसते देखा। उसने अपने कमरे की चाबी देते हुए कहा, "सफाई कर देना।"

"आज क्या खाओगे, कोई सब्ज़ी ले लें। मैं बना दूँगी," ज़ोया ने कार में बैठते हुए पूछा।

"आज खाना आंटी की तरफ़ से आएगा। कल के लिए काले चने भिगो दूँगा, अकेले रहने की एक ख़ुशी यह है कि अब मैं अपनी पसन्द की दाल-सब्ज़ी बनाया करूँगा। मुझे अधपकी सब्ज़ी पसन्द है। किरनजीत तो पूरी पकाकर रख देती थी।"

"कुछ ही समय की बात है। मैं तुम्हें तुम्हारे पसन्द की बनाकर खिलाया करूँगी," ज़ोया उसकी तरफ़ देखकर मुस्कराई।

उन्होंने त्रिकुटा नगर की मार्किट से चीनी, चाय पत्ती, दूध, दही, नमक और मिर्चें

ख़रीद लीं। मसाला किरनजीत ने पैक कर दिया था। जब वह दुबारा कमरे में पहुँचे तो कामवाली सफाई करके जा चुकी थी। सफाई के कारण खिला हुआ कमरा ज़ोया को अच्छा लगा। अन्दर दाख़िल होते ही ज़ोया ने उसको अपने साथ कस लिया।

"तू जा अब ज़ोया, अँधेरा हो रहा है," बाहर घुसमुसा हो चुका था।

"नहीं, मुझे अँधेरे में जाने की आदत है। होटल से अक्सर नौ बजे जाती हूँ," ज़ोया कुर्सी पर पसर कर बैठ गई। उसके चेहरे की मुस्कराहट अचानक गायब हो गई। फिर वह अम्बर की नज़रों में गहरा देखने लगी मानो वह अपने आप को अम्बर के अन्दर तलाश रही हो। उसके चेहरे पर गम्भीरता और सघन होती जा रही थी। अम्बर ने देखा, फिर उन भावों में एक चिन्ता भी शामिल हो गई थी। वह बोली, "अम्बर एक बात पूछूँ? तू अब भी किरनजीत के साथ सोता है?"

"हाँ," अम्बर ने चिन्तित होते हुए कहा। ज़ोया तेज़ थी। उसे चिन्ता हुई कि ज़ोया पता नहीं इसका क्या मतलब निकालेगी।

"यह कैसे हो सकता है? एक समय में दो-दो औरतों के साथ?" बात पूरी करते ही उसका रोना निकल आया। वह सिसक-सिसककर रो रही थी। अम्बर उठा, उसने ज़ोया को पकड़कर अपने साथ चिपका लिया। फिर उसको कुर्सी पर से उठाकर अपने साथ बेड पर बिठा लिया। पल, दो पल उसकी समझ में नहीं आया कि वह क्या बोले। ऐसी स्थिति के लिए वह बिलकुल तैयार नहीं था।

"तुझे पता है, मेरे और किरनजीत के बीच कोई लड़ाई-झगड़ा नहीं था। मैं तुझे प्यार करता हूँ, पर उससे भी मैं नफ़रत नहीं करता। वह पति-पत्नी का सहज रिश्ता है। तुझे मैं प्यार करता हूँ क्योंकि मैंने तेरे अन्दर अपने आप को तलाश लिया है," उसने ज़ोया के आँसू पोंछे। अपनी उँगलियों की पोरों के नीचे उसने ज़ोया की मुलायम खाल को महसूस किया। आँसू फिर निकले तो उसने अपने होंठ उसकी आँखों पर रख दिए। अपनी जीभ से उसने उसके नमकीन अश्रुओं को सोख लिया। उसका विश्वास था कि ज़ोया को यह अच्छा लगेगा। सचमुच ज़ोया को यह अच्छा लगा। उसे जैसे उसके प्यार का विश्वास हो गया। उसने आँखें साफ़ कीं। अपने आप को सँभाला।

"शायद मर्द के लिए यह सम्भव है। मैं तो सोच भी नहीं सकती। प्यार के अलावा मैं किसी के साथ शारीरिक सम्बन्ध की कल्पना भी नहीं कर सकती," उसके शब्दों में अब भी रुलाई के अवशेष बाकी थे।

जाने से पहले वह सहज हो चुकी थी। उसने अम्बर के कपड़ों को बैग में से निकालकर हैंगरों में डाल अल्मारी में टाँगा। बिला शक ये कपड़े किरनजीत ने प्रेस करके बैग में डाले होंगे। यह भी सम्भव था कि प्रेस बाहर से करवाए हों और अम्बर ने ख़ुद बैग में डाल लिये हों। इस बारे में उसने अम्बर से पूछना चाहा, पर फिर इरादा त्याग दिया।

ज़ोया ने आज अवकाश ले रखा था। उसने कार अपने घर की तरफ़ मोड़ ली। उसने अपना और अम्बर का राज सिर्फ़ अपनी असिस्टेंट मैनेजर के साथ साझा किया था। शिल्पी जम्मवाल जम्मू के खाते-पीते डोगरा परिवार से थी। ज़ोया और शिल्पी भविष्य में अपना साझा होटल खोलने को लेकर विचार-विमर्श करती रहती थीं। तवी नदी पर झील का निर्माण कार्य चल रहा था। पाकिस्तान की टीम इंटरनेशनल वाटर ट्रीटी के तहत जायज़ा ले चुकी थी। कुछ महीनों तक पानी भरना शुरू हो जाना था। वे दोनों एक डीलर के माध्यम से तवी की ऊपरी पहाड़ियों पर कुछ प्लाट देख चुकी थीं। प्लाट और होटल के लिए लोन लेने की उन्होंने एक बैंक मैनेजर के साथ बात भी कर रखी थी। शिल्पी के साथ ज़ोया अम्बर सम्बन्धी हर बात साझा कर लेती थी। शिल्पी सुनती रहती थी। सिर्फ़ एक बार उसने कहा था, "ज़ोया, मैं मानती हूँ, वह अच्छा बन्दा है, पर अच्छे बन्दों का दुनिया में अकाल तो नहीं पड़ गया? एक विवाहित और बच्चों वाले बन्दे के साथ विवाह करवाकर तुझे बीस झंझट झेलने पड़ सकते हैं।"

"मैं जानती हूँ शिल्पी। यह भी पता है कि प्यार बड़ा पीड़ादायक होता है। मैं इस दिल का क्या करूँ? किसी और पर आया ही नहीं। तुझे पता नहीं, वह कितना अच्छा है, उस जैसा कोई मिला ही नहीं।"

जब वह कोलकाता पढ़ने गई थी, तब अम्बर कुँआरा था। वह कितनी बार ट्रेन से उसके पंजाब से होकर गुज़रती रही थी। शायद कभी वह अम्बर के क़रीब से भी गुज़री हो। सम्भव है, वह फाटक पर खड़ा हो और वह ट्रेन में बैठी वहाँ से गुज़री हो। फिर उसको ख़याल आया कि गर्मियों की छुट्टियाँ आने वाली थीं। अम्बर डेढ़ महीने के लिए मलेरकोटला चला जाएगा। यह समय कैसे बीतेगा। अम्बर से बिना मिले। छुट्टियों के बाद किरनजीत की नौकरी लग जाएगी। फिर अम्बर तलाक माँगेगा। वह समय अम्बर के लिए बड़ा कठिनाई से भरा होगा। किरनजीत झगड़ा करेगी। वह ज़ोया के घर तक भी पहुँच सकती थी। ज़ोया के पापा बहुत ग़ुस्सा होंगे। ज़ोया इसका हल खोज चुकी थी। उसने जम्मू के वर्किंग वीमेन हॉस्टल में कमरे का पता कर रखा था। वह घर छोड़ देगी। पर शायद अम्बर यहाँ तक नौबत न आने दे। किरनजीत भी इतनी ग़ुस्सेवाली नहीं लगी थी। उस समय अम्बर को ज़ोया की ज़रूरत होगी।

उसका घर आ गया था। झोपड़ी वालों के बच्चे उसको देखकर 'दीदी आ गई, दीदी आ गई' का शोर मचा रहे थे। ज़ोया उन्हें 'मेरे बच्चे' कहा करती थी। उसने नीचे उतरकर ख़ुद गेट खोला। दुबारा कार में बैठकर कार गैरिज़ के बाहर खड़ी कर दी। गैरिज़ में उसके भाई की कार भी खड़ी थी। इसका मतलब इकबाल आया हुआ था।

वह ड्राइंग रूम में दाख़िल हुई तो उसके मम्मा, पापा और इकबाल नीचे तलाई पर बैठे हुए थे।

"अप्रैल हाणे शुरू आइया। गरमी हद कर छोड़िया। दूये तरफ़ कश्मीर दा मौसम। वहाँ लोक अजां भी स्वैटरां लादे ने," उसकी मम्मा बात-बात पर कश्मीर को याद करती रहती। जम्मू उसको किसी भी तरह पसन्द नहीं था।

"ज़ोया ए.सी. ऑन करीं।"

"मम्मा, अभी से ए.सी.? तुसीं लोक भी वातावरण के दुश्मन हो। इस धरती नूं अगली पीढ़ियाँ लायक भी रहिण दिओ। अगली पीढ़ियाँ दे लोक गालियाँ कढ़सन। सबसे ज़्यादा गन्द इस सदी के लोगों ने ही डाला हुआ है," ज़ोया ने ए.सी. ऑन करते हुए कहा।

"अब इक्कीवीं सदी शुरू हो गी अै," इकबाल ने उसको दुरुस्त किया।

"जन्मे तो बीसवीं सदी में ही हैं," ज़ोया मुस्कराई। अगले ही पल उसकी मुस्कराहट गायब हो गई। अचानक उसके मन में ख़याल आया कि वह बस कुछ महीने ही अपने परिवार के इन क़रीबी सदस्यों के साथ रह सकेगी। फिर पता नहीं, कितने साल ये लोग मुँह मोड़े रखेंगे। उसी वक्त उसने कान उठाए। कश्मीर में पुलिस मुकाबला कुछ समय पहले ख़त्म हुआ था। हिजबुल मुजाहिदीन का एरिया कमांडर वसीम अहमद अपने तीन साथियों सहित मारा गया था। ख़बर सुनते ही गहरे अन्दर तक वह काँप गई।

"वैरी गुड," ज़ोया के पापा की आवाज़ थी।

अप्रैल और मई के दो महीने अम्बर ने हर सप्ताह सफ़र करते हुए बिताए। वह सवेरे उठकर सैर करने जाता। कमरे में वापस आ कर वह टी.वी. ऑन करता। दरी बिछाकर समाचार सुनते हुए योगा करना शुरू करता। ब्रेक फास्ट तैयार करते, खाते हुए, नहाते हुए, तैयार होते हुए उसको नौ बज जाते।

विभाग में कक्षाएँ लेते, टेस्ट चेक करते हुए और पी-एच.डी. के स्कॉलरों को समझाते हुए दिन बीत जाता। ज़ोया के साथ अक्सर लंच होता। वह कैफेटेरिया के लॉन में आमने-सामने बैठकर लंच करते।

जिस दिन ज़ोया को नहीं आना होता, वह फ़ोन कर बता देती। उस दिन वह अपना खाना घर से लेकर जाता। वह अपने स्कॉलरों के साथ बैठकर एक डेढ़ रोटी खा लेता। वे सब घर से लंच लेकर आते थे। उन्हें शाम छह बजे तक लाइब्रेरी में पढ़ना होता था। लंच वे अम्बर के कमरे में ही करते थे।

अम्बर के कुलीग उसका अपने स्कॉलरों के साथ बैठना पसन्द नहीं करते थे। उन्हें यह भी था कि अम्बर उनके साथ बैठकर लंच क्यों नहीं करता था। अम्बर ने इन बातों की परवाह कभी नहीं की थी। विभाग में वह लगभग अकेला घूमता-विचरता था। उसको अकेले जीना आता था। यूँ वह अकेला कहाँ था। विद्यार्थी

उसको दिल से प्यार करते थे। सबसे बढ़िया स्कॉलर उसके पास ही थे। दूसरे प्रोफ़ेसरों के स्कॉलर लाइब्रेरी तो क्या यूनिवर्सिटी में भी कम ही घुसते थे। अम्बर के स्कॉलर दस से छह बजे तक लाइब्रेरी में बैठते थे। ज़ोया के साथ का तो कहना ही क्या था। उसके साथ तो वह किसी सूने टापू पर भी जीवन बसर कर सकता था।

शुक्रवार वाले दिन अम्बर दो बजे वाली वाराणसी एक्सप्रेस पकड़ता था। यह सुपरफास्ट ट्रेन थी। जम्मू से चलकर यह पाठनकोट रुकती थी। पठानकोट से जालन्धर और जालन्धर से लुधियाना। अम्बर लुधियाना उतर जाता। स्टेशन से बाहर आकर वह बस-स्टैंड पहुँचता। वहाँ से मलेरकोटला वाली बस मिल जाती। वह सारा इलाका उसका अपना था। घर से एक किलोमीटर पहले वह उतरता तो किरनजीत स्कूटर लेकर खड़ी होती। उसकी सहेली रविन्दर ने उसे कुछ दिनों के लिए अपनी स्कूटरी दे दी थी। नूरत हर आती-जाती बस को बड़े ध्यान से देखती। जब पापा दिखाई दे जाते तो उसकी बाँछें खिल उठतीं। वह दौड़कर अम्बर से लिपट जाती। जब अम्बर जम्मू होता था, तब भी शाम के वक्त नूरत पापा को लेकर आने की जिद करती। वह किरनजीत को स्कूटर की ओर खींचती। उसका बच्चों वाला यह विश्वास था कि उस सड़क के मोड़ पर जाकर खड़े हो जाने के बाद पापा बस में से उतर आते थे। किरनजीत उसको बामुश्किल यह समझा पाती कि पापा सिर्फ़ शुक्रवार वाले दिन आएँगे।

यदि शुक्रवार छुट्टी होती तो वह वीरवार को ही निकल लेता। यदि वीरवार छुट्टी होती तो वह शुक्रवार की कैजुअल लीव लेकर बुधवार की ट्रेन पकड़ लेता।

एक-दो टी.टी. उसको जानने लगे थे। वह उससे जम्मू से लुधियाने तक पचास रुपये लेते थे। अम्बर हमेशा साइड वाली सीट लेता। उस सीट पर वह बैग रखकर बैग को सिरहाना बनाकर लेट जाता था।

टी.टी. के अलावा रेलवे पुलिस वाले, ट्रेन के पक्के भिखारी, हीजड़े और सामान बेचने वाले उसको पहचानने लगे थे। पुलिस वाले उसके साथ हाथ मिलाते और हालचाल पूछते। दूसरे लोग उसको 'सतश्री अकाल' या नमस्ते कहते।

अम्बर किताब खोलकर पढ़ता रहता। किताब से ऊब जाता तो बाहर के दृश्य देखने लगता। बाहर से ऊब जाता तो सवारियों के साथ बातचीत करने लगता। सवारियाँ अक्सर पंजाब के गाँवों और खेतों की प्रशंसा करती। कई उसको खेतीबाड़ी करते किसानों द्वारा प्रयोग में लाए जा रहे औज़ारों के बारे में पूछते। अम्बर समझाता तो वह सिर हिला-हिलाकर दाद देते।

सफ़र उसको कठिन लगता। फिर उसको लगता कि यह कुछ महीनों की ही बात थी। फिर तों कहीं महीने-पन्द्रह दिन बाद ही चक्कर लगना था। उसकी सोच के क्षितिजों पर एक घर मँडरा रहा था। ज़ोया को याद करते हुए वह अन्दर-ही-

अन्दर मुस्कराने लगता। उसके आस-पास के लोगों को क्या मालूम था कि उसको क्या मिल गया था।

रास्ते में ज़ोया एक दो बार फ़ोन अवश्य करती।

"कुत्थे पुजी गए दे ओं?" वह जानबूझकर डोगरी में पूछ यह जानने की कोशिश करती कि वह कहाँ तक पहुँचा है।

लुधियाना स्टेशन के बाहर रोटी-दाल की तीन-चार रेहड़ियाँ थीं। जम्मू वापसी के समय अम्बर एक मोटी-सी बिहारी औरत की रेहड़ी के पीछे पड़ी कुर्सियों पर बैठ जाता था। ट्रेन में नींद आ जाए, इसलिए पैग लगाता। ठेके से अधिया लेकर वह पानी वाली लाई फालतू बोतल में अधिया उलट देता।

"आ जा 20 रुपये प्लेट...दाल-चावल, कढ़ी चावल...साला भैण चोदा डकारे जाता हैगा...उधर गाहक निकलता जाता...," आंटी कहती।

"ए मम्मा, चुप कर...आ जा बीस रुपये प्लेट...आ जा...," लड़का भइयों का रास्ता रोकता।

जब चार ग्राहक आकर बैठ जाते, आंटी फटाफट उन्हें प्लेटें परोसने लगती। फुरसत पाकर वह स्टील का गिलास ले अम्बर के पास आ खड़ी होती।

"ऐ बाबू, एक पैग डाल दे...।"

बैग में से बोतल निकाल अम्बर हँसता, "अपने मियाँ को तो गालियाँ बकती है?"

"बाबू जी, वह काम नहीं करता हैगा। मेरी दिन की कमाई में से लेकर पीता हैगा।"

पैग अन्दर जाते ही आंटी के गाल लाल होने लगते। वह अपने घरवाले के संसार में दाख़िल होने लगती।

ज़िन्दगी के क़रीब मँडराती मौत

अम्बर की गर्मियों की छुट्टियाँ किरनजीत को अलग-अलग कॉलेजों में अप्लाई करवाते बीतीं। फिर साथ ही, इंटरव्यू का दौर शुरू हो गया। उन्होंने मलेरकोटला के नज़दीकी कॉलेजों में ही आवेदन किया था। नूरत अभी छोटी थी इसलिए किरनजीत दूर नहीं जा सकती थी।

कॉलेज अध्यापकों में अम्बर की बहुत जान-पहचान थी। मलेरकोटला के कॉलेज में पढ़ाते समय उसने पंजाब कॉलेज टीचर यूनियन में काम किया था। उसको किसी ने गुरद्वारा कमेटी द्वारा डेहलों में खोले जा रहे कॉलेज के बारे में बताया। अम्बर ने वहाँ आवेदन करवा दिया। कॉलेज वालों को शुरुआती काम करने के लिए कुछ

स्टाफ की ज़रूरत थी। उन्होंने इंटरव्यू से पहले ही ड्यूटी पर हाज़िर होने के लिए बुला लिया। उनका कहना था कि इंटरव्यू की औपचारिकता वह बाद में कर लेंगे। अम्बर ने किरनजीत के सारे डाक्युमेंट फोटोस्टेट करवा कर ख़ुद ही अटेस्ट किए। वह उसको कार में बिठाकर मलेरकोटला-लुधियाना रोड पर आ चढ़ा।

कॉलेज की इमारत बन रही थी। प्रिंसिपल ऑफिस और क्लर्कों का कमरा तैयार थे। स्टाफ रूम भी लगभग तैयार था। बाकी कमरों में रंग-रोगन हो रहा था। कुछ कमरे अभी बन रहे थे। रिजल्ट आने वाले थे और दाख़िले सिर पर थे। इसलिए कमेटी को जल्दी मची थी।

कॉलेज की प्रिंसिपल हरकमल कौर क़रीब पैंतालीस साल की ख़ूब जवान और सुन्दर-सुशील औरत थी। उसने किरनजीत से कागज़ पकड़कर घंटी बजाई। चपरासी से क्लर्क को बुलाने के लिए कहा।

"हरजीत यह डॉ. किरनजीत कौर मैडम हैं जिन्हें हमने फ़ोन किया था। तुम इनसे ज्वाइनिंग रिपोर्ट लेकर ज्वाइन करवा दो। मैडम आप ज्वाइन कर के स्टाफ रूम में बैठकर दाख़िला लेने आए बच्चों को अटेंड करो। डॉ. अम्बरदीप, आप वहाँ साथ ही बैठ लो, मैं चाय भिजवाती हूँ," उसने कहा।

ज्वाइनिंग की सारी कार्यवाहियों के बाद अम्बर ने किरनजीत को दाख़िले का ढंग-तरीक़ा समझा दिया। कॉलेज जो कोर्स करवाता है, क्या बच्चे ने वही भरा है। कौन सी क्लास की एडमिशन है। दसवीं और बारहवीं के सर्टिफिकेट चेक करने, फार्म में भरे हुए को असली सर्टिफिकेट से मिलान करके देखना। स्टाफ रूम में दो मैडम और बैठी थीं। उनके साथ जान-पहचान करके किरनजीत वहीं बैठ गई।

अम्बर तीन बजे आकर लेने का कह वापस मलेरकोटला के लिए चल दिया। 'ये काम भी हुआ,' उसने सोचा।

"वीरे, नौकरी तो अभी मिली नहीं, तुम पहले ही शिफ्ट क्यों कर रहे हो?" जब उन्होंने जम्मू शिफ़्ट होने की तैयारी की तो डॉ. गुरबिन्दर ने पूछा था।

"पंजाब में पंजाबी की बहुत पोस्टें होती हैं, कहीं न कहीं ज्वाइन करा ही दूँगा," अम्बर ने आत्मविश्वास के साथ कहा था।

किरनजीत ने नेट भी पास कर लिया था। उसको पता था कि नौकरी मिला नहीं करती, इसे हासिल करना पड़ता है। पढ़ने के लिए एक प्रकार की हिम्मत की ज़रूरत है, नौकरी लेने के लिए दूसरी तरह की कोशिश की आवश्यकता है। फिर बच्चों के दाख़िले भी अप्रैल में ही होने थे। उन्हें तभी शिफ्ट करना पड़ता। कॉलेज नया था और ज्वाइनिंग अभी एडहॉक थी। अम्बर जानता था कि यह कॉलेज चल निकलेगा और कल इसमें स्थायी पदों का होना भी सम्भव था।

अब वह किसी भी समय किरनजीत को अपना फ़ैसला बता सकता था। उसकी

प्रतिक्रिया की कल्पना करते हुए वह गहरे अन्दर तक काँप उठता था। लड़ाई कितनी बढ़ जाए, इसका पता नहीं था। किरनजीत हमेशा उसके आसरे ही रही थी। यह ख़बर उसके लिए पहाड़ पर से गिर पड़ने वाली सिद्ध होनी थी।

ज़ोया के साथ रहने का निर्णय उसको इसलिए भी ठीक लगता कि उसका पंजाब की किसी यूनिवर्सिटी में चयन हो सकने की कोई सम्भावना नहीं थी। वह दो यूनिवर्सिटियों में एक-एक बार इंटरव्यू दे चुका था।

आराम के साथ बातें करने के लिए उसने कार एक ख़ाली पड़ी जगह की ओर मोड़ ली।

"हैलो जी!" ज़ोया की टुनकती आवाज़ सुनाई दी।

"किरनजीत का ज्वाइन करवा कर आ रहा हूँ," उसने बताया।

"वॉव! कमाल हो गया यह तो।" ज़ोया पूरी ख़ुश थी।

उसने कुछ दिनों तक इंटरव्यू होने के बारे में बताया। बड़ी देर वह भविष्य की योजनाएँ बनाते रहे।

"उस दिन तुम्हारे कमरे से आकर मैं बहुत तंग थी। फिर आहिस्ता-आहिस्ता मेरी समझ में आया कि तुम उसको प्यार नहीं करते, उसका एक पति के नाते ख़याल रखते हो। तुम अच्छे ही इतने हो। मैंने आज तक ऐसा कोई व्यक्ति नहीं देखा जो तुम्हारी तरह पत्नी के साथ इस तरह निभाता हो। तुम किरनजीत को प्यार नहीं करते, तुम्हारे आगे वह कुछ भी नहीं है, फिर भी तुम उसका इतना ख़याल रखते रहे हो। हाय रब्बा! मुझे तुम पर कितना प्यार आता है।"

उसकी बातें सुनकर अम्बर आनन्द से निहाल हो रहा था। वह तब तक बातें करता रहा जब तक नूरत के स्कूल से आने का समय नहीं हो गया।

शीरी दो बजे आया। उसने दोनों बच्चों को खाना गरम करके खिलाया। नूरत को तो वह गोदी में बिठाकर खिलाता था। नूरत कार्टून देखे जाती थी और अम्बर उसके मुँह में निवाले डाले जाता। यदि सब्ज़ी उसको पसन्द न भी होती तो भी वह कार्टूनों में मगन हुई रोटी खाए जाती। सिर्फ़ पेट भरने का संकेत करते समय उसका ध्यान सब्ज़ी की ओर जाता। वह नापसन्दगी में चीख-सी मारकर, पापा की बाँह पर हलका सा थप्पड़ मारती और फिर कार्टून देखने में डूब जाती।

किरनजीत तलाक तो दे देगी। यह उसका दृढ़ विश्वास था। वह बच्चों को उससे तोड़ सकती थी। शीरी अम्बर की ओर से मुँह फेर सकता था। पिता की अनुपस्थिति में शीरी बिगड़ सकता था। यह तीनों सम्भावनाएँ अम्बर के दिमाग़ के दूर क्षितिजों पर कहीं मँडरा रही थीं। अम्बर अपने ऊपरी आकाश पर इतने रंग-बिरंगे पंछी उड़ा देता कि ये तीनों सम्भावनाएँ बहुत धुँधली दिखाई देतीं। एक अन्य विश्वास ने नया नया जन्म लिया था। वह यह कि टूटे हुए घरों के बच्चे अधिक संवेदनशील होते हैं। ख़ुद अम्बर ऐसे ही क्लेश भरे वातावरण की पैदावार था। शीरी भी हो सकता

है, कल को किसी दिशा में अपना नाम बड़ा कर ले। बहुत अधिक शान्त माहौल बच्चे को सुस्त बना देता है।

क़रीब ढाई बजे अम्बर और नूरत किरनजीत को लेने चल दिए। कॉलेज तक जाते हुए बीस मिनट लगने थे। दस मिनट वह प्रतीक्षा कर लेगा। नूरत के साथ छोटी छोटी बातें करता वह कॉलेज पहुँच गया।

क़रीब तीन बजे किरनजीत बाहर आती दिखाई दी। 'कॉलेज अध्यापक बढ़िया लगेगी' अम्बर ने उसको पहली बार एक नौकरी करती स्त्री के रूप में देखा था।

"मम्मा आ गए! पापा देखो, मम्मा।" नूरत किरनजीत की ओर उँगली कर रही थी।

"चार दिन बाद कॉलेज का उद्घाटन है। प्रिंसिपल मैडम ने मुझे स्टेज सँभालने के लिए कहा। तुम मेरी तैयारी करवा दो। हम दाख़िले करते रहें। बीच में उद्घाटन की तैयारी में लगे रहें," कार में बैठते हुए किरनजीत ने कहा।

"मम्मा, आप मैडम बन गए अब," गोदी में बैठी नूरत ने सिर ऊपर कर पूछा।

"हाँ नूरी, तेरी मम्मा अब टीचर बन गई," किरनजीत ख़ूब उत्साहित थी।

'इसे मैं कैसे बताऊँगा?' अम्बर सोच रहा था।

"तुम मुझे हर रोज़ कहाँ छोड़ने आया करोगे। हम कोई सेकंड हैंड एक्टिवा न ले लें?" किरनजीत ने पूछा।

"हम नई ले लेते हैं। किस्तों पर मिल जाएगी। आज ही चलते हैं," अम्बर ने कहा। वह उसको और ख़ुश कर देना चाहता था। भविष्य में अम्बर की अनुपस्थिति में उसको स्कूटी की ज़रूरत रहनी ही थी।

अम्बर ने लोन करवाने के लिए सभी आवश्यक कागज़ ले लिये। वे चार लोग एक्टिवा की एजेंसी में पहुँच गए। बैंक के एजेंट ने पन्द्रह-बीस मिनट में उनके कागज़ तैयार कर दिए। कुछ पैसे उन्होंने नकद एडवांस के रूप में दिए। बाकी का लोन मिल गया। उन्होंने सफ़ेद रंग की होंडा एक्टिवा पसन्द की। किरनजीत को स्कूटी चलानी तो आती थी, बस लायसेंस लेना बाकी था। लायसेंस बनाने का काम किसी अन्य दिन पर डालकर वे स्कूटी घर ले आए। स्कूटी किरनजीत ही चलाकर लाई।

उनके परिवार की वह शाम जश्न जैसी थी। नौकरी और स्कूटी की ख़ुशियाँ परिवार के लिए नई थीं। घर में शीरी के पसन्द का बटर चिकन मँगवाया गया। आइसक्रीम की ब्रिक लाई गई। वे देर रात तक खाते-पीते बातें करते रहे। अम्बर, किरनजीत और शीरी तीनों को यूँ लगता था कि तंगी के दिन अब ख़त्म होने वाले थे। नूरत को उन्होंने कभी तंग रखा ही नहीं था। कभी-कभी जब वे कोई अनावश्यक चीज़ ख़रीदने के लिए हठ करती तो किरनजीत पैसे न होने का बहाना बना देती।

"ए.टी.एम. से निकलवा लो," नूरत को बस इतनी समझ थी कि ए.टी.एम. से जितने चाहो और जितनी बार चाहो पैसे निकाले जा सकते हैं।

घर में सिर्फ़ अम्बर जानता था कि एक गिद्ध उनके दरख़्त की एक ऊँची शाख पर बैठी हुई थी।

"अम्बर, तुम अभी बात शुरू करो किरनजीत के साथ," अगले दिन ज़ोया का फ़ोन आया।

"मैं सोचता हूँ, छुट्टियों के अन्त में करूँ," अम्बर को यह था कि वह लड़ाई वाले माहौल से दूर रहेगा। किरनजीत उसकी अनुपस्थिति में सोचकर बात ख़त्म कर लेगी।

"नहीं, इस तरह नहीं, दिस इज़ एसकेपहज़्म। तुम यहाँ आ जाओगे तो पीछे से ग़ुस्से में किरनजीत कोई ग़लत क़दम उठा सकती है। तुम बात शुरू करो। वह ग़ुस्से में आएगी, पर तुम ग़ुस्से में न आना। तुम उसे सब कुछ स्पष्ट कर दो। हम दोनों उसका और बच्चों का ख़याल रखेंगे।"

अम्बर को ज़ोया की बात ठीक लगी। किरनजीत ग़ुस्से में कुछ भी ग़लत कर सकती थी। हर रोज़ तो यही ख़बर छपती थी। स्त्रियाँ बच्चों सहित आत्महत्या कर लेती थीं। वह हैरान था कि वह ज़िन्दगी के कैसे मोड़ पर आ गया था। नहीं, वह अपने परिवार को मरने नहीं दे सकता था। परन्तु वह ज़ोया के बग़ैर भी नहीं रह सकता था। वह बात शुरू करेगा और सबका ध्यान रखेगा। अम्बर को शीरी से कही अपनी ही बात बार-बार याद आ रही थी। शीरी खाने के मामले में ही अपनी माँ के साथ क्लेश डालकर बैठ जाता था। एक दिन किरनजीत ने उसको डंडे से कूटा था। शीरी घर से बाहर भागने लगा तो अम्बर ने उसको रोक लिया था। अम्बर ने किरनजीत को मारने-पीटने से रोका था। बाद में शान्ति हो जाने पर अम्बर ने दोनों को समझाते हुए कहा, "शीरी याद रखना, अच्छी-भली शान्त चलती ज़िन्दगी के नज़दीक ही मौत मँडरा रही होती है। जैसे सड़क पर मौत तुम्हारे बहुत क़रीब से होकर गुज़र रही होती है।"

अम्बर को इस बात का अहसास तो था कि जो एलान वह करने जा रहा था, वह कोई भी दुखद नतीजा निकाल सकता था, पर उसको किरनजीत की समझदारी पर भरोसा था। इस भरोसे के सिर पर उसने किरनजीत को अपना फ़ैसला बता देने का दृढ़-निश्चय कर लिया।

चीज़ें चलकर पुरानी हो जाती हैं

अम्बर ने अपनी टिकट बुक करवा ली। अपना सामान बैगों में डाल लिया। घर को इस प्रकार सेट कर दिया कि उसके बिना भी चल सके। डायरी में उसने नम्बर

लिख दिए थे। परचून वाला फ़ोन करने पर होम डिलीवरी दे सकता था। पलम्बर टूटी ठीक करने आ सकता था। इलेक्ट्रीशियन स्विच बदलने आ सकता था।

छुट्टियों के दौरान वह अपनी ससुराल की ओर के सभी रिश्तेदारों को मिल चुका था। उन्हें नहीं पता था कि अम्बर अपने बैगों का वजन तक करवा चुका था। अम्बर जानता था कि वह उन्हें अन्तिम बार मिल रहा था। कम से कम एक रिश्तेदार के तौर पर तो आख़िरी बार ही था। भविष्य में वे उसका ससुर, सास, साला, सालेहार, साली, साढ़ू नहीं रहेंगे। वे उसके बच्चों के नाना, नानी, मामा, मामी, मासी, मासड़ बने रहेंगे। वे ऐसे वाक्य भविष्य में नहीं बोल सकेंगे।

"हमारा दादाम, वहाँ यूनिवर्सिटी में प्रोफ़ेसर है, कोई काम हो तो उसको मिल लेना। वह बड़ा मददगार है।"

"मेरे साढू का प्रोग्राम आ रहा है, 'रंग पंजाबी' डी.डी. पंजाबी पर, देख लो।"

वह परदेश जा रहा था जहाँ ये उसे कभी कभार ही इधर आना था। वे सब उसकी दुनिया में दाख़िल नहीं हो सकेंगे।

वह मरने से पहले अपनी सारी जिम्मेदारियाँ निभा रहा था। ताकि उसको ग़ैर-जिम्मेदार आदमी के तौर पर याद न किया जाए। मरने के बाद वह उनका दुश्मन बन जाएगा। उन्होंने उसे अग्नि दे देने के बाद नीम चबानी थी। उसकी मौत के बाद की दुनिया में वे दाख़िल नहीं हो सकते थे। हर बात का जानकार धर्मराज तो ग़लती कभी कभार ही करता था। वह अपनी मुक्ति से पहले के साल श्मशान में गुजारेगा। जहाँ कभी-कभी वह अपने परिवार के सदस्यों के ऊपर मँडराने के लिए उड़ान भरा करेगा। वह उनकी ज़िन्दगी में दख़ल देने के लिए बहुत कम अधिकारों का स्वामी होगा।

हाँ शायद, शीरी और नूरत के विवाहों के समय उसको पिता के स्थान पर खड़ा होने की अनुमति हो।

मुक्ति के बाद वह धर्मराज की कचहरी में पहुँचेगा।

"आ गया?" उसके जानकार पूछेंगे।

"जी, आ गया," सलीके वाला बन्दा जवाब देगा।

धर्मराज के पास हर गाँव के लिए एक कचहरी थी जैसे हर गाँव के पास अपना गुरद्वारा, अपना मन्दिर, अपनी धर्मशाला और अपना स्कूल था।

तीन दिन घर के अन्दर एक कम आवाज़ वाला तूफ़ान चलता रहा। शीरी अपने सपनों में अक्सर एलियनों को देखता था। उनके शरीर लोहे के बने प्रतीत होते। उनके हाथ, पैर और नाक नुकीले होते। आँखें गोलियों जैसी। शीरी को लगा, तलाक एक नई तरह का एलियन था। उसका आकार खिलाड़ियों जैसी फेंकी जाने वाली ड़िस्क जैसा था। गोल गोल। चपटा। वह एलियन घर में आ घुसा था और निकलने का नाम नहीं ले रहा था। वह घर के हर कोने में हाज़िर था। वह दिखाई

नहीं देता था, पर शीरी अपनी कल्पना में देखता था। शीरी को वह घर के हर सदस्य के ऊपर झूलता नज़र आता।

अपनी मम्मी को उसने इतना टूटा हुआ कभी भी नहीं देखा था। तब भी नहीं, जब यूनिवर्सिटी ने पापा की पुरानी सर्विस को नहीं माना था। जब उनकी तनख़्वाह कॉलेज से भी कम हो गई थी। उसने पापा को भी इतना सख़्त कभी नहीं देखा था। शीरी तो बल्कि समझता था कि उसके पापा उसकी मम्मी से डरते थे। डरते थे इसीलिए घर में औरतों वाले काम करते रहते थे। नूरत के नीचे बिछाने वाली चादरों का उठाकर सूँघते। यदि पेशाब की बू आती तो धोने के लिए रखे कपड़ों वाली बाल्टी में रख देते। नापसन्द वाली एक नज़र नूरत की ओर फेंकते। नूरत उस नापसन्दगी वाली नज़र में से भी पसन्दगी वाली नज़र पहचान लेती और मुस्करा देती। यदि पेशाब की बू नहीं आ रही होती तो पापा तह लगाकार चादर को अल्मारी में रख देते। एक पसन्दगी वाली नज़र नूरत पर फेंकते हुए। नूरत जवाब में विजयी अन्दाज़ में मुस्करा देती।

शीरी ने पापा को कभी भी मम्मा को डाँटने नहीं देखा था। तब भी नहीं जब मम्मा से कोई नुकसान हो जाता था। सफ़ाई करते हुए ट्यूब का टूट जाना। मम्मा के सूट के उतरे रंग से पापा की कीमती शर्ट का ख़राब हो जाना। नौकरानी द्वारा उधार लिये पैसों को न लौटाना। जब कि शीरी द्वारा की किसी ग़लती पर मम्मा-पापा का एक छोटा-मोटा लेक्चर ज़रूर होता था।

"ये वे ग़लतियाँ हैं जिन्हें इनसान सारी उम्र कभी न कभी करता ही रहता है," मम्मा की ग़लतियों के बारे में पापा की सफ़ाई होती थी।

अब मम्मा कोई ग़लती भी नहीं कर रहे थे, पर पापा फिर भी उन्हें डाँट-डपट वाली भाषा में बोल रहे थे। शीरी को पहले पहले तो उन्हें लड़ते-झगड़ते देखकर ख़ुशी हुई। हमेशा मेरे साथ लड़ते हैं। आपस में लड़ें तो मज़ा आए। जितने दिनों से घर में क्लेश वाला माहौल बना हुआ था, शीरी को किसी ने भी किसी बात पर भी नहीं झिड़का था। शीरी अन्दर ही अन्दर मुस्कराता रहा। कभी पापा मम्मा पर चढ़-चढ़ आते। कभी मम्मा दबी ज़ुबान में पापा को बोलने लगते। मेरे समय तो इस प्रकार नहीं बोलते थे। तब तो दोनों ज़ोर-ज़ोर से बोलते थे। पड़ासियों को पता लगता है तो लगे। बच्चों के सामने मेरा अपमान होता है तो हो। अब क्यों नहीं ऊँची आवाज़ में बोलते।

उन्हें लड़ते-झगड़ते देखकर नूरत सहम जाती। वह चुपचाप मम्मा-पापा को देखती रहती। जब दोनों जन हाँफ जाते तो दोनों में से कोई न कोई नूरत को गोद में उठा लेता।

"मम्मा, तुम लड़ते क्यों थे? पापा ऐसे क्यों बोलते थे?" नूरत पूछती।

"कुछ नहीं हुआ बेटे। सब ठीक हो जाएगा," कहती हुई मम्मा ठुसकने लगती।

आहिस्ता-आहिस्ता शीरी को बात समझ में आने लगी। पापा को ज़ोया दीदी के साथ प्यार हो गया था। पापा उसके साथ विवाह करवाना चाहते थे। पापा मम्मा से तलाक माँग रहे थे। यदि पापा को तलाक मिल गया तो पापा पक्के तौर पर जम्मू में रहने लग जाएँगे। पापा हर पन्द्रह दिन बाद आने का वायदा कर रहे थे, पर मम्मा का यकीन था कि ज़ोया उसको उनसे पूरी तरह तोड़ लेगी। फिर पापा कभी मलेरकोटला नहीं आया करेंगे। शीरी को हर सप्ताह मिलने वाला चिकन बन्द होता दिखाई दिया। भब्बू खान के ढाबे से महीने में एक बार आने वाला मटन बन्द होता दिखा। हर हफ़्ते मिलने वाले मछली के पकौड़े बन्द होते दिखाई दिए। फिर तो पापा अपनी कार भी ले जाएँगे। फिर तो हमें मामा और मामी के पास जाने के लिए बस में चढ़कर जाना पड़ेगा।

पिछले साल सर्दियों में जब वे मलेरकोटला आए हुए थे तो पापा और नूरत एक विवाह में बस में चढ़कर गए थे। उनकी कार कोई दोस्त ले गया था। नूरत शायद पहली बार बस में चढ़ी थी। नीले रंग की पंजाब रोडवेज़ की बस एयर-कंडीशंड बस थी।

"पापा, के.सी. वाली चीज़ें तो नई-नई होती है, यह बस क्यों पुरानी है?" नूरत ए.सी. को के.सी. कहती थी।

"बेटा, यह चलकर पुरानी हो गई है," पापा ने बताया था।

"चीजें चल-चलकर पुरानी हो जाती हैं?" नूरत समझ में आई बात को सिद्धान्त में बाँधना सीख रही थी।

"हाँ बेटा, चीज़ें चलकर पुरानी हो जाती हैं," यूनिवर्सिटी प्रोफ़ेसर व्यावहारिक बात को सिद्धान्तबद्ध कर रहा था।

विवाह से वापसी पर वह एक परिचित प्रोफ़ेसर की कार में लौटे थे।

"अंकल, आपकी कार हमारी वाली कार से बहुत नई है, पर यह चल-चलकर पुरानी हो जाएगी, क्योंकि चीज़ें चल-चलकर पुरानी हो जाती हैं," नूरत सिद्धान्त को व्यवहार में लागू कर रही थी।

नूरत की सिद्धान्तबद्ध बात को शीरी ने मम्मा पर लागू करके देखा। क्या मम्मा पुरानी हो गई थी। उनकी अपेक्षा ज़ोया दीदी अधिक जवान थी। वह तो ज़्यादा सुन्दर भी थी। बात की गम्भीरता शीरी को आहिस्ता-आहिस्ता समझ आती चली गई। फिर तो पापा की तनख़्वाह भी ज़ोया दीदी रखा करेगी। बामुश्किल तो घर में दो तनख़्वाहें आने लगी थीं। शीरी अन्दर ही अदर मम्मा के साथ हो गया। उसको यह भी समझ में आ गया कि यदि पापा ज़ोया दीदी के साथ विवाह करवाते हैं तो घाटा उन तीनों को ही होने वाला था। उसको, मम्मा को और नूरत को। यानी मम्मा अकेले उन तीनों की लड़ाई लड़ रहे थे।

उसको अपना सहपाठी अरुषदीप याद आया। अरुषदीप के पापा का निधन

हो चुका था। मलेरकोटला के दिल्ली पब्लिक स्कूल में दाख़िल होते ही अरुषदीप के साथ शीरी की मित्रता हो गई थी। जब टीचर उनकी इंट्रो लेने के लिए पूछते, 'व्हाट इज़ युअर पापा?' तो सब बच्चे अपने-अपने पापा के बारे में बताने लगते, पर अरुषदीप चुप्पी साध जाता। फिर एक छोटे-से अन्तराल के बाद कहता, 'मिस, माई पापा इज़ नो मोर।'

अरुषदीप के शब्दों में से सफ़ेद रंग की उदासी निकलती। सफ़ेद रंग की चमगादड़ कमरे में एक सिरे से दूसरे सिरे तक चक्कर लगाती।

"अम्बर, तू बेइन्तहा सुन्दर और अपने से दस साल छोटी लड़की के साथ विवाह करवाने की बात कर रहा है। वह तेरे साथ बस जाएगी? तू बूढ़ा हो रहा है कि जवान?" किरनजीत ने कहा। सब्ज़ी काटती-काटती वह सहजता के साथ बात कर रही थी। उसके मन में यह बात बार-बार आ रही थी कि अम्बर की बुद्धि पर पर्दा क्यों पड़ गया था। ख़ूबसूरत औरत ने उसकी बुद्धि भ्रष्ट कर दी थी। वह ज़्यादातर अम्बर को आप या तुम कहकर बुलाती आई थी, पर अम्बर की तलाक माँगने वाली जिद उसे 'तू' पर ले आई थी।

"वह ऐसी नहीं है। मर्द यदि अपनी खुराक का ख़याल रखे तो जल्दी बूढ़ा नहीं होता," अम्बर ने जवाब दिया।

जैसे पहाड़ी दरिया पहाड़ी रास्ते पर उग्र रूप लेने के बाद मैदानी रास्ते पर शान्त होकर बहने लगता था, वैसे ही उनकी लड़ाई शान्त होकर बहस का रूप धारण कर गई थी। कोई कितनी देर तक उग्र रूप धार सकता था। दोनों के बीच लम्बे समय तक लड़ने की सामर्थ्य भी नहीं थी।

"कितना बड़ा धोखा किया मेरे साथ। मुझे क्या पता था कि तू मुझे पी-एच. डी. क्यों करवाना चाहता था। क्यों मुझे मलेरकोटला में शिफ्ट करने की सोचता था। मुझे क्या पता था, तू उस कंजरी के साथ नया घर बसाने के लिए यह सब करता घूमता था।"

"लोग ये सब बिना किए भी तलाक ले लेते हैं," अम्बर ने देखा, किरनजीत ने उँगली पर चाकू मार लिया था। लहू निकल रहा था और वह रो पड़ी थी। अम्बर ने अल्मारी में से फ़र्स्ट-एड वाला डिब्बा निकाला और वह रूई के साथ उसकी उँगली साफ़ करने लगा।

"रहने दे, मेरी क़िस्मत में यही कुछ लिखा है," किरनजीत ने उँगली छुड़ानी चाही, पर अम्बर ने उसकी कलाई मजबूती से पकड़ ली। खून पोंछ कर उसने ज़ख़्म डिटोल से साफ़ करके उस पर मल्हम लगा दी। पट्टी का कपड़ा फाड़कर ज़ख़्म पर पट्टी बाँध दी।

"अम्बर मुझे छोड़कर न जा, मैं कैसे पालूँगी अकेली बच्चों को?" किरनजीत सिसकने लगी।

"नूरत को मैं सँभाल लूँगा। मैं पाल लूँगा ख़ुद," अम्बर ने फर्स्ट-एड वाला डिब्बा रखकर आते हुए कहा। उसने ज़ोया को शामिल नहीं किया।

"मैं क्यों दूँगी अपनी बेटी को उसके हाथों में?"

"अगर मैं जालन्धर स्टेशन पर मर जाता, फिर भी मेरे बग़ैर गुजारा करती ही न।"

"मरने पर तो सारे ही सब्र कर लेते हैं। तुझे जीते को उसके साथ रहता देखकर कैसे बर्दाश्त करूँ?"

माँ को रोती देखकर टी.वी. देखती नूरत उसके पास आ गई। नूरत ने शिकवे भरी नज़रों से पापा की तरफ़ देखा। नज़रों में छिपी बालपन की नाराज़गी अम्बर के गहरे अन्दर तक उतर गई। मानो नूरत पापा को रोकना चाहती हो, पर अम्बर का प्यार उसके रास्ते में पहाड़ बन जाता हो।

"अब तो वह बड़ी नेक बनकर दिखाएगी। घर बैठी बिठाई को यूनिवर्सिटी का प्रोफ़ेसर मिल रहा है। अब तक मैं तेरे साथ तंगी-तुर्शियाँ काटती आई हूँ। अब दो तनख़्वाहों के साथ कुछ अच्छे दिन देखने थे। अब तू मुझे छोड़ने की बातें कर रहा है," उसने फिर रोना शुरू कर दिया।

"चुप हो जा, यूँ ही रोने का कोई फायदा नहीं, मुझे तलाक़ चाहिए। यह मेरा हक़ है कि मैं जिसके साथ रहना चाहूँ, रह सकता हूँ। तू जानती है, मैंने तुझे कभी पसन्द नहीं किया, इसके बावजूद तुझे कभी तंग भी नहीं किया," अम्बर ने धीमे स्वर में कहा।

"देखती हूँ, वह तेरी कब तक प्रतीक्षा करती है। इतनी जल्दी तो मैं भी नहीं देती तलाक। कितने साल वह तेरे इन्तज़ार में बैठी रहेगी? दस साल? बीस साल?" उसका यह रंग अम्बर ने पहले कभी नहीं देखा था। आख़िर वह बड़ी सयानी माँ की बेटी थी। अम्बर ने अपनी सास को सन्तवोर के घर में कई बार समझदारी भरी बातें करते हुए देखा था। अब वह किरनजीत के अन्दर उसकी माँ को अंगड़ाई लेता देख रहा था। अम्बर के मस्तिष्क में ज़ोया के साथ रहने की जो तस्वीर बनी हुई थी, वह इतनी ताकतवर थी कि किरनजीत के तीर उस भविष्य के महल से पहले ही दम तोड़ देते थे। उसको याद आया कि ज़ोया ने कहा था कि वह उम्र भर उसका इन्तज़ार कर सकती थी। ज़ोया ने यह बात कही तो थी, पर साथ ही साथ वह जल्दी तलाक लेने के लिए भी ज़ोर डाल रही थी। यह क्यों था?

एक बार फिर उसके अन्दर वाला दुनियादार जाग उठा। वह अम्बर को समझाने लगा कि वह ज़ोया को कह दे कि किरनजीत नहीं मानती। वह किसी भी हालत में तलाक नहीं देगी। इससे तेरा घर भी टूटने से बच जाएगा और ज़ोया भी तुझसे मिलती रहेगी। उसी समय उसके अन्दर का लड़का सामने आ गया। उसने अम्बर को अपना हक़ माँगने के लिए कहा। ऐसी कोई बात सच्ची या झूठी कहने से रोका। उसको ज़ोया की ज़िन्दगी तबाह करने का कोई हक़ नहीं था। वह सारी उम्र क्यों लटकती रहे? सिर्फ़ इसलिए कि उसने अपने से दस साल बड़े साँवले रंग के व्यक्ति

के साथ प्यार किया था। नहीं, वह ज़ोया के साथ ही रहेगा।

किरनजीत ने तलाक देने से इनकार कर दिया। अम्बर की छुट्टियाँ समाप्त हो गईं। ज़ोया जम्मू में अधीरता के साथ उसकी प्रतीक्षा कर रही थी। किरनजीत के इनकार से वह बुरी तरह खीझी हुई थी। वह इस बात पर हैरान थी कि जब उसका आदमी उसके साथ रहना ही नहीं चाहता था तो वह जबरन कैसे उसके साथ चिपकी रह सकती थी। एक बार अम्बर जम्मू आ जाए, वह उसको वापस नहीं जाने देगी।

अम्बर को ज़ोया का फ़ोन आया, "तुम कार लेकर आओ।"

"ज़ोया कार बच्चों को चाहिए होती है," अम्बर ने जवाब दिया।

"किरनजीत और बच्चे तो चलाते नहीं। तुम ही चलाते हो। जब वापस जाओगे, कार ले जाया करना।"

"हर हफ़्ते तेल का खर्चा मालूम है कितना आ जाता है, जम्मू जाने और वापस आने में?"

"तुम हर हफ़्ते नहीं जाओगे। महीने बाद बच्चों को मिलने चले जाया करना। यदि हर हफ़्ते जाओगे तो किरनजीत तुम्हें तलाक कभी नहीं देगी।"

"ज़ोया?"

"अम्बर तुम यहाँ जम्मू में कैसे इधर-उधर आया-जाया करोगे बग़ैर कार के? हर रोज यूनिवर्सिटी कैसे जाओगे? मैं तुम्हें मैटाडोर में धक्के खाते नहीं देख सकती। कार लेकर आनी है, बस।"

अब अम्बर ज़ोया का नया रूप देख रहा था। वह बच्चों के बिना एक महीना कैसे रह सकता था। कम से कम पन्द्रह दिन बाद तो उसको मलेरकोटला आना ही चाहिए था। यह बात वह ज़ोया को नहीं कह सका। उसने कार लेकर जाने की बात चलने से एक दिन पहले किरनजीत को बता दी।

"अम्बर, तू यहाँ नहीं होगा, कम से कम कार तो रहनी चाहिए। देखने वाले को यह तो रहता है कि कार घर में खड़ी है, आदमी भी घर में ही होगा। मैं बच्चों के साथ अकेली किस आसरे रहूँगी। कार नहीं मैं जाने दूँगी," किरनजीत की आवाज़ में विनय और जिद घुले-मिले थे।

अम्बर चुप लगा गया। वह किरनजीत के साथ सहमत था। उसने दोपहर और शाम तक चुप रहना ही उचित समझा। वह ज़ोया को समझा लेगा। वह महीने बाद भी कार से लम्बे सफ़र पर आने-जाने का खर्चा नहीं उठा सकता था। ज़ोया को यह बात समझनी चाहिए थी। यह बात वह ज़ोया को कह नहीं सकता था। उसका पुरुष अहं ऐसा करने से रोकता था। यदि वह कहता तो ज़ोया कह सकती थी कि तेल का खर्चा वह ख़ुद उठा लिया करेगी।

शाम को वह ऊपर वाले कमरे में पड़ी किताबों वाली अल्मारी में से कुछ किताबें उठाने के लिए गया। ये किताबें उसने अपने साथ लेकर जानी थीं। उसका

ध्यान छोटे फ्रिज की ओर गया। किरायेदार की तरफ़ बकाया था। न वह किराया देने आए थे और न फ्रिज उठाने आए थे। चार महीने बीत गए थे। अब उनके आने की कोई उम्मीद भी नहीं थी। फ्रिज बिना उसका गुजारा भी नहीं था। उसको कार ले जाने का बहाना मिल गया था। वह ज़ोया को निराश नहीं करना चाहता था। उसने किरनजीत को फ्रिज ले जाने के बारे में बता दिया। किरनजीत के पास मना करने का कोई कारण नहीं रह गया था। वह चुपचाप उसकी ओर देखती रही। काश, वह अम्बर के ज़हन में घुस कर अन्दर बैठी ज़ोया को धक्के मारकर बाहर निकाल सकती। बेगानी औरत उसके मर्द पर कब्ज़ा करके बैठ गई थी।

"ठीक है, ले जाओ, पर शुक्रवार को वापस ले आना," उसने कहा। अम्बर चुप रहा।

किरनजीत और शीरी ने अम्बर के साथ मिलकर फ्रिज नीचे उतारा और फिर कार की पिछली सीट पर लम्बा लिटा दिया। किताबें डिक्की में टिकाकर रख दीं। अम्बर ने सवेरे पाँच बजे चलने का फ़ैसला किया। वह बारह बजे तक जम्मू पहुँच जाएगा। कल कोई क्लास नहीं थी। कक्षाएँ नए दाख़िले होने के उपरान्त एक महीने बाद लगनी थीं। जल्दी सोने के इरादे से उसने सात बजे ही बोतल खोल ली। शराब वह हर रोज़ पीने लगा था। आम दिनों में भी वह क़रीब साढ़े सात बजे ही शुरू कर लेता था। एक बार शुरू करता तो होशोहवास खोने तक पीता रहता। किरनजीत उसका हद से ज़्यादा पीने का कारण समझती थी। जब से उसने तलाक माँगना शुरू किया था, तब से ही उसने किरनजीत के साथ सोना बन्द कर दिया था। किरनजीत यत्न करती तो वह लड़ना शुरू कर देता। कई बार उनका लड़ाई-झगड़ा सुनकर नूरत उठकर बैठ जाती। दूसरे कमरे में सोने का यत्न करता शीरी उठकर आ जाता। शराबी हुआ अम्बर अबा-तबा बोलने लगता। किरनजीत को बच्चों के सामने शर्म आती। वह बच्चों को दुबारा सुलाने लगती। बच्चे सो जाते, तब तक अम्बर भी सो चुका होता। अम्बर अब सिर्फ़ और सिर्फ़ ज़ोया का था। आहिस्ता-आहिस्ता किरनजीत ने अपने यत्न भी छोड़ दिए।

एक बार उसका मन किया कि वह अपने भाई को बता दे, पर वह जानती थी कि उसका भाई बात को कोर्ट-कचहरियों तक खींचने के लिए कहता या वैसे ही वह अम्बर के गले पड़ जाता। नहीं, वह अम्बर का अपमान नहीं करवा सकती थी। यदि वह ईसड़ू वालों को बताती तो वे अलग तड़पते। वह पहले ही मनदीप वीर से दुखी हुए पड़े थे।

शराब ने उसकी सेहत पर अपना असर छोड़ना शुरू कर दिया था। दिल में कभी-कभार दर्द उठता। उसने डॉक्टर को दिखाया। परिचित डॉक्टर ने पूछा, "ड्रिंक रोज़ करते हो?"

"हाँ जी।" खासे पढ़े-लिखे व्यक्ति ने स्वीकार किया। डॉक्टर ने बताया कि ये

रैफ़र्ड पेन है। मतलब असल समस्या लीवर में थी।

अम्बर को लगा जैसे किरनजीत के तलाक से इनकार करने का सबसे अधिक ग़ुस्सा ज़ोया को चढ़ा था। वह रोती थी, पीड़ित होती थी। उसको रोती देखकर अम्बर को ग़ुस्सा चढ़ता था।

"उसको पन्द्रह साल तेरे साथ रहकर भी जी नहीं भरा?" ज़ोया अम्बर को सुनाकर कहती। उस दिन वे दोनों उस जगह बैठे थे जहाँ अम्बर और किरनजीत और बच्चे बैठते थे। ढाबे के मालिक ने पीठ पीछे से हैरानी के साथ देखा।

ज़ोया को यह तो अच्छा लगता कि अम्बर उसका दर्द समझता था। परन्तु उसको खीझ इस बात की होती थी कि अम्बर को ग़ुस्सा क्यों नहीं आता। उसको भी तो विवाह की जल्दी होनी चाहिए। किरनजीत के इनकार पर उसको ग़ुस्सा आना चाहिए। अम्बर को ग़ुस्सा आता, पर यह रैफ़र्ड ग़ुस्सा था।

अम्बर ने मीठा खाना बन्द कर दिया। तली हुई वस्तुएँ पहले ही कम खाता था, अब बिलकुल बन्द कर दीं। बेकरी पूरी तरह बन्द। वह बेल, जामुन, पपीता, मौसमी आदि खाता। वह आँवले और एलोवेरा का रस पीता। वह शहद, तुलसी, हल्दी पता नहीं क्या-क्या घोलकर पीता रहता।

हरे रंग का तुलसी कुमार मिस्त्री अपने औज़ार लेकर अन्दर घुस जाता। पीले रंग का हल्दी राम मिस्त्री अपने दूसरी प्रकार के औज़ार लेकर आ उतरता। अम्बर उन्हें काम समझा देता। वह चिन्तामुक्त होकर पढ़ता रहता। तुलसी कुमार, हल्दी राम और शहद खान अपने-अपने काम में लगे रहते। वे टूटी हुई चीज़ों की मरम्मत करते। वह बाहर से अन्दर आ गई अनावश्यक वस्तुओं को धकेल-धकेल कर बाहर निकालते। विभिन्न प्रकार के गन्द को साफ़ करते वह बड़बड़ाते रहते। अम्बर की लापरवाही पर हैरान होते। वह अम्बर को कुछ न कहते। आख़िर उनका कारोबार लोगों की लापरवाहियों पर ही टिका हुआ था।

घर में दारू की बोतलें जमा होती रहतीं। कबाड़ी वाले को बोतलें उठवाते समय अम्बर भाव नहीं करता था। वह उन्हें बोतले उठाते समय खड़का न होने की ताकीद करता। खड़का करने से बोतलों की आवाज़ पड़ोसियों तक पहुँचती थी। उसके नित्य का शराबी होने का डंका बज सकता था। परन्तु कबाड़ीवाला उसकी इस चिन्ता से परिचित नहीं था। न-न करते भी वह खड़का कर देता। पर अम्बर जानता था कि ये कबाड़िये ही थे जो रीसाइकिलिंग के मामले में देश को दुनिया से आगे ले जाकर खड़ा करते थे। अम्बर ने एक और रास्ता निकाल लिया। ख़ाली बोतलें डिब्बे में डालकर कूड़ेदान में रखनी प्रारम्भ कर दी। कूड़े वाले को हर दूसरे तीसरे दिन कूड़े के साथ-साथ बेचने के लिए बोतल मिलने लगी। उसकी बाँछें खिल गईं। एक दिन अम्बर ने उसे बोतल को काँच वाले खाने और गत्तो को गत्तो वाले खाने में डालते देख लिया।

"यार, इन्हें मेरे घर से थोड़ा दूर ले जाकर अलग-अलग किया कर," अम्बर ने कहा।

ख़ाली बोतले बढ़ने की समस्या जम्मू जाकर भी बनी रही। एक दिन कामवाली ने सफ़ाई करते हुए बोतलों को ले जाने की इच्छा प्रकट की।

"कितने की होंगी?" अम्बर ने पूछा।

"दस बोतले हैं, बीस की तो होंगी ही," काम वाली सुनीता ने कहा।

"ले बीस रुपये ले ले," अम्बर ने नोट उसकी ओर बढ़ा दिए। सुनीता ने बीस रुपये लेकर अपनी अंगी में टिका लिये। फिर वह ख़ाली बोतलों की ओर इस तरह देखने लगी मानो सोचती हो कि अम्बर इन ख़ाली बोतलों का क्या करेगा। अम्बर जानता था कि यदि बोतलें सुनीता लेकर जाएगी तो लाज़िमी तौर पर खड़का करेगी।

बोतलें बढ़ती रहीं और अम्बर की चिन्ता का सबब बनती रही। सिर्फ और सिर्फ़ ख़ाली बोतलों से ही उसे अहसास होता था कि वह कितनी शराब पीने लगा था। एक दिन अँधेरा होने पर उसने सारी ख़ाली बोतलों को ख़ाली डिब्बों में पैक किया और अपने सफ़री बैग में डाल लिया। वह आहिस्ता-आहिस्ता सीढ़ियाँ उतरा। बाहर सड़क पर आया तो पड़ोसी डोगरे ने उसका हालचाल पूछा। हाल ठीक नहीं था इसलिए उसने सिर्फ़ एक दर्द भरी मुस्कराहट के साथ देखा।

"ये अपना किरायेदार पंजाबी प्रोफ़ेसर शराब बहुत पीने लगा है," डोगरे ने मकान मालिक कश्मीरी पंडित से कहा।

"पंजाबियों की एक शराब और दूसरा गाने दुनिया में मशहूर हैं," डॉक्टर कौल हँसा। जब अम्बर पानी लेने नीचे आता था तो अपनी आंटी के साथ बहुत बातें करता था। उस समय डॉक्टर कौल को अपनी पत्नी आदितरी पर ग़ुस्सा आता, पर वह शान्त रहता। वह समझता था कि वह अकेली रह-रहकर ऊब का शिकार हो रही थी। डॉक्टर कौल तो ख़ुद बीच-बीच में मरीज अटेंड करने चला जाता। उसको पंजाबी कतई पसन्द नहीं थे। जब उसकी पत्नी अम्बर का टी.वी. कार्यक्रम लगा लेती तो वह बड़बड़ाता हुआ बाहर निकल जाता। उसे ग़ुस्सा आता कि ये लोग भी पढ़ाई-लिखाई करने लगे थे। इनके गुरुओं को तो कश्मीरी पंडितों ने पढ़ाया था। वैसे उसके मन में सिख गुरुओं के प्रति सत्कार था। वह हर साल स्वर्ण मन्दिर अमृतसर जाते थे।

त्रिकुटा मार्किट की ओर जाते हुए एक छोटी पहाड़ी नदी आती थी। नदी के इर्दगिर्द अँधेरा था। अम्बर उस अँधेरे में दाख़िल हो गया। एक-एक कर उसने बोतलों का नदी के किनारे ढेर लगा दिया। यहाँ से घुमक्कड़ कबाड़िये उठाकर ले जाएँगे, उसने सोचा। बैग बन्द करके वह अँधेरे में से बाहर निकल फिर सड़क पर आ गया। उसको किसी ने नहीं देखा था।

सुबह-सुबह गाड़ी बाहर निकालकर उसने दरवाज़े में खड़ी किरनजीत की ओर देखा। उसकी नज़रों में बेबसी देखते ही वह नफ़रत से भर गया। कितने अहसान किए थे अम्बर ने उस पर। कोई भी याद रखा उसने। एक भी नहीं। अम्बर ने कुछ भी कहे बिना कार आगे बढ़ा ली। संगरूर-लुधियाना रोड पर जाकर उसने दूर तक ख़ाली पड़े रोड पर कार की गति तेज़ कर ली। उसको ख़याल आया, सवेरे-सवेरे लुधियाना में ट्रैफिक नहीं होगा। वह बड़ी जल्दी लुधियाने में से निकल जाएगा। आगे जालन्धर से उसे बाइपास पर हो जाना था। उससे आगे कोई बड़ा शहर नहीं था। पठानकोट भी बाइपास में ही निकल जाएगा। कठुआ में बाइपास है। ख़ाली सड़क पर वह तेज़ गति से जा रहा था। 'कुप्प के टोटे' को पार करते ही उसे ख़याल आया कि उसकी कार के टायर घिसे हुए हैं। उसने कार की गति धीमी कर ली। वह कई महीनों से कार के टायर बदलवाने की सोच रहा था। पर इस प्रकार देर करते-करते टायर बिलकुल घिस चुके थे। जम्मू जाने योग्य तो बिलकुल नहीं थे। यदि कोई टायर का पटाखा बोल गया? उसने अपनी जेब की ओर ध्यान दिया। वह ऐसा ही कोई घिसा हुआ दूसरा टायर डलवा लेगा। डर महसूस करते हुए उसने कार को और धीमा कर लिया। घिसे हुए ख़राब हालत वाले टायर के साथ तो कार सामने से आती किसी गाड़ी के साथ टकरा सकती थी। और नहीं तो, ढलानों में गिरकर किसी दरख़्त के साथ टकरा सकती थी।

'ज़ोया को मेरे साथ जबरदस्ती नहीं करनी चाहिए। जब मैं मना कर रहा था, फिर तो बिलकुल जिद नहीं करनी चाहिए थी। नहीं, ज़ोया कुछ भी कह सकती थी। वह कभी ग़लत होती ही नहीं। वह मुझे जम्मू में कार के बग़ैर नहीं देख सकती। आख़िर, मैं यूनिवर्सिटी में प्रोफ़ेसर हूँ। मैटाडारों में धक्के खाते कहीं अच्छा लगता है। कोई ज़रूरी नहीं टायर फटे। मुझे भी कुछ नहीं होगा। लाखों लोग अत्यधिक ख़तरनाक हालात में काम करते हुए भी लम्बी आयु जीते रहते हैं।'

उसकी स्विफ्ट कार धीरे-धीरे जम्मू की ओर बढ़ रही थी।

किरनजीत के कॉलेज में दाख़िले मद्धम गति से चल रहे थे। कॉलेज की इमारत पूरी तैयार नहीं हुई थी जिस कारण कॉलेज का कोई चेहरा-मोहरा उभरकर सामने नहीं आ रहा था। तीन कमरे ही कॉलेज के नाम पर थे। अभी विद्यार्थियों के लिए फर्नीचर नहीं आया था। विद्यार्थी और उनके माँ-बाप सवाल अवश्य करते।

"मैडम, कॉलेज चलेगा भी? कहीं बच्चे का भविष्य...।"

"भाई साहिब, कमेटी का कभी कोई कॉलेज-स्कूल बन्द हुआ? घबराओ नहीं। कॉलेज ऐन समय पर शुरू होगा। हम बहुत मेहनत के साथ पढ़ाई करवाएँगे," डॉ. किरनजीत कौर पूछने वाले को तसल्ली देती।

प्रिंसिपल हरकमल कौर ने दो अध्यापकों को आस-पास के स्कूलों और गाँवों में भेजने का निर्णय किया। एक विद्यार्थी आएगा तो उसके संग चार और आएँगे। 12वीं कक्षा का नतीजा आने वाला ही था। उसने मैडमों को बच्चों के साथ सम्पर्क बनाने के लिए कहा। ताकि उन्हें कॉलेज में दाख़िला लेने के लिए प्रेरित किया जा सके। इस काम के लिए डॉ. किरनजीत कौर और प्रो. सिकन्दर कौर की ड्यूटी लगाई गई थी।

"तुम दोनों हँसमुख स्वभाव की हो और ग्रामीण पृष्ठभूमि वाली हो। गाँवों की लड़कियों के साथ तुम बढ़िया डील कर सकती हो," प्रिंसिपल मैडम ने कहा था।

दफ़्तर से बाहर निकल वे कॉलेज की गाड़ी में आ बैठीं। किरनजीत को हँसमुख स्वभाव वाली बात पर एक बात समझ में आ गई कि वह अपने दुख को छिपाने में सफल हो रही थी। वह अम्बर की तलाक माँगने वाली बात किसी को बता नहीं सकती थी।

"मैडम, आप तो चलो गाँव में जन्मे-पले हो, पर प्रिंसिपल मैडम ने मुझे क्या सोचकर गाँव की समझ लिया?" प्रो. सिकन्दर कौर ने कार में बैठते ही कहा।

"आपका घर डेहलों के बाहरी ओर वो कौन सा गाँव है, वहाँ नहीं?"

"नहीं मैम, गाँव वाला घर तो हमने कब का बेच दिया। अब तो हम कंट्रीसाइड में रहते हैं," किरनजीत को पहले भी पता था कि सिकन्दर कौर गाँव की कहलाने में हतक समझती थी। वह अपने गाँव के बाहरी ओर बने घर को कंट्रीसाइड कहती थी। प्रो. सिकन्दर कौर मैनेजमेंट की अध्यापक थी और यूनिवर्सिटी से पी-एच.डी. कर रही थी। डॉ. किरनजीत एकदम हैरान हो गई। अम्बर सारी नौकरी के दौरान ऐसे ही लोगों के बीच रहा। 'कंट्रीसाइड का मतलब तो ग्रामीणों से भी पिछड़े होना था।'

धीरो माजरे के स्कूल से विद्यार्थियों की लिस्ट लेकर वे उसी गाँव की एक लड़की के घर पहुँच गईं।

"हाँ जी बहन जी, हम खालसा गर्ल्स कॉलेज, डेहलों से आए हैं, आपकी बेटी के दाख़िले के बारे में बात करनी है," डॉ. किरनजीत ने बात शुरू की।

"अभी तो इसका नतीजा ही नहीं आया। पता नहीं पास हो या फेल हो," चालीस-पैंतालीस साल की औरत ने कहा। वह लड़की की माँ थी।

"आप रेता-बजरी बेचते हो?" प्रो. सिकन्दर कौर ने घर के बाहर और अन्दर आहाते में पड़े रेते और बजरी के ढेरों की तरफ़ देखते हुए पूछा।

"हाँ जी, यही काम करते हैं," औरत ने जवाब दिया।

"क्या रेट बेचते हो एक ट्राली रेते की?"

"मैडम, हम दाख़िले की बात कर लें पहले," डॉ. किरनजीत ने उसे टोका।

"मैडम, हमने पलस्तर करवाना है घर को, अगर ठीक रेट मिल जाए,"

प्रो. सिकन्दर का भाई आस्ट्रेलिया रहता था। वह अपने पापा के साथ कई काम करवा देती थी।

"रेट भाई, तीन हजार की ट्राली है। तुम्हें और कम कर देंगे," घर वाली औरत भी अपनी चीज़ बेचने के लिए उतावली पड़ गई।

"और बजरी?" प्रो. सिकन्दर बजरी वाली ढेरी की ओर हो गई।

"बजरी की ये ढेरी ढाई हजार की है, बाकी तुम रेट पता कर लो। हम तुम्हें कम ही लगाएँगे।"

किरनजीत लड़की को सम्बोधित होकर बोली, "ले बेटा, अपना नाम और घर का फ़ोन नम्बर लिखा मुझे।"

"आप अपना फ़ोन नम्बर दे दो। मैं पापा के साथ बात करके फ़ोन पर ऑर्डर कर दूँगी," प्रो. सिकन्दर ने अपने फ़ोन में उसका नम्बर दर्ज़ कर लिया।

"बहन जी, बेटी को हमारे कॉलेज में ही दाख़िला दिलाना। आपके गाँव के क़रीब है। हमारे टीचर बहुत अच्छे हैं," डॉ. किरनजीत ने कहा।

एक अन्य घर की लड़कियों ने बाहरवीं कक्षा की परीक्षा दी हुई थी। सारा परिवार उन्हें ड्योढ़ी में बैठा ही मिल गया। डॉ. किरनजीत ने लड़कियों की काउंसलिंग शुरू ही की थी कि प्रो. सिकन्दर ने अचानक मौसम के ज़्यादा गरम होने की शिकायत करनी शुरू कर दी। लड़कियों की माँ ने अपनी लड़कियों से छोटे लड़के को डॉ. किरनजीत के रोकते-रोकते भी दुकान से ठंडे की बोतल लेने भेज दिया। डॉ. किरनजीत को गाँव वालों की कमज़ोर आर्थिक स्थिति का पता था। उसको अपनी साथिन प्रो. सिकन्दर पर ग़ुस्सा तो बहुत आया, पर वह चुप ही रही। वह लड़कियों को सब्जेक्ट्स के बारे में समझाती रही। किस सब्जेक्ट में कैसी और कितनी भर नौकरी की सम्भावना थी।

एक दिन में उन्होंने तीन-चार गाँव की पैंतीस लड़कियों की काउंसलिंग कर दी। कॉलेज पहुँचकर डॉ. किरनजीत ने प्रिंसिपल मैडम को रिपोर्ट दे दी। उसने अगले दिन किसी अन्य टीचर को अपने साथ भेजने के लिए कहा। यह बात उसने प्रो. सिकन्दर की अनुपस्थिति में कही। तब प्रो. सिकन्दर राह में सस्ती ख़रीदी सब्ज़ी को कॉलेज की गाड़ी में से निकालकर अपनी गाड़ी में रख रही थी।

"प्रो. किरनजीत यदि तुमने तीन सौ बच्चे पार्ट-वन में पूरे कर दिए तो कालिया साहब कह रहे थे कि हम तुम्हें स्थायी कर देंगे," प्रिंसिपल हरकमल कौर ने कहा। साधारण तौर पर वह अपने कॉलेज की पी-एच.डी. की हुई दोनों मैडमों को कभी डॉक्टर कहकर सम्बोधन नहीं किया करती थी। उसकी अपनी पी-एच.डी. अभी चल रही थी। असल में तो उसकी पी-एच.डी. लटकी हुई थी। सुरसोहन सिंह कालिया और मैडम हरकमल कौर दोनों मैथ विषय के थे। हरकमल एम.एससी. में डॉ. कालिया की विद्यार्थिन थी। उसी समय से ही डॉ. कालिया ने उस पर अपनी

नज़र टिका ली थी। अगले साल ही वह माता गुजरी कॉलेज का प्रिंसिपल बन गया। नए सेशन से उसने हरकमल कौर को नेट पास न होने के बावजूद लेक्चरर के तौर पर ज्वाइन करवा लिया। कहते हैं, तब वह छमक छल्लो जैसी छरहरे बदन की लड़की हुआ करती थी। कुछ सालों बाद वह स्थायी हो गई। उसका विवाह गवर्नमेंट कॉलेज के एक लेक्चरर के साथ हो गया। विवाह के बाद उसके दो बेटे पैदा हुए। प्रिंसिपल बनने के बाद डॉ. कालिया की व्यस्तताएँ बढ़ गईं। हरकमल कौर साल में दो या तीन बार ही मिलने का अवसर देती। फिर एक मौका आया जब हरकमल कौर के पति को इनके सम्बन्धों का पता चल गया। कई महीने घर में क्लेश होता रहा। हरकमल कौर ने डॉ. कालिया को सारी स्थिति बताते हुए भविष्य में मिलने की असमर्थता प्रकट कर दी।

कॉलेज से रिटायर होते ही उसने खालसा कॉलेजों के डायरेक्टर का पद सँभाल लिया। कमेटी के फ़ैसले के अनुसार कमेटी ने पंजाब के शिक्षा पक्ष से कम विकसित इलाकों में कॉलेज खोलना मंजूर कर लिया।

"हाँ भई हरकमल, तेरी तरक्की करवा दें अब? बहुत प्रोफ़ेसरी कर ली, प्रिंसिपल बना दें तुझे?" कॉलेज का चक्कर लगाने आए डॉ. कालिया ने उसको प्रिंसिपल ऑफिस के अन्दर बुलाकर पूछा। वह किसी मर्द को अपने मकसद में बेहतर तौर पर इस्तेमाल कर सकता था, पर मर्दों के बारे में हमेशा यह अन्देशा बना रहता था कि वे कभी भी उसका रहस्य खोल सकते थे। हरकमल औरत थी और कभी किसी को नहीं बताएगी कि वह कैसे गन्दे काम में साझीदार बनती थी। सबसे बड़ी बात कि उसने हरकमल में छिपे मर्द को पहचान लिया था।

"सर! मेरी तो इलिजिबिल्टी ही नही बनती। पी-एच.डी. मैं छोड़ चुकी हूँ," प्रो. हरकमल ने अपने मौजूदा प्रिंसिपल के सामने झिझकते हुए डॉ. कालिया को जवाब दिया।

"कोई बात नहीं, वाइस चांसलर मेरा मित्र है, उसको कहकर एक्सटेंशन दिला देते हैं। इधर काम शुरू करो, उधर तुम्हें आलमगीर वाले कॉलेज में ज्वाइन करवा देते हैं," डॉ. कालिया के पास दानों की एक नहीं कई मुट्ठियाँ थीं। यह नहीं कि उसे बन्दों का अभाव था। बस, उसको हरकमल का बदल कोई नहीं मिला था। जो कुछ वह कर सकती थी, वो दूसरा कोई नहीं कर सकता था। और फिर, अब तो वह एक भरी-पूरी औरत बन गई थी। शरीर भर गया था। उसकी सुडौल जांघें पाजामी में तराशी हुई लगती थीं।

"सर, मैं सोचकर बताती हूँ," उसने कहा और उठकर आ गई। उसकी क्लास थी। हाज़िरी लगाकर उसने बच्चों को अपने आप पढ़ने को कहा। पढ़ाती वह पहले भी कम ही थी। मैथ के बच्चे ज़्यादा सिलेबस ट्यूशनों के ज़रिये पूरा किया करते थे। आज तो कालिया साहब ने नया ही पंगा खड़ा कर दिया था। एक तरफ़ उसको

लगता था कि उससे पी-एच.डी. का काम नहीं हो पाएगा। इस योग्य वह कहाँ थी। दूसरी तरफ़ कॉलेज के प्रिंसिपल की आराम से मिलती कुर्सी भी नहीं छोड़ी जा सकती थी। तीसरी तरफ़ उसको अपने पति रमेश इन्दर सिंह का भी ख़याल था। रमेश इन्दर सिंह कई साल लड़ता-झगड़ता रहा। उसकी नज़र बच्चों पर आकर टिक जाती। यदि बच्चे न होते तो वह इस बदनाम औरत को कभी का छोड़ चुका होता। वह कॉलेज में अध्यापक था, उसको कौन-सा दुबारा रिश्तों का घाटा था। उसे अफ़सोस भी होता कि वह शादी करवाते समय इसकी नौकरी और शक्ल पर मर मिटा था। मैथ सब्जेक्ट को देखकर उसको यह अन्धा विश्वास हो गया कि पढ़ने लिखने वाली लड़की है। उसने उसके चाल-चलन को लेकर पूछताछ करने की आवश्यकता ही नहीं समझी थी। अन्त में, रमेश इन्दर सिंह शराब की छत्रछाया में चला गया। घर में घुसते ही वह बोतल खोलकर बैठ जाता। घर में लड़ाई ही ठंडी नहीं पड़ी थी, रिश्ता भी ठंडा पड़ गया था।

अपनी-अपनी रिश्तेदारियाँ और दोस्तियाँ वे अकेले-अकेल बरतते थे। प्रिंसिपल बनकर उसका रुतबा रमेश इन्दर से ऊँचा हो जाता। उसका तो बल्कि रौब दाब बन जाना था। अपनी कल्पना में उसको प्रिंसिपल का बड़ा-सा दफ़्तर दिखाई देता। कॉलेज के कैंपस में कक्षाओं को चैक करती एक भरी-पूरी औरत दिखाई दी। कॉलेज के फंक्शनों में मंत्री के बराबर की कुर्सी पर बैठी एक औरत को देख मारे ख़ुशी के उसकी हँसी ही निकल गई।

पी-एच.डी. वाला पहाड़ सर करना उसे कठिन लगा। वह जानती थी कि डॉ. कालिया बन्दा गन्दा अवश्य था, पर जुगाड़ू पूरा था। गन्दा तो वह इतना था कि यह तो बस प्रो. हरकमल ही जानती थी। बदतमीज़ ने उसको भी गन्दी आदतों में डाल दिया था। ख़ैर, वह कोई न कोई रास्ता तो निकाल ही सकता था। प्रो. हरकमल कौर ने अपनी चिन्ता साझी की, तो डॉ. कालिया ने इतना सरल और क़रीब पड़ा रास्ता बताया कि वह आश्चर्यचकित रह गई कि यह बात उसे क्यों नहीं सूझी। डॉ. कालिया ने समझाया कि कोई पी-एच.डी. कर चुकी या कर रही लड़की या लड़का वह उसके कॉलेज में लगवा देगा। इस शर्त पर कि वह प्रिंसिपल मैडम की मदद किया करेगा।

"वह एक-आध पीरियड़ लगा लिया करेगा, बाक़ी के पीरियड में वह तेरा काम किया करेगा," कालिया ने उसे हौसला दिया।

अगले दिन डॉ. किरनजीत के साथ काउंसलिंग के लिए जाने वाली मैडम दिशा कुमारी ही वह लड़की थी जिसको डॉ. कालिया ने प्रिंसिपल कौर की मदद करने के लिए रखा था। दूसरे अध्यापक अन्य ड्यूटियों मे व्यस्त थे, इसलिए प्रिंसिपल ने दिशा कुमारी को डॉ. किरनजीत के साथ भेज दिया था। नहीं तो दिशा कुमारी को पूरा दिन लायब्रेरी में बैठकर प्रिंसिपल मैडम की पी-एच.डी. वाला काम करने का

ही आदेश था। किरनजीत उसको बैठा देखकर व्यंग्य में मुस्करा देती। मैडम दिशा कुमारी को तनख़्वाह दी जा रही थी, गुरद्वारों के चढ़ावों में से और काम करवाया जा रहा था हरकमल कौर का। लोगों को कहाँ पता चलना था कि उनकी खून-पसीने की कमाई का दसवाँ हिस्सा किधर उड़ाया जा रहा था। 'तुझे तो पता है, तू बता दे लोगों को?' किरनजीत के अन्दर से आवाज़ उठती। 'ना भाई, हम तो अपने बच्चे पाल रहे हैं। महीना तो बड़ी मुश्किल से बीतता है।' वह मन ही मन जवाब देती।

दोपहर के बाद जब डॉ. किरनजीत और प्रो. दिशा कुमारी वापस लौटीं तो कॉलेज में छुट्टी का समय हो गया था। कॉलेज स्टाफ़ अपनी-अपनी कारों और स्कूटरों की ओर बढ़ रहा था। प्रो. दिशा किसी दूसरी मैडम के साथ आती थी, वह उसके पीछे स्कूटर पर बैठकर चली गई। प्रो. सिकन्दर अपनी पुरानी जैन कार में बैठ रही थी। उसने माथे पर बल डालकर डॉ. किरनजीत की ओर देखा। डॉ. किरनजीत को पता था कि प्रो. सिकन्दर कौर को ड्यूटी कटने की कसक होगी।

डॉ. किरनजीत प्रिंसिपल मैडम को रिपोर्ट करने के लिए अन्दर चली गई।

"तुम्हारी दो दिनों की काउंसलिंग का इतना असर हुआ कि सवेरे से लेकर अब तक बीस फ़ोन आ चुके हैं और सात पेरेंट्स आकर जा चुके हैं," प्रिंसिपल ने बताया।

डॉ. किरनजीत को प्रिंसिपल आम बातचीत में ठीक लगती थी। उसको हैरानी इस बात की थी कि उसने कालिया में देखा ही क्या था। सिर्फ़ नौकरी का लालच! प्रिंसिपल बनने का लालच! मूर्ख ने अपने घर का खाना-ख़राब कर लिया था, पर वह किसी को क्या कुछ कहने योग्य थी। उसका अम्बर भी तो उसको छोड़कर जा ही रहा था। यह नौकरी के लालच में एक बूढ़े के पीछे लगी घूमती थी। अम्बर प्यार में अंधा हुआ अपना घर छोड़ रहा था। सोच के भँवर में डूबी वह अपनी स्कूटी के पास पहुँच गई। उसने पर्स डिक्की में रखा। चश्मा लगाया। दुपट्टे के साथ मुँह-सिर ढँका। स्कूटी स्टैंड से उतारी तो उसको कुछ गड़बड़ लगी। चश्मा उतारकर एक्टीवा को दुबारा स्टैंड पर लगाया और झुककर देखा तो पिछले टायर की हवा निकली हुई थी। 'नई स्कूटर है, नए टायर हैं, पंचर कैसे हो सकता है?'

उसने कयास लगाना शुरू किया। इसका जवाब कार की ओर जा रही प्रो. सिकन्दर कौर की नज़रों में छिपा हुआ था। उसने देखा, सारा स्टाफ जा चुका था। सिर्फ़ प्रिंसिपल की कार खड़ी थी। वह क्या करे? किससे कहे? अपनी कुलीग पर ख़ूब ग़ुस्सा आया। उसने देखा गेट पर ख़ाली खड़ी सेवादारनी मिन्दर कौर उसकी ओर चली आ रही थी।

"मैडम जी, पंचर हो गया?"

"हाँ मिन्दर, इधर किसी मैडम को तुमने चक्कर लगाते देखा है?" डॉ. किरनजीत सब के साथ सलीके के साथ बात करती थी, ख़ास तौर पर नॉन-टीचिंग स्टाफ के साथ जिन्हें टीचिंग स्टाफ सिर्फ़ गरज़,पड़ने पर ही बुलाता था।

"मैडम, अगर मेरा नाम न लो तो मैं बता देती हूँ। सिकन्दर मैडम फ़ोन सुनती सुनती बहुत देर इधर आपकी स्कूटरी पर बैठी रही है। आप वहाँ गेट के पास खड़ी कर दिया करो। मैं निगरानी रखा करूँगी। इधर ध्यान कम ही जाता है," मिन्दर कौर कम पढ़ी अवश्य थी, पर बाअदब औरत थी।

"अब मैं कैसे जाऊँ? पंचर तो कल देखेंगे। मेरे बच्चे इन्तज़ार कर रहे होंगे। प्रिंसिपल मैडम कितने बजे जाते हैं?"

प्रिंसिपल संगरूर से आती थी।

"कभी-कभी तो स्टाफ के जाने के बाद ही चले जाते हैं। आज डायरेक्टर साहब ने आना है। आज तो शाम तक जाएँगे। छह भी बज सकते हैं और सात भी," मिन्दर कौर की आवाज़ बदल गई। आवाज़ में शिकवा, दर्द, परेशानी, नफ़रत और अन्य पता नहीं क्या कुछ झलकने लगा।

"इतने बजे तक ये यहाँ क्या करते हैं? कमाल हो गई। काम तो सारा स्टाफ करता है। और फिर, इतने कौन से काम हैं?" डॉ. किरनजीत हैरान थी।

"मैडम जी, मैं तो मुँह नहीं खोल सकती किसी के आगे। कई बार मैं तो अँधेरा हो जाने के बाद घर में घुसती हूँ। बच्चे मेरे भूखे-प्यासे बैठे होते हैं। मुझे कह देते हैं, यहाँ गेट पर बैठ जा। कोई अन्दर न आए। मैडम जी, मैं तो नौकरी छोड़ने को तैयार हुई फिरती हूँ। एक दिन मैंने सोचा, नौकरी तो छोड़नी ही है, देखूँ तो सही ये बूढ़ा अन्दर क्या करता है?" आख़िरी वाक्य बोलते हुए वह शरमाई और फिर कहती गई, "मैडम ए.सी. के नीचे छोटी सी झिर्री है। मैंने सफाई करते हुए देख रखी थी। अभी मैं वहाँ सीमेंट भरवाने को सोचती थी। मैंने दफ़्तर के पीछे जाकर उस छेद में से अन्दर झाँका। मैडम जी मैंने जो अन्दर गन्द-मन्द देखा...," थोड़ा रुककर उसने इधर-उधर निगाहें दौड़ाईं, फिर बोली, "वह किसी को बताते भी शरम आती है।"

"कोई बात नहीं, तू बता तो सही, मैं किसी के आगे बात नहीं करती," डॉ. किरनजीत ने उत्सुकतावश कान खड़े किए।

"मैडम जी, ये बन्दा कालीन पर उलटा लेटा हुआ था और वह मैडम उसके ऊपर नकली...। मैडम जी बन्दे ऐसे औरतों वालों काम भी किया करते हैं?" कहकर मिन्दर कौर ने अपना मुँह हाथ से ढँक लिया। मानो बात सुनाकर वह ख़ुद मुँह दिखाने योग्य न रही हो।

यह सब सुनकर किरनजीत के कान साँय-साँय करने लगे। वो और मिन्दर कौर एक-दूसरे के चेहरे की ओर देखती ही रह गईं।

"सामने गुरद्वारा है मैडम जी, इन लोगों को जरा भी शरम नहीं।"

"मिन्दर कौर, दुनिया बड़ी गन्दी है," डॉ. किरनजीत ने नफ़रत के साथ दफ़्तर की तरफ़ देखा।

किरनजीत आधा किलोमीटर चलकर बस स्टाप पर पहुँची। वहाँ से बस लेकर

वह मलेरकोटला पहुँची। अपना स्कूटर वह अगले दिन ही ठीक करवाकर घर ले जा पाई। आज अम्बर को आना था।

बाहर से खेलकर आई नूरत ने देखा कि पापा आ चुके थे। उसने पापा का बैग देखा।

"मम्मा, मैंने पापा को लेने साथ जाना था?"

"बेटा, तुम खेल रहे थे।"

"मम्मा, मैं खेलना छोड़ देती।"

फिर वह पापा के क़रीब जाने के लिए गुसलखाने के दरवाज़े के पास बैठ गई। पानी गिरने की आवाज़ आ रही थी। बदन को मलने की आवाज़ आ रही थी। इन आवाज़ों में पापा छिपा हुआ था।

किरनजीत ने रसोई में प्लास्टिक की बोतल में कोक मिक्स की दारू पड़ी देखी। तो ये बन्दा पीते हुए आ रहा था। किरनजीत को पता था, अम्बर सफ़र को बहुत कठिन समझता था। जम्मू से लुधियाना तक के ट्रेन के सफ़र को तो वह सहज बना लेता था, पर लुधियाना से मलेरकोटला तक का डेढ़ घंटे का सफ़र उसकी जान निकाल देता था। इसको सहज बनाने के लिए उसने यह तरीक़ा खोजा था।

एक दिन उसके पास बैठे व्यक्ति ने उसे पहचान लिया। उसने पूछा, "भाई जी आप 'रंग पंजाबी वाले डॉ. अम्बरदीप सिंह हो? मैं आपका फैन हूँ।"

अम्बर जानता था कि उसने शराब पी हुई थी। उस बन्दे को ज़रूर ही पता होगा। टी.वी. पर बढ़िया बातें करने वाला व्यक्ति पब्लिक प्लेस पर दारू पीता घूमता था। अम्बर को लगा, इस आदमी को काफ़ी ठेस लगेगी। वह उसके लाइव प्रोग्राम में उसको नंगा भी कर सकता था। उसने उसी वक्त प्रोग्राम छोड़ने का निर्णय कर लिया।

"माफ़ करना, आपको भ्रम हुआ है। मैं टी.वी. वाला बन्दा नहीं हूँ।"

जब अम्बर बाथरूम से बाहर निकला तो नूरत को अम्बर का लाया चाकलेट देकर टी.वी. वाले कमरे में भेजते हुए किरनजीत ने उसको सुरसोहन सिंह कालिया और प्रिंसिपल मैडम वाली बात बताई।

"तुम्हारी मैडम में भी मर्दों वाले हारमोन्स ज़्यादा होंगे," अम्बर ने समझाया।

एक दिन किरनजीत अपना स्कूटर नहीं लेकर गई थी। उसके जाने के बाद अम्बर ने स्कूटर खड़ा देखा। उसे हैरानी हुई। उसने किरन को फ़ोन लगाया।

"किरन तू स्कूटर नहीं लेकर गई?"

"मैं किसी मैडम के साथ आ गई," उसने जवाब दिया।

अम्बर चिन्ताहीन होकर अपने काम में लग गया।

मलेरकोटला से राड़ा साहिब जाने वाली बस किरनजीत को थोड़े इन्तज़ार के बाद

मिल गई। अपने कॉलेज में उसने अपनी आज की छुट्टी के बारे में फ़ोन कर दिया। उसने राड़ा साहिब की टिकट कटा ली। सवारियाँ एक-दूजे से बात कर रही थीं। किरनजीत की किसी बात में कोई रुचि नहीं थी। उसकी तो इस संसार में ही रुचि ख़त्म हो गई थी।

अम्बर के साथ रहकर वह बिलकुल भी धार्मिक नहीं रही थी। इतना बड़ा क़दम उठाने से पहले वह श्री गुरु ग्रन्थ साहिब के सामने सिर नवाना चाहती थी। श्री गुरु ग्रन्थ साहिब को फलसफे का भंडार तो अम्बर और किरनजीत हमेशा ही मानते आ रहे थे। नहर के पास से गुज़रते हुए एक ऊँचे और सूने पुल की उसने पहचान कर ली। सारी ज़िन्दगी के दुख झेलने की अपेक्षा पाँच मिनट के दुख झेलने उसे कहीं अधिक आसान लगे। पानी में तीन मिनट भी नहीं लगने थे। नहीं, वह अम्बर के बिना जीने की कल्पना भी नहीं कर सकती थी। बच्चे? बच्चों का ख़याल अम्बर ख़ूब रख लेगा। किरनजीत का किसी चीज़ और रिश्ते के साथ कोई मोह नहीं रह गया था। वह सारी रात जागती रही थी। उसने बहुत सोच-विचार कर ही यह फ़ैसला लिया था।

राड़ा साहब माथा टेककर वह बाहर निकली। उसके पर्स में पैसे ज़्यादा नहीं थे। उसने किराये योग्य रखकर बाकी के गुरद्वारे की गोलक में डाल दिए। वैसे वह कभी किसी धार्मिक स्थान पर दस रुपये से अधिक नहीं चढ़ाती थी। राड़ा साहिब से मलेरकोटला जाने वाली बस में उसने मलेरकोटला का ही टिकट लिया। उसे उस ऊँचे पुल वाले बस-स्टाप का नाम नहीं पता था। बस, उस पुल की पहचान थी। जैसे ही बस वहाँ पहुँची, वह बस से उतर गई। पंचर लगाने वाले एक भाई को छोड़कर पूरा अड्डा सूना पड़ा था। वह पुल की ओर चल पड़ी। वह पानी की ओर देखती-देखती पुल पर चल रही थी। अचानक उसके कानों के साथ नूरत की आवाज़ टकराई। उसने इधर-उधर देखा, कोई नहीं था। 'री तेरी बेटी बर्बाद हो जाएगी। तेरा बेटा बिगड़ जाएगा।' जिस ख़याल को वह फटकारती आ रही थी, वही ख़याल उसकी टाँगों की जंजीर बन गया। वह पुल पार कर नल के क़रीब बने सीमेंट के बैंच पर बैठ गई। बैठते ही उसका रोना निकल गया।

अम्बर के फ़ोन पर घंटी बजी, किरन का फ़ोन था।

"हाँ किरन।"

"मैं पंचर वाला भाई बोल रहा हूँ, झम्मट वाले पुल से," किरन के फ़ोन से एक पराई मर्दाना आवाज़ सुनकर उसकी साँसें मानो रुक गईं। पुल का नाम सुनते ही उसकी टाँगें काँपने लगीं, "यहाँ ये बीबी बैठी है, कुछ बताती नहीं, बस रोये जाती है।"

"मैं अभी आता हूँ, तुम तब तक इसकी रखवाली करो," वह सँभला।

"तुम आ जाओ, मैं पास बैठा हूँ।" पंचर वाले ने भरोसा दिया।

"मुझे बच्चों ने नहीं मरने दिया अम्बर, नहीं तो मैं तेरे लिए रास्ता आसान कर चली थी।" किरनजीत मलेरकोटला की ओर कार के चलते ही ठुसकने लगी।

"तेरे लिए मैं इतना कुछ करता घूमता हूँ, फिर भी तू इतनी कमजोर पड़ गई?" अम्बर बुरी तरह डर गया था। यह क्या घट चला था? वह अपने बच्चों से उनकी माँ छीनने लगा था। किरनजीत उसको इतनी बड़ा सज़ा देने तक जा सकती थी। उसको वह पहले की अपेक्षा और ज़्यादा बुरी लगने लगी।

इस दिन के बाद किरनजीत के मन पर यह बात हावी होने लगी थी कि अम्बर को मुक्त कर देना चाहिए। इस बार वह अम्बर को एक अन्तिम बार समझाने का यत्न करेगी। यदि न माना तो वह उसको जाने देगी।

'पागल! बच्चों के बग़ैर इतने दूर कैसे रह सकेगा। मेरे पास तो बच्चे हैं हीरो जैसे। कल को मेरा बेटा जवान हो जाएगा। इनका बिछोड़ा उसे तंग नहीं करेगा? कल को बच्चे भी इससे मुँह मोड़ लेंगे। मैं क्या समझा सकूँगी इनको। ये क्या समझेंगे कि हमारा बाप तब हम से मुँह मोड़ गया था जब उसकी हमें सबसे अधिक ज़रूरत थी।'

"पिछली बार मैंने तेरे थप्पड़ मारा था। ज़ोया मेरे साथ लड़ पड़ी कि मैंने इतना ज़ालिमाना व्यवहार क्यों किया," अगले सप्ताह जम्मू से आकर बाथरूम से बाहर निकलते हुए अम्बर बोला। किरनजीत हैरान हो गई कि यह आदमी हर समय उसके बारे में ही सोचता रहता है। वह कहना चाहती थी कि उसकी बात मेरे सामने न किया कर। पर उसे कुछ और कहने का ख़याल आ गया।

"उसे मुझ पर कोई तरस नहीं आता। वह तेरे साथ इसलिए लड़ी कि कल को तू उसके भी थप्पड़ मार सकता है," किरनजीत ने नूरत की ओर देखा जो डरती सहमती अम्बर के पीछे-पीछे चल रही थी। तौलिया बाहर तार पर सूखने के लिए डालने के बाद अम्बर ने नूरत को गोदी में उठा लिया। उसने नूरत को चार पप्पी की। दो गालों पर, एक ठोढ़ी पर और एक माथे पर। बदले में नूरत ने भी सिर आगे बढ़ाकर ऐसा ही किया।

"तुझे उसकी कोई बात अच्छी भी लगती है?"

"बस अम्बर चुप हो जा। आते ही उसका नाम जपने बैठ गया," किरनजीत ने उसके गुंदवे शरीर की ओर देखा। और सिर की तरफ़ भी। सिर जिसमें एक दिमाग़ था। जिसको किताबों ने तराशा था। जिसको विद्यार्थियों ने घड़ा था। उसका

साँवला शरीर अनूठे ढंग से चमक रहा था। शरीर और दिमाग़ अब किरनजीत के नहीं रहे थे।

उसने बेडरूम की तरफ़ देखा। सामने वाले बेड के ऊपर लेटे-लेटे ही अम्बर ने उसे थप्पड़ मारा था। उस रात वह उसे सोने नहीं दे रही थी। किरनजीत को नींद नहीं आ रही थी। उसका जीवन नरक बना देने वाला व्यक्ति बड़े आराम के साथ सोया पड़ा था। उसने उसको झिंझोड़कर जगाया था। वह रो रही थी। उठते ही अम्बर ने खीझकर उसे थप्पड़ जड़ दिया था। और उसे चुप होकर सो जाने की ताकीद की थी।

किरनजीत द्वारा आत्महत्या के लिए उठाए क़दम का अम्बर पर कोई अधिक असर नहीं हुआ था। एक-दो दिन वह अवश्य डरा रहा। वह किरनजीत को समझाता भी रहा, "मरकर तो तू बच्चों की ज़िन्दगी और कठिन कर चली थी।" पर वह अपने फैसले से पीछे नहीं हटा था।

किरनजीत को नहीं पता कि ग़लती कहाँ थी। शायद यह तब हुई थी जब उसने ख़ुद अम्बर को कॉलेज की नौकरी छोड़ने और यूनिवर्सिटी की नौकरी स्वीकार करने के लिए प्रेरित किया था। शायद तब जब ज़ोया ने उन्हें अपने होटल में डिनर के लिए निमंत्रण दिया था और उसने मंजूर कर लिया था। शायद तब जब उसने ज़ोया को अपने जम्मू वाले घर में आने की अनुमति दी थी। ख़ैर, इस बात की जानकारी तो किरनजीत को थी ही नहीं कि इसकी जड़ें डेढ़-दो सौ साल पीछे भी हो सकती थीं जब ज़ोया के पूर्वजों ने कश्मीर घाटी में बसने का फ़ैसला किया था।

अगले सप्ताह अम्बर को दीवाली ब्रेक की छुट्टियाँ थीं। वह इस बार तलाक लेने का दृढ़ निर्णय करके आया था। अगली सवेरे जैसे ही बच्चे स्कूल चले गए, अम्बर ने फिर तलाक माँगा। किरनजीत तैयार हो रही थी। वह रोए जा रही थी। किरनजीत के रोने का अम्बर पर कोई अच्छा प्रभाव नहीं पड़ रहा था। उसको और अधिक ग़ुस्सा आ रहा था। किरनजीत अपने आप को रोने से रोक नहीं पा रही थी, पर रोना अपने आप आए जा रहा था।

ईमानदारी व्यक्ति के अपने काम आती है

कॉलेज जा कर उसने दो पीरियड लगातार पढ़ाए। प्रिंसिपल दो दिन के लिए अवकाश पर थी। अधिकतर अध्यापक कैंटीन में खाने-पीने में मस्त थे। किरनजीत को ग़ुस्सा चढ़ा, पर वह शान्त रही। वह किस-किस के साथ लड़ेगी। सबसे बड़ी लड़ाई तो वह ख़ुद के साथ लड़ रही थी। उसको अनुभव होने लगा था कि यदि अम्बर उसके

साथ नहीं रहना चाहता तो उसको जाने देना चाहिए था, पर वह अम्बर के बग़ैर रहने की कल्पना करने से भी डरती थी।

कॉलेज नया था और इसे प्रोफ़ेसरों के सिर पर ही चलना था। यदि ये नहीं पढ़ाएँगे तो कॉलेज किस तरह खड़ा हो सकेगा। ये लोग अपने ही पैरों पर कुल्हाड़ा मार रहे थे। सभी को नौकरी की ज़रूरत थी। वह ख़ुद ऐसी क्यों थी? उसने सोचा। एक अम्बर अध्यापक था जो उसके अन्दर बसता था। यह ईमानदारी उसने अम्बर से सीखी थी। अम्बर ने समझाया था कि ईमानदारी सबसे अधिक बन्दे के अपने काम आती है। बेईमानी सब से अधिक व्यक्ति का अपना नुकसान करती है। किरनजीत के दिमाग़ में ख़याल तो आया, पर वह उसको इतना प्यार करती थी कि वह यह साहस नहीं कर पाई कि तलाक माँगने के फैसले के कारण वह अम्बर को बेईमान कहे। उसने कहीं पढ़ा था कि मुहब्बत में डूबे व्यक्ति के दिमाग़ में कुछ हिस्से सो जाया करते हैं। उसको एक ही चीज़ बड़ी दिखाई देती है। अपने नफ़े-नुकसान वह सोच नहीं सकता।

ख़ाली पीरियड में वह कॉलेज के ग्राउंड में बिल्डिंग से, विद्यार्थियों से और अध्यापकों से दूर चली गई। दरख़्तों के भी कान होते होंगे, पर उनकी तो दुनिया ही और थी। किरनजीत और दरख़्तों की दुनिया के बीच साँझ होने में अभी समय लगना था। तब तक तो इस विशाल ब्रह्मांड में अम्बर के तलाक माँगने की घटना एक अणु से भी हज़ारों गुणा छोटी घटना बन चुकी होगी। उसने सोचा। उसने ज़ोया को फ़ोन लगाया।

"ज़ोया, तू मेरे घर आती रही। मेरे घर का अन्न-पानी खाती रही। खा-पी कर हराम थोड़े किया करते हैं?"

मलेरकोटला से तीन सौ तीस किलोमीटर दूर अपने होटल के दफ़्तर में बैठी ज़ोया ने उसकी बात सुनी। उसको उम्मीद थी कि एक न एक दिन किरनजीत का फ़ोन अवश्य आएगा। उसको यह भी उम्मीद थी कि वह यह बात ज़रूर कहेगी। उसने इसका जवाब भी सोच रखा था। वह कहेगी, मैंने जितने दिन तुम्हारे घर खाया-पिया, वह उसके होटल में एक बार किए डिनर के बराबर से भी कम है। पर ऐन मौके पर उसने यह कुछ न कहने का निर्णय किया। यह बहुत छोटापन था। उसने अपनी रिसेप्शनिस्ट को बाहर जाने का संकेत किया।

"मुझे इस बारे में कुछ नहीं पता। तुम अपने पति से पूछो। जब तुम्हारा पति तुम्हारे साथ रहना ही नहीं चाहता तो तुम उसे जबरन कैसे रख सकती हो?" उसने बात जल्दी ख़त्म करने के इरादे से कहा।

"मेरा और मेरे बच्चों का क्या होगा? तूने सोचा?"

मोबाइल कम्पनी में बैठे तकनीशियन बड़ी तेज़ी के साथ हाथ चला रहे थे। इधर की बात उधर और उधर की बात इधर पहुँचाई जा रही थी।

"मुझे कुछ नहीं पता, फिर भी हम तुम्हारा ख़याल रखेंगे," ज़ोया ने कहा।

"तुम कौन होगी मेरा और मेरे बच्चों का ख़याल रखने वाली? तुझे लगता है कि मैं बर्दाश्त कर पाऊँगी तुम्हें? ज़ोया तू जवान है, सुन्दर है, तुझे लड़कों की क्या कमी है? तू मेरा घर बर्बाद न कर। तेरे अपने माँ-बाप कितने दुखी होंगे? कुछ पता है तुझे? बोल? फिर तेरे पापा कितने सख़्त स्वभाव के हैं। उसने कितने आतंकवादी मारे हैं। तू अम्बर को मरवाना चाहती है उनसे?"

"हमारे लोग तुम्हारे जाटों जैसे नहीं। वे बालिग लड़कियों के पीछे नहीं जाते।" ज़ोया ने उत्तर दिया।

"मैं अम्बर को तलाक नहीं दूँगी। मैं देखूँगी, तू कितने साल इन्तज़ार कर सकती है। घर में बैठी-बैठी बूढ़ी हो जाएगी," कहते हुए किरनजीत ने फ़ोन काट दिया।

फ़ोन मेज़ पर रखते हुए ज़ोया को सालों लम्बी प्रतीक्षा दिखाई दी। किरनजीत ने यह बात क्यों कही? क्या उसको पता है कि मैंने अम्बर से कहा था कि मैं उम्र भर प्रतीक्षा कर सकती हूँ? अवश्य अम्बर ने उसको यह बात बताई होगी। कोई बात तो वह अपने दिल में रख ही नहीं सकता। उसको क्रोध आया। उसने अम्बर को फ़ोन लगा लिया।

"किरनजीत का फ़ोन आया था। अम्बर तुम आदमी हो या औरत? मेरी कही सारी बातें किरनजीत को बता देते हो। यह बात मैंने सिर्फ़ तुम्हें कही थी कि मैं सारी उम्र इन्तज़ार कर सकती हूँ। तुमने यह बात किरनजीत को क्यों बताई?" उसका रोना निकल आया।

"मैंने कब बताई है?" फिर उसको ख़याल आया यदि उसको किरनजीत ने ऐसी बात कही है तो हो सकता है, वह कभी ऐसा कह गया हो, "मुझे याद नहीं ज़ोया, शायद किसी सन्दर्भ में मेरे मुँह से यह बात निकल गई हो।"

"क्या कहा, तुम्हें याद नहीं? इतनी बड़ी बात तुम्हें याद नहीं? इस बात में मेरी मुहब्बत का जज़्बा छुपा हुआ था। तुम्हारे लिए यह मामूली बात थी? ओह रब्बा! मैं कैसे आदमी से प्यार करती हूँ! फिर...फिर तुम मेरे पापा के बारे में क्या-क्या बताए घूमते हो उसको? हद है अम्बर।" उसका रोना तेज़ हो गया। रिसेप्शनिस्ट उसको देखने के लिए अन्दर आई, पर ज़ोया का इशारा पाकर लौट गई। अचानक उसको अहसास हुआ कि वह कुछ ज़्यादा ही बोल गई थी। उसने अपने आप को सँभाला।

"हाँ, उसका फ़ोन आया था। मुझे पीछे हट जाने के लिए कह रही थी। तुम उसके साथ झगड़ा न करना। ठीक है, मैं फ़ोन काटती हूँ।"

फ़ोन कट गया। 'ज़ोया, इस तरह न बोल' अम्बर के अन्दर से एक आवाज़

आई। पल भर उसको अपना आप बौना-सा लगा। ज़ोया ने उसको औरत कहा था। मैदानी गाँव के जन्मे-पले बन्दे ने अपने आप को ज़ख़्मी महसूस किया। यह बात उसके सबसे प्यारे इनसान ने कही थी।

उसे अपना दिमाग़ किसी तरल पदार्थ की तरह महसूस हुआ जिसमें लहरों के तूफ़ान उठ रहे थे। इससे पहले कि लहरें उसको हिदायतें देनी शुरू करतीं, उसके दिमाग़ का तरल पदार्थ रंग-बिरंगे पत्थरों में बदल गया।

दो गोरे और दो साँवले पैर लेह-लद्दाख के पथरीले पहाड़ पर चढ़ रहे थे। अम्बर हमेशा ज़ोया के साथ घूमने के सपने देखता था।

उसका विश्वास था कि किरनजीत ऐसा नहीं करेगी। वह तलाक देने के लिए मान जाएगी। बस, ज़ोया को जल्दी नहीं करनी चाहिए। लेकिन ज़ोया इतनी जल्दी क्यों मचा रही है? एक तरफ़ वह उम्रभर प्रतीक्षा करने की बात करती है, दूसरी ओर इतनी उतावली? शायद उसको मेरे बग़ैर रहना कठिन लग रहा है या उसको लगता है कि यदि अभी तुरत-फुरत तलाक ले लिया तो ले लिया। यदि बात लटक गई तो फिर लटक ही जाएगी। किरनजीत और अम्बर इस तरह तनाव में रहने की आदत डाल लेंगे। ज़ोया सालों तक शायद उम्र भर हवा में लटकी रहेगी। या शायद उसके घरवाले रिश्ते के लिए दबाव डाल रहे होंगे। नहीं-नहीं, मैं ज़ोया को इस प्रकार के तनाव में नहीं रखूँगा। मैं आज फिर किरनजीत से बात करूँगा।

वह फिर अपना और ज़ोया का साझा घर देखने लगा। उसके विद्यार्थी उसको कैसे देखेंगे? उसके विद्यार्थी उसके बारे में ग़लत नहीं सोचेंगे? वह उन्हें समझा लेगा। वे उसे प्यार भी तो कितना करते थे। अम्बर यह सोचने से असमर्थ था कि जम्मू के लोग कितने परम्परावादी थे। जम्मू वाले विद्यार्थी अपने पारिवारिक सदस्यों के प्रभाव के अधीन भी थे। पारिवारिक सदस्यों को मालूम होते ही अम्बर को वे बुरा-भला कहने लगेंगे।

दोपहर बाद चार बजे वह लॉन में बूटों को पानी लगा रहा था। किरनजीत की कॉलेज वाली गाड़ी गेट के सामने आकर रुकी। मलेरकोटला से जाने वाले प्रोफ़ेसरों ने साझी वैन लगा ली थी। अम्बर ने शीशे के उस पार से देख रहीं किरनजीत की कुलीग अध्यापिकाओं को 'सतश्री अकाला' कहा। किरनजीत को अच्छा लगा। 'हाय, अगर इस तरह ही ज़िन्दगी चलती रहे तो कितना अच्छा रहे। पता नहीं, आज की शाम कैसे होगी। ज़ोया ने अवश्य फ़ोन किया होगा। अम्बर ग़ुस्से में होगा। हाय मेरे बच्चे क्या सोचते होंगे। कितने तंग होंगे वे?' वह अन्दर गई। शीरी होमवर्क कर रहा था। नूरत कार्टून देख रही थी, पर वह मम्मा को आई देख दौड़ती हुई आई। टी.वी. का रिमोट उसके हाथ में था। उसे यह डर था कि कहीं शीरी टी.वी. पर कब्ज़ा न कर

ले। टी.वी. की खातिर उनके बीच अक्सर लड़ाई होती थी। शीरी फ़िल्म देखता था, नूरत को कार्टून पसन्द थे।

पल भर के लिए किरनजीत को लगा कि सब कुछ ठीक था। पर नहीं, लड़ाई घर के आस-पास ही कहीं मंडरा रही थी। पिछले कई महीनों से वे चारों सदस्य इसकी आहट लेने के अभ्यस्त हो गए थे। अम्बर को पता होता था कि कब शुरू करनी है। शुरुआत अम्बर ही करता था।

किरनजीत ने चाय बनाकर कपों में डाली। अम्बर की चाय उसने ढँककर रख दी। अन्दर आएगा तो पी लेगा। लोग दीवाली की तैयारियाँ कर रहे थे। घरों की सफाइयाँ हो रही थीं। बाज़ारों में तरह-तरह की सेल लगी हुई थीं। लोग सामान ख़रीद-ख़रीदकर घरों में ला रहे थे। पिछले सालों में इन दिनों में वे दोनों बच्चों के संग बाज़ार का चक्कर लगाते रहे थे। गैस वाला चार बर्नर का चूल्हा, माइक्रोवेव, ए.सी. और अन्य कितना ही छोटा-मोटा सामान उन्होंने इन्हीं दिनों में ख़रीदा था। अब शायद यह कभी सम्भव नहीं होगा। अम्बर के मित्र-यार उसको समझा चुके थे। रिश्तेदारों के पास किरनजीत ने बात नहीं की थी। यदि वह अपने भाई के साथ बात करती तो वह बात को थाने-कचहरी तक ले जा सकता था। उसने अम्बर का ख़ूब भरकर अपमान करना था। किरनजीत अम्बर को प्यार करती थी। वह अम्बर का यह हाल नहीं देख सकती थी।

अम्बर अब लौटता दिखाई नहीं दे रहा था। किरनजीत ने दीवाली तक और प्रतीक्षा कर लेने की सोची। यदि नहीं मानेगा तो मैं तलाक दे दूँगी। उसने भविष्य की ज़िन्दगी में अपने आप को अकेले और तन्हा देखा। पिछले महीनों में जब से अम्बर ने तलाक माँगना शुरू किया था, उसने कई बार अपने आप को बेहद अकेला कल्पित किया था। हर बार उसका दिल बैठ जाता रहा था। मगर इस बार उसने अपने आप को ताकतवर महसूस किया। उसने चाय का आख़िरी घूँट भरते हुए शीरी की ओर देखा। कुछ सालों में शीरी जवान हो जाएगा।

कप रसोई में रखकर वह अपने बेडरूम में लगे आदमकद आईने के आगे आ खड़ी हुई। उसने अपने चेहरे पर पड़ी झाइयों को दाएँ हाथ की उँगलियों से सहलाया। पर इसमें मेरा क्या कसूर है, उसने सोचा। ख़ैर, अब सब कुछ ख़त्म हो चुका था। वह सारी सम्भावनाएँ परख चुकी थी। उसने ज़िन्दा रहना था। क्लेश को अब और लम्बा नहीं किया जा सकता था। वह उसको जाने देगी। लम्बा क्लेश किसी की जान ले सकता था।

दरवाज़ा खुला। अम्बर रसोई में घुसकर चाय का कप उठा डायनिंग रूम में आ गया। सोफ़े पर बैठकर वह चाय पीने लगा।

"तूने ज़ोया को फ़ोन किया था?" अम्बर ने ग़ुस्से में मिली आवाज़ में पूछा। किरनजीत ने उसकी आँखों के अन्दर की लाली की ओर देखा और चुप रहना

ठीक समझा। वह नूरत द्वारा बिखेरे सामान को समेटने में लगी रही।

"मैंने कुछ पूछा है?"

"हाँ, किया था। मैं उसके घर में भी फ़ोन कर सकती हूँ। मैं उसके घर जा भी सकती हूँ," किरनजीत ने यह बात पहली बार कही थी। हालाँकि जम्मू जाने का उसका कोई इरादा नहीं था। वह जानती थी कि इसका कोई लाभ होने वाला नहीं था। ज़ोया अपने पैरों पर खड़ी थी। बालिग थी। उसके घरवालों ने यदि उसे रोकना चाहा तो वह घर छोड़ देगी। पर इससे अम्बर की बदनामी होगी। वह ऐसी औरत नहीं थी जो ऐसा कुछ भी करे जिससे अम्बर की शान को ठेस पहुँचे। किरनजीत ने अम्बर की ओर देखा। उनकी आँखें परस्पर मिलीं। किरनजीत की बात से अम्बर की आँखों में से ग़ुस्सा गायब हो गया था। उसकी जगह बेबसी ने ले ली थी। किरनजीत को ख़ुशी हुई। उन दोनों की जान उसकी मुट्ठी में थी।

किरनजीत की कही गई बातें रंग लाई थीं। दीवाली ठीक-ठाक गुज़र गई। अम्बर कार में उन्हें बाज़ार ले कर गया। किरनजीत हर साल पारम्परिक तरीक़े से दीवाली मनाती रही थी। इस बार उसने नई हटड़ी* ख़रीदी। पहले वाली हटड़ी बहुत पुरानी हो चुकी थी। गत वर्षों में तंगी की वजह से वह नई हटड़ी ख़रीदने की इच्छा को पीछे सरकाती आई थी। अब उसकी तनख़्वाह के कारण उनका हाथ खुला नहीं तो तंग भी नहीं था। उसने नई हटड़ी के साथ माथा टेकने के लिए खील और खिलौने ख़रीदे। अखरोटों का पैकेट अम्बर जम्मू से लेकर आया था। मोमबत्तियों के दो डिब्बे और मिट्टी के दीये ख़रीदे। वह हर दीवाली वाले दिन बकरे का मीट बनाते आए थे। यह परम्परा उसके मायके और ससुराल के घर की भी थी। किरनजीत के कहने पर अम्बर ने कार 'शाहिद बकरे वाला' की दुकान के आगे रोक ली। अम्बर दुकान के अन्दर चला गया। किरनजीत बच्चों के संग कार में ही बैठी रही।

दीवाली को वे तीनों मिलकर बिजली वाली लड़ियाँ लगाते। मुँह अँधेरा होते ही वे दीये जगाने के लिए निकलते। पहले शीरी के स्कूल के बाहर पाँच मोमबत्तियाँ जलाई जातीं। फिर कॉलेज के गेट पर। और फिर 'हाय का नारा' गुरद्वारे पर। स्कूल और कॉलेज में उनके सिवाय और कोई नहीं जाता था। फिर जब अवतार सिंह तारी को पता चला तो वह भी बच्चों के साथ जाने लगा। आगे-आगे अम्बर की गाड़ी होती। पीछे-पीछे तारी की एस.यू.वी. फॉरचूनर होती।

"मम्मा, मुझे वो लाल-लाल खिलौने लेने हैं?" नूरत सामान वाले लिफाफे में हाथ मार रही थी। उसको वह सफ़ेद और लाल रंग के जानवरों के आकार वाले खिलौने लग रहे थे। ये ज़रूर मम्मा ने उसके लिए ही लिये थे। शीरी तो बड़ा हो गया था। वह तो अब कार्टून भी नहीं देखता था।

"बेटा घर चलकर ले लेना," किरनजीत ने कहा और वह 'शाहिद बकरे वाला'

---

* दीवाली पर सिखों के घर में पूजा के लिए लाया जाने वाला छोटा-सा श्रीराम मन्दिर।

का बोर्ड पढ़ने लगी जिसके नीचे मोटे अक्षरों में लिखा हुआ था 'भेडू साबित करने वाले को 50,000 रुपये का इनाम'। ये क्या! क्या भेडू को बकरे की जगह बेचा जा सकता है? वह इस बारे में अम्बर से पूछेगी। नहीं, अम्बर के साथ अब इस प्रकार की आम जानकारी वाली बात किस तरह की जा सकती थी। वह इसका जवाब भी नहीं देगा। और वह कितनी बेइज़्ज़ती महसूस करेगी। पर इससे बड़ा अपमान क्या हो सकता है कि वह मुझे छोड़कर जा रहा है।

कार के चलने के बाद किरनजीत ने यह सवाल अम्बर से पूछ ही लिया। अम्बर कुछ पल चुप रहा मानो जवाब न देना चाहता हो। फिर जैसे वह किरनजीत को नहीं, अपने बच्चों की माँ को बताने लगा हो कि भविष्य में उसके बच्चों को उसका ज्ञान काम आए।

अपने परिवार को अपना पूरा ज्ञान देने के मामले में अम्बर हमेशा उत्सुक रहा था। कई बार कोई बढ़िया बात पढ़ता तो रसोई में रोटी पका रही किरनजीत को सुनाने लगता। पहले कॉलेज की नौकरी फिर यूनिवर्सिटी की नौकरी के अन्दर की तमाम बारीकियाँ और तनाव वह किरनजीत के साथ साझा करता रहा था। यही कारण था कि किरनजीत को अपनी नौकरी बड़ी आनन्दमयी लगती। हर कठिनाई और कुलीगों द्वारा पैदा की किसी समस्या को वह आराम से हल कर लेती थी। यही कारण था कि शीरी अपनी उम्र से पहले ही समझदार हो गया था। हर कठिनाई और सहपाठियों द्वारा उत्पन्न की हर समस्या को वह बड़े आराम के साथ सुलझा लेता था।

असल में, शीरी अम्बर और किरनजीत की इच्छा के बग़ैर सयाना हो गया था। वे दोनों नहीं चाहते थे कि शीरी अपने बचपन से छलाँग लगाकर सीधा जवानी में चला जाए। इसलिए उसको गुरद्वारे ले जाया जाता था। उसको गिरजाघर में जाना अच्छा लगता था। उसको मन्दिर में घंटे बजाना अच्छा लगता था। वह मुसलमान दोस्तों के साथ मस्जिद में गया था। वह अपने स्कूल के किसी बच्चे को नहीं बताता था कि वह नास्तिक था। उसको पता था कि यह बात बताकर उसके पापा स्कूल में मजाक का पात्र बन गए थे। अकेले रह गए थे। बच्चों ने उसको पापी समझा था। कई ने उस पापी लड़के को सिर्फ़ इसीलिए पीटा था। शीरी अपने निजी विचार किसी को नहीं बताएगा।

"आपके पंजाब से जम्मू सौ दरजे अच्छा है। हमारे जम्मू को सिटी ऑफ़ टेम्पल्ज़ कहा जाता है," उसके दोस्त अर्णब ने कहा था।

"शहर में एक-दो मन्दिर बहुत होते हैं। पंजाब में इतनी फसलें पैदा होती हैं, आधा इंडिया रोटी खाता है," शीरी ने बहुत ही नज़दीकी दोस्त को थोड़ी-सी वैज्ञानिक समझ दे दी थी।

"तू ऐसे क्यों बोलता है? क्या तू अथीस्ट है?" उसने पूछा था।

"हाँ, मैं अथीस्ट हूँ," अपने आप को रोकते-रोकते भी शीरी के मुँह से निकल

गया था। जिन चीज़ों का अर्णब अहंकार करता था, शीरी तो उन्हें मानता ही नहीं था।

"मिस, ये शीरी भगवान का नहीं मानता," अर्णब ने ऊँची आवाज़ में कहा।

"क्या? शीरी क्या ये सच है? इधर आओ," नेक स्वभाव की मिस थोड़ी-सी बुरे स्वभाव की हो गई थी।

शीरी ने पहाड़ी पर बने डी.पी.एस., जम्मू की खिड़की में से तवी नदी के पार बनी यूनिवर्सिटी में पापा के विभाग वाली इमारत की ओर देखा। वहाँ से शब्द हवा में तैरते हुए आए। वह तवी नदी पर से गुज़रे। शीरी मिस के पास चला गया।

"मिस जो अथीस्ट होते हैं, वही भगवान को सबसे अधिक मानते हैं। वो उसको ढूँढ़ते हैं। थीस्ट लोग ढूँढ़ते नहीं, सिर्फ़ मानते हैं।"

"अरे वाह! शीरी तो भगवान की खोज में लगा हुआ है! शीरी तो भगवान को सबसे ज़्यादा मानता है। शाबाश!"

अम्बर नहीं चाहता था कि शीरी अपनी क्लास में अकेलेपन का शिकार हो। वह हैरान रह गया जब उसके स्कूल के एक सहपाठी ने उसकी मैडम को शीरी के नास्तिक होने के बारे में बताया था। वह और भी आश्चर्यचकित रह गया जब शीरी मैडम के सामने निकचू खोजी बन गया था।

आहिस्ता-आहिस्ता अम्बर की समझ में आया कि बातें शीरी तक कैसे पहुँची थीं।

अम्बर आठवीं कक्षा में पढ़ता था। मास्टर निक्का सिंह की कक्षा लगी हुई थी। अम्बर खड़ा होकर पाठ पढ़ रहा था। कभी-कभी वह मास्टर निक्का सिंह के चमकते काले-स्याह रंग की ओर देख लेता। उसको तसल्ली थी कि मास्टर निक्का सिंह स्कूल में था। वह कह सकता था कि काला रंग असल में यह होता है। कभी-कभी वह किताब पर झुके चरनी के गोरे रंग वाले चेहरे की ओर देख लेता। उसको सन्तोष होता कि भविष्य में वह उसका होने वाला था। सो, उसके पास एक गोरा रंग भी था। चरनी का लम्बी दाढ़ी वाला जीजा तो उसके चित्त में ही नहीं था। उसका ध्यान पढ़ने की ओर था, पर मास्टर सहित सभी बच्चे रोज़ की तरह सिर उठा-उठाकर हेडमास्टर के कमरे की ओर देखने लगे थे। हेडमास्टर देवी दयाल सख़्त और कड़वे स्वभाव का था। आम तौर पर वह कमरे के बाहर मेज़ के पीछे रखी कुर्सी पर बैठा होता। वह सिगरेटें बहुत ज़्यादा पीता था। जब उसको तलब उठती, वह अपने कमरे में चला जाता। अम्बर ने नहीं देखा था, पर अन्य सारी क्लास ने देखा था कि एक निहंग सिंह जमातों के पास से साइकिल पर चढ़े-चढ़े आया था और हेडमास्टर ऑफिस के सामने पहुँच गया था। बच्चों को पूरी उम्मीद थी कि लोहा लोहे से टकराने वाला था। हेडमास्टर द्वारा मारे गए तमाम दबकों, फटकारों और डंडों का बदला आज निहंग सिंह द्वारा लिया जाना था। निहंग सिंह हेडमास्टर को सिगरेट पीने की सज़ा अवश्य देगा।

अम्बर चुप हो गया था क्योंकि मास्टर निक्का सिंह हेडमास्टर के कमरे की

ओर चल दिया था। वह बैठ गया था क्योंकि बच्चों ने बातें करनी शुरू कर दी थीं। कई तो हवा में तैरती आ रही आवाज़ों में से थप्पड़ों की आवाज़ें भी पहचान रहे थे। उनकी हैरानी की कोई सीमा तब न रही, जब हेडमास्टर और निहंग सिंह हँसते-हँसते कमरे से बाहर निकले और कुर्सियों पर आ बैठे। उनकी हैरानी हदों को लाँघ गई जब अगले दिन सारे स्कूल को ग्राउंड के घास पर बिठाया गया। हेडमास्टर और निहंग सिंह उनके सामने एकसाथ प्रकट हुए। हेडमास्टर ने निहंग सिंह के नेक काम की प्रशंसा की।

डेढ़ घंटे के निहंग सिंह के भाषण ने अम्बर का मुँह स्कूल की लायब्रेरी की ओर कर दिया था।

बहुत वर्षों बाद जब अम्बर मलेरकोटला कॉलेज में नया-नया लेक्चरर लगा था तो समय से मिली नौकरी का सेहरा अम्बर अपनी सिलेबस से बाहर पढ़ने की आदत के सिर बाँधता था। सिलेबस से बाहर पढ़ने का श्रेय वह उस निहंग सिंह को देता था। अम्बर ने उस बाबा को खोजना प्रारम्भ किया। उसका अनुमान तो यह भी था कि बाबा अब तक जा चुका होगा, पर एक साल के अन्दर-अन्दर उसने उसे तलाश ही लिया। वह अपने एक पुराने साथी कामरेड के घर अन्तिम दिन गिन रहा था। कामरेड के बरामदे में मारुति कार खड़ी देखकर अम्बर को बाबा का इस्तेमाल किया शब्द 'साबुनदानी' याद आ गया। बाबा ने अपने भाषण में कार वालों के लिए 'साबुनदानी वाले' शब्द का प्रयोग किया था।

"बाबा जी, जो सवाल मुझे अब तक तंग करता रहा, वह यह है कि आपका पहरावा तो निहंगों* वाला है और विचार आपके कम्युनिस्टों वाले हैं। यह क्या है?"

"मैं हथियारबन्द कम्युनिस्ट पार्टी का मेम्बर था। जल्दी ही मैं समझ गया कि लोगों को पढ़ाए बग़ैर कम्युनिस्टों का भविष्य सम्भव नहीं है। मैं बाकी की सारी उम्र स्कूलों में भाषण करता रहा। निहंगों वाला बाणा मुझे स्कूल के अन्दर प्रवेश करने में सहायता करता था। पुलिस से बचने में मदद करता था और गुरुद्वारे में रात काटने पर रोटी प्राप्त करने में सहायक होता था।"

अम्बर ने एक 'कम्युनिस्ट भविष्य' की खातिर नहीं बल्कि एक बेहतर भविष्य के लिए मशाल बाबा से पकड़ ली थी।

वह औसतन महीने में एक या दो बार किसी न किसी स्कूल में भाषण करने जाता था। यूनिवर्सिटी की नौकरी में आकर तो महीने में दो शनिवार स्थायी ही हो गए थे। शीरी को एक शनिवार की छुट्टी होती तो वह भी संग चला जाता। अम्बर को लगता था कि शीरी की उसके भाषण में कोई रुचि नहीं थी। वह मोबाइल पर लगा रहता या भाषणवाली जगह के आस-पास खेलता रहा। घर से अपनी बॉल संग ले जाता था। भाषण के टुकड़े उसके कानों में टकराते रहते। बड़ी कक्षाओं

* निहंग—सिखों का एक दल।

के बड़े बच्चों की हँसी सुनकर वह कान उठा लेता। इन टुकड़ों से ही उसने पूरी तस्वीर बना ली थी। और वह डी.पी.एस., जम्मू का 'भगवान को सबसे अधिक मानने वाला छात्र' बन गया था।

"भेड़ के मांस में चरबी ज्यादा होती है और बकरे में कम। वैसे मांस वाले गुण भेड़ में भी होते हैं।" अम्बर बता रहा था। दूसरी तरफ़ 'शाहिद बकरे वाला' अपनी सबसे बड़ी रकम हाथ में पकड़कर दुकान की छत पर खड़ा होकर चीख-चीख़कर लोगों को बता रहा था कि वह भेड़ का नहीं, बकरे का मीट बेच रहा था।

किरनजीत ने मिट्टी के छोटे दीये पानी में भिगो कर सूखने के लिए रख दिए थे। कॉटन के पैकेट में से थोड़ी-सी रूई लेकर उसने बत्तियाँ बँट लीं। नूरत ने उसकी नकल में कुछ छोटी-छोटी बत्तियाँ बँटीं। एक ट्रे में किरनजीत ने छोटे दीये, बत्तियाँ, सरसों का तेल और मोमबत्तियों का डिब्बा टिका कर रख दिया। रसोई की शेल्फ़ पर जैनियों की दुकान से लाई बरफ़ी के साथ-साथ लड्डुओं के डिब्बे पड़े थे। अम्बर मीट बना रहा था। उसको शान्त देखकर किरनजीत के अन्दर से आवाज़ उठती। 'काश अम्बर इसी तरह रहे।' नहीं, वह शान्त नहीं था। किरनजीत उसके चेहरे के अन्दर छिपी अशान्ति को पढ़ सकती थी। यह उनकी अन्तिम दीवाली होगी। उसने आह भरी।

अँधेरा होते ही तारी का फ़ोन आ गया। वह अपने घर से चलने लगे थे। अम्बर दीवाली मलेरकोटला ही मनानी पसन्द करता था। किरनजीत को भी किराये के मकान में दीये जलाने की अपेक्षा अपने घर में रोशनी करना अधिक अच्छा लगता था।

'शेर मुहम्मद यादगारी हाय का नारा'* गुरुद्वारे को जाने वाले रास्ते पर कारों की भीड़ थी। अम्बर की स्विफ्ट आगे थी। नूरत पिछली सीट पर खड़ी पीछे से आ रही फॉरचूनर के डैशबोर्ड पर झुके खड़े तारी के बेटे बागी को हाथ हिला रही थी। किरनजीत को पता था कि इस बार तारी की पत्नी रविन्दर अपने पति के साथ कन्धे से कन्धा मिलाकर माथा टेकने जाएगी। जाए भी क्यों न। वह एक स्टार की पत्नी थी। स्टार भी ऐसा जिसको साक्षात देखकर लोग अपने काम-धन्धे छोड़कर खड़े हो जाते थे। जिस दीवाली को तारी फ़िल्म या स्टेज शो के सिलसिले में विदेश में होता था, उस साल रविन्दर किरनजीत के साथ जाती थी।

---

* सरहिन्द के सूबेदार वज़ीर खान की कचहरी में गुरु गोविंद सिंह जी के छोटे बच्चों को शहीद करने के समय मलेरकोटला के नवाब शेर मुहम्मद ने विरोध किया था और बच्चों के हक़ में आवाज़ उठाई थी। शेर मुहम्मद की याद में मलेरकोटला में गुरुद्वारा 'हाय का नारा' बना हुआ है। मलेरकोटला पंजाब का एकमात्र शहर है जहाँ सन् '47 के समय कोई क़त्ल नहीं हुआ और मुसलमान पाकिस्तान नहीं गए।

अम्बर ने गुरद्वारे के अन्दर जाकर माथा टेकने से इनकार कर दिया। उसने गाड़ी पार्किंग में लगाई और कार में ही बैठा रहा। किरनजीत शीरी और नूरत को लेकर तारी और रविन्दर के साथ गुरद्वारे की ओर चली गई।

मोबाइल की बेल बजी। स्क्रीन पर अवनीत का इंडिया वाला नम्बर थिरक रहा था। अवनीत ने दीवाली की शुभकामनाएँ दीं। अम्बर ने उसका हाल-चाल पूछा। उसके नए गीत की प्रशंसा की।

"अम्बर मैं चाहती हूँ, 'रंग पंजाबी' या 'बातें और गीत' में मेरी इंटरव्यू तू करे। कई चैनलों वाले मेरी इंटरव्यू माँग रहे हैं। मैंने किसी को 'हाँ' नहीं की। मैं चाहती हूँ तुम...।"

"अवनीत, मैंने टी.वी. पर प्रोग्राम करना छोड़ दिया। तू उन्हें हाँ कर दे," यह कहकर उसने फ़ोन काट दिया।

तारी और रविन्दर अम्बर के साथ नाराज़ थे। ज़ोया का मैसेज पर मैसेज आ रहा था। वह उसको मिस कर रही थी। वह अगले सप्ताह उसको मलेरकोटला नहीं आने देगी। उसने शुक्रवार की रात पटनीटॉप जाने का प्रोग्राम बनाया था। उसने ज़ोया को फ़ोन मिला लिया।

"दीवाली मना रहे हो?" उसने मजाक किया।

"मैंने क्या मनानी है?" ज़ोया ने कहा, "लोग तो पागलों की तरह पटाखे पर पटाखा चला रहे हैं, देखकर ख़ूब ग़ुस्सा आ रहा है।"

किरनजीत के आने तक अम्बर बातें करता रहा। सामने कार की रोशनी में उन्हें आते देखकर उसने फ़ोन बन्द कर दिया। उसको फ़ोन पर देखकर किरनजीत और अधिक तनाव महसूस करेगी।

दीवाली से अगले दिन उनकी छुट्टी थी। किरनजीत किताब पढ़ रहे अम्बर के क़रीब आ बैठी। अम्बर ने नज़रें उठाकर उसकी तरफ़ देखा। वह मुस्करा रही थी। उसकी मुस्कराहट में नफ़रत, व्यंग्य और दर्द छिपा हुआ था।

"ठीक है डॉ. अम्बरदीप सिंह, मैं तुम्हें तलाक़ देने के लिए तैयार हूँ," किरनजीत ने कहा और ग़ौर से उसके चेहरे की ओर देखने लगी।

यह सुनकर अम्बर को ख़ुशी हुई। पर इसे उसने अपने चेहरे पर नहीं आने दिया। उसको पहले ही उम्मीद थी कि किरनजीत एक न एक दिन मान जाएगी। यह तो ज़ोया ने अनावश्यक जल्दी मचा रखी थी। किरनजीत को पता था कि वह उसको कागज़ी तलाक देकर भी उसका ख़याल रखेगा। इसलिए उसे मान ही जाना था।

"तू बस हमारा ख़याल रखना। उस चुड़ैल के पीछे लगकर हमें भूल न जाना। और मैं तुझे कोई उलाहना नहीं दूँगी। किसी मर्द के बारे में सोचूँगी भी नहीं। जब भी

तू उसके साथ दिक्कत महसूस करे तो हम तीनों इस घर के दरवाज़े तेरे लिए खुले रखेंगे।" अम्बर ने देखा, किरनजीत मजाक नहीं कर रही थी, वह सचमुच गम्भीर थी। उसने ग़ौर से देखा, उसकी आँखें सजल थीं। उसने उसकी आँखों को अनदेखा कर दिया। उसने नफ़रत और ग़ुस्से के साथ अपना ध्यान अख़बार की ओर लगा लिया। तलाक के बारे में सोचते हुए उसे ख़ुशी और आज़ादी का अहसास हुआ। उसका मन किया, अभी फ़ोन कर के ज़ोया को बता दे। नहीं, वह अभी नहीं बता सकता था। किरनजीत के सामने। बाहर जाकर फ़ोन करना भी एक ज़ालिमाना बात होगी। उसके मन में आता था कि वह किरनजीत को कैसे समझाए कि ज़ोया दिल की बहुत अच्छी थी।

"तू मकान की किस्त और घर का खर्चा भेजते रहना। तुझे पता है, मेरी तनख़्वाह से ये सब कुछ नहीं चल सकता।"

उसने आँखें पोंछी और अपने आप को रोने से रोके रखा।

"मैं मकान तेरे नाम करवा दूँगा," अम्बर ने कहा। अपनी ओर से उसने किरनजीत की मेहरबानी के जवाब में मेहरबानी करने का यत्न किया।

"तू अभी मकान मेरे नाम नहीं कर सकता। मकान की रजिस्ट्री बैंक के पास है। मकान का कर्ज़ा तेरे नाम पर है। कर्ज़ा उतरने के बाद ही मकान मेरे नाम हो सकता है। मुझे तुझ पर यकीन है। किस्तें ख़त्म होते ही तू मेरे नाम करवा देगा। अम्बर मुझे तेरी अच्छाई पर भरोसा है।"

अम्बर ने अचरज भरी नज़रों से किरनजीत की ओर देखा। वह इतनी तेज़ हो गई थी! उसने ख़ुद यह बात विचारी ही नहीं थी। इसका अर्थ असुरक्षा की भावना किरनजीत के लिए बनी रहेगी। उसे याद आया, ज़ोया ने भी मकान पर किरनजीत और बच्चों का हक़ होने की बात कही थी। अम्बर को यकीन था कि वे सब इतने अच्छे थे कि कुछ भी बुरा नहीं घटित होगा। वह हर पन्द्रह दिन बाद आया करेगा। किरनजीत के साथ सोने को छोड़कर बाकी सब कुछ पहले की भाँति ही होगा। वह किरनजीत का अच्छा दोस्त बना रहेगा। अचानक उसको ज़ोया का ख़ूबसूरत बदन याद आ गया। जिस शरीर को वह इतनी कम बार छिप-छिपकर देख सका था और उसकी सुखानुभूति ले सका था, अब वह पूरी स्वतन्त्रता के साथ उसका अपना हो जाएगा। यूनिवर्सिटियों के सेमिनारों में वह उसके संग जाया करेगी। कितनी शानदार जोड़ी होगी उनकी! ख़ुशी में जैसे वह पागल होने को था।

"अम्बर, यदि सम्भव हो सका तो एक बात करना। तुम बच्चा पैदा न करना। यदि तुमने बच्चा पैदा कर लिया तो तुम्हारा ध्यान अपने इन बच्चों की ओर से कम हो जाएगा। मैं नहीं चाहती, तेरे जाने का सेक इन बच्चों को लगे। अगर लगे तो जितना कम से कम लगे, बेहतर होगा।"

अम्बर ने ठंडी नज़रों के साथ किरनजीत की ओर देखा। उसको बच्चा जन्मने

की ज़ोया की तीव्र भावना स्मरण हो आई। एक दिन उसने यूनिवर्सिटी में अपने माँ-बाप के साथ चले जा रहे एक बच्चे की ओर देखकर अम्बर से कहा था।

"अम्बर, देख लगभग इस तरह का होगा अपना बच्चा। बस, एक अन्तर होगा, यदि लड़का हुआ उसकी कटिंग की होगी।"

वह बच्चा ज़ोया जैसा गोरा था और उसके नयन-नक्श अम्बर के आस-पास के थे। वह जूड़े वाला बच्चा कितना सुन्दर था। उसके अन्दर यह इच्छा जागी थी कि वह उस तीसरे बच्चे के जूड़ा रखेगा। उसने उसी पल ज़ोया से कहा था, "यदि लड़का हुआ तो हम उसका जूड़ा रख लेंगे।"

"नहीं, बिलकुल नहीं। तुम्हारी तरह कटिंग करवाएँगे। शीरी की कटिंग कितनी सुन्दर लगती है," ज़ोया ने कहा था। अम्बर ने ज़ोया की आकर्षक भूरी आँखों में देखा था। उन आँखों में शीरी के प्रति भी प्यार था। उसको अच्छा लगा था।

नूरत अचानक उनके पास आ गई। मम्मा की आँखों में समन्दर देखकर वह शक भरी नज़रों से पापा की तरफ़ देखने लगी।

"पापा, आपने मम्मा को मारा?" उसने पूछा।

अम्बर का मन अपने बच्चे के सामने पापबोध से भर गया। वह नूरत को अपनी गोदी की ओर खींचता हुआ बोला, "नहीं माई डियर, मैंने नहीं मारा, पूछ लो बेशक। किरनजीत मैंने तुझे मारा है?"

"नहीं," किरनजीत ने अपना रोना रोका और आँखें पोंछते हुए कहा।

"पापा भूख?" नूरत ने कहा।

"मेरी बेटी आमलेट खाएगी?" अम्बर ने पूछा। नूरत ने सहमति में सिर ऊपर-नीचे किया।

अम्बर रसोई में जाकर आमलेट बनाने लगा। नूरत उसके क़रीब खड़ी थी। अम्बर के मन में सन्देह जागा। क्या वह अपने बच्चों से दूर हो सकता था? नहीं, यह बात सोची भी नहीं जा सकती थी। ज़ोया ने उसे बार-बार कहा था कि उसकी नौकरी और बच्चे उसकी पहली जिम्मेदारी रहेंगे। वह इन दोनों के बाद होगी।

"पापा, येलो येलो हो...," नूरत पीला-पीला अंडा पसन्द करती थी। अम्बर के दिल में नूरत के प्रति प्यार उमड़ा। उसने नूरत को उठाकर शेल्फ़ पर बिठा लिया। आमलेट को पीला बनाने के लिए उसने चुटकी भर हल्दी डाल दी।

किरनजीत ने नूरत को अम्बर के साथ सोने दिया। वह स्वयं दूसरे कमरे में जाकर सोने के बजाय सुबकियाँ भर कर रोने लगी। उसके भाग्य में अब अकेला सोना ही रह गया था। वह अम्बर की तलाक लेने की आज़ादी के हक़ को समझती थी। उसको गिला था कि जैसे वह अम्बर की कद्र करती थी, जैसे वह अम्बर द्वारा उसकी पढ़ाई में की मदद को समझती थी, उसी प्रकार अम्बर को वे काम क्यों याद नहीं थे जो वह उसकी खातिर करती रही थी। अम्बर को सर्दियों में जुकाम

तंग करता था। वह अंग्रेजी दवाइयाँ खा-खाकर थक चुका था। विवाह के बाद किरन उसकी खातिर बेसन की पंजीरी बनाने लगी थी। वह सूखे मेवों से लेकर खसखस तक कितना कुछ पंजीरी में डालती थी। पूरी सर्दी वह पंजीरी ख़त्म नहीं होने देती थी। वह दूध से उतारी मलाई में से मक्खन बनाती थी। उनके फ्रिज में हर रोज़ मक्खन होता था।

"अब तो बीबी के फ्रिज में भी मक्खन नहीं दिखा कभी," अम्बर ख़ुद मानता था। दो दिन बाद बासी मक्खन को गरम करके वह घी बनाती। उसकी बनाई पंजीरी खा कर अम्बर का जुकाम बन्द हो गया था। अम्बर ये बातें याद क्यों नहीं रखता था?

अम्बर ने ये बातें याद तो क्या रखनी थीं, उसने तो उसे हमेशा सूली पर टाँग कर रखा था। अवनीत के साथ उसका नाम जुड़ता देखकर क्या किरनजीत को तकलीफ़ नहीं हुई थी। कॉलेज में पढ़ती मुसलमान पड़ोसियों की लड़कियाँ उसको अम्बर को लेकर चलती बातें बताती रही थीं। किरनजीत को डर पैदा हुआ था कि यदि उसने क्लेश किया तो अम्बर उसको छोड़कर ख़ूबसूरत अवनीत के साथ चला जाएगा। वह चुप रही ताकि उसका घर सलामत रहे।

'कंजरी के यहाँ से मुँह काला करके आता तो घर में ही है,' वह सोचा करती थी। अब अवनीत को टी.वी. पर गाते देखकर वह मुस्कराते हुए सोचती, 'आ गई न वही कंजरों वाले काम पर।'

कोई पारे की तरह हड्डियों में बैठ जाता है

अगले दिन बच्चे पढ़ने चले गए। किरनजीत ड्यूटी पर चली गई। उसकी नज़रें अभी भी उसे रुक जाने का वास्ता दे रही थीं। अम्बर उसके साथ आँख मिलाने से गुरेज कर रहा था। अचानक उसको एक भूले-बिसरे मेमने की याद आ गई। बचपन में उसने एक मेमना पाला था। वे उसको पालकर, बड़ा कर सर्दियों में उसका आचार डालकर खाएँगे। जैसे-जैसे मेमना बड़ा होता गया, वैसे-वैसे अम्बर को उसकी आँखों की तरफ़ देखना कठिन होता गया। उसको काटने का दिन ज्यों-ज्यों निकट आता गया, अम्बर अपनी आँखें उससे चुराता रहा। आख़िर, उसकी समझ में आ गया कि वह उसका मांस नहीं खा सकेगा। बापू और ताया से कहकर उसने वह पला हुआ मेमना बिकवा दिया था।

ये याद क्यों आई? नहीं-नहीं। उसने अपना सिर झटक दिया। उसने तो ज़ोया को फ़ोन कर बताना था कि किरनजीत मान गई थी। कितनी ख़ुश होगी ज़ोया। नहीं वह ज़ोया को अभी नहीं बताएगा उसे ख़याल आया कि किरनजीत के साथ विवाह

करते समय उसने जल्दबाज़ी की थी। नहीं, अब वह जल्दबाज़ी नहीं करेगा। अब वह आज़ाद था। किरनजीत अपने कहे शब्दों से नहीं मुकरेगी। ज़ोया के साथ विवाह करवा कर वह हमेशा के लिए जम्मू-कश्मीर के साथ बँध जाएगा। वहाँ के लोग हमेशा उसको एक बाहरी व्यक्ति की तरह देखते थे। सारी उम्र यूँ देखा जाना वह कैसे सहन कर सकेगा। जम्मू वालों ने उसका कॅरियर दागी किया था। उसके साथ वाले नौकरी लगे उससे डेढ़ गुना अधिक वेतन ले रहे थे। ठीक है, अम्बर रुपये-पैसे को लेकर अधिक सोचता नहीं था, पर रुपये-पैसे की ज़रूरत तो उसको भी थी। अचानक उसको ग़ुस्सा चढ़ आया। उसने जम्मू की बदरूहों को अपने सामने कतारबद्ध खड़े होने का हुक्म दिया।

सबसे आगे टीचिंग विंग का इंचार्ज मि. सच्चर खड़ा था।

"तुम्हारी पिछली सर्विस काउंट नहीं हो सकती। तुम्हारी पे भी प्रोटेक्ट नहीं हो सकती। तुम पूछो क्यों? क्योंकि तुम्हारे पास स्टेट सब्जेक्ट नहीं है," वह 'स्टेट सब्जेक्ट' को दुनाली बन्दूक की तरह उसकी तरफ़ तान लेता है। पहले उसकी समझ में नहीं आता था कि यह क्या होता है। बाद में उसकी समझ में आया कि इसका मतलब जम्मू-कश्मीर स्टेट के स्थायी निवासी होने से था। जम्मू-कश्मीर के स्थायी बाशिन्दों के पास इसके लिए सर्टीफिकेट बने हुए थे।

मिस्टर सच्चर के भारतीय बाशिन्दों के प्रति निर्मोहीपने ने डॉ. अम्बरदीप का कॅरियर दस साल पीछे धकेल दिया था।

अम्बर ने देखा था कि कश्मीर के मुसलमान सरेआम कहते थे कि वह भारत के निवासी नहीं बल्कि भारत ने कश्मीर पर क़ब्ज़ा किया हुआ है।

"जनाब, हम कब्ज़ा भी भुला सकते हैं लेकिन रेप से पैदा हुए बच्चे को हम कैसे भूल सकते हैं? रेप की वजह से खाविन्द द्वारा छोड़ दी गई बेटियों को हम कैसे भूल सकते हैं?" अम्बर का कश्मीरी दोस्त अकबर कहता था।

जम्मू के हिन्दू और सिख भी भारतीयों के प्रति बेगानगी की भावना रखते थे। वह यह बात जम्मू में नौकरी करने के लिए आने वाले भारतीय लोगों के प्रति अपनी नापसन्दगी का इज़हार करके करते थे। सिर्फ़ पन्द्रह अगस्त और छब्बीस जनवरी वाले दिनों में वे देशभक्ति का इज़हार करते थे। उस दिन वे चौक में खड़े हो जाते। यहाँ तक कि कोठों पर चढ़कर वह 'हम भारतीय हैं' के नारे ज़ोर-ज़ोर से लगाते।

देशभक्ति की ऐसी नकली भावना अम्बर ने पंजाब में नहीं देखी थी। उसके कॉलेज में पन्द्रह अगस्त और छब्बीस जनवरी को सभी कर्मचारी सिर्फ़ हाज़िरी के डर से ही आते थे।

यूनिवर्सिटी की डीन अकेडमिक अफेयर्ज़ कतार में दूसरे स्थान पर खड़ी थी। उसका रंग अम्बर के साँवले रंग से अधिक काला था। अम्बर ने एक बार उसके साथ जान-पहचान करते हुए पूछा था, "मैडम, आप किस स्टेट से हैं?"

"मीं किहड़ी तों ओणा? मीं लोकल आं, मीं लोकल आं।" उसकी स्थानीय डोगरी से अम्बर चौंक गया था और मैडम खीझ गई थी। अम्बर ही नहीं हर कोई जानता था कि जम्मू-कश्मीर में काले रंग के लोग बहुत ही कम थे। मैडम भी समझ गई थी कि वह उसके काले रंग के कारण उसको दक्षिण भारत की समझ रहा था।

सालभर बाद जब डॉ. त्रिपाठी डीन बन गई तो अम्बर की यह छोटी-सी मूर्खता बड़ी मूर्खता बन चुकी थी।

तीन साल त्रिपाठी डीन रही, इन तीन सालों में अम्बर ने चार बार अपना केस अप्लाई किया। डॉ. त्रिपाठी ने उसका केस अच्छी तरह ख़राब करने में कोई कसर न छोड़ी।

कतार में अन्य भी कई लोग थे, पर उसने उन्हें धूप में जलने दिया। अम्बर को एक नया आइडिया सूझा। वह पिछले सप्ताह का अंग्रेजी ट्रिब्यून अख़बार निकालकर मेज़ पर फैलाकर मैट्रोमोनियल वाले पन्ने देखने लगा। सिर्फ़ जाट सिख वाले कॉलम की जगह उसने जात-पात से ऊपर उठकर हर जात-बिरादरी की दुल्हनों के विज्ञापन देखने शुरू कर दिए। उसकी समझ में आया कि यह बहुत रोचक काम था। अपने लिए जीवन-साथी तलाशने से अधिक रोचक काम दूसरा कोई हो ही नहीं सकता। वह तीस साल से ऊपर की कुँवारियों, तलाकशुदाओं और विधवा स्त्रियों के कॉलमों पर निशानियाँ लगाता रहा।

धूप चढ़ आई थी। सर्दी अभी पूरी तरह छाई नहीं थी। टिका हुआ दिन होने के कारण धूप तीखी थी। जम्मू की बुरी रूहें अपनी बारी का इन्तज़ार कर रही थीं। अम्बर को इस मामले में कोई जल्दी नहीं थी। वह उसका बहुतेरा नुकसान कर चुकी थीं। अम्बर ने उन्हें धूप में जलने दिया और मैट्रोमोनियल देखता रहा। यद्यपि उसने तलाक लेने के लिए कागज़ी कार्यवाही अभी शुरू करनी थी, पर उसने नई दुल्हन की तलाश आरम्भ कर दी। पहले विवाह के समय तो वह मेले की पहली दुकान पर ही अपने पैसे खर्च कर बैठा था। अब मैट्रोमोनियल देखते हुए उसने अपने आपको दुल्हनों के मेले में खड़ा पाया।

दो घंटे वह फ़ोन पर लगा रहा। जो विज्ञापन उसे पसन्द आए थे, उनमें से कुँवारी और तलाकशुदा लड़कियों के परिवार वाले उसको सनकी क़िस्म के लगे। वे उसको पसन्द करने की अपेक्षा कसूरवार सिद्ध करने पर अधिक ज़ोर दे रहे थे। उसने अपनी पहली पत्नी क्यों छोड़ी थी? वह इस सवाल का जवाब क्या दे सकता था। किरनजीत में क्या दोष निकाला जा सकता था।

"मैं उसके साथ रहते हुए ऊब गया था," अम्बर ने एक लड़की के बाप को जवाब दिया।

"कल को तू हमारी लड़की से ऊब जाएगा, तेरे जैसे को तो सख़्त सजा मिलनी

चाहिए, लोगों की लड़कियों का जीवन ख़राब करने का तुझे क्या हक़ है?" अम्बर ने फ़ोन काट दिया था।

वह किरनजीत को इसलिए छोड़ रहा था क्योंकि उसको ज़ोया के साथ प्यार हो गया था। उसकी नज़र ज़ोया पर फिर जा टिकी। नहीं, ज़ोया का कोई मुकाबला नहीं था। उसे ज़ोया को फ़ोन करना चाहिए था। वह उसका कितनी बेसब्री के साथ इन्तज़ार कर रही होगी। हिन्दुस्तानी छुट्टियों को किस तरह कोस रही होगी। पर नहीं, कुछ था जो उसे ज़ोया को किरनजीत द्वारा की 'हाँ' के बारे में बताने से रोक रहा था।

दो बजे शीरी स्कूल से आ गया। उसने ध्यान से देखा, शीरी जवान हो गया था बल्कि वह चुपचाप रहने लगा था। पहले से अधिक अपना समय पढ़ाई में लगा रहा था। ख़ाली समय में वह अंग्रेज़ी के नॉवल पढ़ता।

"पापा, ये किताबें किसी को नहीं देना, ये अब मेरी हैं," उसने अम्बर की अंग्रेज़ी की किताबों पर कब्ज़ा कर लिया था। अम्बर ख़ुश हो गया था।

वह भी ऐसे ही पढ़ने लगा था। घर के क्लेश का सताया हुआ वह किताबों की शरण में चला गया था।

'तेरे उस वायदे का क्या बना जो तूने अपने आप से किया था कि तू अपने बच्चों को क्लेश वाला वातावरण नहीं देगा?' उसने अपने आप से सवाल किया। उसी समय ज़ोया के साथ बिताए सारे हसीन पल उसके ज़हन में से गुज़र गए। नहीं, वह उसके बिना नहीं रह सकता था। उसको जालन्धर से ट्रेन में चढ़ते समय की वह दुर्घटना याद हो आई। यदि तब वह मर जाता तो भी जैसे-तैसे बच्चों ने पल ही जाना था। और फिर, वह बच्चों को छोड़कर कहाँ जा रहा था। अम्बर तलाक के बाद पैदा होने वाले किसी क़िस्म के संशय की कल्पना भी नहीं कर पा रहा था। नहीं, वह एक मज़बूत मर्द था और वह सब कुछ सँभाल लेगा।

फिर भी कुछ था जो उसके तनाव को बढ़ा रहा था।

उसने देखा, शीरी के खाने के लिए कुछ भी नहीं था। किरनजीत जल्दी में कुछ बना कर नहीं जा सकी होगी। उसने दो-तीन प्रकार की सब्ज़ी काटी। प्याज सहित सब्ज़ी को तड़क कर उसने शीरी की पसन्द की नूडल्ज बना दी।

अगले दिन शाम को किरनजीत रात का खाना तैयार कर रही थी। अम्बर की रात की ट्रेन थी। वह अपना बैग तैयार कर रहा था। वह रसोई में खड़े होकर अपना पैग बनाने लगा।

"फिर अम्बरदीप सिंह जी, आनन्द-कारज करवाओगे या कोर्ट मैरिज करा रहे हो?" किरनजीत ने व्यंग्य, ग़ुस्से और नाराज़गी मिली भावनाओं के साथ पूछा। इन तीनों भावनाओं के पीछे हार की भावना तो ख़ैर छिपी ही हुई थी।

अम्बर ने चुपचाप उसकी आँखों में देखा।

"हनीमून कहाँ मनाने जा रहे हो? एक दोस्त के नाते मैं इतना कुछ तो पूछ ही सकती हूँ?"

अम्बर की उसकी तरफ़ पीठ थी। एक मुस्कराहट उसके चेहरे पर आने ही वाली थी कि अम्बर ने उसको रोक लिया। नहीं, यह मूर्खता वाली हरकत होगी और किरनजीत को ग़ुस्सा दिला देगी। वह अपने फैसले से पलट भी सकती थी। उसने अपने चेहरे को ग़मगीन और तनावग्रस्त बना लिया। उसको कुछ महीने पहले एक हिन्दी फ़िल्म स्टार के विवाह की ख़बरें याद हो आईं। उस विवाह में उस एक्टर के पहले विवाह के बच्चे भी शामिल हुए थे। नहीं, उस समाज से मेरा समाज अभी भी कई दशक पीछे चल रहा था। वहाँ तो डायवोर्स सेलीब्रेशन पार्टियाँ भी होती थीं। अलग हो रहे जोड़े सहित साझे दोस्त भी शामिल होते थे। वह जानता था कि ये पार्टियाँ पश्चिम के विकसित समाजों से शुरू हुई थीं। आहिस्ता-आहिस्ता मुम्बई से दिल्ली पहुँच रही थीं और इक्का-दुक्का चंडीगढ़ में भी हुई थीं। धीरे-धीरे इन्होंने छोटे शहरों और गाँव की ओर आ जाना था।

वह सारी लंदन, पैरिस, लॉस एंजिल्स, सिडनी, टोरंटो और अन्य कई शहरों की एयरपोर्टों पर लाइन में लगी खड़ी थीं। उनमें से कईयों को वीज़ा मिल गया था। कई भारत में पहुँच भी चुकी थीं। वे दिल्ली, मुम्बई के फाइव स्टार होटलों में ठहरी थीं। वहीं उन्होंने नक्शे देखते हुए इंडिया के छोटे शहरों और गाँवों का जायज़ा लिया था।

वे सारी नई जीवन शैलियाँ थीं।

किरनजीत ने उसका खाना पैक कर दिया था। पानी की बोतल। साग अगले एक-दो दिन खाने के लिए। वह नहीं चाहती थी कि अम्बर को वह इस प्रकार भेजे जैसे अब वह एक दूजे के कुछ भी नहीं लगते हों। नहीं, वह अम्बर को कभी भी इस प्रकार नहीं भेजेगी। वह उसको हमेशा उसी तरह ही विदा करेगी जिस तरह वह हमेशा करती रही थी। तब भी जब वह कागज़ी तौर पर जुदा हो जाएँगे और तब भी जब वह बच्चों को मिलने भविष्य में आया करेगा।

उसने याद करवाया उसका पर्स, मोबाइल, पानी, उसकी किताबें, घर की चाबी। जब अम्बर बच्चों से मिल रहा था, तब किरनजीत इस दृश्य से बचने के लिए आँगन में आ गई। उसने स्कूटर स्टार्ट किया ताकि उसका इंजन गरम हो जाए। वह अँधेरे में गेट पर ही रुकी रही ताकि अपने आँसुओं को अच्छी तरह पोंछ सके।

अम्बर बाहर आकर उसके पीछे बैठ गया। किरनजीत ने स्कूटर आगे बढ़ा लिया। ऑटो वाले रास्ते तक वह चुपचाप रहे। सारी बातें हो चुकी थीं। सब कुछ कहा जा चुका था। सब कुछ सुना जा चुका था। बल्कि कई कई बार। किरनजीत को महसूस हुआ, अब हारी हुई लड़ाई दुबारा नहीं जीती जा सकती थी। अम्बर को महसूस हुआ कि वह जीत कर, ख़ुश होकर भी ख़ुश नहीं था। कुछ था जो उसकी

भविष्य की ख़ुशियों में रुकावट डाल रहा था। मानो कुछ भूल गया हो। जैसे कुछ याद न आ रहा हो। जैसे कुछ था जो कहा नहीं गया था।

वह बग़ैर कुछ कहे-बोले स्कूटर पर से उतर कर सड़क के दूसरी ओर चल दिया। किरनजीत उसको देखती रही। दूसरी तरफ़ पहुँच कर भी उसने किरनजीत की तरफ़ नहीं देखा।

किरनजीत वापस चल दी। सामने वाली सड़क पर अँधेरा था। स्कूटर की रोशनी अँधेरे को चीरती हुई आगे बढ़ रही थी। किरनजीत ने अब अकेले ही आगे बढ़ना था। उसको अपनी पढ़ाई का ख़याल आया। यह तो अच्छा था कि उसके पास दुनिया की सबसे बड़ी डिग्री थी। नौकरी भी थी जिसके जल्द ही स्थायी हो जाने की सम्भावना थी। फिर उसको झुँझलाहट महसूस हुई क्योंकि यह सब कुछ आपस में इतना जुड़ा हुआ था कि इन्हें अलग नहीं किया जा सकता था। अम्बर, जम्मू, ज़ोया, उसकी पी-एच.डी., उसकी नौकरी और तलाक की माँग। यह सब कुछ इसी तरतीब में घटित हुआ था। काश! उसकी पी-एच.डी. न हुई होती। काश! उसको नौकरी न मिली होती। अम्बर को वापस लेने के लिए वह ये दोनों चीज़ें छोड़ने को तैयार थी।

मलेरकोटला से लुधियाना के लिए आख़िरी बस साढ़े आठ बजे चलती थी। अम्बर बीस मिनट पहले पहुँच जाता था। यह बीस मिनट ज़ोया के लिए सुरक्षित होते थे। वह अपना भारी बैग उठाए खड़ी बसों की कतार के पीछे चला जाता। यहाँ बने एक चबूतरे पर बैठ कर वह ज़ोया के साथ बातें करता। इस छोटे-से चबूतरे वाली जगह साफ-सुथरी थी, पर कोई इतनी बढ़िया जगह नहीं थी। इसके एक तरफ़ कुछ दूरी पर कूड़े का ढेर था और दूसरी तरफ़ दीवार के क़रीब कोई पेशाब करने के लिए खड़ा होता था। पर ज़ोया के साथ बातें करने के लिए इससे शान्त और एकान्त वाली जगह अन्य कोई नहीं थी। ज़ोया होटल में अपनी ड्यूटी पर होती या घर या सड़क पर, ये दस-पन्द्रह मिनट इतवार की रात उसके सुरक्षित होते थे।

जब ज़ोया कोठे पर से फ़ोन सुनकर नीचे आई थी, पापा प्रेस-क्लब से नहीं आए थे। मम्मा ने दम आलू की सब्ज़ी बनाते हुए पूछा था, "ज़ोया, तू हर इतवार ये किसके साथ बातें करती है? तुड़ा फ्रेंड आ कोई?"

"जी मम्मा," ज़ोया अचम्भित हो गई थी। अम्बर के बहुत से फ़ोन उसने ड्यूटी के दौरान ही सुने थे।

"सिख है कि मोना?"

ज़ोया शशोपंज में पड़ गई थी। वह क्या जवाब दे? अम्बर सिख भी था और मोना भी। मम्मी के अर्थों में तो वह सरदार नहीं था।

"सिख है," उसने कहा था और उसने मम्मा के चेहरे पर तसल्ली के भाव

पढ़ लिये थे। लेकिन ज़ोया जानती थी कि इसके पीछे कहीं नाराज़गी छुपी खड़ी थी। सख़्त नाराज़गी। मम्मा ने जाटों को कभी भी सिख नहीं माना था और कटिंग करवाए लोगों को तो बिलकुल भी नहीं।

"विआह करेगा तेरे साथ?"

ज़ोया शंशोपज में और गहरे फँस गई थी।

"बातचीत चल रही है। देखते हैं, अभी तो पसन्द किया हुआ है एक-दूजे को।" सच यह था कि वह पसन्द तो कर चुके थे, पर किरनजीत तलाक नहीं दे रही थी। ज़ोया कभी झूठ नहीं बोलती थी, पर स्थितियाँ उससे बलवान थीं, ज़ोया ने सोचा। वे बुलवा लेती हैं झूठ। सारा सच तो ज़ोया के ज़हन में था। उसके अन्दर का सच और उसकी मम्मी एक ही रसोई में थे। एक-दूजे के क़रीब। एक-दूसरे से दूर।

"आप लोगों किन्नी अज़ादी और किन्नी च्वाइस मिली है। हमारे जमाने में तो इक वार घरवालों ने या बन्दे-बन्दी ने आप जिसदे नाल बन्न (बाँध) लिया अपणे आप को, बस बन्न लिया। गर मुझे पता होता कि तेरे पापा ने पुलिस में जाना तो मैं...कभी ऐस बन्दे नाल(संग) प्यार न करदी।" ज़ोया ने अपनी मम्मा के मुँह से यह बात अब बहुत लम्बे अरसे बाद सुनी थी। पापा की पुलिस की नौकरी के समय यह अक्सर बोला जाना वाला वार्तालाप था। और बहुत सारे छोटे घरेलू लड़ाई-झगड़ों का आरम्भिक वाक्य भी।

'कौन सी आज़ादी और कौन सी च्वाइस' ज़ोया ने आह भर कर सोचा। 'यदि किरनजीत तलाक देना न मानी और कभी भी न मानी तो सम्भव है कि मैं सारी उम्र लटकती रहूँ। यदि मैं अम्बर से मिलना बन्द कर दूँ, इस नाराज़गी में कि वह तलाक नहीं ले सका तो भी मैं किसी दूसरे के साथ विवाह कहाँ कर सकती हूँ। अम्बर के मुकाबले में मुझे कोई दूसरा पसन्द भी नहीं आएगा। मेरे से अलग होकर अम्बर का हाल भी कोई अच्छा नहीं होगा। यह मुहब्बत भी निरी तबाही है। एक बार बन्दा किसी से दिल लगा बैठे, अगला पारे की तरह हड्डियों में बैठ जाता है। फिर वह तुम्हें आहिस्ता-आहिस्ता खाए जाता है।'

अम्बर ने ज़ोया का फ़ोन काटा तो उसने देखा, किरनजीत की तीन मिस कॉल आ चुकी थीं। फ़ोन करने को उसका मन नहीं किया। पता नहीं क्या बोलेगी? ज़ोया के साथ हुई बातचीत का स्वाद ख़राब कर सकती थी। फिर उसको बच्चों का ख़याल आया। कहीं कोई उनका ही काम न हो। उसने किरनजीत को फ़ोन मिलाया।

"हाँ?" उसने पूछा।

"बस मिल गई?" किरनजीत ने पूछा।

"मिल गई, कोई और काम तो नहीं था?"

"नहीं," किरनजीत ने कहा। अम्बर ने फ़ोन काट दिया।

वह अपनी बस की ओर चल दिया। फिर सीटें भर जानी थीं। उसने पिछली सीट पर बैठना ठीक समझा। एक खीझ बहुत दिन पहले से छोटे-से गोले के रूप में उस पर घूमती थी। अब गोला क़रीब आ गया था और उसका आकार बड़ा हो गया था। यह सफ़र की खीझ थी या घरेलू उथल-पुथल के कारण पैदा हुई थी, उसकी समझ में नहीं आ रहा था।

ट्रेन पौने ग्यारह पर आती थी। हैरानी की बात थी कि यह गाड़ी कभी-कभी ही लेट होती थी। वह भी सर्दियों में। गाड़ी के आने से पन्द्रह मिनट पहले अम्बर रोटी का काम निबटा लेता था।

स्क्रीन पर पढ़ा तो गाड़ी आधा घंटा लेट थी। वह सीढ़ियों पर बैठ गया। ठंड बहुत ज़्यादा थी। स्टेशन के अहाते में धुँध पसरी हुई थी। एक गाड़ी स्टेशन पर आ चुकी थी। कुछ सवारियाँ इधर-उधर बैठी थीं। इनमें से कुछ हर सप्ताह जम्मू जाने वाली सवारियाँ थीं। अम्बर उन्हें पहचानता था, पर अपने स्वभाव के विपरीत उसने उनसे कभी बात नहीं की थी। पिछले महीनों में वह अपने घरेलू क्लेश में इस कदर उलझा रहा था कि वह अपना टी.वी. का काम भी छोड़ बैठा था। डायरेक्टर ने उसको एक नए प्रोग्राम के लिए एंकरिंग की पेशकश की थी, पर उसने कुछ महीने अपनी व्यस्तता की बात करके इनकार कर दिया था। उसकी आलोचना की पुस्तक छपनी थी, पर लापरवाही के कारण वह रुकी हुई थी। साथी मुसाफ़िरों के साथ गुफ्तगू बहुत कम हो गई थी। वह अपनी उधेड़बुन में उलझा रहता। बस एक अध्यापक का काम ही ऐसा था जिस पर उसने अपने घर के क्लेश का साया नहीं पड़ने दिया था।

"सर, आपके मुँह से शराब की स्मैल आ रही है," एक दिन उसकी पी-एच. डी. की स्कॉलर रणदीप ने कहा था। उसके विद्यार्थियों में से रणदीप उसके सबसे अधिक नज़दीक थी। रणदीप की सिविल सर्विस में अफसर लगी बहन ने शौक में ही प्राइवेट एम.ए. पंजाबी की थी। तब वह उसके पास नोट्स लेने आती रही थी। उसके पापा भी कभी कभार उसको मिल जाते थे।

"रात को पी थी, उसी की आ रही होगी," अम्बर ने कहा था।

"सर आपने ओवरडोज ली होगी। इतनी क्यों पीते हो?" रणदीप सचमुच चिन्तित थी।

"तू बहुत छोटी है। रणदीप, बड़ों की बीस चिन्ताएँ हुआ करती हैं। मेरे काम में तो कोई कमी नहीं?"

"सर, यह कैसे हो सकता है कि आप इतनी शराब पियो और आपके काम पर असर न हो। आपकी एम.फिल. की दोनों स्कॉलरों का रिसर्च वर्क बहुत कमज़ोर है," रणदीप ने कहा।

“वे इससे अधिक नहीं कर सकती थीं। वे इतने भर के योग्य ही थीं,” अम्बर ने कहा। रणदीप सचमुच कठोर थी। बात मुँह पर कह देने वाली। उसने उसकी तरफ़ यूँ देखा जैसे कह रही हो—सर, जो मैं कह रही हूँ, उसका कोई मतलब है। अपने आप को सँभालिए। अगर आप और ध्यान देते तो वे लड़कियाँ इससे बढ़िया काम कर सकती थीं। अम्बर को महसूस हुआ कि उसने सचमुच कम मेहनत की थी।

एक आदमी उसके ठीक सामने स्टेशन पर बैठा था। वह एक अध्यापक था। ट्रेन थोड़ी-सी लेट हुई थी और उसकी थोड़ी-सी शराब उतर गई थी। और उसने बिलकुल थोड़ी-सी और पी ली थी। दो पुलिस वाले अचानक ही धुँध में से प्रगट हो गए थे। उनमें से एक स्वयं ही पूरा शराबी हुआ पड़ा था। वे उसको पब्लिक प्लेस पर शराब पीने के दोष में रेलवे पुलिस की चौकी पर चलने के लिए कह रहे थे। अध्यापक ने अपनी ग़लती मानी। पर शराबी थानेदार बजिद था। वह उसको चौकी ले जाने के लिए खींच रहा था। अध्यापक कह रहा था कि उसकी ट्रेन छूट जाएगी। अम्बर उस अध्यापक का अपमान होता देखता रहा। अध्यापक ने ना चाहते हुए भी उनके इंस्पेक्टर जनरल के साथ अपनी जान-पहचान का हवाला दिया। थानेदार तो न पिघला, पर उसके साथ का सूफी सिपाही थानेदार को खींचकर ले गया।

गाड़ी आ गई। वह गाड़ी के चलते ही सो गया।

उसने धूप में खड़ी कतार को फिर अपने सामने हाज़िर होने का हुक्म दिया। जम्मू का अगला बन्दा जो उसके सामने पेश हुआ, वह उसके अपने गाँव का बचित्तर सिंह आढ़तिया था।

‘तू जम्मू में कैसे?’

‘मैं परिवार सहित यहाँ आ गया हूँ। यहाँ मैंने अपना शैलर लगाया है, जम्मू से बाहर। यहाँ का चावल बहुत महँगा बिकता है।’

‘चलो, काम बताओ क्या है?’ अम्बर ने बेलाग होकर पूछा। यह तो वह भी जानता था कि जम्मू का चिनाब नदी के पानी से पाला-पोसा चावल बहुत प्रसिद्ध था।

‘मेरे बेटे को पढ़ाई में गाइड करो। मैंने उसको तुम्हारे बारे में बताया है।’

‘भाई जी, तुम चालों के साथ मेरे भाई से ज़मीन ख़रीद चुके हो। पहले उसे पैसे देते रहे, फिर ज़मीन लिखवा ली। पैसा और ज्ञान, दो-दो चीज़ें तुमने क्या करनी हैं। चलो आगे।’

कतार में खड़ा अगला चेहरा देखकर वह काँप उठा। सामने ज़ोया खड़ी थी। उसके कपड़े सने हुए थे। उसके चेहरे पर मिट्टी लगी हुई थी।

‘ज़ोया, तू इनमें कैसे?’ वह लगभग रोती आवाज़ में बोलता हुआ उसकी ओर बढ़ा और उसने उसकी आकर्षक लाल गालों को साफ़ किया। उसके कपड़े झाड़ते हुए उसने उसे अपनी बाँहों में कसकर भर लिया, उसकी रुलाई निकल गई।

उसकी आँख खुल गई। जम्मू आ गया था। लोग अपना-अपना सामान समेट रहे थे। गाड़ी ने यहाँ से आगे नहीं जाना था। वह पहले नींद में से और फिर कुछ पल बाद सपने में से बाहर निकला। शुक्र है, यह सपना था। यह भी अच्छा था कि उसको रोते हुए किसी ने नहीं देखा था। लोगों में अफरा-तफरी मची हुई थी। अम्बर को ऐसी कोई जल्दबाज़ी नहीं थी। सपने में से निकलते हुए सबसे पहले उसको अहसास हुआ कि उसने आढ़तियों के लड़के को पढ़ाने से इनकार कर ग़लती की थी। जिसे भी पढ़ाया जाना ज़रूरी था, उसे पढ़ाया जाना चाहिए था। एक पल के लिए उसके अन्दर इच्छा जागी कि वह दुबारा नींद में जाए और आढ़तिए के लड़के को समझाए। कम से कम उसको अपने पिता जैसा बनने से रोके। पर वह समय बीत चुका था। फिर उसने ज़ोया के बारे में सोचा। ज़ोया उस कतार में क्यों आ गई? यह बात भी सच थी कि वह ज़ोया की कुछ बातों से ज़ख़्मी हुआ था।

"मैं तुम्हारे लिए कई बार ग़लत बोल जाती हूँ, तुम ग़ुस्सा ही नहीं करते। तुम ग़ुस्सा अन्दर रखोगे तो यह ठीक नहीं," ज़ोया ने एक बार कहा था। तब अम्बर को लगा था कि वह ग़ुस्सा नहीं करता था। हाँ, वह उसको प्यार करता था। वह अपने आप को भी तो डाँटता था। यदि ज़ोया ने डाँट दिया तो क्या हुआ? अब उसकी समझ में आया कि उसका अचेत मन ज़ख़्मी हुआ था। इसीलिए वह मैट्रोमोनियल देखता रहा था।

'ज़िन्दगी में एक बार फिर मुझे एक औरत का प्यार हासिल करने के लिए उसके साथ विवाह करवाना पड़ रहा था। पर विवाह तो प्यार का बदल नहीं हो सकता।' उसके दिमाग़ ने बाहर निकल कर उसके सिर का एक चक्कर लगाया। उसने एकदम अपने आप को बदला-बदला महसूस किया। गाड़ी में थोड़े-से मुसाफिर बचे थे। वे अपना सामान समेट रहे थे।

वह उठा और उसने अपना कम्बल तहा कर बैग में रख लिया। बैग में किताबें थीं, कपड़े थे, पानी की बोतल थी और बैग भारी था। उसने बैग को हल्का करने के बारे में कई बार सोचा था, पर इसका कोई हल नहीं था। उसके पास सूट कम थे और ये उसको साथ ही उठाने पड़ते थे। पानी की बोतल और कम्बल के बिना भी गुज़ारा ठीक नहीं था।

वह डिब्बे से निकलने वाला अन्तिम यात्री था। स्टेशन पर बहुत कम लोग थे। वह आहिस्ता-आहिस्ता सीढ़ियाँ चढ़ता रेलवे ब्रिज पर आ गया। सवेर के पाँच बज चुके थे। ठंड काफ़ी थी। पुल पर खड़े होकर उसने जम्मू शहर पर निगाह दौड़ाई। सामने बागे बाहू वाली पहाड़ी के क़रीब ज़ोया अपने घर में सो रही होगी। उसने ज़ोया को सोते हुए कभी नहीं देखा था। जब कभी वह कहीं रात में रहने गए थे तो सोए नहीं थे। यदि वह ख़ुद घड़ी भर सोया भी था तो ज़ोया ने उसको जगा लिया था। वह उसके कानों पर हल्की दंतकटी करती थी। नाक को मुँह में डालकर

चूसती थी। और वह जाग उठता था। उसमें किरनजीत जैसी सदियों की पकी हुई शरम नहीं थी। वह उस किले में से बाहर आ गई थी जिसमें मर्द ने कई सदियों पहले उसको बन्द कर दिया था। वह अपने आप को मर्दों से कम नहीं आँकती थी। वह उसके बराबर खड़ी होती थी। उसके जागते ही वे एक मिनट के अन्दर घंटों में फैले आनन्द सफ़र पर चल पड़ते थे।

रेलवे ओवर ब्रिज की सीढ़ियों के पास बने मोर्चे में उसको जे.के. पुलिस का सिपाही खड़ा दिखाई दिया। उसको लुधियाना रेलवे स्टेशन की याद हो आई जहाँ एक पढ़े-लिखे आदमी ने ग़लती की थी। जहाँ वही ग़लती करने वाला थानेदार उसको डाँट रहा था। पढ़े-लिखे व्यक्ति को समझ में आ गया था कि शराबी होने के बावजूद वह थानेदार उसको थाने ले जा सकता था। उसकी ट्रेन मिस करवा सकता था। उसको रात भर परेशान कर सकता था। उसकी अगले दिन की कक्षाएँ छुड़वा सकता था। उसके अन्दर का अध्यापक इस घाटे पर नाराज़ हो सकता था। थानेदार उस पर पब्लिक प्लेस पर शराब की एक घूँट पीने के पीछे केस दर्ज़ करा सकता था। अपमान तो ख़ैर वह कर ही रहा था।

अम्बर ने उस पढ़े-लिखे आदमी की आँखों में आँखें डालकर देखा था। चाय पीने के लिए वह एक दुकान पर बैठ गया। इस बहाने कुछ समय और बीत जाएगा। वह अपनी मकान मालकिन आंटी की नींद ख़राब नहीं करना चाहता था। अभी सवा पाँच हुए थे। छह बजे तक आंटी उठ जाते थे। वह ख़ुद बेवक्त यात्राओं वाली कठिन ज़िन्दगी जी रहा था, इसलिए कठिनाई के अर्थ को समझता था। वह रात में आए सपनों के बारे में सोचता-सोचता उस पढ़े-लिखे व्यक्ति की बेइज़्ज़ती के बारे में सोचने लगा। कहीं वह भी एक सपना तो नहीं था। नहीं, वह सपना नहीं था। वह यद्यपि नशे में था, पर उसको सब कुछ याद था। उसने सोचा, बेइज़्ज़ती तो आम व्यवहार था। यह तो हरेक के साथ ही कभी न कभी घटित होता ही है। यदि वह व्यक्ति पढ़ा-लिखा न होता, फिर यह अधिक बार होता।

उसके अन्दर एकदम से आवाज़ आई, 'मैं दुबारा विवाह के झंझट में नहीं पड़ूँगा। मैं घूम-फिर कर दुनिया देखूँगा। मुझे बहुत तरह की स्त्रियाँ मिल जाएँगी। मैं क्यों किसी एक तक सीमित होऊँ। मैं नई नदियाँ और नए पहाड़ देखूँगा।' उसके सिर पर घूमता तनाव का गोला फट चुका था।

उसका ज़ोया के साथ प्यार उसकी अचम्भित होने की सामर्थ्य में से निकला था। वह ज़ोया से अचम्भित हो गया था। अब वह ज़ोया को जान चुका था। वह उसके पहाड़ों और समन्दरों को घूम कर देख चुका था। वह इस धरती की सारी जगहें देख चुका था। उसका ध्यान अब आकाश के अन्दर वाले तारों की तरफ़ था।

अन्तिका

अम्बर और सातवें अम्बर की परी

अम्बर ने ज़ोया को बता दिया कि वह दुबारा विवाह के बन्धन में अपने आप को नहीं बाँधेगा। वह किरनजीत से तलाक़ लेकर बच्चों के बड़ा होने तक उसके साथ रहेगा। ज़ोया चाहे तो उसको मिलती रह सकती थी। ज़ोया चाहे तो अन्य किसी को अपना दोस्त बनाने के लिए स्वतंत्र थी। ज़ोया चाहे तो किसी के साथ विवाह भी करवा सकती थी।

ज़ोया को ग़ुस्सा नहीं आया था। उसकी अपनी कुछ ग़लतियाँ थीं जिनकी वजह से अम्बर इस नए रास्ते पर चल पड़ा था।

"अम्बर इस प्रकार अकेली लड़की को कमरे में न बिठाया कर," एक दिन उसने अम्बर को सख़्ती के साथ कहा था।

"ज़ोया, उस लड़की को शादी के लिए कोई रिश्ता आ रहा है, वह उसके बारे में मेरे से मशविरा ले रही थी," अम्बर सफ़ाई दे रहा था। वह उसकी ओर अजीब नज़रों से देखता रह गया था। इन अजीब नज़रों के अर्थ ज़ोया को कई दिन बाद समझ में आए थे। वह ज़ोया के अन्दर से जाग रही एक कठोर पत्नी को पहचान गया था।

ज़ोया ने अपने मालिकों का दूसरा पटनीटॉप वाला होटल चेक करने के लिए जाना था। होटल 'चिनाब व्यू' बन्द होने के कगार पर पहुँच गया था। मालिकों ने ज़ोया को अपनी पसन्द का मैनेजर वहाँ लगाने के लिए कहा था। मालिक ख़ुद अपने दिल्ली वाले दो होटलों में व्यस्त हुआ पड़ा था। ज़ोया ने अभी पिछले महीने दिल्ली से ही अपने कॉलेज के समय के जूनियर रहे अजय ठाकुर को बुलाकर पटनीटॉप वाले होटल 'चिनाब व्यू' का मैनेजर बना दिया था। ज़ोया ने अम्बर को इस बात के लिए राजी कर लिया कि वह इस सप्ताह मलेरकोटला नहीं जाएगा। वे दोनों पटनीटॉप जाएँगे। शुक्रवार जैसे ही उसने यूनिवर्सिटी में अपना काम समाप्त किया, वह ज़ोया की कार में आ बैठा।

"यदि तेरे मालिकों को पता लग गया कि मिस ज़ोया एक मित्र के साथ रात होटल में रही है तो...?" अम्बर ने पूछा।

"होटलों के अधिकतर मालिक इन मसलों के बारे में खुलेदिल वाले हो जाते हैं। होटलों में इतना कुछ होता है, इतनी तरह के लोग यहाँ आते हैं, उन्हें ये बात बहुत छोटी लगती है।"

ज़ोया की समझ में आ गया था कि अम्बर का पुरुष अहं ज़ख़्मी हुआ था। वह जानती थी कि इक्कीसवीं सदी के दूसरे दशक के पुरुष की ईगो अब भी बहुत

ताकतवर थी। उसकी ताकत के सामने अम्बर का वश नहीं चला था। उसने तो ज़ोया को कभी भी नहीं डाँटा था। ज़ोया को अपनी कही बातों पर रह रहकर पश्चाताप हो रहा था। उसने अम्बर को औरत तक कहा था। अम्बर का अवचेतन मन समझ गया था कि ज़ोया विवाह के बाद उसके साथ यही कुत्तापन करती रहेगी। 'हाय, मुझे इतनी जल्दबाजी क्यों पड़ गई थी? क्या मैं अम्बर को अपने आप ही गँवा रही हूँ? मैं रो-रो मर जाऊँगी।'

होटल 'चिनाब व्यू' से चिनाब दरिया दिखाई देता था। अम्बर को दरिया का नज़ारा दिलकश तो लगा, पर कुछ था जो कह रहा था, मैं तेरा आनन्द उठाने की स्थिति में नहीं हूँ। बगलीहार डैम से पीछे तक चिनाब दरिया पर बनी नीली झील यहाँ से बड़ी साफ़ दिख रही थी। कुछ साल पहले अम्बर बच्चों सहित डोडा गया था। तब डोडा शहर का पुराना पुल 'पुल डोडा' झील में डूब रहा था। तब जम्मू कश्मीर के मिलीजुली आबादी वाले इन इलाकों में बहुत तनाव वाला माहौल था। जम्मू-कश्मीर यूनिवर्सिटी के डायरेक्टरेट ऑफ़ आउटरीच ने अम्बर को तीन स्थानों पर लेक्चर देने के लिए भेजा था ताकि लोगों में पारस्परिक तनाव कम करने के लिए कुछ किया जा सके। उसका पहला लेक्चर रामबन के हॉर्टिकल्चर के ज़िला दफ़्तर में लड़कियों की ट्रेनिंग-वर्कशॉप में था। दूसरा डोडा के सीनियर सिटीज़न्स की मीटिंग में और तीसरा चिनाब वैली पब्लिक स्कूल, डोडा के बच्चों और अध्यापकों के लिए था। अम्बर अपने परिवार को संग ले गया था। हाँ, वह सामने खड़े होकर दिखाई देती सड़क से होकर गए थे। उन्होंने डोडा के नए पुल पर खड़े होकर पुराने पुल डोडा को चिनाब की झील में डूबते हुए देखा था। पुल, डोडा का पूरा अड्डा और आसपास की सारी दुकानें ख़ाली हो चुकी थीं। पानी उनके ऊपर तक चढ़ आया था। पानी को अभी और ऊपर चढ़ना था।

"पापा, इस झील में डूबी दुकानें, सड़कें और गाँव कब तक डूबे रहेंगे?" शीरी ने पूछा था।

"जब तक डैमों की आवश्यकता रहेगी। डैम मुक्त सभ्यता में ये फिर बाहर निकल आएँगे। फिर लोग अपने पुरखों के घरों को तलाशेंगे," अम्बर ने कहा था।

बच्चों की याद आते ही अम्बर ने किरनजीत का नम्बर डायल किया। वह सवेर से चार बार फ़ोन कर चुका था। कल वह इस सप्ताह मलेरकोटला न आ सकने के बारे में किरनजीत को बता चुका था। आज किरनजीत फ़ोन नहीं उठा रही थी। क्या वह अपनी नाराज़गी दिखा रही थी? क्या वह बच्चों और अम्बर के मध्य दूरी बढ़ा रही थी? क्या वह अम्बर को यह दिखाना चाहती थी कि बच्चों से दूर होकर वह कितना दुखी और असहज हो सकता था? शायद वह यही सब कुछ कर रही थी। इसका प्रभाव अम्बर स्वीकार भी कर रहा था। किरनजीत इस सप्ताह से ही ऐसा करने लगी थी। बच्चों से दूरी के अहसास ने अम्बर को ऐसा महसूस करवाया था

मानो कोई उसकी आँतों को बाहर खींच रहा हो। वह बिछोड़े के दर्द को अनुभव कर रहा था। वह इस दर्द को झेलने में असमर्थ सिद्ध हो रहा था। शीरी और नूरत को वह अपने से दूर हुआ नहीं देख सकता था।

ज़ोया ने कार में से सामान बाहर निकाला और होटल की ओर चल दी। अम्बर उसके पीछे-पीछे था। जीन और जैकेट में ज़ोया बड़ी फुर्तीली लग रही थी। रात में उसने अम्बर को प्यार करना था, उसकी कल्पना से ही अम्बर तनाव से बाहर आने लगा।

कमरे में जाकर अम्बर ने कपड़े बदले। फीके काले रंग का सलवार-कुरता अम्बर अपने टी.वी. वाले प्रोग्राम में पहनता था। आज ज़ोया देखेगी तो उसको अच्छा लगेगा। ज़ोया के पापा भी कभी कभार सलवार-कुरता पहनते थे। प्रेस-क्लब में अम्बर ने उन्हें देखा था। बँधी हुई दाढ़ी वाला ऊँचा-लम्बा सरदार जिसके चेहरे पर पुलसिया रौब-दाब फैला हुआ था।

"आपको स्टाफ के लिए सादा भोजन बनाना चाहिए। ऐसा हो ही नहीं सकता कि जो लोग होटल में काम करते हैं, वो होटल के खाने की उम्मीद न करें। अगर वो लोग लग्ज़री खाना चाहते हैं तो उनको डिस्काउंट पर दीजिए," ज़ोया की आवाज़ आ रही थी। वह अजय को समझा रही थी।

"दीदी, हम दिल्ली में...।"

"अजय दादा, अगर जम्मू कश्मीर में एक कामयाब मैनेजर बनना है तो मेरी बात मान लो। दिल्ली एक महानगर है, वहाँ आपके कर्मचारियों के पास बीसियों तरह के ऑप्शन्स रहते हैं। यहाँ पटनीटॉप में होटलों के सिवाय और कुछ भी नहीं है। एक ढाबा तक नहीं," ज़ोया समझा रही थी।

अजय ठाकुर उससे उम्र में बड़ा है, पर कॉलेज में जूनियर हुआ करता था। अपने साथ पढ़ती कोलकाता में बसी चीनी परिवार की लड़की को प्यार करता था। वे दोनों ज़ोया से नोट्स लिया करते थे। चीनी लड़की वांग सू ने उसको चीनी मुहल्ला दिखाया था जहाँ चीनियों के कितने ही रेस्टोरेंट थे। अचानक ज़ोया को वांग सू पूरी की पूरी याद आ गई। शान्ति निकेतन जाने के लिए उन तीनों ने कोलकाता से ट्रेन पकड़ी थी। वांग सू अजय के बग़ैर नहीं रह सकती थी। ज़ोया खिड़की की तरफ़ बैठी, बाहर बंगाल के खेतों और नारियल के दरख़्तों के साथ-साथ गाँवों को निहार रही थी। उसकी कल्पना में वहीं कहीं देवदास और पार्वती घूमते रहे होंगे। उसको तलाबों और नारियलों की ख़ूबसूरती प्रभावित कर रही थी।

"तुम्हारे लोग चीनी इंकलाब के समय भारत में आए होंगे?" उसने अपने सामने बैठी वांग सू से पूछा था।

"नहीं, हमारे लोग 1820 के बाद भारत आने लगे थे," वांग सू अजय के साथ बात करनी रोक कर ज़ोया की तरफ़ हो गई थी। उसकी छोटी-छोटी आँखें

किसी बच्चे की आँखों की तरह चहक रही थीं। वह अजय को कितना प्यार करती थी।

"अपना देश छोड़ने का क्या कारण था?" ज़ोया ने पूछा था।

"अफीम युद्ध और राजनीतिक अस्थिरता। हमारे लोगों को इंडिया में लैदर के काम की सम्भावनाएँ दिखती थीं और वो लैदर के काम में सफल भी हुए," वांग सू अजय का हाथ अपने हाथों में पकड़कर बैठी हुई थी।

शान्ति निकेतन देखने के बाद वह अजय के गाँव में रात को ठहरे थे। उन्होंने अजय के घरेलू तालाब की मछली खाई थी। सवेरे उठकर उन्होंने अजय के आँगन में खड़े नारियल के पेड़ से नारियल तोड़कर उसका पानी पिया था। अजय और वांग सू में सब कुछ ठीक चल रहा था। फिर भी परिवार के साथ कैनेडा जाते समय वांग सू से अजय का हाथ छूट गया था।

पश्चिमी बंगाल की कम्युनिस्ट सरकार के लम्बे शासन काल में सीटू की हड़तालों के कारण महानगर कोलकाता और अन्य जगहों की इंडस्ट्री या तो ख़त्म हो गई थी या दूसरे प्रान्तों में चली गई थी। चीनी भाईचारा भी विदेशों की ओर मुँह कर चुका था। अजय दिल्ली के एक होटल में असिस्टेंट मैनेजर के तौर पर बहुत कम वेतन पर काम करता था। टूटे दिल वाले अजय को ज़ोया ने बार-बार फ़ोन करके सँभाला था। अम्बर को याद आया, एक बार वह मानसर झील के आस पास सैर कर रहे थे तो अजय का फ़ोन आया था।

ज़ोया उसे समझा रही थी, "अजय दादा, जाने वाले की खातिर मरा नहीं करते, धरती पर बहुत लोग हैं, कोई और मिल जाएगा।"

यह सुनकर अम्बर को तसल्ली हुई थी कि यदि उसको कुछ हो गया तो ज़ोया सँभल जाएगी। उसकी याद में अपनी ज़िन्दगी बर्बाद नहीं करेगी।

ज़ोया ने होटल के कमरे की बॉलकोनी में पड़ी कुर्सी पर बैठते हुए दूर तक फैले पहाड़ों पर निगाह डाली। सारी कायनात सोई पड़ी थी। उसको तनाव में छोड़कर अम्बर भी सो गया था। उसने हाथ में पकड़े गिलास में से व्हिस्की का घूँट भरा।

रात के दो बज रहे थे। एक घंटा पहले वह दोनों कितने नशे में थे। उन्होंने तीन घंटे, पूरे तीन घंटे पूरी तरह आनन्द में गुज़ारे थे।

विवाह के बग़ैर तो अम्बर कभी भी वापस जा सकता था। उसकी पत्नी थी, बच्चे थे, बना-बनाया घर था। नहीं, ज़ोया ऐसी असुरक्षित स्थिति में नहीं रह सकती थी। वह अम्बर को विवाह के लिए मनाएगी। अम्बर का फ़ैसला सुनते ही वह चुप हो गई थी। वे दोनों चुपचाप बैठे व्हिस्की शिप करते रहे थे। अम्बर ज्यों-ज्यों और

अधिक पी रहा था, और ज़्यादा नशे में उतरता चला गया था। ज़ोया जैसे-जैसे और पी रही थी, नशे से बाहर निकलती चली गई थी।

अम्बर को सोने की तैयारी में लगा देख वह बाथरूम में आ गई थी। वह आदम कद आईने के सामने खड़ी हो गई। उसका ख़ूबसूरत बदन उसके सामने था। शायद अम्बर का मन भर चुका था। ज़ोया को एक-एक कर अपनी ग़लतियों का अहसास हुआ। पर...पर उसका ग़ुस्सा प्यार का बदला हुआ रूप ही तो था। किरनजीत के साथ ईर्ष्या के बीच वह ग़ुस्से से भर जाती रही थी। किस प्रकार एक व्यक्ति एक ही समय में दो स्त्रियों के साथ रह सकता था। परन्तु यह उसके सामने था। अम्बर रहता रहा था। उसका अपना अम्बर जो उसको जी-जान से प्यार करता था। जो उसकी खातिर आने वाले दिनों में तलाक लेने वाला था। किरनजीत और अम्बर में लड़ाई-झगड़ा तो कोई नहीं था। यह तो ज़ोया का प्यार ही था जो उससे इतना बड़ा फ़ैसला करवा रहा था। नहीं तो वह भी लोग थे जो सब कुछ कर कराकर एक तरफ़ हो जाते थे।

उसने अपना गाउन पहना और बाहर बॉलकोनी में आ बैठी। चन्द्रमा की चाँदनी में चिनाब दरिया का पानी चमक रहा था। जम्मू-श्रीनगर हाई-वे पर से ट्रकों के ब्रेकों की आवाज़ें आ रही थीं।

अम्बर और ज़ोया ने शुरू में ही यह स्वीकार किया था कि उनमें में कोई भी, कभी भी अपना फ़ैसला बदल सकने के लिए स्वतंत्र था। ज़ोया ने अनुभव किया कि यह फैसले तो उन्होंने ठीक किए थे, पर अब वह ख़ुद अम्बर के फैसले के अनुसार तैयार नहीं हो पा रही थी।

वह अन्दर कमरे में आई तो अम्बर ठंड के कारण सिकुड़ा पड़ा था। ज़ोया ने कम्बल खींचकर अम्बर के ऊपर ठीक से ओढ़ा दिया। उसने अम्बर की करवट बदलकर पीठ अपनी तरफ़ कर ली। इस प्रकार वह अम्बर के साथ लिपटकर सो सकती थी। अपना कम्बल ऊपर लेते हुए उसने अपने आप को अम्बर के साथ पूरी तरह जोड़ लिया। उसकी ठोड़ी अम्बर के कन्धे पर थी। उसकी छाती अम्बर की पीठ से चिपकी हुई थी। उसकी टाँगें अम्बर की टाँगों के साथ जुड़ी हुई थीं। उसने हमेशा यही सपना लिया था। सोते समय वह अम्बर के साथ ऐसे ही चिपक कर सोया करेगी। आज वह उसी प्रकार लेटी हुई थी। उसका मन किया, इस रात के दौरान उठाए जाने वाले आनन्द की याद को हमेशा के लिए अपनी ख़ाली ज़िन्दगी में भर ले। पर वह जानती थी कि अम्बर की अनुपस्थिति में फिर वह उसके साथ को तड़पेगी। यादें कुछ देर के लिए बहलाती थीं, पर यादें वर्तमान के ख़ालीपन को भर नहीं सकती थीं। आनन्द का अचार नहीं डाला जा सकता था।

वह धरती से बहुत दूर आ चुके थे। वो सूर्य-मंडल से बहुत दूर आ गए थे। सूरज यहाँ से एक छोटे-से तारे की भाँति दिखाई देता था। उसकी तपिश यहाँ तक नहीं पहुँचती थी। ये सारे अन्य ग्रह थे जिनके नाम अभी मनुष्य ने नहीं रखे थे।

'तुम्हारे तारा वैज्ञानिकों की पहुँच अभी यहाँ तक नहीं हुई,' सफ़ेद सिल्की वस्त्रों में सजी परी ने कहा। अम्बर उसके मुख की ओर देख रहा था। मुख जो हद दर्जे तक सुन्दर और आकर्षक था और समझदारी से भरे हाव-भावों वाला था। उसकी समझ में नहीं आता था कि वह परी को देखता रहे या ब्रह्मांड के ग्रहों को देखे। वह छठे आसमान के ऊपर थे, पर अभी सातवाँ आसमान बहुत दूर था।

'हम कितनी रफ़्तार के साथ उड़ रहे हैं?' अम्बर ने पूछा।

'यहाँ तक सफ़र करने के लिए तुम्हें और तेज़ रॉकेट बनाने पड़ेंगे। हम रोशनी की रफ़्तार से उड़ रहे हैं...यह सब से तेज़ रफ़्तार है,' परी ने बताया।

उनके उड़न-खटोले ने एक ग्रह की गुरुत्व शक्ति में प्रवेश किया और तेज़ी के साथ उस ग्रह की सतह की ओर बढ़ने लगा। अम्बर को डर का अहसास हुआ तो परी ने उसको अपनी बाँहों में भर लिया। परी के जिस्म की ख़ुशबू मदहोश कर देने वाली थी। परन्तु अम्बर अपने आप को नियंत्रण में रख रहा था। वह सावधानी के साथ आगे बढ़ना चाहता था। वह वही करना चाहता था जिसकी अनुमति परी किसी शर्त के बग़ैर उसको देगी।

उड़न-खटोला ग्रह के निकट पहुँच चुका था। नीचे एक दरिया का पानी चमक रहा था। हरा भरा जंगल झूम रहा था। उड़न-खटोले के इर्द-गिर्द हवा तेज़ गति के साथ घूम रही थी। वह ग्रह की सतह के क़रीब उड़ रहे थे। जंगल के वृक्षों के पत्तो उनके नीचे उड़ रहे थे। जब वे दरिया के ऊपर से गुज़रे तो दरिया के पानी के छींटे उड़ने लगे। दूसरे किनारे पर पन्द्रह-बीस लोगों का हुजूम उनकी तरफ़ अचरज के साथ देख रहा था।

'वे हमें नहीं देख सकते। उन्हें घूम रही हवा का चक्रवात ही दिखाई देगा,' परी ने बताया।

परी ने उसको बताया, 'इस ग्रह पर रहने वाले लोग उनकी धरती के लोगों से आठ-नौ सौ हज़ार साल पीछे हैं। ये अधिकतर नंगे रहते हैं। सर्दी के मौसम में ये लोग पशुओं की चमड़ी के बने कपड़ों को अपने तन पर लपेट लेते हैं। इनके अन्दर फैशन की ललक कुछ साल पहले ही पैदा हुई है। पहले तो इनको पता ही नहीं होता था कि फैशन क्या होता है। अब इनकी नौजवान पीढ़ी कोयलों के साथ अपने कपड़ों पर फूल-बूटे बनाने लग गई है।'

चक्रवात लोगों की टोली की ओर बढ़ा तो वस्त्रहीन लोगों की टोली चीखती-चिल्लाती जंगल की ओर दौड़ पड़ी। उन्होंने अपने हाथ अपने सिरों पर टिका रखे

थे। उनका उड़न-खटोला नंगे जंगली लोगों के ऊपर से गुज़र गया। कुछ मीलों के फासले पर उन्होंने एक अन्य छोटा-सा कबीला देखा।

इस दूसरे कबीले के लोग आग पर कोई चीज़ भून रहे थे और तोड़ तोड़कर खाए जा रहे थे।

शाम का समय हो रहा था। वे झीलों और पहाड़ों के ऊपर से गुज़रे। एक मैदानी इलाके में एक अन्य कबीला दिखाई दिया। इस कबीले के लोग पहले वालों की अपेक्षा अधिक गोरे-चिट्टे थे। परी ने बताया कि ये लोग साल का बहुत सारा समय ठंड में रहते हैं। ये लोग वृक्षों से बनी हुई मदिरा पी रहे थे। अम्बर ने देखा, कुछ लोग नृत्य कर रहे थे। कुछ युगल प्रेम में मस्त थे।

'इन कबीलों में आपसी सम्बन्धों की आज़ादी है। कोई किसी के साथ भी उसकी मरज़ी पूछकर प्यार कर सकता है,' परी ने बताया।

अँधेरा होने के समय उनका उड़न-खटोला ग्रह की सतह से काफ़ी ऊपर उठ आया था। अम्बर को ग्रह की सतह पर दूर-दूर तक आग की धूनियाँ जलती दिखाई दीं। ये अलग-अलग कबीलों की धूनियाँ थीं। इतना भर अम्बर समझ सकता था।

'यहाँ हमारे रॉकेट कब पहुँचेंगे?' वह सोचने लगा।

'भविष्य में पहुँच जाएँगे, छह सौ साल पहले तुम्हारे लोगों को अमेरिका महाद्वीप के बारे में कौन सा पता था। यदि तुम्हारी धरती एटमी युद्ध के विनाश से बच गई तो वह यहाँ ज़रूर आ जाएँगे। उनके यहाँ आ जाने से ये लोग कई युग पहले ही मुख्यधारा में आ जाएँगे। शायद राजाओं वाला युग यहाँ आए ही नहीं। सीधा ही लोकतंत्रीय समाजवाद में प्रवेश कर सकते हैं।'

अम्बर को उसके शब्दों ने चौंकाया।

'तुम्हें पता है, लोकतंत्रीय समाजवाद क्या होता है?'

'सातवें आसमान की परियों को बहुत कुछ पता होता है। तुम्हारे यहाँ क्या कुछ ग़लत हो रहा होता है, उसकी भी जानकारी होती है, पर हम उसको रोक नहीं सकतीं,' परी ने अपनी ख़ूबसूरत पलकें ऊपर उठा लीं।

परी ने उसको एक गाँव दिखाया। यह इस ग्रह का पहला गाँव था। छोटी छोटी पचास-साठ झोपड़ियाँ थीं। परी ने उसको गगन बाबा के दर्शन करवाए और उसकी कहानी सुनाई।

गगन बाबा ने अपनी आँखों के आगे अपने जंगली पूर्वजों की जीवन-शैली को खंडहर बनते देखा था। उसको सारा गाँव गगन बाबा जी कहता था। यह सम्मान उसको सिर्फ़ बड़ा होने के कारण नहीं मिला था। खेतीबाड़ी की समझ सबसे पहले उसको ही आई थी। तब वह अपनी आयु के मध्य में था। उसने अपने कबीले के नौजवान लड़के-लड़कियों की अगुवाई की थी। उन्होंने खेतीबाड़ी शुरू की थी और अपनी भोजन की समस्या किसी हद तक हल कर ली थी। यह अलग बात थी कि

इसका स्थायी हल तो आगे जाकर निकलना था, जब हरे इंकलाब ने भविष्य में अकाल की सम्भावनाओं के रास्ते बन्द कर देने थे।

शुरू-शुरू में पूर्वजों ने उसको माफ़ नहीं किया था।

"लाखों बरस से हमारे बुज़ुर्ग जंगलों में रहते आए हैं। क्या वे पागल थे?" उन्होंने पूछा था।

'जंगल में रहने के लिए पागल होना ज़रूरी नहीं, समझदार बन्दे भी जंगल में रहते हो सकते हैं,' गगन बाबा ने कहा था।

फिर उसकी सफलता को देखकर वे शान्त हो गए थे। उनमें से कुछ जंगल में ही मर गए थे और कुछ गाँव में आकर उनके संग रहने लगे थे।

गगन बाबा को बड़ा सम्मान तब मिला जब उसने हर बड़ी बरसात के साथ बुझ जाने वाली आग का स्थायी हल खोजा था। यूँ भी जंगल में आग खोजने उसी को जाना पड़ता था। उसको ही जंगली रास्तों की सबसे अधिक जानकारी थी। आग लगने की अधिक सम्भावनाओं वाले ठिकानों का भी उसको पता था। वह पहले कुछ नौजवानों को साथ लेकर जंगल में लगी नज़दीकी आग वाले ठिकाने की निशानदेही करने जाता था। गाँव में वापस आकर वह एक मज़बूत मशाल तैयार करता था। मशाल तैयार कर वह गाँव के दस-बारह नौजवानों को कुछ-कुछ दूरी पर तैनात करता जाता था। अन्तिम नौजवान को लेकर कुदरती तौर पर लगी आग वाली जगह पर पहुँच जाता था।

'पकड़ इसे और तेज़ी के साथ दौड़कर अपने उस दोस्त तक ले जा,' उसने जंगल में जलती आग में से मशाल को आग लगाई और नौजवान मलखा को देते हुए कहा। इस तरह हाथों हाथ आग बुझने से पहले गाँव में पहुँच गई।

गगन बाबा ने ही गाँव में एक बड़ा अलाव जलाकर उसकी रक्षा की जिम्मेदारी एक बुज़ुर्ग को सौंपने का सुझाव दिया था।

'बाबा जी, यह जिम्मेदारी भी अब आप ही उठाएँगे। आपको तीन समय का भोजन गाँव का हर घर बारी-बारी से दिया करेगा। धूने के पास बालण का बड़ा ढेर लगा दिया जाएगा,' गाँव के लोगों ने विनती की थी।

गगन बाबा नित्य नए से नए भोज्य पदार्थों से परिचित होने लगा था। कई जड़ों और अन्य फल-सब्ज़ियों से तो वह भी वाकिफ़ नहीं था। वह खाना लाने वाले को उस नए भोजन से होने वाले लाभों के बारे अवश्य पूछता था। इस प्रकार, सारे गाँव के घरों में इकट्ठा हुआ ज्ञान अकेले बाबा गगन के पास एकत्र होना शुरू हो गया।

घुमन्तू कबीले यदि गाँव में आते तो वे बाबा की झोपड़ी के पास ही ठिकाना करते। दुनिया भर की जानकारी बाबा के पास उनके माध्यम से पहुँच जाती। बाबा आग के आस-पास ही रहता। बालण के बड़े ढेर में से लकड़ी का टुकड़ा आग

को जलाए रखने के लिए फेंकता रहता। दूर के गाँवों के यहाँ से होकर गुजरने वाले राही भी बाबा के पास रुककर जाते। बाबा के पास ज्ञान जमा होता गया।

बाबा की प्रसिद्धि दूर-दूर तक फैलती चली गई। उसकी आग सँभालने वाले उसके कितने ही शिष्य पैदा हो गए। गगन बाबा का ठिकाना एक डेरे के तौर पर प्रसिद्ध हो गया था।

बाबा के देखते-देखते उनके दूर-पास और भी कई गाँव बस गए थे। बाबा ने एक सभ्यता अपने अन्त की ओर बढ़ती देखी थी और दूसरी को पैदा होते देखा था।

अम्बर सहमति के साथ सिर हिलाने लगा। उसने कुटिया के बाहर एक तख़्तपोश पर बैठे गगन बाबा को अपने चेलों के साथ वार्ता करते देखा।

'मैं यहाँ से अपनी धरती देख सकता हूँ?' वह चारों ओर फैले तारों के संसार को देख रहा था।

'इस दिशा में जो हज़ारों तारे दिखाई दे रहे हैं, उनमें ही एक तेरी धरती है।'

कुछ ही घंटों में वे एक अन्य ग्रह के गुरुत्व घेरे में प्रवेश कर गए।

'मेरी इस ग्रह को देखने की बड़ी इच्छा थी,' अम्बर ने बताया।

'मैंने तेरे मन की इच्छा को पढ़ लिया था। यहाँ सिर्फ़ सातवें आसमान की परियाँ ही आ सकती हैं,' परी ने बताया। यह ग्रह इतना ख़ूबसूरत था कि अम्बर आश्चर्यचकित रह गया। उसने देखा, सारा ग्रह हरा-भरा और साफ़-सुथरा है। इसके समन्दर और झीलें साफ़ पारदर्शी पानी वाली हैं। जनसंख्या बहुत कम है। यहाँ देशों की सीमाएँ ख़त्म हो चुकी हैं। जहाज़ों, रेल गाड़ियों और कारों-मोटरों का प्रयोग बहुत सीमित है। यहाँ सब कुछ बिजली से चलता है। विवाह की संस्था समाप्त हो चुकी है। लोग जोड़ियाँ बनाकर रहते हैं, पर एक-दूसरे से मन भरते ही बिना लड़े-झगड़े अलग हो जाते हैं। ये लोग प्रकृति की गोद में रहते थे।

'क्या मैं यहाँ बस सकता हूँ?'

'नहीं, बिलकुल नहीं,' परी ने कहा, 'यहाँ सर्वोत्तम जीन्स वाले लोग ही बसते हैं।

यह बहुत कम बीमार होते हैं। इनकी आयु तुम्हारी धरती के लोगों की अपेक्षा अधिक होती है। अम्बर, तू धरती पर सबसे अधिक पढ़े-लिखे लोगों में से एक है, पर असल में, तुझे भी बहुत कम ज्ञान है। इस ग्रह के लोग तेरे से भी बहुत आगे हैं। गगन बाबा ने जैसे एक नया युग शुरू होता देखा था। वैसे अम्बर तू भी धरती पर एक नया युग प्रारम्भ होता देख रहा है। तुम्हारी नस्ल अब धरती पर अपने अन्तिम पड़ाव पर है। बीमारियों से रहित स्वस्थ अंगों वाली नई नस्ल के मनुष्य शीघ्र ही तुम्हारी जगह ले लेंगे।'

उसने देखा, इस ग्रह पर लोग मशीनों में पैदा होते हैं। बच्चों का पालन-पोषण माता-पिता के बजाय पेशावर लोगों द्वारा किया जाता है। माँ-बाप का रिश्ता ख़त्म

हो चुका है। ग्रह पर मनुष्य प्रजाति को बचाए रखने के लिए लोग स्व-सेवा भावना के साथ अपने अंडे दान करते थे।

'इस ग्रह के लोग अपनी तीन बड़ी समस्याओं को हल कर चुके हैं। इन्होंने काल, महामारी और हिंसा पर नियंत्रण पा लिया है। अभी-अभी इन्होंने प्रदूषण की समस्या पर भी विजय हासिल कर ली है,' परी ने हर जगह फैले आसमान छूते वृक्षों और पुरानी धुआँ उग़लती फैक्टरियों के खंडहरों की तरफ़ इशारा किया।

अम्बर ने इस ग्रह से उड़ते रॉकेटों को क़रीब से देखा। उसको पता था कि यहाँ के लोग दूसरे ग्रहों पर छुट्टियाँ बिताने जाते थे। उन्होंने बड़ी तेज़ी के साथ ग्रह का चक्कर लगाया और फिर ग्रह से दूर होना शुरू हो गए।

उसी समय एक झटका लगा। उनका उड़न-खटोला उस ग्रह की गुरुत्व सीमा से बाहर निकल आया। वह तेज़ी के साथ सातवें आसमान की ओर बढ़ने लगे। अम्बर ने किरनजीत को याद किया। शीरी और नूरत की शक्ल आँखों के आगे से गुज़री। उसको करोड़ों मील के फासले का अहसास हुआ। परी के साथ वह कितना ख़ुश था। सम्भव है, यदि परी की शर्तें अधिक सख़्त न हुईं तो वह परी देश में रहने का निर्णय कर ले।

वह परी देश में दाख़िल हो गए। इस परी देश की दुनिया उसके पहले देखे परी देश से भिन्न थी। अम्बर तो कल्पना भी नहीं कर सकता था। यह परी देश छोटे-छोटे तारों की दुनिया थी। तारे आसमान में लटके हुए थे। रात का समय था, पर सारे तारों पर रोशनी ही रोशनी थी। परी का उड़न-खटोला उसके घर के ऊपर उतरा। परी ने उड़न-खटोला छत पर बने एक कमरे में खड़ा कर दिया। परी इस घर में अकेली रहती थी। घर की दीवारें क़ाँच की बनी हुई थीं। दीवारों पर पर्दे लटक रहे थे। घर की रसोई में सैकड़ों क़िस्म के भोजन थे।

भोजन करने से पहले उन्होंने एक उत्तम क़िस्म की मदिरा पी।

बाथरूम जाने के बाद अम्बर जब परी के कमरे में दाख़िल हुआ तो परी फूलों की पत्तियों के साथ सजी सेज पर बड़े आराम से लेटी थी।

'परी देश में पुरुष नहीं होते। यहाँ जितने भी पुरुष हैं, वे धरती से लाए गए हैं। बहुत कम पुरुष यहाँ रहने का आनन्द उठाते हैं,' परी ने बताया।

'वो क्यों?' अम्बर झिझकता-झिझकता परी के साथ लगकर लेट गया।

'वो इसलिए कि यहाँ की शर्तें हर पुरुष को स्वीकार नहीं होतीं।

'क्या-क्या शर्तें हैं?' अम्बर ने पूछा।

परी उसको डराना नहीं चाहती थी। वह चाहती थी कि अभी वह थोड़ा और आगे आ जाए। पर वह यह भी बिलकुल नहीं चाहती थी कि वह उसकी ख़ूबसूरती में डूबकर यहीं रहने का फ़ैसला तो कर ले, पर बाद में पछताता रहे। बहुत सारी परियों का जीवन ऐसे ही पुरुषों के साथ रहने के कारण नरक बन

चुका था। ऐसी परियों के घरों में से पुरुषों के चीखने-चिल्लाने की आवाज़ें अक्सर सुनाई देती थीं।

'तेरा छूने को मन करता है? छू ले, पर अपने आप पर नियंत्रण रखना,' परी ने अनुमति दे दी।

परी ने उठकर कमरे का चक्कर लगाया ताकि अम्बर उसको अच्छी प्रकार से देख सके। वह बाथरूम में चली गई।

बेड पर लेटते हुए परी ने कहा, 'यदि तूने मेरे साथ रहने का फ़ैसला किया है तो तू वापस नहीं जा सकेगा।'

अम्बर को छठे आसमान की परी याद आई। 'ये सभी एक जैसी ही होती हैं,' उसने सोचा।

'पर जैसे तू मुझे लेकर आई है, वैसे मैं भी तो अपने बच्चों के पास जाकर मिल सकता हूँ और फिर वापस आ सकता हूँ,' अम्बर ने उज्र किया।

'नहीं, बिलकुल नहीं। यही एक नियम है। तू उस संसार के साथ फिर कोई नाता नहीं रख सकेगा। तुझे परी देश का आनन्द लेने के लिए उस संसार से टूटने की पीड़ा झेलनी पड़ेगी। बहुत शक्तिशाली पुरुष ही यह पीड़ा झेल सकते हैं। जो यह समझ सकते हैं कि पीछे छूट गए लोगों ने अपने आप को आख़िर सँभाल ही लेना होता है। मैं बहुत कुछ जानती हूँ, पर मेरी भी एक सीमा है। मैं नहीं जानती कि तू वह पीड़ा झेल सकेगा कि नहीं। यह तुझे देखना है। यदि तुझे यह मंजूर नहीं तो मैं तुझे वापस तेरी दुनिया में छोड़ आऊँगी।'

अम्बर और सातवें आसमान की परी ने दिनभर आनन्द उठाया था। उस घर में कोई नहीं आया था। एक छोटे-से गाँव के आकार के आसमान में लटकते उस ग्रह के टुकड़े पर गिने-चुने घर थे। इस ग्रह पर इतने वृक्ष थे कि यूँ लगता था जैसे जंगल में रहने के लिए कुछ घर बनाए गए हों। परी शाम का एक विशेष खाना लेने गई हुई थी। अम्बर बॉलकोनी में खड़ा था। परी देश में यह सैकड़ों गाँव की गलैक्सी थी। कोई गाँव एक-दूसरे के साथ जुड़ा हुआ नहीं था, पर सब एक-दूजे से पाँच-दस मिनट की दूरी से अधिक नहीं थे। परी का उड़न-खटोला उड़ता भी बहुत तेज़ था। आसमान में जलती बत्तियों वाले कितने ही उड़न-खटोले इधर-उधर आ-जा रहे थे। एक उड़न-खटोला परी के मकान के ऊपर उतरा। अम्बर समझ गया, परी आ गई थी।

भोजन परोसते हुए परी ने कहा, 'हम अधिकतर भोजन कच्चा ही खाते हैं। हमारी रसोइयों में बहुत कम पकाया जाता है। तुम लोग इतना पकाते हो कि भोजन के तत्त्व ही नष्ट कर देते हो, ख़ास तौर पर तुम्हारे भारत में।'

'पर हमारे पढ़े-लिखे लोग इन बातों की ओर ध्यान देने लगे हैं, मैं बहुत सी चीज़ें कच्ची खाता हूँ,' अम्बर ने कहा।

'तभी तो तुम्हारा चयन किया गया था, पर अम्बर मुझे लगता है, तू वापस जाना चाहता है। तुझे बच्चों की याद आ रही है,' वह मुस्करा रही थी, पर मुस्कराहट में छिपा हुआ दर्द इतना छिपा हुआ भी नहीं था।

'इस बात के बावजूद कि मैंने जो आनन्द तेरे साथ उठाया, उसकी कभी कल्पना भी नहीं की थी। फिर भी, मैं जाना चाहता हूँ। तुम्हारा यह परी देश इतना ख़ूबसूरत है, मेरी सोच से भी बाहर है। मैं धरती पर जाऊँगा, पर मैं विवाह प्रबन्ध में दुबारा दाख़िल नहीं होऊँगा। हाँ, मैं अपने बच्चों के प्रति अपनी जिम्मेदारी निभाऊँगा। किसी एक औरत तक सीमित होकर नहीं रहूँगा। न ही किसी औरत को अपने तक सीमित करूँगा,' अम्बर ने स्वीकार किया। स्पष्ट बोलने की आज़ादी परी को मिलने से पहले ही उसने अपने आप को दे रखी थी।

'आज की रात आराम करो अम्बर, कल हम सफ़र पर निकल पड़ेंगे, परसों हम तुम्हारी दुनिया में होंगे,' परी ने भोजन मेज़ पर सजा दिया था।

'पर मेरे जाने के बाद तुम अकेली रह जाओगी,' जितना भर अम्बर परी के साथ जुड़ा हुआ था, उतना भर दुख उसके चेहरे पर दिखाई दे रहा था। काश! परी किरनजीत के साथ रह सकती होती। उसके अन्दर के सामन्ती व्यक्ति ने सोचा। वह किरनजीत को राजी कर सकता था। पर परी पृथ्वी लोक पर नहीं रह सकती थी।

'मैं तुमसे मिलने से पहले भी अकेली थी,' परी ने कहा।

भोजन करने के पश्चात सवेरे निकलने के बारे में बात कर वे लेट गए। अम्बर जल्दी सो गया। परी बॉलकोनी में खड़ी सोए अम्बर को निहारती रही। अन्दर आकर उसने बॉलकोनी का दरवाज़ा बन्द किया। अपना गाउन उतारा और बेड पर लेट गई। उसने अम्बर की करवट बदलकर उसकी पीठ अपनी तरफ़ कर ली। इस प्रकार वह अम्बर के साथ लिपटकर सो सकती थी। अपना कम्बल ऊपर लेते हुए उसने अपने आप को अम्बर के साथ पूरी तरह जोड़ लिया। उसकी ठोड़ी अम्बर के कन्धे पर थी। उसकी छाती अम्बर की पीठ के साथ चिपकी हुई थी। उसकी टाँगें अम्बर की टाँगों से जुड़ी हुई थीं।

आरम्भ

खाना खाते समय ज़ोया के होंठ पर सब्ज़ी लग गई। उसका हाथ उसे साफ़ करने के लिए उठा।

"ऊँ...ऊँ..., मैं साफ़ करूँगा," अम्बर की आवाज़ आई। वह उसके होंठों को अपने होंठों में लेकर साफ़ करने लगा।

ज़ोया चौंक गई। कमरे में उसके सिवाय कोई नहीं था। अम्बर तो जा चुका था। वे कितने ही दिन से आपस में मिलना बन्द कर चुके थे। ज़ोया अम्बर के विभाग से बहुत दूर होकर निकलती थी। कुछ दिनों तक सेशन पूरा हो जाएगा, वह यूनिवर्सिटी वाली क्लास छोड़ देगी। वह यूनिवर्सिटी जाना बन्द कर देगी। वह अम्बर के साथ सख़्त नाराज़ थी। उसको अम्बर के साथ गिला था कि उसने उसको ग़लतियाँ करने का अधिकार नहीं दिया था।

उसने अपने होंठ अपने हाथ से पोंछ लिये।

दफ़्तर जाने के लिए कार में बैठते समय उसे आँगन में दीवार के साथ साथ सफ़ेद फूल दिखाई दिए। वह कार से नीचे उतरी। उसने सफ़ेद फूल तोड़कर अपनी अंजुरी में भर लिये। फूलों को रूमाल में इकट्ठा करते हुए उसने रूमाल को अपने बराबर वाली सीट पर रख दिया।

उसकी कार घर से बाहर निकलकर उसके होटल की तरफ़ चल दी। उसके पास अम्बर की बहुत सारी यादें थीं। पागल इतना प्यार करता था कि कभी डाँटता ही नहीं था।

अम्बर को मिलने से पहले उसके पास कुछ भी नहीं था।

अब उसके पास एक अम्बर था।

वह चाहकर भी इस अम्बर को अपने से दूर नहीं कर सकती थी। आरम्भ में उसने अम्बर से नफ़रत करने की कोशिश की। उसको भूलने का यत्न किया। उसको तोड़कर फेंक देना चाहा। यह सब कुछ ही उसको असम्भव लगा। नहीं, वह कभी भी शर्मिन्दा नहीं होगी।

'मैं शर्मिन्दा क्यों होऊँ?' उसने सोचा। उसने जिस शख़्स से प्रेम किया था, वह अब उसकी यादों का हिस्सा था। वह जाना चाहता था और ज़ोया ने उसे जाने दिया था।

उसकी कार यूनिवर्सिटी के पीछे वाला पुल पार कर रही थी। वह बागे बाहू वाली पहाड़ी की चढ़ाई चढ़ रही थी। उसने अपनी कार 'हर की पौड़ी' की ओर मोड़ ली। पार्किंग में कार खड़ी कर वह नीचे उतरी। ट्रेन की सीटी से चौंक कर उसने सुरंग की तरफ़ देखा। इंजन धीमे-धीमे जम्मू की ओर जा रहा था। जम्मू रेलवे स्टेशन पर इसे थोड़ी देर रुककर फिर चल देना था और इसने कितनी ही अन्य दूर-दराज की जगहों के दीदार करने थे।

कुछ पल वह ट्रेन को देखती रही। फिर उसने कार की खिड़की खोलकर फूलों को अपने हाथों में उठाया। मन्दिर के आगे से निकलकर वह तवी के किनारे सीमेंट के चबूतरे पर बैठ गई।

'यही ज़िन्दगी है,' वह बुदबुदाई।

उसके चेहरे पर हल्की मुस्कराहट थी। उस मुस्कराहट में उदासी भी मिली

हुई थी। उसने ज़िन्दगी के मीठे घूँट पिए थे। उसको ज़िन्दगी का कड़वा घूँट पीना पड़ रहा था। वह पी रही थी। उसने थोड़ा अधिक मुस्कराकर हाथों में पकड़े फूलों की ओर देखा। थोड़ा सा झुककर उसने फूलों को पानी में बहा दिया। उसका दायाँ हाथ फूलों को विदाई देने के लिए हिला। वह तब तक फूलों को अपने से दूर होता देखती रही, जब तक वे आँखों से ओझल नहीं हो गए। वापस होटल की ओर आते हुए वह अपनी ज़िन्दगी के भविष्य को लेकर सोच रही थी। वह अपना होटल शीघ्र ही शुरू करेगी। उसके पास बहुत काम थे। कार पार्किंग में लगाकर वह होटल की रिसेप्शन की ओर चल दी। उसके बराबर वाले लॉन के किनारे-किनारे सफ़ेद फूलों की कतार थी...